中国民间文艺学年鉴

2001年卷

名誉主编　冯骥才
主　　编　刘守华　白庚胜
副 主 编　陈建宪　向云驹
　　　　　吕　微

（鄂）新登字 11 号

图书在版编目（CIP）数据

中国民间文艺学年鉴. 2001 年卷/刘守华，白庚胜主编.
—武汉：华中师范大学出版社，2003. 8
ISBN 7-5622-2798-5/I. 195

Ⅰ. 中… Ⅱ. ①刘… ②白… Ⅲ. 民间文学-中国-2001-年鉴
Ⅳ. I277-54

中国版本图书馆 CIP 数据核字（2003）第 067807 号

中国民间文艺学年鉴
2001 年卷
© 刘守华 白庚胜 主编

华中师范大学出版社出版发行
（武昌桂子山 邮编：430079 电话：027-67861321）
传真：027-67863291 网址：http：//press. ccnu. edu. cn
电子信箱：hscbs@public. wh. hb. cn
新华书店湖北发行所经销 华中理工大学印刷厂印刷

责任编辑：刘晓嘉 封面设计：罗明波
责任校对：章光琼 督 印：姜勇华

开本：787×1092 1/16 印张：26. 125 字数：564 千字
版次：2003 年 10 月第 1 版 2003 年 10 月第 1 次印刷
印数：1-1 500 定价：54. 80 元

主编寄语

太阳每天都是新的。

新世纪伊始，中国民间文艺家协会、中国社会科学院文学所民间文学室和华中师范大学文学院、华中师范大学出版社决定携手合作，每年编辑出版一本《中国民间文艺学年鉴》，以集中展现我国民间文艺学成果，推动这一学科的发展。现在，经过半年多来的努力，中国民间文艺研究史上的首部年鉴，也是21世纪第一部中国民间文艺学年鉴——2001年卷，终于摆在我们面前了。

作为新千年第一年的中国民间文艺，不仅在中国而且在整个地球村，都给人留下了深刻难忘的印象。这一年3月，中国民间文艺家协会在北京召开了第6次全国代表大会，推选出以冯骥才为主席的新的领导机构。刘魁立同志在工作报告中指出："这是一个机遇和挑战并存的时代。信息化社会的到来，使口口相传的古老的民间文学面临着失传的威胁，市场经济大潮汹涌，冲击着人们的思想观念和呼唤文化体制的改革；在经济、政治、文化交流空前繁盛的当今时代，文化霸权和商业文化咄咄逼人；但民间文艺事业在'二为'方向和'双百'方针的指引下，进入20世纪90年代以后，克服困难，开拓创新，乘势而上，仍然呈现出欣欣向荣的局面；民间文学三套集成成就辉煌，民间文艺学学术繁荣，民间艺术新人佳作迭出，民间文艺国际交流更具有广度和深度。"它给我们观察2001年的民间文艺事业提供了一个开阔而适度的视野。本年度的中国民间文艺学的大体格局，似乎可以用"在困境中寻求突破，迅猛前进中潜伏着危机"两句话加以概括。

我们从全国期刊网上搜索得来的2001年民间文艺学论文，总量为800多篇，大大超出了我们最初的预计。专门的民间文艺学术刊物虽已停歇，数量众多的高校学报却填补了它们的空缺。学人关注的对象乍看起来仍然不外乎是神话、传说、故事、长诗、歌谣等等，实际内容却是琳琅满目；老面孔虽然少了许多，却有一大批来自民俗学与民间文学专业的硕士生、博士生的新面孔补充到这支队伍中来。运用新的方法，寻找新的视角，探索新的发现，已开始成为本年成果的主流。如借用"权力话语"来剖析神话，以"母题"、"类型"和"表演"来研究故事，从"巫术"或"信仰"角度来切入歌谣的审美形态，讨论"盘古"的原型是否来自于海外，以及长篇吴歌《华抱山》是否属于又一部英雄史诗等等，所有这些都深深吸引着读者。还有一些课题似乎是老生常谈，却得力于相关学者多年来的整合性研究而实现了新的突破，如乌镝、乌丙安的长篇论文《论中国创世神话群的新发现在神话学史上的价值》、郝苏民的专著《西北民族歌谣学》、陈岗龙的专著《蒙古民间文学比较研究》等。在本年度论著中，我们虽然尚未发现学术结晶度较高的标志性成果，但困境中正蕴酿着又一次新的突破却是可以明显感觉得到的。这样的格局不能不使我们感到欣慰。

从民间文艺学研究的发展，可以初步看出，民间文艺的命运已开始受到人们的关注。正如一些民间文艺家对其前景所展望的："展望新世纪，在开放的地球村里，不同国家民族、不同地区的文化，正以前所未有的规模与速度交流会通。在此背景下，人们既会汲取异质文化来充实自己，又会在这一过程中保持自己的民族地域文化特质，使之不被同化而丧失个性，从而构成多元共生的文化发展格局。中国民间文艺是民族文化中根基最为深厚而又开发得最晚的一片沃土。在新世纪的经济文化大潮中，珍惜古朴刚健的民间文艺宝藏，使之为充实人民精神生活、发展地方经济服务，将越来越受到人们的重视，民间艺术之花将越开越旺。"

跨入 20 世纪 90 年代以来，祖国宝岛台湾省的民间文艺事业格外令人瞩目。学界受大陆编纂《民间文学集成》工作的启示而又有新的创造。即以 2001 年而论，除花莲师院民间文学所于 6 月间主办海峡两岸民间文学学术研讨会并出版论文集之外，还有多位台湾学者访问大陆，在大陆出版相关论著。如陈益源的《民间文化图像——台湾民间文学论集》（广西民族出版社），以充实的资料展现了台湾近几年以采录编印地方民间文学作品集为中心的民间文艺事业发展概况；花莲研讨会论文集的 20 篇论文，涉及民间故事、民间游艺、宗教信仰与民间文学、戏曲与民间文学等多个领域，其中关于《封神榜》、《混元盒》、《包公案》、目连戏、《赵氏孤儿》等著名作品和民间文学血肉相连的考论尤为精彩，受到海内外学人好评。海峡两岸对中华民间文艺的共同兴趣与奋力追踪，将成为开创中国民间文艺学的巨大动力。

回首 2001 年，我们既有许多欣慰也有一些遗憾。我们翘首期待多年的具有重大理论突破的巨著，仍然没有露面；一些前人已有定论的研究，今人仍在重复；缺乏紧密联系社会现实而又有足够分量的理论创新等等。最为重要的是，所有这些研究，除了极少数外，基本上都是自发地、分散地进行着，没有全国整体的学术规划；相对于中国民间文艺财富来说本来就很不充足的研究力量，仍处在各自为战的无序状态之中。我们热切期望，在新的一年中，这种状态会得到改进。

《中国民间文艺学年鉴》的具体编务工作由华中师范大学文学院民间文学研究室师生承担，计划今后每年出版一本。由于是首次从事这项工作，缺乏经验，且时间仓促，人手有限，许多方面不能尽如人意，殷切期望得到读者的批评与建议。我们争取逐年改进，不断提高编辑质量，使本年鉴能真正反映中国民间文艺学界的面貌，对中国民间文艺学理论建设和资源积累作出应有的贡献！

2002 年 12 月 30 日

目 录

第三编 史诗研究

一、史诗研究概述

二、史诗研究论文选载

三、史诗研究论文摘要

第四编　民间传说研究

一、传说研究概述

二、民间传说研究论文选载

三、民间传说研究论文摘要

第五编　民间故事研究

一、民间故事研究概述

二、民间故事研究论文选载

三、民间故事研究论文摘要

第六编　民间歌谣及叙事长诗研究

一、民间歌谣及叙事长诗研究概述

二、民间歌谣及叙事长诗研究论文选载

三、民间歌谣与叙事长诗研究论文摘要

第七编　其他体裁研究

第八编　动态与信息

第一编

20世纪中国民间文艺学回眸

中国民间文学研究百年历程

刘守华

（华中师范大学文学院）

行将结束的20世纪，在中国历史上是一个风雷激荡、翻天覆地的历史时期。觉醒的广大民众走上历史舞台，演出了一幕又一幕威武雄壮的史剧，从根本上改变了中国的面貌，也改变了自己的命运。千百年来紧密伴随民众生活，真实记录他们历史足迹，直接抒写他们爱憎苦乐与梦想追求的民间口头文学也相应地备受文化界的关注，终于构成一门现代人文学科——民间文艺学，并获得了长足发展。从“五四”时期北京大学成立歌谣研究会，创办《歌谣周刊》，到20世纪90年代末规模宏大的民间文学三套集成陆续问世；从鲁迅称道众多的民间故事讲述人为“不识字的作家”，到毛泽东亲自倡导采集民歌，向民间文艺学习以补益新文艺创作；从《故事会》这样的刊物每期发行几百万份，到一系列口头文学家的口述作品专集纷纷问世，享誉全国并走向世界；诸多事例，构成中国文化史上别开生面的崭新篇章。

一

20世纪对民间口头文学有组织、有计划地采录、研究、发端于“五四”新文化运动时期，它的发展过程，以新中国成立为界限，经历了两个大的历史时期。

1918年2月，任教于北京大学的刘半农、沈尹默、周作人，在校长蔡元培的积极赞助下，设立“歌谣征集处”，发起在全国范围内征集歌谣的活动。1920年12月，成立“歌谣研究会”。1922年12月起发行《歌谣周刊》，该刊到1925年6月停刊，共出96期。从1936年4月到1937年6月，又出53期。从收集到的13000余首歌谣中，选刊近2000首，还发表了研究歌谣及其他样式民间文学的论文近300篇，至今仍受人称道的顾颉刚的《孟姜女故事研究》，就是那时出现的最具代表性的成果。一些新文化运动的主将，如胡适、鲁迅，乃至中国共产党创始人之一的李大钊，对这一活动都曾给予热心支持。

由于时局变化，热心歌谣学的一批学者南下广州，集结在中山大学成立“民俗学会”，先办《民间文艺》周刊，后改名为《民俗》周刊，从1927年冬到1933年6月，共出123期。发表传说故事近400篇，研究文章300多篇，出版丛书及专号60种。主要成员为钟敬文、容肇祖、刘万章等。在其影响下，厦门、福州、杭州等地纷纷建立起民俗学会，在民俗学热流中，民间传说、故事的采录研究呈现出蓬勃景象。1930年前后由上海北新书局推出的署名“林兰女士”（实为该书局主持人李小峰）编辑的近40种民间故事集，就是蔚为大观的一项重要成果。这一时期除了一批学者对蛇郎、天鹅处女等流行故事进行个案研究之外，还出现了一些具有较强理论性的著作，如钟敬文《中国民间故事型式》、茅盾的《中国神话研究 ABC》、杨荫深的《中国民间文学概论》、王显恩的《中国民间文艺》等。1937 年抗日战争爆发，抗日救亡成为全民族的神圣使命，《歌谣周刊》、《民俗》周刊停办，围绕这两个刊物所进行的民间文艺学活动被迫中断。但在尚未沦陷的西南大后方和抗日根据地，民间文学的调查采录与研究利用仍在艰苦条件下坚持下来并有新发展。抗战期间，大批文人学者转移到西南的云、贵、川、中南的湘等地区，和当地的文化界结合，形成一股雄厚的学术力量。他们跋山涉水，对若干民族的民族口头文学进行有计划地调查采录，获得了不少重要成果，如刘兆吉的《西南采风录》，陈国钧的《贵州苗夷歌谣》，光未然的《阿细的先鸡》（即《阿细人的歌》），张亚雄的《花儿选》，庄学本的《康藏民间故事》，凌纯声和芮逸夫合著《湘西苗族调查报告》下册所录神话、传说、故事等等。研究工作侧重于神话、传说，代表性成果有楚图南的《中国西南民族神话之研究》，芮逸夫的《苗族洪水故事与伏羲女娲的传说》，闻一多的《伏羲考》等篇。由于当时环境恶劣，这类学术活动只能分散进行，成果也无法及时问世，因而它未能产生大的社会影响。但学人直接深入到偏远少数民族地区调查采录民间文学，而且在工作中借鉴了人类学、社会学、民族学、语言学等多种学科的方法，努力提高其科学性，显示出学术上的进展。这其间影响更为深远的，是 1942 年延安文艺座谈会召开之后在抗日根据地和后来的解放区所展开的民间文艺工作。毛泽东发表《在延安文艺座谈会上的讲话》，雄辩地指出：创造为工农大众服务的文艺，必须学习工农大众的思想感情，包括表现他们思想感情的民歌、民间故事等“萌芽状态的文艺”；还必须“用工农兵自己所需要，所便于接受的东西”，由此掀起学习民间文艺的热潮。鲁迅艺术学院文学系、音乐系的师生曾下乡采风，由何其芳主持集体选编的《陕北民歌选》一书，于 1945 年由晋察冀新华书店出版。后来何其芳作为此书“代序”写成的《论民歌》一文，其中的许多精辟见解即从研究这些实地采录的民歌材料中得来。晋绥地区则开展了采集民间故事的活动，于 1945 年前后，陆续出版了《水推长城》、《天下第一家》和《地主与长工》等故事集。周扬、丁玲、艾青等人都撰写了研究民间文艺的文章，辑成《民间艺术和艺人》一书，于 1946 年由东北新华书店出版。

《歌谣周刊》的发刊词提出了搜集歌谣（也涵盖了其他民间文学样式）的两个目的，一是学术的，一是文艺的。此前中国民间文学的采集和研究，主要着眼于学术的目的，借它来开拓研究民俗学、民族学、历史学、语言学等等的新途径。此后的民间文艺活动则着重在文艺方面，文艺家在深入群众，和工农大众思想感情打成一片的同时，也以尊重的态度学习民间文艺，直接从民众口头采录歌谣、故事等等。并且汲取民间文艺的素材，利用民间文艺的传统形式，推陈出新，创造为工农大众喜闻乐见的革命文艺新作，如李季以“信天游”民歌体，创作了长诗《王贵与李香香》；贺敬之等借用秧歌剧形式并改造关于“白毛仙姑”的民间传说，创作出新歌剧《白毛女》；赵树理学习民间故事叙事手法，写出了《小二黑结婚》等小说。正如周扬 1949 年 7 月在第一次全国文代会上作报告总结解放区文艺成就时所指出的：“解放区文艺的一个重要特点之一，就是和自己民族的特别是民间的文艺传统保持了密切的血肉关系。”这在中国文学史上是前所未有的。着重从文艺上来学习利用民间文艺，这种情况一直延续到新中国成立之后，成为中国民间文艺学的一个显著特征。

二

新中国成立以来的半个世纪，是中国民间文学蓬勃发展，民间文艺学走向成熟的时期。

1950年3月，由郭沫若任理事长、老舍和钟敬文任副理事长的中国民间文艺研究会在北京成立。民间文艺研究会原是一个独立的学术团体，从1954年起，加入中国文联，成为文联所属众多文艺家协会之一，民间文学事业被纳入政府文化工作范围。1987年5月改名为中国民间文艺家协会。民协在很长一段时间里成为组织协调中国民间文艺活动的中心。50年来的民间文学采录与研究活动走过了曲折的道路。1958年，毛泽东作为党和国家最高和最具权威的领导人，几次谈到搜集民歌问题，4月14日，《人民日报》发表题为《大规模地收集全国民歌》的社论，指出搜集民歌是“一项极有价值的工作，它对于我国文学艺术的发展有重大的意义”。中国民研会制订出“全面搜集，重点整理，加强研究，大力推广”的工作方针。一时间，“一场轰轰烈烈的新采风运动席卷全国”，采录和研究民间文学的工作以空前规模展开，成为一股文化热潮。这是“大跃进运动”的一个侧面。违反经济客观发展规律的“大跃进”所导致的灾难性后果，如今已成了惨痛的历史教训。“大跃进新民歌运动”也成了昙花一现的历史陈迹。但在这两三年中间采录民间文学，尤其是在云南、贵州等少数民族地区采录民间文学获得的丰硕成果，以及培养民间文艺学新秀的突出成绩，都不应低估。17年间共出版民间文学集2400多种，还编印了大量具有科学价值的内部资料。一系列民间文学的精美之作，如《中国民间故事选》、《阿凡提的故事》、《义和团故事》、《嘎达梅林》、《阿诗玛》、《召树屯》、《格萨尔》等，还有1955年创刊的《民间文学》杂志，受到全国各族人民的喜爱。汲取民间文学素材创作的长诗《百鸟衣》、歌剧《刘三姐》、戏曲《白蛇传》等，成为脍炙人口的佳作。民间文学的评论研究大都着眼于社会学、文艺学的文本阐释，受苏联学派的影响较大。引人注目的专著和论文集有钟敬文主编的《民间文艺新论集》，李岳南的《民间歌谣戏曲散论》，谭达先的《民间文学散论》，天鹰（姜彬）的《1958年中国民歌运动》，贾芝的《民间文学论集》，张紫晨的《民间文学知识讲话》，袁珂的《中国古代神话》，丁山的《中国古代宗教与神话考》等。研究工作的主要成绩，正如刘魁立在《民间文学研究四十年》一文中所指出的：“用大量的材料，充分说明了劳动人民不仅是社会物质财富的创造者，也是社会精神财富的创造者；民间文学不仅有鲜明的思想性、丰富的社会文化内涵，同时也深刻表现了劳动人民的才智和艺术造诣，从而历史性地扭转了一种认为民间文学不能登大雅之堂的轻视民间文学的错误思想。”（《中国民间文艺学的新时代》）由于受当时历史条件的限制，民间文学的学术研究未能很好展开。

在“文化大革命”十年浩劫中，民间文学工作以及各族人民群众世代传承的口头文学作品都成为“彻底革命”的对象。随着中国社会主义现代化建设新时期的到来，中国民间文艺事业蓬勃发展，进入又一个黄金季节。在短短几年中，全国除台湾省以外的

29个省市，都建立了民间文艺家协会分会，仅总会会员就发展到3000多人。中国社会科学院设立民间文学研究室，少数民族文学研究所；高校中文系普遍开设民间文学课程，有些还招收培养硕士研究生与博士研究生。民间文学报刊如同雨后春笋一般大量涌现，20世纪80年代后期达到20多种，畅销城乡。除《民间文学》、《民间文学论坛》（现更名为《民间文化》）外，尚有上海的《故事会》、浙江的《山海经》、福建的《故事林》、河南的《故事家》、河北的《民间故事选刊》、吉林的《民间故事》、云南的《山茶》、贵州的《南风》、四川的《巴蜀风》以及《山西民间文学》、《西藏民俗》等十余种一直发行至今。在最红火的六七年中间，每年约有两三千篇故事传说和两三百篇论文发表，出版民间文学作品集数以千计。

最令人振奋的是从1984年开始，由文化部、国家民委和中国民协共同组织领导，着手编纂民间文学三套集成（《中国民间故事集成》、《中国歌谣集成》、《中国谚语集成》)。这部规模空前的巨著，由周扬任总主编，钟敬文、贾芝和马学良分别任故事、歌谣和谚语集成的主编。按统一部署，在各级政府文化部门的大力支持下，广泛动员，首先对各族民间文学宝藏进行大规模的调查采录。截至1990年，全国共搜集到民间故事183万篇，歌谣302万首，谚语784万条，总字数达40亿。大量的县卷资料本，已在许多省市编印成书。如湖北省在短短几年中印出的资料本就有130余种。各省市分别承担的三套集成国家卷的编纂任务现均已完成，到2000年底正式出版的国家卷已达到31种（故事集成11种、歌谣集成9种、谚语集成11种)。预计2004年可大体出齐。

理论研究活动在这一时期也空前活跃，仅从1984年到1991年这七年中间，全国各地民协和专门学会就召开了各种类型的理论研讨会100多次，出版了30多种理论专著。中外学术交流的广泛展开，使研究视野更为开阔，值得特别提出的是，20世纪80年代以来，在祖国大陆民间文学热潮的激励下，台湾省文化界的有识之士，也发出了“抢救民间文学资料”的呼吁，并在80年代末90年代初，大力推进调查、采录、研究民间文学的活动，取得了一系列引人注目的成果。由陈庆浩、王秋桂主编的一套《中国民间故事全集》40册，于1989年6月由远流出版公司推出。该书从近70年来海内外出版发表的各地各族民间故事集中，选取具有地方风味、民族特色、艺术价值的代表作，分省编排，构成巨篇。由胡万川担任总编的《台中县民间文学集》26册，于1992年到1997年由台中县文化中心陆续出版，由胡万川和陈益源主持编辑的《云林县民间文学集》，近年正陆续问世。还有任教于中国文化大学的金荣华，大力推进对台东地区卑南族、鲁凯族以及金门岛、澎湖县民间故事的采录工作，也有一系列重要收获。在许多大学里开设民间文学课程，以民间文学为主题撰写学位论文者日渐增多，出版了《蒙古民间文学》（林修澈、黄季平)，《中国民间文学》和《傣族叙事诗研究》（鹿忆鹿)，《民间故事论集》（金荣华)，《民俗文化与民间文学》（陈益源）等一系列各具特色的论著。正如热情投身这一事业的青年学者陈益源所评述的，“现阶段台湾民间文学的采录与研究，已呈现出蓬勃发展的态势。这实在是一个很可喜的现象”。

旅居海外的华人学者中，也有钟情于中国民间文学而又著述甚丰的。长期任教于美国西伊利诺大学的丁乃通教授，以其《中国民间故事类型索引》和《中西叙事文学比较研究》在国际学界享有盛誉。另一位现移居澳大利亚的谭达先博士，先后在香港商务印书馆和台湾贯雅公司出版《中国民间文学理论丛书》和《中国民间文学基本知识丛书》，以及《民间文学与元杂剧》等10多种论著，在海外拥有广大读者。他们为沟通这一领域的国际学术交流作出了积极贡献。

三

经过百年奋斗，中国民间文学事业已取得辉煌成就，民间文艺学正走向成熟。其特点是：

1. 作为人民大众口头集体创作的民间文学，是一种以口头传承为主的特殊文学。调查采录和理论研究是民间文艺学的两翼，二者相辅相成，不可分割。早期学人从搜集歌谣、故事资料入手，再由浅入深地进行理论探讨，正体现了这门学科的特点。我国对民间文学的调查采录，从刊物书面征集，到有关学人分别深入乡村直接采录，再到在全国范围内进行普查，规模不断扩大，科学性不断增强。编纂民间文学三套集成并非简单的资料搜集工作，而是一项集体进行的学术研究活动，从总编委会提出的工作原则与工作方法（1987年编印成《中国民间文学集成工作手册》）到三套集成的《总序》和省卷本的《前言》，以及附录的有关资料，都是融会集体心血的科学研究成果。如工作原则中的“科学性，全面性，代表性”就是对本世纪内中国民间文学采录工作经验教训的科学总结。对众多民间文学传承人的发现，其科学价值深受海内外学界的重视。世纪之交陆续问世的民间文学集成各卷，每卷100万字左右，其规模与质量不但在中国是空前的，在世界上也属一流水平。正是这大规模的调查采录，给近十年来的中国民间文艺学注入了新的活力，从它对台湾文化界的冲击也可看出它的巨大影响：“最近十年来，学界不断透过学者座谈与会议论文，一再呼吁参考大陆《中国民间文学三套集成》重视全面性、代表性、科学性的‘三性’要求，积极推动区域普查的工作，以‘抢救台湾民间文学’。”（《台湾民间文学采录》）集成的出版更为21世纪国内外学人研究中国民间文学提供了厚实的基础。正如钟敬文先生在一篇文章里所讲的：“将来全书出齐，则不仅是在祖国的民间文艺园地里建立起一座巨厦，也将是在世界人民文化史上，矗立起一个文献金库。”可以说，列入国家艺术科学重点工程之内的民间文学集成，是中国民间文学事业获得辉煌成就的一个突出标志。

2. 中国民间文艺学的成就，直接体现在相关的理论著作上。到1998年底为止，百年来有关中国民族民间文学（不含论文及专论少数民族作家文学著作）的代表性论著约在百种左右，以20世纪八九十年代取得的新成果为主体，这些论著具有视野开阔，材料鲜活，方法多样，向多层面展开的特点。钟敬文主编的《民间文学概论》以及这一系列的其他论著，如张紫晨的《民间文艺学原理》，段宝林的《中国民间文学概要》，叶春生的《简明民间文艺学教程》，朱宜初、李子贤的《少数民族民间文学概论》，陶立璠的《民族民间文学理论基础》，高国藩的《中国民间文学新论》，李惠芳的《中国民间文学》，刘守华和巫瑞书主编的《民间文学导论》等，不仅作为大学教材在不同范围内使用，同时也是中国民间文艺学的基础理论建设不断获得新进展的反映。

民间文学体裁论素为学人所重视，这一领域涌现出众多引人注目的成果，如姜彬的

《中国民间故事初探》，刘守华的《中国民间童话概说》、《故事学纲要》，陶阳、钟秀的《中国创世神话》，刘城淮的《中国上古神话通论》，潜明兹的《中国神话学》，程蔷的《中国民间传说》，吴超的《中国民歌》，张紫晨的《中国民间小戏》，潜明兹的《史诗探幽》，王仿的《谜语之谜》等。其中尤以关于神话学、史诗学、故事学的论著显得厚实有力。刘魁立主编的《中国民间文化丛书》，由涵盖中国民间文学、民间艺术主要样式以及三大英雄史诗的14种专著构成，成为集中显示民间文学研究新成果的一个重要窗口。他还主编了一套《原始文化名著译丛》，以其对西方现代民间文艺学理论和方法的研究介绍，为中国民间文学与国际接轨作出了重要贡献。

对不同民族或地区的民间文学分别进行系统研究，也是众多学人深感兴趣的一个领域，新作源源不断涌现，如姜彬的《论吴歌及其他》，张振犁的《中原神话流变论考》，巫瑞书的《荆湘民间文学与楚文化》，过伟的《南方民间文化与民族文学》，以及多种按民族撰写的"民间文学概论"。由丘振声、范阳主编的《广西各族民间文学研究丛书》20种，研究对象从苗族神话、水族故事到壮族歌圩、彝族歌谣，琳琅满目，别开生面。特别值得提起的是，有关少数民族文学史的众多论著陆续问世，如毛星主编《中国少数民族文学》，马学良等主编的《中国少数民族文学史》，以及分民族撰写的多部文学史，其中都包含着有关民族民间文学研究的新成果，这成为中国民间文艺学民族特色的一个重要方面。新中国的民间文艺工作，多年来一直以开发少数民族的民间文学为重点，不论在采录和研究方面，所取得的成就都最为显著，一颗颗耀眼的明珠（如三大英雄史诗）在世人面前展现，不仅成为该民族也成为整个中华文化中的瑰宝。没有民间文学研究成果的先导，我们对少数民族文化财富的认识与开发，就不会达到今天这样的水平。它们成为新中国的民族政策获得成功的重要标志之一，对加强民族团结、促进社会经济文化发展产生了深远影响。

就中国民间文学的若干侧面或代表作展开的专题研究，大都深入切实，取得的成果为学界所称道。如段宝林、过伟主编的《民间诗律》，汪玢玲的《蒲松龄与民间文学》，降边嘉措的《〈格萨尔〉与藏族文化》，仁钦道尔吉的《〈江格尔〉论》，朗樱的《〈玛纳斯〉论析》，杨恩洪的《民间诗神——格萨尔艺人研究》，孟慧英的《伊玛堪研究》，程蔷的《中国识宝传说研究》，祁连休的《智谋与妙趣——中国机智人物故事研究》，谢选骏的《神话与民族精神》，叶舒宪的《中国神话哲学》，陈建宪的《神祇与英雄——中国古代神话的母题》，杨利慧的《女娲的神话与信仰》，黄永林的《郑振铎与民间文学》，白庚胜的《东巴神话研究》等。另一方面，纵贯古今难度较大的宏观研究，也有学者大胆尝试，取得了一些可喜成果，如袁珂的《中国古代神话》和《中国神话史》，刘锡诚的《中国原始艺术》，近期完成的刘守华的《中国民间故事史》和祁连休、程蔷主编的《中华民间文学史》等。

民间文艺学不仅和民俗学，还和文化人类学、比较文学、宗教学、考古学等关系密切。借鉴这些相邻学科的成果与方法来研究民间文学，有助于开拓出新的学术境界。肖兵的《楚辞与神话》和《中国文化的精英——太阳英雄神话比较研究》，刘守华的《比较故事学》和《道教与中国民间文学》，富育光的《萨满教与神话》，陆思贤的《神话考古》，就是这方面的一些代表作。跨国跨民族跨学科的比较研究，应用于民间文学研究已有长久历史，近20年来愈来愈为学人所重视，在比较文学和民间文学的交汇地带绽开出朵朵新花。

20世纪八九十年代的成果，大都出于中青年学人之手，其中也不乏老一辈学者厚积薄发的新作，如钟敬文的《新的驿程》，贾芝的《播谷集》，季羡林的《比较文学和民间文学》，罗永麟的《中国仙话研究》等。几代学人的共同开垦，使这块学术园地硕果满园，生机勃发。

3. 发端于“五四”时期的中国现代民间文艺学紧密伴随百年风云，烙上了鲜明的时代印记。中国民间文艺学家，一开始就以同情尊重人民大众的态度来对待他们创造与享用的民间文学，这正是受到张扬“民主”和“科学”两面大旗的“五四”新文化运动的激励所致。正如一位美籍华人学者于20世纪80年代完成的一部专著中所指出的：“从来被视为与上层精萃文化对立的、粗鄙的民间文学，受到了空前的、热诚的厚爱，中国知识分子正是通过研究民间文学，乃至民间文化，才发现了民众的重要性，同时也重新认识了自己。”“民间文学运动与历史意义深远的‘五四’运动是瓜连蒂结的。”（《到民间去》）前期研究成果多以社会学、文艺学的眼光来评析民间文学，学术上虽有它的局限性，却以称颂人民大众创造物质与精神文化财富的巨大能力以及追求美好生活的强烈意愿，鼓舞了他们改变自己历史命运和社会面貌的伟大斗争，产生了积极影响。但后来却陷入了困境，原因是人们往往只强调民间文艺作为一般文艺的社会功能，而那时我国的文艺工作，又受着“文艺从属于政治”的口号的支配；这样，对民间文艺的采录与评说，自然也就不能不去适应“现实阶级斗争”的要求，其带来的消极后果是，不仅路子越来越窄，而且引申出了许多否定和扭曲民间文学特质的错误论断。

20世纪八九十年代的民间文学研究，大都把民间文学作为民族文化乃至人类文化的一个重要层面，着力从深处去开掘它们更具普遍性的文化意蕴。改革开放大潮推动着中国的经济文化事业迅猛发展。民间文学普查如同打开了一口又一口地下油井，无数民间文学珍品喷涌而出。中外学术交流的频繁展开，使学人眼界大开，进一步认识到民间文学不仅是面向大众、最为通俗生动的艺术形式，“它同时也是一个国家和民族的灵魂”。当学人借鉴西方研究民间文学和人类文化的多种学说和方法来观察中国各族丰饶优美的民间文学时，不禁惊喜地发现，虽然它作为一种文学样式在当代民众文化生活中的地位有所减弱，但其深层所积淀的民族文化珍宝却远远没有得到开发。由此激发了众多学人开掘这一文化宝藏，使之和现代文化相融合的巨大热情。民间文艺学的这种转折，正体现出社会转型时期中国面向世界，面向未来，振奋民族精神，推进社会主义现代化建设的时代要求。

4. 经过百年探索的中国民间文艺学已形成了自己的民族特色。这一特色可以大体概括为：立足于中国民间文学的丰富文献积累和新开掘的大量鲜活资料的基础之上进行理论探索；在研究工作中坚持马克思主义历史唯物论和辩证唯物论的基本精神，兼容中国传统治学方法和国外文化人类学、民俗学、比较文学等学科的新成果。体现这一特色的原创性成果日渐增多。研究工作的着重点在深入探求中国各族民间文学在广大时空背景上生存演进的轨迹，科学阐释中国民间文学在民族文化、人类文化史上的重要价值及其现代意义。这一独特贡献是其他人文学科所无法取代的。中国民间文艺学存在的不足，主要表现在：在广泛扩展研究领域并取得数量众多的学术成果的情况下，尚缺少在厚重历史文化背景上，对中国民间文学作深刻有力理论概括的巨著；在倡导从多侧面运用多学科方法研究民间文学的同时，未能突出显现民间文艺学作为一门以民众口头语言艺术为研究对象，拥有自己理论和方法体系的独立学科的品格。中国自“五四”以来就将民间文学置于文学艺术范畴之内。将民间文学完全等同于一般文学固然有其片面性，近几年在高校学科调整时有关部门将民间文学归入社会学门类的民俗学之中，又从另一方面抹杀了它的特质。这一举措对几代学人关于建立具有自己特色的中国民间文艺学的努力所带来的消极影响不能不使人为之忧虑。

现代经济文化的发展，使原生形态的民间文学趋于衰落；但新生态民间文学，如以顺口溜形式被民众广泛传诵的时政歌谣，就因其尖锐有力地针砭时弊而具有强大生命力；借助现代传播手段而获得再生的民间文学，至今在广大城乡仍有很强生命力，深受民众喜爱。在开放的地球村里，不同民族、地区的文化以前所未有的规模与速度交流沟通，在此背景下，人们既要吸收异质文化来充实自己，又要在这一过程中保持自己的民族地域文化特质，使之不被同化而丧失个性。在经济文化迅猛发展的21世纪，中国各族民间文学的优秀之作将会更加受到人们的珍爱，以多种形态在社会文化生活中发挥它的积极效用，民间文艺学在人文学科中将会为更多人所关注。与此同时，国际学人对中国民间文学的研究兴趣也将日益增强，以此作为审视中华文化的重要窗口。笔者于1956年在《民间文学》杂志上发表《慎重地对待民间故事的整理编写工作》，由此步入这一学苑。亲历半个世纪的风风雨雨，至今仍乐此不倦。中国各族民间文学是民族文化根基最为深厚，而又开发较晚的一片沃土，其开发与研究的美好前景，必将吸引一代又一代学人投身其中耕耘不息！

（原载《华中师范大学学报（社科版）2001年第3期》）

中国神话学百年反思*

乌 镝 乌丙安

前 言

国际上近现代神话学发端于18世纪的欧洲，由于文艺的复兴，科学的昌明，哲学的启蒙，在欧洲展开了原始神话研究的广阔视野。经过了19世纪初的浪漫主义神话学与语言学派的比较神话学拓展，神话学作为一门独立学科已经步入了近代高文明发达文化学科的领域。从19世纪后半叶的人类学派神话学到20世纪的天体神话学派的“泛巴比伦主义”神话的研究成果，使国际上原来着眼于“高文明”的古希腊、罗马神话的研究视野，向其他亚非古文明民族的神话领域开拓。20世纪20年代以后，到中后期经过社会人类学功能学派及结构人类学结构主义神话学的新发展，把神话研究的领域全面展开到“未开化”民族(包括原始部落在内)的神话群中去，从而广泛探索了人类原始思维活动及人类文化发展的轨迹。其中最重要的正是全球性的各类起源神话(即宇宙起源、人类起源、文化起源神话)的大发现，为神话学的发展、进步提供了丰富的研究对象和资料。

在中国，从19世纪末希腊神话被介绍到我国，并从1903年蒋观云发表首篇神话学论文《神话·历史养成之人物》时起，经过了“五四”运动的科学与民主的启蒙，再传人许多西方神话学的学说，进而带动了我国学人对中国古典神话的研究。历经了百年的探索，中国的神话学终于从漫长而曲折的艰辛小道上走出来，开始步入较为健康科学的宽阔道路，和国际神话学的发展有了接轨伴行的新希望；我们预计在21世纪，中国多民族神话系统的研究，必将引起国际神话学和人类学的高度关注。

但是，毋庸讳言，我国神话学在20世纪的发展实践中，从一开始打下的就是一个较为贫弱的先天不足的基础，以后又在徘徊不前的摸索中转入误区，渐渐形成了一系列起支配作用的似是而非的神话学理论，以致误导了将近半个世纪多的几代神话学者，使他们在非科学的或伪科学的研究中停滞不前，甚至险些将神话学的研究引向歧途。幸亏在神话学举步维艰中，有一支健康的科学的神话学队伍，沿着人类学、民族学、民俗学、神话学的正确道路，运用前所未有的田野作业的科学方法，对存活在各族人民中间的口传神话系统进行了成功的采录与编集，调查与研究，才使得中国神话学摆脱了旧学的束缚，取得了划时代的重大研究成果。值得注意的是，直到我国近10年来神话研究取得辉煌成就的时刻，对于以前长达80多年间神话学研究中的严重弊端和痼疾，尚未进行必要的回顾和审视，即使有的学者对中国现代神话学史做了述评式的议论，也并未

---

* 原名为“论中国创世神话群的新发现在神话学史上的划时代意义——中国神话学百年反思”，此处由编者将副标题改为主标题。——编者注。

对神话学史上的许多疑点进行率直的分析。本文正是力图根据近百年中国神话学发展的实际，进行学术反思，对我国神话研究的一些颇有影响的思潮作出某些探讨性评论。

本文所以要进行神话研究历史的反思，其目的在于从正反两方面剖析研究我国多民族“本格”神话在民族文化史上的重大意义。不仅使当代对古典神话的研究在上古史（史前史）的史学考证上继续产生其有效作用，也不只是使当代对古典神话的美学鉴赏在文艺学发展上能展现其永久的艺术魅力；更重要的是力求以民族学、人类学的科学方法，对我国各民族远古祖先浪漫、瑰丽的原始思维活动和丰富的神话遗产，做出尽可能的客观评价，从而为中华民族上古原初文化史的形成，提供更多的更接近准确的科学依据，使中华民族的优美神话毫无愧色地立于世界神话的宝库，载入人类优秀遗产的史册。

一、中国神话学的对象

——关于零散、断片的古典神话材料

20世纪初到30年代的中国神话研究是在以下薄弱的基础上奠立的：先是介绍了西方研究的希腊神话体系，然后开始了对中国古典神话中创世大神的搜寻。当时经一些古史学家及古文学家在先秦、两汉的典籍中发现了“盘古开天地”、“盘古尸体化生万物”、“女娲炼五色石补天”、“女娲抟土造人”、“羲和浴日”、“羿射九日”，以及“鲧禹治水”等零散、断片的神话材料；还从《楚辞》的诗句描绘中找到上古南方民族神话线索。他们既对本土的本民族的古典神话给予高度的赞美，又对这些夹杂在浩瀚的古代文史典籍中的散碎材料深表遗憾。他们无论从治史还是从议文角度都一致认为中国古典神话终归不像希腊神话那样丰富并形成了神话系统，作为神话学研究的上古神话这一研究对象竟然如此散碎而贫乏。此后，无论经过他们怎样努力挖掘、搜索、考证，也无法改变这种令文明古国的学者们深感遗憾的局面。直到20世纪80年代，我国当代居于权威地位的神话学家袁珂老先生还在重复表述这种现状。他在1983年12月编辑出版《中国神话传说词典》的自序中谈到为什么中国学者研究神话写不出几篇广博深厚的、具有学术价值的论文来，为什么还停留在一般的阶段，不能有更高的水平的原因时写道：

> 在我看来，这里一个很重要的原因，那就是我们还没有充分掌握住一个内容既丰富而又可靠的研究对象。我认为，我们的神话研究，尚须有坚实的基础，从这个基础上才能去攀登理论的高峰。中国神话材料散碎的特点，这是只要初涉神话领域的人，谁都知道并且谁都承认的。它的散碎的情况，照旧的图书分类法，简直可说是在经、史、子、集四部里都有。而且有些材料，还须求之于书注，或类书征引的佚亡古书，或古书的佚文。而资料的本身，又有文字的脱、误、倒、衍、正文入注、注入正文……需要加以校勘、订正，又还有文字的涵义，旧来注家注释错误或注释含混，需要加以确切的新诂。有了这些复杂情况，就给我们提出一个研究对象的问题。①

他认为连研究对象都没有充分掌握，或者虽然掌握而又认识浅近，不甚了然，那就谈不到什么深刻的分析研究了。一位终生从事中国神话研究的有代表性的神话学家所发出的上述慨叹，可以说概括了自晚清以来到不久以前几代神话研究者的学术心态。

从近200多年国际神话学蓬勃发展进程来审视我国将近一个世纪的近现代神话学

史，不能不承认中国古典神话材料的零散、断片而又不十分可靠的状况，确实给中国神话学奠定了一个客观上先天不足的薄弱基础，造成了世纪性的困惑。

事实上，神话学所依据的神话材料，首先正是远古祖先关于宇宙开初、开辟天地、创造日月星辰和自然万物以及制造人类等事物缘起的思考，或者被称做创世神话这一神话核心材料。然而，到目前为止，从上述浩翰的汉文古典章句中查找出来的散碎不详又不确的神话材料中，还难以勾勒出中国神话系统的全貌，因而也难以确立起完整的中国创世神话体系。许多致力于古典神话学的文史学者们仍然在继续为辩正神话事象的真伪和神名神格的对错以及神话和历史的分野而考据不已，争论不休。

在这近一个世纪的神话学史上，国内外研究中国神话的学术圈中流传着以下几种评议：

1. “中国原本就是神话的不毛之国。”②

2. “汉族是与神话无缘的民族。”③

3. “（中国上古典籍中）没有可以称作神话的专门体裁，也没有一部可以从中发现记叙连贯和完整的神话的文学作品。我们只能看到一些偶然提及的片言只语，以及分散在各个时代各种观念中的断简残篇。”④

4. “特别应该强调的是（如果把盘古神话除外）中国可能是主要的古代文明社会中惟一没有真正的创世神话的国家。”⑤

5. “中国神话零散片断，散见在许多门类的古书记录中，而某些古书的作期，常难于推断；进而要推断神话的产生时期，更是困难。”⑥

6. “中国的过去，因为种种的关系，在比较古老的一些文献上，仅保存了若干断片的、简略的神话和传说，一些欧洲的和东方的学者，由此便形成了一个共同的见解，认为中国文化史上没有产生过像古代希腊、罗马或北欧等那种比较有体系的或情节完整的神话和传说。”⑦

7. “中国古代神话的资料，仅存零星片段，散见群籍，且常矛盾错乱，翻检和整理皆难。”⑧

从以上引述的有关中国古典神话零散、片断、贫乏的有代表性的国内外论断中不难看出，我国神话学从奠基之日起便面对着一个十分严峻而尴尬的现实，即中国神话学的研究对象是极其不充分的这个难题。也可以说，从中国神话学起步之日起，便陷入了严重缺乏本土神话资料的困境中，进而无可奈何地背上了中华几千年文明史上无远古神话系统这个令中国学人遗憾并惭愧的世纪性包袱。

于是，在我国的神话研究中从一开始便产生了一种研究思潮，那就是离开了神话本体的调查研究，在搜寻原始神话材料方面缺乏应有的努力和有成效的方法和途径，相反地却以中国神话的零散、断片为课题，展开了饶有兴趣的探索和论争。许多学者以中国神话资料散碎为共识的定论，进而对其散碎的形成原因做了追究性的学术探讨。

如果说对于“中国神话材料零散、断片”这个所谓的“定论”是20世纪中国神话学值得反思的一个重要方面的话，那么，关于“造成中国神话材料零散、断片的原因”的广泛论争，就应该说是值得反思的另一个更为重要的方面了。严格说来，追究中国神话贫乏的原因这个课题并不是神话学的本格研究，它尽管对于中国古文化史的探索有一定的积极意义，但是却无助于神话学本身的建设，相反地只能更加强化了“中国神话贫乏”、“汉族与神话无缘”之类的必然印象，反而阻碍了中国神话研究的科学探索，学者们几乎不再追究“中国的原始神话真的是零散、断片和贫乏的吗?”“中国原始神话只能从古代典籍的字里行间寻找吗?”“中国各民族的原始神话难道不蕴藏在广大人民群众的口耳之间吗?”等等神话研究的人类学思考问题了。(当然，大多数古典神话研究家很少或从来没有过从民间口头文艺材料中考察原始神话的科学准备，他们只能关注中国古代典籍遗产。)

在关于中国神话散失或不发达原因的争议中有以下颇具代表性的论证：

首先是鲁迅在1923年的论证，他在论述了中国典籍中神话散例后归纳出两个意见说：“中国神话之所以仅存零星者，说者谓有二故：一者华土之民，先居黄河流域，颇乏天惠，其生也勤，故重实际而黜玄想，不更能集古传以成大文。二者，孔子出，以修身齐家治国平天下等实用为教，不欲言鬼神，太古荒唐之说，俱为儒者所不道，故其后不特无所光大，而又有散亡。”⑨即一重现实轻幻想，二儒家不言鬼神荒唐之说。

其次是梁启超在1926年的论证，他说：“中国人对于神话有二种态度，一种把神话与历史合在一起，以致历史很不正确，一种因为神话扰乱历史真相，便加以排斥。”⑩持神话历史化观点。

其三是胡适在1928年的论证，他说：“古代的中国民族是一种朴实而不富于想像力的民族。他们生在温带与寒带之间，天然的供给远没有南方民族的丰厚，他们需要时时对天然奋斗，不能像热带民族那样懒洋洋地睡在棕榈树下白日见鬼，白昼做梦。所以‘三百篇’里竟没有神话的遗迹。”⑪认为中国民族缺乏神话想像力。

其四是茅盾在1929年的论证：他首先对胡适的论述质疑指出：南方热带民族许多“也只有极简陋的神话”。其次对鲁迅的论述质疑，他认为北方黄河流域之民“颇乏天惠，其生也勤”“不是神话销歇的原因，已经从北欧神话可得一证明；而孔子的‘实用为教’，在战国也未有绝对的权威，则又已不像是北方神话的致命伤。所以中国北部神话之早就销歇，一定另有其原因。据我个人的意见，原因有二：一为神话的历史化，二为当时社会上没有激动全民族心灵的大事件以诱引‘神代诗人’的产生。神话的历史化固然也保存了相当的神话，但神话的历史化太早，便容易使神话僵死”。“到了春秋战国，社会生活已经是写实主义的，离神话时代太远了，而当时的战乱，又迫人‘重实际而黜玄想’，以此北方诸子争鸣，而皆不言及神话。然而被历史化了的一部分神话，到底还保存着。直到西汉儒术大盛以后，民间的口头的神话之和古史有关者，尚被文人采录了去，成为现在我们所见的女娲氏及蚩尤的神话片断了。”⑫

其五是卫聚贤(历史学家，考古学家)在1934年的论证，他从研究古史角度认为：“中国现有的古代文献，多经不语怪力乱神的孔子及其门徒之手的，故中国古代的神话，宁可谓多归湮灭。”“中国的国民，因有尚功利，而且重常识的倾向，故神话终未得充分的发达……其中有的混入史实，失去了它的原形；有的成了传说、寓言、譬喻，而散见于古书。”⑬

这种偏重于中国神话历史化的说法到了“古史辨”形成研究热潮时的20世纪40年

代前后，顾颉刚、杨宽、童书业等从古史中清理出虞夏商三代大量的神话断片，从而证实了中国神话所经历的历史化过程。正像杨宽所论述的那样，“古史传说之纷纭缴绕，据吾人之考辨，知其无不出于神话。古史传说中之圣帝贤王，一经吾人分析，知其原形无非为上天下土之神物。神物之原形既显，则古代之神话可明，神话明则古史传说之纷纭缴绕，乃得有头绪可理焉”⑭。古史的辨伪求真用实证论定了诸多神话历史化或神话干扰历史而形成的神话散失现象。

在这场热烈的论辩中，值得注意的是外国的神话学权威也投入了论战。如日本第二代神话学的代表人物松村武雄博士对于神话的意见，就以为“它的贫乏的惟一的原因，不是自始即有阻碍神话发生的理由与事实，而是后来不适于提携神话的态度上；最主要的是儒教实践厚生的观念，看神话是荒唐无稽之谈。既认为无益于修身齐家治国平天下的东西，且将自己看来可有的或必然的保存起来，其他的一概抹杀或加以修改令其合乎伦理的和历史的……它所阐明出来：A. 中国神话伦理化；B. 中国神话历史化”⑮。这里的A，指的是神话在儒家手中被修改成合乎伦理的说教，变成了寓言，B则指儒家把原始神话当作原始历史，并用儒家观点使之适合历史。于是改成历史的神话成了历史，未成为历史的神话由减少而散失。有的中国学者对日本学者的如上见解也持批评态度，认为第一：神话的伦理化和历史化是神话发展阶段中必然发生的现象，希腊神话，北欧神话都经过了伦理化、历史化阶段，而且它们这个阶段的历史年代和中国神话的伦理化、历史化阶段年代相距也十分近，它们就没有因此而僵化、贫乏、零碎、散失，相反发展成了神话系统。所以，最后论定：“中国神话质与量贫乏的原因，既非始于原始人的厚生实用这方面，也未必全是落于儒教的抑制中，而是殷周以迄春秋战国这时代把神话伦理化和历史化，而竟没有伟大的诗人艺术家提携，发扬光大的原故。”⑯

中国神话学史上这场旷日持久的关于造成中国神话材料零散、断片、贫乏原因的艰苦论争，显然从一开始就把注意力依然牢牢盯在了古典文献的神话线索上。其文字记录的断片、贫乏的主要原因则是两个：一个原因扣到了重实际而轻幻想的“华土之民”，或“朴实而不富于想像力的中国民族”，或“尚功利而且重常识的中国国民”头上，似乎古文献记载贫乏就是我民族、我国民神话想像力贫乏的结果。而另一个原因找到了儒家对神话伦理化、历史化的责任，这一点应当说是比较确切的原因。正是这种建立上古正史（标有儒家伦理的正史）的需要，才使古代文人大量抑制了所谓荒唐的原始神话，而造成中国古典与系统神话无缘，仅有的贫乏的断片材料也是基于修上古史、建古伦理的需要方才挤压到古文献之中的。

这场论争所留给我们的反思正是：面对中国古典神话的零散、断片而议论中国文献中神话的贫乏，只能在极有限的典籍字里行间原地打转，终究难以走出这个从文献入再从文献出的怪圈或死胡同。也只有跳出古文献的神话断片，向全民族的积层丰厚的口碑神话的浩瀚之海去开发神话资源，才能够最终解开中国神话并不贫乏之谜。近10年来，我国各民族（当然包括汉族）的广大民众终于以丰富优美的原始创世神话群的活生生的口碑材料，客观而雄辩地证实了现代神话学史上这场关于中国神话贫乏的论争，到底具有什么意义？它留给跨世纪的神话研究有多少发人深省的东西，难道不是十分显然的吗？

总之，20世纪我国神话学史上有关“中国神话零散、断片”之说，已成过去，当迎接新世纪到来之时，丰富而优美的我国各民族创世神话群的公开于世，至少应当修改为“中国神话在古典文献上是零散而断片的；但是，在各族人民的口碑上是丰美的、系统的，所谓的‘中国神话是贫乏的’也应当修正为‘中国神话是丰富多彩的，是有完整体系的’”。同时，有关形成中国神话零散、断片原因的那场大论争，也应当修正为：造成中国古典文献上神话材料的零散、断片的原因是与儒家对神话的伦理化、历史化有直接原因，和儒家“不语怪力乱神”的排斥神话有关。在这点上，这场讨论有一定意义。但是，把民族、国民说成是缺乏神话的想像力，显然是违反人类学常识的错误说法，事实证明，中国各民族的丰美的创世神话群，极富于想像力，可以与世界各文明古国原始神话相媲美，可以毫无愧色地立于世界神话之林。

二、中国上古神话的复原

——关于建立中国神话系统的尝试

当20世纪30年代至40年代神话学界反复论辩中国神话贫乏的原因及神话材料零散、断片的状况时，一些有代表性的学者鉴于西方希腊神话自古具备完美和有序的神话状况，发出了许多感慨；其中，最令人思索的就是对于春秋战国时代把神话伦理化和历史化的同时，竟然没有伟大诗人和艺术家像荷马那样把神话加以“发扬光大”的慨叹。正像神话学的先驱者黄石早在1927年就感叹说：“神话是一朵灿烂的鲜花，是人类的文化史的第一页，希腊有多量的美丽神话，留存至今，正显出其国民性的优秀。只可怜我们的中国的神话，却被古代的忽视一笔勾销，那不单是我们的不幸，并且是全人类的一件重大的损失啊！”⑰

于是有志于中国神话研究并力求将散乱、断片的神话“集大成”的学者，便畅想出把中国神话还原为完整神话系统的倡议来。这种畅想的出发点仍然来自中国神话贫乏这一个最令国人国学遗憾的课题上。

茅盾在他的代表作《中国神话研究ABC》一书的第8章结论中谈到中国神话“集大成”任务时，提出了3个问题：

“一、我们能不能将一部分古代史还原为神话？……我们的古代史，至少在禹以前的，实在都是神话。如欲系统地再建起中国神话，必须先使古代史还原。否则，神话的系统便无从建立。”“古代史虽然即是神话的化身，可是已经被屡次修改得完全不像神话。并且古代史自身的系统亦不明了，也已经不是全部神话而只是一小部分神话被历史化了而保存为现在的形式。所以即使将古史还原为神话，也只是不完全的神话。如果一定要求其相当的完整，那么，一些推想和假定是必要的了。用了极缜密的考证和推论，也许可以创造一个不至于十分荒谬武断的中国神话的系统。”⑱第二个问题是建议搜集研究地方传说中存留的一些神话和少数民族口头流传的神话；第三个问题是建议从原始信仰和灾异迷信中谨慎分离和特别处理出一些神话。他以为这是建立中国系统神话的先决条件。他强调：“不解决第一个问题，则我们只有碎断的神话故事，没有神话的系统；不解决第二个问题，则地方传说混入了神话里去；不解决第三个问题，则原始形式的神话不能分离而独立。”⑲这是最早出现的渴望将散乱、断片的神话材料还原并建立起中国神话系统的神话研究思想，它在当时处于中国神话贫乏境遇中的神话学界产生了极大影响。有的远在异国研究中国神话的学者也在呼吁说："中国原始神话是贫乏的——无论在质和量的方面，甚至连一个完整的概念也没有。要是我们愿意向这堆古籍中的古代历史的事实和道德的寓言还原为神话，那固然是一件有意义的且必要的工作……中国原有的原始神话，在今日已到了一个研究和整理的期间。"[20]

此后，真的就有许多学者进入还原古史传说为神话的角色，从史料中清理出原形神话来。如杨宽在1938年便致力于将三皇、五帝、唐尧、虞舜、夏禹等诸多之神从古史材料中还原成神话。用他的话说："夏以前之古史传说，其原形本出神话，经吾人若是之探讨，可无疑义，然吾人尚须由其原始神话而检讨其历史背景，以恢复其史料上之价值……本书所论，仅将古史传说还原为神话，特初步之研究耳。"[21]

但是，利用上古神话的零散、断片材料去整理出一部或几部完整的中国系统神话，是不是我国神话学必须肩负的任务姑且不论；仅就这种由断片复原成完型的还原工作而言，它的难度也是很大的。茅盾所说的复原时"一些推想和假定是必要的"，"极缜密的考证和推论"是必用的。这里的推想、假定到底能有多少接近原始或原形，显然是缺乏客观标准的。现代神话学者无法与上古时代的荷马们相比拟，很难以原始想像力那种不自觉的艺术方式去构成古老的神话体系。正如人类学家指出的那样，"中国的神话材料，比较贫弱，而且代表一个甚长的时间与广大的地域，要用中国神话的材料来做一套完整的神话研究方法系统的例子，那例子就很难寻找到十分理想的"[22]。很难找得到十分理想的神话材料，也就很难复原成完整系统的原始神话，这应当是显而易见的。假如这种复原更多了些推断与假定，那么这种现代复原了的新创作神话，究竟有什么神话学上的意义和价值呢？这确实是中国神话学发展中一个很值得深思深省的科学问题。1950年12月，商务印书馆出版了袁珂著的《中国古代神话》一书。这是我国第一部由神话学者撰写的以故事体为主干的中国系统神话的专书，可以被认为是把古典神话断片"集大成"的一部还原性的作品。作者在该书的序言中写道："像这样系统的把中国古代神话写成通俗故事而又略有学术意义的著作，迄今为止，似乎中国也还不曾有过。浅虽浅陋，聊胜于无。"[23]这部系统神话故事的写作显然是有作者一番苦心的。虽然它只是关于中国神话轮廓的大略勾画，但是所涉及的古典神话断片已很可观且达到相当规模了。

该书共分为五章，第一章概述了神话与中国神话的存在状况，阐明中国神话的散断及其原因，实际是一段概论。第二章，讲了世界开初的神话故事，主要包括女娲神话；第三章是关于黄帝和帝后的神话，第四章是关于羿的神话；第五章是关于鲧、禹治水的神话。在这些神话中包含有蚩尤、夸父、刑天、精卫、应龙等几十个人神的故事。所采用的神话材料主要出自《山海经》，其次引自《楚辞》、《淮南子》、《列子》、《搜神记》、《拾遗记》、《博物志》、《述异记》等诸子及笔记类书籍，此外，还从《穆天子传》、《吕氏春秋》、《韩非子》、《庄子》、《左传》、《国语》等典籍中引用了一些断片。共约300多则零散、断片神话材料，拼连缀补而成5万字规模的长篇神话。应当说是一项十分艰巨的文化工程。

有关本书的写作，作者本人曾发表过一些说明性的文字。他说："拙著《中国古代神话》，做的是整理神话的工作，它是以叙写故事为主的，中间虽然也夹着一些议论，但目的仅仅为了要把一些神话的片断连缀起来。”㉔“各个故事既是由神话片段写集而成，则片段与片段之间的空隙，如何弥补，也使撰者很费踌躇，只得出以推理的想像，因此或中夜而废寝，或绕室而彷徨，自谓是用了一番苦心，但是否有当，还须待教于高明。”㉕在选材上作者还说：“神话、传说与仙话，错出诸书，区界本难。而标准的神话如‘夸父逐日’、‘刑天断首’之类，又所存不多，选取自不能过于严谨。因而后起的传说及略带仙话味的神话，也都斟酌采用，但如真是道家方士的胡说，则一概摒除，以存太古初相。”㉖在作者对于还原神话所做的说明中显然有两点很值得注意：一是片段与片段之间空隙的弥补，只能靠推理想像；另一个是标准神话缺少时放宽选材标准采用了其他传说或神仙故事（尽管说是带仙话味的神话）。这样就出现了作者的主观臆断和偏离神话标准的穿凿附会。所以该书出版后，受到了批评。神话学界（包括日本研究中国神话的同行学界）对于如何整理中国神话系统产生了许多意见，其中普遍对加入推理想像的主观成分和人选神话以外的传说、仙话材料为神话的作法表示异议，从而认为这种形式的神话体系的再创作对于复原中国神话学的研究对象，对于弥补中国神话的贫乏无济于事。

实践证明，由于中国神话的零散、断片而萌发出将其复原成系统神话的构想是不符合神话本身发展演化的思维规律的。这种复原工程显然也不是神话学本身的科学任务。这种人为整理神话系统的念头，其实仍然来源于中国神话研究之初的神话材料不足、散碎、贫乏等等这一个现实基础。正像《中国古代神话》作者袁珂先生在整理系统神话之前所发出的感叹那样，他说：“世界上的几个文明古国的中国、印度、希腊、埃及，古代都有着丰富的神话，希腊和印度的神话更相当完整地保存了下来；只有中国的神话，原先虽然不能说不丰富，可惜中间经过散失，只剩下一些零星的片段，东一处西一处的分散在古人著作里，毫无系统条理，不能和希腊各民族的神话媲美，是非常抱憾的。”㉗中国古典神话零星、片段这个先天不足的缺憾长期以来激励着茅盾、袁珂等等几代具有高度民族自尊感的神话学家，力求用还原的手段由学者们去系统地再建中国神话，其结果当然是不可能达到目的的。应当说几十年间这种建立中国神话系统的尝试，显然是不成功的，是无力也无助于把中国神话推向世界神话的高峰的。然而，直到 1979 年袁珂先生还念念不忘地说：“要将极零碎的神话片断缀辑起来，从中清理出个故事的条贯。”㉘这应当是中国神话学的又一个值得深刻反思的方面。

中国神话之原初，在于无文字史前的民众（或人群）口传，脱离开民间口传神话之原，而去复文献典籍字里行间的神话断片文字之原，应当说是本末颠倒的行事。在几十年来从古典中寻访神话的学者们，极少向民间口传神话的领域涉足，因而重古文字材料轻口碑传承的学风已成积习，过分自信谁掌握的古典神话断片多，谁就有可能具备建立系统的中国神话的条件。力求以古文字的考据辨识散乱纷纭的神话资料之谜，从而达到归纳成完整形态的系统神话，为中国神话学的研究对象重新创立一个良好而厚实的基础。这种努力虽然对探索个别的具体的神话已经发挥了很积极而有效的作用，如对《楚辞》神话的研究等等已见成型；但是，对于这样一个地域广大，历史文化悠久，古今民族多元化的国家来说，一个叫做中国神话的系统怎么能由个别神话学者的努力（包括他个人的主观推断和想像）就可能完成呢？

近十多年来全国性多民族神话采风和普查的实践证明，中国多民族的完美的原始神话确实贮存在广大民众的口头传承中。那些多神代的系统完整的开天辟地的动人神话甚至以其最朴素而古老的形态依然活在民众的口耳之间，就连神话中许多细微的原始状态的神话元素都保存得十分完好，确实令神话学者们惊叹不已。这种口碑神话的完美传承使不少热心于神话复原的学人有所清醒，有所反思。使他们开始觉察到大半个世纪以来那种抱残守缺的神话学观念与方法已经和科学的神话学相距遥远了。

三、中国“广义神话”论的提出

——关于神话、仙话、鬼话三位一体说

由于中国神话贫乏论在近几十年中成为国内外共识的定论，于是才引出了探索其贫乏原因的长期论争；以后又引出了把神话断片复原成系统神话的种种尝试。当上述各种努力都无法解释和弥补中国神话材料确属散碎的事实时，神话学界又产生了关于中国神话界限的新的议论，那便是：中国的神话是“广义神话”，它包括的范围很广，既包括了反映原始观念的上古神话，也包括了以后的大量传说，当然也包括有关成神成仙的传说和有关崇鬼的故事，我把这种说法归结为神话、仙话、鬼话三位一体说。这种议论从20世纪80年代直到近几年在神话学界确实是热闹了较长时间，甚至把这种说法称之为“具有中国特色的中国神话”，是和其他国家民族的神话不同的。

把神话界定为狭义和广义，并且确定中国的神话是广义神话的立论，最初于1980年出现在《中国神话传说词典》的序言中，引起了神话学界的广泛注意，一时赞成者、反对者纷纷参与了议论。此后“广义神话”说的倡导者袁珂再一次于1984年发表了《再论广义神话》，将这一神话界说发挥得更加清楚明白。以后1985年又发表了《前万物有灵论时期的神话》，1986年为《中国神话史》写了自序、前言，都在继续不断地宣讲中国广义神话论。同时，袁珂主编的上述那部词典，以及1988年出版的《中国神话史》，也正是为具体实践广义神话之说而编著的。其中入选了历代传说、仙话、狐鬼故事，甚至《封神演义》、《西游记》以及历代笔记小说中的奇闻怪谈等。凡是有幻想色彩的传说材料都进入了神话。于是中国现代神话学出现了前所未有的复杂局面。

然而，由于半个多世纪以来，在所谓中国神话贫乏这个令中国神话学者感到十分沉重的包袱重压下，神话研究举步维艰的关键时刻，广义神话的概念一经提出，立刻受到一部分反传统神话概念的学者响应、赞成，立刻把研究神话的视点集中到大量与神话并无近缘关系的传奇、神怪、逸闻、狐鬼等故事材料中，并极力证明这些都属于神话之列。并突出强调这种广义神话概念符合中国特色的实际。

回顾一下广义神话说提出的前前后后，很有必要。1983年12月，袁珂谈到他编写原《神话词典》的构想时写道：

> 起初，我目光所及，大都偏于古代神话。以后，经过几次对词目的修订增补，才逐渐认识到，中国历史既然是这么悠久，在悠久的历史发展演变过程中，必然会有许多新的神话、新的富于神话意味的民间传说繁衍滋生。事实确也正是这样。难道“沉香救母”的“沉香”，“白娘子水漫金山”中的“白娘子”，以及有关它们的一些词目，如“法海”，“华岳神女”等，不应该作为《神话词典》的词目而列于其

中？难道仅仅因为它们产生的时代比较晚近就应当遭到摒弃？要是真像那样，那么《神话词典》就太狭隘、也太不完备了。在编写中，我对神话的认识起了变化，逐渐从狭义领域走向广义领域。自然，词目编写的视野和范围就随之而扩大了。㉙

从这里开始作者把神话中的主人公角色就从神和神性英雄的严格范围推展开去，把历史或传说人物、仙人和精灵鬼怪、奇异国族（如穿胸国人、反舌国人及无肠国人等多国族人）都收入到广义神话之中。把神话中的神物扩大到怪异动植物、矿物、武器、乐器等中去。还把传说中各地方的某山某川及城池庙观等也和天界地界、日月星辰、风雨雷电的神话混为一谈。以至于把“八仙过海”等成仙得道、法力无边的道教传说也都列入神话范围。但是，这时关于广义神话的论证并不充分，并没有引起学术界较大的震动。

1984年下半年，广义神话论的首创人袁珂先生又发表了较长篇的专论，把广义神话的说法发挥得淋漓尽致。归纳起来有以下几点：

1. 他认为：群众的认识早已把神话和传说“混称”为神话，而且把传说看做是神话主流，神话从狭义走向广义，乃是必然趋势。他对茅盾的说法“传说（Legend）也常被混称为神话。实则神话自神话，传说自传说，二者绝非一物”㉚表示了不同意见。他认为被群众混称为神话“这就是神话领域初步的扩大，也就是神话从狭义走向广义的开始”。“管它是否系传说的‘混称’，在群众的心目中，这才是神话的主流，是兴趣的中心。神话之从狭义走向广义，乃是必然的趋势，不是学者的学术研究所能规范和制约的。”㉛

2. 把成仙得道的神仙怪异之说——仙话列入了神话，证明神话必然从狭义发展到广义。这是广义神话说的重要理论，并把这称之为“中国特色”的神话。作者写道：“在中国，又还有一个独特的现象，就是早在战国初年，仙话便已经局部侵入了神话的范围，与神话合为一体，成为神话有机的组成部分。最明显突出的例子，就是在羿神话中，又加入了嫦娥窃药奔月的神话。”㉜作者还列举了《山海经》中记载的不死民、不死国、不死山、不死树以及诸巫操用的起死回生的不死药，还有所记奇异生物长寿不死之言等等方士神仙故事证明说：“看得出来，这些都是仙话侵入神话范围，对神话所起的影响。难道能够说都是道家方士的谰言，没有一点民间传说的凭依，可以把它们都排斥在神话的视野以外么？”㉝他认为如果神话排除了仙话，那神话色彩就“至少会要黯淡三分之一”。“神话仙话同属幻想的虚构，如果说仙话都是编造的而神话则是流传自民间的，这种说法恐怕会失之偏颇和武断，是站不住脚的”㉞。所以他认为“‘约定俗成’，神话的发展趋势和研究神话的途径自然都非得逐渐从狭义走向广义不可”㉟。

3. 产生于原始社会的神话当然是神话，在阶级社会，特别是我国长期封建社会中又产生了许多新的神话，总归还是神话。但他所说后世产生的新神话指的是以下两种：“一种是无主名的，如像‘白蛇传’、‘沉香救母’、‘白螺天女’、‘望娘滩’等，从内容到形式，都和古代的神话无大差别……另一种是有主名的。”㊱随之他列举了李朝威著的《柳毅》所写的洞庭湖龙女与柳毅的婚恋故事，吴承恩著《西游记》中写的孙悟空大闹天宫故事，蒲松龄著《聊斋志异》中所写的狐鬼变人故事等等都是后世产生的神话。他认为“过去研究神话，多把神话限制在‘上古’、‘古代’这样一个比较狭小的时间圈子里，这也是不够的，还须从这个圈子里跳出来，看到后世也有神话，直到今天，还未断绝”。“神话实际上也就并未消亡，而且不久之前我们在1980年第8期《民间文学》上还看见黄鹤逸搜集整理的《八仙星》，又看见叶慰林在《红军泉》里记叙的‘姐妹鸟’，在当代的民间传说中，连共产党人和革命烈士也都化作了星变成了鸟，你说今天神话还会是处于‘消失’或‘消亡’的状态吗？”㊲他把古今传说或古今神怪小说也都列入了广义神话。

4. 神话的下限被认为是难以确定的，与科学的神话概念所说随着上古时代的结束，神话虽继续流传，但不会再产生这种原始先民特殊的产物的说法相反，他认为“或者将来有一天，全世界都进入了共产主义社会，连宗教都不存在了，到那个时候，神话可能就会全部消亡了吧？我看那也未必……即使将来到了共产主义社会，生产力已经高度发展了，恐怕也还有事物没被认识，还有自然力没有被支配，那就还会给神话提供产生的条件。当然，未来神话的内容和表现形式将是怎样，谁也无法预知。推想起来，或者将走向科学幻想小说那样的途径”㊳。他还列举了《列子·汤问篇》中记载的工匠偃师制造一个能歌善舞的机器人向周穆王献技的故事；神医扁鹊行换心手术的故事；郭璞《玄中记》中奇肱国人造飞车从风远行的传说；段成式《酉阳杂俎》所记鲁班做木鸢由其父乘鸟自敦煌飞往江南的传说等等都是古代的科幻小说，他还说：“甚至连前面一再提到的‘嫦娥奔月’，都可以说是科幻小说的微型。然而这些都是民间传说，并无主名，我们一般把它们当作神话看待。”㊴

从以上四个广义神话概念的具体阐述中使我们看到他把神话的范围已经扩大无边了。正像他本人所总结的那样：“读者禁不住要问：你说的‘广义神话’的‘广义’之‘广’，究竟要‘广’到什么程度？是的，这是一个重要的问题，连我自己也正在慢慢地探索中。”㊵作者对于广义神话的设想还用开玩笑的口吻解说广义神话可以用“无底洞”和“没遮拦”来形容它至今也没有下限。

这种把后世的传说，成仙得道的神仙故事、奇异怪谈及狐鬼故事甚至科学幻想故事等等都没遮拦地归入神话范围的主张，经此一论，在我国20世纪80年代中期的神话学界及民间文学界立刻掀起了一场争论的波澜。由于这种主张出自我国神话学会会长的权威，因而在相当一部分学人中产生了响应。上海一些学者积极展开了对仙话的研究，并强调中国仙话才是具有中国特色的神话；另一些学者提出了由于中国自古以来就人神鬼不分，所以鬼变成为人神的中介，“中国神话形成的中介，就是鬼话，离开了这个中介，就没有了神话这较高一级的艺术形态。因为人死后，第一阶段是变成鬼，然后再从鬼中变化成善鬼（即神）和恶鬼”。“出现鬼之后，随之亦出现有关鬼的种种传闻，即可称为鬼话，是形成中国神话的重要阶梯。”㊶在广州举行的一次全国性神话学研讨会上，另有学者竟公开发表了“科幻故事”，也是当代新神话的有关论文，受到关注。这时期，外国一些神话学者却评述这一现象是“广义神话论”引起的对以往严格的狭义神话概念说的一种挑战，是强调并突出中国神话自有中国特色这一“中国学”立场出发的定义，缺乏神话的国际的比较研究的结果。虽然他们认为这种种关于神话的探讨对于活跃中国改革开放以来的学术研究是有益的，但是，无论如何也不应当仅仅看作是“中国学”中的神话研究，而应当看到是国际神话学领域中的中国部分才好。他们提醒中国神话学研究是否应当不因神话欠缺而去用“广义神话”证明中国神话大量存在，而是去做大量采集仍然存活着的神话的努力为好[42]。这个时期，多数不同意“广义神话”说的学者面对热烈的神话学讨论局面，并没有发表批评与商榷的意见而把值得反思的问题留到现在。尽管在我国当代有关神话的专业教科书中依然保持着马克思、恩格斯所论断的神话概念：“任何神话都是用想像和借助想像以征服自然力，支配自然力，把自然力加以形象化”，强调只有人类童年期产生的这种幻想艺术形式所具有的原始性这一阐述，但是，对于“广义神话”无限扩大内容范围及产生神话时限的学术观点，却没有一个相应的解析和回答。于是才形成了20世纪80年代中期把仙话、鬼话都侵入神话混同研究的一股不小的思潮。

这里有一个值得认真追究的问题是：为什么首创广义神话说的袁珂先生要在他坚持了几十年的“狭义神话”观基础上一反过去而在20世纪80年代初突然转向“广义神话”，并坚持把本来不是神话的大量传说、仙话、异说怪谈、狐鬼神妖等等都纳入到神话范围呢？这究竟是理论上的突破，还是另有动因呢？为此，笔者在阅读袁珂先生的另一部代表作《中国神话史》时[43]，找到了广义神话论产生的原因。

《中国神话史》正是在“广义神话”论的思想支配下完成的一部宏文巨著。作者首先在该书《前言》中阐明了一个观点：“中国神话本来很是丰富，但是因为如下几种原因，给人以错觉，误以为是贫乏无可记述的。”（这显然和作者前些年认为中国神话零散、断片有极大的不同。）然后，作者详细地论述了造成人们错觉的五个原因。他写道：

> 一、中国神话零星片断地记录在先秦和汉以后的古书里，没有出现像希腊荷马那样的“神代诗人”，把这些零星片断的神话熔铸成鸿篇巨制。二、后世民间流传的神话如“牛郎织女”、“董永和七仙女”、“沉香救母”、“白蛇传”、“望娘滩”等，在一般学人的心目中，不过是以普通民间故事视之，并未当作神话。三、道教是中国本土产生的宗教，已有了一千七八百年的历史，道教的仙话，更是源远流长，在春秋战国时期就已经有了。仙话中也有比较积极有意义的部分，对中国文化曾产生过好的影响，过去都未当作神话予以考察。四、中国历史人物身上，常附有许多神话因素，有些历史人物，同时已是神话人物，如姜太公、李冰、秦始皇等，但关于这些人的神话故事，却未被视作神话。五、……中国现有55个少数民族，他们都有从远古流传至今的宏伟壮丽的神话传说，过去一直被忽视，未列入中国神话考察的范围。

他认为过去对二、三、四、五点所包括的后世民间传说道教仙话、历史人物故事及少数民族神话等从未看作是神话，自然错以为神话贫乏，只要把这大量的传说故事都视为神话，那么神话就成为“本来很是丰富”的了。在这里，第五点是完全正确的论断，其余二、三、四点都有这样那样的不周之处。他在《前言》中还补充说他这部神话史中除了包括上述五部分内容外，历代神话整理者、研究者的整理研究材料和历代神话影响的文学艺术都是这部神话史依据的内容。所以书中不仅大量罗列了古史、笔记中的史事传说和历史人物传说（如伍子胥、孔子及其门徒、秦始皇及徐福等的传说），还选入了古小说中的神异怪诞故事及明清小说中《西游记》、《封神演义》、《聊斋志异》等文学作品及唐诗、元明戏曲等等。几乎收入了所有历代幻想传奇的故事。从中可以看到中国各种通俗文艺或史料、杂著中的传奇叙事材料一下子都涌入了神话的范围，使原来“误以为贫乏”的神话一次性“丰富”了起来。这就是广义神话论产生的起点和终点。

从《中国神话史》中断代编年史式的神话内容是那样庞杂堆砌的状况分析，广义神话论的产生，仍然来源于“中国神话贫乏”这个中国神话学开初就面临的大难题。也就是说，当中国上古神话零星、断片、残缺时，只好靠以后历代的传说故事作为无限丰富的神话资源了。广义神话论的代表作《中国神话史》的写成，就是明证。从这部神话史的序文中还可以清楚地看到上述这种学术心态和观念。作者写道：

“广义神话的中心思想，就是认为不仅最初产生神话的原始社会有神话，就是进入阶级社会以后的各个历史时期也有神话。旧有的神话在发展、在演变，新的神话也随着历史的进展在不断产生。直到今天，旧的神话没有消失，新的神话还在产生。有了这种基本的认识，就觉得眼光较以往明亮了，心思也较以往开阔了，许多东西都可以堂而皇之地纳入中国神话的园苑来进行考察了。中国的神话并不是贫乏苍白，而是丰富多彩；并不是残破凋零，而是枝繁叶茂。”

“希腊有丰美的神话，却没有听说有什么神话史……而我们这个在半个多世纪以前还被有些人认为是没有神话或神话贫乏的国家，现在居然有了一部神话史了……它也用了大量的材料和事实来向你说明：中国不但有神话，而且中国神话的丰富、宏伟和美丽，并不亚于世界上其他任何国家和民族。”

从这两段作者的自述中清楚地看到“广义神话”论的提出依然基于中国神话学当初面临的最大遗憾，即中国神话贫乏之说，为了打破这一定说，广义神话论找到了极为丰富的传说故事材料纳入神话，使本来不属于神话的材料改变了性质，同时也失去了神话的科学概念和范畴，导致 20 世纪 80 年代以来神话研究方面的许多不应有的偏离，同时也使中国的神话研究在很大程度上脱离了国际性的比较神话学的正常轨道。这自然又成为进入 20 世纪 90 年代以来不能不反思的重要问题。至于原始社会遗存下来的神话既然是上古神话时代特有的产物，那么它能不能构成从古代到现代的神话史，那将是与神话学理论十分相关的另一个值得研究的课题了。

四、中国创世神话的大发现

——中国神话学繁荣期的到来

中国神话学在经历了从面临“中国神话贫乏”到探讨造成“贫乏”的各种原因的早期阶段，又经历了从零星、断片的神话材料中尝试复原古代神话的努力再到无限扩大神话范围的“广义神话”论提出的近十几年，艰难地走了将近一个世纪里程的徘徊之路。其间，也并不是没有学者做除此以外的其他科学探索，应当公正地说，早在 20 世纪 30 年代就出现了探究中国神话的科学预见和科学实践，由于他们的努力和当年把目光投入到古典文献上研究神话的学术主流稍有疏离，所以长期以来他们被神话学界摆到了不引人注意的位置。现在看来，这种现象是不甚公正的。实践证明，正是这条科学的神话学发展道路使中国神话调查研究终于取得了空前的成功。

早在1933年4月钟敬文先生发表了他的著名论文《答爱伯哈特博士谈中国神话》[44]。这是针对德裔美国民俗学家爱伯哈特在中国工作期间给他的来信中发表了关于中国神话贫乏的言论所写的答辩言。他指出：

> 中国的过去，因为种种的关系，在比较古老的一些文献上，仅保存了若干断片的、简略的神话和传说。一些欧洲和东方的学者，由此便形成了一个共同的见解，认为中国文化史上没有产生过像古代希腊、罗马或北欧等那种比较有体系的或情节完整的神话和传说。这种见解的正确性，我觉得是颇可怀疑的。中国比较古老的文献上所保存的神话和传说，有着过于缺略或破碎之嫌，这是不容否认的事实。但因此断定中华民族的文化史上，必不会产生比较有体系的或情节完整的神话和传说，那先就论理上讲，也不是很通顺的吧。何况在事实上，更有着足以摇撼这“见解”的证据呢？……过去“浩如烟海”的文献中，固然相当保存着古神话和传说，但现在还泼辣地存活在民间的农夫、樵子、渔妇们的口碑中的神话和传说等，真可说是相当充实的、闪光的宝库！……有意研究或编辑中国神话和传说的学者，不从这些着眼，而仅仅抱着两三册比较古老的文献，口里高嚷着中国神话和传说的不存在或稀少。这不是很通达的学者所应有的态度。

钟敬文先生的批评和意见指出了如何纠正那种认为中国神话贫乏见解的正确方向和方法，即向民间存活着的口碑神话做搜集采录，一定会取得丰硕成果。半个世纪以来，遵循这条科学道路终于在神话学的发展上有了惊人的建树。1992年秋，钟敬文先生再次写到他与爱伯哈特当年这场论辩时，充分验证了当年他的科学预见的正确性。他说：

> 如今，认为中国没有神话，或者十分贫乏的时代早已成为过去。中国神话，特别是近40年来搜集的少数民族神话，包括古代典籍的和现在民间口碑的，活在民众信仰中的神话是非常丰饶的，这是中外学者都会承认的事实。而当年一部分外国学者对中国神话的误解和偏见，从另一个角度来看，却成了对我们那一代学者的一种鞭策、一种激励、一种促进。[45]

这里所说的对中国学者的鞭策、激励，实际上经历了不只一代，而是几代，直到今天仍然起着巨大的促进作用。从20世纪30年代钟敬文的《盘瓠神话的考察》[46]到芮逸夫的苗族洪水神话与伏羲女娲神话的人类学调查成果[47]，再到40年代初闻一多的《伏羲考》这一多民族共生神话的人类学考察集大成的著作发表，已经用科学的实证打破了“中国神话贫乏”的偏见和震动了国内在典籍中寻取神话的抱残守缺的人的自卑心理。这个科学的神话学传统，经过了最近20年的继承发扬，终于在全面发掘中国原始神话遗产方面创造出文化史上的奇迹。那就是20世纪80年代中期到现在的中国多民族的创世神话的大发现。

众所周知，古代神话的核心部分是创世神话，即宇宙起源神话、人类起源神话、文化起源神话等“本格神话”。以往所谓的中国神话贫乏的说法，也主要指的是中国缺少创世神话。仅有的盘古开天辟地神话只见于唐代《艺文类聚》引西汉徐整《三五历纪》中的简单记述。女娲补天神话始见于《淮南子·览冥训》，也只是“二度创世”的断片故事。女娲抟土造人神话始见于《风俗通》的几句零散记载。所以从全国56个民族民众口碑上采录创世神话就成为重中之重的当务之急的科学任务了。

从 1978 年到 1988 年 10 年间，也就是神话学界正在用中国神话的零散、断片材料作复原系统神话的尝试时，同时也正在推出“广义神话”论，用传说、仙话、狐鬼故事充填贫乏的神话时期，一支有组织的民族民间文学采风大军，数十万之众的十套民间文艺集成工作者，用人类学、民俗学、民族学的田野调查方法，深入到山乡村寨，进行了艰苦卓绝的工作，取得了举世瞩目的丰硕成果。这些成果包括两大部分：一是在采录民歌时，发现了大量说唱体神话史诗；二是在采录故事时，发现了大量叙事性原始神话。笔者为此分别做了如下归纳和说明。(见下表)

表 1　　创世神话史诗（均已整理出版）[28]

史诗族别	史诗名	创世主神	规模
彝族史诗	《梅葛》	天神格兹率子女造天地	4600 余行
	《查姆》	涅依倮佐颇率众神造天地	2100 余行
	《洪水泛滥史》	天神策更苴降洪水、又繁衍人类	3000 余行
苗族史诗	《古歌》	巨鸟科啼生天地，生巨人神整天地	7000 余行
	《史诗》	造天地日月，雷公姜央兄妹制人烟	3600 余行
纳西族史诗	《创世纪》	东神色神置万物，生善神生宇宙卵	3000 余行
白族史诗	《开天辟地》	盘古盘生变天地	400 余行
哈尼族史诗	《奥色密色》	天王杀龙牛造天地	2000 余行
拉祜族史诗	《勐呆密呆》	天神厄莎命扎罗造天、娜罗造地	
	《牡帕密帕》	天神厄莎造天地日月	1000 余行
崩龙族史诗	《达古达楞格莱标》	帕达然神让茶叶化天地日月	1200 余行
阿昌族史诗	《遮帕麻与遮米麻》	遮帕麻造天、遮米麻造地	2000 余行
土族史诗	《混沌周末》	盘古开天地	
侗族史诗	《嘎茫莽道时嘉》	萨天巴女神命众神造天地日月	
水族史诗	《开天立地》	伢巫女天神开天地造日月	600 余行
佤族史诗	《司岗里》	天神里和地神伦造天地和万物	
景颇族史诗	《穆脑斋瓦》	汪拉、能班木占造天地日月	
瑶族史诗	《密洛陀》	密洛陀造天地山河，命神造万物	2000 余行
汉族史诗	《黑暗传》	混沌诸神代出世、盘古开天地	3000 余行

表 2　　群神创世神话（故事）（均已出版、发表）[49]

神话族别	主　　神	母　　题
布朗族	顾米亚与 12 子	用犀牛身体各部造天地万物射 8 日 9 月
侗　族	颠光、杠谊、赐广、乐尉、报亥、洛兴	造天、造地、修白天黑天、修山谷平原
彝　族	①格兹天神与儿女	格兹用金银果变儿造天、变女造地、变动物撑天地
	②阿罗与子女	阿罗生 5 子造天、生 1 女造地、女用眼造日、月，化阿罗尸体为万物
	③恩体古兹 4 天神 4 铁匠神	另 9 女神、9 男神开天辟地
景颇族	皮能帕、迷能玛与 6 代神	造天地、光明、黑暗、造人鬼、音乐、运动
毛南族	昆屯、汉王、天皇，共 5 代神	造天地万物
蒙古族	多伦·敖敦与 99 天神	清为天、浊为地、天神生万物和人

表 3　　对偶神创世神话（故事）（均已出版发表）[50]

神话族别	主　　神	母　　题
阿昌族	天公遮伯麻、地母遮米麻	造天织地捏日播星喷云开山河
傣　族	混散、拉果里	造荷花化四大洲变两千小岛
独龙族	卡窝、卡蒲	雪山之神分万物、生男女、鸟兽
仡佬族	布什格、布比密	男神造天、日、月，女神造地、山、川
纳西族	董神、塞神	阴阳二神、创世、化日、月，生男女万物
佤　族	达路安、达利吉	造天、造地
白　族	劳谷、劳泰	生海水、日、月、星，生万物、金龙吐肉核化二神生多儿女
德昂族	天公、地母	用树叶做人
傈僳族	列喜列刹，沙喜沙刹	兄妹制人烟
怒　族	腊普兄、亚妞妹	造人类
高山族	玛斯宛、玛利雅帕	造万物
土家族	张古老、李古老	造天地、造人类
苗　族	佑聪、菠慈	造 9 层天、12 层地、天窄地宽

表 4　　一神创世神话故事[51]

神话族别	主　神	母　题
壮　族	①姆六甲	安排天地
	②布洛陀（男）	造天地万物、射日、传火
侗　族	萨天巴	天地亲娘、生诸神、用肉痣生人类
拉祜族	厄莎	蛛网天神、做天梁、天椽、天网、做日月
苗　族	罗迪	一胎生天地
布依族	①布灵	用二气造 12 天、地，用岩造日、月，水造银河，生风、电雨、汗毛造人，变山、万物
	②力戛	撑天、眼化日月、齿化天钉、支天柱、变森林
	②英叭	水、烟、气成大神，造天地、生神代
高山族	拉巴拉娥	开天地、造人、传火种
哈尼族	密乌艾西艾玛	金鱼娘扇出天地、生日月、生万物
基诺族	阿嫫腰白	分天地、造万物和人
傈僳族	木布帕	分天造地，造山河、花草、动物
黎　族	大力神	分天地，射日月，造山川、森林，巨掌化五指山
珞巴族	斯金地母	天地自生，地母化生万物
毛南族	昆屯	撑天开地，石聚山、泥聚地，水滴聚海
普米族	吉塞米	用狗鹿创天地，鹿尸化生万物
水　族	牙巫	手掰天地，造日月，造人
佤　族	木依吉	造天地二神，造万物
瑶　族	密洛陀（女）	造天地日月及 12 男神 12 女神，造万物、人类
彝　族	①溢萨	造天地万物
	②黑埃波罗赛	生卵化天地、日、月、星统众神治天下
	③阿底	造四柱顶天地

（续表）

神话族别	主　神	母　题
哈萨克族	迦萨甘	卵石造火，水气升为天，落下为地，生日月星辰
维吾尔族	腾格里（女）	创天地万物
柯尔克孜族	宇宙神	造月神升天，造大地万物
满　族	阿布卡赫赫	造天地，造万物
鄂温克族	保鲁恨巴格西	天神用泥造人间万物
鄂伦春族	恩都力	生男女造人
达斡尔族	天神	泥造人

从以上表 1 所列神话史诗可以看出，我国各族神话用长篇说唱体表述奇异幻想故事的史诗篇章几乎完全与世界神话史诗发生发展的状况相似，并不像国内外学术界某些人妄加评价的那样，似乎中国人不善于用诗的形式进行叙事创作；相反，就其艺术魅力来看，也完全有资格与国际同型史诗相媲美。

同时从表 2 到表 4 的介绍中，更可以看到中国各族创世神话的类型远比世界上其他各国各族神话更齐全。正像我国学者指出那样："中国的创世神，大体上可分为四种类型：一是独自开天辟地的创世神；二是一对开天辟地的对偶神（或兄妹神、兄弟神）；三是一大神为主，诸神为辅开辟天地的群体神；四是几代大神先后完成开创天地的世代神。这种形态在世界范围内的创世神信仰都较为完备、多样而且具有典型意义。"[52]

与此同时，笔者还发现中国创世神话虽然表现出了多元的特点，但是，由于中国的少数民族与汉族之间有着悠久的文化交流关系，所以神话共生共享的现象是十分醒目的，且不论这些共生神话的传播源流如何，单只这多元一体的神话现象，就足以证明中国神话深厚而又源远流长的历史事实。最有代表性的便是盘古神话的多元一体特征。见表 5：

表 5　　　　盘古创世神话[53]

神话族别	主　神	母题及其变异
汉　族	盘古	开天地，化生日月、山川、草木
壮　族	盘古	分天地，化生万物
苗　族	①盘古	卵生，分上下为天地，化身为万物
	②盘古、南火	盘古开天，南火开地
	③盘古、晴皓	开天地，化万物

（续表）

神话族别	主　神	母题及其变异
畲　族	盘古	造天地万物，化雷霆，化风云，变日月，变五岳、江河、地理、田地、金石、珠玉，化千万人，造帝王，造姓氏
瑶　族	盘古	用耙造山川、高原，造天地，育万民
白　族	盘古兄、盘生弟	共同开天地，化万物
土　族	盘古	混沌生石卵，石卵生盘古，开出了 2 层天，又加一层黄金天
傈僳族	盘古	开天地，造人，种南瓜生出兄妹育人烟
毛南族	盘哥、古妹	兄妹繁育人类
侗　族	盘古、古老	古老开天地，盘古创万物，二神生天王 12 兄弟、地王 12 兄弟，造了万物，造人王 9 兄弟育人类

盘古开天辟地的神话在多民族的传播中得到了丰富，使原来古代典籍中的直白记述复原成有血有肉的活生生故事，传达出原始神话特有的朴素风格。至于其中的变异成分，就更加标明神话传承本身所显示的巨大生命力。

结　论

从以上多民族的神话史诗和神话故事的大量被发现并公开问世，完全展示了中国神话极为丰富的原始资源。中国不仅不是神话的“不毛之国”，反而成了高产神话的沃土，是神话原生态的未开恳的处女地。数千年以来在偏僻的山乡村寨中，口传神话的吟唱和讲述从没有中止，相反却保存得十分美好完整，这在人类学的多年考察中也是奇迹。从我国多民族的创世神话的大发现成果中，可以概括出如下几点重要意义：

1. 原始的古老神话总是由行吟诗人歌手编成史诗加以传诵，这已被希腊神话与两大史诗所证明。如今，中国多民族的神话和各族传唱的神话史诗再一次证明了这个古代文化史的经验。中国神话史诗的大量出现不仅彻底纠正了百多年来关于“中国神话贫乏”的错误“定论”，也最终打破了中国没有史诗，特别是没有神话史诗的传统看法。虽然国际史诗研究界在 20 世纪 80 年代初已经承认了我国三大英雄史诗（藏族《格萨尔》、柯尔克孜族《玛纳斯》、蒙古族《江格尔》），但是，在神话史诗方面仍认为是一片空白。中国无史诗的论断在国内外流传已久，国际上所认为的“中国人无史诗”，最早出自约 150 年前黑格尔《美学》中，他写道：“中国人却没有自己的史诗，因为他们的观照方式基本上是散文性的，从有史以来最早的时期就已形成一种以散文形式安排的井井有条的历史实际情况，他们的宗教观点也不适宜于艺术表现，这对史诗的发展也是一大障碍。”[54]这个论断显然是指以汉文化为主体文化的观点，黑格尔时代还无法知道中国的多民族特点，更无从得知今天多民族史诗的被发现。但是，黑格尔的论断在国际上有极大影响，近现代的国际神话学界都坚持这一论断。至于国内学术界也只有近20年间才在发现了多民族创世史诗后逐渐承认了中国有史诗的事实。特别是当我国正式通过国家各大媒体向世界宣布了我国的古巴楚文化交汇处的巫山神农架，发现了汉族神话史诗《黑暗传》的文化信息后，国内外学术界方才全面承认中国原本有史诗的事实。

2. 在众多的神话史诗中，少数民族，特别是西南少数民族史诗占有绝对的分量，同时，从内容的丰富到艺术表现的完美程度看，它们也是较为突出的。这一事实证明：中国神话与希腊神话至少有一点不同，中国神话具有鲜明的多民族性，它们既有各民族自身的创世大神、神代传承（甚至还有一个民族不同支系的不同创世神话的传承），同时也有些民族与汉族共同传承着一些共生的创世神话。这种神话的分布与传承现象，呈现出鲜明的“多元一体”特征，这是和其他国家神话有明显区别的特点。我国神话学界从20世纪初以来，几乎半个多世纪的时间内不承认这种多民族特征，一味地坚持汉族单一文化正统观，或公开或隐蔽地否认周边少数民族文化与汉文化的多元一体性，因而排斥少数民族神话与史诗，不认为是可以代表中国的文化因素。正因为这样，才出现了本文从一开始就揭示出的所谓“中国神话贫乏”论，“中国神话零散、断片”论，“中国广义神话”论等等，把注意力紧紧盯在了汉文典籍上，既排斥了少数民族的口碑神话与史诗，也忽视了汉民族的口碑神话与史诗。直到汉族神话史诗《黑暗传》及汉族中原神话群从神农架及河南盘古山、夸父山、女娲城等地采录成功公开发表后，神话学界狭隘的汉文古典正统观才得以纠正。也正是由于多民族的多元一体的中国创世神话的大发现，用无可争辩的事实，纠正了我国神话学的许多错误，弥补了许多缺陷，打消了国内外一些统治了近一个世纪的学术偏见和文化歧视。

最近日本著名的中国神话研究家伊藤清司撰文说，随着各少数民族神话的大量被发掘，随着中国神话研究寄予极大期待的汉族民间神话新资料汉族长篇创世史诗《神农架黑暗传》及河南省《中原神话》的被发现。“我们期待着中国神话研究从以往长期闭塞状态推移开去向光明的广阔的视野展开，将是大有希望的。”[55]这应当被看作是国内外共同的对中国神话学的新的期望。

3. 中国创世神话的大发现，证实了这些神话群在各民族的现实中仍然发挥着实际效用。它们和某些文明古国的上古神话业已成为文献上的“化石”不同，而是和现实生活交织融合在一起，和民族的现行各种俗制、文化活动、信仰和道德都有着密切关系。它们是当代人类学最为关注的“活态神话”。它们所发挥的历史的、社会的、文化的多种功能对各民族的发展有重要的意义。马克思早在《德意志意识形态》中说过：“思想、观念、意识的产生最初是直接与人们的物质活动，与人们的物质交往，与现实生活的语言交织在一起。”[56]中国创世神话正体现了这种特点。正如人类学家、功能学派开创人马林诺夫斯基所说：“神话的继续存在，并不专靠本身故事的叙述所引起的文学兴趣，它乃是一种原始现实的描述，而发生作用于社会的现行制度和活动中。它的功能就在于它能用往事和前例来证明现存社会的合理，并提供给社会以过去道德价值的模式，社会关系的安排，以及巫术的信仰等。”[57]当前，我国各民族正在从传统社会向现代社会转变，所以存活在他们生活中的神话及其所表达出的综合意识形态，应当受到高度的重视。

4. 中国创世神话的大发现，不仅为神话学本身的发展和繁荣创造了极为有利的条件，更重要的是还为哲学和其他人文科学的研究打开了一座座丰富的宝库，因此，它们具有广泛的学术价值。这些神话中展现的瑰丽的宇宙观，无疑是哲学研究的最为丰美的原始思维材料。众多的人类起源神话为远古社会史的考古提供了鲜活的佐证。人们对诸多创世大神的崇拜，为研究中国各民族特有的宗教信仰提供了许多可靠的生动依据，因为这些创世神话正是各民族朴素的原始宗教哲学基础。完美的神话幻想形象的大量“出土”，迫切需要美学家、艺术家和文艺家去鉴赏、探究、利用并再创作。应当承认，中国创世神话群的大发现，必将对于当代人文科学的大发展起到不可估量的作用。拉法格在他的《宗教与资本》一书中说的好：“神话是保存关于过去的回忆的宝库，若非如此，这种回忆便永远付之遗忘。”[58]目前，国内外学术界已经把学术研究的目光瞄向了中国创世神话群，预计跨世纪的人文科学必将从这里创造出辉煌的成果。

---

① 袁珂编著．中国神话传说词典·序．上海：上海辞典出版社，1985.6. 同时参见：袁珂著．神话论文集．上海：上海古籍出版社，1982.46.

②③ 伊藤清司著．中国神话研究之动向．［日本］史学，1997.7，66（4）：109.

④［美］杰克·波德著．中国古代神话．程蔷译．民间文艺，（2）：273～274.

⑤ 同④，299.

⑥ 袁珂．中国神话史．上海：上海文艺出版社，1988.10.

⑦ 钟敬文．答爱伯哈特博士谈中国神话．民间月刊，1933，2（7），转引自：钟敬文著．钟敬文民间文学论集（下）．上海：上海文艺出版社，1985.494.

⑧ 袁珂．中国古代神话·序一、二．上海：商务印书馆，1950.12.9～29.

⑨ 鲁迅．中国小说史略（第二篇）．见：鲁迅全集．北京：人民文学出版社，1958.21～22.

⑩ 梁启超．中国历史研究法．见：饮冰室专集．中华书局，1926.99.

⑪ 胡适．白话文学史（第六章）．上海：上海新月书店，1928.6.

⑫ 茅盾（原署名玄珠）．中国神话研究ABC·序．世界书局，1929.

⑬ 卫聚贤．中国神话考．见：古史研究（第二集下册）．上海：商务印书馆，1934.

⑭ 杨宽．中国上古史导论·十八、综论．见：古史辨（第七册）.1941. 转引自：马昌仪编．中国神话学文论选萃（上册）．北京：中国广播电视出版社，1994.418.

⑮⑯ 黄华沛．论中国的神话．天地人，1936，1（10）.

⑰ 黄石．神话的价值．见：黄石著．神话研究．开明书店，1927.

⑱⑲ 茅盾．中国神话研究ABC（第八章）．转引自：神话研究．天津：百花文艺出版社，1981.4.221～222.

⑳ 黄华沛．论中国的神话．天地人，1936，1（10）.

㉑ 杨宽．中国上古史导论・十八、综论．见：古史辨（第七册上编）．1941.

㉒ 张光直．中国创世神话之分析与古史研究．民族学研究所集刊，1959，(8).

㉓ 袁珂．中国古代神话・序二．上海：商务印书馆，1950.12.9～12.

㉔ 袁珂．关于《中国古代神话》批判答干将先生．见：袁珂．神话论文集．上海：上海古籍出版社，1982.7.188.

㉕㉖㉗ 袁珂．中国古代神话・序二．上海：商务印书馆，1950.12.9～12.

㉘ 袁珂．古神话选释・前言．北京：人民文学出版社，1979.12.1～35.

㉙ 原文见：从狭义的神话到广义的神话．社会科学战线，1982，(4)；民间文学论坛，1983，2.又见：袁珂编著．中国神话传说词典・序．上海：上海辞书出版社，1985.6.

㉚ 茅盾．神话杂论．见：茅盾．神话研究．天津：百花文艺出版社，1981.3.

㉛㉜㉝㉞㉟㊱㊲㊳㊴㊵ 袁珂．再论广义神话．民间文学论坛，1984，(3)：58～65.

㊶ 徐华龙．鬼话：中国神话形成的中介．见：徐华龙．中国鬼文化．上海：上海文艺出版社，1991.9.19.

㊷ 伊藤清司著．中国神话研究之动向．［日本］史学．1997，(4)：113.

㊸ 袁珂．中国神话史．上海：上海文艺出版社，1988.10.11～20.

㊹ 钟敬文．钟敬文民间文学论集．上海：上海文艺出版社，1985.494.（注：该文发表在：民间月刊．1933，2（7））.

㊺ 马昌仪编．中国神话学文论选萃・序．北京：中国广播电视出版社，1994.2.

㊻ 日文本见：［日本］同仁，1936，10（2、3、4）；中文本见：钟敬文．钟敬文民间文学论集（下）．上海：上海文艺出版社，1985.

㊼ 发表于：人类学集刊，1938，1（1）；见：中国神话学文论精萃（上）.371.

㊽ 见：闻一多全集．上海：上海开明书店，1984．三联书店，1982.62～68.

㊾㊿ 见：马昌仪编．中国神话故事．北京：中国广播电视出版社，1996．中国各民族宗教与神话大词典．北京：学苑出版社，1990.10.

㊿ 见：陶阳，钟秀．中国创世神话．上海：上海文艺出版社，1989.9.102～138.

52 乌丙安．中国民间信仰．上海：上海人民出版社，1995.11.101.

53 参见注释㊾、56.

54 ［德］黑格尔著．美学．北京：商务印书馆，1979.8.170.

55 伊藤清司著．中国神话研究之动向．［日本］史学，1997.7.66（4）.

56 马克思恩格斯选集（第一卷）．北京：人民出版社，1972.30.

57 ［英］马林诺夫斯基著．文化论．费孝通译．北京：中国民间文艺出版社，1987.

58 ［法］拉法格著．宗教与资本．

（原载王建太、张怀群主编《甘肃泾川与西王母文化》
国际华文出版社 2001 年版）

中日中国神话研究百年比较

贺学君

（中国社会科学院文学研究所）

中国是世界四大文明古国之一，她的包括汉族和众多少数民族在内的丰富多彩的神话传说，作为一宗不朽的文化遗产，不止是炎黄子孙的骄傲，也是人类共享的精神财宝。因之，世界上许多国家的学者都对它怀有浓厚的兴趣，进行了广泛的研究。在这一世界性的研究阵容中，无论参与者的数量，还是研究成果的质量，日本学界都可以说是首屈一指的。追溯百年中国神话研究的历史，几乎所有重要领域，都可以发现日本学者辛劳的足迹。这表明，他们对中国神话的关注和研究，与西方学者相比，在动机和动力上是并不完全相同的——它更多的来源于日本文化与中国古代文化深刻的渊源联系。深入观察可以发现，对中国文化的研究，已内在地成为日本学界一个不可或缺的学术领域。正因为如此，中日学者的中国神话研究，构成一种互相影响共同发展的格局。

以历史视界观之，关于中国神话的研究，当然是中国在先，这是毫无疑义的。但是，如果从现代神话学的角度看，则日本学界又领先一步。现代神话学诞生于西方，其源头可以追溯到十七八世纪，甚至更早。19 世纪初，由于格林兄弟的卓越贡献，影响日甚；到 19 世纪末 20 世纪初，学派林立，众说纷陈，达到鼎盛时期。这一时期，由于适遇明治维新的宽松环境，日本学界以开放的胸襟积极吸纳西学，得风气之先，在学术思想和治学方法上，逐步走出中国儒学传统。他们以新的思想装束观察中国古代神话，得出许多新见解。就目前所知，最早的论文是井上圆了 1882 年（明治 15 年）发表于《东洋学艺杂志》上的《论尧舜是孔孟之徒所创造的圣人》，此后，他又有《妖怪学讲义录》（共六册）出版。自 1882 年至 1904 年间，日本学界有多篇（部）论著问世，如《周易起源的传说》（赤松谦淳，1886）、《尧舜》和《续尧舜》（清野勉，1894）、《五帝论》（中村德五郎，1898）、《比较神话学》（高木敏雄，1904。该书被尊为“日本神话学的奠基性著作”）等。高木一书在详细介绍西方神话学理论流派的同时，对日中神话进行了深入的比较分析。比较神话学的理论方法，成为当时日本学界热门的新工具。这种新的理论思潮，在其时留日的中国青年学子中引起热烈反响。1902 年，梁启超在日创办宣传新学的《新民丛报》。次年，蒋观云在该报发表《神话·历史养成之人物》一文，率先引入“神话”概念，开中国现代神话学之先河。接着，夏曾佑《中国历史教科书》（1905）、王国维《屈子文学之精神》（1906）、鲁迅《破恶声论》（1908）等著述相继问世。这些论述借鉴神话学观点，分别从不同角度论及中国神话，见解新颖。尤其夏著第一篇第一章将中国古史第一阶段定为“传疑时代”的提法，使整个思想界为之震动。受此启发，后来创立了“古史辨”学派的顾颉刚称之为“霹雳一声的革命爆发”。同期(1906)，日本学者井上圆了的《妖怪学讲义》也由蔡元培在中国翻译出版。(初为亚泉学馆购印，后该学馆失火，全书烧去五册，仅剩“总论”一册，光绪三十二年，由商务印书馆出版。)这可谓是19世纪～20世纪之交中日学者中国神话研究的大体情况。

如果说那个时候主要是日本学界对中国学界影响的话，那么，到了20世纪二三十年代，就形成双水分流、互相影响的新局面。

在中国，这一时期可以说是现代神话学的奠基期。其突出标志，是三位重要人物的出现，这就是鲁迅、茅盾、顾颉刚。就学理来源而言，他们都受益于西方神话学，但具体途径各有不同，有的直接取之西方，有的间接转从日本获得，也有的更间接地通过第三渠道得之。三人的共同特征，是借助新学对中国神话进行了独创性的研究。鲁迅在他的《中国小说史略》(1923)和《中国小说的历史变迁》(1924)中，第一次将中国神话纳入中国文学系统，对其本质、起源、发展、演变、分期、消歇原因，以及它与后世文学的关系等基本问题，给出了系统的探讨和阐释，开创了中国神话研究的文艺学传统。其主要见解，如关于神话产生于初民对天地间异常现象“自造”的解释的观点；关于神话“不特为宗教之萌芽，美术所由起，且实为文章之渊源”的观点；关于小说出自神话，中外皆然的观点；关于古代神话分期及其演变的观点；关于不了解神话就无法了解西方文学乃至西方文明的观点；等等，被后来的治文学史者视为经典反复引用。茅盾由中西神话比较研究入手，把中国神话置于世界神话之林，着重揭示它们的共同性，更富理论色彩。他的《中国神话研究》(1928)、《中国神话研究ABC》(1929)、《神话杂论》(1929)等论著所提出的理论以及有关中国神话的重要见解，对当时和后来的研究发生了深刻的影响，促成了中国神话学人类学派的发展。顾颉刚则由历史研究入手，以崭新的历史观念和扎实的文献学功夫，沉潜到中国历史文化的底部，对上古神话资料和神话人物进行仔细地发掘、校勘、考辨、梳理、研究，力求从古史中剥离和还原神话，重构民族的神话体系，结论是：夏以前的古史都是神话，不是史实。他和他的同行(如杨宽等)以卓越的成就，在理论和方法上形成了中国神话研究的历史学派(“古史辨”学派)和民族的神话史观，为中国神话研究的进一步民族化提供了示范与借鉴。这些成果表明，中国现代神话学已经具有了独立的姿态。

在日本，这一时期也相当活跃。代表性人物有津田左右吉、小川琢治、出石诚彦等。与中国学界相比，在内容上，他们相对比较狭窄和集中，主要是探讨中国上古历史的神话性以及神话如何被历史化的问题。这一问题的提出，可以追溯到世纪初的白鸟库吉。他是东洋史研究专家。1909年，在《中国古代传说研究》一文中，他即大胆提出尧舜禹非历史人物，而是神话传说中的英雄的新论。此后，顺势而下，进而论证中国上古史记载都具有神话性。他的惊世之说，当时曾引发激烈论争，有力地影响了日本汉学界中国神话研究的发展。津田即是他的继承者。他从思想史的角度切入神话研究，在《左传思想史之研究》(1935)这部重要著作中，始终贯穿着怀疑和推翻中国上古传统的论证目标。出石是白鸟和津田的学生，他以比较神话学方法为基础，大胆突破前人纯以文献为主的传统观念，注意从古代绘画、雕刻等历史遗物中寻求原始神话的痕迹，又引入自然史方法，以期由此揭示某些神话产生的现实基础，从而试图将神话由后人累加的政治因素和道德观念中剥离出来。他是日本第一位专治中国神话研究的学者，发表论文20余篇，结集为《中国神话传说之研究》（1943）。其见解，特别是灵活多样的研究方法，对后人影响很大。小川以中国历史地理研究著称，他更注意从《山海经》、《穆天子传》等古代典籍记载的各种殊方异物来考察中国神话，并将之与古希腊、古巴比伦相关的神话内容进行比较，目的也是在于说明儒家是如何把神话改变为历史的。这一时期，两国学界既有各自独立的发展，又有相互间的密切交流和积极影响。前者已如上述，后者则在主导倾向上发生了变化，交流过程中，中国学者对日本学者的影响日益突出。明显的表现是当时鲁迅、茅盾、顾颉刚等人的有关论著都在日本受到广泛注意，有的著作（如茅盾《中国的神话》等）在日本翻译出版，有的重要论文（如钟敬文《盘瓠神话的考察》等）直接用日文在日本发表。影响最大的则是以顾颉刚、杨宽为代表的"古史辨"学派关于神话研究的成果。这一学派最初受启于夏曾佑关于中国古史之第一阶段为"传疑时代"的提法，此后独立发展，成果卓著，自成一派，其理论、资料和方法，曾使不少日本学者深受启发，当然也有与之商榷、共同探讨的。此外，在有些问题上，两国学者显示出互相借鉴、互相补充的态势。例如，探讨上古神话过早"消亡"的原因，鲁迅首先借鉴日本学者盐谷温的观点，同时做了补充；茅盾不满于日本学者的解释，另行提出新见，认为主要是被历史化、哲学化的结果；森三树三郎又不完全赞同鲁迅、茅盾等人的见解，他在20世纪40年代初结集出版的《中国古代神话》一书中，更强调古代知识阶层的作用，指出是他们因热衷"合理主义"而对"神秘主义"的神话进行了拒绝和排斥。也有些问题则是互相启发，连锁反应。例如，日本学者森安太郎的"恒字考"，得益于王国维《观堂集林》所列举的丰富材料；出石诚彦作《关于中国古代的洪水神话》，受到顾颉刚《洪水之传说及治水等之传说》的启发；内藤虎次郎写《王亥》，曾事先同中国友人王国维进行商讨，而王国维因此而有《殷墟卜辞所见先公先王考》，此后内藤又据王文写下《续王亥》。这种双向连动互相激发的事实表明，两国学界之交流影响已经达到相当深入的程度。

20世纪40年代至70年代，由于日本对中国发动侵略战争以及战后长期的政治对立，两国学界的交流受到阻隔。这一期间，双方基本上处于各自独立发展的状态。

20世纪40年代，中国虽然深受日本侵略之苦，许多大学和科研机构被迫迁到西南边疆，但神话研究却出乎意料地取得了新的进展。在缺少典籍资料的情况下，大批文人学者转而对西南地区少数民族神话展开空前规模的田野调查和综合研究。大量鲜活的神话材料不仅大大拓展了研究者的学术视野，也使他们的观念和研究方法发生了重大变化，开始从单一依靠古籍文献走向文献与田野调查相结合的新路。闻一多的《伏羲考》即是代表性的文本。此文通过对采自民间的活资料的重新考辨，得出新论：伏羲、女娲传说并不如古书所记，二人先是兄弟，后来变为兄妹，再后才是夫妻；其原貌实际是叙述上古洪水遗民，兄妹成婚，繁衍人类的故事。他还对作为中华民族象征的龙、凤形象进行了寻根问底的探究，论证了龙为华夏民族图腾，凤为殷民族图腾。当然，田野作业并非始于20世纪40年代，早在30年代，凌纯声就已起步在先，但大面积推广却是40年代的事。此期产生了不少颇有影响的论作，如凌纯声《湘西苗族调查报告》、《畲民图腾文化的研究》、《松花江下游的赫哲族》，芮逸夫《苗族的洪水故事与伏羲女娲的传说》，马长寿《苗族之起源神话》，杨成志《云南倮倮族的巫师及其经典》，孙作云《中国古代的灵石崇拜》，常任侠《重庆沙坪坝出土之石棺画像研究》，杨堃《灶神考》，吴泽霖《麽些人之社会组织与宗教信仰》，傅懋绩《丽江象形文〈古事记〉研究》等，构成一种前所罕见的学术景观，推动了神话研究的深化。

而此期的日本学界，由于国家处于对外侵略以及最后惨败的特殊境况，对于中国神话的研究一直处于淡季，可以提及的仅森三树三郎《中国古代神话》（1944）等少数成果。这种淡季一直延续到20世纪50年代。不过，那场战争也从另一方面推动了某些学者的神话研究，例如著名学者御手洗胜就曾说过，自己从事神话研究的动机，是由于“目睹当时日本人对战争的狂热和对天皇的盲目信仰的刺激而引起的”。他认为，“日本人这种思想的根源由他们对日本古代神话的信仰而来”，因此，“要想了解一个民族的古代历史和思想根源就不能不研究那个民族的古代神话”。（参见王孝廉编《中国的神话与传说》第292、293页）也许持这种想法的不止他一个人。

进入20世纪六七十年代之后，日本学界的中国神话研究又渐入新的发展期。这一时期，成就比较突出的学者，有森安太郎、御手洗胜、白川静、林巳奈夫等。他们的研究基本上沿袭现代传统并进一步向纵向掘进，即借助仔细地考证分析，力图超越故事表层，寻踪推源，发掘其潜在的深层文化内涵。例如：森安考察祝融形象，首先依据对“融”字的音韵学分析，得出祝融的原始意义是指由天而降的火蛇即闪电的结论，再进而解释与祝融相关的神话传说；同时着手研究黄帝传说，先证其为“龙”，进而论及其与“云”的关系，以及与相关神话人物（如少皋、伯翳、伯夷等）的同源同姓，最后探寻故事的发祥地，认为应该在山东省境内至江苏北部一带；白川在探讨洪水神话时，不仅把大禹、共工、伏羲、女娲和伊尹都归为水神，而且为他们分出族系，还指出他们所属的不同的文化系统；林巳则力图从出土文物殷周青铜器和汉画像石上所描绘的精灵异物世界，印证《山海经》等古籍中的记载。他们的结论或许并不令人满意，但无疑显示出研究的一种新深入。

20世纪50年代至70年代，中国（大陆）学界的情况逐步恶化，近三十年间虽也有一些著作和论文问世，但大多思维拘谨，无论理论还是方法，少有建树。所幸的是，同期，台湾和香港地区的神话学界相当活跃，正好弥补了大陆的不足。首先是老一代学者，他们整理旧作，发表新论，形成一批重要著作，如卫聚贤的《封神榜故事探源》（1960）、芮逸夫的《中国民族及其文化论稿》（1972）、凌纯声的《中国边疆民族与环太平洋文化》（1979）、苏雪林屈赋探索系列论著（1970）等。同时，一些学术新人也活跃于文坛，杜而未、印顺法师、王孝廉即是比较突出的三位。前者关于山海经神话、创世神话、古帝系神话以及虚拟动物神话的研究均有新见，并引发争论；中者《中国古代民族神话与文化之研究》（1975）一书，从上古神话中提出了羊、鸟、鱼、龙四大图腾信仰，由此区分先民的四大部族联盟系统，并对龙、凤、麒麟、龟四种神兽作了详尽分析；后者在《中国的神话与传说》（1977）中对神话发展与社会经济形态的关系、上古神话的分流、巨人神话以及神话与古代诗歌等方面的论述，都有独到之处。这是中国神话研究不幸中之幸事。

当历史迈入20世纪八九十年代，由于保持了较为宽松的学术氛围和积极的学术积累，中国大陆的神话研究发生了巨大变化。这种变化，不是盲目的，而是自觉的；不是局部的，而是全方位的。

首先是强化了一直比较薄弱的神话基础理论研究。80年代以来，学界对神话的性质、定义、特征、起源、发展、演变，以及神话与历史、神话与宗教、神话与社会、神话与文学、神话与史诗、神话与传说、神话与习俗、神话与文化、神话学方法论等等诸多理论课题，进行了广泛深入的探讨与争鸣，初步形成了具有民族特色的理论建构，代表性著作有《中国神话通论》（袁珂，1993）、《神话学论纲》（武世珍，1993）、《中国神话哲学》（叶舒宪，1992）、《中国神话的思维结构》（邓启耀，1991）、《中国社会的神话思维》（郑志明，1994）等。这些著作，在理论观念上虽然并不完全相同，但都从中国神话的实际出发，各成系统。积极的理论探讨有效地突破了传统的神话观念、理论框架乃至思维模式，从内部推动了神话学的发展和具体研究的深入，也使学科建设获得了更强的自觉意识。

其次是神话本体研究的多层次展开。层次之一：古代神话研究全面推进。就研究者个人而言，袁珂、萧兵可为代表。袁集毕生精力从事神话研究，成就卓著。主要贡献有三：一是在深入研究的基础上，以历史为线索，以材料为依据，精心“连缀”与“熔铸”，将古神话系统化；二是对《山海经》的独到研究，其《山海经校注》（1980）第一次从神话的角度对《山海经》全书给予系统解释；三是倾数十年心血，独立完成《中国神话传说词典》（1985）和《中国神话大词典》（1998），集中体现了他的神话理论建树。与袁相比，萧为后起之秀。他心无旁骛，专注于“楚辞”神话研究，视界开阔，观念和方法努力求新，主要论著有《楚辞与神话》（1987）、《楚辞新探》（1988）、《中国文化的精英——太阳英雄神话比较研究》（1989）、《楚辞文化破译》（1991）等。这些著述，以“楚辞”文化为基点，一方面沿纵向向民族文化的根部，乃至山川气候、地理土壤、文化因子，进行深挖细探，力图破译其所以会如此的原始“密码”；一方面沿横向通过与中华上古不同集群文化，以及世界其他相关民族神话的比较研究，意欲在更为广阔的背景中进一步阐释其特殊的文化底蕴，从一个方面代表了这一时期神话研究的新水平。就有一定影响的论文而言，内容涉及创世神话、人类起源神话、洪水神话、天体神话、土石山川水火神话、动植物神话、天国冥界神话、古帝神话、尧舜神话、商周及先秦祖先神话、文化神话、数字神话、上古典籍中的神话、原始宗教与神话、民间信仰与神话、考古研究与神话等等。可以说上古神话各个领域无所不包。层次之二：具体探讨呈多向度深入。以一些比较重要的论著为例，《原始信仰与中国古神》（王小盾，1989）由神话与原始信仰之联系切入主题；《空寂的神殿》（谢选骏，1989）试图借神话探讨“中国文化之源”；《英雄与太阳》（叶舒宪，1991）欲由“英雄与太阳”神话的研究重构“中国上古史诗原型”；《中国上古神话通论》（刘城淮，1991）意在揭示上古神话演变的历史轨迹；《中原上古神话流变考》（张振犁，1991）试从民间资料探析中原上古神话的流变；《中国历朝小说与文化》（杨义，1993）以现代意识谋求辨析上古神话的精神原型、思维模式和衍变脉络；《神祇与英雄——中国古代神话的母题》（陈建宪，1994）关注的是“古代神话的母题”；《女娲神话与信仰》（杨利慧，1997）则从民俗学视角展开神话研究。可谓多向并进，各显神通。层次之三：少数民族神话研究成为一项独立的课题。在20世纪80年代关于神话基础理论探讨中，中国神话应当由包括56个民族在内的整个中华民族所创造、保存的全部神话（书面的和口头的）所构成这样一种整体神话观念得到普遍确认。在这种观念指导下，少数民族神话成为全民族共同的文化财宝。近20年间，在大力搜集整理（据有关统计，至20世纪90年代末，已新征集神话60余万篇，逾10亿字）的基础上，理论研究日益深入，已经形成相对独立的领域。55个少数民族有50个民族的神话受到关注，比较集中的是西南和东北地区的民族神话，特别是盘瓠神话和萨满教与神话。这些研究所涉，已不止是单篇作品、局部问题，而是拓展到整个民族，深入于重大问题，如乌丙安《神秘的萨满世界——中国原始文化根基》（1990）、富育光《萨满教与神话》（1990）、石伟光等《苗族萨满跳神研究》（1993）、农学冠《盘瓠神话新探》（1994），赵橹《论白族神话与密教》（1983）、过竹《苗族神话研究》（1988）、和志武《纳西东巴文化》（1989）、丹珠昂奔《藏族神灵论》（1990）、李子贤《探寻一个尚未崩溃的神话王国——中国西南少数民族神话研究》（1991）、钟仕民《彝族母石崇拜及其神话》（1992）、勒包齐娃《景颇族创世史诗》（1992），杨知勇《宗教·神话·民俗》（1992）及孟慧英《活态神话》（1990）等，不少论著在对相关作品展开民族文化溯源的同时，很注意将其置于中华民族文化大系统中进行深入考察，于纵横比较中探讨不同民族文化之间互相影响共同发展的关系。这一方面，由中国社会科学院少数民族文学研究所主编的《中国少数民族文学史丛书》（已出40种），显得尤为自觉，其立意即在于从中华民族文学整体的角度观察和论述各个具体民族的文学。

其三，是神话学史研究的开拓。此项研究的倡导者和开创者，当推钟敬文教授。还在20世纪六七十年代，他开始致力于民间文艺学史研究的时候，已经关注到神话学史这一领域，80年代以后，又专对鲁迅、茅盾的神话观，以及人类学派对中国近代神话学的影响等问题进行了深入研讨。由于他的影响，这一领域受到更多学者的重视，用力较多的有潜明兹、马昌仪等。潜明兹自20世纪70年代末开始神话研究，已出版《中国古代神话与传说》、《中国神话学》，《中国神源》等多部专著，成果颇丰。她对神话学史的研究起步于20世纪80年代，一面撰写论文，有关于闻一多、顾颉刚、袁珂等人神话研究的多篇文章发表；一面建构专著，1989年《神话学的历程》问世。这是目前中国惟一一部系统梳理神话学历史进程的学术论著。马昌仪对神话学的兴趣始于20世纪80年代初，当时即有关于鲁迅、茅盾等人神话思想的专论问世，其后一直心系于此，时有文章发表，1994年出版《中国神话学文论选萃》。该书虽为选本，由于贯穿着史家眼光，选文得当，又在文后附以版本、出处及作者介绍，更加之书前钟敬文和编者有分量的序言，实际上显示着编者对中国神话学史发展轨迹和历史风貌的一种学术重构。我以为，一个内在机制健全完备的学科，应该包括基础理论研究、对象本体研究和学术史研究。由此可以说，神话学史研究的开拓，标志了中国神话研究学科走向全面深入与成熟。

与中国学界全面发展的状况相比，20世纪八九十年代日本学界的中国神话研究相应显出了自己的局限与不足，主要是他们对神话基本理论和中国神话学史缺乏积极的探讨与关注。这也许是由于国度和文化传统不同，我们不应该强求。除此之外，对于神话本体的研究，中国学界也全面占有了强势。这种强势，不仅表现为中国学者研究的范围之广，层次之众，成果之多，更在于它对日本学界日益有力的影响。首先是中国学者如袁珂、萧兵、潜明兹等人的一些重要研究成果，被很快介绍到日本，翻译出版，深受欢迎。其中袁珂影响最大，他的《中国古代神话》(上、下)、《中国神话传说》、《中国神话选择百题》等多部著作先后在日本翻译出版，成为日本神话学界不可缺少的参考书。其次，中国学界关于少数民族神话研究的积极深入，也深深影响了日本学界，推进了他们对这一领域的关注。实事求是地说，日本个别学者对该领域的注意还是比较早的，如文化人类学家、民族学家鸟居龙藏，早在1902年—1903年间就曾深入我国华南少数民族地区进行实地考察，并把当地彝、苗等民族的神话介绍到日本，但这种考察和研究的进一步发展是在20世纪八九十年代。这一时期，由于中国学界的影响，加之为了探求本国文化的起源，日本学界对中国西南地区少数民族的传承尤感兴趣，君岛久子、伊藤清司、铃木健之等学者，利用中国学界提供的新资料，推进了古代神话和少数民族神话的研究。其中，君岛对天女、龙神、竹王神话的研究，伊藤对中日神话比较研究以及《山海经》的研究，都有相当高的成就。还有一些学者更重视亲历调查，如谷野典子以贵州、云南为中心制作了少数民族神话主题分布图，齐藤达次郎和村井信幸对纳西族神话进行了论证考察，樱井龙彦正在从事以彝族为中心的西南地区少数民族神话、运用图像资料的古代神话以及《山海经》等方面的研究。他们的研究成果大多直接发表在中国的刊物上。这表明，两国学界的联系已是声息相通。此外，日本学界在20世纪八九十年代的中国神话研究还有另外的特点，主要是传统方向上的新探索。如，工藤元男通过解读秦简等考古资料，发现了禹具有迄今尚未为人所知的旅行神的性格，并在禹与四川羌族的关系问题上别有发现，其成果集中在《从睡虎地秦简所看到的秦代的国家与社会》(1998)一书；森雅子从巴比伦、美索不达米亚等古代东方之地探寻中国古代神话的起源，试图借助比较神话学修复片断残存的中国古代神话；谷口义介在历史学方向(《中国古代社会史研究》)、铁井庆纪在文化人类学方向(《中国神话的文化人类学研究》)、中钵雅量和小南一郎在文学方向(《中国的祭祀与文学》、《中国的神话与故事》、《西王母与七夕传承》)也都有新的推进。

总体来看，两国学界有如下共同之处：在研究内容上，一些重要问题，如中国神话的构成、神话与历史的关系、神话人物考辨、神话的文化内涵、上古神话过早“消亡”的原因等等，一直为两国学者所共同关心。有的各自独立研究，得出相似或相近的结论；有的则互相驳难、商榷，在共同探讨中取长补短，不断深化。在研究方法上，汉语的古文字学、音韵学、训诂学等，都是必修的基本功，在此基础上，虽然具体的研究思路和方法各有差异，但比较神话学的方法却更多地为两国学者所共同采用。

由于上述原因，在百年的学术发展中，两国学界交流频仍。这种交流，包括学者互访、合作研究、学术研讨会、互派留学生等，但更多的是学术论著的互相发表。在这一方面，近些年间比较活跃的是台湾神话学者王孝廉。他求学和执教均在日本，兼具中、日文之长，形成自己的优势，不仅翻译了许多日本学者（森安太郎、白川静等）的著作，对日本学界研究中国神话的状况进行了综合评介，还主持编辑了两国三地（日本、中国大陆及台湾）学者共同参与的专题论文集《神与神话》(1988)，使这种交流更为深入和丰富。

两国学者的不同之处在于：一般说来，日本学者长于对具体问题做精细的微观研究。他们特别注重实证，对文化背景、历史资料把握之细致，辨析之精微，运用之充分，是其他国家的学者所很难相比的。例如，出石诚彦将自然史方法引入自己的研究，不仅大量占有资料，而且对相关现象进行详尽统计，列成图表，以期由此揭示某些神话产生的现实基础。他的研究方法深深影响了后来者。正是这一点显示了日本学术的优长、特点与独到的贡献。中国学者则更多地关注纵横交错的宏观研究。他们的目光常常盯住那些带有关键性的重大问题，希望透过可靠的资料分析，进入更深广的内在层面，从而给出综合性的理论阐释。两国学者的各自所长，构成一种有效的互补之势。可以相信，其互相之间的交流与影响，必将随着时间的推移，进一步得到扩展与加强。

（原载《文学评论》2001 年第 5 期）

传说学历程与思考

巫瑞书

（湖南师范大学文学院）

自“五四”新文化运动至今，中国传说学经历了萌发、准备和崛起三个阶段。

20世纪二三十年代，国内人士写传说理论文章，有些用的是“传说”的概念，如《山东中部的传说……》（卢逮曾，1925），《史籍中之传说》（黄仲琴，1928），《中国的地方传说》（钟敬文，1931），《粤风与刘三妹的传说》（黄芝岗，1937）等。有些却以“故事”的名称出现，《孟姜女故事的转变》（顾颉刚，1924），《祝英台故事叙论》（钱南杨，1930），《西门豹故事的转化》（董作宾，1937）等，皆是。也有将“传说”与“故事”交替使用的，容肇祖1929年的《迷信与传说》，1932年的《西陲木简中所记的田章》，1933年的《田章故事补考》，即是。

此种把“传说”同“故事”混同起来的现象，到了20世纪五六十年代仍较普遍，乃至七八十年代还不绝如缕，一些名家亦在所难免。何其芳《关于梁山伯与祝英台的故事》（1951），戴不凡《试论〈白蛇传〉故事》（1953），娄子匡《梁祝故事的探索》（1963），匡扶《略论孟姜女故事的产生和发展》（1984），等等。

把传说与故事混同一起（笔者也曾有过），一方面表明两者的界说确实繁复，另一方面也反映学界的探究尚不深入。连传说的对象和名称都含混不清，更不必说阐明其特点等理论问题了。不能抓准对象、揭示出特点，传说也就不能作为民间文艺学中的一个分支学科（亚学科）问世。因此，20世纪80年代前报刊虽发表过不少传说理论性文章，但那不过只是传说学的萌发和准备阶段。

传说学真正成为独立的学科，从中国学界崛起并影响于世，是20世纪80年代以来的事情。它的崛起，如下诸多事实足以充分说明。

1.《民间文学概论》及有关著作设立“传说”（或“神话与传说”）专章。20世纪八九十年代先后出版的10多本《民间文学概论》及民间文学知识读物，绝大多数都有传说的专门阐述。钟敬文主编《民间文学概论》，乌丙安《民间文学概论》，“神说与传说”合为一章；张紫晨《民间文学基本知识》，吴蓉章《民间文学理论基础》，陶立璠《民族民间文学基础理论》，刘守华、巫瑞书主编《民间文学导论》，“传说”皆为专章。它们大多对民间传说的对象、概念、产生、分类及特点、价值等理论问题作了阐述，从而为中国传说学的确立与崛起奠立了初步基础。

2.传说综合性学术讨论会及《中国民间传说论文集》出版。1985年春，中国民间文艺研究会（以下简称“中国民研会”）第三次学术会议，为专门研讨传说理论问题的盛会。会前，收到论文50来篇；会上，10多位老中青学者作了报告；会后，遴选31

篇编成“论文集”出版（中国民间文艺出版社1986年版）。中国民研会负责人、研讨会主持者暨著名民间文艺学家钟敬文先生在该书“序”中，谈到了我国各民族传说蕴藏丰富及“五四”以来研究简况，他着重指出，经过长时期的探索，“以马克思主义哲学为指导的、具有明显的中国特色的（民间）传说学，正在努力建筑的过程中”。这一“论文集”中关于传说的渊源、类别、价值、改编（或再创作）以及与民俗、宗教的关系等重要问题的论述，就是有力的证明。

3. 传说专题学术研讨会。20世纪80年代，炎帝（神农）、屈原、“孟姜女”、“梁祝”、“白蛇传”、“秃尾巴老李”及“乾嘉苗民起义”等，先后举行过专题研讨会。1983年，在河北省北戴河召开“孟姜女”学术会，部分论文及摘要印过三小本内部资料；《民间文学论坛》1984年第2期刊载贾芝、许钰、匡扶等人的论文。1986年，江浙沪吴语协作区在上海又开“孟姜女”学术讨论会，与会的20篇论文及两篇调查报告，《民间文艺季刊》同年第4期编为“孟姜女传说专辑”问世。1987年，“梁祝”研讨会在浙江举行，《民间文艺季刊》1988年第2期、第5～6期，分别发表与会论文10来篇。此外，山东、湖南、贵州分别开过“秃尾巴老李”、“乾嘉苗民起义”等专题会议，部分成果也曾发表。

4. 20世纪80年代以来出版的一些少数民族文学史，各个不同的历史时期多有“传说”专章。以李力主编的《彝族文学史》（四川民族出版社1994年版）为例，第一编第四章为“远古传说”；第二编第二章“各类传说”，包括史事、人物传说，习俗传说，风物传说；第三编第二章“传说”，阐述人物传说、宗教传说、彝族节日传说。《土家族文学史》（湖南文艺出版社1989年版），则有农民起义传说、红军传说、革命领袖传说简析。

5. 祁连休、程蔷主编《中华民间文学史》（河北教育出版社1999年版），专设“传说编”，以6章篇幅阐述传说特征、传说史分期以及自先秦至近代传说史略。

6. 20世纪80年代以来传说学专著。海内外炎黄子孙在这方面论著日渐增多，充分显示出对祖国大好河山、炎黄始祖及著名人物的热爱和崇敬。其中专著有：《论中国四大故事》（罗永麟，内有8篇传说论著，占全书2/3），《中国古代传说》（张紫晨），《中国识宝传说》（程蔷），《中国民间传说论文集》（中国民研会理论研究部编），《中国民间传说》（程蔷），《中国四大传说》（贺学君），《（澧州）孟姜女传说与湖湘文化》（巫瑞书），《尧舜传说研究》（陈泳超）等。20年间8部传说学专著问世，数量是少了些；但与80年代前相比，就相当不错了。堪称传说学崛起的一个重要方面“军”。

传说学在新时期崛起的原因，很值得我们思考。其一，民间文艺学发展的必然趋势。可从传说学本身及与之密切相关的神话学、故事学的发展两方面来看。前者，20世纪80年代前的传说探索，虽说尚未形成传说学气候，但却积累了不少资料和经验。任何事物的发展，总是从量变到质变。正因积多年传说采集、探讨之量变，所以，才有20世纪80年代以来的质变——传说学崛起。后者，“五四”以来尤其是新时期，神话学、故事学发展较快，因而，促使传说学的确立与进展，亦属势在必然——只有这样，神话学、史诗学、故事学才会有更大发展，整个民间文艺学方能全方位整体地疾速前进。

其二，编纂《中国民间故事集成》的需要。20世纪80年代初，文化部、国家民委、中国民研会联合编纂“中国民间文学三套集成”，其中之一“民间故事（广义）集成”，牵涉到神话、传说、民间故事的概念、类别、特点等理论问题，必须予以明确，才便于开展规划、采录、分类、编纂等工作。对此，钟敬文先生在《中国民间传说论文集·序》及有关文章中说得十分清楚。

其三，改革开放的带动。改革开放以来，神州大地新事物如雨后春笋。旅游，引资，招商，广告，公关，度假，休闲，餐饮，城建，以及文物，博物馆，修志，编史等，纷至沓来。作为与经济、政治相适应的新时期的文化，大大地扩展了载体与媒体。新闻、影视、文学、音乐、舞蹈、戏剧、摄影、美术、建筑以及民间歌舞、戏曲、说唱、故事、传说等，竞为亮相，争相服务。在民间文艺诸载体中，以传说的适应性为最强。但由于历史缘故，以往对民间传说却重视得不够。改革开放的春风，吹绿了大江南北，也赋予了传说以新的“用武之地”。畅游名山胜水，访谒（实访或神游）古今英雄，笑谈中外佚事，探寻特产良俗，品味美馔佳肴，涉趣公关休闲以及民族文化和国际文化的交流……几乎没有不能与传说佚闻挂钩的。民间传说实用价值、审美价值、历史价值的大力弘扬，使传说学的理论建树与社会实践更好地结合起来，也在更高的水平、更深的层次探索下去，呈现出从未有过的、良好的发展新趋势。这从近年来发表的一些传说论文题目即可窥一斑。诸如：《从旅游心理看民间传说的价值》（段友文），《从民间传说探寻北京城的建置》（王文宝），《沈万三的传说与迎财神的习俗 》（简涛），《朝鲜族与满族始祖传说、神话之比较》（崔羲秀），《中韩梁祝故事［传说］之演变与比较研究》（金秀炫），《日本牛郎织女传说与中国原型的比较》（于长敏），《安阳王传说与中越古代文化的联系》（傅光宇），等等。

在新时期，崛起的中国传说学，方兴未艾，前景辉煌。

（特约撰写）

20 世纪中国民间文艺学鸟瞰

陶　阳

（中国民间文艺家协会）

离休多年，老伴有病，我亦老矣，业务荒疏，孤陋寡闻。接《民间文艺学年鉴》约稿信，踌躇多日。现就我经历之所见所闻，随想随笔，就教于诸君。

一、我国民间文艺学的建设

所谓民间文艺学，乃是系统研究各族人民群众创作和传承的口头文学及民间艺术的科学。

我国民间文艺学的建立，众所关心。早在 1934 年，钟敬文先生就写了《民间文艺学的建设》①。改革开放后，又写了《建设具有中国特色的民间文艺学》②等十余篇文章与讲话。钟老对民间文艺学的框架、范围、任务、方法，基本上讲清楚了。指导思想是马克思主义，方法论是唯物辩证法。民间文艺学的范围和任务是相当广泛的。诸如对口头文学的产生和发展史、对各类口头文学作品进行理论探讨，对口头文学的搜集整理，对口头文学和民间艺术的艺术特色等等的研究。

民间文艺学还应包容民俗学、神话学、故事学、歌谣学、史诗学、谚语学、迷语学等的研究。20 世纪，在这些方面，都取得了辉煌的成就。

我渴望我国年轻学者，能写出一本《民间文艺学》专著，作为民间文学研究的指针。

二、北大《歌谣周刊》的启蒙运动

在几千年的封建社会里，口头文学一直被贵族地主所轻视，认为是不登大雅之堂的俗物，并千方百计地排斥，“禁歌”便是典型表现。当然，历史上也不乏有学问有智慧的开明文人，他们记录口头文学，出书传播。像《牛郎织女》、《白蛇传》、《梁山伯与祝英台》的民间传说，不断被文人改编成各剧种之戏曲剧本，就是证明。也有些理论家写下赞誉口头文学的警句，如“真诗乃在民间”等等。

1918 年，北京大学歌谣研究会的成立和周刊的出版，使民间文学走进最高学府，影响很大。这个歌谣启蒙运动，使全国教育界、文化界开始重视民间文学的功能和价值，歌谣与民间故事开始进入了小学教科书。广东、杭州等地也创办了民俗刊物。

《歌谣周刊》的撰稿者，有顾颉刚、赵景深、冯沅君、陆侃如、魏建功、娄子匡等等。投稿者遍及全国。

在“五四”运动前夕，北京大学就有这种举措，北大校长蔡元培先生功不可没。歌谣研究会和《歌谣周刊》的创办，在全国兴起了一个搜集、整理、研究民间歌谣的新风气。这是与蔡元培倡导的自由、民主与学术的校风密切相关。相隔一年后震惊世界的“五四”运动，发源于北京大学，是历史的必然。

办《歌谣周刊》的中坚有刘半农、沈尹默、沈兼士、胡适、钱玄同、常惠等等。

当今的北京大学，我所知道的季羡林教授、段宝林教授，是热心倡导和研究民间文学的尊师。

《歌谣周刊》的精神旗帜，是不会丢失的。

三、延安伟大的民间文艺运动

革命圣地延安，那时无大剧场和音乐厅，更谈不到现代化的设施。人民群众的娱乐活动，全靠当地的民间文艺，像秧歌、腰鼓、唢呐、陕北说书、信天游，以及各种地方小戏、讲故事、唱民歌等，还有民间艺术，像剪纸、年画等等。当时几乎调动了所有民间文艺形式，以宣传群众，教育群众，娱乐群众。至抗日期间各个抗日根据地与解放战争期间的解放区，民间文艺成为时代的战鼓与号角。

1942年，毛泽东同志发表了《在延安文艺座谈会上的讲话》，讲了文艺为什么人的问题，还要解决文艺的民族化、大众化。文艺工作者需要解决立场观点、深入生活、进行思想改造，向人民学习。于是，延安的作家诗人和艺术家们纷纷下乡体验生活和采风。其结果是作家艺术家们产生了一大批辉煌的成果。

在民歌方面，有何其芳、张松如搜集的《陕北民歌》，还有李季、严辰采集的信天游。《兄妹开荒》小歌剧，汲取了秧歌舞和民歌的曲调，朴实而精彩，群众喜闻乐见。

在运用民间素材创作方面，一是诗人李季运用信天游创作了《王贵与李香香》，另一位诗人贺敬之运用民间故事的素材创作了歌剧《白毛女》，起了很大的教育作用。这两位诗人运用民间的素材“再创作”，成为划时代的作品。

有不少作家，像李束为、康濯、马烽、董均伦、邵子南等作家，则搜集了许多民间传说故事。

音乐家吕骥、马可、周巍峙等都采集了许多民间乐曲。

唱民歌还孕育了两位著名的大歌唱家，王昆与郭兰英。

总之，延安从民间文艺中产生的优秀作品，至今仍是高品位的，值得我们学习。

四、新中国成立以来的民间文艺事业

(一)“小文联”的诞生

中华人民共和国的建立，使一个自由、民主、独立的新中国屹立于世界东方，民间文学也真正获得了被尊重的社会地位。

1950年3月29日在北京成立了中国民间文艺研究会，理事全是我国一流文艺大家。理事长郭沫若，副理事长老舍、钟敬文。理事有沈雁冰（茅盾）、周扬、吕骥、郑振铎、田汉、丁玲、艾青、田间、程砚秋、欧阳予倩、游国恩、阿英、李季、安波、光未然、张仃、吴晓邦、孙伏园、俞平伯、马可、张庚、古元等47人。各组组长，秘书组：贾芝；民间文学组：钟敬文、楼适夷；民间戏剧组：欧阳予倩；民间音乐组：吕骥、马可；民间美术组：胡蛮；民间舞蹈组：戴爱莲；编辑出版组：蒋天佐。本会设在首都，各省、市、自治区可成立分会。人们说，民研会是个“小文联”，可见民间文艺内容之广，任务之重。然而，除了文学，其他组的主要任务后来就由中国文联各协会分担了。但各地建立了民研会分会，全国民间文学的搜集、整理、研究就像雨后春笋般蓬勃发展起来了。

（二）第一枝迎春花——《民间文艺集刊》

民研会成立不久，便编辑出版了第一册《民间文艺集刊》，为不定期。

那时我正在山东大学文学系读书，一翻看《民间文艺集刊》，真使我心花怒放。我生长在农村，从小喜欢歌谣、故事，因此购得一册，爱不释手。郭沫若的《我们研究民间文学的目的》（在本会成立大会上的讲话），钟敬文的《口头文学：一宗重大的民族文化遗产》，是含金量很高的论文。这一册，有文章有评论，有歌谣有故事，读来很有兴趣。

今天重新翻阅该刊，我觉得所发表的《本会征集民间文艺资料办法》，写得极好。

我建议在今后的《民间文学》杂志上刊登此《办法》，征集各类民间文学艺术资料。20世纪50年代《民间文学》的来稿重复的或有参考价值的资料都留参，且由编辑部给搜集者回信说明。像《牛郎织女》、《梁山伯与祝英台》、《天鹅处女》等故事，积累了几百份资料，我曾系统读过一遍，运用那些资料能写出很好的研究书。可惜，民研会积累的大量资料，文革时一股脑儿送进了造纸厂。

还有个做法，我很欣赏，刊末还刊登了捐赠者的姓名和捐献物的名称。例如：徐悲鸿捐的《陈志农剪纸》（1幅），公木捐的《陕北信天游》（1册），程砚秋赠的寒亭年画（8张），胡可赠的《白洋淀小调》（4篇）等等。陈志农的剪纸还发表了，并发表了徐悲鸿的介绍文章。32开本的《集刊》捐赠资料就登了4页。第二册登了5页，第三册登了6页。可见大家捐赠的热心。

第二册《民间文艺集刊》上何其芳《关于梁山伯与祝英台的故事》，批判了把梁祝化蝶说成是“迷信”的观点，是一篇高水平的论文。《集刊》出版到第三册告终。生命虽短，却产生了深远的影响。

（三）两刊的辉煌与沉沦

所谓两刊，即两个会刊——《民间文学》与理论研究刊物《民间文学论坛》。《民间文学》1955年创刊，受到广大读者的欢迎。

1. 原因之一是要求作品是人民口头创作、口头流传的，总之是要真品，不要伪造品。

2. 要求搜集者忠实记录，慎重整理。

3. 民间文学就是口头文学，它与通俗文学、群众创作是不同的概念。因此，不得任意加工创作与改编。

4. 审稿严格，每篇稿子由编辑部送给编委审阅，发稿前开编委会讨论。

《民间文学》还受到历史学家、文学家、美术家的欢迎和外国民间文学家们的好评。

《民间文学论坛》1982 年创刊，坚持高质量的选稿标准，不卖篇幅，研究性强，受到国内外学者的欢迎与好评。

遗憾的是改革开放后，特别是 20 世纪 90 年代，《民间文学》未坚持“忠实记录、慎重整理”的原则，没有坚持民间文学就是口头文学的原则，结果渐渐滑向通俗文学的道路。《民间文学论坛》也因经费问题而沉沦了。

(四) 万马齐喑中的时政谣

新中国开国后至文化大革命 30 年左右，民间文学的搜集整理与研究，一直遭受极左思潮的干扰，乱贴阶级标签，乱打棍子。

极左思潮发展到文化大革命期间达到高峰。“四人帮”把苏联无产阶级文化派摧毁旧文化、践踏一切旧东西的思想，全部搬来，并扩而大之，打、砸、抢无所不为，科学家等知识分子被说成是“臭老九”，说史诗《格萨尔》是破烂，说史诗《玛纳斯》是毒草。江青骂民歌“下流”，姚文元说民间故事是“四旧”，骂农民无知，只知油盐酱醋。

文艺园地一片荒芜，所有的文艺刊物停办了十多年。但在万马齐喑中却有许多传唱的时政谣。其中有一首，是人民的心声，十分精彩：

黄浦江上有座桥，
江桥腐朽已动摇。
江桥摇，眼看要垮掉，
请指示，是拆还是烧？

这首时政谣妙极了。所谓时政谣，即寄兴他物、褒贬时政的童谣。这首童谣，运用隐语和谐音的表现手法，暗指江青、张春桥、姚文元就要垮台。纵然你有遮天手，也挡不住人民的口。除了这类童谣，还有讽刺四人帮的笑话和新民间故事。不须发表，口耳相传，比报刊发表还快，它像风一样，日行万里。

这就是人民口头文学的伟大力量。只要有人类的语言存在，口头文学不会灭亡，口头文学是人民的心声，是人类的一棵永恒的常青树。

(五) 改革开放——山花烂漫

中国民间文艺家协会，改革开放后，承办的第一项大工程，乃是中国民间文学三大集成。倡导全面普查、忠实记录原则，又要求“全面性、代表性、科学性”，要口头文学真品，伪造的一概不收。发动各省、市、自治区的力量进行了全面的、空前的普查和采集。发现各民族的民间文艺都是一座宝库。特别是神话和创世史诗的大量采集，粉碎了东方和西方的某些学者说中国无神话和创世神话的谬论。故事、歌谣、谚语集成，即将胜利完成。这是中国民协的伟大成就。

改革开放之后，民间文学的研究突飞猛进，令人惊喜。研究家们破除多年的禁锢，思路开阔，研究家们一则编辑了各种口头文学作品集，如神话、故事、歌谣、笑话、寓言等；二则对各类作品进行研究，特别是神话研究，似雨后春笋，蓬勃发展。20世纪80年代就有何新的《诸神的起源》、冯天瑜的《上古神话纵横谈》、萧兵的《中国文化的精英——太阳英雄神话比较研究》，张振犁的《中原古典神话流变论考》、富育光的《萨满教与神话》、袁珂的《中国神话大辞典》、魏庆征主持的《中国各民族宗教与神话大辞典》、鲁刚、郑述谱的《希腊罗马神话辞典》。陈建宪《神话解读》通俗易懂的文风，值得提倡。还有叶舒宪、吕微、杨知勇、李子贤等人的神话著作，蔚为大观。

故事研究，首推刘守华的《比较故事学》，获“山花奖”一等奖。贺学军的《中国四大传说》获“山花奖”二等奖。

歌谣研究，有吴超的《中国歌谣研究》、郗慧民的《西北花儿学》等。

民俗学研究，有钟敬文的《民俗文化学梗概与兴起》、乌丙安的《中国民俗学》、陶立璠的《民俗学概论》等等。

民间美术方面，张道一的《美在人间》，民间音乐方面，周凯模的《云南民族音乐论》，都是很精彩的著作。

值得一提的还有民间文学研究战线上的三大女将：马昌仪、汪玢玲、潜明兹。马昌仪功夫很深，《中国灵魂信仰》获“山花奖”一等奖，她的新著《古本山海经图说》，解释简要，深得要领，颇受欢迎，这是神话研究中的一大功绩。汪玢玲著作颇丰，《中国虎文化研究》获“山花奖”一等奖。她的《天鹅处女型故事概观》，功绩在于打破了对外国人研究的垄断，天鹅处女型故事，原本中国最为丰富。潜明兹的《中国神源》获“山花奖”一等奖。她的研究，常有创见，比如她的神话与宗教起源于一个统一体，初有人异议，我在写《中国创世神话》一书时，发现一些民族的宗教主，同时又是该民族神话中的主神，例如纳西族之丁巴什罗便是。这使我更加佩服她的卓见。

2001年11月，中国民间文艺“山花奖”首届学术著作评奖，是对20世纪学术著作的检验。钟敬文、贾芝、姜彬的著作，获得最高荣誉奖；刘魁立、宋兆麟、乌丙安、刘锡诚、吕胜中、段宝林获得特别奖；16部专著获得一等奖；41部专著获二等奖，59部作品获三等奖，还有优秀奖若干。

改革开放后，给民间文学研究开拓了广阔的天地，真是人才济济，山花烂漫。

20世纪，民间文学战线成绩很大，应当庆贺。但也有些遗憾。

第一，民间文学，应定位于口头文学，“口头文学”与“通俗文艺”、“群众创作”是不同的概念。改革开放以来，不少民间文学刊物，办成了通俗文艺刊物。此倾向应当纠正，应当保持口头文学的纯洁性。口头文学的刚健清新，生动活泼，极其朴实的美，是作家文学难以超越的，并是作家想学习的。

第二，是没有很好的普及民间文学的常识，在民间文学岗位上，竟然有些人不知道民间文学为何物。

第三，郎樱、仁钦道尔吉、降边加措关于三大史诗的论著，一齐获一等奖。遗憾的是至今三大史诗《格萨尔》、《江格尔》、《玛纳斯》，没有出版规范本。

第四，在改革开放之后，有些人把过去正确的方针抛弃掉，是不对的。原来的方针叫“十六字令”，即“全面搜集，重点整理，加强研究，大力推广”，这个正确的方针，从1958年以来，一直遭到极左派们的反对，说十六字前没有社会主义和马列主义字眼。民研会“十六字令”是在党的领导下，何必再加一套形容词呢？古建筑的修复，只有“修旧如旧”四个字，一直是一个正确方针。这个十六字方针后来被某些人不成文的口头上加以否定，这是不对的。我建议民协重新审核这个方针。

有了正确方针，才会大事不糊涂。

展望未来，前途光明灿烂。

我会主席冯骥才发起民间文化的抢救工程，必将获得伟大的成功。

---

① 钟敬文．钟敬文民间文学论集（下）．上海：上海文艺出版社，1985.

② 钟敬文．新的驿程．中国民间文艺出版社，1987.

2002年11月16日于北京荷斋

（特约撰写）

论 20 世纪中国文学发展中的民间文化思潮

高有鹏

（河南大学文学院）

20 世纪的中国文学在发展中始终没能摆脱与民间文化的联系。民间文化代表着两种意义：一种是民族文化遗产，是古典文化赖以生存的思想背景；一种是来自最底层民众的情绪表达。在文学品格发生裂变、文学格局发生转折时，民间文化常常成为文学自新自救的灵药。新文学的发展过程中，民间文学给予了积极的影响，形成了几个在文学史上具有非凡意义的民间文化思潮，从而使中国文学具有鲜明的特色，更重要的是它在事实上促成了一种文学方法的形成。

一、五四歌谣学运动

从 1918 年北京大学一批具有新思想的学者向全国征集近世歌谣开始，以《歌谣周刊》的创刊为标志，至 1925 年《歌谣周刊》停刊（大批学者南下），以北京大学为中心，在我国北方形成了一场具有特殊意义的歌谣学运动。它是五四新文化运动的重要组成部分。周作人在《歌谣·发刊词》中说，他们搜集歌谣的目的共有两种：一是学术的，即将歌谣作为学术研究的重要资源，以此改变学术研究的传统格局；一是文艺的，即为白话文为主的新文学提供创作的材料，事实上就是为新文学特别是新诗提供语言范本。以研究下层民众的文化替代传统的“国学”独尊，以民间俗语替代传统的“文言”，五四歌谣学运动成为整个新文化运动中一面耀眼的旗帜，不仅影响了人们的文学观念，而且动摇了根深蒂固的鄙夷民间文化的思维方式，从纵深处改变了文学话语模式，为新文学的发展提供了话语典范。周作人代表这样一批民俗学家提出“文艺的”主张，一方面是对晚明以来文学求新要求的继承，一方面则是对整个新文学的语言嬗变产生了深入的影响。

文学的求新在每个时代几乎都有，而其在明代尤其是晚明时期的出现具有更为特殊的文化思想意义。一方面是冯梦龙等通俗文学家已经为明代文学的发展做出了成功的选择语言的范例，但没有思想观念上的大飞跃，这种语言的革命绝对不会有更多突出的成就；这样，更重要的一个方面是晚明思想家的影响，成为近代白话文革命的先声。李贽和三袁（袁宗道、袁宏道、袁中郎）是晚明思想家中反传统的代表，“童心说”和“性灵说”的内蕴为夏曾佑他们所承袭；应该说，在宋明以来的理学和叛逆者的搏杀中，“童心说”和“性灵说”这些思想财富才日见其价值。夏曾佑他们高呼文学变革，鼓吹

“小说界革命”、“诗界革命”，在相当大的程度上也是以文学语言的白话化为突破口，这就进一步激发了五四歌谣学运动的发轫。历史上从来没有像这样目的明确、阵容强大、手法科学、影响深入的文学运动。我们从各期发表的文章可以看到，《歌谣周刊》几乎容括了当时活跃在文坛上的新文学主将，诸如周作人、刘半农、钱玄同等。鲁迅没有直接在上面发表文章，却热情地为《歌谣周刊》设计了“增刊号”的封面，可见其热心和支持的一面。再到后来，《歌谣》的复刊是由胡适所主持。而早在1917年初，胡适就在《新青年》首先提出改良中国文学，陈独秀接着提出“文学革命”。胡适改良中国文学，“八事”之一就是“采用俗语俗字”，明确提出用口语作诗文替代文言。但许多人只提白话而不知如何运用白话，《歌谣》责无旁贷地去解决这个问题，许多学者发表探讨歌谣和语言问题的文章，如钱玄同、周作人、董作宾、黎锦熙、魏建功、林语堂、沈兼士等。特别是沈兼士的《今后研究方言之新趋势》等文①，系统地研究了白话文和方言的规范问题。五四歌谣学运动引发了一场全民族的语言学运动，此后的文学创作、文化教育对民间文化所表现出的热情是以往任何一个时期都不能比的。当我们读到冰心的小诗、沈从文的乡土小说和徐玉诺的乡村诗篇等作品时，我们应该记取五四歌谣学运动的功绩，看到这场“到民间去”的文化运动对整个社会的具体影响。因为在现代小说和诗歌中，民间文化的进入常徘徊于自觉与不自觉之间，有的作家如冰心的小诗，可谓不自觉，是受环境的熏染所进行的审美选择，而沈从文以“乡下人”自居，直接把故乡的民俗生活引入小说，是较为清醒的自觉的审美选择。在冰心的小诗中，我们可以看到泰戈尔小诗和日本俳句的影响，更可以看到我国古典民歌和谚语的痕迹，这使人联想到顾颉刚、常惠、刘经庵、白启明、台静农、孙少仙他们苦心孤诣所编就的民歌集，小诗的自由和民歌的自由是那样惊人的一致。沈从文的小说作为白话小说的典范的美，特别是其中的民俗生活的审美表现，使人联想到五四歌谣学运动后期的“风俗调查”。现代文学的话语建设融入民间话语，这既是现代文学的重要特点，又是五四歌谣学运动的重要成就。

二、延安文艺运动

五四歌谣学运动引发了“到民间去”的审美选择，人们的视野摆脱了传统的庙堂的狭隘的境界，乡土文学以沈从文为典型成为这场运动的重要成果。到了延安文艺运动时期，民间文化思潮发展到另一个高峰，使新文学进入一个新阶段。延安文艺运动的纲领无疑是毛泽东《在延安文艺座谈会上的讲话》。该文提出了文学为工农兵服务的任务和方向，在文学格局上，形成了民歌体诗、新秧歌剧和新乡土小说三足鼎立、共同繁荣的景象。

在新诗诞生时，它的母体离不开古典诗歌，但它要寻找发展的方向，就不得不向充分自由的民歌和域外诗体张望；又因为民歌的充分自由令人眼花缭乱，无所适从，新诗民间化变成了一个艰难的课题；同时，域外诗体离我们太远，无形之中就使新诗民间化成为诗歌发展中的一个焦点。新诗的民间化在延安文艺运动中被规范为向民歌学习，其成就的集大成者是李季影响了一个诗歌时代的《王贵与李香香》。在延安之外，同时代有七月诗派、九叶诗派等，一群热血青年继续进行着新的诗歌艺术的语言实验，将小诗和湖畔诗派、新格律诗、象征派诗等诗美潮流引向火热的民族解放的激流之中，拓展了新诗的道路。但是，这种拓展同五四歌谣学运动的功绩相比，没有取得更令人满意的成就，凝重的诗风与整个时代大潮相比仍有相当大的距离。以毛泽东为代表的共产党人对新文学提出了特殊的要求，以田间为代表的一群诗人创造了即兴创作的街头诗。解放区新诗的道路事实上被规定为两个极致：一是对革命力量纯真而热烈的爱和颂扬，一是对敌人和落后力量的憎恨和鞭挞，而这两者都要求用民间百姓的话语去表现。这就是解放区诗歌的方向。“信天游”是陕北地区民间百姓即兴演唱的最为自由的民歌，李季成功地用来进行新诗的话语建设的实验，收到了意想不到的效果。《陕北民歌集》、《内蒙民歌集》、《东蒙民歌集》和《移民歌》等民歌集成为新诗学习的典范，这样，新诗创造者的初衷被转变为一种比较单一的民间话语。

新秧歌剧以《兄妹开荒》为代表，在《在延安文艺座谈会上的讲话》发表后引发了新秧歌运动。新式歌剧《白毛女》的出现，标志着延安文艺运动戏剧文学所取得的最高成就。在当时，“群众究竟创作了多少新秧歌，这个我们是无法统计，而且也很难估计的”②。相对于五四歌谣学运动时期的一群学者对民间话语的靠拢，延安文艺运动中千百万群众直接运用自己的语言进行创作，无疑从力度和广度上都加快了新文学民间化的进程。在这种声势影响下，话剧艺术迅速反映延安解放区的社会生活，和秧歌剧一样使新文学发展到一个新阶段。反映农村生活的新乡土小说以赵树理的作品为代表，是延安文艺运动中新文学民间化的又一重要成就。五四歌谣学运动后，在鲁迅小说现实主义精神的影响下，揭示社会的苦难和黑暗成为小说创作的主流。但鲁迅的白话小说并非异常成功的民间话语，还存在着古典即文言的痕迹。到沈从文等作家走上文坛时，这种景象就明显改变了。在《边城》中民俗生活描写显得异常典雅，新文学的小说话语实验获得了可喜的成就。由于新文学作家的知识结构和生活经验的限制，他们所表现的范围明显较为狭小。赵树理为代表的小说作家，不再拘于忧愤深广的哲思，而是及时表现在千百万群众中所发生的现实生活，给人以清新的感觉。其最成功的地方不在于小说的寓意，而是别具一格的民间化语言，使作品产生独特的魅力。但我们应该清醒地看到，在新文学发展历史中，赵树理小说语言的出现，绝不是一次革命。如陈荒煤当时所讲，赵树理深深感到“中国当时的文坛太高了，群众攀不上去，最好拆下来铺成小摊子。他立志要把自己的作品先挤进《笑林广记》、《七侠五义》里边去”③。文学的大众化是否具有新意，应该看它是否对文学发展有推动作用，若仅仅是求新不求变，那么，文学的民间化就失去了其应有的含义。当然，在新文学朝着民间化和西洋化双重方向渐进时，赵树理做出了强化新文学民间化的贡献。赵树理所反对的是欧化白话脱离大众的贵族气息，自觉或不自觉地固守《笑林广记》和《七侠五义》的语言模式，追求民间百姓所熟悉的“板话”，这是一种针对新文学脱离民众接受能力的缺憾所做的弥补，追求这种大众化风格还不足以成为新文学的方向。但结合当时的民族解放斗争，无疑赵树理更适合为新文学的表率。与五四歌谣学运动不同，延安文艺运动在文学语言的民间化完成之后从根本上摒弃了唯美主义，十分适时地把新文学拉入启迪民智、救国救民的政治斗争之中，使新文学走上了另一条道路。

五四歌谣学运动和延安文艺运动在新文学的发展中是基于民间化而体现出两种倾向的民间文化思潮。前者的主体是一群具有强烈激进色彩的学者，他们要打破“山林文学”，力求文学走出书斋，摆脱“庙堂文学”的气息，建立一种既与旧的白话文不同又与欧化白话不同的新型话语。他们的主张并没有完全实现，而是在鲁迅和沈从文那里获得了可喜的成就；但他们（包括鲁迅等新文学的主将）只是完成了文学的白话化，并未实现民族解放战争所要求的大众化，只是在赵树理那里才完成这种意义非同寻常的大众化，使新文学获得更广大的民众的理解和支持。后者的主体是代表着下层民众的一群希望改变自己旧有身份以类同于民众的知识分子，他们自觉遵守文学服务于政治斗争的原则，强化了新文学的本土化、民间化，在某种意义上和白居易等人的新乐府运动极为相似。但不能不承认，由于赵树理他们过多停留在对民间语言的回味之中，他们作品的表现力度就受到很大限制。同时，我们也可以看到新文学历经了这两场民间化思潮，其自身实际上完成了从学术话语到政治活语为底色的大众话语的转变，新文学的话语建设已经完成了自身的使命。但它又让我们思考着新的课题，那就是新文学的话语建设获得成功后，新的语言模式是什么呢？延安文艺运动以民族解放斗争为大任，没有使赵树理他们更进一步提高审美表现力，甚至以反对欧化白话的贵族化为由，拒绝了世界文学的优秀成果，这样就使得新文学的视野相对狭隘，直到孙犁的出现，这种局面才渐被打破。孙犁的小说代表着新文学的一定高度，而他基于五四歌谣学运动和延安文艺运动的文化成果的事实是不可否认的。

三、大跃进民歌运动

1949年，新中国成立之后，来自社会最底层的劳苦大众豪情满怀，热烈地憧憬美好的生活，赞颂新的时代。在文化建设上，一方面要求清理旧时代的文化遗产，另一方面，更为重要的是建立表达自己思想意志的话语系统，以适应迅速发展的时代的需要，终于出现了全社会的大跃进民歌运动，文学形成了彻底的民间化。

毛泽东为了发展新诗提倡搜集民歌，他在成都会议上提出“新诗应当在民歌与古典诗歌的基础上发展”④。但这种意见被误解为只搜集新民歌，甚至鼓吹为新民歌创作运动，有不少地方提出“县县要出郭沫若，村村要出李有才”。1958年4月14日《人民日报》发表社论《大规模地搜集全国民歌》，1958年4月16日《中国青年报》发表郭沫若的《为今天的新国风、明天的新楚辞欢呼！》；中国民间文学工作者第一次代表大会制定了“全面搜集、重点整理、大力推广、加强研究”的工作方针，强调“忠实记录，慎重整理”的原则；这次大会临结束时，《人民日报》又发表《加强民间文艺工作》的社论，再次强调向民歌学习。显然，这些舆论推波助澜，使大跃进民歌运动蔓延全国，几乎是所有的作家都发表谈话，热烈赞扬这场民歌运动，并表示要投入这场运动中。1959年，红旗杂志出版社出版由郭沫若、周扬合编的《红旗歌谣》，不用说，又是好评如潮，同时它宣告这场民歌运动的热潮已经过去。在这场运动中，民歌的数量和人们浮夸的粮食产量一样，都严重脱离了实际。那些讥讽时政、体现人民群众思想意志的真民歌，不但不能及时搜集，反而被诬为反党反社会主义的“黑货”。回避矛盾、沉湎于幻觉和空想、以空话和大话粉饰现实，是大跃进民歌运动的主调，这场运动既脱离了毛泽东的初衷，也背弃了五四歌谣学运动所奠定的新文学民间化的传统，但这个主调一直延续着，贯穿着此后近二十年的文坛。

纵观 1958 年大跃进民歌运动的前前后后，我们可以看到，文学的民间化道路实际上被文学的政治化所替代。新的人民政权建立之后，文化政策和文化路线一直没有及时有效地调整，而是保持着战时文化政策和文化路线。批萧也牧的小说、反胡适的唯心主义文学思想、揪胡风“反革命集团”，以及对丁玲、艾青和冯雪峰等人的批判，新文学的主将们纷纷落马，这就造成了大跃进民歌运动外虚内空的文化思想氛围。新文学事业在新的人民政权建成后没有取得应该取得的成就。

四、四五天安门诗歌运动

文学进入了“文革”大动乱年代，文坛一片萧条，涌动的是地火般的手抄本文学、口述文学，民间话语又一次使文学获得刚健、清新的活力，其契机就是 1976 年 4 月 5 日发生在天安门广场的诗歌运动。这是历史的必然。

以“童怀周”的名义整理成的《天安门诗抄》，是这次运动的集大成，表达了人们从不同的方面对“四人帮”这群蟊贼的仇恨。那些诗文的话语选择，恰应了 1958 年成都会议上毛泽东提出的“古典诗词和民歌的基础”。人们异常熟悉于这两种艺术形式的运用，代表着两层典型的时代意义：一是在古典诗词的话语运用上，人们表达出对民族文化传统的呼唤，与当时的怀疑一切、打倒一切的文化虚无主义相对抗；一是在民歌话语的运用上，人们选择民间文化的传播形式，用这种充分自由的民族传统来释放胸中积蕴了多年的不满。文学话语的选择存在着非常复杂的背景，四五诗文对古典诗词和民歌的运用，是一种文化的反拨，也是一种文化的继承。文学是投枪、匕首，是爱的大纛，憎的丰碑，是林中的响箭，这是鲁迅对文学的呼唤和期待。但仅仅有这些还不够，文学的功能异常丰富，就像一片湿地，它除了滋养生物，还能调解生态之间的平衡问题，它的风景如画并不是仅仅让人赏心悦目。“文革”十年中，文学的功能被单一化为时代政治的奴婢，几乎所有的优秀作家都成为“罪犯”。1972 年之前，几乎所有的文学刊物都荡然无存，人们习惯于把这种景象概括为“一个作家和八个戏”。后来文学史家很简单地把这个时代概括为“文学的沙漠”。事实上这是非常不确切的，因为这个时代积聚着数不清的愤懑，尽管现代迷信那样猖獗，仍有奔腾的地火去冲荡思想的桎梏。古典诗词是手抄本的代表，民歌是民间文学的代表，它们在四五诗歌运动中被广泛运用，不但是对时代的文化传播手段的概括，而且意味着时代对它们无他的选择。古典诗词的广泛运用，我们可以看到这样几种因素：一是“古为今用，洋为中用”的提倡，毛泽东的诗词成为人们学习和运用古典诗词文体的范本，在当时的文章中采用毛泽东的一些诗词作为点缀，是一种时尚；一是文体选择上，只有这种诗词文体容易被人们比葫芦画瓢地学习，人们不但学习毛泽东的诗风，而且学习他的意境。在当时相当长一段时间内出现“未发表的毛主席诗词”，即因诗风接近毛泽东，其诗被误传。我们还可以看到，文物发掘成为阶级斗争和路线斗争的“成果”，批儒评法、评《水浒》、“小靳庄赛诗会”等群众性活动在客观上刺激了人们对古典诗词文体的自觉运用，更重要的是在我们这个有数千年诗歌文化传统的民族中，蕴藏着什么力量都割不断的诗情。民歌的文体选择在当时意味着民间文学的旺盛生命力。民间文学被称为“天籁”，是任何力量都不能禁止的，它体现出最直接的人民性。每当作家文学受到压抑而出现萎缩时，民间文学总是会格外繁荣、活跃，借以慰藉人们干涸的心田。在“文革”十年中，民间文学以政治笑话、时政歌谣、民间传奇为典型，体现亿万人民对时代的认识，表现出独特的审美情操和独立的思索。在大量的民间文学作品中，人们讥讽那些新贵不学无术、色厉内荏的嘴脸，用政治笑话和时政歌谣贬斥那些祸国殃民的权奸，用民间传奇来赞颂周恩来、陈毅、许世友等老一代革命家，讴歌民族美德。最为典型的是《周恩来遗嘱》，它有手抄和口传的两种形式，尽管它是浙江杭州汽轮机厂一位青年工人的“伪造”，但它的传播意义是不同寻常的。民间文学中还有一枝奇葩，成为中国文学史上特殊的一页，那就是流传在知青中的歌曲，以任毅的《南京知青之歌》为代表，表现了一代青年对民族命运、人生和前途的担忧。其中最感人的是那些真挚的情感，至今都不失其魅力。在知青这个特殊的民间群体中，知青歌曲是他们自己的民间文学。此外还有手抄的小说、诗歌，如张扬的《第二次握手》等；手抄的诗歌中，除了知青自己创作的诗篇外，还有一些当时被囚禁的诗人的作品，如公刘的《致北方》。手抄本是一种特殊的民间文化传播手段，它不独在“文革”十年中存在，但它在这时期的存在确实具有特殊的意义。在这样的氛围中，四五诗文成为在文学与文化之间体现民族情绪的“火种”，成为思想解放的序诗。

四五天安门诗歌运动有着深远的历史文化背景，更有着广泛的民间文化基础。它是以民间文化的形式所表现的对时势发展的文化批判、启蒙。“伤痕文学”、“反思文学”、“改革文学”、“寻根文学”和“先锋文学”等思潮，几乎都能在这里找到隐隐约约的先声。我们可以把它看做对五四歌谣学运动“走向民间”文化精神的恢复和发展，是新文学的科学和民主思想的历史还原，是对极“左”路线戕害文学事业的一种反拨和修正。

五、寻根文学思潮

寻根是人类文明史上民族自问的情绪性表现，重新理解自我，成为寻根者的主要情感表述方式；关注那些带有原始文明色彩的民俗生活，尤其是那些古老的神话、传说、歌谣和信仰，并赋予其新意，成为寻根文学的重要内容。

现代寻根文学的引发，首推美国黑人作家阿历克斯·哈利的《根》。1976 年这部小说出版后，轰动世界文坛，唤起许多民族的寻根意识。由此引发了 20 世纪 70 年代末在我国台湾地区的寻根热潮。1979 年 6 月 11 日《中国时报》发表《乡土·血统·根》，指出根在中国，之后，又出现了著名的电影《源》，描写大陆先民对台湾的艰辛开发；

随着大陆改革开放的深入，大陆和港台地区的交流，自然引发大陆的寻根热潮。1985年4月《作家》发表韩少功《文学的根》，被称为寻根文学的“宣言书”，从而在大陆掀起了一场重新走向民间的文学热潮。

事实上，我国古代就有着悠久的寻根传统，民间广泛流传的各个姓氏、家族的《宗亲家谱》就是典型。寻根文学的出现，除了《根》的影响外，最主要的就是这种民族情感的延续。而最为直接的原因就是反思文学的演化，当人们从“伤痕”即民族的浩劫中走出来后，开始反思自我，从而逐步将思索的视野扩展到整个民族的历史文化，在某种意义上，就是把寻根文学看作是鲁迅解剖国民性的文化批判精神的延续，这是文学直面人生的现实主义精神的深化。而十年动乱在文化上的破坏，最显著的表现，一是假大空式的瞒和骗，一是对民族传统的割裂。寻根文学是对民族文化的补救和修复。

寻根文学是一种既有理论又有实践的文学思潮。寻根作家与其他作家显著的不同就是他们既有浓厚的生活积累，又有深邃的思想；既有宽阔的文化视野，又有强烈的批判精神。如韩少功不但有《文学的根》，而且有《爸爸爸》和《女女女》；阿城不但有《文化制约着人类》⑤，而且有《树王》、《棋王》、《孩子王》；郑义不但有《跨越文化的断裂带》⑥，而且有《老井》；李杭育不但有《理一理我们的根》⑦，而且有《最后一个渔佬》等“葛川江系列”。在传统的封建士大夫眼中，民间意味着粗野，意味着文化的无规范，而寻根文学所追求的就是这种在无规范的生活中与书卷气成鲜明对比的乡村情趣、蛮荒色彩。同时，与后来的先锋派作家的玩弄文明的碎片相比，我们常常感受到寻根作家通过那些带有原始思维色彩的民间话语和民间生活场景，体现出自己的哲学追求，其文化意蕴倒显得更为浓郁、淳厚。在文学进入20世纪90年代之后，各种文学新派的嚣张都纷纷成为明日黄花，不谢的仍是具有寻根色彩的作品，诸如陈忠实的《白鹿原》、闫连科的《日光流年》等，都体现出鲜明的民间情调，从而传达出相当丰富的文化哲学思想。在寻根文学中包含更多的是那些充满忧患的苦涩的深思，是通过沉重的文化思想向人们讲述悲剧起源，去启迪人们深思生活的真谛、理解人们自身存在的价值意义及其应有的道德的、审美的选择，掺入了更多的理性把握，意象和意义都更为丰富。这不仅代表着文学品格的升华，而且从总体上意味着文学的成熟；尤其是文学创作方法融入了文化人类学的意义，所表现的空间更广大，它所培养的读者也日益具有更高的境界。

20世纪中国文学所经历的民间化即民间文化思潮的融入，有着复杂的文化背景。它首先选择文学话语作为介入点，努力打破各种文化桎梏的束缚，走过了一条异常艰辛的道路。在这条道路上，有成就卓然的开拓，如五四歌谣学运动对现代文学话语的规范的贡献，也有失误和迷惘，如1958年大跃进民歌运动，使当代文学话语注进许多假大空的成分。但无论如何曲折，文学总是在向前发展，不断拓展着自己的空间，增强自己的表现力度，而这些契机的获得，又总是和民间文化有机地联系在一起。事实证明，民间文化作为民俗生活的重要组成部分，它蕴藏着无比丰富的创造活力，为文学的健康发展充注着新的生命。我国数千年的文学嬗变规律表明，文学在遇到挫折和歧途时总是因为对于民间文化的汲取，才能够摆脱困境，获得发展的机遇。所以，中外历史上许多有成就的作家，总是自觉地向民间文化学习，屈原、李白、杜甫、苏轼、关汉卿、王实甫、冯梦龙、曹雪芹他们是这样，莎士比亚、歌德、托尔斯泰等人也是这样。文学创作的重要源泉是社会生活，而民间文化正是这些社会生活内容最直接最具体的表现，自觉地走进民间，走出书斋，不仅使文学获得活力，而且使作家的灵魂不断获得解放。

---

①歌谣周刊．1923 年 12 月周年纪念增刊．

② 张庚．秧歌剧选集（三）．河北：张家口．1946.23.

③ 陈荒煤．向赵树理方向迈进．北京：人民日报（晋冀鲁豫版）．1947 年 8 月 10 日．

④ 见：《中国新文艺大系》民间文学集序．中国文联出版公司，1991.

⑤ 阿城．文化制约着人类．北京：文艺报．1985 年 7 月 6 日．

⑥ 郑义．跨越文化的断裂带．北京：文艺报．1985 年 7 月 3 日．

⑦ 李杭育．理一理我们的根．作家，1985.（6）.

（原载《文学评论》2001 年第 4 期）

关于当前民间文艺的几点思考

刘锡诚

（中国文学艺术界联合会）

一、关于民间文艺的“后集成时期”

我们谈论的“民间文艺”，包括现在的和历代的民间口头文学和民俗艺术，其核心部分是民间文学。这一点，50年前郭沫若先生在中国民间文艺研究会成立大会上的讲话中就讲清楚了。许多前辈学者也都讲过。中国的民间文学，源远流长，十分丰富，加之我国是个多民族国家，多元一体是我国文化的一个很重要的特点。20世纪中叶以前，中国民间文学没有系统全面地搜集过，因而我们所拥有的民间文学文本资料和音像资料是相当贫乏的，且由于文人墨客受儒家思想影响很深，对民间文学资料的记录相当随意，缺乏严格的科学性，甚至多有歪曲。鉴于此种情况，从五四新文化运动爆发前夕的1918年起，有识之士就不断提出对中国的民间文学进行全面的搜集，以便把自生自灭的民间文学资料保存下来、传递下去，同时在翔实可靠的资料的基础上开展研究工作，以探究中国下层老百姓的世界观、生存状况、文化传统、风俗习惯、道德礼仪等，从而更好地继承和发扬中国的民间文化遗产和传统。文革之后，我国进入改革开放的新时期，几代人的这一理想和愿望，终于有了付诸实现的可能。这就是1984年制定的中国民间文学三套集成的编辑计划，以及围绕着这一计划开展的全国民间文学普查工作。

这一计划和普查工作是中国民间文学史、甚至是中国文化史上的一项宏伟工程。我们得感谢文化部副部长丁乔和国家民委副主任洛布桑以及时任文化部代部长后任国家艺术科学规划领导小组组长周巍峙等领导同志的支持，没有他们的积极支持，就不会有这个涉及全国各省区的民间文学集成计划的诞生。酝酿多年的民间文学三套集成计划的文件，终于在1984年5月28日由文化部、国家民委和中国民间文艺研究会三家签署并下达，7月在山东威海举办全国第一次民间文学集成工作会议，开始试点和培训干部的工作，尔后全面铺开。1987年9月宣布普查阶段基本结束，进入编纂阶段①。据“中国民俗网”最近的消息，三套集成全面完成的有三个省，即浙江、江苏、宁夏。审稿结束的还有上海市。已出版的26卷（或30卷）；还有相当数量的卷本在印②。据权威人士评估，已出版的虽然只有26卷，仅占总数90卷的1/3弱，但就全部工作来说，现在可以说已经大功告成，进入扫尾的阶段了。三套集成大量工作的完成，意味着全国民间文学界已经进入了一个“后集成时期”。

“后集成时期”的民间文学界有哪些特点呢？一方面，一些于20世纪50年代崭露头角、在集成工作中担当骨干的民间文学搜集者，在集成工作告一段落后，大多离休退休了。另一些参加过集成普查搜集工作的民间文学工作者，在集成完成之后，也处在彷徨之中。他们以为在普查之后，民间文学已经没有工作可做，而要做研究工作，又显得力不从心。对于这些同行来说，显然有一个对80年代普查的评估问题。以为经过一次普查，民间文学就搜罗无遗了。这是一种天真的想法。对此，我们应该有清醒的认识。笔者认为，80年代的普查是认真的，基本上符合科学原则的，但也要指出，一次普查不可能无一遗漏。据笔者了解，在那次普查中，大多数的省、市、县是认真的、科学的。不可否认，也有许多地方，并没有进行过认真的调查，更谈不上忠实记录。我们的国家很大，参加普查的人员成千上万，虽然进行过一些培训，但培训的面有限，指导工作又跟不上，田野调查的知识和基本功都与民间文学调查的要求有相当的距离。根据许多国家民间文学研究者的经验（如芬兰学者在拉普兰人中的调查），即使被调查采录过的文化社区，过几年还要再次进行追踪调查采录，从而符合研究民间文学的生存状态和流变规律，而且每次调查也总会发现过去没有注意到的作品或新出现的文化事象。因此，在集成完成之后无所作为的思想，显然是继续开拓的障碍，是必须克服的。

另一方面，有的民间文学搜集者在集成基本结束之后，依然继续深入到农村，进行着调查、发掘、采录工作，也有的适时地从搜集转向研究，在研究中进行搜集，而且做出了令人称羡的成绩。他们表现出了对民间创作的挚爱和智慧。例如20世纪80年代曾经在湖北十堰市丹江口市偏僻山区发现了伍家沟故事村的原六里坪文化站站长李征康，现已年过花甲，但干劲不减当年。集成工作和伍家沟的调查结束之后，他又转战武当山后山，发现了一个隐蔽在大山皱褶里的民歌村——吕家河村，并且在这个小村里记录了15部叙事长诗。他的工作得到了包括民间文学专家和音乐学者的考察论证，中央电视台前往拍摄了专题记录片。也受到了丹江口市市委、市政府的重视和支持，于去年底召开了研讨会。湖北省民间文学三套集成主编之一、省群艺馆的韩致中，在完成集成编辑工作之后，已退休在家，这几年在文化局的资助下出版了一部专著，其中除了对民间故事在理论上的论述外，还以相当的篇幅总结了他所参与的民间文学集成工作的经验体会和伍家沟故事村的情况。原在浙江省海盐县文化馆工作的顾希佳，有丰富的田野工作经历和经验，20世纪80年代曾以调查记录骚子歌而斐声民坛，引起过国内外学术界的注意，近年来他在田野调查的基础上，参照和结合他人调查的成果。撰写了一部30万字的《祭坛古歌与中国文化》，近已由人民出版社出版，列入《中国文化新论丛书》。这是一部几乎完全从调查资料出发立论，以实证研究为原则，研究中国社会主流文化之外的民间文学和民间文化的专著，引起了学界的注意。辽宁省锦州市民间文艺家协会主席王光，是个女同志，她在完成锦州市的民间文学集成工作之后，在行政组织工作之余，又转人了地域民间文化的研究，由沈阳出版社出版了专著《寂寞的山神》，引起辽宁省和北京学界的注意，荣获辽宁社科奖。贵州省民间文学50年成果辉煌，老一辈民间文学带头人田兵功不可没；现在文联分管民协的副主席余未人是位女作家，她与出版社的领导人一起策划出版了《贵州民间文艺研究丛书》一套11册和《贵州民间文学选粹丛书》10卷，也引起了国内外学术界的注意，许多外国学者和官员闻讯到贵州进行考察。这仅仅是笔者知道的几个例子，继续深入民间进行专题采录或转向研究的民间文学工作者，还大有人在。

民间文学三套集成是全国民间文学工作者的共同成果和财富，应该进一步做到资源共享。只有资源共享，才能使更多的学者（包括在民协系统和不在民协系统的，国内的和国外的）利用这些资料，才能更快地提高我国民间文学的学科水平。在中国加入WTO后，国家将更加开放。民间文艺开展国际交流，不能只停留在民间文艺演出这样的层面上，必然要深入和提高到学术的层面上，中国学者也应站到联合国教科文的政府专家行列之中，发挥我们应有的作用。按照现在的方案编辑出版，90卷书能否出齐还是个未知数，即使全部出齐了，也只选录了全国县卷本资料的很少一部分（可能连1/10也未必有），大部分资料将湮没无闻。因此，笔者建议，组织各省的力量将县卷本（不是省卷本）的民间文学集成资料输入计算机，编制检索系统，通过数字化工程，达到资源共享。10年前，有位外籍华人学者曾向笔者提议，组织实施这一课题计划。由于多种原因，笔者没有答应。现在信息产业在我国已相当发达，应该说到了把这个课题付诸实施的时机了。如果民间文学集成资料数字化的课题能够上马，又有一个有威望，且能够胜任的课题带头人，把全国许多民间文学工作者纳入到课题中来，再聘请一些计算机和网络软件专家加盟，这个计划就不会遥遥无期，而会在较短的时间内完成，那时，中国民间文学工作者将不仅不会愧对子孙，也会站立于世界民俗学的前列。这将是一件功德无量的事。

二、关于学科建设问题

民间文学作为人文学科中的一门新兴边缘学科，在中国，从20世纪初开始，经过几代学者的拓荒、垦殖，特别是近20年来的建设，已经初步建立起了包括若干分支学科的学科体系。其中以神话学和史诗学领域的成就最为引人注目。

神话学从单纯的文艺社会学的阐释，发展为多学科的参与，触及了世界神话学几乎所有重要问题，而且提出了许多值得注意的新见解。在古典神话及其文献资料之外，近年又在全国各地、各民族的居民中搜集了大量流传在口头上的活态神话文本，填补了中国神话学的空白。神话学一时成为显学。老一辈的神话学家（如袁珂、钟敬文）和新中国培养起来的神话学家（如李子贤、陶阳、张振犁、潜明兹、萧兵、刘城槐、邓启耀等）都多有建树。青年神话学家在新时期脱颖而出。如：吕薇在《文学遗产》1996年第4期发表《楚地帛书敦煌残卷与佛教伪经中的伏羲女娲故事》，因提出新见而获全国古典文学研究的奖励；叶舒宪引进西方人类学方法研究中国神话及其哲学，为中国传统神话学研究打开新径；杨利慧以女娲神话和信仰连续撰写两部专著，探讨这一神话和信仰的起源，获得国家教委奖励；陈建宪埋头于中国洪水神话的类型研究。

史诗研究虽然起步较晚，却后来居上，如今已成磅礴之势，一批中青年学者成长起来。中国不仅有了研究《江格尔》的仁钦·道尔吉、研究《玛纳斯》的郎樱两位博士生导师和研究《格萨尔》的降边加措教授，还拥有了好几位年轻的博士和研究人员。一套

“中国史诗研究丛书”于不久前由内蒙古大学出版社出版，受到学者们的称赞，标志着史诗研究的“中国学派”已经登上了世界史诗学坛。中国的史诗是活态的，不像古希腊罗马的史诗是已经死亡了的，因此中国史诗的搜集和研究，对于中国文化史和世界文化史的书写，有着特别重要的意义。除了长篇史诗以外，中国还是一个富于其他叙事长诗的国家。20世纪50～80年代，在云南、贵州、广西、内蒙古等省区的各少数民族中搜集出版了上百部民间叙事长诗。60～80年代在东南沿海吴语地区的汉民族中也发现、搜集、整理、出版了几十部长篇叙事诗，上海文艺出版社出版的《江南十大民间叙事诗》，就是从这些叙事诗中遴选出来的。50年代鄂西北广袤地带，曾搜集出版过几部长篇叙事诗；到90年代，又在武当山后山的吕家河村发现和搜集了15部叙事长诗（据笔者的判断，这些长篇叙事诗有可能是500年前从全国各地来此地修庙的外地民工带来的古歌，就曲调和内容判断，有的可能是吴地的长篇民歌的遗韵）。民间长篇叙事诗的搜集出版，在中国文学史上具有重大意义，根本纠正了20年代胡适先生提出的中国不富有叙事传统的结论。这种文化传承现象在理论上也向我们提出了新问题，非常符合古人所说的“礼失求诸野”的规律。当沿海地区的发展与中原地区并驾齐驱，甚至超过中原地区时，秦岭之南汉江以北这块古代的荒漠之地，就成了保存着中原文化及其传统的“野”。至少我们可以说，吴语地区和鄂西北地区，历史上曾经是叙事传统非常发达的两个地区。史诗和叙事诗如此之丰富，又呈现着活态，要研究的课题委实很多，只有我们中国自己的学者才能作出回答。

传说故事的研究，20世纪80年代中期到90年代中期的主要成就，表现在两个方面：一是对故事家的发掘与研究，特别是故事家个性的研究；二是发现了一些故事村，最著名而且开掘得较深、研究得较细的有两个，一是湖北省的伍家沟村，一是河北省的耿村。后来还发现了重庆市郊区的走马镇，但未能进行深入细致的调查与研究。在传说故事的理论研究上，相对于神话和史诗来说，显得稍微寂寞一些，但也作出了很大的成绩，从以往那种大而空的研究，逐步转向专题研究，并取得了相当可观的成就。刘守华几十年如一日地专注于故事的研究，出版了十多部著作，近著《中国民间故事史》是一部拓荒性的著作，在资料的发掘、作品的断代、类型的解析等方面，都做了开创性的探索。另一位专注于故事研究的学者祁连休，最近出版的《智谋与妙趣——中国机智人物故事研究》，就是他几十年来研究机智人物故事的总结性著作。

民间文艺学应是现代学。在社会转型期，在市场经济条件下，在改革开放的步伐中，社会结构在发生着剧烈的变化，新的民间文学适应着时代的要求，每时每刻都在普通老百姓中间被创作出来。因此，除了旧时代传承下来的口头文学应予继续搜集研究而外，民间文学工作者还应抓住时机，采摘下新时代的“国风”。古代有“十五国风”留给我们，我们也应把当代的“国风”（34个省直辖市自治区）留给后人。这是时代赋予我们这一代民间文学工作者的历史使命。如果我们忽略了或放弃了这方面的工作，当代民间文学将成为新的空白，我们也因而将成为历史的罪人。在这一领域里，我们是可以大有作为的。如果把民间文艺学仅仅当作历史学或资料学，不回答现实生活提出的问题，不与现实发生关系，那它注定是要枯萎的。

民间文学的搜集和理论研究，方法的变革是一场学术的革命。从20世纪80年代中期开始，在改革开放的思潮影响下，大多数民间文学研究者逐渐认识到，阻碍着民间文学研究前进和学术水平提高的诸多因素中，最主要的一个是学人的思维定势，即把从文艺社会学的角度和方法阐释民间故事奉为圭臬。实证原则、多学科、多角度的参与和比较研究等，不仅使民间文学的研究变得脚踏实地和丰富多彩，而且能够帮助学者们揭示出包含或隐藏在民间作品中的深层文化内涵。

三、民间文学事业也存在着令人焦灼的隐忧

进入20世纪90年代以来，民间文学事业出现了衰落和萧条的趋势。有人形象地说，民间文学学科已如“落日黄昏”。这种状况的出现是由多种原因造成的。

首先，“集成”普查工作告一段落，编辑工作集中在少数人手中，多数民间文学工作者因缺乏前进的方向，而处于彷徨迷茫状态。从人员结构来说，目前专业人员进入了一个自然换代的高峰时期，专业机构中的高素质研究人员流失严重，又没有及时补充有专业技能的人员，特别是有真才实学的大学生、硕士生和博士生。专业研究人员的青黄不接造成了民间文学工作的断档。民间文学机构人员的结构是欠合理的。

其次，学科调整的不合理，也造成了人员的严重流失和学科水平的下降。有关部门几年前决定将民间文学降低为三级学科，导致许多高校文学系的民间文学课程变为选修课或干脆取消了。这个决定，以行政的力量，把百年来几代学者的努力毁于一旦。许多老师和研究生都纷纷抛弃民间文学而转向民俗学或其他学科。笔者以为，这样的决策是一个失误，是倒退到了五四新文化运动以前去了。这样的决策所以做出，大半是因为参与决策的某些学者，即使不是站在蔑视民间文化的立场上，也是对民间文学学科缺乏应有的了解与研究。笔者在此呼吁，在调整“十五”计划期间学科配置时，建议有关部门将这个错误的决策改正过来，恢复民间文学学科原有的二级地位，给我们这样一个在农耕文明基地上蓬勃生长起来的民间文艺的搜集、研究、继承和发展，提供一个合理的良好环境，给予一个恰当的地位。

有学者说过，在孔子的儒家学说影响下的中国文化之外，还有另一种中国文化。这种独立于儒家影响之外的中国文化，就是包括民间文艺在内的下层文化。下层文化、民间文化在传承流变过程中虽然也受到了儒家文化、上层统治阶级的文化、宗教文化的影响，甚至发生了某种程度的交融，但不论什么影响，民间文化的根本和内核不会消失，总是保持着自己独立的传统，而这些传统是受到历代统治者的鄙视和排斥的。关于这一点，19世纪末20世纪初，特别是五四新文化运动的前后，许多新文化运动的倡导者和战士，许多进步的知识分子，都曾指出过。近世歌谣运动的发生，虽然先于五四运动，但它无疑是思想解放运动的产物，是五四新文化运动的一支和成果。现在看来，这个成果仍然需要我们大声疾呼加以捍卫。

儒家思想影响下的上层文化，两千年来固然达到了相当的高度，但也有严重的阶级局限和思想局限，下层文化固然搀杂着许多不健康的杂质，却饱含着劳动者的智慧和有

着比儒家思想更为久远的原始文化的传统。二者共同构成源远流长、多元一体的中华文化。从下层文化中，我们可以更直接地观察到下层民众的世界观、生活史、风俗史、礼法史，可以从中研究导致中国历代社会稳定和发展的多种因素，从而为中国的现代化服务。搜集、研究、继承、发扬民间文学及其传统，建设和完善民间文学学科，仍然任重而道远。

---

① 马振．民间文学史上的壮举——记中国民间文学三套集成工作的开创．见：钟敬文．中国民间文艺学的新时代．甘肃：敦煌文艺出版社，1991．355～362.

② 据 Chinesefolkroe 网所载刘晓路文章《民间文学三套集成简介》.

（原载《东南大学学报》哲社版 2001 年第 4 期）

第二编

神话研究

一、神话概述

2001年中国神话研究概述

吕　微

（中国社会科学院文学研究所）

与往年一样，神话仍然是2001年大陆学界民间文学研究的重中之重，在总共发表的800多篇民间文学学术论文中，神话研究的文章就占了100篇以上。其中，较为宏观的研究有彭松乔《话语霸权下的诗性言说——中国汉族神话叙事话语解析》，该文指出："中国汉族神话叙事在叙事意蕴、叙事母题、叙事诠释等方面存在着严重的封建主流文化话语霸权，这种话语霸权的言说方式破坏了中国汉族神话的原生形态，败坏了其民间本位的艺术旨趣，因而影响了中国汉族神话的思想艺术价值。"①关山《神话历史化与中国文学功利主义品格的形成》认为："中国原生态神话并不发达，经过历史化改造的神话是古代神话的主要形式，正是神话历史化，将与农耕文明相适应的惟道德理性的现实主义思维方式确立下来，道德的至善至美成为社会存在的惟一条件，也是人们歌颂的惟一对象。中国文学就是这一思维影响下的产物，因此它自觉地依附于道德政治之上，充当道德政治的图解。中国文学功利主义品格，就是在神话历史化的进程中确定下来的。"②朱丁《殷周的宗教信仰变迁与上古神话的走向》从殷周宗教信仰的变迁入手并以几则具体神话为例，探讨了上古神话发生历史化现象的契机，认为，周人对殷人在宗教上的改革，使上古神话资料在整合的过程中过早地被赋予了社会历史意识和伦理色彩，于是在还未来得及形成首尾一致的神系时，就参与到历史化、古史化的伦理运动中③。朱迪光《中国神话的历史化及其对中国叙事文的影响》也指出："中国古代曾出现的将神话传说本身改造成历史的神话历史化运动，使中国古代的体系神话不同于古希腊的体系神话，并且由于神话历史化内容不仅是将神话传说的内容改造成历史甚至是现实内容，而且还包含着将现实的人物神化、将现实内容非现实化倾向，致使中国古代的叙事文，无论是历史叙事文、志怪类叙事文，还是文学叙事文都受其影响。"④卫崇文《〈山海经〉与先秦神话研究》也指出："在先秦神话研究中，学者们多认为《山海经》中的半人半兽之神是原始图腾的发展，是原始宗教的显现，其实并不尽然。实际上《山海经》中的许多半人半兽之神是在战国中后期历史神话化运动的影响下由神仙方士造作而成的，是他们游说诸侯、宣传不死思想的资料汇编。"⑤陈丽平《试论〈穆天子传〉的神话境界》就《穆天子传》的神话历史化、历史神话化两种同时并存的倾向展开论述，指出这两种倾向交织在一起形成的亦真亦幻的神话境界；并论述了《穆天子传》出土以后对两晋、南北朝时期神话创作的影响⑥。洪申我《中国古代神话的“乐感”文化心态试探》则认为：“中国古代神话故事充满了人定胜天的乐观精神，孕育出华夏民族的‘乐感’文化心态，蕴涵了坚忍不拔、奋斗不息的民族品格。在后世的衍化中，‘乐感’文化心态转移到处理社会冲突方面。这种置换，表现为反抗黑暗现实，争取幸福美满生活的心灵动力，或转换成逃离严酷社会压迫，归隐山水的心灵抚慰。当然，在某些方面，也畸变为盲目乐观的浑噩状态。”⑦要之，中国古代神话的历史化现象仍然是今年大陆学者学术兴趣的一个兴奋点。

叶绪民《中国上古神话中神族谱系探源》通过对历史文献的考据和探源，试图勾勒出中国远古神话一个粗略的神族谱系⑧。段友文《黄河流域上古神话探源》从共时态角度宏观地审视黄河流域上古神话的传播，认为中国上古神话呈现出以关中、晋南、豫西交接的黄河三角地带为中心区域，向中心边缘区域，再向边缘区域，最后向其他文化区域流布的趋势⑨。从传播的角度研究中国神话的还有郭仁昭《试析中国神话的传播方式和演讲趋向》⑩。在其他古代汉语典籍神话研究方面，有张军《〈国语〉中的神话传说》，该文以为《国语》中的神话传说一直未引起人们的足够重视⑪。熊开发《从创世神话看〈淮南子〉的天、人观》认为：“不同民族的创世神话，传达了不同文化的宇宙观或世界观。《淮南子》的创世论是以阴阳为基础的感应生成思想，从宇宙天地生成到人与万物的生长，从安身立命之道到仁义礼乐之举，都不能脱离阴阳感应的作用。”⑫赵庆杰《道家思想的神话渊源》⑬一文也是依据古代汉典展开讨论。

对神话“人物”的研究从来都是神话研究的重要切入点，2001年这方面的研究有赵廷光《盘古传说真谛寻索》，该文根据汉族典籍及瑶族等少数民族的宗教经典、诗歌中有关盘古的神话传说，论证了盘古与伏羲的关系，认为盘古就是伏羲；并指出，盘古不仅是史前文化的创造者，而且是中华民族的同根，统一中华民族的同根意识，对于实现祖国的统一和建设有中国特色的社会主义现代化国家具有深远意义⑭。胡安莲《河南女娲神话的演变及其意义》认为：“女娲神话主要产生在河南省的北部、山西省南部、陕西省西部一带，随后沿黄河向东传播，与自东向西的伏羲神话在河南的东部地区交汇、融合，从而丰富、发展、变异，并产生新的神话与传说。对女娲神话的研究有助于我们了解中国古典神话演变的方式，区分神话与传说、原生神话与后起神话的差异。”⑮此外，讨论女娲神话的还有李祥林《我看“女娲抟土造人”神话》⑯。

胡安莲《论神话英雄鲧》认为“史书中的鲧并非上古神话中英雄的鲧。鲧和他的夏民族发祥于河南嵩山及其以西的地方，鲧既是神话中夏民族的远古先祖，又是当时功绩卓著的治水英雄，在部族的斗争中被杀。后来鲧神话被历史化，鲧也变成了一个叛臣”⑰。李德靖《鲧堙洪水议——〈山海经〉一则神话的解释》⑱、吕微《鲧、禹故事：口头文本与权力话语》⑲也讨论了鲧的神话。

胡安莲今年还发表了《黄帝神话及其在河南的流传》一文，该文认为：“黄帝部族由西向东进入中原，定都有熊（河南新郑），在这一带留下了丰富的神话与传说，同时也有相关的地理神话。对河南黄帝神话与传说的研究……能反证上古史实。”⑳与胡安莲一样，金荣权《炎黄之争与上古神话体系的建构》的神话解析立场也是绝对的历史理性还原论，该文认为："炎帝与黄帝部族是同时兴起于我国西部的两个有亲缘关系的远古氏族。炎帝率先进入中原与冀州平原，与随之东迁的黄帝部族在涿鹿展开大战。黄帝一战得胜而入主中原，炎帝部族则向南迁移。炎帝后裔与黄帝后裔的斗争贯穿了整个神话历史，构成了中国古代神话的主要内容，是建构我国神话体系的主干。"[21]讨论黄帝神话的还有程秀莉《由黄帝神话的演变看神话历史化》[22]、王亚南《黄帝神话传说："天赋亲权"之滥觞》[23]。

汪大白《夸父逐日神话的原始意蕴》指出："《夸父逐日》是我国最早的神话故事之一。关于夸父逐日的动机与意义，必须在切实把握远古神话本质特征的同时，具体破译现存文字记载中所包含的真实信息，才能揭示出夸父逐日神话的原始意蕴。已为现代自然科学所证明了的8000年前至5000年前的那一气候温暖时期，曾发生过酷烈的炎热和干旱现象，这种干旱和炎热在古代神话中有着深刻的反映。《夸父逐日》正蕴涵着我们的远古先人对炎热与干旱发生原因的重要认识，正反映了他们为抗旱驱热、赢得生存所进行的艰难而顽强的斗争。"[24]与上引鲧、黄帝神话研究的政治历史还原论不同，汪大白的方法可谓自然历史还原论。

韩光兰《颛顼、后稷死而复苏神话解——兼论巫、鱼与生命永恒信仰的关系》指出，对于中国古代颛顼、后稷死而复苏的神话，前辈学者尚未给出一个全面合理的解释。本文从中国古代的萨满教信仰入手作了新的尝试，认为二神所化的人鱼是巫的特征，二神亦本为巫；而巫能从生命树采摘不死药，这就是二神死而复活的原因。这又是不同于政治历史还原、自然历史还原的巫术历史还原论[25]。

金荣权《商伯盗火神话及其学术价值》指出："商伯（阏伯）本为中国上古神话帝俊的儿子，因发祥于商，所以称为商伯。商伯神话被历史化之后，商伯也变成了历史人物。"而流传于今天河南省商丘地区的商伯盗火神话与传说的学术价值在于它不仅填补了中国火神话的空白，同时对中国古代神话具有反证作用，并且为中国上古史的研究提供了一些佐证[26]。同类文章还有《河南古典神话的流变与基本特征》[27]。这种依据现代田野材料反证古代神话的做法长期为学者们采用，已成为许多学者认同的一种神话研究的方法论原则。

刘汉波《嫦娥奔月神话的现代变形与原型解码》勾勒了嫦娥奔月神话的现代变形，分析了"嫦娥奔月"原型的特点，探讨了"嫦娥奔月"原型在现代复现的原因[28]。车锡伦《泰山女神的神话、信仰与宗教》一文指出："泰山女神信仰肇始于原始社会中的女神崇拜。道教割断了泰山女神碧霞元君同古代原始泰山女神的联系，到明代对这位女神的信仰又隆重起来，尤其嘉靖万历之后，从北京到长江沿岸，各地普遍修起了碧霞元君行宫，泰山顶上碧霞元君的香火压倒了所有男性神。这同当时北方民间信仰和民间宗教崛起的女神崇拜有关。"[29]刘燕萍《钟馗神话的由来及其形象》指出："有关钟馗的记载，最早见于北宋沈括《梦溪笔谈》。有关钟馗的戏曲、小说，有明代杂剧《庆丰年五鬼闹钟馗》；小说则有明朝《钟馗全传》、清代《斩鬼传》和《平鬼传》。钟馗是民间宗教中捉鬼、驱鬼逐疫的神祇。钟馗并非实有其人，其由来可能由逐鬼法器‘终葵’而来。‘终葵’为逐鬼之物，被取为人名作辟邪之用，而演变为真有钟馗其人的附会，是有可能的。此外，钟馗的可怖造型，除了在驱鬼意义上收到以恶制恶的效果外；其丑恶的外貌，亦有可能源自傩仪中的方相。这个推论有其历史背景，因为钟馗在传统的宫廷傩与民间傩中，都扮演着人格神的角色。”㉚上述论文大多侧重于神话的流变史研究。从神话人物的角度切入神话研究的还有王志强《“西王母神话”与“青海环湖”民族原始审美观》㉛。

其他专题研究有：傅光宇《方丘神话解析》，认为：“方丘神话来源于古代夏至祭地之典，并曲折地反映了古代的婚恋、生育习俗。《外国图》的作者不明乎此，将‘方丘’看作‘殊方异域’而志其‘浴水而孕’之怪，实际上，方丘之上、潢水之滨并非‘纯阴无田’。方丘神话不过是给古代祭典与婚恋、生育习俗披上了一层神秘的外衣而已。”㉜王政《〈诗经·十月之交〉与日月食神话巫术》把《诗经·十月之交》所描写的日月食现象，置于文化人类学的相关背景中予以审视，指出殷周时代人关于日月食的政治比附意识、宗教巫术意识以及科学认识的程度，并联系世界其他民族日月食文化观念，考察了其间的同一性㉝。此外还有陈建宪《神话的权力——从福柯理论看神话中的乱伦母题》㉞、曲延纯、曲琳琳《古代神话中有关“蛇”的传说》㉟。张强《从图腾崇拜到自然崇拜：人与自然对话的走势》认为：神话语言对宗教情感的培养是由万物有灵的“元语言”决定的。当“元语言”出现“多语”的要求时，其叙述语言向自然崇拜权力话语的接近，一方面造就着自然神故事的丰富性，另一方面自然神的故事也在图腾崇拜的话语中得到消解。对于自然崇拜而言，图腾崇拜具有特殊的意义，图腾崇拜是向自然崇拜过渡的必需语言。要全面地解构自然崇拜内在的语言结构，则必须从解构图腾崇拜入手㊱。朱玲《图腾、神话主角与原型置换——“鹰蛇”文化符号的人类学阐释》指出：“在人类艺术话语系统中，鹰/蛇是一对深蕴着人类感情意识的特殊符号，其凝定经历了数千年，表现为以下形态：作为部族符号的图腾→作为现象符号的神话主角→作为文学符号的鹰蛇喻象和投射了鹰蛇之灵的人。这一过程在一定程度上反映了人类脱离自然、又融合于自然的历程。”㊲高福进《日月神话及其寓意探析——原始神话的世界性透视》指出：“日月神话普遍存在于世界各民族各地区，主要包括日月（神）的诞生、日月（神）性别关系、日蚀与月蚀的神话形成三大系统。日月（神）诞生的传说寓意着人定胜天、自然崇拜、自我牺牲的精神内涵，体现着对立统一的辩证关系；日月（神）性别关系的神话寓意远古时期内婚制下的进步与改革，反映着人类的信仰和世俗；日蚀与月蚀的神话形成寓意人类的朴素与直观的思维方式及发展变化，反映着不同地域及其民族性格及文明的传承。”㊳

2001年在少数民族神话和地方传说研究方面，学者们投入了较大力量：余太山《两汉魏晋南北朝正史西域传所见西域诸国的宗教、神话传说和东西文化交流》列举了两汉魏晋南北朝正史西域传中所见西域诸国的宗教、神话传说，讨论了西域地区成为汉文化、印度文化、波斯文化、希腊罗马文化及游牧文化荟萃之地的原因㊴。陈立浩《人类童年时代生活的追忆——黎族远古神话论析》论述神话的产生，以及黎族的开天辟地、人类起源、人神相争等几类神话作品和神话的思维特征[40]。黄昌莉《从创世神话中探讨傈僳族的远古生活》认为“傈僳族创世神话是一部人类进步发展的史书，从神话中展示出傈僳族先民生产、生活发展进步的轨迹”[41]。李光荣《论哈尼族神话的“期待原型”》采用心理分析理论研究哈尼族神话，得出哈尼族神话中存在着“期待原型”的结论。并论证了哈尼族神话期待原型产生的根源，认为其根源在于哈尼族的悲剧历史，即哈尼族先祖食物匮乏、自然灾害、战争失利和迁徙等苦难经历在心理上的烙印[42]。农冠品《壮族神话谱系及其内涵述论》讨论了“壮族远古神话的重要价值及传承、寄存方式、类型与谱系；从神话谱系中，揭示壮族神话的丰富内涵以及这些内涵对壮族民族精神、民族性格、思想意识观念等方面的潜在影响”[43]。汪立珍《论鄂温克族熊图腾神话》指出：“鄂温克族民间文学中，有相当数量的熊图腾神话。熊图腾神话是以熊为人类的亲族、人熊成姻及人熊之间产生的复杂关系为主要内容的远古文学形式。”该文从民间文学研究的视角，论述鄂温克族熊图腾神话的产生、母题及蕴涵的特殊文学价值[44]。满都呼《论蒙古与通古斯熊传说的有关习俗内涵》对满一通古斯语族、蒙古语族六个民族的熊传说和与之有关的风俗习惯作了比较与分析，进而讨论了他们共同的熊崇拜问题，最后探究了这些民族熊传说和熊习俗的一致性及其原因[45]。汪立珍《论我国通古斯诸民族神话传说中的动物崇拜》也认为“动物崇拜是我国通古斯民族神话传说中一项十分重要的内容”，该文以通古斯诸民族神话传说中人与动物相联系的早期文学之母题、内涵为依据，论述通古斯诸民族神话传说里表现出的人与动物关系的认知态度，分析人与动物姻缘神话传说的类型，阐述人对动物的祭祀礼仪等问题。从而论证我国通古斯诸民族神话传说里，以人与动物关系为母题的早期文学作品的历史背景、社会环境、文学价值以及理论意义[46]。朱元富《彝族谷种神话与母体崇拜》认为：“彝族先民视水为生命之源，万物之母。混沌演化谷种，实际上是说谷种来源于母体。虎一度被视为阴性，虎尸创生谷种是母体崇拜的体现。黑埃波罗赛、阿黑西尼摩、阿卜多莫等神是雌性无疑。葫芦神话是对神秘的母体生殖能力的崇拜。箭筒是女阴的象征，而‘伙头田’实际上就是子宫。‘雌燕’、‘布袋’、‘通天河中的水’、‘母狗’、‘又黑又窄的山洞’等，均与母体密切相联。彝族谷种神话无一例外地体现了对母体的崇拜。”[47]

那木吉拉2001年发表的研究蒙古神话的多篇论文引人注目，如《蒙古神话与佛教文化关系研究综述》指出：“蒙古神话与佛教文化之间的关系极为密切，从13世纪佛教在蒙古地区流布以来，佛教文化乃至印度、藏族神话从多方面影响了蒙古神话。”[48]《蒙古神话和英雄史诗中的印度日蚀月蚀神话影响》一文具体论述了“印度著名的日蚀月蚀神话以佛教为媒介，从多角度多层面影响了蒙古神话故事和史诗作品。印度日蚀月蚀神话首先通过译介在书面流传，然后以口耳相传的方式在民间传播，最终影响了蒙古活态神话，产生了诸多变体。印度的日蚀月蚀神话的有些母题或情节又成为蒙古英雄史诗情节内容，在作品中或成为展开故事的总线索，或在故事情节之间起到了承前启后的作用。另一方面，蒙古神话和英雄史诗作品接受印度神话影响时并不是消极的全盘移录，而是在接受影响的同时有所改造创新，在固有的神话故事或史诗作品的基础上创造出新的具有民族特色的文本来”㊾。《蒙古族神话中的腾格里形象初探》则指出：“腾格里是古代蒙古人顶礼膜拜的神祇，而孟克·腾格里是众腾格里之主。自从佛教在蒙古地区传播之后，蒙古族神话中的腾格里形象发生了一些变化。首先，与佛教关系密切的印度天神因陀罗以‘霍尔母斯塔’之名登场，呈现出超越或覆盖孟克·腾格里之势。在布里亚特神话中，有以汗·霍尔母斯塔·腾格里为首的善天神和以阿泰·乌兰·腾格里为首的恶天神二元对立的模式。”㊿在《蒙古族北斗七星神话比较研究》一文中，那氏指出：“蒙古族民间自古崇拜北斗七星，有关北斗七星的神话流传甚广。蒙古人皈依佛教之后，这些神话故事以佛教为媒介，接受了印度和藏族等信仰佛教的国家和民族神话的深刻影响。但其文化深层中仍积淀着本民族古老的神话观念。因此蒙古族北斗七星神话是在本民族神话文化的土壤里生长起来的。”[51]讨论蒙古神话的还有索罕·格日勒图、斯林格《〈蒙古秘史〉所传“苍狼神话”与“阿阑豁阿神话”》[52]。

2001年，希腊神话重新引起学者们的特别关注，有关中、希神话比较的论文有：刘长《从中西神话之异看文学民族特色的历史渊源》[53]、李艳梅、白雪晖《中国古代神话与古希腊神话比较研究》[54]、陈秋红《远古神话与民族文化精神——希腊神话、希伯莱神话与中国神话之比较》[55]、潘世东《多维视野下的中国希腊神话之比较》[56]等，正如潘世东、邱紫华在《文化哲学视野下的中、希神话之比较》指出的那样：“在判断世界神话精神特质的时候，文化学家和神话学家们总是将中国神话和希腊神话从世界神话丛林中凸现出来，并将它们分别作为东西方文化精神特质的代表，不无道理。”“在全球化趋势的足音响彻云霄的今天，这种比较不仅具有对中西文化和文学所存在的异同作正本清源分析的作用，同时还具理论应战及建构价值的当代性。”[57]

专门研究希腊神话的有：赵林《希腊神话传说的文化背景初探》，该文认为：“希腊神话传说以其美仑美奂和谱系分明而著称于世，它是许多不同种族、民族、地区的神话传说相互混杂和历史演化的结果，这些神话传说最初是彼此独立和形态各异的，通过持续不断的文化交往、文化融合而逐渐趋同扬异，并且经过长期的改造过程最终形成系统化的神谱和英雄传说。”[58]李湘云《〈荷马史诗〉——从神话走向理性》，文章通过对《伊利亚特》、《奥德赛》的分析，说明《荷马史诗》既是希腊人关于宙斯意志的神话思想的完整体现，同时又渗透着原始个体概念的理性萌芽，是人类从神话走向理性时代的真实记录[59]。衡彩霞《希腊神话中人的自我意识探析》认为：“具有突出的‘人化’特征的希腊神话，实质是古希腊人以神秘的形式对人自身的设问和解答，内蕴着丰富的自我意识——自我生成意识、自我本质意识、自我价值意识、自我责任意识。这些意识从不同角度体现着古希腊人对自我的原始关照，并透射出人类自我理性认识的曙光。”[60]潘勇《论希腊神话的人本主义思想》指出：“20世纪五六十年代西方的人本主义思想可以在希腊神话故事中找到渊源。希腊神话中塑造的神和英雄，是人化的神和神化的人，希腊人将他们的人本主义思想、审美意识等赋予了这些神和英雄，希腊神话体现的人性美使希腊神话具有永久的魅力。”[61]纪琳《古希腊神话的人本精神及对西方文化的影响》指出："神话是原始人思想与生活的反映，是原始信仰的产物。古希腊神话的基本特征是它的人本精神，这主要体现在以下几个方面：神话中对人的问题的思考，神在古希腊人心目中的形象，神具有与凡人一样的复杂性格，神对感性现实生活的热爱。古希腊神话影响渗透到西方文化的各个角落。它对欧洲文艺复兴时期人文主义思潮及这一时期的文学作品产生过重要影响，为后世作家提供了宝贵素材，丰富了绘画、雕塑的题材，还给西方语言增加了大量的短语和词汇。"[62]王发德《谈希腊罗马神话对英美文学的影响》也指出："欧洲的文艺复兴运动将古希腊罗马文化重新发掘出来并加以深入的研究和广泛的传播。作为希腊罗马文化的重要组成部分，希腊罗马神话对欧洲文学产生了深远的影响。英国文学作为欧洲文学的代表之一，和有着渊源关系的美国文学都深深打上了希腊罗马神话的印记。要深刻理解和领会英美文学，以便更深刻地了解英语语言和文化就应当了解希腊罗马神话。"[63]师华《古希腊神话与传说的价值认知》指出："神话与传说是一种古老的文学样式，从这些初始艺术创作中所散发出的种种信息中，我们看到了它所蕴藏的历史的、科学的、文化的、文学的价值内涵，尤其是那些鲜为人言的哲理价值在今天依然能激人警醒，喻人以理性。"[64]同为师华的《古希腊神话与传说的审美价值认知》一文指出："古希腊神话作为一种初始文学，它具有初始文学所独具的艺术魅力，其艺术形态、叙事方式、表现手法、审美特征都具有着后世'成人'文学所无法模仿的特点，在文学的历史长河中，其绚丽古朴纯美的艺术风格犹如一道亮丽的风景线。"凌继尧、薛扬《希腊罗马和中世纪美学的几个关节点》阐述了希腊罗马和中世纪美学的几个关节点：希腊神话的本质、柏拉图的理式的涵义、普洛丁的美学思想和奥古斯丁美学的过渡性[65]。张金玲《浅议希腊神话永久性魅力》认为："希腊神话既体现了希腊人对感性活力的注重，同时又表现了希腊人对理性的强调。在激情的大海与理性的太阳之间飞行，保持生命的丰富与完满，这是希腊人对生命存在的理想状态。后世的人们难免在此二者间顾此失彼，这种丰富与完满就成为其永久性魅力之所在。"[66]此外，林澜《五彩纷呈的古希腊罗马神话世界》讨论了如何欣赏希腊神话的问题[67]。姜艳《源于希腊罗马神话的泛化神祇名称与典故》认为："希腊——罗马神话对西方文化的影响是巨大而深远的，不仅影响到文学和艺术，甚至也影响到人们的日常生活。"该文主要侧重于一些源于希腊——罗马神话的泛化神祇名称和典故，试图通过例证扼要说明希腊——罗马神话对英语词汇及西方文学的影响。在此文中，作者选用的词语和典故都是广为流传和众所周知的，以此说明神话对生活的渗透，而其持久独特的魅力也就不言自喻[68]。

进行中外神话比较研究的还有：李艺《宙斯与盘古：中西创世神话之比较》，该文将中国几十个民族的创世神话作为一个整体与西方创世神话进行比较研究，并试图阐释造成中西民族性格、宗教思维及文化心理差异的影响根源[69]。邓楠《论中西不同时期女神形象的文化内涵》一文对中西不同时期的女神形象进行了比较，揭示了由母权制向父权制再到私有制阶级社会演变的女神形象的共同特征，同时也展现了女神形象各自的民族性和时代性的文化内涵[70]。李玉莲《中希女神比较谈》指出，中国和古希腊是两个古老而优秀的民族，但是，女神神话色彩各异：在形式上，一个相对零散片断，一个系统完备；在内质上，一个深沉凝重，具有忧患意识，一个鲜活生动，充满生命活力。造成这种不同的主要原因是两个民族祖先生活的自然条件和社会条件的区别。两相比较，具有重要的文化意义[71]。赵炎秋《中西神话仙话比较研究》指出："中国神话没有西方神话发达，主要是因为再生神话的不发达。从文化的角度看，中国再生神话的不发达，其原因有三：一是中国古代文化强烈的现世精神；一是大型口头叙事文学作品特别是史诗的缺乏；一是原始宗教的不发达。另一方面，中国的仙话却比西方发达得多。其原因主要在于中国仙话创作环境的自由宽松，以及中国人普遍幻想、甚至相信、追求长生不老的仙话创作氛围。"[72]刘子敏《从新罗建国神话传说看中国历史与文化的影响》指出："新罗建国神话传说深受中国古代文化的影响，它反映了自远古东夷少昊时代开始直至新罗建国时期中国居民移居朝鲜半岛的历史事实，自新罗建国之时朝鲜半岛就已纳入了东亚汉字文化圈，而中国边郡乐浪、带方在传播中国文化的过程中曾发挥过积极作用。"[73]喻权中、张碧波《东北亚诸族创世与起源神话考原——兼与"东北亚的圣母柳花"说商榷》[74]、杨军《也谈高句丽柳花神话》[75]都讨论了古代东亚神话问题。张美蓉《父亲的故乡与母亲的故乡——日本神话与日本精神分析》则是中国学者专门讨论日本神话的论文[76]。顾海悦、曹燕、艾斐《〈圣经〉及印第安 Acoma 部落中关于人类起源传说的跨文化研究》指出："神话通过讲述神的行为或事迹，来说明世界的起源和它的现存秩序。"该文通过对《圣经》中的创世故事和北美印第安部落起源传说进行对比，探寻两种不同文化之间的差异和联系，指出 Acoma 故事更接近部落的实际生活，而《圣经》则带有更多的宗教印迹。"[77]

2001 年，讨论中国神话思想史和中国神话学史的论文有：张筠《孔子与司马迁神话观之比较》，该文认为："孔子和司马迁虽深受时代风云感召，以理性的自觉审视神话的荒怪，但二人的神话思想却有着本质的不同。孔子对神话的态度终究如他身处的时代一样彷徨和迷茫。司马迁远较孔子深邃，对荒诞不经之说斥之虚妄，但对包孕深刻历史底蕴的神话却能洞察其中闪射的历史的影子。"[78]同为张筠的《从〈孔子世家〉对神话材料的处理看司马迁的历史观》亦认为："孔子对神话的态度如他所身处的时代一样是矛盾和困惑的，后儒将其彻底理性化的倾向是不真实的。《孔子世家》采《国语·鲁语》孔子答疑论古的神话材料入史，是对孔子神话思想的真实反映，是司马迁实录精神的深刻表现。"[79]

韩湖初《闻一多"盘古即伏羲"说难以动摇——兼评盘古神话由印度传入"已作结论"说》就近年神话学界流行的"盘古神话印度传入说"提出反驳，指出："闻一多'盘古即伏羲'说已为中华大地民俗学与考古学材料所证实，难以动摇。近年学术界有论者称盘古神话由印度传入'已作结论'，是经不起检验的。"[80]［俄］李福清《从比较神话学角度看闻一多〈伏羲考〉》也肯定了闻一多的神话研究业绩，指出："20 世纪 40 年代初，闻一多以伏羲神话为中心开始研究中国古代神话，其研究特征：多参照古籍文献，也注重国外资料和活的民间文学，特别是少数民族神话。"并进一步指出："从比较神话学角度看，伏羲是典型的文化英雄。文化英雄是较原始的神话人物，他为人类取火、制造各种文化物品，确定某些社会制度、礼仪等。”[81]赵廷光《盘古传说真谛寻索》根据汉族典籍及瑶族等少数民族的宗教经典、诗歌中有关盘古的神话传说，论证了盘古与伏羲的关系——盘古就是伏羲；指出盘古不仅是史前文化的创造者，而且是中华民族的同根。该文认为，统一中华民族的同根意识，对于实现祖国的统一和建设有中国特色的社会主义现代化国家具有深远意义[82]。

陈永香《人类学派对中国现代神话学的影响琐谈》指出：“人类学派的神话学理论和方法对中国现代神话学的产生和发展产生过极为深远的影响。”该文探讨了中国现代神话学界对人类学派理论方法的介绍和运用及其在当代的余响，还分析了人类学派理论方法在中国神话研究实践中的得失[83]。贺学君《中日中国神话研究百年比较》对百年来中日学者中国神话研究理论、方法、特长进行了历史梳理与比较。认为总体而言，呈互相影响共同发展态势：早期，日本学界居于优势，很快，中国学界开始反影响；中期，交流受阻，双水分流；后期，中国学界形成全面强势。研究方法，各有所长，正可有效互补[84]。王孝廉《我的神话学历程》以个人回忆的形式讨论了一段中国神话学的学术史[85]，黎敏《郑振铎对民间文学诸体裁的研究》一文把郑振铎对神话、史诗、故事、民歌等民间文学体裁的研究放在当时的学术背景和民间文学研究的发展中进行分析，认为郑振铎在民间文学方面成就卓越应引起人们对这位学者的全面认识[86]。赵志忠《“尼山学”的出现与展开——纪念《尼山萨满》传说发表40周年》[87]和戈志强《中国文明起源研究的新探索——评〈古帝传说与华夏文明〉》两文既是书评也是学术史的记录[88]。

2001年发表的神话学理论方面的论文亦有多篇。牛苏林《马克思论神话》指出：“神话不仅是文学艺术的土壤，而且也是研究原始文化珍贵的‘范本’。马克思在人类文化学和唯物史观的基础上，对神话进行了精辟的诠释：分析了神话的历史根源，揭示了神话的社会特质，阐明了神话与艺术的辩证关系，肯定了神话的文化价值，从而丰富和深化了历史唯物主义的文化史观。”[89]张晓平《文学意象的文化积淀与创造——兼评神话—原型批评》认为：“文学意象的创造不是孤立的，它深受文化传统的影响和制约。”该文以“太阳”意象为例，分析了文学意象的蕴涵，既有历史的积淀又有在创新过程中的转变，并从接受美学角度指出，读者的文化修养是影响文学意象理解的重要因素[90]。杨晓林《神话—原型批评刍议》指出：“神话—原型批评源于弗雷泽的人类学，由荣格的分析心理学奠基，得助于卡西尔的象征形式哲学，弗莱将其建成宏大的理论体系。它的系统性、宏观性和整体性优势，体现出跨历史、跨文化的宏阔视野和大家气度，在西方文论界，曾与马克思主义批评和精神分析批评三足鼎立。但忽视文本审美价值和作家的个性、跨文化研究的不彻底性则是神话—原型批评的阿基硫斯之踵。”[91]李克《列维—斯特劳斯神话研究刍议》认为：“列维—斯特劳斯对神话的分析被认为是结构主义的经典之作。他把神话研究引入科学的轨道，是把结构主义语言学思想运用于文学艺术领域的一个尝试。在打破传统学术研究的历时性思维、拓宽人们的研究视野方面具有重要作用。”[92]叶舒宪《发现女性上帝——20世纪女性主义神话学》介绍了西方神话学界的最新进展[93]。

刘凤泉《论原始意识形态及神话的积极意义》认为：“原始意识形态以万物有灵论为基础，具有形象性、神秘性、幼稚性的基本特征。原始宗教和原始神话有着深刻联系，而它们在发生原因、形象构成、对待命运的态度、反映人的本质力量和发挥社会作用诸方面又有着根本的区别。神话以其思想的深刻性和艺术的完美性具有多方面的积极意义，给后世以巨大的影响。”[94]南振兴《文化中的神话积淀》指出：“神话构成一个民族的精神积淀，它不仅遗留于语言之中，也无形地控制着该民族文化的发展。对神话的研究程度和重视程度能够反映一个国家社会人文研究的水平。神话形象在文化传播中起着重要作用。”[95]卢德平《论神话的交流模式》认为：“神话话语的神话性，典型地反映了与经验思维完全不同的神话思维模式。对神话话语的传播过程的探讨，是研究人类文明传承机制的重要一环。神话话语的交流或传播，只有放在人类一般交流方式的总体框架内加以考察，才有可能揭示其中的本质规律。”[96]何江胜《神话与科学》认为：“神话是人类形象思维的产物，涉及自然世界和人的主体世界，用形象的方式解释自然，表现人生，反映真实。科学依赖人的理性思维和形象思维，以客观世界及其种种现象为研究对象，解释和探讨客观规律。两者都是人类生存有益的建造物，都在力图构建人类理想的客体和主体世界。”[97]高玉《神话作为文献材料和艺术起源实证材料的质疑》一文讨论了神话文本作为实证研究材料的可能性问题，指出：“如何确定远古文献材料以及所记载的历史的真实性有很多难题 。神话具有它的历史和文学的价值，但它作为文献材料能否作为艺术起源研究的实证材料值得质疑。”[98]王燕《对波斯史诗〈列王纪〉的纯形式解读》指出：长篇史诗《列王纪》是波斯古代神话、英雄传说和前伊斯兰时期历史故事的总汇，在伊朗文学史上具有很高地位，向被视为勾勒古代轮廓和记录王朝兴衰的权威著述。通过审视《列王纪》的神话图像，作者指出，该史诗起首的部分叙述纯属虚拟而不足凭为古史源头。继之，在纯然形式的范畴内对史诗此一部分的内容在情节架构、叙述方式、形象塑造和时空关系的安排等层面进行了解析与勾描[99]。

神话与作家、作家文学的关系是今年学者们关注较多的话题之一，也有些学者运用神话学的理论分析了一些作家文学作品，如于立新《论神话与小说的源流关系》等[100]。熊进萍《略论中西小说的神话意识》指出：“小说与神话有悠久的渊源关系，中西方现代小说中更是兴起了古老神话复活的热潮。神话是民族文化之根，也是小说家庭之源。中西小说神话意识存在着许多差异。”[101]张华娟《中国神话中的原始生命观对古代小说的影响》认为：“中国神话中展示的原始生命观，首先是生命的互渗。任何一个生命不是单一的，它和其他生命互渗，在某些关键时刻转化变形。其次，任何生命都会有魔难或磨难，尤其将要增益神性的生命之际，甚至要有死亡一类的经历。最后，生命的磨难不是消极的，它锻炼出来的是一个更具神性的生命，死亡的同时是新生的开始，是生命神性的真正显示。原始生命观给了小说家深远而又隐蔽的影响，溯本逐源，我们可以领略古代小说中承袭和发展的原始生命观。”[102]李生龙《“天人感应”与古代文学》指出，“天人感应”观认为天人之间存在着交感关系，这种交感以阴阳、气、五行或鬼神为媒介。它起源于占星术，后世的占星、谶纬诸家及佛、道二教都对它有所发展。我国古代神话、志怪中的天国世界、神灵系统以及妖怪幻想的形成与“天人感应”观关系极为密切，某些文论、文学描写也深受它的影响[103]。丁胜民《莎剧人性的神魔二元神话原型》指出：“相信人的灵魂能与神鬼相通是莎剧神话思维的特征之一。莎剧中的人性的善恶两面各有其神魔对应的原型系列。这个神话对应系列是由古希腊罗马神话和基督教神话融合而成。”[104]郭立颖《李尔王身上的古老“神”韵》指出：李尔王是伟大的英国戏剧家莎士比亚笔下一位著名的悲剧人物。该文探讨了《李尔王》与祈天仪式、凯尔特传说、古希腊罗马神话之间的联系，以揭示仪式与神话在莎士比亚作品中的文学价值[105]。赵宁《普希金与希腊罗马神话》指出：“普希金有着多元的神话情结，集中体现在他的抒情诗中，以古希腊、罗马神话最为常见。主要有三种表现形式：直接的艺术再现；神话原型与现实或历史的审美对象交织为一体；神话原型成为稳定的象征符号，进而演化成某种自觉的意志或精神渗透于作品之中。由此，诸神形成了一个象征系统，一个神话符号体系，体现出诗人一种特殊的艺术意识形态和审美的人生态度。”[106]王殿娜《分析〈启示〉的神话原型》一文通过对《启示》(Revelation) 中神话原型与象征手法的应用及其意义的探讨来说明作品的主题思想——描写邪恶、赎罪、得救“三步曲”[107]。李湘云《〈琼斯皇〉的神话体系》认为：“奥尼尔的《琼斯皇》以‘内米祭司恐惧’的原型母题、‘死亡——复活’的原型模式、树种崇拜的原型意象构成了一个富有意蕴的神话原型体系，暗示了一条人类回归自我的痛苦而又充满希望的救赎之路。”[108]蒋玉斌《论〈红楼梦〉的神话意识表现》指出：“《红楼梦》是一部伟大的现实主义作品，但书中也有许多超出现实以外的内容。”该文从神话意识这个特定视角切入，从《红楼梦》所关注的民族性、率真和幻想三个方面论述了神话意识在作品中的表现[109]。

2001年大陆学界的神话研究取得了不少成果，而且“神话”的观念正在被越来越多的学者使用，用来分析一般的文学作品；但是，就神话研究本身来说，陈陈相因的论题还较多，重复前人旧论点的情况也不鲜见，无论在神话理论研究还是在个案分析方面，都缺乏较有深度的突破。至于台湾、香港、澳门等地的神话研究，由于本人视野所限，只好暂付阙如。应该引起神话学者们的高度注意。

---

① 彭松乔．话语霸权下的诗性言说——中国汉族神话叙事话语解析．江汉大学学报，2001，(4)：43～50.

② 关山．神话历史化与中国文学功利主义品格的形成．广西梧州师范高等专科学校学报，2001，(3)：38～41.

③ 朱丁．殷周的宗教信仰变迁与上古神话的走向．人文杂志，2001，(5)：135～139.

④ 朱迪光．中国神话的历史化及其对中国叙事文学的影响．安庆师范学院学报，2001，(4)：51～56.

⑤ 卫崇文．《山海经》与先秦神话研究．陕西师范大学学报，2001，(1)：119～123.

⑥ 陈丽平．试论《穆天子传》的神话境界．鞍山师范学院学报，2001，(2)：52～55.

⑦ 洪申我．中国古代神话的“乐感”文化心态试探．黎明职业大学学报，2001，(2)：2～9.

⑧ 叶绪民．中国上古神话中神族谱系探源．中南民族学院学报（人文社会科学版），2001，(6)：48～54.

⑨ 段友文．黄河流域上古神话探源．山西师范大学学报，2001，(4)：50～54.

⑩ 郭仁昭．试析中国神话的传播方式和演进趋向．广播电视大学学报（哲学社会科学版），2001，(4)：14～17.

⑪ 张军．《国语》中的神话传说．集宁师专学报，2001，(2)：49～51.

⑫ 熊开发．从创世神话看《淮南子》的天、人观．海南师范学院学报，2001，(4)：51～56.

⑬ 赵庆杰．道家思想的神话渊源．华夏文化，2001，(3)：41～42.

⑭ 赵廷光．盘古神话真谛寻索．云南社会科学，2001，(1)：48～54.

⑮ 胡安莲．河南女娲神话的演变及其意义．殷都学刊，2001，(1)：67～70.

⑯ 李祥林．我看“女娲抟土造人”神话．江海学刊，2001，(1)：166.

⑰ 胡安莲．论神话英雄鲧．河南社会科学，2001，(5)：70～72.

⑱ 李德靖．鲧堙洪水议—《山海经》一则神话的解释．史林，2001，(1)：61～62.

⑲ 吕微．鲧、禹故事：口头文本与权力话语．民间文化（学术专号），2001，(1)：37～43.

⑳ 胡安莲．黄帝神话及其在河南的流传．信阳师范学院学报，2001，(2)：105～107.

㉑ 金荣权．炎黄之争与上古神话体系的建构．周口师范高等专科学校学报，2001.(1)：12～14.

㉒ 程秀莉．由黄帝神话的演变看神话历史化．中南民族学院学报，2001，(3)：99～101.

㉓ 王亚南．黄帝神话传说：“天赋亲权”之滥觞．民间文化，2001，(1)：31～36.

㉔ 汪大白．夸父逐日神话的原始意蕴．南通师范学院学报，2001，(2)：99～101.

㉕ 韩光兰．颛顼、后稷死而复生神话解——兼论巫、鱼与生命信仰的关系．云南大学学报，2001，(6)：52～57.

㉖ 金荣权．商伯盗火神话及其学术价值．商丘师范学院学报，2001，(1)：21～23.

㉗ 金荣权．河南古典神话的流变与基本特征．信阳师范学院学报（哲学社会科学版），2001，(3)．

㉘ 刘汉波．嫦娥奔月神话的现代变形与原型解码．赣南师范学院学报，2001，(4)：47～50.

㉙ 车锡伦．泰山女神的神话、信仰与宗教．泰安教育学院学报岱宗学刊，2001，(1)：3～6.

㉚ 刘燕萍．钟馗神话的由来及其形象．宗教学研究，2001，(2)：35～40.

㉛ 王志强．“西王母神话”与“青海环湖”民族原始审美观．青海民族研究，2001，(2)：48～51.

㉜ 傅光宇．方丘神话解析．楚雄师专学报，2001，(2)：58～60.

㉝ 王政．《诗经·十月之交》与日月食神话巫术．江淮论坛，2001，(2)：60～66.

㉞ 陈建宪．神话的权力．民间文化，2001，(1)：44～47.

㉟ 曲延纯，曲琳琳．古代神话中有关“蛇”的传说．贵州档案，2001，(1)：44～47.

㊱ 张强．从图腾崇拜到自然崇拜：人与自然对话的走势．南京师范大学学报（社会科学版），2001，(4)：58～65.

㊲ 朱玲．图腾、神话主角与原型置换——“鹰/蛇”文化符号的人类学阐释．广西民族学院学报，2001，(3)：90～95.

㊳ 高福进．日月神话及其寓意探析——原始神话的世界性透视．思想战线（云南），2001，(5)：111～115.

㊴ 余太山．两汉魏晋南北朝正史西域传所见西域诸国的宗教、神话传说和东西文化交流．西北民族研究，2001，(3)：115～127.

㊵ 陈立浩．人类童年时代生活的追忆——黎族远古论析．琼州大学学报，2001，(3)：41～49.

㊶ 黄昌莉．从创世神话中探讨傈僳族的远古生活．中央民族大学学报，2001，(1)：107～111.

㊷ 李光荣．论哈尼族神话的"期待原型"．云南师范大学学报，2001，(1)：57～60.

㊸ 农冠品．壮族神话谱系及其内涵述论．广西右江民族师专学报，2001，(3)：17～20.

㊹ 汪立珍．论鄂温克族熊图腾神话．民族文学研究，2001，(1)：74～77.

㊺ 满都呼．论蒙古与通古斯熊传说的有关习俗内涵．满语研究，2001，(1)：96～102.

㊻ 汪立珍．论我国通古斯诸民族神话传说中的动物崇拜．满语研究，2001，(1)：88～95.

㊼ 朱元富．彝族谷种神话与母体崇拜．楚雄师专学报，2001，(2)：50～54.

㊽ 那木吉拉．蒙古神话与佛教文化关系研究综述．内蒙古民族大学学报，2001，(1)：36～39.

㊾ 那木吉拉．蒙古神话和英雄史诗中的印度日蚀月蚀神话的影响．民族文学研究，2001，(2)：53～58.

㊿ 那木吉拉．蒙古族神话中的腾格里形象初探．西北民族研究，2001，(2)：45～57.

(51) 那木吉拉．蒙古族北斗七星神话比较研究．中央民族大学学报，2001，(6)：72～77.

(52) 索罕·格日勒图，斯林格．《蒙古秘史》所传"苍狼神话"与"阿阑豁阿神话"．蒙古学信息，2001，(3)：35～48.

(53) 刘长．从中西神话之异看文学民族特色的历史渊源．云南民族学院学报，2001，(6)：76～80.

(54) 李艳梅，白雪晖．中国古代神话与古希腊神话比较研究．内蒙古民族大学学报，2001，(3)：40～43.

(55) 陈秋红．远古神话与民族文化精神—希腊神话、希伯莱神话与中国神话．东方论坛，2001，(2)：24～28.

(56) 潘世东．多维视野下的中国希腊神话之比较．陕西师范大学学报，2001，(2)．

(57) 林玲，潘世东．论盘古神话的自然生态伦理价值．郧阳师范高等专科学校学报，2001，(5)：60～64.

(58) 赵林．希腊神话传说的文化背景初探．学习与探索，2001，(6)：21～26.

(59) 李湘云．《荷马史诗》——从神话走向理性．青海民族学院学报（社会科学版），2001，(1)：101～104.

(60) 衡彩霞．希腊神话中的人的自我意识探析．信阳师范学院学报，2001，(1)：9～13.

(61) 潘勇．论希腊神话的人本主义思想. 江苏广播电视大学学报，2001，(2)：49～51.

(62) 纪琳．古希腊神话的人本精神及对西方文化的影响．山东师范大学外国语学院学报，2001，(2)：48～50.

(63) 王发德．谈希腊罗马神话对英美文学的影响．辽宁师范大学学报，2001，(3)：82～84.

(64) 师华．古希腊神话与传说价值认知．榆林高等专科学校学报，2001，(1)：49～53.

(65) 凌继尧，薛扬．希腊罗马和中世纪美学的几个关节点．华中师范大学学报（哲学社会科学版），2001，(2)：55～59.

(66) 张金玲．浅议希腊神话永久性魅力．甘肃广播电视大学学报，2001，(1)：41～43.

(67) 林澜．五彩纷呈的古希腊罗马神话世界．嘉应大学学报，2001，(4)：75～76.

(68) 姜艳．源于希腊罗马神话的泛化神祇名称与典故．哈尔滨学院学报，2001，(1)：107～109.

⑲ 李艺．宙斯和盘古：中西创世神话之比较．广西民族学院学报，2001，(6)：85～92.

⑳ 邓楠．论中西不同时期女神形象的文化内涵．常德师院学报，2001，(3)：29～31.

㉑ 李玉莲．中希女神比较谈．外国文学研究，2001，(3)：104～109.

㉒ 赵炎秋．中西神话仙话比较研究．中国文学研究，2001，(3)：59～64.

㉓ 刘子敏．从新罗建国神话传说看中国历史文化的影响．东疆学刊，2001，(1)：34～40.

㉔ 喻权中，张碧波．东北亚诸族创世与起源神话考源——兼与"东北亚的圣母柳花"说商榷．社会科学战线，2001，(1)：162～173.

㉕ 杨军．也谈高句丽柳花神话．社会科学战线（长春），2001，(1)：174～177.

㉖ 张美蓉．父亲的故乡与母亲的故乡——日本神话与日本精神分析．日语知识，2001，(6)：27～28.

㉗ 顾海悦，曹燕，艾斐．《圣经》及印第安 Acoma 部落中关于人类起源传说的跨文化研究．国外文学，2001，(4)：28～35.

㉘ 张筠．孔子与司马迁神话观之比较．西南民族学院学报（哲学社会科学版），2001，(8)：130～133.

㉙ 张筠．从《孔子世家》对神话材料的处理看司马迁的历史观．西南民族学院学报（哲学社会科学版），2001，(10)：76～78.

㉚ 韩湖初．闻一多"盘古即伏羲"说难以动摇——兼评盘古神话由印度传入"已作结论"说．华南师范大学学报，2001，(1)：46～51.

㉛ 李福清．从比较神话学角度看闻一多《伏羲考》．泰安教育学院学报岱宗学刊，2001，(1)：47～49.

㉜ 赵廷光．盘古神话真谛寻索．云南社会科学．2001，(1)：48～54.

㉝ 陈永香．人类学派对中国现代神州学的影响琐谈．楚雄师专学报，2001．(1)：78～81.

㉞ 贺学君．中日中国神话研究百年比较．文学评论，2001，(5)：149～154.

㉟ 王孝廉．我的神话学历程．民俗研究，2001，(2)：128～137.

㊱ 黎敏．郑振铎对民间文学诸体裁的研究．东南大学学报，2001，(4)：92～96.

㊲ 赵志忠．"尼山学"的出现与展开——纪念《尼山萨满》传说发表40周年．民族文学研究，2001，(3)：89～90.

㊳ 戈志强．中国文明起源研究的新探索．江海学刊，2001，(5)：189～191.

㊴ 牛苏林．马克思论神话．西藏民族学院学报，2001，(4)：50～55.

㊵ 张晓平．文学意象的文化积淀与创造．汕头大学学报（人文科学版），2001，(2)：28～33.

㊶ 杨晓林．神话—原型批评刍议．钦州师范高等专科学校学报，2001，(5)：38～42.

㊷ 李克．列维—斯特劳斯神话研究刍议．深圳大学学报，2001，(4)：76～82.

㊸ 叶舒宪．发现女性上帝——20世纪女性主义神话学．民间文化，2001，(1)：24～30.

㊹ 刘凤泉．论原始意识形态及神话的积极意义．内蒙古社会科学（汉文版），2001，(5)：65～69.

㊺ 南振兴．文化中的神话积淀．四川外国语学院学报，2001，(5)：100～102.

㊻ 卢德平．论神话的交流模式．中国青年政治学院学报，2001，(6)：88～93.

㊼ 何江胜．神话与科学．学海，2001，(5)：149～153.

㊽ 高玉．神话作为文献材料和艺术起源实证材料的质疑．云南师范大学学报，2001，(5)：90～94.

⑲ 王燕．对波斯史诗《列王纪》的纯形式解读．新乡师范高等专科学校学报，2001，(4)．
⑩ 于立新．论神话与小说的源流关系．华夏文化，2001，(3)：26～27.
⑪ 熊进萍．略论中西小说的神话意识．陕西师范大学学报（哲学社会科学版），2001，(2)：117～121.
⑫ 张华娟．中国神话中的原始生命观对古代小说的影响．山东社会科学，2001，(6)：104～106.
⑬ 李生龙．“天人感应”与古代文学．湖南师范大学学报，2001，(4)：112～116.
⑭ 丁胜民．莎剧人性的神魔二元神话原型．戏剧，2001，(3)：22～28.
⑮ 郭立颖．李尔王身上的古老“神”韵．天津外国语学院学报，2001，(2)：60～62.
⑯ 赵宁．普希金与希腊罗马神话．国外文学，2001，(1)：104～109.
⑰ 王殿娜．分析启示的神话原型．南京建筑工程学院学报（社会科学版），2001，(1)：35～37.
⑱ 李湘云．《琼斯皇》的神话体系．安庆师范学院学报（社会科学版），2001，(2)：30～33.
⑲ 蒋玉斌．论红楼梦的神话意识表现．涪陵师专学报，2001，(2)：55～59.

二、研究论文选载

盘古原型与苗族犀牛图腾

吴晓东

（中国社会科学院民族文学研究所）

一、盘古神话属于苗瑶语族：地域与族属分析

关于盘古神话起源的地域，归纳起来，有印度西来说、中原说以及南方说。而关于盘古神话的族属，则因为几乎中国的每个民族都有盘古神话流传，很多民族都认为盘古神话产生于自己的民族。但是，就目前资料来看，只有苗瑶语族才能将地域上的分歧与族属上的分歧完美地结合起来，因为苗瑶语族是一个从中原迁徙到南方的族群。

持印度说的学者有很多，吕思勉、杨宽、何新等都持这种观点。何新在《盘古、梵天与 BAU 神》一文中分析了盘古开天辟地之神话不见于秦汉以前的一切著述，也不见于专门搜罗古今怪异的《山海经》、《天问》和《帝王世纪》，而是始见于三国时徐整的《三五历记》与《五运历年记》，以及南朝梁代任昉的《述异记》。这个时期，在中国发生了印度佛教及文化大规模渗透的重大事件，于是他最后推断，盘古神话是东汉中叶以后取道西南流传到中原的西亚、印度神话。但这种推论并不可靠，随着盘古神话资料的不断挖掘、丰富以及研究的不断深入，盘古神话起源于印度的观点越来越站不住脚了。

第一，在河南的桐柏山主峰太白顶往北 100 华里处，有一座盘古山，山顶上有一座盘古庙，当地群众每年三月三都来这里举行规模庞大的朝拜仪式。1987 年 5 月 29 日上午，北京和河南的有关学者在考察盘古庙时，从废墟中发现了残缺的陶片和砖块，经南阳地区考古队鉴定，残片系汉井圈陶片，砖块为汉砖残块。还有宋、明、清遗物①。这就说明了，在汉代就已经建立了砖瓦结构的盘古庙。从理论上说，汉代已建砖瓦结构的盘古庙，说明在汉代盘古崇拜就已经深入民众，而盘古神话则应该更为久远，至少在秦汉以前就已流传。这一发现，充分说明了盘古神话不是在三国时期随着印度佛教及文化大规模渗透到中国的时候带来的。

第二，三国之前在汉文献中没有盘古神话的记载，不等于在少数民族中当时就没有口头上的盘古神话；盘古神话虽然三国时期才在汉文献中见到，但它有在民间早已经流传的可能性。无论是盘古开天辟地的情节，还是盘古化身的情节，在南方各少数民族中都并不鲜见。关于开天辟地，苗族古歌中的描述就与汉文献中的盘古神话十分相似，而且更为详细：

盘古公公老人家，/他从东方走过来，/拿来一把大斧头，/来劈两块薄板

儿，/两块裂开去两边，/天上得到了一块，/地上也得了一块，/……/盘古老人热心肠，/狠狠擎着天向上，/用他的头去顶着，/伸着只手去撑起。②

关于天与地的分开，苗族古歌是这样说的：

一次铸成了两块，/白的向上浮，/黑的往下走，/这就得了一块宽宽的天，/这就得了一块宽宽的地。③

这其中“白的向上浮，黑的往下走”可能是从鸡蛋白、鸡蛋黄的清浊轻重得到的启示，这与《三五历记》中“阳清为天，阴浊为地”应是一脉相承的。比起徐整在《三五历记》中的盘古神话，劈头盖脑就说“天地混沌如鸡子，盘古生其中”，苗族古歌更为详细地叙述了这个“如鸡子”的“子”的来源，即申狃蛋。徐整记载的“天日高一丈，地日厚一丈，盘古日长一丈……盘古极长”，在苗族古歌中，盘古则被称为高脚崽崽（指小时候腿就很长）。关于盘古的化身，南方少数民族神话中也有存在，苗族古歌中直接有关于盘古垂死化身的传说，与徐整记载的十分相似，而且还道出了盘古垂死的原因是他撑天太劳累所致：

盘古公公英雄汉，/说起话来像雷鸣，/眨眨眼睛就闪电，/呼吸变成东风吹，/眼泪汇成清水流，/头发变成柴和草，/久久撑天太长久，/身子散架落纷纷，/盘古死后变山坡。④

这种化身，应该属于图腾化身，它与别的图腾化身神话十分相似。彝族以老虎为图腾，其史诗《梅葛》就有老虎图腾化身的描述：“虎头做天头，/虎尾做天尾，/左眼做太阳，/右眼做月亮。/……/虎肚做大海，/虎血做海水。”苗族有枫木图腾，其《枫木歌》中也有类似的描述：“树根变成泥鳅，/树桩变成铜鼓，/树叶变成燕子，/树干变成蝴蝶。”所以说，盘古的这种垂死化身，也应是从图腾化身演变而来的，其产生的时间应该比较早，至少应在秦汉以前。这种垂死化身，比印度的《吠陀经》以及《厄泰梨雅伏婆尼沙坛》里面所记载的关于梵天的化身情节更接近汉文献中的盘古的化身。梵天的化身是以其感官：“此人有口始有言，有言乃有火。此人有鼻始有息，有息乃有风。……此人有肤始有毛发，有毛发乃有植物。此人有心始有念，有念乃有……”因此，我们不能轻易断定少数民族中的这类神话传说是一种外来的东西。

持南方说的学者以茅盾为代表，理由是盘古神话既然最早出现在徐整的《三五历记》，而徐整是三国时代吴国人，属于南方的地域，他记载的盘古神话，可能是在南方采风而获得的。另外，盘古遗迹也主要在南方，夏曾佑为此曾写道：（盘古神话）“疑非汉族旧有之说，或盘古盘瓠音近……故南海独有盘古墓，桂林又有盘古祠。不然，吾族古皇应在北方，为何盘古独居南方哉？”⑤这里的南海，指的是洞庭湖。

持中原说的以马卉欣和朱阁林先生为代表，他们认为盘古神话取材于桐柏山一带，理由是明代董斯张是徐整的同乡，他在《广博物志》中引用徐整原句说：“盘古之君，龙首蛇身……死后骨为山林，体为江海，血为淮渎，发为草木。”淮渎之源即是桐柏山⑥。

其实，把民族与地域两种因素结合起来考虑，南方说与中原说的分歧就能得到很好的解决。我们认为，盘古神话起源于中原，至于为什么南方多盘古遗迹，那是因为三苗集团的盘古部落一开始居住在中原的桐柏山一带，后来他们南迁的时候把这些盘古文化一起带到了南方。

关于盘古神话的族属，马卉欣先生是有一定的发言权的，他考察盘古神话传说历时9个月，行程3万里，记录、搜集各地神话、传说的资料180斤，录制磁带27盒，拍摄照片资料40多幅，掌握了20多个省市自治区的20多个民族的盘古神话流传及产生的状况⑦，材料不可谓不丰富和全面。他在《盘古之神》一书中比较了彝族、白族、傈僳族、仡佬族、布依族、侗族、毛南族、壮族、苗族、瑶族、土家族、土族等民族的盘古神话，以及海南、成都平原、吴越等地区的汉族盘古神话，最后认为："考察湘、桂边及岭南瑶区，总的印象是盘瑶（我国南方瑶族的一个支系，又称盘古瑶、过山瑶等）居民区是古代盘古部落的遗存。他们每走一处先建造盘古祠和盘古庙，有难求盘古，有福谢盘古，逢年过节敬盘古。"⑧如今湖南、广西的苗族、瑶族和畲族，在祭祀祖先的地方仍然是把盘古牌位放在第一位，可见盘古的地位由来已久。这就把地域之争用盘古的族属来解决了。苗族语族一开始生活在中原地区，具体来说，是包括桐柏山一带，因为历史上的苗蛮集团南到湘、鄂、赣，北到熊耳、外方（嵩山）、伏牛。这个地理图的中间就是桐柏山。

从语言上来分析"盘古"这一名称，也可证明盘古神话属于苗族语族的神话。一开始，人们以为盘古就是盘瓠，因为两者只有一个声母的差别，但随着研究的深入，人们逐渐发现二者并非一人。另外，有人认为"盘古"是由"伏羲"演化而来的："从语音上看，盘古与伏羲实为一音之转，盘古是伏羲的转语形式。'盘'和'伏'都是并母字，'古'为见母鱼部，'羲'为晓母歌部，鱼歌二部旁转最近，上古喉方不分，'古'和'羲'可视为同声母。如以'古'为声符的'胡'就读喉音。'古'之为'羲'，犹'胡'之为'何'（疑问代词），'何'与'羲'古同音，是以知'古'为'羲'之音转。"⑨这种拐了十八弯才牵强附会地弄到一起来的训诂方法，恐怕汉语中没有哪两个字不能训为同音字了。

从语法上说，"盘古"这一词与汉语语法规律不相符："古"是一个形容词，"盘"是一个名词，可见是"古"从后面来修饰名词"盘"的。当然，在远古的时候，汉语也有修饰语在后，中心语在前的现象。但是，如果说"盘古"这一个词是古汉语的遗留，那就没有办法解释在三国以前为什么不见有盘古神话的记载了；如果说盘古神话是三国时期或秦汉时期才在中原地区诞生的，那么"盘古"这一词汇为什么会与汉语语法不符合？至少在秦汉时期，汉语的修饰关系已经是修饰语在前，中心语在后了。若从现今湘西苗语来解读"盘古"两字，一切都简单多了。在湘西苗语中，现在仍然称呼老爷爷为盘古（湘西苗文写为 poubghuot），"盘"是爷爷的意思，"古"是老的意思。按苗语的语法习惯，修饰词从后面来修饰中心语，因此可以翻译为"老爷爷"。值得注意的是，汉语中的"古"也是老的意思，那么，是否为苗语从汉语中借来的呢？不好说，因为苗族语言的"古"声母小舌音，而现在汉语中已经不存在小舌音，可见这一个音比较古老，有可能是苗汉同源词。

将"盘古"从苗语的角度解释为"老爷爷"，与盘古神话极为吻合。盘古是一位开天辟地的创世祖先，称其为老爷爷，实在是再恰当不过了。创世神话的诞生，在时间上都比较久远，按一般习惯，神话中的时间与人物都存在一种模糊性。在时间上多为“有一天”或者“很久很久的时候”等等，而不会将时间具体化；而人物则多为“有一个人”或者“有一位老爷爷”等一类的话语，总之，不会太具体。现在我们所说的盘古神话，“盘古”是作为一个人名来对待的，这与开天辟地的神话不太符合，这一神话产生的时候，人们绝对不会给神话中的主人公取一个具体的名字。所以说，把“盘古”从苗语的角度解释为老爷爷，正好符合了这种历史所要求的模糊性。

在苗族古歌中，这种模糊性还依然存在，造天地的祖先就是被称为公公和婆婆的，与“盘古”的意思很吻合：

来看制天造地吧，/谁来冶天炼地呢？/远古造天的公公，/太初制地的婆婆，/他俩造个大坩锅，/用它来冶天，/用它来炼地。⑩

“盘古”这个词在燕宝注释的《苗族古歌》中也有出现，与叵爬、科帝、修狃等神仙的名字并列，诗中这样唱道：

不是科帝来最早，/说来他还是太小，/哪个才是最聪明，/哪个才生来最早？/那个盘古最聪明，/盘古才是来最早。⑪

燕宝先生在翻译这一段时，特意加了注释，即：“盘古：具有神性的人，在苗族古歌中直接出现盘古这个人，并非音译。”燕宝注释的《苗族古歌》中的盘古，黔东苗文写为 paifgux，意义已经不明确了。因此我们可以推测，“盘古”一词可能经过了一个从一般称呼到固定名称的演变过程，也就是说，“盘古”一开始只是一种称呼，后来演变成了一个人的名字。

二、盘古的形象与犀牛

盘古神话包括两部分，一部分是开天辟地，另一部分是盘古垂死化身。后一部分应当是图腾化身信仰的遗留。在图腾信仰中，人们相信人就是图腾，图腾就是人，人和图腾可以互相变化。在这种图腾垂死化身信仰基础之上，才逐渐产生图腾死后化身为万物的思想。彝族以老虎为图腾，认为万物都是老虎垂死化身而来的，苗族以枫木为图腾，古歌中则有枫木化身为万物的描写。盘古既然也有垂死化身的功能，说明他的原型可能是一种图腾物，进一步说，是苗瑶语族的一种图腾物。

关于盘古垂死化身的情节，最早在三国时期徐整的《三五历记》和《五运历年记》才有记载，可惜的是这两本书已经遗失了，我们只能从后世的古籍了解一些情况。《艺文类聚》、《太平御览》、《广博物志》、《绎史》等书中都辑有片段。《广博物志》卷九引《五运历年记》说：

盘古之君，龙首蛇身，嘘为风雨，吹为雷电，开目为昼，闭目为夜。死后骨节为山林，体为江海，血为淮渎，毛发为草木。

乍一看，似乎盘古的原型是“龙首蛇身”之物，袁珂先生还依此而推论：“说不定烛龙是早期传说的盘古，而盘古却是烛龙流传演变的产物。”[12]

其实我们从记载中的矛盾，可以看出盘古并非龙首蛇身，而是一种别的动物。龙是不可能有毛发的，记载中之所以要把盘古说成是龙首蛇身，可能是一种附会。《绎史》卷一引《五运历年记》中的记载，就没有关于“龙首蛇身”之说，记载是这样的：

首生盘古，垂死化身：气成风云，声为雷霆，左眼为日，右眼为月，四肢五体为四极五岳，血液为江河，盘脉为地理，肌肉为田土，发髭为星辰，皮毛为草木，齿骨为金石，精髓为珠玉，汗流为雨泽，身之诸虫，因风所感，化为黎氓。

在湖北神农架一带发掘出的汉族史诗《黑暗传》，其中也有盘古垂死化身的描述：“盘古大豪杰，/说话成雷鸣，/眨眼变闪电，/呼吸成风吹，/眼泪变雨水，/顶天久身死，/头发变草木，/皮肉成泥土，/骨头变山坡，/东南十二山。”[13]其中也没有提到盘古为龙首蛇身。从这几段记载，可以勾画出盘古的基本轮廓：第一，盘古有四肢，似乎为一种兽；第二，盘古是有皮毛的动物；第三，盘古身上长有寄生虫；第四，盘古的头上长有犄角。从这四个特点来看，盘古的原型似乎应该是类似于牛的动物。龙也有四肢，也有犄角，但龙没有皮毛，身上也不可能有寄生虫。关于盘古身上的虫子为风所感，化为黎氓的传说，还有一些衍生，在浙江省定海县发现有人类起源于虫子的神话传说：“传说盘古分开天地以后，地上本无人，是天上放落许多虫子，虫子变成了人。”[14]这一传说现在流传的地方已经不是很多，程健君先生认为：“‘诸虫’变人这个情节，在以后的流传过程中，因为人们用所处时代的审美意识去审视上古神话中原始观念的‘合理’成分而将其扬弃不提了。”[15]关于盘古有犄角形象，在中原的民间仍然存在。前文已经提到，桐柏山系中，有一座盘古山，山上有一座盘古庙，这座盘古庙内供奉着盘古爷的泥塑像。“盘古爷头上生双角，方面大耳，身披树叶兽皮，赤双脚坐在神坛之上。”南阳汉画馆展厅第 378 号石画，画面为：一裸身人，头有角，右手持斧头在后面，左手在前面，拿着一个无名的弯杈物。马卉欣先生认为这可能是盘古劈山降怪的图画[16]。这也说明盘古是头有两只角的动物。关于盘古何以有双角，桐柏山一带民间有这样一个传说：盘古像一代传一代，山周围的人们都能说出盘古爷的样子。盘古爷个子大大的，有一丈多高，脸盘是四方的，眼睛又圆又大，头上长有两只角，身上是葛条缠树叶，也没有鞋，打着赤脚。盘古时代的人，头上长角有两个作用：一是人和野兽搏斗时，当辅助武器用，二是对人发出死亡来临的信号。平常的人忙着寻食打猎，可一摸头上的角发软发虚，就不干活了，等着死哩。一时软角的人多了，干活的人少了。老天爷派天兵天将下凡，把角都收了。那时候，下界的人很少。一夜间，人角就全被收走了[17]。这一传说的流传，说明盘古的原型并非龙首蛇身，而是头上长角，可以用来与人搏斗的四方脸的动物。龙虽然也有犄角，但与所描述的不一样。那么，这种有四肢、长有双角、身上有皮毛、毛中有虫子的野兽是什么呢？它可能是鹿、黄牛、水牛或犀牛等。但不可能是龙，或龙的原型——蛇。笔者认为，盘古原型最大的可能性是犀牛，因为盘古神话出于苗瑶语族，而在苗瑶语族的图腾中，有一种类似水牛的动物，叫做修狃（hxubmiux），盘古是由它演变过来的。

三、盘古为修狃所生

在苗族古歌中，盘古并非最古老的祖先，生出盘古的，是一只被称为修狃的神兽（“修狃”的苗语为 hxubmiux，在有的地方也翻译为休纽）：“在那悠悠最远古，/有个好汉叫修狃，/口吐丝儿造仓屋，/他造房屋自已住，/不留屋门和窗门，/整个房屋光溜溜，/圆螺螺滚在东方，/变个蛹儿屋里睡，/酣酣睡着不会起，/久坐久卧久安眠，/变成了个申狃蛋，/远古年份申狃蛋。/……/申狃蛋生高脚崽，/高脚崽崽力气大，/给他取名叫盘古，/盘古是个英雄汉。”盘古与修狃的这种关系，十分值得注意，修狃变成申狃蛋，申狃蛋又生出盘古，这暗示了两者的同一关系，即盘古的原型当为修狃的模样。那么，修狃是一种什么动物呢？在苗族古歌中，巨神修狃是一种头上长角的类似水牛的动物，大多数学者认为它可能是犀牛。犀牛与水牛极其相似，而苗族史诗中的修狃与水牛也极其相似。首先，修狃是有角的，唐春芳搜集整理的古歌《开天辟地》唱道：“修狃力气大，/头上长对角，/一撬山崩跨，/再撬地陷落。”[18]马学良、今旦搜集的《苗族史诗·制造天地》是这样唱的：“劈山开河的休纽呢，/……/身子像水牛，/脑袋像狮子，/尾巴像棕叶，/四脚像钉耙。/要是祭祖的牯牛啊，/它走了还要留下犄角，/留在我们爹娘家里，/挂在中柱上，/挂给祖先看。/可是休纽走了，/犄角留在哪里呢？/挂在寺庙里，/挂在衙门里，/苗人汉人都看哩。”[19]这些描述，说明修狃具有类似水牛的形象。《苗族史诗·犁耙大地》中又唱道：“你说香两的牛像蛤蟆，/这就不对了，/他的牛大像谷仓，/他的耕牛是休纽。/香两拉它犁大地，/耙平山坡种枫木。”[20]这里需要特别指出的是，修狃是一种牛，但不是水牛。否则为什么用水牛来与它相比较呢？马学良、今旦二位先生在《苗族史诗·制造天地》中的注释说：“休纽……从苗汉语对应规律看，似乎与汉语‘犀牛’同源。”燕宝也说修狃是一种“半神半兽的动物，似犀牛的形象”。我认为这种观点是正确的，修狃是犀牛，犀牛是牛的一种，所以苗族古歌中会有香两用修狃犁地的情节。修狃生盘古，而修狃是犀牛的形象，那么盘古也可能是犀牛的形象。换句话是，盘古的原型是犀牛。修狃与盘古神话修狃不仅是盘古之源，而且修狃与盘古一样具有开辟山河的能力，算得上一位开辟大神。马学良、今旦《苗族史诗·制造天地》唱道：“在那茫茫的太古，/天粘连着地，/地粘连着天，/河床只有脚胫粗，/河水静静向东流。/……/修狃开水路，/布巴（即水牛——引者注）开山路，/把河床开成三庹宽。”“是休纽老人家，/来把仓门坳劈开，/不仅江水可以流，/船也可以走了。”这些言语，让人们似乎看到了盘古开天辟地最初的雏形。盘古垂死化身的情节，也经历了一个演变的过程，最初在图腾文化相当浓厚的时候，是图腾动物的直接化身，当图腾文化相对淡化的时候，图腾形象也演变到半人半兽，甚至人兽相伴，这时候的化身的表现相对隐秘一些，当图腾形象完全人格化了的时候，这种化身往往演变成了“祖先造物”。湘西苗族史诗《开天辟地》中盘古垂死化身的情节正处于第二阶段向第三阶段过渡的时期，万物的起源是由盘古打死了一种叫崩苟的野兽，然后用它的身体来制造的：“才来打死崩苟大王，/猎毙这种巨大的神兽，/剥开它的皮来做青天啊，/用它的皮来做地，/眼睛来做星辰，/毛发来做竹木生灵。/拿它的肉汁做盐井油井，/拿它的血液做泉洼水源。"[21]很明显，这段用崩荷的身体制造万物的情节，与盘古垂死化身是一脉相承的。文中的野兽崩苟这一名称，应该就是盘古的音变，二音十分相近。因为盘古的原型本身就是一种动物，万物的形成来源于这种动物的垂死化身。那么，在图腾的淡化期，神话的情节演变成了盘古打死一种动物，并且用这种动物来制造万物。只是这种演变的痕迹仍然十分明显，盘古打死的动物名称偏偏叫"崩苟"，这暗示了盘古打死的正是它自己。从这里我们可以清楚地看到，盘古的垂死化身，是从图腾化身演变而来的。通过以上的论证，我们可以得出这样的结论，即盘古神话起源于中原地区的三苗集团，具体一点说，是三苗集团中的犀牛部或氏族，盘古的原型为犀牛。其开天辟地的情节来源于犀牛对自然的影响，而其垂死化身的情节，则来源于早期的犀牛图腾化身信仰与传说。

---

①⑦⑧⑬⑯⑰ 马卉欣．盘古之神．上海：上海文艺出版社，1993.
②④⑪ 燕宝．苗族古歌．贵阳：贵州民族出版社，1993.
③⑩⑲⑳ 马学良，今旦．苗族史诗．北京：中国民间文艺出版社，1983.
⑤⑥ 马卉欣，朱阁林．盘古盘瓠关系辨．民间文学论坛，1992，(4).
⑨ 吴顺泽．伏羲盘古关系考．吉首大学学报，1991，(4).
⑫ 袁珂．中国神话通论．成都：巴蜀书社，1993.
⑭ 陈勤建．中国鸟文化．上海：学林出版社，1986.
⑮ 程健君．民间神话．郑州：海燕出版社，1997.
⑱ 潘定智，杨培德，张寒梅．苗族古歌．贵阳：贵州人民出版社，1997.
㉑ 石宗仁．中国苗族古歌．天津：天津古籍出版社，1991.

[原载中南民族学院学报（人文社会科学版）2001年第4期]

鲧、禹故事：口头文本与权力话语

吕 微

（中国社会科学院文学研究所）

夏人的神圣谱系

夏人可能是最早在上古华夏文明的中心区域（中原）建立了王朝国家（夏朝）的民族。夏人的历史和神话都没有留下当事人的记录而只有后来人（主要是东周人）的追述，考古发掘至今还没有找到夏人自己书写的文献材料，因此夏人历史、神话的真实性一直是不确定的，极端论者甚至认为，夏史是后人根据商史的造伪。

传说夏朝的建立者是禹或者他的儿子启，禹的父亲是鲧，而鲧则是天神一上帝的后裔。关于夏人的族源及其发祥的地望，有不同的传说。按照《山海经》的逻辑，鲧或“是为犬戎”。犬戎为上古以来长期在中原地区的西北一带活动的游牧民族，据此，西戎（古籍中对西北民族的统称）中犬戎的一部（很可能是姜姓羌人）或曾自称是鲧的后代。我们不能排除如下可能：夏人是较早进入中原并获得迅速发展的犬戎的一支，正如顾颉刚所言：“夫戎与华本出一家，以其握有中原之政权与否乃分析为二。”而鲧禹神话则是犬戎民族包括夏人及羌人早期共有的底层文化。

夏人族属和地望的另一种说法见于《国语·周语下》和《逸周书·世俘》，称“崇伯鲧”、“崇禹”。今河南境内的嵩山和伊水、洛水之间。

夏人族属和地望的再一种说法见于《大戴礼记·五帝德》，云：帝尧“殛鲧于羽山，以变东夷”。传说在今山东和江苏北部地区①。这一地区正是古代东夷民族居住的地方，也是传说中禹的诞生地。

有关禹出生地的传说，显然颇多附会，然附会也并非全是凭空的想像，至少存在着两种可能性：一、夏人通过讲述鲧、禹降生之地的神话使他们对“王畿”的直接统治合法化。田继周援商汤灭桀、周武灭纣却并未迁于夏都、商都为例，说明三代统治的中心区域与其各自发祥地的关系相当稳定②，因此二者是同一的，“崇禹”和“禹都”的传说反映了这一方面的情况。二、夏人的势力或影响所及，导致当地居民采用了夏人的传说，通过与夏人共叙族谱以自高其政治身份，东夷与鲧的身份认同是这一方面的例证。然而，也还存在着第三种可能性，即鲧、禹神话是一上古时代流传极广的传说故事，并非仅仅为夏人所有，上举羌人关于禹生西羌的传说证明，羌人在与夏人分赴异地之前已经相当熟悉鲧、禹神话。在上古中原文化的“相互作用圈”内，各个区域民族都承认夏人的如下说法，鲧、禹是夏人的宗祖之神③，而夏人是鲧、禹的嫡系子孙，夏人固然是天帝的诸多人间后裔的一支，但却是最先强大起来的一支，夏朝的统治因而具有充分的神圣性及合法性。

作为古史传说的鲧、禹故事

当然，夏人统治的合法性并非仅仅由于他们是天帝的后裔，更重要的是因为他们的祖神和宗神鲧、禹曾经有功于人类——在茫茫洪水中创造了九州中国的大地，正是这一原初性的洪水创世事件使夏人真正获得了天帝的授权从而使其统治合法化，因此，鲧、禹创世的洪水故事就成为夏人神话体系的核心部分。传世鲧、禹故事有多种文本，其中有的保存了较多的神话成分（以《山海经》为代表），也有的已经完全衍为历史化的传说（以《尚书》为代表），还有介于两者之间的文本（以《天问》为代表）。至于鲧、禹故事的神话文本和传说文本孰先孰后，一般认为神话产生在前而传说演变在后；但就鲧、禹故事的口碑见诸文字的时间表来说，反而可能是传说（《尚书》）记载在前，而神话（《山海经》）采录在后。

在中国，鲧、禹治水几乎是家喻户晓的历史传说，该传说最早见于《尚书》的《尧典》、《益稷》、《禹贡》、《洪范》等篇，汉代司马迁《史记》叙述鲧、禹事迹的有关章节基本上是综合《尚书》、诸子中的有关文字，并用汉代语言加以转述而成的。由于《尚书》作为古代官方政书、史书的崇高地位以及儒、墨等显学的重大影响，其所述鲧、禹传说的历史性和真实性也就有了类似“钦定”的不容质疑的性质。以下就是《尚书》有关鲧、禹治水的段落，文字简古，其中《尧典》所述的一节文字显然是后来《天问》中相关描述的来源。

> 兜曰：“都！共工方鸠孱功。”帝曰：“吁！静言，庸违，象恭滔天。”帝曰：“咨，四岳，汤汤洪水方割，荡荡怀山襄陵，浩浩滔天，下民其咨，有能俾乂?”佥曰：“於，鲧哉！”帝曰：“吁，咈哉！方命圮族。”岳曰：“异哉！试可乃已。”帝曰；“往，钦哉。”九载，绩用勿成。（《尚书·尧典》）
>
> ……在昔，鲧陻洪水，汩陈其五行，帝乃震怒，不畀洪范九畴，彝伦攸斁。鲧则殛死，禹乃嗣兴。天乃锡禹洪范九畴，彝伦攸叙。（《尚书·洪范》）
>
> 禹曰：“洪水滔天，浩浩怀山襄陵，下民昏垫。予乘四载，随山刊木……予决九川，距四海，浚畎浍距川。”（《尚书·皋陶谟》）
>
> 禹敷土，随山刊木，奠高山大川。（《尚书·禹贡》）

对鲧、禹传说所反映的历史真实性的怀疑始于清代的疑古学派，经过五四以后古史辨学派的反复论证，鲧、禹作为真实历史人物的千年成说就基本上被推翻了。然而真正从比较神话学的角度重新构拟鲧、禹故事的神话原型，还应归功于最近几十年来的学术进展。

“潜水取土造地”的神话原型

现代神话学判断一则故事文本究竟属于神话抑或历史传说，主要根据文本内容中理性叙事和非理性叙事成分的比重，据此，可将传世的鲧、禹故事的各种不同文本分为神话叙事和历史叙事（传说叙事）两种叙事题材（内容），甚至叙事体裁（形式）。专就鲧、禹故事的神话叙事来说，上述中、日学者已取得较为一致的意见，即鲧、禹故事大致属于创世神话中的“动物潜水取土造地”的类型，鲧、禹创世的故事不过是该类型神话在中国的生成形式，而且还可能是该类型神话在世界上最早的文字记录本。“动物潜水取土造地”的神话类型最初是西方学者根据北美印第安人的故事获得的抽象，但后来学者们发现，此类型神话的口头形式广泛流传于北半球从欧洲一直到美洲的众多民族中间。故事主要讲述一名“文化英雄，无论是人形还是兽形，孤身寡影，或随身有一伴侣，驾船乘筏，游荡于险象环生的古海水域。文化英雄，或是造物主，派遣野兽潜水去找陆地，直到最后成功时，凭借获得的一点泥土造出了现在的地球。”④汤普森从该叙事类型中抽象出以下一些母题：

A810　原水。当初世界只是一片水或全部为水所淹没。

A811　大地从原水中带上来。

A812　大地潜水者。在原水之上，造物者派动物到水中捞泥上来，以之生成大地。

A812.1　大地潜水者是魔鬼，他私藏了一部分泥土。

胡万川根据汤普森的母题排列，认为母题A810和A811为该类型神话的各种文本所共有，而母题A812和母题A812.1却使该类型神话分化为两种亚型。两种亚型的主要区分标志为创世者和潜水取土者的关系是否呈对立的状态。母题A812属于非对立状态，而母题A812.1属于对立状态。胡万川援引一些西方学者的看法，以为表现创世者和潜水取土者之间非对立关系，即含有母题A812的亚型是该类型神话的早期形态，而含有母题A812.1的亚型是该类型神话的后起形态，即已掺入二元对立观念的神话形态。胡万川还在汤普森的基础上进一步丰富了“动物潜水取土造地”类型创世神话的母题结构，以下是他的构拟，而我在他构拟的基础上又为每个母题选择了一个名词或动词放在括号内，以便简要概括该母题的主要内容：

【1背景和角色】当初世界只有一片原水，没有陆地。造物者和他的伙伴在水面上无处落脚。

【2帝命】造物者让动物进入水中取土或泥，以便造地。

【3捞泥】动物相继入水，一个个先后失败，最后一个才在口中或爪子里衔着一小块泥土上来。

【4布土】造物者把捞上来的这一小块泥土放在水面上，由于这是会生长不息的泥土，因此就长成如今这样的大地。

【4.1负土】造物者把捞上来的泥土放在龟背上，长成大地，从此龟就驮负着大地。

【5违命】潜水捞泥者只把部分泥土给造物者，自己私藏一块，由于泥土会长大，藏不住，被造物者发现，命他交出。

【6作乱】私藏的泥土撒在造物者已经造成的平坦大地上，就成了山谷或沼泽

等不平之地。

【7惩罚】造物者见潜水捞泥者既偷窃又自大，就将之罚入地底深渊之中。

【8巡视】因为大地很大，造物者的眼睛已经看不到大地的边缘，为了知道大地的大小，就派一个人或动物沿着新创造的大地走一圈，查看陆地的规模大小，有时是造物主亲自绕地巡视一圈。

将上述9个母题与先秦汉语文献记载的鲧、禹神话相对照，可以发现，本土鲧、禹神话几乎囊括了上述母题表中的绝大部分要素，正是以此，中外学者才最终认定了鲧、禹神话的类型归属，即潜水取土造地型神话的中国生成形式。鲧、禹神话的情节单元与上述母题表的对应关系主要表现在以下三个基本方面，即汤普森所构拟的三个基本母题A810，A811和A812：

第一，在该类型神话中，潜水取土造地的背景是覆盖全球的原始大水——洪水泛滥的前创世年代。从捞泥者堙洪水的惟一目的是奠定九州，可见该神话的原始形态所讲述的是如何在原始洪水中造地而不是创世后的二次治水（《诗经》的“雅、颂”部分只讲禹如何造地，《书经》才讲鲧、禹如何治水）。就此而言，以后的治水传说应是造地神话的置换、改编本。

第二，在该类型神话中，造物者与潜水取土者构成不同功能的角色关系：或二元对立（A812.1型），或非二元对立（A812型）。鲧和上帝的关系属于前者；禹和上帝的关系属于后者。这说明，鲧、禹故事是一个A812和A812.1型相结合的叙事类型。在该类型神话中，取土者都是能够潜水的动物。在中国文本中，虽然没有出现动物潜水以获取创世之土的细节，而是代之以鲧窃息壤于上帝或者上帝赐息壤于禹，但文献中特别提到了龟是向禹贡献“青泥”的灵物，而据蒋礼鸿考证，青泥的本义正是水底的淤泥，因此龟很可能即是潜水取土的动物之一种。文献中还提到鲧、禹在治水过程中曾先后得到鸱龟、玄龟、应龙等灵物的指导和启发，而鲧、禹自已也都有过化身为能（龟、鳖）、熊、龙、鱼的经历。据此推测，鲧、禹的神话原型正是为造物者所派遣潜入原始大水——洪水底部的捞泥动物。

第三，在该类型神话中，能够生成为原始大地的水底泥沙本是一种神奇的原始材料，被抛到原始水面后能够不断膨胀，并最终形成原始陆地。创世之土的中国生成形式，《山海经》和《淮南子》称之为息壤，又称息土、息石。息壤在被抛到水面后不停地膨胀，所以《山海经·海内经》郭璞注云：“息壤者，言土自长息无限，故可以塞洪水也。”《淮南子·地形篇》高诱注：“息土不耗减，掘之益多，故以填洪水。”在更早的文献如《诗》中，息壤多被称为“土”，因此用“土”创造的天下世界也就相应地称之为“下土”、“下国”或“下都”。由于中国人很早就认为大地是方形的，因此又称用息壤所造之大地为“土方”、“下土方”。

需要特别指出的是，在鲧、禹故事的早期汉语记录本中，没有直接出现胡万川所构拟的9个母题当中的母题3【捞泥】，《山海经·海内经》只是说到“鲧窃帝之息壤”，似乎息壤原本在上帝手中，而不是在洪水底部。另，《淮南子·地形篇》页讲到禹曾“掘昆仑虚以下地”，似乎大地昆仑也是禹得自上天。然而，据后世文献如《拾遗记》的追述加以推测，“动物潜水捞泥”的母题在先秦时代已流传于民间的可能性极大。

现代学者根据田野资料的普遍抽象而构拟的母题结构是我们用以分析鲧、禹神话叙事文本的有效工具。以下试以《山海经·海内经》的相关叙事为样本，检验上述母题表的涵盖性。《海内经》记载的鲧、禹故事尽管篇幅不长，叙述简略，却包含了母题表中的大部分内容。《山海经》的成书时间在先秦汉籍中不算很早，但它记录了当时一些与官方文献如《诗》、《书》不尽相同的民间传说，这些民间的说法更接近神话的非理性原貌，因而特别值得重视。

> 禹、鲧是始布土【4 布土】均定九州。【8 巡视】……洪水滔天，【1 背景】鲧窃帝之息壤【5 违命】以堙洪水，【6 作乱】不待帝命，【5 违命】帝令祝融杀鲧于羽郊。【7 惩罚】鲧復生禹，【1 角色】帝乃命禹【2 帝命】卒布土【4 布土】以定九州。【8 巡视】⑤

再将《楚辞·天问》中的相关段落与之比照，可以补充《山海经》的简略部分。《天问》中除了“不任汩鸿，师何以尚之？佥曰何忧？何不课而行之?”两句的内容抄自《尚书》，而且是已经历史化、传说化部分，自“鸱龟曳衔”以下仍保持了神话的原始面貌。

> 不任汩鸿，师何以尚之？佥曰何忧？何不课而行之？【2 帝命】鸱龟曳衔，鲧何听焉？【3 捞泥】顺欲成功，帝何刑焉？永遏在羽山，夫何三年不施？【7 惩罚】伯禹愎鲧，夫何以变化？【1 角色】纂就前绪，遂成考功。何续初继业，而厥谋不同？【3 捞泥】洪泉极深，何以填之？地方九则，何以坟之？【4 布土】应龙何画？河海何历？鲧何所营？禹何所成？【3 捞泥】康回冯怒，地何以东南倾？九州安错？川谷何洿？东流不溢，孰知其故？【6 作乱】东南西北，其修孰多？南北顺椭，其衍几何？【8 巡视】……禹之力献功，降省下土方。【4 布土】⑥

《天问》是战国初期的作品，其中的鲧、禹故事已是神话与传说杂糅，既保留了“鲧腹生禹”的神奇情节，也新增了帝廷中关于试用鲧治水一场讨论的细节（可能是创世前动物们商议轮流潜水捞泥故事的历史化结果），反映了那个时代鲧、禹神话与传说文本相互渗透、组合的状况。其他文献所载也可补《山海经》及《天问》所述鲧、禹神话的不足，如：

> 【6 作乱】
>
> 共工之臣曰相柳氏，九首，以食于九山。相柳之所抵，厥为泽谿。禹杀相柳，其血腥，不可以树五谷种。禹厥之，三仞三沮，乃以为众帝之台。（《山海经·海外北经》）
>
> 共工之臣名曰相繇，九首蛇身，自环，食于九土，其所歍所尼，即为源泽，不辛乃苦，百兽莫能处。禹湮洪水，杀相繇，其血腥臭，不可生谷，其地多水，不可居也。禹湮之，三仞三沮，乃以为池，群帝因是以为台。（《山海经·大荒北经》）⑦

前人解读鲧、禹故事，往往惑于同样是“堙洪水”，为什么禹就是遵从“帝命”，而鲧“窃息壤”（同样是为了“堙洪水”）就成了“不待帝命”，似乎“帝命”反复无常。验之现代采录的洪水故事，可以了然鲧的窃土行为在何种意义上才算是“不待帝命”。

阿尔泰地区的洪水故事是这样讲的：

> 人为了把（从海底得到的）土藏掉一些来创造他自身的世界，只把一只手中的土交给了神，而把另一只手中的土吞进了自己口中。神把拿到手中的那部分土撒在水面上之后，土开始渐渐变硬变大。随着宇宙的成长，人嘴里的土块也越来越大，简直大到足以使其窒息的程度。这时人才不得不向神求救。被神盘问的结果，人才坦白了自己所做的恶事，吐出了口中的土块，于是地上便出现了沼泽地。⑧

据此参照，胡万川给予了鲧的窃土行为以新颖解释：鲧私藏了一部分息壤而没有将其全部交给上帝。也许这才是“不待帝命”的本义。而且此后，被鲧之恶德所污染变质的息壤只能造成湿软的沼泽，从而扰乱了已接近完善的大地秩序，《尚书》所谓“鲧陻洪水，汩陈（乱布）五行”或许即以此为本。同样，上引相繇（或相柳氏）的故事也可作为潜水取土者私自“食土”后“所歍（呕）”⑨即为沼泽的旁证。正是因为相繇所歍息壤已失去创造标准化的干硬大地的功能，所以才需要禹杀相繇、陻洪水的重复创世（“三仞三沮”）。

【7 惩罚】

昔者鲧违帝命，殛之于羽山，化为黄熊，以入于羽渊，实为夏郊，三代举之。（《国语·晋语八》）

昔尧殛鲧于羽山，其神化为黄熊，以入于羽渊，实为夏郊，三代祀之。（《左传·昭公七年》）

昔者伯鲧，帝之元子，废帝之德庸，既乃刑之于羽之郊，乃热照无有及也。帝亦不爱。（《墨子·尚贤中》）⑩

【8 巡视】

帝命竖亥，步自东极至于西极，五亿十万九千八百步。一曰禹命竖亥。一曰五亿十万九千八百步。（《山海经·海外东经》）

禹乃使太章，步自东极至于西极，二亿三万三千五百里七十五步。使竖亥，步自北极至于南极，二亿三万三千五百里七十五步。（《淮南子·地形篇》）⑪

造物者或潜水者造地成功后往往要巡视或丈量已经造好的大地，比如北美印第安人的洪水神话说：天帝“将土放在水面上，不让它下沉，等到它长大为一个岛时，他又派一只鹿上岛探查岛的大小程度。鹿很快地在岛上跑了一周，回来对他说岛还不够大。于是，他继续向岛吹气，直到岛上有了山峰、湖泊和河流，他才下船走上这新创造的世界。”⑫胡万川指出：“这样的资料乍看之下没有人会觉得和捞泥造陆神话有什么关系，但只要细读相关资料，就会发现原来派人丈量大地，以确定天下幅员大小，早在捞泥造陆神话中即已有之，而且是神话中一个重要的母题……在古代的观念里，大概也只有具造物者身份的人物，才有资格叫人步量天下，也惟有知道天下广狭的人，才配称天下之主。”创世者在创世后步量方形的天下大地（上引《山海经》和《淮南子》均以为步测大地的结果，纵横步数相同）是中国古代创世神话中的一个重要母题，而且如果创世是一种需要多次重复的行为，那么步量天下也需重复多次，如战国楚帛书中就讲到帝夋在制止了洪水之后如何“步以为岁”[13]。

除了“潜水取土造地”的一系列显性母题，鲧、禹神话的叙事文本中还有另外一些隐性母题，比如上述母题【4.1负土】，就是以隐性状态存在于神话叙事当中。胡万川不同意《山海经》“鲧復生禹”和《天问》“伯禹愎鲧”为“禹生于鲧腹”的旧说，而认为“愎”、“復”的意思是说“大禹这位造物者逼迫（愎）鲧，将土放在鲧的腹上，造出大地”。尽管此说也有牵强之处，但不可否认，在鲧的身体或尸体上造地的隐性情节确是鲧、禹神话的潜文本。从鲧是传说中最早发明“大地之城”的人[14]，到大地亦名昆仑[15]，以及民间传说“禹惩父”而禹父化为大地“埠渚”[16]，可以推论，禹正是在其父鲧的身体或尸体上才最终奠定了九州的规模。就语音言，“昆仑”为“鲧”之缓读[17]，“昆仑”的本义是圆形物体，与鲧的龟鳖形象正相吻合。《山海经》云，昆仑（鲧）之墟为“帝之下都（土）”，此说亦与“将息壤置于鲧腹之上以生成大地”的神话母题【4.1负土】息息相关。由于鲧、禹是最早创造了世界大地的人，因此在古代一直被奉为社（土）神。《礼记·郊特牲》云：“社所以神地之道也。”在《吕氏春秋·行论篇》中，鲧自称是“得地之道者”。而《淮南子·氾论篇》则云：“禹劳天下，死而为社。”禹用息壤在鲧尸上造地的神话构成了后世中国官方宗教中最重要的“社祀”的“理论依据”及其礼仪模式。《逸周书·作洛》云：“将建诸侯，凿取（社坛）其方一面之土……以为土封，故曰受则土于周室。”这种凿取社土封赐诸侯的仪式行为也许正是鲧、禹神话“帝命布土”主题的象征模拟。

从神话到历史

但是，这样一段宏伟的创世神话后来被人们理性地改造为一则古代历史上的治水传说。根据“潜水取土造地”神话类型的母题结构来对照鲧、禹故事，可以见得鲧、禹故事从神话向历史传说演变的清晰痕迹。

【1背景和角色】神话中的前创世原始大水在传说中被置换为帝尧、帝舜时代的一场现实的水患灾难；神话中的创世者或天帝在传说中被置换为人间的贤君帝尧、帝舜；而神话中天神的后裔或人类的始祖动物鲧、禹在传说中被置换为尧、舜的臣僚。

【2帝命】神话中的创世者命令动物神潜水捞泥在传说中被置换为君、臣在朝廷上讨论治水人选。

【3捞泥】神话中的潜水动物相继潜入原始大水捞取水底泥沙用以创造陆地在传说中被置换为鲧、禹父子相续的治水事业。

【4布土】神话中用以造地的神秘物质息壤在传说中被置换为治理人类社会的九等大法——洪范九畴。

【4.1负土】神话中禹在鲧腹上创造陆地在传说中被置换为鲧、禹最早发明城郭。

【5违命】神话中潜水者违背创世者之命私藏、偷窃息壤在传说中被阐释为道德败坏，“废帝之德庸”。

【6 作乱】神话中鲧违背创世者意志用所窃息壤破坏了已经造好的陆地在传说中被置换为鲧“汩（乱）陈其五行”，“九载无绩”。

【7 惩罚】神话中潜水者因偷窃息壤被殛死于“日照无及”的地下幽冥世界羽渊在传说中被置换为帝尧、帝舜试用鲧治水，因不胜任而将其刑杀于边荒地区。

【8 巡视】神话中创世者于造地成功之后巡视、步测大地在传说中被置换为大禹规划、制订九州中国的行政区域、贡赋标准。

于是，经过一次从神到人的场景转换，一则创世神话就被转述为一则古代历史的传说了。

鲧、禹造地：古代社祀的“理论”依据

鲧、禹故事从神话向传说的演变发生于何时？依据传世汉语文献很难确凿认定。但是根据殷墟卜辞所反映的商人的神话意识，可以发现，商人的神话还远未达到道德化或伦理化的阶段[18]。如果我们承认，神的形象是人的意识的主观投射，那么神的行为方式也就是人的行为方式在象征世界的投影，并且通过神的形象从象征层面制约人的行为方式。商代神话中的诸神并不遵守任何道德准则，这说明商人尚未实现道德领域的理性觉醒。而如果人与神之间的交往关系还不能被想像为相互的伦理制约，那么在神话文本中就不会出现从道德立场出发对于神的存在和行为做出的伦理评价；反过来说，一旦在神话叙事中发现有伦理评判的痕迹，那就说明该神话叙事已经发生了伦理的转向。于是，根据神话叙事中道德成分的多寡，人们可据以判断一则神话的时代性质。但是，如果伦理问题不是原始神话的实质关怀，那么试问，什么才是原始神话的根本倾向呢？笔者以为，所谓原始神话的基本关怀就是对于非道德原因之偶然性命运的强调。在原始神话中，世界的创造总是某种偶然性事件的结果，这种偶然性结果是不能从道德的立场予以阐释的，于是创世的成功最终被归结为某种偶然性的意外机遇，而不是出于某种必然性的道德目标。在鲧、禹神话中，鲧窃息壤并且扰乱了上帝的创世程序，导致了创世的不完满（大地不平坦、不坚固），其所强调的正是鲧窃息壤这一越轨行为及其后果的偶然性。若以商人非伦理的神话意识作判准，用道德观点来评价鲧的非道德行为只能被认为是商周革命以后的事情。周人用伦理化的“天”重新阐释了商人非道德的“帝”，于是，鲧才变成了道德领域的千古罪人。

但是，对于鲧、禹神话的历史化和理性化转换主要发生在经典文献中，在民间，鲧、禹神话仍以相当原始的面貌被人们所讲述，于是在华夏民族共同体的文化传承中就同时存在了两种不同的鲧、禹故事——神话文本和传说文本。从《天问》的作者犹疑于两种文本之间，以及楚辞的作者疑问于非伦理的神话文本与伦理的传说文本之间的矛盾态度（主要是对鲧行为道德的不同评价），可以断定，截止战国初年，鲧、禹故事的两种文本仍然保持着均势的传承格局。如果上文关于商代以前的中国神话尚未发生伦理转向的判断有据，那么夏人鲧、禹神话的原始形态可能更接近《山海经》的非伦理叙事，而不是《尚书》的道德叙事。这也就意味着，上文所引“三代祀（举）之”的伯鲧、伯禹首先不是道德化的治水之臣而是非伦理的造地之神。

需要指出的是，东周时代，鲧、禹故事的书面文本虽有神话与传说的题材与体裁之分，但两种文本同样都有口头传承的广阔背景，书面文本的文字记录是建立在众多口头异文的基础上的，即使是《尚书》和诸子之书，所依据的也经常是大量的口传作品。这说明，神话的历史化、理性化发生于见诸文字之前的口头传承阶段，这是一个漫长的过程，而非仅仅是经典作家将口头作品书写于简帛的那一刻。书面文本的口头背景可从书面文本中的一些关键词语声无定字得到证明。比如鲧、禹在洪水中布土造地，文献或称之为“平洪水”，或称之为“堙洪水”，或称之为“填洪水”，而平字组、堙字组和填字组中的每个词语亦可与其他音同、音近词语相置换。应当说，平、堙、填三组关键词语所体现的神话原型都是相同的，即铺土、淹土或垫土：用息壤在洪水之中创造大地，亦即【母题 4】“布土”，或曰“堙障”、“壅塞”，而不是“疏导”。在历史化了的传说中，作为治水方法的“堙障”和“疏导”似乎是对立的，但是在神话原型中，疏导则是堙障的必要补充。“疏导”在神话原始中的位置，可从鲧的盗窃行为被上帝发现后，不得不吐出口中藏匿的那部分泥土，弄得已经平整的大地再起褶皱（乱陈五行）的角度予以考虑。由于大地上出现了大量沼泽，于是才有“禹疏九河”的二次创世行为。对于堙障与疏导的反向评价是发生于东周理性时代的意识形态事件。随着春秋、战国时代水利工程技术的发展，对于如何利用技术的伦理思考也发展起来。如战国人孟轲就认为，“以邻国为壑”的治水办法是不道德的。讲道德的战国人坚持认为，鲧、禹行为的道德分野并不在于究竟是堙障还是疏导，而在于对待“帝命”的态度。从神话母题的立场看，由于鲧“不待帝命”，私藏息壤，于是导致了息壤被恶德所污染、变质，只能造出不合格的大地（如沼泽地），从而扰乱正常的世界秩序。对鲧、禹不同的道德评价盖源于此，并非在于方法的不当。总之，三代以来，无论夏人、商人，还是周人、羌人，甚至东周以后的秦人始终认为，正是由于禹根据帝命的堙障、壅塞和疏导，创造并清理了九州大地，于是鲧、禹的后代夏人才首先享有了统治华夏文化、政治中心区域的合法权力。

“鲧、禹造地”可能是史前时代就已经在华夏文化相互作用圈中心地带（中原）及其周边地区广泛流传的、最具圣典功能的神话了。尽管在进入历史时期以后该神话衍变为“鲧、禹治水”的传说，但仍然是流传最广、影响最大的历史故事，并且一直为姒夏、子商、姜戎、姬周、嬴秦等各个姓族所共同传诵。如已所述，古代的夏人与西部的羌戎即姜姓戎族有过密切的地缘甚至血缘关系，因此姜姓羌人中很早就流传着鲧、禹造地式的洪水创世神话（正如他们也传诵着“禹出西羌”的故事），只不过鲧、禹的名字被置换为共工和句龙。《左传·昭公二十九年》云：“土正曰后土……共工氏有子曰句龙，为后土……后土为社。”《国语·鲁语上》亦云：“共工氏之伯九有也，其子曰后土，能平九土，故祀以为社。”“伯九有”、“平九土”，《礼祭·祭法》作“霸九州”、“平九州”，《山海经》作“復敷土穰（壤）”，《山海经·海内经》云：“共工生术器，术器（兑）首方颠，是復土穰，以处江水。”正如夏人以禹为始祖，以鲧为宗神；姜姓羌人则以共工为宗神[19]。学者们已经论证鲧、禹和共工、句龙为同一组神祇的分化，杨宽提出九条证据，指出：“盖鲧与共工声音相同，因言之急缓而有别：急言之为鲧，长言之为共工也。”但更准确地说，应当是同一神话在不同姓族中传播的异文。也就是说，神话中潜水取土造地的创世英雄，夏人名之为鲧、禹，而姜姓羌戎则以为是共工和句龙（或术器）。

鲧、禹造地、治水的神话、传说经历了长期的传承和衍变过程，从潜水动物潜入原始洪水捞泥造地到治水英雄大禹的宏伟工程，反映了上古中国人不断扩大、提高的地理知识、工程技术背景，以及夏、商、周、秦等中央和地方政权对政治神话的需要并对原始神话的改造、利用。鲧、禹在神话和传说中为夏人的祖先和宗神，大概与最早在华夏文化中心区域建立中央王朝的夏人首先利用该神话为自己的政治统治提供合法性证明有关。由于此后商人、周人和秦人都相继承认夏朝统治的正统性质，因此商、周、秦人也就接受了鲧、禹造地的事实，承认世界最初是由夏人崇拜的神、祖创造的。商人似曾想变更传自夏人的社神，但是没有成功。《尚书·序》云："汤既胜夏，欲迁其社，不可，作《夏社》。"《史记·殷本纪》同。《封禅书》作"汤伐桀，欲迁夏社，不可，作《夏社》"，《汉书·郊祀志》同。唐·颜师古注《郊祀志》引应劭曰："欲迁句龙，德莫能继，故作《夏社》，说不可迁之义也。"郑康成曰："欲迁句龙，以无可继之者，于是故止也。"《史记·殷本纪》宋·裴骃《集解》引孔安国《传》："欲变置社稷，而后世无及句龙者，故不可而止，言夏社不可迁之义。"可见信仰的传统力量是多么强大。于是商人转而接受了夏人的创世神话，承认世界是禹所创造的，因此商人才能够在大禹的土地——"禹迹"上建立起自己的王朝，商人说他们"设都于禹之绩"[20]就是这个意思。继商人之后，周人也接受了"鲧、禹造地"的创世神话，周人说："在昔后稷，惟上帝之言，克播百谷，登禹之绩。"又说："（后稷）奄有下土，缵禹之绪。"[21]就是说，周人继商人之后也拥有了大禹所创造的土地，从而建立了自己的统治。秦人也说："丕显朕皇祖受天命，鼏宅禹赉。"[22]秦人声称拥有禹迹是因为其"皇祖"受天之命的缘故，试图以此争辩其华夏人的身份而拒斥东周人对自己"夷翟遇之"[23]的态度。总之，无论商人、周人，抑或秦人，他们都歌颂大禹的英雄伟业，把自己说成是大禹事业的继承人，因此这也就是继夏人之后为他们自己的政治统治奠定了合法性基础。这正如顾颉刚所言："我们从《诗经》里，知道商、周两族都以禹为古人，比他们自己种族还古的人；禹又是一个极伟大的人，做成许多大工程，使得他们可以安定地居住在这世上。"[24]

"禹迹"或"禹绩"一词反复出现在周代的历史文献中，所谓禹迹，或云禹绩（蹟、绩）、禹都（堵、绪），就是指的禹用息壤（土）在自己父亲的尸体上所创造的大地，《山海经·中山经》云："北望墠渚，禹父所化也。"说象征大地的祭坛——墠渚为鲧所化。渚读如土，正如社亦读如土。丁惟汾认为，堵、绩（迹）在上古时代都是同音字，并举例说："朵口，堵口也。雉堞隙孔谓之朵口。朵为堵之双声音转。堞之隙孔，当两堵之间，故谓之堵口。"又说："垛，积也。禾堆谓之垛。垛字当作积（古音读垛）。"[25]

因此，所谓禹绩（迹）即是禹都，也即禹土。"禹迹"一词在先秦汉籍中反复出现，说明当时人对于鲧、禹造地的神话是相当熟悉的。夏人通过讲述鲧、禹造地的故事获得了政治和意识形态方面的正统权力，而后继者商人、周人和秦人既然已经承认是夏人创造了世界，因此一旦他们获得夏人的土地，他们就必须讲述与夏人不同的、自己与上帝之间特殊关系的故事，以重建政治上的合法性，于是商人的神话和周人的神话也就需要与夏人的神话内容有所不同。

鲧、禹神话与“华夏”的命名

夏人神话以鲧、禹造地故事为主。战国以后见诸记载的据说是夏人的神话还有其他一些文本，比如启诞生的神话（模拟禹诞生的故事），以及启从上天处窃取神性歌舞《九辨》、《九歌》的神话。但是比起鲧、禹神话，夏人的其他神话在当时的重要性都要等而次之了。鲧、禹神话之于夏人如此重要，不仅因为该神话作为神圣法典确立了夏人统治的政治合法性，甚至连夏人的族称都可能是源于该神话所讲述的布土造地的神圣故事。杨宽认为，“夏”字乃“下”字之假借，夏者，下也㉖。据说，大禹也像后来的东夷英雄后羿一样曾受命于上帝“以扶下国”㉗，所以“皇天嘉之，祚以天下，赐姓曰姒，氏曰有夏”㉘。因此所谓“夏国”最初不过是“下国”的意思。与此相关，凡夏民、夏土，也都是讲的相对于上帝、上天而言的下界人民和下界土地。在《山海经》中昆仑之墟（赤县神州）被称为“帝之下都（土）”，如果上文分析昆仑乃鲧之缓读为不误，那么“帝之下都（土）”——昆仑大地正是《墨子》所云“帝之元子”鲧所化的下界“堙渚”㉙。根据这一思路，我们也许可以尝试重新考虑“华夏”之“华”的语义来源。郭璞注《尔雅·释草》云：“华，音敷。”据此，“华夏”一词或可读如“敷下”，“敷下”不知是否即取自鲧、禹神话的“敷下土方”一语，音转方为华夏。从理论上说，夏人对于民族自我及其统治地方的命名应与夏人自己的创世神话有直接的渊源关系，正是以此，我们或可考虑“华夏”与“敷下”之间在语音、语义方面的可能联系。

---

① 杨伯峻曰：“羽山亦有数说，江永《考实》云：‘要之，此山在沂州（今山东临沂县）之东南，海州（今江苏海州，即东海县旧治）之西北，赣榆（江苏赣榆县新治西北之赣榆城）之西南，郯城（今山东郯城）之东北，实一山跨四州县之境。’而四县之间实无此大山。《寰宇记》谓在今山东蓬莱县东南三十里。然此本传说，不必实指何处。”杨伯峻．春秋左传注第四册．北京：中华书局，1981.1290.

② 田继周．先秦民族史．四川：四川民族出版社，1996.141，156.

③《国语·鲁语上》：“夏后氏禘黄帝而祖颛顼，郊鲧而宗禹。”上海师范大学古籍整理组校点．国语上册．上海：上海古籍出版社，1978.166；《礼记·祭法》：“夏后氏亦禘黄帝而郊鲧，祖颛顼而宗禹。”孙希旦撰，沈啸寰等点校．礼记集解下册．北京：中华书局，1989.1192.

④［美］斯蒂·汤普森著，郑凡等译．世界民间故事分类学．上海：上海文艺出版社，1991.366，373.

⑤ 袁珂．山海经校注．上海：上海古籍出版社，1980.472.

⑥ 闻一多．天问疏证．上海：三联书店，1980.16～34，46.

⑦ 袁珂．山海经校注．上海：上海古籍出版社，1980.233，428.

⑧［日］大林太良著，林相泰等译．神话学入门．北京：中国民间文艺出版社，1989.51.

⑨ 郭璞注：“欨，呕，犹喷吒。”郝懿行引《说文》（八）云：“欨，心有所恶若吐也。”又云：“欧，吐也。”参见袁珂．山海经校注．上海：上海古籍出版社，1980.429.

⑩ 上海师范大学古籍整理组校点．国语下册．上海：上海古籍出版社，1978.478；杨伯峻．春秋

左传注．第四册．北京：中华书局，1981. 清·孙诒让著，孙以楷点校．墨子闲诂．北京：中华书局，1986. 55～56.

⑪ 袁珂．山海经校注．上海：上海古籍出版社，1980. 258；刘文典撰，冯逸等点校．淮南鸿烈集解．上册．北京：中华书局，1989. 132.

⑫ J. G. Frazer. Folk-lore in the Old Testament. London 1923. 116.

⑬ 李零．长沙子弹库战国楚帛书研究．北京：中华书局，1985. 64.

⑭《吕氏春秋·君守》："夏鲧作城。"《吕氏春秋·行论》：鲧"比兽之角，能以为城"。《世本·作篇》："鲧作城郭。"王谟辑本，第 40 页；陈其荣补订孙冯翼辑本，第 6 页；秦嘉谟辑本，第 361 页；张澍萃集补注本，第 22 页；雷学淇辑本，第 80 页；茆泮林辑本，第 118 页，《世本八种》，商务印书馆 1957 年版。《淮南子·原道》："昔者夏鲧作三仞之城……"参见袁珂、周明编．中国神话资料萃编．成都：四川省社会科学院出版社，1985. 242.

⑮ 宋·李昉等撰．太平御览卷三八、卷四九七引《尸子》："赤县（神）州者，寔为昆仑之墟。"北京：中华书局，1960 年影印．第一册第 182 页，第三册第 2275 页．

⑯《山海经·中次三经》："南望墠渚，禹父之所化。"《玉函山房辑佚书》辑《博物记》："祝其东北独居山，西南有渊水，即羽泉也。俗谓此山谓惩父山。"参见袁珂、周明编．中国神话资料萃编．成都：四川省社会科学院出版社，1985. 242～243.

⑰ 昆仑为鲧之缓读，上引《山海经》以鲧为犬戎可证。鲧、犬声相近，犬戎亦名畎夷、串夷、昆夷、混夷、绲夷，皆以双声相转。畎，见母；串，读如贯串之贯，亦见母；鲧、昆、绲，皆读见母一是鲧可读如昆，即鲲。杨树达《释犬方》，《积微居甲文说》（杨树达文集之五）．上海：上海古籍出版社，1986.

⑱ 参见陈梦家．殷虚卜辞综述．北京：中华书局，1988. 561～582.

⑲ 顾颉刚．九州之戎与戎禹，《古史辨》第七册下编．上海：上海古籍出版社，1986.

⑳ 诗·商颂·殷武．袁梅．诗经译注（雅颂部分）．济南：齐鲁书社，1982. 650.

㉑ 逸周书·商誓，黄怀信等．逸周书汇校集注．上册．上海：上海古籍出版社，1995. 诗·鲁颂·閟宫．袁梅．诗经译注（雅颂部分）．济南：齐鲁书社，1982. 615.

㉒秦公簋．于省吾．双剑誃吉金文选．大业印刷局 1932 年，北京：中华书局，1998 年影印．

㉓史记卷五（秦本纪）．顾颉刚等点校《史记》，第一册第 202 页，北京：中华书局，1982.

㉔ 顾颉刚．中国上古史讲义．北京：中华书局，1988. 3.

㉕ 丁惟汾．俚语证古．济南：齐鲁书社，1983. 154，191.

㉖ 杨宽．中国上古史导论．第十篇〈说夏〉见：古史辨．第七册上编．上海：上海古籍出版社，1982.

㉗ 山海经·海内经．袁珂．山海经校注．上海：上海古籍出版社，1980. 466.

㉘ 国语·周语下．上海师范大学古籍整理组校点．国语上册．上海：上海古籍出版社，1978. 10.

㉙ 清·孙诒让著，孙以楷点校．墨子闲诂上册．北京：中华书局，1986. 55～56.

［原载《民间文化》2001 年第 1 期］

妈祖神话的隐喻与历史进程

魏爱棠

（厦门大学人类学研究所）

近年来，研究妈祖信仰逐渐成为一个较为引人注目的热点，有关的文章层出不穷，对妈祖的族源、历史和妈祖信仰的起源、传播、影响以及地域文化特征、宗教属性等方面都作了深入细致的考察，但是这些研究多是停留在妈祖信仰作为一种民间信仰存在的层面上，仅把妈祖信仰当作小传统的一部分来理解其延续扩张的意义，而忽视了妈祖神话化的过程同时也是妈祖由一民间神祇走向国家正祀的过程，是妈祖神话逐渐接受国家正统宗教改造而为国家利用的过程。本文立意则在于阐明妈祖神话演化过程中隐喻的国家与社会①、大传统②与小传统③之间的互动关系，认为妈祖神话不断演绎、神格不断提升、影响不断扩大的过程其实喻示着国家（大传统）与社会（小传统）之间彼此利用又相互竞争的关系，国家（大传统）凭借既有的权威试图对社会（小传统）加以控制和改造，而社会（小传统）在对国家（大传统）表现出一定依附顺从的同时却利用国家（大传统）的资源来拓展延伸自己的势力，由此形成了国家（大传统）影响下的社会（小传统）交融与矛盾并存的两面性质。

一、妈祖信仰的起源与发展

妈祖信仰是我国在世界上影响最大的一种民间信仰，并信仰圈不仅覆盖我国长江南北，且远及海内外 20 多个国家和地区，卷入人口达 1.5 亿之多。据南宋绍兴二十年（1150）廖鹏飞撰《圣墩祖庙重建顺济庙记》记载：妈祖“世传通贤神女也。姓林氏，湄洲屿人。初，以巫祝为事，能预知人祸福；既殁，众为立庙于本屿……元佑丙寅岁（1086）……立庙，号曰圣墩”④。从民间流传的妈祖生前煎蒲书符治病救人、求雨止雨化解灾厄等传说也说明妈祖信仰源于福建地方的巫术信仰，很可能妈祖生前只是一个普通的“里中巫”，由于她屡行善事，有德于人，死后被奉为神，其最初的信仰圈可能只限于莆田一地，属于莆田地方的民间神祇。北宋徽宗宣和年间，给事中路允迪使高丽，途经东海，遇风暴，得女神救助方脱险境，其事后彰于朝廷，徽宗诏以“顺济”为庙额⑤。这是妈祖第一次受封于朝廷。从此，妈祖信仰越出莆田地界向周围地区传播。由于妈祖“岁水旱则祷之，瘟疫祟降则祷之，海寇盘桓则祷之，其应如响。商船尤借以指南，利吉上而济，虽怒涛汹涌，舟亦无恙”⑥。因此，她在福建众多神祇中的影响日益突出。南宋时期，妈祖又屡显圣迹，从“温台平寇”、“紫金山助战”、“助擒周六四”到“救旱进爵”、“瓯闽救潦”、“钱塘助堤”，逐渐引起朝廷的重视⑦。绍兴二十六年（1156），妈祖受朝廷褒封为灵惠夫人，至淳熙十一年（1184）又追封3次（“灵惠、昭应夫人”，“灵惠、昭应、崇福夫人”，“灵惠、昭应、崇福、善利夫人”），绍熙三年（1192）更从“夫人”晋封为“灵惠妃”⑧。庆元二年（1196）泉州正式在商舶聚集最盛的南关修建妈祖庙，从此基本奠定了妈祖成为闽南一带崇奉的海上交通重要保护神的地位⑨。至元至正十五年（1278），据说由于妈祖曾默佑元朝灭宋统一中国而被元廷敕封为“护国明著灵惠协正善庆显济天妃”，并“诏滨海州郡，皆置祠庙，每岁之秋……遣使遍祭”，使妈祖进一步从地方神祇中脱颖而出成为全国性的重要神祇⑩。目前有文献可考的元代天妃庙就遍布兴化、泉州、福州、广州、永嘉、台州、宁波（庆元）、绍兴、杭州、海宁、平江（苏州）、昆山、上海（松江）、周泾、淮安、天津（直沽）等地⑪。明朝时期妈祖受封虽不过二次，但随着福建人民向海外迁移，其信仰的影响力继续扩大。如明太祖洪武二十二年（1392），为帮助琉球发展经济文化，“敕闽人三十六姓”定居琉球，这些人定居后，分别在首府那霸和聚居地久米村建造两座妈祖庙宇，进行祭祀⑫。至明末清初，大批福建人移居台湾，使妈祖信仰在台湾的影响迅即增长，以致到今天台湾妈祖的信众竟占台湾总人口的一半以上。入清以后，由于妈祖在统一台湾过程中的建树，清统治者对妈祖信仰更是推崇备至，康熙二十三年（1684）褒封妈祖为“天后”，使妈祖的神格登峰造极，得以与文圣孔子、武圣关公鼎足而立，成为封建国家承认的地位最高的神祇⑬。

二、妈祖神话演化过程中包含的大传统与小传统的互动

从表面上看，妈祖由人至神、由“神女”而至“天后”，一步步皆缘于妈祖屡显神异，护国佑民，功勋昭著。实际上，这一过程却隐含着远比“显圣”更为深刻的内涵。在妈祖神话产生以前，儒学已经在汉代神化成为皇家祀典的核心内容，道教在经历了东汉魏晋南北朝漫长的风风雨雨后也终于在李唐王朝走上了正统之位，佛教虽属外来宗教，但以其特有的体系化宗教的优势，在完成冲突融合而中国化后也很快登上了大雅之堂。因此，在妈祖神话产生时，儒释道三教神话已在中国神话体系中占据了主流神话的地位，构成了皇家主祀神话的大传统⑭。而妈祖神话，在其产生之初，就以救海难、解水旱、疗瘟疫、导航引路、降魔镇邪、恩赐子嗣、保胎育儿的种种传说体现了它与民间生活千丝万缕的联系，表现了人民对神力帮助的基本企求，具有明显的功利主义性质。它不同于官方主宰的为其统治服务的儒释道为代表的正统神话，应是民间小传统的产物。但细究妈祖神话的整个发展过程却使我惊异地发现，作为小传统的妈祖神话并非完全沿着小传统的轨道行进，而是不断地与大传统接触互动，保持着一种若即若离的联系。

如前所述，妈祖由巫成神以后很长一段时间，其信仰范围一直囿于莆田一地。妈祖神名向周围地区传播，大约就是从妈祖受封开始。而就妈祖受封一事本身来说，表面上看妈祖受封是由于护使助航有功，事实上却是“素奉圣墩之神”的莆人李振的极力宣扬才使路允迪相信妈祖神异而为之请封⑮。这一事例生动地说明了妈祖信仰在传播早期需要借助国家权威的支撑，而早期的妈祖信仰也正是借助国家加诸其身的特殊光芒才在与

福建地方众多的民间神祇的竞争中为自己加上了重重的一个砝码，使其很快得以在福建众神中崭露头角。南宋以后由于闽商的活动使妈祖信仰开始传播到福建以外的地区，但真正把妈祖推向全国性神祇地位的却是元朝运用行政手段在全国各地广建妈祖庙并遣使遍祭造就的。清加封妈祖为“天后”的行动同样也极大地鼓舞了妈祖信仰的热情，促进了它的迅速传播⑯。因此，可以说妈祖信仰虽是源于民间小传统，但在其发展的过程中国家的支持提倡起了极大的推动作用，妈祖信仰圈的力量也是在对大传统的权威的依附中逐渐发展壮大的。

然而，对于国家来说，将小传统的妈祖神话吸收包容在它所支持的大传统神话系统中，只是大传统与小传统互动交换的一个方面，更重要的则是用大传统去改造妈祖神话，使之能够为其统治服务。从“灵惠夫人”……“灵惠昭应崇福夫人”……“灵惠妃”……“灵惠护国助顺协正嘉应慈济妃”……“护国明著天妃”……“天后”的层层加封显示了妈祖信仰功能护国恤民、佑主扬威色彩的日渐加深和它在国家神话体系中的地位的不断上升。宋元以后，特别是明清二朝，“护国安邦”、“佑主扬威”几乎成了妈祖的惟一神性，有关妈祖的圣迹传说几乎全是护使佑漕、助剿平寇之类的国家公务⑰。从仪典上看，妈祖的祭仪一步步被纳入了皇家祀典的范围，其仪式渐趋规范化，完全承袭了儒家礼制的传统。如宋绍兴年间陈宓⑱撰“白湖顺济庙重建寝殿［上梁文］”记载妈祖祭仪“春秋载祀，来千里之牲牢”，表明当时妈祖的祭仪基本是按儒家的传统以家畜牺牲来献祭，一年两度。及至元朝至顺二年（1331）柳贯⑲撰《敕赐天妃庙新祭器记》记载“……遣省臣率漕府官僚，以一元大武，致天子毖祀之命，荐于天妃。得吉卜而后行……将祀之夕，会平章政事易释董阿公，入觐道吴，因请公荐祼，翼日公齐沐入庙，跪奠惟寅。顾见尊斝笾豆，践列参差……公奏事次，请更造天妃庙祭器如戒，以昭神贶……新制祭器为品十二……”说明至元朝妈祖的祭仪已上升到国家规格，并形成了一整套系统的祭祀制度，这套祭祀制度则完全依照儒家有关礼制的规定而设。从宋李丑父⑳《灵惠妃庙记》、《元史·祭祀志·岳镇海渎》、明丘睿《天妃宫碑》可知，南宋晚期以后，僧道也开始参与了妈祖庙宇的祭祀管理事宜。此外，为了适应统治者改造妈祖信仰的需要，一种根据大传统的模式重构的妈祖形象最终也在明清时期浮出水面。妈祖作为一“里中巫”的本来面目渐被掩盖，进而攀附上如九牧林之名门望族，成为闽都巡检之女，并由观音赐生，生时“地变紫色，满室异香”、“生而灵异”、“不类诸女”，喜欢“诵经礼佛”。十三岁受教于一老道，学“玄微秘法”。十六岁，神授符箓，“遂灵通变化”，“悟诸要典”，能佛善道，屡显灵异㉑。至此，妈祖神话已染上鲜明的儒释道色彩，具有了浓厚的国家信仰的意味。

尽管如此，妈祖神话从根本上还是属于民间小传统的一种信仰，它原有的社会文化特点并没有因为国家大传统的渗透改造而丧失。对早已信奉妈祖的民间老百姓来说，尽管妈祖在被纳入国家祀典以后，在某种程度上凸显了它护国佑主的功能，客串了大传统中护国神的角色，但他们从来就不认为护国佑主是妈祖的惟一神性。在他们的心目中，妈祖是灵异非常的保护神，对信奉者有求必应，“上而国家之大事，下而草野细故，凡竭诚致敬而祷者，如影之随形，响之随声，靡匆匆期其愿而锡之福”㉒。国家的褒封只是对妈祖神力的一种认可，与百姓的崇祀并无二致。因此，不论官方如何宣扬粉饰妈祖的护国圣迹，完美妈祖作为国家象征的一面，竭力以此替代妈祖在小传统中的原有意义，但民间始终未能认同官方，仍继续以自己的方式祭拜崇奉妈祖，保持着妈祖信仰的功利主义性质，使妈祖信仰紧密地与当地的生活方式融为一体，成为华南特别是福建地方文化的一种象征。换句话说，源于小传统的妈祖信仰在与国家支撑的大传统的互动和交换中，形成了一定程度的交融，使之具有了国家象征的意义，但这种意义只是国家对妈祖神话所赋予的理解，它并不能取代妈祖神话在小传统中的原有意义，因此造成了妈祖同一象征在大传统和小传统中的不同意义，造成了国家与民间对妈祖神话完全不同甚至近乎对立性的理解㉓。

三、妈祖神话演化隐喻下的国家与地方社会的互动

不过，本质上说，妈祖信仰发展过程中出现大传统与小传统的糅合交错并不是偶然的，而恰恰是宋元以后国家与华南区域社会关系投射到民间宗教的一种反映。妈祖神话生成于北宋时期的福建地区，这一时期正是福建海洋经济开始崛起，社会文化走向繁荣的重要转折时期。妈祖神话与这一新兴经济形态的联系早在它出现伊始的种种传说中已是隐约可见，其以后的传播更是与海有着紧密的联系。无论是最早崇祀妈祖的渔民、船工和海商，还是屡敕封诰的封建政府，妈祖对海上航行的庇护作用都是其信仰的一个核心内容，尤其是那些从事海洋经济活动的渔民、海商对妈祖信奉之虔诚几乎达到莫能离之须臾的地步，无论其足迹到哪里就把妈祖信仰传播到哪里，成为妈祖信仰最有力的推动力量。而且在海洋经济发展的过程中，妈祖信仰还曾发挥了感召和凝聚的作用，许多地方的妈祖庙成为商人议事、交易之所，妈祖信仰成为海洋经济开拓者的精神纽带。因此，在一定意义上，可以说妈祖信仰是中国古代海洋文化的象征㉔。妈祖神话演化过程中所体现的国家与民间之间共享与矛盾的关系实际蕴含的就是国家与社会之间在海洋经济利益上的共享与竞争，其中表现最明显的就是在海外贸易上的相互利用与相互竞争。

以闽南地区古代的海外贸易为例，唐末五代以后，福建人口大幅度增长，经济得到迅速开发，文化从此蒸蒸日上，但与此同时，福建耕地不足的问题也开始日渐显露，“地狭人稠，为生艰难，非他处可比”㉕。特别是闽南的泉州一带，自宋以后，已是“泉州人稠山谷瘠，虽欲就耕无地辟”㉖。加上福建周围高山阻隔，交通不便，号称海疆僻处，使福建人不得不“以海为田”、“每岁造舟通异域”，致力于海上贸易㉗。妈祖信仰正是在这种特殊的地方人文历史地理背景下孕育产生的。北宋统一以后，出于增加财政收入，提高政治威信的需要，对海外贸易基本采取了鼓励、提倡的态度，采取一些保护和刺激海外贸易的措施，如元佑二年（1087）在泉州设市舶司，奖励对增加市舶收入有贡献的官员和商人等等，利用泉州蓬勃发展的私商贸易收取市舶厚利，吸引海外朝贡。而对当时羽翼未丰的地方海上力量来说，他们也需要国家的荫庇，需要国家为其成长创造有利的条件，国家的支持无疑是其发展的最有效的催化剂，能够促使泉州迅速走向繁荣。因此，宋代的泉州海商往往对国家表现出顺从依附的态度，如帮助宋廷修复与高丽的职贡与通商关系，招诱蕃舶至华贸易等等。然而，宋代历朝统治者重视、鼓励海外贸易，其目的并不是真正关心海外贸易的发展，而是要利用海外贸易为封建统治政权

的政治经济服务。因此，从宋代开始，封建政权就极力主张对海外贸易不能采取放任自由的政策，必须将其纳入国家规范，置于封建国家的严格控制之下，即“笼贾人专利之权以归之公上”。宋王朝对妈祖的十三次敕封正反映了封建政权对海外贸易的原则态度，一方面施以恩宠，保护并提倡其发展；另一方面又将其纳入国家规范祀典，控制“收编”妈祖“麾下”的信众——海洋经济的开拓者，以使国家能够与他们共享利益。及至元朝，泉州的海外贸易已呈极度繁荣，泉州海商的势力急剧膨胀，他们垄断了沿海的对外贸易，并把持沿海的地方大权。为了同地方实力派争夺外贸之利，元政府加强了对海外贸易的垄断，一方面进一步严密市舶制法，多次海禁，打击巨商权豪，另一方面亲自参与海外贸易，直接派出庞大的商队远涉海外，实行官营海外贸易制度。妈祖被抬到“天妃”的地位，并被元朝廷广为尊奉，就是发生于这样的一种历史背景之下。这一举动至少包含着两层喻义：一是使妈祖佑护官营海外贸易和海漕运输，二是标志着国家加强了对海洋经济利益的垄断。但由于元朝实行对外开放的政策，经商风气很盛，元廷对市舶贸易基本上还是持保护态度，使市舶贸易得以继续发展，反映在妈祖信仰上就是官民对妈祖海上护航神职能的共享。明清两朝为扼制海上武装力量，维护王朝统治的稳定，在较长时期内实行海禁，禁止私人出海贸易，从而使朝贡贸易几乎成为惟一的海外贸易形式，合法的海外贸易完全被国家垄断。尽管如此，民间已经成长起来的海洋经济势力并没有因为国家的禁止和垄断而放弃其原有的海上利益，虽然迫于国家的压制，他们把这种经营活动转入地下，以走私贸易的面目出现，但终明清两朝，以沿海社会为依托的海上私商力量始终存在，并不断地在与封建政府争夺海上经济利益[28]。正因为如此，在明清两朝，国家与民间对妈祖象征意义的理解出现了明显异化的倾向。国家把她当作安邦护国之神，成为国家显示权威、控制地方的象征。与此相反，民间特别是东南沿海地区人民则进一步强化了妈祖地方性的特征，使之在保持原有海洋文化象征的基础上发展成为一种地方文化的象征。

四、结语

神话是文化的一部分，它根植于所发生的文化，与文化生活的其他部分紧密地联系在一起，并随着文化的发展变迁不断演绎着自己的历史。张光直先生曾把神话的演变历史概括为三个阶段：第一阶段是历史人物、事件或凭空杜撰的人物、事件神话化而成为神话人物或事件；第二阶段是神话在形成流传过程中随着原生文化的逐渐改变而变化以适应不同时代发展的要求；第三阶段是当神话从一种文化流传到另一种文化时发生的大规模的变化[29]。妈祖信仰在今天已成为一种世界性的信仰，可能由于各传播地文化与其原生文化的巨大差异使人们对妈祖信仰的理解产生质的、断裂性的变化，即张光直先生所谓第三阶段的变化。本文讨论的妈祖神话演化的历史主要是神话演变的第二阶段的历史，着眼于妈祖神话形成以后在其原生的福建沿海文化中演变发展过程的历史解读。妈祖神话生成于福建具有浓郁海洋气息的边陲社会，代表了福建东南沿海重商逐利、蹈海为生的独特文化理念，其原型是长期被压抑在小传统中无法得到自由发展空间的中国海洋经济文化。妈祖神话的演化以及它与大传统之间的交融与矛盾反映的其实就是海洋经济文化在农业经济文化厚重的衣底下挣扎、发展以至变异的历史，是福建地方社会与国家之间的矛盾斗争的展演。国家主流意识形态对海洋经济文化在不同时代的不同认识以及福建地方社会与国家中央王朝之间不断的互动交换，使妈祖信仰的解释、妈祖的象征意义经历了一个动态的发展过程，使之从小传统渗入了大传统，同时又被大传统改造吸收赋予新的意义，最后将它原有的意义剥离回小传统，造成妈祖信仰的二元一体的结构体系。

---

①⑥⑧⑬“国家”与“社会”是人类学分析复杂社会文化的一种研究框架，“国家”指官方的制度化的行政、军事力量，“社会”指存在于民间的文化力量。

②⑮“大传统”的概念最初是由美国人类学家雷德菲尔德提出，原指的是复杂社会中的以都市为中心、以绅士阶层和政府为发明者和支撑力量的文化。本文所采用的“大传统”的概念强调的是由国家认可并支持的、具有本传统的、比较制度化的文化，因其常为官方所操纵利用，我们一般将它视为国家的正统文化。

③“小传统”的概念亦是由美国人类学家雷德菲尔德最早提出，原指复杂社会中一般民众尤其是农民的文化。本文所采用的“小传统”的概念实指民间的、杂散的、由口耳相传的、与老百姓的生活密不可分的一种非官方的文化，它是民间的一种生活方式。

④⑩⑪⑰㉒ 陈森镇．妈祖传说是三教合一的产物．理论学习月刊，1993，(2)．

⑤ 朱天顺．有关妈祖褒封的几个问题．台湾研究集刊，1997，(4)．

⑦ 李伯重．“乡土之神”、“公务之神”与“海商之神”．中国社会经济史研究，1997，(2)．

⑨⑫㉑ 廖渊泉．妈祖成为我国古代女海神的原因及其与泉州的关系．见：泉州学刊，1998，(1)．

⑭ 田兆元．神话与中国社会．上海：上海人民出版社，1998.225～372.

⑯ 杨永占．清代官方在妈祖信仰传播中的作用．史学月刊，1997，(2)．

⑱⑲⑳ 谭世宝．论妈祖信俗的性质及中国学术与宗教的多元互化发展．学术研究，1995，(5)．

㉓ 王铭铭．社会人类学与中国研究．上海：三联书店，1997.157～161.

㉔ 徐晓望，陈衍德．澳门妈祖文化研究．澳门：澳门基金会出版社，1998.

㉕ 厦门大学历史研究所中国社会经济史研究室．福建经济发展简史．厦门：厦门大学出版社，1989.9.

㉖㉗ 王象之．舆地纪胜（卷一〇三　福建路·泉州）．南宁：广西人民出版社．

㉘ 李金明，廖大珂．中国古代海外贸易史．南宁：广西人民出版社，1995.

㉙ 张光直．中国创世神话之分析与古史研究．马昌仪．中国神话学文论选萃（下编）．北京：中国广播电视出版社，1993.

［原载《莆田高等专科学校学报》2001 年第三期］

方丘神话解析

傅光宇

（云南大学中文系）

方丘神话，见于西晋时之《外国图》。原书已佚于宋代，但自郭璞以来，诸书所引者尚可见到二十余条。不过，《外国图》并非地志之类，而是“志怪”之书①。《太平御览》卷三六〇人事部一“孕”字下引《外国图》方丘神话云：

> 方丘之上暑湿，生男子三年而死。其潢水，妇人入浴，出则乳矣。是去九疑二万四千里。

同书卷三九五人事部三六“浴”字下又引之，文字略异：

> 方江之上暑湿，生男子三年而死。有黄水，妇人入浴，出则乳矣。去九嶷二万四千里。

郭璞注《山海经·海外西经》女子国条云：“有潢池，妇人入浴，出即怀妊矣。若生男子，三岁辄死。”显系出自《外国图》。据吴任臣著《山海经广注》，此一神话，《抱朴子》、《金楼子》亦有引述，但太简略。诸引文中“方丘”作“方江”者误；“潢”或作“黄”，“水”或作“池”，据服虔云：“畜小水谓之潢”，则“黄水”实指“池中之水”，故可作“潢池”。

至于“方丘”，相对祭天之圆坛而言，乃是祭地之坛，并非“外国”之地。《周礼·春官·大司乐》讲祭天、祭地、祭祖之乐时谈到：“凡乐，函钟为宫，大蔟为角，姑洗为征，南吕为羽，灵鼓，灵鼗，孙竹之管，空桑之琴瑟，咸池之舞，夏日至，于泽中之方丘奏之，若乐八变，则地祇皆出，可得而礼矣。”贾公彦疏：“言泽中方丘者，因下以事地，故于泽中；取方丘者，水钟曰泽，不可以水中设祭，故亦取自然之方丘，象地方故也。……礼地祇必于夏至之日者，以……地是阴……夏至一阴生，是以还于阴生之日祭之也。”②可见“方丘”位于泽中，故有“潢水”，既系自然形成，则当在池中之岛洲上；夏至日于此祭地，鼓空桑之琴瑟，跳咸池之舞，就可请到地祇，向之献供与祈祷了。

但“方丘”之“潢水”何以有生育功能？这与祭地时所用“空桑之琴瑟”及“咸池之舞”紧密相关，须详加说明。

“空桑之琴瑟”，与少昊、颛顼相关。《吕氏春秋·古乐》：“帝颛顼生自若水，实处空桑，乃登为帝。”《山海经·大荒东经》：“东海之外大壑，少昊之国。少昊孺帝颛顼于此，弃其琴瑟。”《太平御览》卷三引《尸子》云：“少昊金天氏邑于穷桑，日五色，互照穷桑。”此穷桑即空桑，少昊邑于此，孺颛顼于此，颛顼于此“登为帝”。但少昊“弃其琴瑟”于此，则历来注家未有确解。据《拾遗记》卷一，穷桑乃西海之滨直上千寻之桑树，少昊之母皇娥与太白之精于西海之上游乐，于穷桑树下抚瑟对歌。“及皇娥生少昊，号曰穷桑氏，亦曰桑丘氏。”可见“空桑之琴瑟”乃谈情时伴奏情歌之乐器，所奏曲调当为情歌乐曲。空桑又与殷商之桑林相联系，“空桑之琴瑟”也就与“桑林”之乐舞有关。《吕氏春秋·本味》：“有侁氏女子采桑，得婴儿于空桑之中”，是为伊尹，故称“伊尹生空桑”。《吕氏春秋·顺民》言：“昔者汤克夏而正天下，天大旱，五年不收，汤乃以身祷于桑林……用祈福于上帝。民乃甚说，雨乃大至。”高诱注：“桑林，桑山之林，能兴云作雨也。”但《后汉书》卷八九“张衡传”注引《帝王纪》：“汤时大旱七年……以己为牲，祷于桑林之社，果大雨。”《吕氏春秋·诚廉》谈到立汤后于宋：“世为长侯，守殷常祀，相奉桑林。”高诱注：“相犹使也，使奉桑林之乐。”《左传》襄公十年“宋公享晋侯于楚丘，请以桑林”，即指此乐舞。又《左传》昭公二十一年“宋城旧鄘及桑林之门而守之”。合而言之，殷人之社立于桑林，桑林社四周围之，故有桑林之门；殷人社祭于桑林，用桑林之乐舞；伊尹为商汤之佐，生于桑林之空桑。孔子为宋后，《史记·孔子世家》正义引《括地志》有孔子生于空桑之说，盖亦祭祷于桑林社后野合之所生。按：桑林有神司之，《淮南子·说林训》：“黄帝生阴阳，上骈生耳目，桑林生臂手，此女娲所以七十八也。”是桑林神之职司为兴云雨与生育，难怪《楚辞·九歌·大司命》有“君回翔兮以下，逾空桑兮从女”之句。

“咸池之舞”，据《吕氏春秋》、《周礼》、《礼记·乐记》所载，又名《大章》、《大咸》（或作《大卷》），源自黄帝，盛于尧时。“《咸池》虽黄帝之乐，若尧既增修而用之者，则《世本》名《咸池》是也……尧不增修者，则别立其名，则此《大章》是也。”③但何以命名“咸池”，注家不得其解。“咸池”实与天文相关。《史记·天官书》：“西宫曰咸池，曰天五潢。五潢，五帝车舍。”索隐：“按《元命苞》云：‘咸池主五谷，其星五者各有所职。’咸池，言谷生于水，含秀含实，主秋垂，故一名‘五帝车舍’，以车载谷而贩也。”咸池为星名而称池、潢，盖言天池也。池中有神，《淮南子·天文训》：“咸池者，水鱼之囿也。”刘文典谓“水鱼”本为“水澳”，“形近而伪”④。《楚辞·七谏·自悲》：“哀人子之不幸兮，属天命而委之咸池。”这些星名、天池名、天神名之咸池，都在西天，主谷物丰歉与人之生命，则“咸池之舞”，当与年丰人寿有关了。

至此，可以把方丘、潢水、空桑、咸池联系起来了。《礼记·郊特牲》：“郊之祭也，迎长至之日也，大报天而主日也。兆于南郊……”孙希旦《礼记集解》云：“迎长日之至，谓冬至祭天旸也……县象著明莫大乎日月，故祭天之礼以日为主，而月配焉。”这是说冬至面南郊设圆坛祭天。而夏至则在北郊祭地。同为郊祭，初亦应与日相关。事实上，空桑、咸池均与日密不可分。《淮南子·天文训》：“日出于旸谷，浴于咸池，拂于扶桑，是谓晨明；登于扶桑，爰始将行，是谓朏明；至于曲阿，是谓旦明；至于曾泉，是谓蚤食；至于桑野，是谓晏食；至于衡阳，是谓隅中；至于昆吾，是谓正中；至于鸟次，是谓小还；至于悲谷，是谓餔时；至于女纪，是谓大还；至于虞渊，是谓高舂；至于连石，是谓下舂；至于悲泉，爰止其女，爰息其马，是谓县车；至于虞渊，是谓黄昏；至于蒙谷，是谓定昏；日入于虞渊之汜，曙于蒙谷之浦，行九州七舍，有五亿万七千三百九里，禹以为朝、昼、昏、夜。”这里所记是太阳周日运动的全过程。但《初学记》卷一引文中作“爰止羲和，爰息六螭，是谓悬车”，则为羲和御日神话了。在古神话中，羲和不仅是日御，且是日母。《山海经·大荒南经》：“东南海之外，甘水之间，有羲和之国。有女子名曰羲和，方日浴于甘渊。羲和者，帝俊之妻，生十日。”“东南海”应为“东海”。《大荒东经》：“东海之外……有甘山者，甘水出焉，生甘渊”可证。“日浴于甘渊”，当作“浴日于甘渊”。《大荒东经》又云：“大荒之中，有山名孽摇頵羝，上有扶木，柱三百里，其叶如芥。有谷日温源谷。汤谷上有扶木，一日方至，一日方出，皆载于乌。”《海外东经》则云：“汤谷上有扶桑，十日所浴，在黑齿北。居水中，有大木，九日居下枝，一日居上枝。”学者们确认：温源谷，也即汤谷，汤谷即是旸谷（或作阳谷）；扶木即榑木、扶桑、榑桑、叒木。袁珂认为：“所谓甘渊、汤谷（扶桑）、穷桑，盖一地也。”⑤按：谓扶桑即穷桑，信然；但甘渊，实乃咸池⑥。应当说，甘山出甘水，流入甘渊即咸池，咸池在汤谷里，扶桑在汤谷上。话题回到夏至祭地上来。祭坛方丘周围之潢水，实是象征咸池。咸池实际上是温泉，五谷得其水之浸泡而有日光照射，得以正常发育而最后丰收，故“咸池主五谷”；咸池所在汤谷之上有扶桑，即穷桑，乃青年男女游乐、野合之所。因而夏至日祭地祇，乃在祈求年丰人寿。这正与永宁坝子的摩梭人于农历七月廿五日祭当地最大的女神狮子山神“格木”一样，“朝拜的目的是祈求她保佑永宁地区人畜平安，庄稼丰收”。但在祭祀后，“有些年轻力壮的男女，还要绕狮子山一圈，在途中露宿一夜。……有的与阿注同行，有的人在当地结交阿注”⑦。这结交阿注的野合行为，实起一种交感巫术作用。而宁蒗县托甸乡普米族则在农历七月十五日举行“转山会”，拜祭天神、山神与干母（“格木”）女神。祭祀之后游狮子山，欢聚痛饮，青年男女则寻觅情侣；但“有的还到水池中或转到江边洗澡，参加的人以孕妇居多，她们认为这样做会早生贵子，万事吉利”⑧。由上可知，在“方丘”神话中，“妇人入浴，出即怀妊”或“出即乳矣”，乃是指夏至地祇之后，青年男女共浴水中，互觅情侣野合，或孕妇浴于水中以求安胎催生，生育顺利，实是古代婚恋、生育习俗之曲折反映。至于“方丘之上暑湿，生男子三年而死”，“暑”指夏至，“湿”指潢池，“生男子三年而死”乃用以反衬妇人“浴水而孕”之神奇而加上的臆测之词，也许它来源于“夏至一阴生”，此后阴盛阳衰，故有生男子“辄死”之说。

总之，方丘神话来源于古代夏至祭地之典，并曲折地反映了古代的婚恋、生育习俗。《外国图》的作者不明乎此，将“方丘”看作“殊方异域”而志其“浴水而孕”之怪；实际上，方丘之上、潢水之滨并非“纯阴无田”。“方丘”神话，不过是给古代祭典与婚恋、生育习俗披上了一层神秘的外衣而已。

---

① 李剑国．唐前志怪小说史．天津：南开大学出版社，1984.278.

② 十三经注疏．上册．北京：中华书局，1980.789～790.

③ 十三经注疏．下册．北京：中华书局，1980.1534.

④ 淮南鸿烈集解．上册．北京：中华书局，1989.94.

⑤ 山海经校注．成都：巴蜀书社，1993.392.

⑥ 上古音，甘属谈部、见母，咸属侵部、匣母；见母属牙音，匣母属喉音，黄侃认为牙喉九纽在古代“混而不析”，同类互通；至于谈、侵，可以旁转.

⑦ 宁蒗彝族自治县永宁纳西族社会及其母系制调查．昆明：云南人民出版社，1988.112.

⑧ 基诺族普米族社会历史综合调查．北京：民族出版社，1990.178～179.

［原载《楚雄师专学报》2001年第2期］

壮族神话谱系及其内涵述论

农冠品

（广西民间文艺家协会）

一、壮族神话的传承与寄存方式

凡属民间的艺术都有它产生、发展和继承的方式，壮族神话也不例外。它的传承与寄存方式有两种：一是口头性，即口碑传承方式；二是土俗字记录，即古壮字传承与寄存方式。第一种传承与寄存方式，是长期在壮族民间的口头流传。这方面，较系统的搜集、整理、翻译是在20世纪50年代末60年代初。当时，对壮族民间文学进行了全面普查与搜集，经过文化工作者编辑成《僮族民间故事资料》（共四集）、《僮族民间歌谣资料》（共三集），其中较忠实地载入了壮族远古神话资料，有散文体，也有韵文体，前者称为神话故事传说，后者称为古歌、史诗、长诗、长歌。在此基础上，1959年整理出版壮族民间长诗《布伯》，1984年编选出版《壮族民间故事选》（广西版和上海版），前者是壮族一部神话史诗，后者第一辑全是壮族远古神话传说。到20世纪80年代，为编纂民间文学三套集成（故事、歌谣、谚语集成），又一次全面搜集广西各民族民间文学资料，在此基础上，又整理、编辑出版《神弓宝剑》、《女神·歌仙·英雄》两部专集，其中载有新搜集的壮族神话。

壮族神话第二种传承的方式，是寄存于壮族民间宗教师公的唱本和经诗之中，以古壮字记录。“师公”是古代以巫术驱鬼降神的人，女的叫“巫”，男的叫“觋”，民间俗称“巫婆”、“师公”，他们是从事祭祀天地神和为人祈福消灾的宗教职业者。师公的“唱诗”或“喃经”，一本就是一部史诗或长诗。这些唱诗与经诗，从20世纪80年代起，被作为古文化遗产整理，列入少数民族古籍出版，如《布洛陀经诗译注》、《莫一大王》（壮文版）等，其中载有内涵丰富的壮族神话。还有《中国各民族宗教与神话大词典》、《壮族百科辞典》、《壮族通史》、《民间文学词典》、《壮族图腾考》、《中国少数民族神话》、《壮族文学古籍举要》、《广西民间故事辞典》等等，都载有壮族神话，使壮族神话这笔珍贵文化遗产传承下来，为进行壮族古文化研究提供了基础。

二、壮族神话类型与谱系

壮族神话的类型，未有统一的划分。在《壮族文学史》中，将它划分为：开天辟地神话；与大自然作斗争神话；解释和探索大自然奥秘神话。这是从大的内容来划分的。

根据壮族神话资料的内容，亦可划分为：1. 天地形成神话；2. 万物起源及造物神话；3. 人类起源与进化神话；4. 人类与自然界斗争神话；5. 图腾崇拜神话；6. 人类探索宇宙奥秘神话。若更详细些，可划分：1. 天地来源神话；2. 天神神话；3. 地神神话；4. 水神神话；5. 大气神话；6. 太阳神话；7. 月亮星辰神话；8. 谷种神话；9. 洪水神话；10. 葫芦神话；11. 牛、马、狗崇拜神话；12. 花王神话；13. 兄妹婚神话；14. 石磨怪婴神话；15. 火种神话；16. 文字神话；17. 歌神歌仙神话等等。

1. 天地形成神话

广阔天地是人类赖以生存及繁衍的空间，对于天地怎样形成问题，壮族祖先作了种种解释。这种种宇宙观念，就包含了壮族天地神话形态。

一说：最初的世界什么也没有，漆黑无边。后来，吹来三股黑、白、黄气体，相混成浓浆，逐渐凝固成团，外壳越来越硬，像个大石蛋。蛋里有三个蛋黄、孕育出三个不同模样的兄弟，即雷王、龙王和布洛陀。三兄弟在蛋里半睡半醒，各自想方设法挣扎出蛋壳。但蛋壳太硬，靠大仙派使者屎克郎来帮忙，它又咬又推，最后一声巨响，石蛋爆成三大片，一片往上升变成了天，一片往下沉变成了水，有一片不动就成了大地。

又说：开始天和地相盖，后来雷公捏成大石块，大石块稳定了天下。再后来，有两只蜾蜂、两只屎克郎唧唧唧咬了三年，咕咕咕啃了七载，才把大石块咬破成两边，一片往上升造成装雷公的天，一片往下沉造成装蛟龙（图额）的水。

2. 万物起源及造物神话

在壮族神话中，世间万物都有其起源，它们都是由造物神创造的。造物神有许多，最受崇拜和流传最广的要数布洛陀和盘古。

壮语中，“布”是对男性长者的尊称，“洛”是知道或通晓的意思，“陀”是所有、完全的意思，“布洛陀”合起来就是无所不晓、无所不知的智慧老人。《布洛陀》、《保洛陀》、《陆驮公公》、《布洛陀与姆六甲》及《布洛陀经诗译注》等神话和史诗篇章中，都记载有布洛陀创世的传说。

《布洛陀》中说道：相传布洛陀嫌天太低，太阳照得大地热辣辣，就用神斧砍倒铁木，抬上洛陀山顶，把重重的天盖往上顶，把沉沉的大地往下压，雷公弹到天上，龙王钻进水里，新的天地就这样造成了。但开始天小地大，天盖不住地，布洛陀于是用手把地皮抓起来，做成了很多山坡。布洛陀还给花草树木、鸟兽鱼虫、人类牲畜一一安名定姓；并教人使用火，开红水河，造田种地，播种五谷，造黄牛水牛，打鱼，养鸡鸭，造房屋等等。

布洛陀是造物神的首领，智慧无穷。受他指派的造物神有盘古王、天王氏、四脸王、四脚王等等。《布洛陀经诗译注》中这样描述：“古代先造天，/后来才造地，/天盖地不周，/天罩地不全，/把地往里收，/把地往里拢，/皱成高山和丘陵，/皱成纵横的山脉……那时还没有人类，/不分高和低，/还未造出大地，/还未造出月亮和太阳，/布洛陀在上方看见一切，/……派来了盘古王，/从此天分两半，/从此地变两方，/……盘古造天地，盘古最先造地，/盘古造石头，/造月亮和太阳，/盘古样样造，/盘古真能干……但苍天还未造完善，/大地还未造得平整，/大地造得还不够宽，/太阳虽然多，/

但太阳还没有光芒，/星星和月亮虽然多，/但星月还不明亮……/布洛陀在上面看见一切，/……派来了天王氏，/天王氏造天，/造了八百年才完善，/天又高又宽，/云雾才往上飘……”诗中还描述了“四脚王”造人、“四脸王”造出十二个月亮、造出十二个太阳等等。

盘古是中原神话创世神，也有学者把盘古作为南方民族神话中的创世神。在壮族神话中，盘古王受命于布洛陀去造天地、造月亮、造太阳、造山川和道路，说明布洛陀比盘古王资格老、神力大、智慧多。

在布洛陀统领下，各种造物神根据人间生产、生活需要，不断创造出各种东西。壮族是稻作民族，水稻是壮族地区主要的农作物，因而对谷种来源产生了多种解释，形成了壮族谷种神话。

《找谷种》描述了找谷种的经过：人间的庄稼种得很好，惹得蛟龙眼红，发了一次洪水，把庄稼给淹死了，连种子都没有留下来，大家去问布洛陀。布洛陀登高远望，见江岸谷子一片金黄，坡郎志谷子成堆，郎汉家谷子装不完，就派斑鸠和老鼠去要谷种，斑鸠飞越洪水到江对岸，老鼠游过洪浪也到了江对岸，它们把谷子吃得饱饱的，便躲起来睡觉，人们等了好久都不见斑鸠和老鼠回来，布洛陀也等急了，就去江对岸寻找。当找到斑鸠和老鼠时，问它们为什么不把谷种送回去，它们承认把谷子吃了。布洛陀要它们把谷种吐出，老鼠吐出的是一些糠秕；斑鸠不敢开口，布洛陀发了气，一把抓起斑鸠，破开它的食囊，见到少许谷种。他拿回种子去播，以后就种出许许多多的谷子来了。（也有的神话说谷种是九尾狗去到天上，用长毛蓬松的尾巴沾上谷种，带回人间来的；有的则说是大水牛和马游过江那边，把谷种驮回来。）人们从此就吃米饭而不吃草根树皮了。

3. 人类起源和进化神话

人类从何来？按照科学观点，人是从类人猿进化而来。在壮族神话中，对人类起源和产生，却有多种说法。

一说：布洛陀从大石蛋孵出后，被鲜花围住。鲜花变成美女姆洛甲。布洛陀与姆洛甲商量先造人，姆洛甲不答应，布洛陀生气而跑到东海边久久不回，姆洛甲日夜思念，她天天登上山顶瞭望。布洛陀在海边望见姆洛甲站立山顶，便含一口水，使劲朝姆洛甲肚脐心喷射，姆洛甲便怀孕了。姆洛甲吐出黄泥浆，用黄泥浆来捏成泥人，用艾蒿、木叶、干草来包裹，放进醋缸里天天用水淋，不久，泥人变成了真人。但这些人不分男性女性，姆洛甲让他们到树林去采辣椒和杨桃，采到辣椒吃的变成男人，采到杨桃吃的变成女人。男人生殖器尖长如辣椒，女人生殖器扁像杨桃果。从此世间才有了人类。

又说：布伯与雷王决斗，雷王逃到天上，降下大雨，洪水淹没天下，万物不存，只有伏依兄妹躲进大葫芦得以逃生。洪水消退后，伏依兄妹回到地上，大地一片荒凉景象。为了再造人类，兄妹只好结为夫妻，不久生下一怪肉团。他们把肉团破成碎片洒于地上，变成了人类。

第三种说法：巧匠造木人，很久以前，有一名巧匠，跑到森林里去造木人，后被他的妻子和儿子知道了，一气之下，把木头人烧掉。结果，烧成各种颜色的人，这就是各种不同的人种。

人类的发展进步，是不断从愚昧状态走向文明的。例如，人类曾经历人吃人肉阶段，即老人死后，人们剖尸吃肉。后来由于进化和食物丰富了，人们才逐渐改变这一陋习。在壮族神话中，对这个转折起重要作用的是进化神——童灵。童灵是男孩，经常上山放牛。有一天，他看到母牛生牛犊时很痛苦，回家后告诉母亲。母亲说，生你时比母牛更痛苦！童灵听了十分动心，后来他母亲死了，他不再让人吃自己母亲的肉。在他的影响下，人们终于改变了以前的做法。在《布洛陀经诗译注》中，专有一章《唱童灵》，对此作了生动细致的描述。

4. 人类与自然界斗争神话

在壮族神话中，有特康、郎正、侯野等英雄射太阳的故事。说姆洛甲、布洛陀造了十二个太阳，太阳太多照得大地热烘烘，树木枯死。于是，特康等英雄用弓箭去射落了十个太阳，只有一个太阳留在天上，就是现在的太阳，还有一个躲进云里，夜晚才出来，就是现在的月亮。

其中，《侯野射太阳》是这样描述的：相传古时原本只有一个太阳，雷公又造了十一个。太阳多了，大地热得像火烧，树木枯萎，河水干涸。人们去求侯野上山砍树，做成一把最大最硬的弓，制成十一支箭，他上到高山之巅，射下十一个太阳，吓得最后一个太阳躲进海底。大地顿时一片昏暗，冷得人们不好受。侯野很焦急，让母鸡驮着公鸡到海里请太阳。公鸡高声啼叫了一天一夜，太阳相信不射他了，才从海底升上来。

《布伯的故事》和长诗《布伯》，亦记载了壮族古代人们与洪水作斗争的事迹。说天上的雷公本来与地上的人是同胞兄弟，后来雷公上天管雨，有意不给地上降雨。于是布伯与雷公开展斗争，雷公欲杀死布伯，而布伯却智擒雷公囚于笼中，布伯的子女伏依兄妹受雷公欺骗，给雷公潲水吃而让他有力冲破笼子回天上，降下大雨，使洪水淹没天下。布伯斗雷公的故事，在壮族群众中十分流行，是壮族神话中的有名篇章。

5. 图腾崇拜神话

在红水河流域的东兰、巴马一带，年年举行“蛙婆节”，师公们在节日里唱的壮族古歌：“青蛙是天女，分管人福祸，她呼风唤雨，她是天神婆。”在壮族先民的心目中，青蛙是女性，是女神。有的神话故事里，说青蛙是雷王的使者，或雷王的儿子。在古代的铜鼓铸造中，常把青蛙的形象铸在铜鼓上。雷王、青蛙、铜鼓，是壮族的神物，是人们崇拜或敬畏的对象。

在广西西部凌云县，流行一篇故事：远古时，有一年大旱，遍野禾苗枯焦。有一位老汉眼看今年全家将要断粮，就对天发誓：“如果谁能帮助我解除旱情，使禾苗能有收获，我的七个女儿任他挑选为妻。”这话恰好被一只青蛙听到了，青蛙就站出来说自己可以帮助老汉解决困难。不久，那只青蛙果然设法让天上降下雨来，使旱情得到解决，粮食获得了丰收。后来，那只青蛙变为一个青年小伙子，来到老汉家提亲。

这段故事，虽然经过人们历代的传承与衍化，但从中可以看出其核心：人们对青蛙的崇拜、崇敬与爱护。

在壮族图腾神话系列里，还有对蛇的崇拜，如关于蛇郎的故事；还有对榕树、对葫芦、对青竹、对凤凰、对鸟、对花的崇拜等等。

从如上壮族神话的形态及其内容，可初步勾勒出壮族神话谱系：大气神（黑、白、黄三色混合气体）→石蛋神（三色大气凝成的石蛋）→昆虫神（蜾蜂与屎克郎）→雷神（管天雷公）→水神（管水龙王、图额、蛟龙）→姆洛甲（花神、花王、生育女神）→布洛陀（创世男神）→特康、侯野、郎正（射太阳大神）→布伯（卜伯，战雷王英雄神）→伏依（盘古兄妹，再创世神）→岑逊（造江河氏族英雄神）→莫一大王（氏族英雄神）→童灵（人类进化神）→妈勒（人类探索宇宙神）→歌神歌仙（刘三妹、刘三姐，精神文化神）。这是壮族神话纵向谱系。

壮族神话还存在横向神谱系。如祖先创世神布洛陀，在他的体系中，还有各种神。在《布洛陀经诗译注》这部著作中，布洛陀统辖下的神计有一百三十多种：天德、北辰、光寅、祖师、祖教、祖婆、三祖、陪天女神、陪伴娘、贩马神、贩牛神、打贼神、工匠神、赶圩神、晚生神、读经神、接宝刀神、做巫神、土地神、大肚神、洗干鱼神、管大鱼神、肚朝上神、肚朝下神、捅破铁肚子神、捅破铜肚子神、卖鱼神、破铁签神、埋木梳神、插硬木桩神、立柱神、刮痧神、老寄母、宜狼公、宜朝公、三朝婆神、韦姓神、勒茅草神、张鱼网神，凡阿公、祖黄公、清水王、招魂神、背李果神、分酸果神、堕胎神、渡口女神、通天大王、老师公、老巫婆、莫一大王、管泉水神、尝泉水神、火边神、吃花果神、吃麻根神、无子女神、不做活路神、头发蓬乱神、披头散发神、卖锄头神、造手镯神、染布神、上门入赘神、早产女神、带身孕女神、带孕岩洞女神、身暖如火神、正直好心神、难产女神、丧偶孤独神、戴孝在身神、身心纯净男神、造秤神、管水槽神、夜打更神、林落、强咬、捏制扁缸神、雕画瓷缸神、破绵竹做篱笆神、打铁钉神、挑担子神、拉风箱神、孝敬祖宗神、杀牛啃骨头神、宰牛吃肠神、三宝神（佛、法、僧）、太上老君、雷公、蜾蜂、屎克郎、蛟龙（龙王、图额）、感路王（造大路）、盘古王、天王氏（把天撑高神）、四脚王（造人大神）、四脸王（造十二太阳、月亮神）、伏羲兄妹、磨石怪胎神、耕作大王（稻作神）、斑鸠（取谷种神）、山鸡（取谷种神）、驯马（驮谷种神）、水牛（取谷种神）、榕树神、花石头神、河口神、青竹神、樟树神、霹雳神、神农（造谷魂神）、烟守（造鱼魂神）、七歌王（造溪流神）、罗贵（创造神）、罕王、混沌婆、高祖（造魂祖先神）、郎汉（造物种神）、春通（通晓万事神）、老鼠（偷谷本神）、顺王（造牛神）、敢卡（女神）、白牛（神）、午海龙王、茅郎神、三妹（造爱情女神）、九头鸟（造果子神）、九头婆婆（造猪女神）、盘古婆（招猪魂女神）、王婆（招鸡魂女神）、上梁王（造菜园神）、山屋王（造房神）、备放王（造水车神）、狼汉王（造谷食神）、他业王（造鱼网神）、落腊王（造拦江网、绳子神）、猪神（造良田）、狗神（造四季、富贵荣华）、巢氏王（造房屋神）、燧巢王（造火、制铁器神）、地王氏（造土地神）、昆虫王（造文字神）。

如上众多的纵向横向神系，俗称三十二种神，七十二种社神。其实何止三十二种七十二社，而是洋洋大观一百三十多种。这么多神，其中有的是属于神话神系的，他们（她们）都有职责分工，负责造世间万物的。而一些神，则属于宗教神系，他们（她们）执行民间宗教职责，为职业宗教者去消灾招魂显灵应。

三、壮族神话的丰富内涵

神话是古代社会生活的反映，属于意识形态的范畴。透过它，可窥视壮族的历史发展、社会生活、思想感情、哲学批判等等方面的内涵。

1. 关于宇宙大气及石破形成天地说

这里包涵多种思想观念：一是“元气”观念，“元气”即大气，大气是物质，物质是客观存在，是第一性。这是朴素的唯物主义观。“大石蛋”破裂形成天地，折射出壮族先民经历新旧石器时代，对石头留下崇拜的观念。天、地、水三界是石头化成，这乃是朴素的唯物物质观。三色大气三元共存统一体，三气转化为石蛋一元体，是物质的转化观念。三元转一元又转三元，这是矛盾分析化哲学观。从壮族神话中，我们可寻找到壮族古代哲学思想的印迹。

2. 关于昆虫造天地说

宇宙间滚动的大石蛋，由小小的蜾蜂和屎克郎用利牙经数年才咬破，终于形成天和地。这是壮族先民对自然物的崇拜，是万物有灵原始宗教的观念。民间原始宗教的产生和存在，与先民的思想观念密切相关。没有万物有灵观念，就没有原始宗教信仰观念，也就不会产生图腾崇拜观念。

3. 关于天神水神地神女神说

壮族的祭天风俗、蛙婆节及祭水神风俗，折射出稻作民族的特殊心理状态。地神是祖先神崇拜，崇拜智慧能人布洛陀，是父系社会观念的反映。对女神姆洛甲崇拜，是母系社会对女性的尊崇。姆洛甲怀孕吐出泥浆，捏泥造人，繁衍成男女，在某种意义上折射出壮族先民经历群婚、混婚时期。

4. 关于射太阳及洪荒再创世说

天上有十二个太阳，十二个月亮，太阳是阳性，月亮是阴性，这是壮族先民对天地、宇宙存在阴阳两极的朴素观念。把太阳看成残暴的父亲，月亮是慈母，星星是子女，朝霞是父亲咬死子女溅出的血红，折射出对母系社会的怀恋，对上升的父系社会的反抗心态。神话中塑造侯野、特康、郎正三位射太阳英雄，折射出古代社会发生过大旱灾年，反之则是对父系社会男性的颂扬。布伯斗雷王、雷公发洪水、天地受毁灭、伏依兄妹再创天地之说，折射出壮族先民亦经历洪荒毁灭性的年代。雷王制造洪荒之前，给伏依兄妹一颗牙齿，种在园里长出大葫芦，洪水淹天，兄妹躲进葫芦漂上天得救。这里折射出三层意思：一是栽牙生葫芦，反映壮族先民有“敲牙风俗”，敲下的牙，被看成是神圣之物；二是人类对洞穴崇拜的衍化，因为人类最初居住于洞穴之中；三是对葫芦植物的崇拜，而兄妹成婚生下石头怪胎，反映古代亲血缘造成的畸形。

5. 关于红水及飞头飞天说

岑逊开辟江河，江水呈红色，是岑氏部落与皇兵抗击流血染成的颜色。这悲壮故事，是对氏族英雄的赞扬，莫一大王能飞天，死后人头落地又能接起，人头能飞。这飞天飞头说，是对氏族部落英雄的赞美。岑逊与莫一大王已不是幻想中的神，而是人神兼备的形象。壮族社会的发展，经历原始部落社会，各部落或氏族团体，都有其首领，在壮族神话中的岑逊与莫一大王，正是这社会历史阶段的艺术反映。

6. 关于人类进化探秘及传歌说

壮族神话中的童灵，是反对吃人肉的进化者，是人类从野蛮时代走向文明时代的典型代表。妈勒母子对天边的寻访，反映壮族先民对宇宙奥秘的探索精神。歌神歌仙刘三姐（三妹），是壮族精神文化神。三姐善歌，化仙飞天传歌，充满浪漫。这几位神，比起上面的种种神，更加人格、人性化了。

四、壮族神话对民族精神意识的潜在影响

壮族神话属于民族精神文化。精神文化的传承与影响是无形的，但是在民族精神、民族性格、民族意识等方面都会有它的体现，探研壮族神话内涵，可梳理出它对壮族民族精神、性格、思想等方面的影响。

1. 壮族先民多元的天地宇宙观，形成壮族多神崇拜观念，因而铸成壮族意识上的多元性、宽容性与包容性。从历史上看，壮族不闹独立，不排除多元文化，而是互通互融，合理利用，保持特色，不断开化。

2. 抗争与乞求双重神话精神与理念，铸成壮族敢于斗争、面对现实的英雄气概，但同时具有祭天、求蛙、拜龙王的屈服、软弱性格。求蛙风俗，一方面表现出稻作民族的风俗特色，有利于保护生态；另一方面把丰收希望寄托于雷王之子——青蛙的身上，这是思想观念上的局限性。

3. 图腾崇拜与原始宗教观念也明显地影响了民族的心理与性格。梁庭望先生在《壮族图腾考》一书《前言》中，对于壮族图腾崇拜对壮族性格、思想影响的学术见解，我是认同的。比如，壮族崇拜牛，铸成勤劳、憨厚、耐劳的性格，但同时又有只埋头耕作，行动迟缓的弱点；壮族崇拜青蛙，铸成守卫乡土、热爱稻耕、独观净天的纯真性格，但同时又有坐井观天、乞求苍天的心理；壮族崇拜榕树，铸成稳当扎实、助人遮荫的慈爱心肠，但同时具有守土不离、四平八稳的固执观念；壮族崇拜竹木，铸成不屈不挠的性格，但同时又有易燃易爆的性格，缺少冷静深思的思维；壮族崇拜石头，铸成坚忍不拔的顽强性格，但同时又具有太实少通灵变化的弱点；壮族崇拜鸟（凤凰），铸成喜爱歌唱、活泼欢乐的性格，但同时又具有舍不开一片绿林的恋巢观念。

统观壮族神话，我们不难发现它的价值之所在，它照见了壮族发展的历史脉络，也照见了壮族思想意识的发展轨迹。当然，神话是艺术，不是历史真实记录，而是先民在现实生活中借助幻想来解决与解释种种难题。但我们不能因此而忽视神话的价值与作用。正如神话学者袁珂先生转引周扬的一段话所说："神话是鼓励人们摆脱自己所处的奴隶的地位的一种真正的人的生活。迷信则是使人心甘情愿地做奴隶，并把奴隶的锁链加以美化。"研究壮族神话，了解与认识壮族民族精神与品格，扬其长而避其短，这对振兴民族精神，发展民族新的文化，是很有益处的！

[原载《广西右江民族师专学报》2001年第3期]

从新罗建国神话传说看中国历史与文化的影响

刘子敏

（延边大学师范学院历史系）

根据朝鲜金富轼所撰《三国史记》（成书于公元1145年、南宋绍兴十五年）的记载，新罗（亦名斯罗、斯卢、赫卢）建国于公元前57年（汉宣帝五凤元年）。对此，中外学界多有异议，认为由于金富轼的“新罗中心论”史观在发挥作用，故而在书中将新罗的历史提前了若干年，新罗建国本应比百济与高句丽要晚，作者却将新罗写成了比这两个国家建国的时间还要早的国家，关于新罗的这段早期历史，似乎是不那么真实，金富轼则有杜撰历史之嫌。笔者认为对金富轼编造历史的说法是一种过于武断的见解，而对新罗建国时间的怀疑，也是没有多少可靠理由的。对此，笔者不欲全面进行论述，仅在本文重点探讨新罗建国神话传说以及中国历史、文化对其影响的过程中涉及到的某些相关问题，并希望能引起学界的某些兴趣和关注。

一、关于“卵生神话”

朝鲜史书《三国史记》及其成书更晚的一然和尚所著《三国遗事》中都记载了新罗建国的“卵生神话”。《三国史记·新罗本纪》（下面简称《罗记》）载：

> 先是，朝鲜遗民分居山谷之间为六村：一曰阏川杨山村，二曰突山高墟村，三曰觜山珍支村（或云于珍村），四曰茂山大树村，五曰金山加利村，六曰明活山高耶村，是为辰韩六部。高墟村长苏伐公望杨山麓萝井傍林间，有马跪而嘶，则往观之，忽不见马，只有大卵，剖之，有婴儿出焉，则收而养之。及年十馀岁，岐嶷然夙成。六部人以其生神异，推尊之，至是，立为君焉。辰人谓瓠为朴，以初大卵如瓠，故以朴为姓。

《三国遗事》亦载：

> 六部之祖，似皆从天而降……三月朔，六部祖各率子弟，俱会于阏川岸上，议曰：“我辈上无君主临理蒸民，民皆放逸，自从所欲，盍觅有德人为之君主，立邦设都乎?”于是乘高南望，杨山下萝井傍，异气如电光垂地，有一白马跪拜之状。寻捡之，有一紫卵（一云青大卵），马见人长嘶上天。剖其卵，得童男，形仪端美，惊异之。浴于东泉，身生光彩，鸟兽率舞，天地振动，日月清明，因名赫居世王……位号曰居瑟邯（或作居西干）……男以卵生，卵如瓠，乡人以瓠为朴，故因姓朴……以五凤元年甲子，男立为王……国号徐罗伐，又徐伐，或云斯罗，

又斯卢。

关于卵生建国神话，就朝鲜半岛来说，并非新罗所独有。例如，据《三国遗事·驾洛国记》所载，金官伽倻（位在今韩国庆尚南道金海）第一代王首露王也是卵生。另外，在东北亚地区的古代国家中，我国的少数民族割据政权夫余和高句丽也都有自己的卵生建国神话。笔者认为，所谓高句丽的建国神话，实际上是从夫余的建国神话中移植或抄袭而来的[①]，因此，夫余建国神话无疑要比新罗建国神话产生得早。学界公认，夫余国至少在西汉初年就已经建立了。不难设想，夫余建国神话同新罗的建国神话之间存在着某种渊源关系。再明白些说，新罗的卵生神话应是受到夫余卵生神话的某种影响而产生的，这反映了东北亚地区我国古代民族同朝鲜半岛南部民族在文化上所存在的联系。但是，要寻根溯源，卵生神话的渊源还不仅仅存在于东北亚地区。

众所周知，我国古代有"玄鸟生商"的传说[②]。相传古帝高辛氏之妃有女戎氏女，因吞食了燕子所产之卵而生商之先祖契。学界不少人认为，所谓"玄鸟生商"的传说与古代氏族的图腾崇拜有着密切关系，"玄鸟（燕子）"就是商族先人的图腾。有的学者根据我国古书中的有关记载，认定高辛氏（帝喾）乃是少昊之曾孙，而少昊（金天氏）恰恰是远古时期我国东夷族的首领，该族也恰是以鸟为图腾[③]。历史的"巧合"竟会给我们以颇大的启发，新罗人也恰恰认为自己确实是金天氏的后裔[④]。有人可能认为这种说法不是真实的，但笔者的看法却有所不同。

无论是古文献还是考古学为我们提供的资料，证明古代的东夷人或是后来的殷人，从山东半岛或中原地区在不同的历史时期向东北亚迁徙还是不容否认的。江苏省连云港市史志办李洪甫在题为《少昊氏与朝鲜人先祖》的学术报告中，曾"通过大量的考古、民族、宗教史、交通史等科学的综合研究，率先提出了朝、日民族是少昊东迁分支的新论，他将少昊氏中心所在地区鲁南、苏北一带出土的石斧、石刀、黑陶器的纹饰与日、朝地区出土的同类器物作了细致的比勘，指出了日、朝民族以鸟为图腾的先祖崇拜，敬祀太阳的天体崇拜，祭社的地母崇拜以及纹身、拔牙的习俗都严谨地承袭了少昊的原始意识"[⑤]。学界不少人又认为，朝鲜半岛南部的水稻也是由我国南方经过山东半岛传播去的。种种迹象表明，我国东部沿海的古代鸟图腾的民族向朝鲜半岛的迁徙，对朝鲜半岛的历史与文化的影响是不言而喻的，而新罗出现卵生神话当有深刻的历史背景。

在新罗卵生神话中有一种现象值得我们注意，即马的出现。固然，在新石器时代的晚期的山东章邱城子崖龙山文化遗址中曾发现过马骨，证明彼时的东夷族已经饲养马了[⑥]。但是，许多迹象表明，朝鲜半岛马文化的影响并非来自远古的山东半岛东夷人那里，而是来自辽西地区的东胡人或我国东北地区其他民族那里。众所周知，夏家店上层文化是东胡人的青铜文化，而这一文化向东北地区扇面辐射，通过辽东地区而将影响一直达到朝鲜半岛的南方。据考古界云，属于夏家店上层文化的"骑马文化"传入朝鲜半岛，"给当地原有的文化注入了新的生命"[⑦]。又据文献记载，作为新罗建立之前的辰韩地区，在汉代已有"乘驾牛马"之俗，而马韩地区却"不知骑乘牛马"，说明在朝鲜半岛的南部，辰韩地区的"骑马文化"要比马韩地区来得早。由上述情况可知，新罗卵生神话中出现马的形象，也不是偶然的，它依然同中国的"骑马文化"有着密切的关系。

二、关于新罗建国神话中的其他文化现象

众所周知，从神话产生的历史年代以及它反映的历史发展时期来看，可分为原生神话和再生神话，前者指的是原始社会自发产生流行的神话，后者是指文明社会后起的神话，新罗的建国神话应属于后者。我们从前文分析的卵生神话来看，它一方面反映了中国东夷族远古神话的某种历史痕迹，而另一方面也具有进入文明时代中国“骑马文化”影响的某种因素。就神话的本身来看，它所包含的文化因素并不是单一的。我们进一步探讨新罗建国神话，还可以发现在其他方面渗透着中国历史和文化的强烈影响。

其一，龙文化的影响。闻一多先生曾说过，龙是中华民族“发祥和文化肇端的象征”。龙崇拜由来已久，龙是中华民族的共同信仰，也是中华民族的重要象征。无论是从古代文献还是现代考古所提供的资料来看，我国的龙文化亦来自原始图腾崇拜，而龙文化对周边国家亦产生过强烈影响。《罗纪》始祖五年（公元前53年、西汉甘露元年）条载：“春正月，龙见于阏英井，右胁诞生女儿，老妪见而异之，收养之，以井名之。及长，有德容。始祖闻之，纳以为妃，有贤行，能内辅，时人谓之二圣。”在《罗纪》之中，龙见于首都的记载屡见不鲜，新罗人的龙文化意识可谓浓矣。

其二，“仙人”崇拜。“仙人”崇拜是中国道家或道教文化的产物，学界所云“方士文化”乃是一种突出的表现。自战国时期的齐威王、齐宣王、燕昭王直至秦皇汉武，皆崇尚神仙方术之学，热衷于寻求长生不老之药，这些举动虽颇有些荒诞，但在促进中国同朝鲜、日本的文化交流方面却产生过非常积极的作用。笔者认为，诸如朝鲜半岛关于仙人王俭的传说以及新罗神话中的某些内容，皆与“方士文化”有着某种联系。人们所崇拜的“神仙”之中，不仅有男性，而且也有女性。《三国史记》的作者金富轼在《罗纪》之末曾有一段叙述：

> 新罗朴氏昔氏皆自卵生，金氏从天入金柜而降，或云乘金车，此尤诡怪不可信，然世俗相传，为之实事。政和中（1111年—1118年），我朝遣尚书李资谅入宋朝贡，臣富轼以文翰之任辅行，诣佑神馆，见一堂设女仙像，馆伴学士王黼曰：“此贵国之神，公等知之乎?”遂言曰：“古有帝室之女，不夫而孕，为人所疑，乃泛海抵辰韩，生子，为海东始主，帝女为地仙，长在仙桃山，此其像也。”臣又见大宋国信使王襄《祭东神圣母文》，有“娠贤肇邦”之句，乃知东神则仙桃山神圣者也，然而不知其子王于何时。

关于“仙桃山圣者”之事，《三国遗事》与《东国舆地胜览》中亦都有记载。后者云：

> 圣母祠，在西岳仙桃山。圣母，本中国帝室之女，名娑苏，早得神仙之术，来止海东，久而不还，遂为神。世传赫居世乃圣母之所诞也，故中国人赞有仙桃圣母“娠贤肇邦”之语。

各书传说的具体情节虽然有异，但基本内容还是相同的，即仙桃山之“圣母”乃是中国帝室之女，新罗国王乃是这位“圣母”所生。仙桃山在今庆州之西。这一传说的文化内

涵主要是“仙人”崇拜，同时也反映了中国与新罗之间的居民迁徙的某个历史侧面。

其三，汉字、汉语、汉姓对早期新罗的影响。关于东亚汉字文化圈的形成，有人说是在公元8世纪中叶的盛唐时期⑧。这种说法是不符合历史实际的。依笔者之见，东亚汉字文化圈的形成应起始于汉魏，发展于两晋南北朝，繁荣于隋唐直至清朝末期。说起始于汉魏，在新罗建国神话以及其他史料中可以得知。关于朴赫居世的诞生神话，涉及了“朴”姓来源的问题：“以初大卵如瓠，故以朴为姓。”显然，“瓠”为汉字，字意所表达的是一种葫芦，嫩时可食，老时可作盛物之器，即现在中国农村尚且使用的“瓢”，在这个意义上，“瓢”与“朴”可视为通假。查中国姓氏，姓朴者在古代实为罕见。《集韵》云：“朴，夷姓也，魏有巴夷王朴胡。”所谓“巴夷”，应指今四川东部的古代民族。那么，在新罗建国之前四川的居民是否同朝鲜半岛有什么联系呢？这个问题是十分有趣的，笔者也试图进行某种探讨。据有的学者说，汉代乐浪郡土著汉人木椁墓中出土的各种精巧的漆器“都是从遥远的巴蜀之地（四川）运来的”，有些贵重的绢布也来自四川⑨。由此可见，四川地区同朝鲜半岛存在经济文化交流还是真实的，这种交流的渠道，很可能同水上运输有着密切的关系。另外，传说金官伽倻首露王妃是中印度阿陁国的公主，姓许名黄玉，在龟旨峰附近有“普州太后许氏陵”碑。有的学者认为，“普州在中国四川省内，若此，则首露王妃可能是中国四川人”⑩。查普州为北周建德四年（公元575年，新罗真兴王36年）置，即今四川安岳县，“普州”应是立碑时所比定的地名，首露王在世时中国的四川尚无这一地名，但这也并不意味着首露王妃不是四川人。还有，据说日本的葫芦是由中国南方传去的⑪。新罗大臣有日本移民瓠公，此人“本倭人，初以瓠系腰，渡海而来，故称瓠公”。因此，包括四川在内的我国长江流域以及南方地区曾有移民定居朝鲜半岛应当是可以肯定的，而赫居世之姓氏“朴”就很有可能是采用“巴夷朴胡”之“朴”。

使用汉字、汉语并采用汉姓，从新罗国王昔氏和金氏的故事中也看得清清楚楚。《罗纪》脱解尼师今元年（公元57年）条云：

> 脱解，本多婆那国所生也。其国在倭国东北一千里。初，其国王娶女国王女为妻，有娠，七年乃生大卵。王曰：“人而生卵而不祥也，宜弃之。”其女不忍，以帛裹卵并宝物置于椟中，浮于海，任其所往。初至金官国海边，金官人怪之不取。又到辰韩阿珍浦口，是始祖赫居世在位三十九年也。时海边老母以绳引系海岸，开椟见之，一小儿在焉，其母取养之。及壮，身长九尺，风神秀朗，智识过人。或曰：“此儿不知姓氏，初椟来时，有一鹊飞鸣而随之，宜省‘鹊’字，以‘昔’为氏；又解韫椟而出，宜名‘脱解’。”

从新罗王室昔氏的故事中不难看出，其姓、名的确定亦皆与汉字、汉语有关。我们再看《罗纪》脱解尼师今九年（公元65年）条的记载：

> 春三月，王夜闻金城西始林树间有鸡鸣声。迟明，遣瓠公视之，有金色小椟挂树枝，白鸡鸣于其下。瓠公还告，王使人取椟开之，有小男儿在其中，资容奇伟。上喜，谓左右曰：“此岂非天遗我以令胤乎！”乃收养之。及长，聪明多智略，乃名阏智；以其出于金椟，姓金氏。改“始林”名“鸡林”，因以为国号。

《罗纪》味邹尼师今条云：

> 味邹尼师今立，姓金，母朴氏……妃昔氏……其先阏智，出于鸡林，脱解王得之，养于宫中，后拜为大辅。阏智生势汉，势汉生阿道，阿道生首留，首留生郁甫，郁甫生仇道，仇道则味邹之考也。沾解无子，国人立味邹，此金氏有国之始也。

从上述故事可知，“鸡林”、“金椟”、“金氏”等都是汉字、汉语，如果说故事的本身是由“新罗语”翻译过来的话，那么“鸡林”原是汉语则是定而不可移的，因为故事中有“鸡鸣”之说。就朴氏、昔氏、金氏的诞生故事来看，足以证明在新罗建国初乃至建国前，当地人们已经有人掌握了汉字和汉语，某些贵族已开始采用汉姓。关于这种情况，我们在中国史籍或《三国史记》中还可以找到许多根据。

《史记·朝鲜列传》云：“真番旁众国欲上书见天子，又拥阏不通。”《汉书·朝鲜传》将“真番旁众国”记为“真番、辰国”。所谓“辰国”，应指三韩中的辰韩，亦即新罗的前身。辰国欲上之“书”乃是用汉字、汉语写成是不容置疑的。由此可见，在汉武帝灭朝鲜、置四郡之前，新罗的发祥地辰韩一带就有人可以用汉语进行书面表达了。至于辰韩的民族结构，史籍亦有明确记载。《三国志·东夷传》云：“辰韩在马韩之东，其耆老传世，自言古之亡人避秦役来适韩国，马韩割东界地与之。有城栅。其言语不与马韩同，名国为邦，弓为弧，贼为寇，行酒为行觞。相呼皆为徒，有似秦人，非但燕、齐之名物也。名乐浪人为‘阿残’；东方人名‘我’为‘阿’，谓乐浪人本其残馀人。今有名之为‘秦韩’者。”从这条史料中可以得知，远在秦代，就有大批不堪苦役的秦人逃往箕氏朝鲜（后来的乐浪郡）之地，然后又由箕氏朝鲜继续向南迁徙，由马韩人将其集中于韩地的东部，因此，辰韩之中秦人的后裔还是不在少数的。从史书的记载看，中国大陆到朝鲜半岛的移民在历史上是接连不断的。在秦朝的末年以及汉朝初年，燕、齐、赵地的居民曾大批迁往朝鲜半岛，卫氏朝鲜的建立意味着汉人在朝鲜半岛已居统治地位。及汉武帝灭朝鲜，又掀起一个新的移民潮，一方面，大批汉人迁往朝鲜半岛，另一方面原居朝鲜半岛西北部的卫氏朝鲜的居民又被排挤而南下，史书关于辰韩六部为“朝鲜移民”的分布区的记载就反映了这种历史真实。要知道，卫氏朝鲜中的许多人乃是汉人及其后裔，他们是有颇高的汉文化水平的人。至于后来高句丽南下后将乐浪、带方两郡的汉人排挤而继续向南迁移，更是不言而喻的事情。因此，新罗在建国初期就已经具备了一定的汉文化基础完全是可以理解的。我们只要翻阅一下《罗纪》就不难得知，在新罗早期之时，新罗、百济国王相互“移书”的事情是经常发生的，新罗“汉祇部人夫道”因“工书算著名于时”，可见所移之“书”与所工之“书”皆为汉字、汉文是毫无疑问的。

三、新罗建国神话所反映的历史真实

众所周知，神话乃是离奇超凡的传说故事，它崇尚虚构幻想，形象生动，情节感人，极富有艺术魅力。凡是神话，都是荒诞的，没有荒诞就没有神话。因此，那种将神话当做信史的做法是荒唐的。但是，神话同人类生活、人类社会和人类历史并非毫无关系。无论是远古神话还是人类进入文明时代以后的神话，正像马克思在《政治经济学批判·导言》中所说的那样，都应当是“在人民幻想中经过不自觉的艺术方式所加工过的自然界和社会形态”。作为一种特殊艺术形式的神话，它虽然不是历史的真实写照，但毕竟是人类历史的某种曲折的反映，因此，我们完全可以通过神话所包含的文化现象去探讨它所反映的历史。新罗建国神话所折射的历史真实，可归纳为下述几点。

第一，通过其卵生神话可知，在远古时期中国大陆就有人迁居朝鲜半岛，中国东部沿海地区的鸟图腾文化应是新罗卵生神话中的原始因素。当然，关于卵生神话并非中国所独有，也并非凡是世界上各地的卵生神话都有什么内在联系。例如，缅甸亦有始祖卵生神话[13]（第3卷），我们就没有什么根据说新罗的始祖卵生神话同缅甸同类神话会有什么传承关系，但我们说东夷少昊氏同新罗的先人有着某种血统关系，还是有考古学根据的，而新罗人说自己是金天氏的后裔，也不是没有任何历史和文化根据的。

第二，将新罗的卵生神话同殷人的历史和文化联系起来，也不是没有根据的。学界有一种殷人起源于东北说和起源于东夷说，已为世人所共知，而殷末周初以箕子为首的大批殷人迁往我国东北及朝鲜半岛也是历史事实，新罗卵生神话同史籍所载“玄鸟生商”联系起来也不是牵强附会。箕子在朝鲜建国，在檀君神话中就已经得到充分肯定，说明此事并非中国史家所虚构或妄传。因此，朝鲜半岛曾接受过殷文化影响也是不容否认的。

第三，新罗建国神话中的骑马文化因素表明中国北方或东北地区的古代少数民族同新罗的先人及其新罗本身有过人员交流或文化交流，亦应是历史事实。除了笔者在上文提到过的东胡人同朝鲜半岛有过联系之外，我们还可以在夫余及其先人秽族同朝鲜半岛的交流中看到有关的历史影像。笔者曾在有关论著[14]中阐述，夫余先人“西团山文化”分布区的秽人曾越过威虎岭、哈尔巴岭向东迁徙，所谓沃沮族与东秽族就是东迁的秽人同当地的土著民族融合而成的。众所周知，所谓“东秽”的居地乃是今朝鲜江原道地区，恰是新罗的先人辰韩的近邻，史书常以“韩、秽”并称，意在于此。至于夫余人向朝鲜半岛东部的迁徙，这在百济建国的有关记载中已有实证。夫余及其先人秽族虽还不能说是骑马民族，但由于他们同草原民族是近邻，其受骑马文化的影响也分外强烈。因此，草原游牧民族的骑马文化通过秽人和夫余人而传入朝鲜半岛南方是不会有错的。这里提醒一下，韩国或朝鲜学界将夫余说成是朝鲜古代国家是毫无道理的，而我们中国也有个别人随声附和，在研究朝鲜神话时将夫余神话纳入朝鲜神话的北方体系，与此同时将古朝鲜看成是以“貊族系”为主体势力的国家政权，将檀君神话说成是“貊族系的始祖神话”，并引用朝鲜《世宗实录》卷一百五十四之“地理志”中“尸罗、高礼、南北沃沮、东北扶余与貊，皆檀君之裔”的说法，同时又将“太白山”比定为今“长白山”（实为妙香山），结果是将中国东北的广大区域皆纳入“朝鲜神话”的涵盖范围了。笔者曾说过，古朝鲜的先人是良夷而不貊人，貊人的分布区主要是在中国的辽东地区，中外学界将古朝鲜说成貊族国家是对历史的一大误解。因此，如果说像夫余这样的中国古代民族的文化对朝鲜半岛的古代文化曾产生过重要影响还是符合实际的，而要将夫余或貊族说成古朝鲜民族，则是大错而特错的了。

第四，从新罗神话中的“六部”之说可知，秦朝的移民曾将秦文化传入朝鲜半岛南部地区。上文已述，新罗的先人乃是辰韩地区之居民，而辰韩又多居秦人，因此，秦人将秦文化传入这一地区是必然的。关于“六部”的划分包含着秦文化因素的问题，学界罕有提及。中国古代秦国以“六”为诸数之首，宫廷中设有“六尚”（尚冠、尚衣、尚食、尚沐、尚度、尚书），符、法冠皆六寸，舆六尺，六尺为步，乘六马，等等。由此看来，辰韩“六部”之制是有其历史根源和文化渊源的。无独有偶，在金首露的神话之中，有“六卵化为童子”之说，并有“六伽倻”之制，足见弁韩亦受秦文化之影响，史书所云辰、弁杂居，给我们提供了思考有关问题的重要线索。

第五，从“仙桃山圣母”的传说中可知中国人迁往朝鲜半岛的历史事实以及朝鲜民族同中华民族的血肉关系。箕子在朝鲜建国，卫满至朝鲜夺取政权，汉武帝在朝鲜半岛设置四郡，公孙氏统治乐浪郡并设置带方之郡，都是中国人经营朝鲜半岛的历史事实。在此期间，中国的华夏族（即汉族）迁居朝鲜半岛的潮流形成一种后浪推前浪的形势。迁居者既有贵族官僚，也有普通百姓。早先迁居的华夏族与当地土著民族长期杂居共处，融为一体，所谓古朝鲜族便是东迁的殷人与土著的良夷融合而成的新的民族共同体，史书已将其称为“朝鲜蛮夷”，箕子之后裔竟成为东夷之族。对“箕子东来”持否定态度的人，有一个似乎雄辩的说法，就是史书上没有关于箕氏朝鲜至中原进贡的记载。笔者认为持此观点的人没有认真研究历史上的有关问题，如西周天子权威的衰微，山戎、孤竹之族以及后来东胡之族的崛起，都是包括朝鲜半岛在内的东北亚诸族与中原隔断联系的重要因素。从史书的记载看，不仅箕氏朝鲜在一个较长的历史时期没有到中原进贡，就是像肃慎那样的东北古族也同中原断绝了联系，直到战国晚期燕昭王设置辽东郡之后，东北亚诸族方重又恢复了与中原地区的直接交往。自卫满夺取古朝鲜政权开始而至高句丽占领乐浪、带方二郡为止，朝鲜半岛东北部、东部地区一直在汉人政权的控制之下，这一地区的土著“朝鲜蛮夷”及真番之族多融入汉族之中，而向半岛南部迁徙的汉族或汉化了的“朝鲜蛮夷”也并非少数，《罗纪》中所记辰韩六部乃是“朝鲜移民”还是可信的。有民族杂居就有民族融合，这是不以人的意志为转移的客观规律。应当强调的是，不同民族之间的相互通婚不仅存在于平民百姓，而且也出现于上层贵族，《三国史记·百济本纪》所载百济王“娶带方王（带方郡太守）女宝果为夫人”一事即可说明这一情况。因此，关于新罗始祖母为中国帝室之女的传说不是没有历史根源的。

第六，从新罗神话中所出现的汉字、汉语以及新罗王室采用汉姓的情况来看，以乐浪、带方为窗口的古代中韩文化交流对朝鲜半岛的历史发展与社会进步业已产生奠基性的历史作用。学界有云，汉字传入朝鲜半岛是从古朝鲜开始的。所谓古朝鲜，不外箕氏朝鲜与卫氏朝鲜，箕子和卫满都是中国贵族，他们迁居朝鲜半岛并传播汉字是不言而喻的。箕子有《麦秀歌》，被收录于《史记》之中，显然，其诗是用古汉语写成，记录符号自然是汉字了。如前所述，由于山戎、孤竹、东胡之族先后崛起于冀北、辽西一带，阻断了包括古朝鲜在内的东北亚诸族同中原的联系，这就大大地影响了箕氏朝鲜华夏文化的发展，致使殷人这一“冠带之族”在朝鲜半岛接受了土著的“蛮夷之俗”。及卫满立为王，迁往朝鲜半岛的汉人络绎不绝，半岛南部的民族也要“上书”见天子，足见汉字、汉语的普及程度。《汉乐府》录有《箜篌引》（亦称《公无渡河》），相传为“朝鲜”

大同江艄公霍里子高（一说是其妻丽玉）所作。笔者认为，所谓“朝鲜”应指乐浪郡的治所朝鲜县（今平壤），这首四言汉诗应作于西汉乐浪郡时代，只有此时才会产生这样的作品。由此可见，西汉设置乐浪郡之后进一步在朝鲜半岛传播并发展了汉文化。另外，存在于公元1～4世纪的伽倻国（位于洛东江流域）有《龟旨歌》也是用汉文写成的，这进一步使我们感觉到了在半岛南方汉字汉语的普及情况。这种情况的出现，同乐浪、带方这样的中国边郡的影响是密不可分的。只要我们阅读《三国史记》中的《新罗本纪》和《百济本纪》以及中国史籍有关记载便可知晓，中国边郡同新罗、百济及其前身辰韩、马韩的关系是非常密切的。

---

①⑭ 刘子敏．高句丽历史研究．延吉：延边大学出版社，1996.

② 诗·商颂·玄鸟．

③ 何光岳．东夷源流史．南昌：江西教育出版社，1990.

④⑫ 三国史记·新罗本纪．

⑤ 山川寻觅，史海钩沉——李洪甫．研究古文化史有突破．光明日报，1992.1.15，(2).

⑥⑦⑩ 徐秉琨．鲜卑·三国·古坟——中国朝鲜日本古代的文化交流．沈阳：辽宁古籍出版社，1996.

⑧ 李宗勋．唐·新罗·日本政治制度比较研究．延吉：延边大学出版社，1998.

⑨［日］三上次男．常伟译．乐浪郡社会的统治机构．东北亚历史与考古信息，1986.

⑪ 何光岳．论盘瓠氏的起源与迁徙——兼议盘瓠与葫芦的关系．中央民族学院学报，1989，(2).

⑬［日］三品彰英．三品彰英论文集．第3卷，平凡社，1971.

［原载《东疆学刊》2001年第1期］

从比较神话学角度看闻一多《伏羲考》

B·李福清

（俄罗斯科学院远东研究所）

50 多年前，20 世纪 40 年代初，闻一多以伏羲神话为中心开始研究中国古代神话。1948 年朱自清编《闻一多全集》时，将其论稿合编，题为《伏羲考》①。闻一多的神话研究有几个特征：

1. 古代文献用得较全。闻一多知识渊博，特别重视古书记载。

2. 与许多当时学者不同，闻一多不只利用古籍资料，同时，为了更好地了解古代神话，也利用活的民间文学，特别是少数民族神话。

3. 闻一多不只注意中国少数民族民间文学，他也引用国外的民族诸如印度中部的 Bfils，Kammars，北婆罗洲的 Pagans，越南的 Bahnars 等神话。虽然他主要用的芮逸夫引的资料，但是他的研究法值得注意，因为现在中国很多研究中国神话的人只是以本国为主，不管国外民族的类型神话或民间故事材料，也不管中国大陆许多民族是跨境民族，如云南的佤族、颗颇族、德昂族等也居住在缅甸，甚至大部分居住在缅甸；苗族 50 万人居住在越南，藏族一支从 16 世纪就居住在巴基斯坦的 Baltistan；东北鄂温克与赫哲两族一部分在中国，另一部在俄国西伯利亚、黑龙江北岸等地；新疆各族也是这样，除了维吾尔族之外大多数（如哈萨克，塔吉克，柯克孜）民族都居住在中亚各国，所以研究跨境民族神话或其他民间文学体裁也一定要用国外搜集的材料。

4. 利用芮逸夫的文章闻一多也多利用外国人（美国、法国、英国人）搜集的中国少数民族的材料。这也非常重要，因为现在研究中国少数民族的人都不注意前人特别是外国人采录的中国大陆各族民间文学作品，其实域外采录的很多，如 19 世纪 80 年代俄国 N. G. Potanin 记录的蒙古族、土族、藏族、汉族——许多神话故事及叙事诗情节（1893 年在圣彼得堡出版一大本）②或美国 D. Graham 多年采录的川苗神话与民间故事（1954 年在华盛顿问世③，后来台湾东方文化中心再版）等等，当然最近特别是 20 世纪 80～90 年代中国大陆学者搜集了许多各族民间文学材料，但是，19 世纪或 20 世纪上半叶采录的资料也是非常重要的，因为不少故事现在已失传，或演变了。

5. 虽然闻一多是语文学家，但也注意人类学家研究及民俗调查，这也是当时少见的。

6. 闻一多用当时民间文学材料是为了解释及重建（reconstraction）古神话的原型。

7. 闻一多以为神话不是固定的，凝结的，而是发展演变的，源于原始社会。文明社会与原始社会不同，人类观念也不同，神话的内容是复杂的，包含着多样而错综的主题，因为它的成长是通过长期的累积④，他以为最原始的神话人物使用自然物（如葫芦）做避水工具，而晚期的人物则使用人工工具，如鼓、桶、臼、箱、瓮、床和舟等。

8. 除了文献之外，闻一多也引用艺术资料，如汉代画像石，唐代绢画，传统的插图等。

9. 闻一多不管古书成书年代早晚，他以为较晚期的记载也可以反映很早的概念与神话观。谈到伏羲、女娲为夫妇之说，他写道："夫妇说见于记载最晚，因此在学者心目中也最可怀疑。"[⑤]

10. 闻一多注意神话发展阶段，他也谈到一些神话流传过程。他说：大概从西汉末到东汉末是伏羲女娲在史乘上最煊赫的时期，到三国时徐整的《三五历记》，盘古传说开始出现，伏羲的地位便开始低落了，所以我们拟定魏晋之间为这个传说终止活跃的年代[⑥]。虽然闻一多的结论是根据古书记载来作的，因为我们不知汉到晋代的口传文学情况，他的看法大概也有道理。

11. 闻一多也注意民间故事情节的形成过程，谈到洪水、造人故事时，他写道："我们疑心造人故事应产生在前，洪水部分是后来粘合上去的，洪水故事中本无葫芦，葫芦是造人故事的有机部分，是造人故事兼并洪水故事的过程中，葫芦才以它的渡船作用，巧妙的做了缀合两个故事的连锁。"[⑦]虽然一些具体的看法，如葫芦是不是造人故事的有机部分等还可以讨论，一个神话或民间故事情节发展中可以粘合各种情节单元却是非常重要的，这是与神话情节历史发展观有关系的。

当然，在伏羲神话研究中闻一多还提出了不少其他非常重要的问题，如图腾问题，图腾的演变及龙图腾地位等等。闻一多的研究是50多年前做的，这50年中中国大陆、中国台湾、日本及西方学者撰写了许多中国神话研究论文，中国大陆也采录了不少汉族及少数民族的神话故事，考古学家也发现了许多画像石与其他伏羲女娲画像。有的学者还写了《〈伏羲考〉补证》[⑧]、《伏羲新考》[⑨]。但实际上，都没有提出与闻一多有什么原则性不同的看法。

从今天比较神话学角度来看，伏羲是典型的文化英雄（culture hero）。学者以为文化英雄是较原始的（very archaic）神话人物。他为人类制造各种文化物品，为人类取火，栽培各种植物，制造各种工具，教人类狩猎、捕鱼，传授各种技艺，制定某些社会制度、礼仪等各种祭典，各种节庆。有的民族还把造宇宙、造人等等也寄托在文化英雄身上[⑩]。

文化英雄形象比神的形象形成早。后来文化英雄被神化，人民开始崇拜他，为了纪念他，人们就作祭典、修建庙宇等等，因为文化英雄常与创世者混合，所以一些创世功绩也归于他[⑪]。但是有一个问题，最原始的民族没有创世神话也没有创世者，初民没有考虑到宇宙是怎么形成的，譬如很原始的台湾原住民没有什么宇宙观，没有创世神话，只有一些调整宇宙神话或一些山丘、湖泊的来源（都与巨人活动有关系）的神话传说。因为原始（archaic）神话中没有创世者（demiurge）形象，所以可以推测最原始的文化英雄也没有创世者的特征。

文化英雄有时除了为人类获取各种文化物品之外，还与各种混乱的自然力（常有各种巨大怪物的样子）斗争，因为它们要毁掉已制定的规矩。在文明社会民族神话中文化英雄也可以变成建筑者，如古代巴比伦神话与叙事诗英雄 Gilgamesh 也修建城堡。

如果我们从比较神话学角度来看伏羲，可以说他大概不是最原始的（very archaic）神话英雄。当然他的半人半兽样子证明他的形象在原始时代就形成了，但他的发明也有较原始的，也有较晚的特征。大概人类最早把渔网发明也归于伏羲身上。公元2世纪王符《潜夫编·王德志》说：（伏羲）结绳为网以渔[12]。据葛洪（约250—约330）《抱朴子·对俗》，“太昊（伏羲）师蜘蛛而结网”[13]。清·马骕《绎史》（卷三）引《世本》“芒氏作罗”，注“伏羲臣”，定是较晚的说法，因原始神话中始祖——文化英雄没有什么“臣”，而是他们自己制造。渔网或其他渔具发明是文化英雄典型的功绩，如芬兰叙事诗最原始的人物，最早的神话中的创世者与文化英雄Väinemöinen也发明了渔网，也指定可以摸鱼的地方，也造第一只船[14]，他也从大鱼肚子中取火，这都证明Väinemöinen是最古渔文化社会的代表英雄。伏羲发明渔网不只在古书中提到，1964年四川省采录的民间流行的神话中也有讲伏羲学蜘蛛编网而发明渔网的故事[15]。当然讲故事的人是否也看过《抱朴子》很难说，但也可能是古神话的演变。也要注意，伏羲与芬兰神话英雄Väinemöinen相同，没有作什么与狩猎有关系的事业，这大概证明伏羲形象也形成在以渔为业的原始社会（部落）。只《尸子》有一句：“伏羲之世，天下多兽；教人以猎。”[16]但也可能是仿其他书关于渔业之话。

上面已说过文化英雄最典型的功绩是取火。根据汉代纬书《河图挺慵佐》（马骕《绎史》卷三引）伏羲与Väinemöinen及其他民族神话文化英雄相同，也取火：“伏羲禅于佰牛，钻木作火。”[17]当然其他的书把火的发明归到燧人身上，但是《河图挺慵佐》的说法大概也不是偶然的。

虽然乐器的发明不会有渔网那么早，但古神话中常把乐器的发明也归于较原始的文化英雄身上，上面提到的芬兰神话中Väinemöinen用鱼骨造kantele（瑟的一种）。伏羲也作瑟（《世本·作篇》,《广雅·释乐》[18]），古书把其他乐器的发明也与伏羲的名字联在一起。如按照《世本·作篇》伏羲不只造瑟，也造琴，《古今事物考》卷五《乐器》引《通礼义纂》曰：“伏羲作箫，十六管”,《拾遗记》说：“庖羲氏灼土为埙。”可见弦、竹及用泥造的古乐器的发明都可归到文化英雄伏羲身上。

中国是古代文化形成很早的国家之一，特别是以文为主，所以把一些精神文化发明也与伏羲联系起来，特别是古代历法。按照汉代农书《春秋内事》“伏羲氏建分八节以应天气”，按照《周髀算经》（伏羲）作历度[19]。学者以为历法是农业生产实践的产物，中国很早已始农业，所以很自然地把历法（最早大概立四节）归于伏羲，虽然众所周知汉字（文字）发明者是另一个神话人物——仓颉，但有的书把这个非常重要的文化功绩也与伏羲名字联在一起，如司马贞《补史纪·三皇本纪》写道：“(伏羲）造书契以代结绳之政。”[20]契即刻，古代文字多用刀刻。

当然伏羲最有名的功绩是造八卦，很多古书都有记载，虽然造八卦不像发明渔网是那么古老那么原始的事业，然而这确是伏羲对中国最重要的贡献。后来，大约从宋代始画伏羲时一定画八卦（参见宋·马麟伏羲像），可以说八卦成了伏羲的特征符号。可见伏羲文化事业也有最原始的，如教人捕渔；也有较晚的与抽象思维及占卜有关的古代自然哲学（natural philosophy）。

①④⑤⑥⑦ 闻一多．伏羲考．中国神话学文论选萃．北京：中国广播电视出版社，1994.

② Potanin G. N. Tanguto-tibetskaja okraina Kitaja；Zenral’naja Mongolija（唐古特——西藏边区与中央蒙古地区），st. Peterburg，1893.

③ Graham D. C. The Songs and Stories of the Ch’uan Miao，Washington，1954.

⑧ 雒江生．《伏羲考》补证．伏羲文化．北京：中国社会科学出版社，1994.

⑨ 傅小凡，李建成．伏羲新考．伏羲文化．北京：中国社会科学出版社，1994.

⑩⑪ Meletinskij E. M. Kul’turnyj geroj（文化英雄）—Mify narodov mira，Moscow，1992，t. 2，p25.

⑫ 王符．潜夫论．诸子集成．北京：中华书局，1956.

⑬ 葛洪．抱朴子．诸子集成．北京：中华书局，1956.

⑭ Meletinskij E. M. Predki Prometeja—Meletinskij E. M. Izbrannge stat’i i vospominanija，Moscom，1998，p247.

⑮ 刘雁翔．伏羲志．兰州：兰州大学出版社，1995.

⑯⑰⑱ 袁珂，周明．中国神话资料萃编．成都：四川省社会科学院出版社，1985.

⑲ 司马迁．史记．

⑳ 张楚北．中原神话．郑州：海燕出版社，1988.

［原载《岱宗学刊》2001年第1期］

神话的权力

——从福柯理论看神话中的乱伦母题

陈建宪

（华中师范大学文学院）

在以季羡林和费孝通为主任的“西学基本经典委员会”选出的25本西方哲学经典中，法国思想家米歇尔·福柯（Michel. Foucault，1926—1984）的《性史》，赫然列在最后一部，显示了这部被西方学者誉为“从任何角度来看都是革命性的工作”①的著作的重要性。

在《性史》中，福柯以令人目眩的笔法，向我们展示了他所谓的“一部有关性的话语的考古学。这些话语指明在性这个领域里，我们做什么，我们被迫做什么，人们允许我们做什么，不允许我们做什么；还有，对于性行为，我们被允许说什么，不允许说什么，不得不说什么”②。从权力与话语的角度对“性”这个人类最感兴趣的话题提出了许多大胆而新鲜的见解。

遗憾的是艾滋病让福柯永远地闭上了他的嘴，使得他的许多思想来不及变为文字。例如乱伦禁忌问题，福柯虽意识到它在人类性生活中的重要性，但在他已完成的著作中，对乱伦问题却极少提及③。

为了探讨作为“所有文明的开始”（福柯语）的乱伦禁忌问题，我们需要到人类精神的遗址——神话——中去进行钻探和发掘。但福柯显然不是一个神话爱好者，他的著作中极少提到神话。不过，如果将福柯的一些富有启发意义的思想，用来观察世界各民族中广泛流传的乱伦神话，我们却可以得到一些新的东西。

一、神话的话语权力

福柯有一个著名论点，即：权力通过对话语的清洗来强化其对社会与个人的控制力。他在《性史》中是这样阐述这个观点的：

> 似乎是为了要在现实中完全控制住性，因而首先就必须要在语言的层面上制服它，控制住性在语言中的自由流通，将它从言谈中清洗出来，清除太露骨的词汇。甚至就连在禁律之中似乎也不敢直接称呼其名。现代虚伪的人们甚至连那个词的音都不敢发，通过这种方法来确保性不为人所谈及。种种禁忌相互作用，通过保持沉默来强制人们一言不发。以强化纪律和检查制度。④

这无疑是一个极富创意的思想：研究人类的性生活，首先要看是谁有权力谈论性，其次才是他们怎样谈论性。显然，谁有权言说性，谁就掌握了对它进行阐释的权力。

我们若观察人类性活动中普遍存在的乱伦禁忌，就可以发现福柯上述思想相当正确：世界各民族都不仅禁止生活中的乱伦事件，而且也忌讳在日常谈话中提到它。对乱伦的语言禁忌，其严厉程度几乎不亚于乱伦本身。那么，有没有什么领域可以堂而皇之地谈论乱伦呢？有。在福柯的著作中，就提到基督教的神职人员与从事心理分析与性科学的医生们，他们都有社会赋予的特权，不仅能谈论，而且有权以社会通行的价值标准对乱伦的思想与行为进行裁决。

不过，福柯的《性史》却几乎完全没有提及神话的话语权力，这是一个很大的缺憾。凡是对世界各族民间口头创作有所了解的人，都知道世界各地乱伦神话资料非常丰富，这与他们在现实生活中对乱伦话题的忌讳恰成鲜明的对比。乱伦神话的普遍性，我们可以从以下两个有代表性的研究得到证明：

美国学者斯蒂斯·汤普森于1932年编成六大卷权威的《民间文学母题索引》⑤，他把世界各地民间文学资料按照母题（即最小的叙事单元）加以分类整理，其中涉及乱伦的母题可谓洋洋大观，仅在“T”类中，就从“T400—499”设立了几十个条目，如T410，乱伦；T441，父女乱伦；T412，母子乱伦；T415，兄弟姐妹乱伦；T417，女婿诱奸岳母；T421，与婶娘、姨娘结婚的男人等等，里面著录的资料遍及世界各大洲许多地区。

1996年，斯坦福大学出版社出版了 Allen Johnson 和 Douglass Price-Wlliams 合著的《无处不在的俄狄浦斯——世界民间文学中的家庭情节》一节，书中不仅对乱伦故事的有关理论研究进行了全面的评述，还附录了具有代表性的乱伦故事139篇，地域涵盖欧、亚、非、大洋和南北美洲⑥。

中国的情况也不例外。笔者曾调查过中国各民族洪水后再造人类的神话，发现在40多个民族中传述的400多篇这类神话文本，绝大多数含有乱伦的情节⑦。在其他类型的神话中，乱伦的情节也不少见。

值得注意的是：各国乱伦神话除了极少数的古代文献记录外，绝大多数是20世纪从口头传承中采录到的。它说明神话有讲述乱伦事件的特权，古今通例。日常生活中严禁谈论乱伦与在神话中乱伦母题的普遍存在，这一事实表明：在社会生活中，神话的话语具有不受世俗法则限制的特殊权力。

福柯说：“权力的无所不在，不是因为它包容万物，而是因为它来自所有的地方。”“权力不是一个机构，不是一种结构，也不是我们具有的某种力量；它仅仅是人们给特定社会中一种复杂的战略形势所起的名字。”⑧神话作为一种权力，它在社会生活中如何生成，如何实施其权力策略，是一个值得研究的重要问题。

二、神话的知识权力

为什么乱伦在神话中可以言说而在世俗生活却不可言说呢？这首先涉及神话的创造者与保存者，即神话的主体性问题。

我国大多数概论性著作中，将民间文学看作是一种全民族共同参与创作和传承的口头文学，这从总体上来看没有什么问题。但对一民族中不同阶层在参与创作、传承不同民间文艺体裁过程中所发挥的不同作用，却非常缺乏研究。举例来说：同是民间口头韵文作品，鸿篇巨制的史诗与短小精悍的时政歌谣，其创作与保存的群体就极不同。前者必须是具有某种特殊身份或天赋的艺人，后者则是在生活中“感于哀乐，缘事而发”的下层民众。不言而喻，创作主体的不同，对作品的内容与形式都有很大影响。

在一个民族中，神话创作、保存和传承的主体是上层集团，如原始社会的巫师、长老，后世的宗教职业者、国王等等。古代神话文献大多出自当时的文化精英之手，从《吠陀》、《圣经》到《山海经》，莫不如此。今天，所有有经验的田野工作者都知道，要在一个地方寻找神话资料，只有找当地的巫师、宗教职业者和较有身份的长者，才能较有斩获。像纳西族的神话，主要就是通过东巴和他们的象形文学经书传承的。

创造和保存神话的主体既是上层阶级，他们就不可能不在其创作中打上自己的烙印。福柯在讨论知识的作用时曾特别指出：知识不仅能够增强人类的能力和进步，而且也能用来支配他人、限制他人的权力[9]。世界各民族乱伦神话有一个共同特点，就是通过知识的权力优势，将强势群体的价值观神圣化，使其具有真理性和合法性，以控制族群中所有个体的行为。

埃及乱伦神话对于法老阶级的权力维护，就是一个明证。在古埃及，法老既实行家庭内婚，又能从血亲之外获得妻子；而一般的平民则不能乱伦婚配。以埃及第十八王朝（前1570—前1320）的阿美诺菲四世为例，其第一任妻子是他的母亲Tity，生下一女。第二任妻子是他的表妹Nefretiti，生下三个女儿。第三、四任妻子无血亲关系，各生一子。第五任妻子是他与Nefretiti所生的女儿，又生一女，但早夭。他的两个儿子，为了获得王权也都争相与异母姊妹结婚。与此对应，埃及创世神话中将万物产生都解释为神乱伦婚姻的结果：最初世界只有水，水中诞生出太阳神——拉。拉与自己的影子拥抱而生出一对孪生兄妹：空气之神舒和雾女神泰芙奴忒。他们兄妹结婚生下孪生的大地之神盖伯和天空女神努忒，这对兄妹从一生下就紧紧拥抱在一起不愿分离，舒只好把自己置身于他们中间，将女儿高高托起。天空女神后来生下了奥西里斯、伊西丝、塞特和乃芙苔丝四姊妹，他们也相互成为夫妇。埃及法老宣称自己是神的后裔，他们享受乱伦婚的特权，是为了保持神的血统的纯正。于是，神话成为他们特权的护身符。

神话也为巫术的特权作证。马林诺夫斯基在《野蛮人的性生活》[10]中记载的那个著名的兄妹乱伦神话，主要就是用来解释爱情巫术的可怕魔力：一个男孩用椰子油煮一种用于爱情巫术的芳香草，他把煮好的液体装在容器里挂在靠近门的椽子上，然后去游水。他妹妹砍柴回来，她的头蹭到了装有巫术液体的容器。椰子油滴进她的头发，她用手捋了下头发，擦掉液体后用鼻子闻了闻，爱情巫术的魔力于是进入了她的身体。她问母亲：“我哥哥呢?”母亲答：“他到海滨去了。”女孩于是快步跑向大海，在路与海滩交接处解开并甩掉她的纤维裙子，赤裸着身体跑向她哥哥游水的地方。她哥哥看到她后试图跑掉，但她在浅水处追上了他，与他交媾。然后他们走上海滨，再一次交媾。最后他们爬上石坡，走进波卡利瓦塔石洞，又一次躺下交媾。他们不吃不喝，后来死在那里。从兄妹俩胸口长出一种薄荷类植物，成为施行爱情巫术的特效魔药。

马林诺夫斯基在论述神话在原始文化中的社会功能时，对神话的权力表现有一个极好的概括。他说："神话在原始文化中有必不可少的功用，那就是将信仰表现出来，提高了而加以制定；给道德以保障而加以执行：证明仪式的功效而有实用的规律以指导人群，所以神话乃是人类文明中一项重要的成分；不是闲话，而是吃苦的积极力量；不是理智的解说或艺术的想像，而是原始信仰与道德智慧上实用的特许证书。"⑪遗憾的是，他并没有指出神话的这种特权究竟是如何获得的。

从福柯理论中我们得到这样一种启示：神话的权力来自于知识。神话是人类最早的解释系统，在神话时代，它不仅是一种对世界的解释，而且是惟一的解释，是一种信仰。这种信仰被整合为一种全民族的世界观，成为规范全部个体行为的准则。随着社会的发展，上层阶级——巫师和国王——控制了神话的创作和传承，也就是控制了知识的产生与传播，于是，神话转变成为权力。

神话的创作传承主体是上层阶级，并不否定神话的全民性。因为它为全民族所享用，下层民众也会自发地创作神话，传播神话，只不过他们所起的作用相比之下次要一些罢了。

三、神话权力的实现策略

神话是一种权力话语，上层阶级通过掌握神话的创作与传承而将知识转化为权力。那么，在现实生活中，神话又是怎样实现自己的权力的呢？

法国著名社会学家迪尔凯姆的研究，能够给我们一些启示。他认为：在每个社会中，都有全体成员所共同拥有的集体意识，如宗教、伦理等，而宗教信仰所固有的特点，就是把所有的事物都划分为相对立的两类：世俗的（尘世的、不洁的）和神圣的。宗教作为一种神圣的东西，体现出把共同的观念强迫灌输到个人意识之中的倾向，因此具有强制性。

神话无疑属于迪尔凯姆所说的那种神圣的集体意识。它代表着一种为整个民族所肯定的世界观，不仅解释了世界的由来、宇宙的结构与性质，也是本民族族源与历史的权威记录。它是不容怀疑更不容否定的。在所有的民间文学样式中，神话的变异性最小，往往历千年而不变，就是因为其神圣性所致。

以乱伦神话为例，它们的主题常与宇宙开辟和民族起源相关。例如希腊创世神话，就是由一系列的乱伦婚姻构成：最先出现的神是卡俄斯（即混沌），然后出现了大地女神该亚和地狱之神塔耳罗斯、爱神厄罗斯。卡俄斯生下了黑暗之神与黑夜之神，这两个神兄妹结婚生下光明之神与白昼之神。大地女神首先生下天空之神乌兰诺斯，然后又生下了高山和海洋。她与儿子乌兰诺斯结合，生了12个提坦巨神，还生下了独眼巨人、百臂巨人和雷、电之神。乌兰诺斯的小儿子又阉割了他的父亲，并与自己的姐姐瑞亚结为夫妇。

中国汉代石刻画像的一个常见母题，是两个人身蛇尾的神，蛇尾紧紧交合在一起，一人持规一人持矩，或一人托日一人托月，有时还会有一个小孩子夹在他们中间，牵着他们的衣角。这是两个什么神？通过学术界多年研究，特别是闻一多先生的考证，以及近年来发现的古代楚地帛书记载，人们已基本上确认，他们就是中国的创世大神、人类的始祖、兄妹兼夫妻的伏羲和女娲⑫。

乱伦神话中常常以文学方法，将主人公的行为规范神圣化。如中国洪水神话中的乱伦情节，是在滔天洪水淹死了地球上的所有生灵，人类面临灭绝的特殊背景下，那对按常规不能结为夫妻的兄妹（或姐弟、母子、父女），怀着拯救人类的崇高目的，并采用了种种不可思议的难题来占卜神意，如从两山上分别滚下石磨相合、隔河分别扔针线相穿等等，确认这是神的旨意，这才破戒成婚的。这些情节在保证主人公乱伦合法的同时，也就宣布了世俗生活中这种做法的不合法性。

神话权力的实现，还有一个重要的途径是仪式。仪式是一种不断反复的膜拜行为，在一种集体参与的环境中，巫师运用包括神话在内的各种手段，调动参加者的宗教情感，甚至在一种神秘的互渗中掀起集体的迷狂，达到人神合一的宗教境界。这种年复一年循环往复的宗教仪式，使信仰者产生了对神话全身心认同的状态，于是神话就成了一种“没有反对的力量”（黑格尔语）。

值得指出的是：由于各民族赖以生存的物质条件不同，他们所创造的宗教形式不同，形成的文化传统不同，遇到的问题不同等等因素，所以即使是同一主题的神话，其中所显示的权力倾向也各不相同。以乱伦神话为例，过去对乱伦神话的传统解释，大多忽视了其权力背景，执著于寻求共性⑬，这样就难以揭示乱伦禁忌和乱伦神话的潜藏动机。

以乱伦神话为例，世界各民族乱伦神话中的权力倾向极为不同。除我们上面提到过的强调法老和巫术的权利外，还有其他种种不同侧重点：

有的强调把种族繁衍放在一切权利的顶点。如《圣经·旧约》中视乱伦为大恶，但如果是为了繁衍，则又另当别论。如罗得与其二女原住的城市被上帝毁灭，他们住在山洞里。大女儿对小女儿说：“我们的父亲老了，地上又无人按着世上的常规，进到我们这里来。我们可以叫父亲喝酒，与他同寝。这样，我们好从他存留后裔。”于是都从父亲那里怀了孕，各自生了儿子，分别成为后来摩押人和亚扪人的始祖。《圣经》中对此毫无批评的意思⑭。

有的强调男权与女权的争夺。如日本《古事记》中说：天地形成之初，兄妹神伊邪那岐命和伊邪那美命奉命到地上创世。两人分别从左、右两边围绕天之御柱走，相遇时，妹妹说：“哎呀！真是个好男子！”哥哥接着说：“哎呀！真是个好女子！”说完后，哥哥又说：“女人先说不吉利。”结果交合后生下个水蛭儿。二人占卜神意，知道是由于女子先开口的原因，于是重新绕天柱走，这次哥哥先说：“哎呀！真是个好女子！”妹妹后说：“哎呀！真是个好男子！”然后交合。妹妹在交合后怀孕，于是生下了 14 个岛屿和 35 个神灵⑮。

美国人类学家怀特在详细研究了各种有关乱伦的理论解释后，他说：“我们必须根据在其内部产生合作的特定环境来解释不同文化间的限定和禁律的差异。一种特定的环境需要特定的乱伦限制及特定的婚姻形式，在另一种环境中则需要另一种习俗惯制。居住的自然环境，对自然环境的技术上的适应，获取生产资料的方式，防卫和进攻的形势，两性间的劳动分工以及文化发展的程度，都是决定乱伦限制和制定禁止乱伦规则的因素。”⑯他这种将乱伦禁忌产生的原因归于多种因素而不是某一种因素的观点，是符合实际的。

福柯在《性史》中，对乱伦禁忌在人类性活动中的地位，持一种比较矛盾的观点。

他一方面说："在联姻的机制占支配地位的社会里，也许乱伦的禁令从其功能来说是一条不可或缺的法则。但在我们这样的社会里，家庭是性最活跃的场所，而且无疑是维持和延长性的生存的迫切需要，乱伦——尽管可以出于完全不同的原因，以完全不同的方式——占据了中心位置；它不断地被需求和遭拒绝；它是让人迷恋和吸引的对象，是一个可怕的秘密和一个必然的争论焦点。"⑰另一方面又说："这种严肃的、重大的禁止可以构成一出悲剧的核心，但不能构成道德思考的核心。"⑱然而不管福柯自己怎样看乱伦问题，他的研究方法，对我们研究神话和风俗这类文化问题，的确富有启发意义。

---

①② 严锋译．权力的眼睛——福柯访谈录．上海：上海人民出版社，1997.172.

③ 例如他在《性史》中曾说："如果人们把禁止乱伦视为所有文明的开始，那么性从时间的发端起就一直处于法律和权利的控制之下。通过花大力气去无休止地重新运用这一禁忌乱伦的过渡文明的理论，已证明人类学对性的整个现代展布和性所生发出来的理论话语有着重要意义。"见米歇尔·福柯，姬旭升译．性史．西宁：青海人民出版社，1999.96.

④ 福柯，姬旭升译．性史．西宁：青海人民出版社，1999.13.

⑤ Stith. Thompson，MOTIF-INDEX OF FOLK-LITERATURE-A Classification of Narrative Elements in Folktales，Ballads，Myths，Fables，Medieval Romances，Exempla，Fabliaux，Jestbooks，and Local Legends. Vol. 1-6，Helsinki，1932.

⑥ Allen W. Johnson and Douglass Price-William，OEDIPUS UBIQUITOUS-THE FAMILY COMPLEX IN WORLD FOLK LITERATURE，Stanford University Press，1996.

⑦ 参见陈建宪．中国洪水神话的类型与分布——对433篇异文的初步宏观分析．民间文学论坛．1996，(3)．

⑧ 福柯，姬旭升译．性史．西宁：青海人民出版社，1999. 81.

⑨ 严锋译．权力的眼睛——福柯访谈录．上海：上海人民出版社，1997.271.

⑩ [英] 马林诺夫斯基，刘文远等译．野蛮人的性生活．北京：团结出版社，1989.

⑪ [英] 马林诺夫斯基，李安宅译．巫术科学宗教与神话．北京：中国民间文艺出版社，1986.86.

⑫ 这一论证过程极为复杂，读者可参阅闻一多先生的论文《伏羲考》和吕威《楚地帛书敦煌残卷与佛教伪经中的伏羲女娲故事》(《文学遗产》，1996，(4)．)、阮文清《楚帛书与中国创世纪神话》(载楚文化研究会编《楚文化研究论集》第四集，河南人民出版社，1994.601.)、杨利慧《女娲神话与信仰》(中国社会科学出版社，1997.) 和《女娲溯源》(北京师范大学出版社，1999.)．

⑬ 如英国学者韦斯特马克提出的"本能说"、摩尔根等提出的"遗传退化说"、泰勒的"社会进化论"、马林诺夫斯基的"家庭破裂论"、弗洛伊德的"弑父理论"、列维-斯特劳斯的"交换理论"以及美国的生态学理论和行为主义理论等等，都试图将乱伦禁忌归因为某一种带有人类共性的原因．

⑭ 参见《圣经·旧约》中《创世纪》第18～20章．

⑮ 见安万侣，邹有恒、吕元明译．古事记．北京：人民文学出版社，1979.4.

⑯ 怀特．文化科学．杭州：浙江人民出版社，1988.306.

⑰ 福柯，姬旭升译．性史．西宁：青海人民出版社，1999.95.

⑱ 严锋译．权力的眼睛——福柯访谈录．上海：上海人民出版社，1997.144.

[原载《民间文化》2001年第1期]

三、神话学论文摘要

论神话的交流模式

卢德平

《中国青年政治学院学报》2001年第6期

本文将神话话语的交流置于人类一般交流方式的总体框架内进行考察，试图揭示神话话语交流的本质规律。作者从四个方面对其进行论述。首先，对神话思维与经验思维进行比较，认为拟人化手段在神话话语里的普遍运用"反映了原始社会共同体成员以主体为轴心的世界认知图式"。神话思维具有"物我同一"的典型特征。通过对一则奥杰布瓦神话进行神话思维和经验思维的语义分析认为：根据经验世界的标准对神话进行界定显得非常荒谬，根据神话世界的标准对经验进行界定则显得枯燥无味，缺少美学价值。这种差异的原因在于"神话总是出现于原始社会共同体内部，而任何文明社会总是倾向于阻止神话的形成和传播"。其次，从语言学和符号学角度分析神话"语言"和神话"言语"的区别与联系。作者先从多方面对"神话"概念进行确定，而后指出神话"语言"和"言语"实际上对应"神话意识形态"和"神话话语"。其差异主要表现为：神话话语包含了自然语言；言语相对自由而神话话语则相对约束。再次，作者分析认为：神话交流的本质机制是在一定的神话共同体的成员内部传播的初民社会的共同知识财富，它维系着神话共同体成员，保持了一定的神话共同体的相对稳定性。这样就对神话的传播范围有了制约，受制的条件是神话情节和母题；同时，神话传播还具有着重"女性交流"的特殊交流功能。最后，作者对神话交流的要素进行了分析。作者引用海姆斯有关传播框架的理论，对神话传播要素中的传播者、信息内涵、传播媒介和传播环境进行了分析。神话传播媒介含语音与非语音两种。"在神话的叙述过程之中，神话的语音手段，常常被转换为其他非语音媒介，以弥补记忆上的困难和感知上的不足。""这些传播媒介往往共存于同一神话共同体内部，协同传递，并维持特定的神话在某一神话共同体内的传播。"传播环境含"直接语境"与"文化语境"及神话共同体成员的共同区域环境。而"地理因素和文化因素相互影响，为一定神话信息的传播起到规范、调整其神话语境的作用"。作者认为，神话传播的有效实现，关键要素在于"神话话语传播者具有某种传播能力"。"这种传播能力，应该包括有效传播完成有关预备工作的能力，以及对交流行为中所涉及的事实所具有的相关知识"。对此，作者进行了详细的论述。同时，传播的对象也应具备部分传播者所具有的能力。作者认为："对神话话语的传播问题的研究，在何种意义上有助于我们弄清人类传播手段和方法的发展历史，还有待于传播学的其他研究成果。”

（李丽丹　摘）

殷周的宗教信仰变迁与上古神话的走向

朱　丁

《人文杂志》 2001 年第 5 期

本文从殷周宗教信仰的变迁人手并以几则具体神话为例，探讨了上古神话发生历史化现象的契机，认为殷周更迭所发生的信仰观念与仪式领域的宗教变革导致上古神话历史化。随着商的强大与迁徙，商人的宗教信仰不断改变，由殷人的自然崇拜及对“帝”的信仰，渐渐改变为对“天”的信仰，其天命观思想在这种信仰中为政治的需要而伦理化。宗教的逐渐政治化、伦理化影响了上古神话的发展，原本与宗教统一的上古神话逐渐与宗教分离。“上古神话在周朝上层文化中的地位急剧下降，逐渐地融入伦理化的古史传说中。”殷人眼中神人和谐甚至重合，易于交通，而商人眼中神人两隔。商代出现大量人神相斗的神话故事，显示人事努力的重要性及对神灵体系的怀疑和解构。这种神人关系的变化体现了宗教和神话方面巨大的变革，如殷人神话及宗教祭祀中十分重要的神“帝俊”在东周文献典籍中却无提及，而大量的射日、鲧禹等人神相斗的神话却出现在其典籍中。由此可见，“周人在对殷人的宗教改革中，剥夺了‘帝俊’至上神的地位，他们告诫属民，‘人事’的重要远远胜过那些渺茫的鬼神故事。因此，上古神话被过早地赋予了社会历史意识和伦理色彩。中国上古神话材料在还没有来得及整合成首尾一际的神系时，便进入圣典，参与到历史化、伦理化的古史运动中”。

（李丽丹　摘）

河南女娲神话的演变及其意义

胡安莲

《殷都学刊》 2001 年第 1 期第 67～70 页

本文通过对女娲神话的起源与流变的分析，来探求中国古典神话的演变特征。文章以大量史料典籍及现存女娲遗迹证明："女娲神话起源于河南北部、山西南部"，"女娲神话最早当产生于潼关以西、黄河以北的河南北部和山西南部"。随着时间的推移，女娲神话沿着黄河逐渐东移，并在河南东部的淮阳、商水等地形成了女娲神话传说群。而东移后的女娲神话在汉代又与自东向西的伏羲神话在东部地区交汇、融合，有了联姻关系，从而丰富、发展、变异，并产生新的神话与传说。作者认为："伏羲与女娲关系的最后形成，也成了我国上古东方神话、南方神话与中原神话的大融合，遂将生活在中国大地上的古老的各民族大都包融在了华夏大一统民族的圈子之内，与神话历史化的整合殊途同归。"女娲神话的流传、丰富、发展、变异过程具有中国古典神话典型的演变特征，对女娲神话与传说过程与方式的研究给我们诸多启示，主要启示为："原生神话具有顽强的生命力"；原始神话具有超强的再生力，后天文明在后起神话中留下了烙印等。

（李丽丹　摘）

中国远古感生神话研究

吴天明

《江汉论坛》 2001 年第 11 期

本文对中国神话中的"五帝"及大禹和殷契等男性始祖神的出生进行了研究，探求中国先民感生神话的规律。首先，作者认为，中国各族男性始祖都是感天而生："这种感天而生的神话，反映了远古先民对天地、自然、社会、人生的一些朦胧的认识。""感天而生的神话还反映了远古先民对本种族、本部落乃至对人类生命来源的苦苦探寻。"其次，作者根据考古材料，认为这些感天而生的神话，"应该产生于遥远的母系社会末期和父系社会早期"。这说明："远古先民不约而同地感受（而不是认识）到了从母系社会向父系社会过渡这样的社会变化规律，这实际上是中国先民的一种集体无意识。"最后，作者还把感生神话归为两大类：一是感龙而生如伏羲、黄帝、炎帝、周弃；二是感卵而生如尧、舜、大禹等，“感龙而生的诸族原本生活在中西部地区，而感卵而生的诸族则原本生活在东部地区”。文章认为“中华民族早在母系社会末期即已开始大规模的融合，并已出现了某种程度的文化的自觉”。

（李丽丹　摘）

试论《穆天子传》的神话境界

陈丽平

《鞍山师范学院学报》 2001 年第 2 期

本文认为出土于西晋年间的《穆天子传》是一部并存了神话历史化与历史的神话两种倾向而且对两晋、南北朝时期神话创作产生了重要影响的书。首先，作者将《穆天子传》与《山海经》、《淮南子》、《尔雅》等记录先秦神话的典籍进行比较，用“神话因素比较图”分析揭示出它神话历史化的特征。其次，通过对穆天子这一历史人物的神话色彩的分析，认为《穆天子传》具有历史的神话的特征。由于以上两种特征的交织，使《穆天子传》全文形成了“亦真亦幻、神话与历史相交织的神话境界，而这种种神话特征对六朝时期神话创作产生了积极影响”。它还对穆王、八骏等无规定性的单线描写，为想像提供了广阔的空间；《穆天子传》明显的非儒、记异记奇倾向在一定程度上解放了文人的思想，因此，六朝《述异记》、晋《拾遗记》等后起神话集中出现了一大批以穆天子及其八骏为题材的新神话，这些新神话将穆天子完全神话化，具有了与严肃正统的战国穆王故事不同的趣味性。

（李丽丹　摘）

论哈尼族神话的“期待原型”

李光荣

《云南师范大学学报》 2001 年第 1 期第 25～29 页

本文用心理分析理论来研究哈尼族神话，认为哈尼族神话中存在着“期待原型”，这种“期待原型”产生的根源在于哈尼族的悲剧历史。首先，作者列举了哈尼族《砍大树》和《都玛沙莪》等神话，指出哈尼族的神话因无本民族文字，仅靠口耳相传，导致“传播者往往根据自己的喜好修改。这样，古老的非人的故事流传到后来，渐渐改变了性质，加入了人的成分，纯粹神话变成了‘人神之话’”。在传播改动中，期待心理一直保存着。这说明期待是哈尼族人根深蒂固的心理因素。其次，作者比较了哈尼族神话与汉族神话，认为“哈尼族和汉族在表现同一内容的神话中，体现的心理状态并不相同，汉族神话着重人类自身的力量，哈尼族神话则在表现英雄本质的同时还表现出希望得到他力相助的心理”。最后，作者分析了哈尼族经历的苦难：“食物的匮乏”、“自然灾害”、“战争失败”、“迁徙”，等等，由于哈尼族经历了这些悲剧的历史，“必然产生出强烈的期待心理，并且形成明显的期待原型”。

（李丽丹　摘）

彝族谷种神话与母体崇拜

朱元富

《楚雄师专学报》 2001 年第 2 期

本文认为彝族谷种神话体现了彝族先民对母体的崇拜，并从多方面进行阐述。首先，从浑沌演化谷种分析，认为浑沌这一创世前提的核心要素为水，水又是生儿育女的母体分析，这种“浑沌演化含谷种在内的万物的神话故事充分体现了原始先民的母体崇拜意识”。第二，彝族的虎崇拜是一种图腾崇拜，这种崇拜始于母系氏族社会，当时主要是母虎崇拜，“虎尸解化谷种的神话，实质上也是母体崇拜的一种象征”。第三，彝族创世神话中黑埃波罗赛卵生宇宙万物，阿黑西尼摩生育万物、阿卜多莫死后化生万物，这都可以看出“最早的祖先崇拜是居于人类对母性生育繁殖功能的崇拜之上的”。“这些谷种神话和祭祀习俗是母体崇拜的产物”。第四，葫芦神话体现了彝族先民“以同致同”的形态类比推理思维，“葫芦象征女性生殖器，是神秘的生殖力量的寓体，是母体崇拜的象征物”。第五，流传于永仁县和乡直苴村公所的谷种神话中的“伙头日”、“箭”、“箭筒”都有其象征意义，象征了子宫、男根与女阴等，并与之相应有着彝族人自己的谷种播种习俗，这些都表明彝族先民对母体的崇拜。最后，通过对其他类型谷种神话的分析，认为其他神话也从不同的角度、用不同的方式反映着母体的崇高和伟大，颂扬着母体强大的生殖能力。总之，“作为创世神话重要组成部分的彝族谷种神话，也就体现了母体崇拜这一永恒的母题”。

（李丽丹　摘）

论我国通古斯诸民族神话传说中的动物崇拜

汪立珍

《满语研究》 2001 年第 1 期

动物崇拜是我国通古斯诸民族神话传说中十分重要的内容。本文分析了其民族中以人与动物关系母题为主要内容的神话传说，认为它们体现了人对动物既恐惧又敬畏的心理和“通古斯诸民族与熊等特殊动物间形成的一种超越自然、超越自我的认知态度”。这种认知态度“建立在通古斯诸民族早期狩猎生产和与此密切相连的精神生活的活土里”。作者对以人与动物婚姻为主要内容的神话传说进行了分析，总结了人熊婚姻神话传说的主要特征，指出其中各种禁忌体现出了人与动物间紧张、不安、陌生而畏惧的心理。文章最后对该民族神话传说中送葬熊灵的动物祭祀内容进行了分析，认为“我国通古斯诸民族神话传说有不少关于猎杀各种动物后，以不同礼仪哀悼和祭祀被猎杀的动物骨头及灵魂，祈祷动物在天之灵能够宽容和保佑猎人，从而给他们带来更多幸福和美好生活之内容”是这种动物祭祀的主要目的。作者指出：“探讨通古斯诸民族的关于人熊婚姻关系及亲族关系的神话传说，对于我们分析和研究通古斯诸民族的传统文学史及其起源和变迁之缘由，还有同周边其他民族的神话传说展开比较研究，均是一个很好的切入口。”

（祝晓春　摘）

蒙古族北斗七星神话比较研究

那木吉拉

《中央民族大学学报》 2001 年第 6 期

本文考述了蒙古族北斗七星神话与印度和藏族等国家和民族神话的关系及其深层积淀的古老的神话观念。文章首先比较了蒙古族北斗七星神话与印度《五卷书》及藏族《尸语故事》中的《金翅鸟》和《六兄弟齐心》的故事，认为它们与藏族《金翅鸟》等民间故事在起源方面可能有某种联系，但并非平行发生。其次，在蒙古族和藏族北斗七星神话的比较中，蒙古族北斗七星神话的多种变体与藏族的《六兄弟齐心》和《金翅鸟》等民间故事中的某些母题相同，但只有蒙古族《七兄弟星的故事》以主人公化为天上的北斗七星为结尾。在将藏、蒙有关北斗七星神话（故事）列表对比后，作者认为，蒙、藏神话中有平行发生的母题。最后，作者分析了蒙古族北斗七星神话的特质。作者认为："蒙古族北斗七星神话的部分情节或母题与印、藏同类故事相同或相近。""从文化交流的流向观察，很可能印、藏故事或神话影响了蒙古族神话。""蒙古族神话主人公最终上天化为北斗七星的母题，很可能是在蒙古族皈依佛教之前便产生了。"而蒙古先民古老的神话观念"星星寄托着人的生命"则是其北斗七星神话产生的思想基础；蒙古族北斗七星神话在置换印、藏故事中的新形象的同时，又保有了其游牧狩猎生活的特色，从而成为更加完善的神话形象。

（李丽丹　摘）

透视风格的神人一体岩画及其神话主题

E·G 德夫列特　著　郭孟秀　译

《北方文物》 2001 年第 3 期

本文考察了具有 X 射线透视风格的神人一体岩画和动物岩画，对南西伯利亚突厥人的萨满仪式、雅库特人关于萨满的传说、西藏土司的着装等进行了分析，并结合前人对神人一体岩画研究的认识，认为："透视风格的神人一体岩画，并不是图解身体，其所要表达的是萨满作为死与再生中介的一种状态，这种观念流传下来之后，萨满的服饰上也装饰这种风格的图案。"世界各地的萨满为获得具备神灵助手的能力而必须被肢解，实行肉体的革新与精神的再生，萨满或土司身着带骨骼图案的服饰及有熊、蛇及其他昆虫等具象征意义的装饰物，这些与具有 X 射线透视风格的神人一体岩画有着重要联系。作者认为："透视风格的神人一体岩画主题的源头可以追溯到肢解萨满这一宗教习俗。这一古老的习俗流传到后来成为史诗和各地神话的主题。"对于这一点，希腊和中东的神话中有此类型的主题（英雄或上帝被肢解）可以证明；而比较透视风格的神人一体岩画和陶制品，作者认为："本文讨论的透视风格的神人一体画所表达的神话主题，最早在石器时代就已经形成，这种观念流传下来，然后传遍全球。"作者还分析了具有透视风格的动物岩画，并注意到猎人对动物骨骼的信仰，猎人认为："骨骼或者一块骨头作为生命的本质，是生命永恒轮回的保证，是生命的源泉和贮藏器。"对于动物岩画中动物身上及骨骼上的螺旋状图案，作者推测："古代岩画中的环形或螺旋状图案，应与仪式中萨满死去又复生的生命轮回观念有关。"

（李丽丹　摘）

世界视野中的台湾原住民神话和故事

——评李福清近著《从神话到鬼话——台湾原住民神话故事比较研究》

杨利慧

《民族文学研究》 2001 年第 1 期

本文对俄罗斯科学院通讯院士、世界文学研究所研究员、汉学家李福清先生所著《从神话到鬼话——台湾原住民神话故事比较研究》一书进行了分析评论。该书是李福清先生对台湾原住民神话和民间故事进行实地田野作业和探索研究的一项成果。该书从民间文学学科角度，将台湾原住民民间文学放在世界民间文学的大背景下，大量使用近年来新采集的台湾原住民神话及其他民间文学资料，与大陆及世界其他民族相关的神话故事进行比较研究。这“不仅有助于人们在世界民间文学的参照下，了解原住民的神话故事及其特点；而且也可以有助于从中认识原住民的历史、文化、宗教信仰、社会组织等，对于民族学、人类学目前关心的原住民来源问题，也会有所助益”。本书的特色之一在于“集中使用了民间文学的比较研究方法，将台湾原住民神话故事置于广阔的世界民间文学视野下，加以对照、审视，以查明台湾原住民神话故事的特征、情节的特点等”。作者认为，通过大量比较研究之后得到的结论，其立论基础坚实，结论可信。同时，李氏将地理比较及神话情节比较结合来判定台湾原住民神话故事所属的历史阶段十分有意义。最后，作者也点评了该书的不足，认为“简洁、精深稍嫌不足”，同时在学术概念上需再加斟酌。

（李丽丹　摘）

东西方四种神话的创世说比较

邓晓芒　肖书文

《湖北大学学报》（哲学社会科学版） 2001 年第 6 期

本文试图通过对中国、日本、希腊、犹太创世神话的比较，分析东西方四种创世神话的异同点。文章将中日神话归为“远东神话模式”，希犹神话归为“远西神话模式”，分两步论述了两大模式内部的异同点及两大模式之间的异同点。首先分析了两大神话模式内部有异同点。“远东神话模式”内部的共同点为：天与地是神活动的环境且先于神而存在，由神改造，神具有人类的道德观；“远西神话模式”内部的共同点在于：自然是人格化的神或是神的作品，神不为人类服务而只是按自己的意志行事，神不具有人的道德或只具有超人的道德。中日创世神话又存在着神与世界的诞生先后及最初的神的血缘关系建立先后等差异。希犹创世神话在创世方式及创世目的上相异。其次，两大神话模式之间存在着区别，其区别主要体现在神、自然与人三者之间的关系上。首先，在人、神关系上，远东的神至高无上，“又以人为目的、为人服务的”；远西的神则引起人力量上的恐惧感。其次，在神和自然的关系上相异，“远东神话模式”中，自然是神的恩惠的象征，通过神的改造而适应人的生存；“远西神话模式”中的自然是“神的威力和万能的象征，是神所交代的义务或惩罚的工具”。最后，在人和自然的关系上，自然由人来改造，“远西神话模式”则不然。同时，四种创世神话有着各自不能纳入任何一个模式中去的个性特点：血缘尊卑排序的不同；“天尊地卑”观念的具体体现不同；创世过程的不同及创世方式的不同。作者认为，通过这四种神话的比较，“可以引出这四个具有意义的民族在后来的发展过程中所形成起来的民族精神的基因结构，这正是有待于我们进一步探讨的问题”。

（李丽丹　摘）

中国神话中的原始生命观对古代小说的影响

张华娟

《山东社会科学》 2001 年第 6 期

中国古代神话中许多神人有着生—死—复生的经历，以鲧神话为例，其展示的原始生命观：“首先是生命的互渗。任何一个生命不是单一的，它和其他生命互渗，在某些关键时刻进行转化变形。”“其次，任何生命都会有魔难或磨难。”“最后，生命的磨难不是消极的，它锻炼出来的是一个更具神性的生命。”而六朝志怪小说则“着力展现了这种神秘的互渗”。对此，作者以《搜神记》为例证，并与《山海经》比较，认为《搜神记》显示了“随着年代的增加，人们对于原始生命观的不自觉继承和理性渐增的曲折过程”。至于唐传奇，则着力于表现生命的执着性。神话中原始生命观更多表现于形式，注重“现实的人生此刻”。宋元明清小说成熟运用原始生命观，如《聊斋》、《西游记》、《石头记》等都保留着相当多的原始思维互渗的观念。作者在文章的最后还对比了西方神话小说对小说的影响，认为“原始生命观在不同人种、不同民族、不同地域的初民中具有契合性”。

（李丽丹　摘）

神话历史化与中国文学功利主义品格的形成

关　山

《广西梧州师范高等专科学校学报》 2001 年第 3 期

本文认为经过历史化的神话所生成的文化精神对中国文学功利主义品格形成与确立起着决定作用。文章分三个部分来对此进行论述。首先，从殷周变迁看，史书所载夏商周三代更迭的历史基因在于德，其实只是为了改朝换代的光明正大，所以商周时代人们对自己的祖先加以神化，将其描绘成至善至美者，使“历史神话化”。“神话历史化实际上不过是将神话中胜利的神祇德化，将失败的神祇恶化的过程”，其目的“就是宣扬道德的至善至美，为道德政治涂上耀眼的金粉，而中国文学恰是在这一涂抹过程中发展起来的”。其次，从《史记》看，对于神的改造重点在于对其道德性的渲染。中国文学对远古神祇、近世帝王加以道德神化，强调了帝王圣贤的崇高感和神圣性，塑造其社会道德规范作用。这种最初的文学创作具有了道德教化功能。最后，通过蚩尤、共工、鲧与黄帝神话的分析，认为远古神祇历史化、道德化过程是向“善”、“恶”两个方向进行的，是中国文学自觉地为宗法社会道德政治服务的过程。由上观之，中国上古神话的多元性在中国一元化宗法思想的改造下，失却了其原有的旺盛生命力，丧失了本身的文学追求，而文学也就成为图解宗法社会政治的一种最好的手段，“是神话历史化造就了中国文学唯道德教化的功利主义品格”。

（李丽丹　摘）

第三编

史诗研究

一、史诗研究概述

2001年史诗研究概述

贾 平

（华中师范大学文学院）

口头史诗是一种规模宏大、源远流长、承载着厚重民族历史内涵的民间文艺形式，被称为民间文学领域“皇冠上的明珠”。中国各兄弟民族史诗的丰厚积累吸引着众多学人孜孜不倦地进行探索。

从数量上看，本年度研究史诗的论文有四十来篇，几乎是前五年论文之和的一倍（据中国期刊网所载，1996年—2000年五年间共有二十多篇），应该说成果是可喜的。最突出的，应是对新材料的关注与研究，如《黑暗传》、《华抱山》、《廪歌》、《乌布西奔妈妈》等。在研究视野上，大多是关于史诗及其有关内容的历史渊源考证，对史诗所反映的文化内涵的探求。有的抽取史诗中宗教等成分，寻求其与史诗的关系，以证明史诗所具有的历史、文化、宗教、艺术等方面的价值。在论述过程中，有些文章能以资料翔实、考证深入取胜。有不少文章运用反证法，推翻前见，有破有立，论述切中肯綮。有的文章运用了文艺学的叙事学原理，有的用了心理学分析方法，还有的把史诗与通俗文学联系在一起进行比较研究，这些方法相对来说，还是比较新颖的。在结论与观点上，虽有与前人的重复，但大多都能坚持一家之言。下面，拟从材料和内容的角度对这些论文进行分类评述和介绍。

一、《格萨尔》

本年度关于《格萨尔》的论述较多，近一半的文章还是围绕自《格》学诞生以来众多专家、学者争论不休的一个古老话题展开：格萨尔究竟是谁？诞生何处？史诗产生在什么年代？

索南卓玛（《格萨尔诞生地考》）到青海玉树果洛和四川甘孜阿坝等重点地区考察，从活佛口中获得一个关于格萨尔的鲜为人知的故事，与史诗文本《英雄诞生》中对格萨尔诞生地的描写如出一辙：“要说觉如的出生地，地名叫做吉苏雅的谷叉口……”①作者参观了当地的格萨尔经堂，并发现“有关于格萨尔的风物遗迹和传说比比皆是、俯首即拾”②，且与格萨尔文本处处印证。作者又引用老一辈藏学家松巴益西班觉尔、任乃强、李明鉴对格萨尔诞生地在德格地区的论述，得出结论：“可将格萨尔的生平概括为：

岭·格萨尔，公元11世纪人，藏族，出身于德格县阿须乡熊坝吉苏雅格康多。”③

在《十一世纪的格萨尔——试论格萨尔史诗的成型》中，作者曼秀·仁钦道吉认为格萨尔史诗成型于十一世纪，是因为它有两个方面的条件，“一是岭·格萨尔王与文学的典型人物；二是《霍岭大战》等降伏四魔”④。作者通过《安多政教史》、《杜钧教史》等十来部文献论证岭·格萨尔实有其人，生卒年为1038年—1119年，诞生地为康区。作者认为，《格萨尔》史诗中的格萨尔是一个典型人物，吸收了历史上的一些人物形象，加入了人民的想像，反映了藏族人民的呼声、心愿。“所以，岭·格萨尔王这种历史人物的出现，既是《格萨尔》史诗的需要，更是当时社会的需要。”⑤根据松巴·益西班觉自传所述和《敦氏预言授记》，可断定史诗中只有“《霍岭大战》乃岭·格萨尔王之生平事迹”⑥。《门岭大战》、《姜岭大战》基本上是《霍岭大战》的续篇。四魔篇构成了格萨尔史诗的体系。作者又根据《朗氏一帖》中的记载，认为《格萨尔》史诗的体系形成于岭·格萨尔王到《朗氏一帖》之间。

在《对〈岭国及格萨尔史诗〉的重新认识》一文中，马成富通过研究远古时代藏区的地理环境、区域版图、氏族部落的分布情况以及部落生产方式、部落战争性质、形式等，以翔实的资料论证了岭国不在德格地区，而在黄河第一湾，并绘制了三幅地图，给予清晰说明。“岭是姓氏，是种族，并没有国家的意思，岭国和国王二字是藏语汉译后加上去的。”⑦关于格萨尔其人，作者认为“格萨尔并不具体指哪个人，不管什么朝代，什么地方出现的少壮英雄都叫格萨尔”⑧。关于《格萨尔》的形成时间，作者探讨了史诗之所以成为史诗的条件，并赞同赵秉理的观点：“《格萨尔史诗》和其他史诗一样，形成于原始社会的氏族部落战争时期。”⑨并以充分的理由驳斥了史诗形成于11世纪的说法，其中包括：史诗既形成于11世纪，为何没有反映西藏11世纪的三个重大的历史事件？为什么11世纪的藏文史料中没有史诗的记载？“唐宋元以后实行土司制，黄河湾一带早有统治部落的阶级了，不可能存在原始部落社会也就不可能产生史诗了。”⑩对于《格萨尔》史诗，作者又谈了几点新的看法，如三水环绕地带是黄河九曲第一湾；霍尔三帐王不是依据帐篷质地来区分，而是根据三条水系来划分的等。作者对一些氏族、地名的探究，意在告诫人们“在研究格萨尔史诗及部落战争时，不要以现代疆土概念来衡量古时部落与部落之间的界线和距离”⑪。

尊胜在《格萨尔史诗的源头及其历史内涵》中，“运用‘史诗印证史书，史书验证史诗’的考证方法，致力于把格萨尔史诗中的可信历史佐证出来”⑫。作者首先梳理出史诗文本提供历史线索“古代六氏——穆布董——岭岱六部——三十个众兄弟”⑬，然后根据《安多政教史》、《朗氏家谱》、《汉藏史集》、《董氏预言授记·序言》等综合整理出了“董”氏族到“岭巴”的发展脉络，请读者比较。作者又把格萨尔史诗与藏族最早的故事集《玛桑故事》进行比较，从《布顿佛教史》、《德吾宗教源流》、《萨迦世系谱》、《柱间史》中串连出《玛桑故事》的大概内容。然后转换视角，从《格萨尔》史诗的有关内容中找出玛桑氏族的线索，证明二者之间的联系，由《玛桑故事》作参照，推断《格萨尔》史诗也同样古老。作者还尖锐地指出了史诗研究中的两种误导——“文化中心论”和“历史演义小说”存在的谬误。明确回答：《格萨尔》史诗的源头“在藏族的猴子变人的传说里；在藏族‘原初四氏族’、‘古代六氏族’的衍化过程中”⑭。格萨尔的祖先“董”氏族迁徙到了黄河源头，发展成“岭”部落，他们的英雄称为“岭·格萨尔”。史诗的历史内涵是“‘董’氏族的起源、发展、迁徙的历史，‘董’氏族迁徙到‘马康岭’（即黄河源头）后，与散处在‘河、湟、江、岷间’的150多个氏族、部落联姻、结盟、征战”[15]的历史内容。

李连荣在《我国早期〈格萨尔〉史诗学的理论建设》一文中，对我国20世纪三四十年代的《格萨尔》史诗学的理论建设作了一个清晰的回顾，并作了一个简明的小结。他认为，早期史诗学有开拓性的方面，如使《格萨尔》脱颖而出，开掘史诗资料时有国际性的眼光等。还为将来的研究奠定了基础，如资料学的建设，开历史根源研究和传承研究的先河，从艺术审美研究奠定了文学研究等。然而后来者在对史诗的起源、史诗人物的真实性等问题的研讨中，却“不免要受囿于这些学者的影响”[16]。

从文化、艺术的角度来研究《格萨尔》的也不乏其人。如结合宗教与神巫文化来谈《格萨尔》的有角巴东主的《论宗教与〈格萨尔〉的关系》[17]与丹珍的《从〈格萨尔王传〉看神巫文化与藏民族人格心理的关系》[18]。角巴东主认为宗教形式在《格萨尔王传》中的反映有神龙观念、灵魂寄托、形体变幻、巫觋和卦师。佛法为《格萨尔》的主要内容，如统摄故事的“因果报应”思想，故事言语中的宗教词，以及故事中三善趣、三恶趣、中阴关、十八层地狱的描写等。作者认为，文学作品是现实生活的反映，《格萨尔》受宗教影响的原因是：当时社会生产力低下，宗教支配人们的行动；从藏王松赞干布开始提倡佛教。

丹珍举例论证了《格萨尔》中充满神巫文化色彩，如《格萨尔》中反映的自然崇拜、鬼神崇拜、诅咒巫术、煨桑、梦兆、占卜等；并试图说明“格萨尔故事的流传和演讲过程也是以神巫（神佛）文化精神为潜流的藏民族人格心理的传承和演进过程”[19]。由此探讨了史诗源与流、雅与俗、历史与神话、变与不变的问题。总之，《格萨尔》是藏民族“下意识中集体创作”的，是他们的“一部心灵史”。

从艺术的角度来谈的，如马成俊在《〈格萨尔王传〉摭谈》[20]中肯定了《格萨尔》的艺术价值。认为它卷帙浩繁、结构宏伟，有“大故事里套小故事”的特征。人物组合模式仍沿袭着中国传统艺术模式“英雄美人型的人物组合型式”。赵秉理（《〈格萨尔〉描写主人公性格的艺术方法》[21]）认为，《格萨尔》通过刻画典型环境中的典型性格，现实主义与浪漫主义相结合，人物肖像描写，对比反衬等艺术方法，描写主人公岭·格萨尔的性格特征，成功地塑造出了一个千古传诵的民族英雄形象。曼秀·仁钦道吉（《试论〈格萨尔〉史诗的六大特征》[22]）认为《格萨尔》最显著的“个性特征”主要表现在六个方面：即歌诗的、情节的和氏族部落的内容结构，以及曲调的、古谚语和措辞的语言形式。其中“氏族部落结构”和“古谚语”均为首次提出。“氏族部落结构”中分析了敦（冬）氏族及岭六部，冬（敦）氏族部落联盟及其成员达戎、丹玛部落；岭王国军事联盟及其作用；“古谚语”中，作者将其分为三字类、四字类、五字类、六字类、七字类、八字类、九字类等。

索代（《〈罗摩衍那〉与〈格萨尔王传〉》[23]）运用比较研究的方法对《罗摩衍那》与《格萨尔》进行了结构的比较、内容的比较、思想倾向性的比较，并对产生二者之间差异的原因发表了自己的见解。他认为《格萨尔》中反映了战争纷乱中的人们渴望建立统一的理想国家的愿望，同时也体现了佛教与本教之争。

李巍（《蕴蓄于中 行诸于外——〈格萨尔王传〉中珠牡心理散论》）“应用心理分析法来探索珠牡的内心世界”[24]，角度较为独特。作者分析了珠牡的嫉妒心理产生的原因，她的悲剧情结，以及个体心理与民族心理的冲突等。联系主观与现实，民族与个体，女性视角，无意识等，把珠牡的心理剖析得入木三分，合情合理。

对于传承人的研究，今年几乎没有涉及。《神秘的西藏说唱艺人》[25]（周德仓）只是分类对西藏说唱艺人作了描述和介绍。

二、《江格尔》

同《格萨尔》一样，号称中国三大史诗之一的《江格尔》也是学者们研究的重点。汉文版的5篇论文对《江格尔》的观照角度各异，各显特色。

孟克（《从〈江格尔〉的分布情况论证其产生定型的地域与时间》）就一个争论不休的话题“史诗产生定型的地域与时间”进行了探讨。一面通过找出疑点的方法对“史诗《江格尔》是17世纪以前，在现在的北疆或准噶尔、阿勒泰一带产生并定型，而后来土尔扈特部西迁时带到伏尔加河流域”[26]的观点进行反证；另一面作者通过翔实的历史史料及论著（如《卫拉特蒙古简史》、《和硕特历史文化研究》、《卡尔梅克族在俄国境内时期的历史概况》等等）分析再现相关民族的迁徙历史及分化组合情况，证明自己的《江格尔》“真正定型的主要章回可能还是在17世纪中叶至18世纪中叶的一百年间，在伏尔加河流域的卡尔梅克部中完成的”[27]这一观点。

王佑夫（《歌唱生命——〈江格尔〉门外谈》[28]）对《江格尔》的主题提出了新的看法，认为其思想的核心是生命意识。作者紧扣文本，从生命来源、生命价值以及如何对待生命等三个方面作了简要的论述，指出论述展开的逻辑框架存在于序诗之中。

张越在《瑕瑜互现，多版互补——〈江格尔〉三种汉译本的比较》[29]一文中从三个方面（内容及人物；情节与叙事；文学与诗味）对《江格尔》的三种版本进行了比较论证。他在《说唱的艺术 诗化的艺术——〈江格尔艺术论〉之五“叙事论”》[30]一文中，在论述史诗《江格尔》是诗、乐、舞相结合的民间说唱艺术的基础上，运用叙事学原理，对《江格尔》的叙事特点、叙事与抒情相结合的方式，进行了多角度的观照，较翔实的引证与论述。其中叙事时态、叙述视角、叙述节奏等概念和原理运用于对民间文学的分析，显得精辟而独特。

乌力吉巴雅尔、鲍玉山的《〈江格尔〉所蕴含的古代蒙古音乐理论》[31]所选取的音乐的角度在诸论文中颇显独特。作者从《江格尔》的音乐形象表面深入到内在结构，挖掘其深层中的生律法等音乐理论，并把它放在古代东方音乐理论和各民族音乐文化交流的大背景中进行宏观与微观相结合的比较研究，力图解释史诗中所反映的蒙古音乐理论和音乐美学观等相关问题。

三、蒙古英雄史诗

孟克吉雅在《关于蒙古英雄史诗始创时期及相关问题》中论述了蒙古英雄史诗的发

祥时间及地域。他认为“蒙古英雄史诗体裁的形成，由蒙古文学自身发展的规律所决定，而决定这一规律的基础是蒙古氏族（诸蒙古部落）的社会经济”[32]。作者根据《蒙古秘史》记载及游牧民族文化发展相对缓慢的特点，以及史诗反映的重大题材部落战争的情况，推断“蒙古人在8世纪至10世纪依托英雄神话传说与英雄赞词，创造了蒙古英雄史诗这一崭新的艺术形式”[33]。作者通过《蒙古秘史》、拉施德《史集》从正面论证蒙古英雄史诗发祥于斡亦剌惕、巴儿虎——布里亚特等森林部落。并反证了史诗中心不可能在草原游牧部落，只能在森林狩猎部落。

仁钦道尔吉（《萨满教与蒙古英雄史诗》）认为，“蒙古英雄史诗与萨满教有着不可分割的联系”[34]，萨满教在英雄史诗起源的诸因素中占有重要位置。原始社会蒙古人信仰萨满教，他们以萨满教世界观创作了原始英雄史诗，并在某些方面，借用了萨满祭祀诗歌的内容和形式。如史诗的时空概念、人物形象的塑造等，无不渗透着萨满教的万物有灵观。例证如《英武的阿布拉尔图汗》与萨满《祭火经》的结构程式雷同；英雄活动的空间与萨满教的三界宇宙结构相符合；史诗中蟒古思的外貌与萨满教的恶神形象相似。史诗起初也发挥了一定的祭词作用。

《蒙古神话和英雄史诗中的印度日蚀月蚀神话影响》[35]（那木吉拉）以辩证的眼光论述了印度日蚀月蚀神话对蒙古神话和英雄史诗的影响。一方面，印度的日蚀月蚀神话以佛教为媒介，通过译介在书面流传，然后以口耳相传的方式在民间传播，影响了蒙古神话和史诗。有些母题或情节成为史诗的情节内容；另一方面，蒙古神话和英雄史诗并不是消极的全盘移录，而是在接受影响的同时有所改造创新，体现出本民族的特色。

四、其他各民族史诗

由于学界的关注和民间文艺工作者的努力采集、整理，史诗园地里的“新秀”不断产生。这些新材料的发现，又一次有力地抨击了外国学者的“中国无史诗”论。对弘扬各民族文化及开掘祖国文化宝库作出了突出贡献。这些史诗大多在20世纪70年代～80年代被采录、整理，于20世纪90年代至20世纪末陆续公开出版。本年度对这些“新”史诗的论述基本上是“新”的。

汉族发现了两部史诗：《黑暗传》和《华抱山》。《黑暗传》是流传在鄂西南、鄂西北一带，叙说中国神话、历史的一部民间长诗。近来，神农架林区的胡崇峻经过10多年辛勤劳作，已完成长诗的整理。刘守华教授在追踪研究中，把长诗和明代通俗小说联系比较，对其构成有新的发现。在《〈黑暗传〉与明代通俗小说》一文中，他断定《黑暗传》歌本中的有关内容，“是受小说影响所致，看不出存在相反的情况”[36]。他“从‘四游八传’（编者注：‘四游八传’即《神农架民间歌谣集》中所载的《四游八传神仙歌》）的构成来看，将小说内容简化和通俗化，改编成便于口头歌唱的长篇叙事歌本，在明清时期已蔚成风气，《黑暗传》也未能例外”[37]。作者通过把《黑暗传》与相关的两部神话、历史小说《盘古至唐虞传》、《开辟衍绎通俗志传》进行了比较研究，论证了他的观点。同时，作者认为通俗文学与民间文学“两者互相刺激，相得益彰”[38]，“《黑暗传》在内容与形式上又明显超越了小说，表现出它构思奇妙、大胆创造的特色”[39]。并且《黑暗传》中伏羲、女娲的叙说“对中国神话史的一个重要论题给予了补充”[40]。总之，它是“奇特不凡的一件民间叙事诗歌珍品”[41]。

《华抱山》以反对封建暴政为主题，产生于明代末年，400年来以口耳相传的方式流传于太湖地区。无锡地区的民间文学家朱海容同志花费20多个春秋，辛勤地发掘和整理这一民间瑰宝，终于使《华抱山》以比较完整的形态，在1997年以后陆续出版。吴欢章在《论太湖民间英雄史诗〈华抱山〉的艺术智慧》一文中，对史诗的情节、场面、思想内容作了分析，认为史诗中以起义农民为主导方面和“历来换官不换印，只有公道换乾坤”的思想等具有历史意义。史诗采用现实主义和浪漫主义相结合的方法，成功塑造了华抱山和小小龙父子的英雄形象。作者还分析了史诗的艺术形式和表现手法，如对比式的结构艺术、反复排比的表现手法、富于江南民间色彩的语言等。认为其体现出两大特点：鲜明的倾向性和浓郁的民间性。总之，《华抱山》是“劳动人民集体智慧的一个艺术结晶”[42]。《中国四大英雄史诗之一——〈华抱山〉》[43]（过伟）一文论述了《华抱山》的英雄史诗特征、情节特征、民俗描写对人物塑造和情节创作的作用；歌师作为创作、传承、演唱的主体的艺术见解和演唱风貌；史诗在民间传承中的庄严性（“为祖宗尽孝而唱，为华家争光而传”、“传子不传婿，传华不传异”）。

土家族的《廪歌》直到20世纪80年代才被学者所注意，以已故的土家族学者杨昌鑫先生为肇始。然对廪歌进行全面、深入研究的文字还不多见。本年度有关《廪歌》的论文对此作了尝试。在《七姓证盟西迁与隐居的史诗——武陵山腹地的廪歌研究》一文中，作者谭必友对与廪歌相对应的祭仪、传说以及其他背景知识作了考察，对廪歌的结构进行了解读，对廪歌各卷按语言分析进行了时期定位、性质定位，由此描述出各卷的时代背景及其截取的历史侧面。作者最后作出结论：“现存廪歌是一部史诗，记叙的是在漫长的两千年历史中，一支弱小的廪卡人如何证盟西迁与隐居，然后在历史变迁中又如何由民族混战走向与其他民族融合的历史过程。”[44]此外，作者还探讨了廪歌两千年传唱不衰的秘诀，认为原因有二：一是因为廪卡人特有的历史命运（半隐居时，保存和创造自己的文化；民族混战时，强化自己的文化）；二是因为他们有发达的宗教（“廪歌是代表他们的精神特质的宗教教歌”）[45]。熊晓辉（《巴人古歌试释——土家族〈廪歌〉考辨》）对廪歌内容、形式等的分析大致与谭必友一致。所不同之处是，他提出了《廪歌》“属于傩文化的范畴”[46]，在民族音乐中具有独特价值，以特有的民族情感而不同于其他民歌等看法。他认为“廪歌不是因民族发展而产生，而是人们想利用鬼、神来控制自然、战胜自然、蕴藉人的自身心态而出现的”[47]。

满族萨满英雄史诗《乌布西奔妈妈》由满族萨满学家富育光先生于20世纪70年代初在黑龙江省东宁地区采录，20世纪90年代初才部分公诸于世。《乌布西奔妈妈》由满族先民东海女真人创作，其文本保存形式相当独特，镌刻于东海锡霍特山脉临近海滨的德烟山古洞中。郭淑云（《满族萨满英雄史诗〈乌布西奔妈妈〉初探》）首次对《乌布西奔妈妈》的传承、主要内容和人文学价值进行了阐述，从而揭示其所具有的多学科的研究价值。如史诗所展述的“东海女真乌布逊部落兴衰的历史和社会生活的画面”[48]；史诗“蕴含着丰富的萨满文化成分”[49]，史诗“传承着古老的创世神话”[50]；史诗保留的“几十种独具特色的古代舞蹈”；史诗的“符号学价值”、民俗学价值等。

以上是对新材料的研究。其他民族史诗的研究有运用比较研究方法的，如《布依族神话史诗〈安王和祖王〉与舜象故事》[51]（谷因）中认为《安王与祖王》故事可能是舜象兄弟故事在布依族原始文化中的遗存形式；有从文化角度进行研究的，如《拉祜族神话史诗〈牡帕密帕〉的文化特点》[52]（张晓松，李根），揭示了史诗所展示的家庭婚姻、伦理道德、生产方式的演变过程等；有揭示史诗历史地位的，如《布努瑶创世史诗〈杜葩众〉初探》[53]（蓝正祥）；有研究史诗的变体形式的，如《史诗〈玛纳斯〉的阿富汗变体》[54]（曼拜特）；有探讨史诗的传播的，如《突厥语民族史诗〈阿勒帕米斯〉的产生和传播诠释》[55]（佟中明）等等。

五、史诗理论研究

从宏观角度对史诗理论进行探究的文章微乎其微。本年度与史诗理论相关的文章仅有两篇。一篇文章是国内的《试论史诗的历史真实性》[56]（张延清），通过引证荷马史诗和藏族史诗《格萨尔王传》，论述了史诗中的重大事件和重要人物是历史真实的再现，即史诗是历史的一面镜子这一观点。然而这篇文章引证的关于《格萨尔王传》的观点、材料却是至今都颇有争议的。介绍国外史诗理论方面，《民族文学研究》刊载了一篇芬兰史诗理论家劳里·航柯的文章《史诗与认同表达》（孟慧英译）值得注意。译者认为："航柯从文化功能的角度阐述了史诗的一般性质，认为史诗是表达认同的故事，正是由于有了这样的功能，它才作为文化群体自我辨识的寄托而成为超级故事。以往的那种用一般的母题、口传内容、类型、诗歌风格以及一些相似的东西来进行史诗比较研究的方法，显然是对活态口头史诗经验探索的忽视，这种方法代表了史诗研究的简单化倾向。如何对史诗类型进行分类，如何在一般意义上界定史诗，航柯正是试图在活态史诗传统调查经验之上开拓这样一条新思路。"[57]

---

①②③ 索南卓玛．格萨尔诞生地考．青海民族研究，2001，(3)．

④⑤⑥ 曼秀·仁青道吉．十一世纪的格萨尔——试论格萨尔史诗的成型．西藏艺术研究，2001，(4)．

⑦⑧⑨⑩⑪ 马成富．对岭国及格萨尔史诗的重新认识（上、下）．西藏艺术研究，2001，(2) 13．

⑫⑬⑭⑮ 尊胜．格萨尔史诗的源头及其历史内涵．西藏研究，2001，(2)．

⑯ 李连荣．我国早期《格萨尔》史诗学的理论建设．民族文学研究，2001，(4)．

⑰ 见：青海社会科学，2001，(2)．

⑱⑲ 见：民族文学研究，2001，(1)．

⑳ 见：文艺理论与批评，2001，(1)．

㉑ 见：青海民族学院学报（社会科学版），2001，(4)．

㉒ 见：西北民族学院学报（哲学社会科学版·汉文），2001，(4)．

㉓ 见：西藏艺术研究，2001，(3)．

㉔ 李巍．蕴蓄与中　行诸与外——《格萨尔王传》中珠牡心理散论．西藏艺术研究，2001，(1)．

㉕ 见：新西部，2001，(11).

㉖㉗ 孟克. 从《江格尔》的分布情况论证其产生定型的地域与时间. 新疆师范大学学报（哲学社会科学版），2001，(3).

㉘㉚ 见：新疆师范大学学报，2001，(3).

㉙ 见：民族文学研究，2001，(1).

㉛ 见：民族文学研究，2001，(4).

㉜㉝ 孟克吉雅．关于蒙古英雄史诗始创时期及相关问题．民族文学研究，2001，(3).

㉞ 仁青道尔吉．萨满教与蒙古英雄史诗．民族文学研究，2001，(3).

㉟ 见：那木吉拉．蒙古神话和英雄史诗中的印度日蚀月蚀神话影响．民族文学研究，2001，(2).

㊱㊲㊳㊴㊵㊶ 刘守华．《黑暗传》与明代通俗小说．郧阳师专学报，2001，(4).

㊷ 吴欢章．论太湖民间英雄史诗《华抱山》的艺术智慧．上海大学学报（社科版），2001，(10).

㊸ 见：江南学院学报，2001，(3).

㊹㊺ 谭必友．七姓证盟西迁与隐居的史诗——武陵山腹地的廪歌研究. 中央民族大学学报，2001，(1).

㊻㊼ 熊晓辉．巴人古歌试释——土家族《廪歌》考辨．怀化师专学报，2001，(6).

㊽㊾㊿ 郭淑云．满族萨满英雄史诗《乌布西奔妈妈》．黑龙江民族丛刊，2001，(1).

51 见：贵州民族学院学报，2001，(2).

52 见：云南民族学院学报，2001，(5).

53 见：河池师专学报，2001，(3).

54 见：西域研究，2001，(1).

55 见：民族文学研究，2001，(3).

56 见：青海民族研究，2001，(4).

57（芬兰）劳里·航柯著．史诗与认同表达．民族文学研究，2001，(2).

二、史诗研究论文选载

《格萨尔》的比较研究

郎　樱

（中国社会科学院少数民族文学研究所）

我国少数民族地区蕴藏着极为丰富的史诗资源，有各种类型的史诗300余部。其中，规模最为宏伟、篇幅最为浩瀚、流传最为广泛的史诗，当数藏族史诗《格萨尔》。享誉世界的我国三大史诗——《格萨尔》、《江格尔》、《玛纳斯》，不仅是我国文学宝库中璀璨的瑰宝，而且是人类宝贵的精神财富。

藏族是个具有悠久文化传统的古老民族，勤劳、质朴、智慧的藏族人民在漫长的岁月中，创造出数以万计的优秀民间文学作品，创作出多部流传百世的文学精品。史诗《格萨尔》在藏族辉煌的文学成就和丰厚的民间文学沃壤中形成、发展。但是，在探讨宏伟民族史诗，尤其是大型口承民族史诗的形成、发展问题时，我们至少应取得这样的共识，即没有一部史诗是横空出世的，每部史诗的形成几乎都要经历漫长的年代。在史诗的形成、发展、流传过程中，不同时代、不同地域的各种民间文学体裁，如涓涓溪流，汇入史诗的河流之中。滔滔的史诗之河容纳百川，不同民族的民间文化之溪流、小川，也会随之汇流而入，对史诗的形成与发展产生一定的影响，在史诗中留下印迹。也就是说，每部大型口承史诗的形成过程，也可以说是文化交流的过程。

藏族人（吐蕃人）的足迹遍及中原、中亚、南亚各地。吐蕃人的势力扩展到西域，在那里至少滞留达三百年之久。他们在各地都是与当地的居民交错而居，密切的往来，促进了文化交流。这种交流是互动的，吐蕃人在传播藏文化的同时，也吸收了其他民族的文化。

史诗是一个民族特定历史时期的产物，内容比较古老。《格萨尔》作为藏族人民的英雄史诗与藏族文化有着血脉相连的关系，具有鲜明的民族性和独特的艺术魅力。然而，《格萨尔》与我国北方民族英雄史诗、与东方民族英雄史诗有着诸多的共性，拥有基本相同的叙事模式。因此，这为《格萨尔》比较研究的开展创造了十分有利的条件。将《格萨尔》与我国三大史诗进行比较研究，与东方史诗进行比较研究，既有利于推进我国英雄史诗的研究，又有利于进一步深入认识《格萨尔》的独特文化价值与学术价值。

一

世界上有许多史诗经典名篇，但是，像我国三大史诗——藏族史诗《格萨尔》、蒙古族史诗《江格尔》、柯尔克孜族史诗《玛纳斯》这样篇幅宏伟、气势磅礴的口承史诗，在国际史诗界中也是绝无仅有的。

那么，《格萨尔》与《江格尔》、《玛纳斯》有哪些相同之处与不同之处呢，这是史诗研究者十分关注的问题。

《格萨尔》、《江格尔》、《玛纳斯》是分属于不同民族的史诗，形成年代、文化背景有很大差异，流传的地域更是不同。但是，对这三部史诗进行认真的研究，可以发现它们拥有许多共性。这些共性主要体现在以下几个方面：

第一，《格萨尔》与《江格尔》、《玛纳斯》一样，均为“活态史诗”，即史诗仍在民俗中口耳相传。

众所周知，古希腊史诗《伊利亚特》和《奥德赛》、《贝奥武夫》、《尼伯龙根之歌》、《罗兰之歌》、《卡勒瓦拉》等欧洲史诗经典名篇均为书面史诗。东方一些著名的史诗，如印度史诗《罗摩衍那》、《摩诃婆罗多》，亚美尼亚史诗《沙逊的大卫》等也是书面史诗。这些书面史诗很早就用文字形式记载下来，以书面形式流传，已不在民众中口头流传了。而我国的史诗，基本上是口承史诗。其中《格萨尔》口头传承的特点最为突出，演唱《格萨尔》的民间艺人数量最多，且不断涌现才华出众的演唱《格萨尔》的年轻艺人。在一些地区甚至还保留着演唱史诗前举行敬拜格萨尔大王的仪式。《格萨尔》所具有的这种“活史诗”文化现象，不仅为我国史诗研究提供了宝贵的资料，而且为世界史诗界研究史诗的形成、发展、流传和变异，提供了弥足珍贵的活态材料。因此，《格萨尔》作为大型的“活态史诗”，它所具有的理论价值、学术价值、文化史价值是不可估量的。

第二，《格萨尔》与《江格尔》、《玛纳斯》对于史诗英雄身世的叙述模式基本相同。

这三部史诗均以人物为中心，史诗均以主要英雄的名字命名。史诗中所有的事件均围绕着英雄主人公展开，英雄的一生贯穿于史诗的始终。他们一生疾恶如仇，为铲除邪恶势力、入侵之敌而战，他们的一生都是在征战中度过的。他们是民族的旗帜、民族的象征，发挥着团结民众的巨大作用。

这三部史诗对于英雄身世的叙述具有基本相同的框架：

英雄特异诞生——英雄苦难的童年——英雄立功称王——英雄的婚姻——征战——凯旋（或战死）

史诗几乎都是以英雄神奇诞生为始端。格萨尔是天神下凡，在贵德分章本《格萨尔王传》中，僧唐惹杰连娶三个妻子都没有生育，他向山神和梵天祈子，天神飘然而至，使僧唐惹杰之妻“尕擦拉毛神奇般的怀孕”。在《玛纳斯》中，加克普娶了三个妻子，无一生育。年迈的加克普汗为无子而痛苦，他向苍天祈子，年迈的妻子绮依尔迪神奇怀孕，生下英雄玛纳斯。

特别值得一提的是，英雄的诞生不同凡响，英雄出自肉囊的情节在三部史诗异文中都存在。在贵德分章本《格萨尔王传》中，尕擦拉毛生下一个羊肚子一样的肉囊。尕提闷（僧唐惹杰的另一位妻子）用箭将肉囊划开，格萨尔才得以出来；在柯尔克孜族史诗《玛纳斯》中，绮依尔迪生下一个鼓鼓的皮囊，阿克巴勒塔（英雄的叔叔）用金戒指将皮囊划开，里面的男婴是玛纳斯；蒙古史诗《江格尔》中，车琴坦布绍公主生下一个圆古隆咚的怪物，英雄的叔叔用宝石把肉囊划开，取出里面的婴儿江格尔。

三部史诗中的英雄，都经历过苦难的童年。英雄格萨尔诞生不久就遭叔叔晁通的暗算。五岁时，他与母亲又被心怀叵测的叔叔晁通驱赶到人迹罕至的玛域居住，母子二人靠挖蕨麻、捕获猎物为生；英雄江格尔两岁时，家乡遭劫，父母惨遭杀害，这位蒙古史诗英雄从小就沦为孤儿；玛纳斯一出世就成为敌人追杀的对象，他被送往密林中抚养，隐姓埋名，有家不能归。

三部史诗英雄的少年时代都有不俗的表现，受到民众的信赖，成为领袖人物。少年格萨尔赛马称王；七岁的江格尔创建宝木巴汗国，成为汗国的首领；十一岁的玛纳斯率领柯尔克孜民众击退了侵略者，通过主持盛大的阔阔台依祭奠，成为六十个部落联盟的首领。

英雄成婚后，开始了一生的征战生涯。征战是三大史诗的重要组成部分。在《格萨尔》与《江格尔》中，每打一仗、每征服一个对手，就构成相对独立的一部。例如，史诗《格萨尔》由《北方降魔》、《霍岭大战》、《姜岭大战》、《门岭大战》、《大食财宝》、《蒙古马城》等一百多部构成，描写了近百个惊心动魄的征战。蒙古史诗《江格尔》的五分之四的篇幅是描写征战内容的，柯尔克孜史诗《玛纳斯》描写了英雄玛纳斯一生经历的大大小小十多次激烈的征战，仅是描写一次远征的篇章就占到整部史诗五分之二的篇幅。

三大史诗对于英雄事迹的叙述，采用按自然时序和生命节奏，从英雄的诞生一直写到英雄的成熟、英雄一生的事迹。《格萨尔》、《江格尔》、《玛纳斯》的这种有头有尾顺时、连贯的叙事方式，是比较典型的东方史诗的叙事方式，与西方史诗有很大的不同。希腊史诗《伊利亚特》和《奥德赛》均采用倒叙的叙事方式。例如，《伊利亚特》史选取了十年战争中的最后五十一天，从英雄阿基琉斯愤怒退出战场，致使希腊人转胜为败的事件开始叙述起。通过五十一天的激战，所发生的事件，描写了希腊人与特洛伊人的浴血搏斗，以及希腊人最后获得战争胜利的结局。至于希腊人与特洛伊人之间十年征战的起因，十年战争的经历，在史诗中均采取倒叙的手法。

第三，人物形象塑造的共性。

在人物形象塑造上，三大史诗既有相同之处，也有各自鲜明的性格特征。格萨尔、江格尔、玛纳斯，分别是三大史诗的主人公，他们是部落联盟、部落的首领，都是以“为民除害、使人民安居乐业”为己任。三位英雄都是在邪恶势力猖獗、部落或部族处于危亡的时刻诞生于世的。通过他们一生的浴血奋战，战胜了形形色色的敌人，分散的各部落得以统一，人民群众安居乐业。

在三部史诗的人物形象中三位智慧长者的形象十分引人瞩目。《格萨尔》中岭国大总管绒察查根是一位“头发银白似雪山，阅尽人间喜与悲，看透人心真与伪”的长者。“他是三十个英雄的带头人，三十个头人的第一位，三十个掌权者的领导者。”他在史诗中是位举足轻重的重要人物。格萨尔外出时，由他负责处理国家政事。霍尔国趁格萨尔去北方降魔，向岭国大举进攻。长者绒察查根指挥作战、管理国事。他的这种顾全大局、以岭国利益为重的高贵品质，使他的形象更高大。类似长者绒察查根的人物，在《江格尔》与《玛纳斯》中也都存在。《玛纳斯》中的巴卡依老人是位骑着白马、鹤发银须的智慧长者，他是七汗之首，其权势在玛纳斯之下、万人之上。他顾全大局，德高望重。在塔拉斯保卫战中，他因独生子牺牲悲痛欲绝，老泪纵横，但他擦干眼泪又投入战斗。他活了三百八十岁，担负玛纳斯家族三代英雄的保护人和谋士。巴卡依老人的形象特征、他在史诗中的地位，乃至他痛失独子的经历，与长者绒察查根总管极为相似。《江格尔》中的阿拉谭策吉是一位极富智慧的老将，他不仅能征善战，而且经常为英雄江格尔出谋划策，是位智囊型长者。他还具有未卜先知的神力，史诗这样描写道："他能牢记九十九年的往事，他能预知九十九年的凶吉。他掌管着七十个属国的政教大权，他能迅速裁断任何疑难的案子。"阿拉谭策吉的威望以及他在《江格尔》中的位置仅次于江格尔和洪格尔英雄。

三大史诗的妇女形象塑造得最为光彩夺目。格萨尔之妻珠牡、玛纳斯之妻卡妮凯、江格尔之妻阿盖公主、毛贷赛汗的夫人阿拜格尔勒、女占卜师吉尊益西等等，都是些容貌美丽、具有未卜先知神力的妇女。

以上，着重分析、阐述了《格萨尔》与《江格尔》、《玛纳斯》的相同、相似之处。由于这些史诗的民族文化背景迥然有异，流传地域也很不相同，因此，这三部史诗各自独具的特点十分鲜明：

从流传方式看，《格萨尔》是讲唱形式，即有讲的部分，有唱的部分。而《江格尔》与《玛纳斯》通篇是韵文，即从头唱到尾，没有讲的部分。

再如，《玛纳斯》以英雄玛纳斯在征战中悲壮死去为结尾；《江格尔》则以庆祝英雄出征凯旋的宴会为史诗的结尾部分；《格萨尔》的结尾部分最为独特，即作为下凡神子的格萨尔在完成"除妖魔、保天下太平"的使命之后，被众神迎回天界。

史诗的发展结构也不尽相同：《格萨尔》与《江格尔》主要采取内含式的发展结构，即以英雄相对完整的事迹为一部，随着内容的扩展，史诗的部数也在增加，主人公始终不变。而《玛纳斯》则采用谱系式发展结构，即第一部描写玛纳斯的事迹，第二部《赛麦台依》描写玛纳斯之子赛麦台依一生的事迹，第三部《赛依铁克》则描写玛纳斯之孙赛依铁克一生的事迹。我国著名史诗演唱大师居素普玛玛依演唱的《玛纳斯》共八部，讲述玛纳斯家族八代英雄的事迹。

在三大史诗中，《格萨尔》的叙事结构别具特色，它的空间涉及天界、人世间和地下界。《格萨尔》呈圆形叙事结构：英雄格萨尔是神子来自天界，他的诞生在人世间，在人世间娶妻成家、建功立业。他又到地下界救母。完成了下凡的使命，被迎回天界。具有如此典型圆形叙事结构的大型口承史诗，不仅在我国较为罕见，在世界史诗界也极为少见。

《江格尔》、《玛纳斯》等北方民族英雄史诗，多呈弧形叙事结构，即英雄诞生在人间，虽然他们有神格与人格的父亲，但英雄本人没有来自天界的经历。他们的婚姻、征战、英雄业绩基本上在人间完成。但是，一些古老的史诗往往都有英雄进入地界的经历。

三大史诗主人公的形象塑造有共性，但是，三位英雄的性格又存在很大的差异。玛纳斯具有震慑万物的威力，他大吼一声，地动山摇；他冲入敌阵，敌人的头颅在他的刀斧下滚落，他所到之处，血流成河，尸积如山。他战胜强大的敌首，剖其腹，喝其血。他有时虚怀若谷、热情善良，有时又冷漠残酷、刚愎自用。这是一位桀骜不驯、为所欲为，充满鲜活的、原始激情的英雄。

江格尔的形象与玛纳斯的形象有相似之处，他充满英雄主义气概，征战中英勇无畏，击败过许多强敌，征服过许多部落。然而，与玛纳斯形象相比较，江格尔的形象更具领袖气质，更富于理想化特点。但是，作为骑马民族的英雄，他也有傲慢、残酷的一面，他说出的话，谁也不可违背。他掠夺其他部族的草场和畜群，在战败者脸上打下烙印。

格萨尔是神子下凡，因此，他最突出的特点是具有超凡的神力。他一诞生便变化出弓箭，向空中射去，三只黑鸟中箭而落，为民除一大害；他像孙悟空一样，能够变身，能够幻作各种动物与飞禽，与各种妖魔敌人斗法。此外，每当格萨尔遇到危难之时，天神便会显现，对他进行点拨，使他逢凶化吉。相比之下，格萨尔的形象较为完满。但是，他与其他的史诗英雄一样，既有辉煌的战绩，也有重大的失误。例如，北方魔王劫走自己的爱妃梅萨，格萨尔去北方降魔。他杀死魔王、救出梅萨本应立即返回岭地，但由于饮了梅萨敬献的迷魂酒，他滞留北方魔国十二年，与爱妃快活度日，未归家乡的故里。这期间，霍尔人大举进攻岭地，酿成格萨尔之妻珠牡被劫、岭地许多杰出的英雄阵亡的悲剧。格萨尔返回故乡，潜入霍尔国、杀死霍尔王、救出妻子珠牡。他不顾妻子的哀求，将珠牡与霍尔王所生的儿子杀死。这种失误与残酷，是古代史诗英雄形象塑造中的一种模式。完善无缺的史诗英雄形象是不存在的，即使存在这样的英雄形象也是苍白、没有生命活力的。

二

《格萨尔》是藏族英雄史诗，《罗摩衍那》是印度史诗；《格萨尔》约形成于 11 世纪～15 世纪，《罗摩衍那》却形成于公元前 3 世纪～公元 2 世纪期间。饶有兴味的是，这两部跨越时空的史诗有很大的可比性。

英雄格萨尔与罗摩王子一样均来自天界，一个降生在藏地岭国的森伦王家里，一个降生在印度十车王家中。他们被派到人间的原因也几乎相同：由于藏地妖魔鬼域横行，黎民百姓惨遭涂炭，于是梵天决定派神子推巴噶瓦下凡为民除害，因此，格萨尔担负着降服妖魔、铲除强暴的使命来到人世间；罗摩之所以下凡，是由于罗刹王罗波那兴风作浪，吞吃活人，搅得人世间惶惶不安。众神商议，请大神毗湿奴下凡，平妖除害，保护百姓。于是，大神毗湿奴化身为四，罗摩是长子。英雄格萨尔与罗摩王子的经历十分相似：第一，被驱赶流放。英雄格萨尔受到心怀叵测叔父的迫害，被驱赶出岭地，他与母亲翻山越岭，来到人迹罕至的黄河川居住，生活十分艰苦。由于王室的争权夺利，罗摩被流放到森林达十四年之久。尽管英雄格萨尔与罗摩王子离家出走的原因不尽相同，但是有一点却是相同的，即他们都是受到排挤，被迫离开家乡的。第二，妻子被劫以及救妻之战。英雄格萨尔通过赛马称王，并娶美女珠牡为妻。霍尔人趁格萨尔北方降魔之机，进犯岭国，并劫走格萨尔之妻珠牡。英雄格萨尔为救妻，化装变身潜入霍尔国，并获知霍尔王的灵魂藏在牛腹之中。于是格萨尔首先杀霍尔王的寄魂物，并在妻子珠牡的帮助下，将霍尔王杀死，救出妻子。描写这场惊心动魄的劫妻、救妻斗争的《霍尔大战》气势恢弘，情节跌宕起伏，是史诗《格萨尔》中古老的传统名篇，其内容在藏族民众中几乎是家喻户晓。在印度史诗《罗摩衍那》中，罗摩之妻悉多被罗刹王罗波那抢走。罗摩在神猴哈奴曼与金翅鸟王的帮助下，搜寻到悉多的踪迹。罗摩联合猴国，猴兵猴将通过激战，杀死魔王罗波那，将妻子悉多夺回。描写罗摩夺妻之战的《战斗篇》是《罗摩衍那》中篇幅最长、内容最为精彩的一部。第三，完成平妖除害的使命，英雄格萨尔与罗摩均被众神迎回天界。

从以上的比较中可以看出，《格萨尔》对英雄身世叙事的框架与《罗摩衍那》中对罗摩身世叙事的框架，如出一辙。如此之相似，实在难以用“不谋而合”的理由来加以解释。《罗摩衍那》是一部非常古老的史诗，它对东方各国各民族的影响是巨大的。它向南传播到印度尼西亚、马亚西亚；向东传播到缅甸、泰国、老挝、柬埔寨和越南；向北传至西藏、新疆及中原汉地。《罗摩衍那》对藏族文化的影响就更为深远，《罗摩衍那》的藏文译本于11世纪已经出现。西藏不仅与印度毗邻接壤，加之共同的佛教信仰，双方之间喇嘛、商贾、旅游者频繁的往来，西藏与印度间的文化交流自古以来就相当密切。因此，《格萨尔》在形成过程中，无疑会受到《罗摩衍那》的影响。关于这点，国外学者石泰安、国内的降边嘉措、潜明兹等学者也都在自己的著述中有专门的论述。

我们在对《格萨尔》与《罗摩衍那》进行比较之时，不仅要看到二者之间的相同，更要研究这两部史诗的不同。史诗形成的社会、文化背景，史诗所反映的社会内容，是一部史诗区别于另一部史诗的根基、核心部分。在这方面，《格萨尔》与《罗摩衍那》又是完全不同的史诗。

《罗摩衍那》所反映的是古代印度社会中种姓矛盾、民族矛盾、新兴的地主阶级与奴隶主之间的矛盾。掌握祭祀权和文权的婆罗门与掌握政权的刹帝利两个种姓之间的矛盾、斗争在印度古代社会相当激烈。《罗摩衍那》中的主人公罗摩代表的是刹帝利，罗刹王罗波那代表的是婆罗门，罗摩与罗刹那的斗争是印度古代社会刹帝利与婆罗门斗争在史诗中的反映。罗摩杀死罗波那，寓意着刹帝利挫败了婆罗门，寓意着关心农民、商人利益的地主阶级的兴起，游牧民族、奴隶主势力的衰败。

《格萨尔》反映的是古代藏族社会的生活。11～15世纪藏族社会分裂割据、征战频繁，藏族人民饱受战乱之苦、征战之害。他们渴望出现一位具有扭转乾坤之力的英雄，为民除害，实现统一，过上安定的生活。具有神力的格萨尔是人民群众心目中理想的英雄，他有勇有谋，神通广大，降服了四方妖魔，铲除了暴君，使四分五裂的部落民众团结在一起，形成统一的局面。在这部史诗中，佛教与笨教之争、佛苯相融的现象也都有鲜明的体现。

这两部史诗不仅所反映的内容不同，在人物塑造与所体现的伦理观念方面，也有很大不同。罗摩是位矛盾重重、具有多重性格的人物。他与魔王罗波那的斗争十分英勇，对妻子悉多也爱得极深，他顽强的斗争精神以及与魔王妖兵战争中所表现出的英雄主义气概，令印度人民群众对他无限敬佩与崇拜。然而，在他身上也有忍辱求全、忍辱求生、宿命论等软弱、消极的一面。他爱妻子，历尽艰辛将妻子从魔王手中救出。而当他登上王位以后，对身怀六甲妻子的贞操发生怀疑，并粗暴地将她赶走，将她抛弃。虽然最后真相大白，但是罗摩对妻子悉多态度的突变，仍使人们对罗摩的爱情观持有保留的态度。与罗摩的形象相比，格萨尔的形象单纯、质朴、明朗得多。他具有强烈的正义感，神性、人性、英雄性在格萨尔身上得到完满的统一。他与罗摩都是神的化身，但是，罗摩身上的神力体现得远不及格萨尔鲜明。格萨尔不像罗摩只有一个妻子，他爱美丽贤惠的妻子珠牡，也爱妃子梅萨、阿达娜姆。珠牡被劫后曾与敌首霍尔王有一子，格萨尔从未对妻子产生过怀疑，依然与妻子真挚相爱。与罗摩对妻子悉多贞节的多疑、粗暴态度相比，格萨尔对女性的尊重态度要开明得多。

这两部史诗的艺术风格也不相同。《罗摩衍那》是书面史诗，定型化很早。它的文学性较强，语言精炼，结构也较为严谨。然而，《格萨尔》是口承史诗，千百年来在民众中口耳相传。因此，语言通俗易懂，如行云流水般流畅。大量谚语、格言及民歌的运用，使史诗充满生机与活力。为便于记忆，史诗中出现大量的套语、比喻、重复，口承史诗的特点十分鲜明。

通过上述的比较，我们可以清楚地了解到，《格萨尔》在形成、发展过程中，受到印度史诗《罗摩衍那》较大的影响，这种影响主要表现在罗摩与格萨尔身世的相似上。但是《格萨尔》是在藏族文化沃壤中形成、发展的史诗，它所反映的是藏族人民的思想感情、理想愿望，体现的是藏族民族性格、思维方式和审美理想。它与藏族文化血脉相同，是藏族人民集体智慧的结晶。

《格萨尔》的比较研究是个重要的课题。比较不是目的，只是手段。通过比较研究，可以拓展学术视野，使我们对于本民族史诗的特点、文学价值、文化史价值，有进一步的认识。世界上没有纯而又纯的文化，每个民族的文化都是在与其他民族的交流中形成、发展的。作为古老的宏伟史诗，更是在继承民族传统文化的同时，借鉴、吸收其他民族文化精华的基础上形成发展的。在史诗的比较研究中，不仅要关注影响研究，更要关注史诗规律的探讨。

[原载民族出版社藏文室编《耕耘与收获——藏文〈格萨尔〉精选本出版评论集》，民族出版社 2001 年版]

从《江格尔》的分布情况论证其产生定型的地域与时间

孟　克

（新疆师范大学人文学院）

《江格尔》到底是在什么地方，什么时代产生的？对于这个问题，学者们的意见分歧仍然较大。比如：关于《江格尔》是在什么地方产生的问题，过去曾提出如下几种意见：一曰在卡尔梅克部中产生的；二曰在中亚的阿勒泰地区产生的；三曰在卡尔梅克部起源，受卡尔梅克部《江格尔》的直接影响，蒙古国西部又有新的创作；四曰因为历史上把东北西藏和中亚称为本巴乐园，所以产生在那个地区①。近年来随着中国的《江格尔》搜集、整理工作和研究活动的深入发展，学者们意见大致统一在"该部英雄史诗是在阿勒泰地区产生的"这个观点上②。

关于什么时代产生的问题，有的学者以社会发展阶段为界，有的则以公元世纪为界。现在的一个主要观点认为产生于13～18世纪间的500年之间③。

在史诗《江格尔》何地何时产生的问题上，不仅存在着这样大的意见分歧，而且有些研究者有意回避这个问题，甚至有些研究者提出什么《江格尔》产生的年代不能过于向后推延，越往前推越有价值。显然，这是在学术工作上根本就不允许存在的错误观点和错误认识。史诗《江格尔》无论产生在何时何地，她在蒙古文化中巍然耸立的崇高地位是不会动摇的。因此，我们必须以真正的科学态度，实事求是地全面开展《江格尔》的研究。特别是首先要搞清英雄史诗《江格尔》何时何地，怎样产生的问题。

依笔者看来，在《江格尔》中还未来得及定型的几个章回或出于胚胎阶段的历史传说虽然是在卫拉特人离开故居孔奎、扎布汗河、库布苏勒湖、贝加尔湖一带之前，即16世纪末叶④至17世纪初叶的一百年间创作的，但真正定型的主要章回可能还是在17世纪中叶至18世纪中叶的一百年间，在伏尔加河流域的卡尔梅克部中完成的。为了证明这个观点，笔者曾写过《历史传说〈三十三勇士〉与〈江格尔〉在内容题材上的某些吻合》的论文⑤，又写出对比研究伏尔加河流域的土尔扈特汗国的著名可汗阿玉奇的历史生活在许多方面与江格尔的形象符合的论文。

史诗《江格尔》分布的具体情况是直接关系到查实《江格尔》产生地域和时代的具有极大可信力的活生生的具体依据和主要线索之一。

如果赞成有些学者所说的史诗《江格尔》是17世纪以前，在现在的北疆或准噶尔、阿勒泰一带产生并定型，而后来土尔扈特部西迁时带到伏尔加河流域的这个观点，那就会出现以下的几种疑点：

一、从19世纪初叶开始搜集的《江格尔》的整理、出版情况来看，在伏尔加河流域居住的卡尔梅克部中英雄史诗《江格尔》广泛分布流传是毫无疑问的。卡尔梅克学者阿·斯·科契可夫主持整理的25章回的《英雄史诗江格尔》一书的出版足以证明这一点。

因此，首先要简要地说明伏尔加河流域的卡尔梅克是怎样产生的？这个问题是很必要的。关于这个问题，文献《卡尔梅克王公们的故事汇编提要》一书中清楚地记述道："当前，居住在伏尔加河流域的出生于蒙古族，并同他们同教同语言的卡尔梅克人，遗弃古老的故乡，来到俄罗斯中间定居是由于准噶尔四部卫拉特分裂时，土尔扈特部的浩·鄂尔勒克认为与其这样相互残杀，减少居民，不如迁往远处，移居在异国旁边，同他们打仗，获取战利品，并于1618年向里海方向派去人员进行察看，得知那里荒无人烟，1628年带领自己的属民土尔扈特、和硕特和杜尔伯特部的共计5万户人，带着自己的6个儿子，遗弃准噶尔的故乡，向日落方向进发。尚未到达斋河就征服了额木毕河流域的一部分鞑靼人。过了斋河又征服了诺盖、哈岱、哈布齐克、吉铁森等部落，终于在1630年到达了伏尔加河流域。由于那里水草丰美，土地辽阔，特别适合卫拉特人，于是浩·鄂尔勒克将把从斋河到伏尔加河，从阿依达尔汗（阿斯特拉罕）到萨木尔（萨马拉）辽阔地域作为自己属民永久的土地居住在那里了。"⑥这就是伏尔加河流域的卡尔梅克人最初的组成部分。后来，因战争、内乱等各种原因前后去伏尔加河流域定居的各部有：

和硕特部——1663年以昆都伦乌巴什和达延为首的一部分和硕特人从准噶尔迁徙到伏尔加河流域，同那里的蒙古人汇合。

1669年，统治新疆和硕特部的阿巴赖台吉被准噶尔和自己的哥哥鄂齐尔土车臣汗打败，来到伏尔加河流域同叔叔昆都伦乌巴什一道居住。1676年由于和硕特部的鄂齐尔土车臣汗被准噶尔的噶尔丹打败，其夫人多尔济喇布坦和扎雅班第达的忠实信徒阿齐图·乔尔吉等带着3000户居民来到伏尔加河流域⑦。

杜尔伯特部——从16世纪末到17世纪初叶的这段时间，杜尔伯特部有十几万人口。从额尔齐斯河到依锡木河的无边无际的原野成为杜尔伯特人无忧无虑驰骋的辽阔草原⑧。土尔扈特人首次西迁时，最初带着一小部分杜尔伯特人到达伏尔加河流域⑨。后来，1663年杜尔伯特的达延·额木布跟着和硕特的昆都伦乌巴什把部分杜尔伯特人迁到了伏尔加河流域。1686年，杜尔伯特的一部分又迁到了伏尔加河流域。他们是在查汗巴图尔王的带领下，搬迁到那里的⑩。1673年，杜尔伯特的索诺木策凌带着4000户居民到达伏尔加河⑪。1740年辉特部的德吉特诺颜带领属民到达伏尔加河流域。1755年准噶尔官吏策凌太使带领1万户和硕特、杜尔伯特、辉特朝着伏尔加河进发，在乌巴什上任可汗不久就来到伏尔加河流域⑫。

这样，许多部族分期分批来到伏尔加河流域同那里的土尔扈特人汇合，到18世纪初叶达到50万人。在《江格尔》中把这种情景形象地描述为"50万居民好不容易地拥挤在五个月路程的疆域"。

然而，由于1701年发生三济扎布事件，使15000户卡尔梅克人成为准噶尔部的策妄阿拉布坦的属民。1771年土尔扈特、和硕特部东归途中⑬，"从俄罗斯出发时的33000户，16万几千人最后剩下7万人"，返回故居阿勒泰、准噶尔，同当地的卫拉特人汇合。当时在准噶尔地区只有近1万名卫拉特人，他们是在1755年—1757年间的平定准噶尔的大屠杀中，好不容易才幸存下来的卫拉特人⑭。1949年新疆有52453名蒙古人⑮，其中包括1764年和1813年从内蒙古分别迁来的察哈尔蒙古⑯。

1771年1月5日发生了土尔扈特部离俄国向东迁徙归返故乡的举世瞩目的事件。居住在伏尔加河西岸杜尔伯特部则没有参与这种行动。其原因是，一方面伏尔加河水结薄冰，阻碍东渡同土尔扈特部汇合；另一方面杜尔伯特部同土尔扈特部长期不和而产生猜疑，影响了他们的联合行动⑰。1772年俄国阿斯特拉罕省办公厅下设执行省长最高监督的特别管理机构，在特别管理机构下又设法庭（扎尔固），从卡尔梅克部中选出三个代表组成了法庭⑱。这就是现在的伏尔加河流域卡尔梅克的祖先。当时留在伏尔加河两岸的人口大约有1万多户卫拉特人，其主要部分为杜尔伯特部。现在俄联邦居住的卡尔梅克人口共计近20万。其中18万人居住在卡尔梅克自治共和国境内，占自治共和国总人口的41%，此外，在邻近的阿斯特拉罕、伏尔加格勒、朱苏托夫、斯塔布罗博尔等地也有部分卡尔梅克人分散居住⑲。

从上述的介绍中我们可以看出，伏尔加河流域的卡尔梅克人在17世纪20～30年代间首次搬迁到伏尔加河流域居住，后来和硕特、杜尔伯特、辉特部的臣民跟随汗王诺颜陆续搬迁到伏尔加河流域。1701年由于三济扎布事变，15000户约7万多人同准噶尔厄鲁特汇合。后来并同他们被满清政府所屠杀，只剩了近1万人口。1771年，土尔扈特、和硕特部返归故土的过程中，死亡十几万人，只剩7万来人回到准噶尔。从以上情况也可以看出，伏尔加河的卡尔梅克和新疆的卫拉特人是“上接云彩、下联根底、血肉相连”的部落。因此，伏尔加河的卡尔梅克和新疆的卫拉特同样是分布流传、保存《江格尔》方面极其丰富的中心区域，这是毫无争论的事实。把它同下一部分的论述对照考虑会更为清楚。

二、在新疆巴音郭楞蒙古自治州的和硕特和博湖两县现有蒙古族近1万人口，他们是1771年从伏尔加河流域迁徙而来的和硕特部的后代。众所周知，他们中间曾出现过加米英、博·吾其尔、罗茹甫等有影响的江格尔奇。然而，奇怪的是17世纪40年代末从故土准噶尔向南迁徙，定居在青藏高原的和硕特部中间至今尚未找到《江格尔》的一个章回。

15世纪中叶和硕特部加入四部卫拉特联盟以后，逐步强盛起来，从16世纪中叶开始，和硕特部成为卫拉特最强大的部落，从布巴米日扎到鄂齐尔图车臣汗的四代一百多年间，和硕特贵族当“卫拉特汗”，主宰四部卫拉特的政教最高权力⑳。1637年和硕特部的主力在顾实汗的带领下，占领和统治青藏高原，在拉萨建立了王府。他的后代一直到1723年在位三代86年，统治现在的青海、西藏、甘肃和四川藏民区，甚至向印度、尼泊尔徭役征赋㉑。和硕特部迁至青海前，主要集中居住在斋桑泊、塔尔巴哈台、伊犁河、巴尔喀什湖一带更丰美的草原和乌鲁木齐周围，顾实汗迁到青藏高原后，青海成为他的根据地。1638年，当巴图尔珲台吉等返回准噶尔时，顾实汗提出：“像蚂蚁一样众唐古特之中，我怎能独居！请你们回去之后把我的所属阿勒巴图和伴当迁过来。”㉒于是，1638年、1639年间和硕特部的大多数诺颜阿勒巴图和其他部落中顾实汗的伴当都迁到了青海㉓。从有关资料看，当时和硕特部的绝大部分，土尔扈特、绰罗斯、辉特部的小部分，总共20多万人迁徙到青海定居。从1723年，罗卜藏丹津起事后，即1725年的统计来看，当时，在青海的21旗有114个半苏木，每个苏木为150户，计17100户。如果每户按5口人计算，大约有85000多人[24]。到了清末剩下了近3万人[25]，据1982年的人口统计数字看，现在青海有75000多个蒙古人[26]。

从上述事例中我们不难看出，在17世纪40年代末，20多万卫拉特人迁徙到青海居住，现在也有不少数量的卫拉特蒙古人仍在那里生活。那么，既然在比青海的卫拉特人早20年西迁伏尔加河流域的卫拉特人中间《江格尔》广为流传、分布，而在青海的蒙古人中为什么完全没有流传《江格尔》呢？这一现象不是说明，在17世纪30年代，英雄史诗《江格尔》尚未产生和普及，也就是说卫拉特人一起居住在准噶尔、阿勒泰一带地区时，英雄史诗《江格尔》尚未产生吗？

三、以上已说明伏尔加河的卡尔梅克人的主要成分是杜尔伯特部，他们是从17世纪20、30年代到1755年总共分6次搬迁到伏尔加河流域定居。英雄史诗《江格尔》在他们中间流传保存得最为丰富，而且大多数著名的江格尔奇都出自杜尔伯特部。但是，18世纪50年代向东前往喀尔喀蒙古、内蒙古等地，顺从清朝的杜尔伯特人中间英雄史诗《江格尔》分布得极为稀少。为什么在地处遥远的欧洲大陆伏尔加河流域的少数杜尔伯特人当中英雄史诗《江格尔》如此大量地保存，而在离准噶尔、阿勒泰相隔不太远的喀尔喀蒙古和内蒙古的绝大多数杜尔伯特人中英雄史诗《江格尔》保存得这么少呢？这不也是一种奇怪的现象吗？

在17世纪初叶，杜尔伯特部有十几万人口。他们是在卫拉特蒙古中最先到草原辽阔的额尔齐斯河和伊希姆河之间的地域去定居的部落。当土尔扈特部西迁到伏尔加河流域，和硕特部南迁到达青藏高原以后，准噶尔部占据天山南北，杜尔伯特部在额尔齐斯、阿勒泰一带游牧。除先后到伏尔加河流域定居的几万名杜尔伯特人外，大多数杜尔伯特人直到18世纪50年代，一直定居在额尔齐斯、阿勒泰一带。

1670年，噶尔丹掌握了准噶尔的统治权以后，对噶尔丹严厉的内外政策，杜尔伯特人很反感。于是，1694年杜尔伯特部托音之子巴拜带领属民投奔清廷，定居喀尔沁地方。1697年，阿勒达尔台什之孙车凌台吉脱离噶尔丹附清，定牧察哈尔正白旗[27]。1753年冬，车凌、车凌乌巴什、车凌蒙克（史书称三车凌）率领所属3700多户杜尔伯特人，离开多年游牧的额尔齐斯河，向东迁徙，投奔清廷[28]。1756年，杜尔伯特部伯什阿噶什与其兄布达卜、达瓦克什克、矛达瓦济特、根则巴克等率属众3000余户自伊犁河，西沙拉伯勒来归附清朝[29]。这样，杜尔伯特各部除向伏尔加河迁徙外，全部归附清廷，成为科布多、乌兰固木的杜尔伯特。据蒙古国1989年统计看，在蒙古国除有55200个杜尔伯特人外还有3928个巴雅特人、23000个扎合沁人、21300个乌梁海人、10100个土尔扈特人、9200个额鲁特人、4800个明噶特人[30]。由于噶尔丹博什克图的战乱迁到后杭盖、前杭盖交接处定居的少数额鲁特人至今仍生活在那里，保持着自己的习俗。还有土默特部的阿拉坦汗、呼图克图车臣珲台吉等人攻打定居在扎布罕的卫拉特人，将他们撵过西阿勒泰时，留在原地的辉特部的少数后代，现生活在蒙古国的库布苏古勒省[31]。

从这里我们不难看出，以杜尔伯特为主的卫拉特部族不仅生活在伏尔加河卡尔梅克中，而且在蒙古国和内蒙古地区也是大量地分散居住。那么，在西迁的杜尔伯特部中流传和保存着大量的《江格尔》，而在东迁的杜尔伯特部中《江格尔》的流传和保留为什么这么稀少呢？

无可置疑，1968年和1978年蒙古国曾分别出版过《英雄史诗江格尔》和《著名的洪古尔》两本书和26章回的《江格尔》资料本。然而，从学者们的研究情况来看，蒙古国的这个26章回的《江格尔》变体中独立成型的故事只有六个章回㉜。甚至学者们经过研究诊断，蒙古国的《江格尔》是在伏尔加河卡尔梅克和新疆卫拉特中流传的《江格尔》的影响下产生的㉝。

我们认为学者们的上述意见和观点是比较合理的。加之由于1771年清朝在为伏尔加河归返的土尔扈特、和硕特分配家园和草场时，把舍楞所领之众称新土尔扈特部，划牧于今蒙古国科布多、阿勒泰地区，置二旗，舍楞任盟长㉞；把和硕特部的蒙衮与布颜克西克所领之众称新和硕特部，划牧于今蒙古国布鲁根青河一带㉟，使蒙古国便有了能够传播《江格尔》的可能性。在蒙古国以祖传的江格尔奇而著称的较有知名度和影响的江格尔奇稀少的事实，进一步论证了上述观点。换言之，蒙古国的《江格尔》不是杜尔伯特人从新疆带过去的，而是从伏尔加河迁来的新土尔扈特部和新和硕特部中《江格尔》的影响以及《江格尔》手抄本流传或通过迁徙，通过文化交流等途径传播的变体。

四、地处内蒙古自治区最西边的阿拉善盟现有蒙古族34000多人（1982年统计）㊱，他们是和硕特部和土尔扈特部的后代。又在与阿拉善盟额济纳旗最西边接壤的甘肃省苏北县有3700多名和硕特蒙古人（1982年统计）㊲。苏北蒙古是由多方原因离开青海来到肃北定居的和硕特蒙古。阿拉善盟的和硕特是1676年间逃离噶尔丹的战乱而东迁，于1677年底来到博罗托海（即阿拉善）地方的，以和硕特部为主的“一万多户”㊳卫拉特人。当时迁入博罗托海的卫拉特有三大部分，一部分是以霍尔拉为首的和硕特人，另一部分是以罕都克额尔德尼和硕齐为首的准噶尔人，还有一部分是提早到达那里的以罗卜藏衮布为首的和硕特人㊴。到了1697年，清廷在阿拉善正式建旗。额济纳旗土尔扈特人的来历与伏尔加河的纳孜尔玛木特之子拉布珠尔有关。1698年，拉布珠尔应堂叔叔阿玉奇汗之托，与母亲和妹妹一道带着500名士兵，经万里之遥的路程来到西藏，兴办喇嘛法会烧茶供物。在西藏居住5年后返回的途中，因被准噶尔的策妄阿喇布坦所阻挡，无奈之下，顺附了清廷㊵。这就是现在额济纳土尔扈特人的祖先。

从调查的情况看，上述的阿拉善的和硕特，肃北的和硕特和额济纳的土尔扈特中间，至今尚未找到《江格尔》的一个正式章回或一个变体章回。从额济纳的土尔扈特中间为什么没有找到《江格尔》呢？第一，他们虽然从伏尔加河迁来，但由于人数少，在他们中间或许没有江格尔奇。第二，到17世纪末叶时，英雄史诗《江格尔》在伏尔加河卡尔梅克人中可能尚未大力普及或尚未定型，只是处于萌芽阶段。无论怎样，以上情景证明《江格尔》不是产生在阿勒泰地区或新疆地区的这一事实。

最后，补充提出的是在俄国、蒙古国和中国等三个国家内分散居住的卫拉特蒙古中，《罕曾格勒台济》、《魁梧的阿勒泰罕》、《高明射手塔布纳》、《唐僧传》、《七十二个谎言》、《聪慧媳妇的故事》、《噶尔丹巴勇士》等许多史诗、传说较为普遍地流传。从这里我们可以看出，这些史诗、传说是卫拉特人在一起居住生活的17世纪以前已经问世和普及的。但是，由于英雄史诗《江格尔》在17世纪前尚未问世，因此也就同上述的史诗、传说一样未能普及。它是在17世纪中叶到18世纪中叶的一百来年间，产生和定型在伏尔加河卡尔梅克人中间的。所以，英雄史诗《江格尔》只是在伏尔加河卡尔梅克人和新疆卫拉特人中广为流传、普及，使这两个区域成为保留英雄史诗《江格尔》的两个中心。这里需要说明的是，我们必须注意到现在的新疆卫拉特人中占大多数的便是从伏尔加河流域搬迁而来的土尔扈特部。

---

① 布音克西克．英雄史诗《江格尔》何时何地创作的．《江格尔》研究（3）．乌鲁木齐：新疆人民出版社，1995．8.

② 卫拉特巴依尔．关于重新研究《江格尔》到底是什么时代的作品．《江格尔》研究（3）．乌鲁木齐：新疆人民出版社，1995．119.

③ 仁钦道尔吉．再论关于《江格尔》产生的年代．《江格尔》研究（5）．乌鲁木齐：新疆人民出版社．1995．1

④⑧⑨⑩⑰⑱㉗㉘㉙㉞㊳㊴㊵ 卫拉特蒙古简史（上册）．托忒文，乌鲁木齐：新疆人民出版社，6，204，223，224，226，228，216，218，221，403，411，412，421.

⑤ 孟克．历史传说《三十三勇士》与《江格尔》在内容题材上的某些吻合．1999年9月13日至18日在俄罗斯联邦卡尔梅克国埃利斯塔召开的国际学术研讨会论文集．161.

⑥⑫⑬ 巴德玛·安德列夫．月光．埃里斯塔、卡尔梅克出版社，1991．184，193，195.

⑦⑳㉑㉟ 纳·巴生、孟克、格、李杰．和硕特历史文化研究．乌鲁木齐：新疆人民出版社，1999．111～112，浩·巴岱撰写的“前言”部分.

⑪ 卡·帕里莫夫．卡尔梅克族在俄国境内时期的历史概况．乌鲁木齐：新疆人民出版社，1990．13.

⑭⑮㉕ 王龙耿、沈斌华．蒙古族历史人口初探（17世纪中叶～20世纪中叶）．内蒙古大学学报，1997，(2)：32，36，34.

⑯ 赴良全、郑刚．关于新疆蒙古族人口的初步研究．新疆大学学报，1992，(4)：41.

⑲ 乌兰：《卡尔梅克人概况》，启明星，1989，(3)：77.

㉒㉓㉔ 博尔吉格岱·乌云毕力格．和硕特历史．呼和浩特：内蒙古文化出版社，1991．135，120，121.

㉖㊱㊲ 郝苏民．卫拉特蒙古民间文学．呼和浩特：内蒙古人民出版社，1986．3，1，2.

㉚㉛［蒙古］齐达拉．论卫拉特蒙古历史．卫拉特研究，1991，(3)：29.

㉜㉝ 贾木查．史诗《江格尔》探源．乌鲁木齐：新疆人民出版社，1997．380～404.

［原载《新疆师范大学学报》（哲社版）2001年第3期］

关于蒙古英雄史诗始创时期及相关问题

孟克吉雅

（内蒙古大学蒙古学学院）

蒙古英雄史诗研究，备受中外蒙古学家的青睐，著述颇丰。然而，有关蒙古英雄史诗这一艺术形式的形成时间，形成初时的地域带，以及蒙古英雄史诗发祥于哪些蒙古部落等问题，并未得到深入研究或引起应有的重视。诸多著述称，蒙古英雄史诗产生于蒙古氏族社会解体至奴隶社会开始形成之时，这只是转述了史诗这种艺术形式形成时代的一般性规律而并未解决蒙古英雄史诗何时形成这一实际问题。再说，这个时期跨跃的时间幅度很大，蒙古族的氏族社会末期至奴隶社会形成之时为公元几世纪至几世纪，连史学界也不甚明了。也有学者对蒙古英雄史诗产生的具体时间曾提出过自己的看法。如乌兰诺夫认为，蒙古英雄史诗产生于公元5、6世纪；米哈伊洛夫则认为，蒙古英雄史诗的形成时间是8～9世纪至12～13世纪。由于他们的观点缺乏充分的事实论证，所以未引起人们的太多注意。

蒙古英雄史诗体裁的形成，由蒙古文学自身发展的规律所决定，而决定这一规律的基础是蒙古氏族（诸蒙古部落）的社会经济，离开蒙古民族的历史发展而谈蒙古英雄史诗的产生或形成是不可思议的。本文旨在从蒙古民族社会经济文化的历史进程探讨蒙古英雄史诗产生的具体时间以及与其密切相关的一些问题。

一

“蒙古英雄史诗”，毋庸置疑，应该是“蒙古人”自己创作的史诗作品。此处所讲的“蒙古人”，非仅指成吉思汗统一蒙古各部形成蒙古民族共同体后的蒙古人，它还包括“原蒙古人”。关于蒙古族族源，有匈奴说与鲜卑说（或东胡说）两大对立派别。由于双方所执一端均有据也有臆测，所以任何一方的观点目前都很难成为定论。结论可以是推理性的，但论据必须是实有的或是公认的。就目前的蒙古史研究成果而言，如将蒙古英雄史诗的起源往匈奴族或鲜卑族追溯，绝对不能算作是科学的态度。

蒙古英雄史诗的始创时间可以追溯至室韦——达怛时期，这只是逻辑推理上的可能，而室韦——达怛兴盛时期是否已经产生了英雄史诗作品，还有待深入研究。生息于蒙古高原的古代各游牧民族的文化，相互间有着显著的共性与极强的传承性。室韦——达怛之先，匈奴、鲜卑等族有无英雄史诗？文献资料中找不到丁点线索。赞美祖先（或部落首领）英雄业绩的神话传说与英雄赞词倒是不少，但这类神话传说与英雄赞词毕竟不能算作真正的“史诗”作品。也就是说，室韦——达怛兴起时蒙古高原上还没有可供其传承的现成的史诗形式，蒙古高原史诗形式的出现始于室韦——达怛，或晚于室韦——达怛。虽然大多数民族都经历了“英雄时代”，但并没有都创造出自己的英雄史诗；而且史诗的创作也不可能与相应的时代（或相应的历史大事件）完全同步，而是往往滞后于其相应的时代。从《蒙古秘史》可以得知，蒙古族在12、13世纪之交已经拥有了比较成熟的史诗形式；另据游牧民族文化发展的相对缓慢这一特点，我们还可以大致确定，蒙古英雄史诗产生的时间下限不会晚于10世纪。

那么，蒙古英雄史诗的始创时间应为何时呢？战争是蒙古英雄史诗不可或缺的主要题材，也可以说，没有部落战争，便不会有蒙古英雄史诗。室韦——达怛原居地（嫩江流域扩及额尔古纳河中下游和黑龙江上游沿岸），地域偏僻，少纷争。也就是说，室韦（包括蒙兀部）——达怛人步入“英雄时代”，始于其走出原居地涌入漠北草原；与突厥、回纥等族频繁发生的战争是其英雄史诗创作的现实生活基础。在此之前（亦即早于8世纪），室韦——达怛人还不具备比较成熟的创造英雄史诗的社会氛围。重大历史事件的传说化与史诗化，一般都在事件发生的若干年之后。这样，蒙古英雄史诗产生的时间上限应该是在8世纪中叶，最早也不会早于8世纪初。

综上所述，蒙古人在8世纪至10世纪依托英雄神话传说与英雄赞词，创造了蒙古英雄史诗这一崭新的艺术形式。

二

13世纪之前，“蒙古”一名只是诸蒙古语部落中一个部落的称谓。由于一代天骄成吉思汗的统一诸蒙古语部落并建立蒙古汗国，才使得蒙古部在诸蒙古语部落中占据了绝对中心的地位，“蒙古”一名也就成为囊括众蒙古语部落的民族称谓。蒙古族早期文化，是众蒙古语部落共同创造的文化。由于各部落的自然环境，生产方式，以及社会发展程度相互有别，所以对蒙古族文化所作出的贡献也就不尽相同，各有千秋。

那么，蒙古英雄史诗在其初创时期就为众蒙古语部落所共有呢，还是发祥于某些部落后在其流传过程中由部落史诗发展为众蒙古语部落所共有的民族史诗呢？搞清这一问题对推进蒙古英雄史诗研究的向前发展，有着非常重要的意义。蒙古史诗研究专家仁钦道尔吉依据蒙古英雄史诗现在的分布状况，将蒙古英雄史诗分为卡尔梅克、卫拉特（斡亦剌惕）、喀尔喀、布里亚特、巴儿虎、科尔沁六个中心。从蒙古英雄史诗的整个发展历程看，所谓的中心，其实是个相对存在的现象。蒙古英雄史诗“六个中心”相互间的关系是比较清楚的：卡尔梅克史诗与喀尔喀史诗（主要分布于喀尔喀西部）是以卫拉特为中心带向外流传蔓延的；科尔沁史诗除部分受巴儿虎史诗的影响外，仿造性史诗颇多，其创作时间也偏晚些；地域邻近的巴儿虎史诗与布里亚特史诗有着共同的特点，都很古老，这两地的史诗应视为一个中心，即巴儿虎——布里亚特中心。据上述分析，蒙古英雄史诗似乎不是有着六个中心，而是只有两个中心。然而，只要对照一下卫拉特史诗和巴儿虎——布里亚特史诗就不难发现，卫拉特史诗和巴儿虎——布里亚特史诗并非是毫无关联、风格迥异的两类史诗。事实上，这两地的史诗不仅都很古老，最基本的特点也是惊人的相似，而且从两地的史诗中还可看到不少相同的地理名称。那么，相距数千里的两地史诗为什么会出现这种现象呢？

其实，蒙古英雄史诗的产生，不是基于两个中心，而是一个中心。13世纪之前，斡亦剌惕（卫拉特）与巴儿虎、布里亚特居地相邻，他们不仅方言相近，有民族学资料还表明他们的族源也相近。据史料所载，斡亦剌惕和巴儿虎、布里亚特都是很古老的氏族部落，属于《蒙古秘史》所称之“林木中百姓”。据拉施德《史集》记载，“巴儿忽惕”一名的来源，“是由于他们的营地和住所位于薛灵河彼岸，在住有蒙古人并被称为巴儿忽真——脱窟木地区的极边”，“那个地区内住有许多［其他］部落：斡亦剌惕、不剌合臣、客列木臣和另一个也在这一带附近，被他们称做槐因——兀良合的部落”①。这些斡亦剌惕部落的禹儿惕和驻地为八河地区。在古代，秃马惕部位在这些河流沿岸。“诸河从这个地区流出，［然后］汇成一条名叫谦河（叶尼塞河——引者注）的河。”②秃马惕部落的所在地，“靠近上述巴儿忽真——脱窟木。它也是从巴儿忽惕人的亲属和支系分出来的”③。有关斡亦剌惕与巴儿虎——布里亚特的近邻关系，在《蒙古秘史》中也有清楚地记载：1206年成吉思汗登上合罕位后不久便派长子拙赤出征“林木中百姓”，“拙赤收服了斡亦剌惕、不里亚惕、巴儿浑、兀儿速惕、哈卜哈纳思、康合思、秃巴昔之后抵达秃绵乞儿吉速惕”④（引者译）。从上述记载我们大体可以知道，“林木中百姓”包括斡亦剌惕、不里亚惕（布里亚特）、巴儿浑（巴儿忽惕、巴儿虎）、秃马惕（豁里秃马惕）、不剌合臣（布拉特）、客列木臣、槐因——兀良合、兀儿速惕、哈卜哈纳思、康合思、秃巴昔等部落，其居地在外贝加尔湖地区，以西至叶尼塞河。其中斡亦剌惕部靠东，秃马惕、不剌合臣、客列木臣等部靠西，与乞儿吉思人相邻。巴儿虎——布里亚特与斡亦剌惕这种地理位置上的近邻关系，不仅有史记载，布里亚特史诗中也有所反映。M·扎巴诺夫依据布里亚特史诗（埃希里特——布拉嘎特人的英雄歌）中出现的阿尔泰山、胡亥山（萨彦山）等地名，指出这是“他们的祖先同西部的卫拉特蒙古人一道在阿尔泰山和胡亥山一带游牧狩猎的远古时代”⑤的痕迹。乌兰诺夫也指出，布里亚特叙事诗作（史诗），所描述的基本地区是阿尔泰和胡亥山⑥。从上述史料我们还可知，不仅斡亦剌惕史诗和巴儿虎——布里亚特史诗有着同一的发祥地，甚至连柯尔克孜（乞儿吉思）史诗的产生地也是与其相一的。斡亦剌惕人与巴儿虎——布里亚特极其好战；作为“林木中百姓”，他们的文化以萨满文化为主导，具有原始性、神秘性与稳定性等特征。这些因素不仅促成了蒙古英雄史诗的产生，同时也揭开了斡亦剌惕、巴儿虎——布里亚特之所以成为蒙古英雄史诗中心之谜。

作为蒙古英雄史诗发祥之部落，斡亦剌惕与巴儿虎——布里亚特最具史诗创作传统，他们的史诗不仅古老，在史诗艺人和史诗作品的数量上也占有着绝对的多数。这又成为其产生长篇史诗的主要原因。斡尔剌惕创作出《江格尔》，布里亚特拥有《阿拜格斯尔》，还有柯尔克孜有自己的《玛纳斯》，这一切绝不是偶然的现象，可以说是共有的内在规律的必然结果。

最后，蒙古英雄史诗的始创时间不会早于室韦——达怛，蒙古英雄史诗发祥于斡亦剌惕、巴儿虎——布里亚特等森林部落这一事实，还可以从蒙古英雄史诗的流传现状得到反证。其一，如果蒙古英雄史诗产生于匈奴或其后的鲜卑时期，亦即先于室韦——达但在蒙古高原上已经拥有了史诗这种艺术形式，那么，对蒙古高原文化极具影响力（游牧文化本身具有极强的传承性）的匈奴和鲜卑族不可能不将其史诗这一极为重要的艺术形式传承给众多的尤其是那些较为先进的游牧部落。其次，如果是均等地传承给了众蒙古语部落，那绝不应该有在较发达的草原部落中史诗形式没有得到更大的繁荣发展，反而在相对偏僻落后的森林部落中大为兴盛之理。其三，如果蒙古英雄史诗是发祥于草原游牧部落，那么，广泛流传并发挥史诗创作中心地位的也应该是草原游牧部落。然而事实并非如此，蒙古英雄史诗流传最广泛的恰恰是森林狩猎部落，且较古老的蒙古英雄史诗与狩猎经济形态多瓜葛这一事实也证明了蒙古英雄史诗之源于森林部落。

---

① 拉施德．史集．余大钧，周建奇译．北京：商务印书馆，1983．198～199．
② 同①，192～193．
③ 同①，200．
④ 蒙古秘史．第 239 节．
⑤ 参阅谢·尤·涅克留多夫．蒙古人民的英雄史诗．呼和浩特：内蒙古大学出版社，1991．
⑥ 同⑤，71．

［原载《黑龙江民族丛刊》2001 年第 3 期］

论太湖民间英雄史诗《华抱山》的艺术智慧

吴欢章

（上海大学文学院）

历史新时期的春风，带来我国文艺界的全面复苏，也吹拂着民间文学的领域。仅以江南地区而言，自20世纪80年代以来，便有《沈七哥》、《小青青》、《五姑娘》、《孟姜女》等30余部长篇叙事吴歌先后破土而出。其中尤其是篇幅长达一万五千多行的太湖民间英雄史诗《华抱山》的问世，尤为引人瞩目。这部以反对封建暴政为主题的民间长诗，产生于明代末年，4百年来以口耳相传的方式流传于太湖地区。无锡地区的民间文学家朱海容同志，花费二十多个春秋，辛勤地发掘和整理这一民间瑰宝，终于使《华抱山》以比较完整的形态，在1997年以后由江苏文艺出版社陆续出版，这是在发掘和整理民间文学遗产方面一个重要的收获。太湖民间英雄史诗《华抱山》的公开问世，打破了“汉族无史诗”、“江南无英雄诗”的成见，是中国诗歌史乃至中国文学史的重大发现；这部民间长诗在产生和流传过程中，凝聚了劳动人民丰富的艺术智慧，对诗歌创作也具有久远的美学价值。

一

《华抱山》堪称为诗的《水浒》。长诗以华氏三龙的生活命运作为情节中心，以太湖地区贫苦农民为一方，以封建朝廷、官府和族长、地主等为另一方，构建暴政和反暴政、压迫和反压迫的巨大矛盾冲突，使之成为贯穿全诗的情节主线。长诗通过这种波澜壮阔而又尖锐复杂的结构布局，典型地表现了明代末年太湖地区的生活真实，也典型地概括了明代末年的时代风云。

这部长诗在艺术描写上有两个着重点：一是华抱山和小小龙父子学武、练武的情节，一是华抱山父子率领公道军同官兵及地主武装进行战争的场面。这种艺术构思包含这样一个意图：在明王朝凭借武装暴力残酷压迫贫苦农民的历史情境下，被压迫的劳动人民惟有武装起来进行反抗才是改变自己悲惨命运的惟一出路。这部长诗的艺术构思还有一个特点：在劳动人民与官府地主的矛盾冲突中，突出起义农民是矛盾冲突的主导方面。尽管在当时总的历史格局中是官强民弱，尽管在长诗所描写的太湖地区斗争中官府和地主武装极其狡诈和残忍，但长诗所展开的具体情节画面却总是民强官弱的态势，虽然其间不乏曲折和反复，但始终没有改变起义农民掌握斗争主动权的局面。不论是对于情节发展中重点的把握，还是对于冲突场面中主导方面的把握，这种艺术构思都是为了突出农民武装起义的必要性、合理性和正义性。

值得注意的是，在华氏父子率领公道军反官府斗争的全过程中，长诗反复渲染了起义农民心声中的一个亮点：“历来换官不换印，/只有公道换乾坤。”这种同改良主义决裂的斗争信念，表现了被压迫者从长期反抗统治者的痛苦的经验教训中所萌生的历史觉醒。虽然由于历史条件的不成熟和农民阶级的局限性，这部长诗中以公道军姿态出现的农民起义不可能实现“扭转乾坤换新天”的理想，但这种积淀着千百年来农民斗争智慧的历史真知，却向未来社会输送出足以引起后来者继续思索的历史信息。

《华抱山》以劳动人民集体的艺术智慧，巧妙而凝炼地概括了被压迫人民的生活斗争经验，鲜明而生动地显示出被压迫人民所感悟的历史真理，这是这部长诗具有历史意义的艺术成就。

二

这部长诗成功地塑造了华抱山和小小龙父子的英雄形象，这是两个各有独特经历和独特性格的农民起义英雄形象。长诗对于这两个光彩照人的英雄形象的塑造，采用了现实主义和浪漫主义相结合的创作方法。

长诗是在明代末年太湖地区社会生存环境的总体框架上来展示华抱山和小小龙的人生历程的，不论是他们的出生和成长，反抗和斗争，思想和性格，生活和命运，都是在明末太湖地区农民反官府、反暴政的斗争潮流中得以展开和完成的，他们的英雄行为和斗争前途莫不受制于、符合于当时当地的历史规定情境，因此这是两个深深扎根于现实土壤中的、明末太湖地区的农民起义英雄形象。

长诗正确处理了英雄人物和人民群众的关系，通过华抱山、小小龙的生活命运生动地展示了他们与贫苦农民的血肉联系。长诗对华氏父子与农民群众的关系作了辩证的艺术处理：没有太湖地区农民群众的保护、哺育、教导、支持、参与，就不可能具有华氏父子赖以生存的客观条件，就不可能具有华氏父子赖以形成的高尚思想和反抗性格，就不可能具有华氏父子赖以发展和壮大的反抗行动和斗争事业；而华氏父子又是从农民群众中涌现出来的杰出代表，成为集中代表农民群众的意志和愿望的先锋和领袖。因而，华抱山和小小龙是两个深深扎根于群众土壤中的、明末太湖地区为农民群众利益而奋斗的农民起义英雄形象。

长诗总体框架包含华龙根、华抱山、小小龙祖孙三代的斗争系列，这个艺术构思寄托着一个深远的创作意图：它既显示了农民群众反封建斗争的长期性和艰巨性，又突出了农民群众斗争的顽强性和坚韧性。长诗通过华氏三龙一代又一代前仆后继的斗争，生动地表现出有剥削和压迫存在，反对剥削和压迫的斗争就不会终止。“石在，火种是不会绝的。”这既拓宽了英雄行为的思想内涵，又深化了英雄形象的历史意蕴。

长诗在塑造华抱山和小小龙的英雄形象时，在某些情节和细节中运用了超现实的表现方法。运用超现实的情节和细节去表现英雄人物，是民间诗歌常常采取的一种艺术方法，这表现了人民过去在不自由的时代的某种内心向往和生活愿望。值得注意的是，这部长诗使用超现实的表现手法有两个特点：(1) 这种超现实的情节和细节往往吸取了太湖地区群众喜闻乐见的民间传说。譬如华抱山幼时被族长遣走狗抛入山林，结果受到猪羊虎豹的救护，靠动物奶汁哺育而生存下来；又如怀孕的凤妹在战乱中爬人太湖边芦苇丛中生下小小龙，但孩子不慎落人湖水，却被湖中大蛇救还。这类超现实的描写，都同太湖地区民间传说有着某种渊源关系。(2) 这种超现实的情节和细节乃是一种带有现实性的艺术夸张。譬如长诗表现华抱山战武举人、斗洋人大力士萨士顿、除鳝精等，淋漓尽致地渲染了他那超人的神奇武功，而这种匪夷所思的夸张描写，却都是建立在华抱山随朱公学艺、从龙山高僧习武那大篇幅描写的勤学苦练的现实基础之上的，因而能得到听者或读者的审美认同。这种超现实的艺术描写符合太湖地区农民群众热爱自己的英雄人物的审美理想。这些局部的超现实描写包容在现实斗争的总体框架内，相得益彰地增强了英雄形象的光彩，成为这部长诗得以在民间长期流传的艺术魅力之一。

三

《华抱山》这部民间叙事长诗，人物形象光彩夺目，故事情节跌宕起伏，韵律流畅和谐，充满吸引人的艺术魅力。它的艺术形式和表现方法有两大特点：鲜明的倾向性和浓郁的民间性，而且这两者常常是结合在一起的。

1. 对比式的结构艺术。这部表现农民群众反官府、抗暴政的长诗，以起义农民为一方，以官吏、地主为另一方，充分运用对比式的结构把双方紧紧扭结在一块，构成一个艺术整体。从布局来看，有总体构思的对比，有情节的对比，有场面的对比，有细节的对比，有气氛的对比；从形式来看，有章与章的对比，有节与节的对比，有句与句的对比。长诗通过这种对比强烈的结构方式，揭露了官府、地主的残暴丑恶的面目，歌颂了农民群众的正义斗争。

2. 多转折的情节安排。这部长诗的故事情节称得上是风谲云诡，波翻浪叠。这种一波未平、一波又起的故事情节，一方面真实地表现了农民群众反抗封建统治的曲折性和复杂性，另一方面也符合民间长诗传唱的特点，使这种悬念不断的长诗具有让听者欲罢不能的艺术吸引力。

3. 反复排比的表现方法。这部长诗在诗节与诗节之间，大量使用了反复排比的艺术手法。在诗节的反复回旋中，大多用同一比兴作为领句加以衔接，领句一般具有定基调和定基色的作用。譬如长诗第二集第八章，用了大量反复排比的诗节，表现官军和地主武装残酷镇压起义农民的情景，这些诗节都以“乌云滚滚太湖边，/腥风血雨满吴天”的领句加以贯穿；而接下来第九章表现小小龙带领贫苦农民上吼山重建公道军，也用了大量反复排比的诗节，贯穿其间的领句却是“老天欢笑笑红脸，/阳光艳艳照人间”；从上述的对照中，不难看出长诗在艺术方法的运用中鲜明的感情倾向。纵观整部长诗，反复排比大多用来表现正面人物的内心活动，英雄人物的英雄行为，群众斗争的火热场景，也用来刻画反面人物的丑恶面貌，揭露官府官军的残暴行径。反复排比大都出现在矛盾尖锐、斗争紧张的场合，人物感情激荡的时刻。反复排比的大量运用，具有将叙述交代转化为艺术描写，让叙事带上浓郁的抒情色彩的功用，使这部长诗符合诗意地叙事的艺术规律。

4. 拟人化的自然描写。这部长诗中有大量的自然描写，它们值得注意的特点，不论是山川湖岳、日月星辰，还是飞禽走兽、草木虫鱼，都具有人性和灵性，与农民群众和起义英雄同喜同悲同爱同仇，它们实际上是烘托、渲染、刻画和塑造英雄人物的艺术手段。例如长诗在表现小小龙苦练武艺的过程中，自然风物就如影附形，同声相应："小小龙上上下下、来来去去末像飞燕，/乐得大麦拍手小麦把头点"；小小龙"百发百中无虚箭，/喜得鸟雀飞舞荷花艳"；小小龙"勿分昼夜时刻练，/明月高照一夜天，/夜间乐得桂香栗子甜，/日间乐得鱼跃葵花艳"……这种生命化的自然描写，成为美化人物形象的巧妙方式。长诗对于太湖地区自然风物的拟人化表现，也从另一层面深刻地揭示了农民起义英雄同自己的乡土浑然一体、休戚与共的血肉联系。

5. 统一而变化的句法、章法，一气呵成而连绵不断的韵法。这部长诗的句法是：多数为七字句，但又不拘一格，变化多端。章法基本为四行一节但又有参差变化。值得注意的是，在四行一节中，第三行往往包含多个短句（最多可达数十个短句）。例如长诗中写华抱山和洋人大力士萨士顿比武的一节，吸取了民间曲艺和民间说唱诗便于叙事的特长，用来叙述、交代和介绍，这样就在每一诗节中将抒情和叙事较好地结合起来。这部长达一万五六千行的长诗，用韵十分大胆，它句句押韵而且一韵到底，长诗第一集采用 eng 韵，第二集采用 an 韵。这种连绵不断、直贯全篇的韵法，一是比较符合民间长诗要便于吟唱和便于记忆的特点，二是有利于从音律上将规模宏大的诗体连接成一个有机的艺术整体。

6. 富于江南民间色彩的诗歌语言。这部长诗的语言，质朴清新，俏皮隽永，完全是太湖地区活生生的民间口语。它大量使用的比兴、双关、谐音、谚语和歇后语等等，皆由太湖地区民间流行的语言演变而来。诸如："你父我父一条藤，/我父你父一个心，/青松树上绕青藤，/青（亲）上加青（亲）更加青（亲）。""公道贴出起风云，/西天落雨东天晴，/东天百姓齐欢庆，西天官（棺）财（材）咬牙根。""华老伯真情实话是老来甘蔗甜津津，/老族长瞎话瞎说是老姜腐烂起黑心。"这种表现了江南地区劳动人民的爱憎、机智和幽默的诗歌语言，既有利于渲染出太湖地区特有的生活泥土气息，也有利于构建富于江南特色的风俗画和风景画。

太湖民间英雄史诗《华抱山》，可以说是四百多年来江南地区劳动人民集体智慧的一个艺术结晶，也称得上是中华民族民间叙事长诗的一座艺术宝库。它在诗歌创作的民族化和群众化方面，给我们提供了不少值得思索和借鉴的东西。

［原载《上海大学学报》（哲社版）2001 年第 5 期］

七姓证盟西迁与隐居的史诗

——武陵山腹地的廪歌研究

谭必友

（吉首大学民族研究所）

一、廪歌的发现与早期研究

几年前，笔者在湘西凤凰县都吾古村进行历史文化考察时，知道了都吾廪卡人在其丧葬仪式中要唱廪歌，由执行法事的土老司（廪卡人叫流落）演唱。但那时，笔者很简单地把廪歌与一般民间唱词等同，未给以充分重视。1998 年，在笔者将都吾古村与传说中的古桃花源作相关性研究时，才发现廪歌并不是像我想像的那么简单，廪歌里面可能包含着武陵山区早期的许多历史秘密。可惜我当时在都吾流落那里借到的廪歌缺了后两卷，无法开展全面的研究。都吾流落告诉我，在邻近的木江坪镇有比较全的廪歌传抄本。几近周折，我终于托一位从事凤凰土家族研究的朋友将全本廪歌复印了下来。这部廪歌的传抄人叫田时瑞，廪卡人，其祖上从都吾流落那里学会“打廪”、“跳排”。到他这一代也算是祖传技艺了。因此，我们所依据的廪歌传本算是目前最权威的传本了。

廪歌是一部很特殊的民族古歌。一般来讲，一个少数民族如果不再使用自己的语言，那么体现在语言中的文化就不可能保存，在其有关自己历史的叙述史诗（假如他们有的话）中使用的肯定是当前语言。而一个民族古歌能用本民族的语言演唱，这个民族肯定保存着自己较完整的语言。廪卡人目前已失去了自己的语言，在日常语言中只留下数十个单词，按常理揣度，其古歌为便于后人接受会做相应的汉语处理。但事实并非如此。打开廪歌，我们面对的是一部充满了廪卡古语的古歌。上面写的是汉字，但许多场合，汉字只起记音的作用，其意义已不可解。我问那些流落，他们是否懂其中的话？他们一致表示说不懂，做法事时，只能模模糊糊地按汉字读音唱出来，而且唱时不能按廪歌传抄本上的顺序，要打乱了唱。这更增加了解读这部古歌的难度。但正因为它是用廪卡古语唱的古歌，也就增加了这部古歌的价值，它为我们了解早期土家族人以至巴人都提供了新的材料，对于我们深入了解武陵山区的历史文化变迁也提供了新的材料。

有关廪歌的研究文字，见诸报端的微乎其微。已故土家族学者杨昌鑫先生的《一首古老的土家族军葬战歌——〈弹歌〉试释》是一篇绝无仅有的研究论文。在杨先生之前，有几次学术调查都在快要接触廪歌时，都因廪卡人隐居一隅使学者与廪歌失之交臂。由于廪歌是白帝天王信仰的一部分，因此后人又将廪歌叫做《天王菩萨廪歌经》。按理，研究天王信仰就会涉及到廪歌，事实上并非如此。清人严如熤是较早研究廪卡人地区天王信仰的学者，他撰写《苗防备览》时，亲临湘西凤凰、吉首等地，亲眼看到了天王庙及相关的祭祀活动。但他查遍正史，也没找到天王的出身，仅凭猜测，推断天王系竹王的转化，错过了一睹廪歌的良机。现代学术大师凌纯声、芮逸夫、石启贵在苗疆考察时也接触了天王信仰，但前二者受严如熤的影响未深究，石启贵则单纯依据苗族民间传说而断定天王是苗族的信仰，再一次简单地处理了天王信仰。直到 20 世纪 80 年代，杨昌鑫先生在解释《弹歌》的性质时才首次介绍这部古歌，但他当时也无法读懂这部古歌，只能把它当作民间文学加以研究，认为廪歌是“一首古老的土家族军葬战歌”。从文学的角度，说廪歌是军葬战歌也是说得过去的。但从史学的角度来看，它就不单纯是一首军葬战歌，它的性质并不像今天民间传说的那样，仅仅是跳演廪君——白帝天王武功。现存廪歌共有七卷，各卷语言存在很大的区别，明显是在不同时期创作出来的，如果单纯依据民间传说，无法真正解读廪歌，因为传说有许多内容是与廪歌相矛盾的。一来无论是杨昌鑫还是石启贵所依据的传说都是将唐宋间的故事，附会到白帝天王身上，时间上与白帝天王相距太远。二来杨昌鑫引用的（稍稍修改了的）几句廪歌唱词，“手拿一把黄弩弓，抬眼望肉肉过溪，撵到深山射野鸡。手拿一把黄弩弓，抬眼望肉肉过岗，撵到深山射野羊……”这几句歌词其实是廪歌第五卷《十二花歌》中的词，为晚期才创作的，用它来注释《弹歌》未必贴切，就是依据它来研究廪歌的性质都不贴切。看来，已有研究还没有触及到廪歌中深层次的东西，也就无法准确估价廪歌的史学价值。

二、与廪歌相对应的祭仪、传说以及其他

廪歌是廪卡人在丧葬仪式中由执行法事的流落演唱的歌。而“廪卡人”是分布在湘西凤凰、吉首、泸溪三县市相邻地带（沱江中下游）的一支土家族人的自称。廪卡人共有七姓，田、杨、苏、罗、吴、林、谭。这七姓人共同信奉白帝天王，有自己的独特生活方式，他们不但能把自己与其他民族区分开来，就是杂居在其中的其他民族而姓氏相同的人，他们也能区分。在廪卡人的白帝天王庙里，祭祀着脸色白、红、黑三种神。据潘光旦教授考证，白脸是白虎神廪君，红脸和黑脸是与廪君同从武落钟离山赤黑二穴出来的民族首领。以此看来，白帝天王是一个古老的信仰，至少有两千多年的历史了。但廪卡人的传说（这个传说还被写进了田杨两姓的族谱）却把它说成是南宋的故事。

传说白帝天王有三兄弟，分别叫金龙、金纂、金彪。没有父亲，只有母亲，所以随母亲姓杨。三兄弟长得魁梧高大，打仗勇猛无敌。其时在凤凰齐梁洞有反王何差聚众起义，他上掠滇黔，下控荆湘，官军莫敌。金龙三兄弟奉皇命进剿，终于擒杀了何差，立了大功。三兄弟便带着田、杨、苏、罗、吴、林、谭七个亲兵进京领赏。但皇帝看到三兄弟相貌堂堂，有王者气象，怕他们日后谋反，有意要谋害他们。皇帝封了他们官，并赐三坛御酒，要他们回到故土才能开坛而饮。三兄弟及亲兵回到沅陵地界，看看快到家乡，心中喜悦，开坛饮酒。大哥先饮，只喝了一杯，脸色变白，溜下马来死去；二哥次饮，喝了两杯，脸色变红，溜下马来死去；三弟后饮，连喝三杯，脸色变黑，溜下马来死去。原来皇帝赐的是鸠酒。三兄弟死后，阴魂不散，化成三条龙大闹金殿，皇帝吓得

胆战心惊，敕封了种种神位，三条龙都不肯离去，后来封为白帝天王，与皇帝一样称帝，阴阳两管，在其故里立庙建祠，三条龙才点了三下头，离去了。

皇帝敕封杨氏三兄弟为白帝天王之后，三兄弟魂魄回到了沅陵，将敕封之事托梦于跟随进京的七个亲兵，这七人只好强忍着仇火怒气，护着天王尸体，赶回故里。在路上举行祭奠，哪里请得到巫师？无奈，大家只好将平日操演的阵势作祭仪跳演，不会唱巫词，就唱天王生平勋迹。

如此 14 天才到家，将天王安葬立庙后，七人盟约：以后廪卡七姓人父母终世，都不举行孝仪，而将七人护送天王灵柩过程中所演所唱作为廪卡人丧葬的统一仪式，世代相传，决不改变。这就是今天廪卡人的丧葬仪式“打廪”、“跳排”及他们唱的歌——廪歌的民间解释。

从此，“七姓证盟”也像白帝天王信仰一样，影响到廪卡人生活的方方面面。在廪卡人的小神龛上写着“七姓证盟”等字样，在他们的各种祭礼中必定用七个碗盛祭品等等。七姓证盟成为廪卡人历史上最古老深沉的记忆之一。

那么，廪歌是否像民间解释的那样，是廪卡七姓人护送金龙等人灵柩回故里的过程中产生的呢？我们不妨用其他手段对廪歌作了分析之后再来回答这些问题。

三、廪歌的结构及其语言分析

现存廪歌共有七卷，第一卷《廪歌》；第二卷《喏歌》；第三卷《擂歌》；第四卷《吹号歌》；第五卷《十二花歌》；第六卷《唱鸡歌》；第七卷《送歌出门》。这七卷廪歌分别在整个丧葬仪式的不同阶段演唱，它们是在不同时期形成的，有着不同的作用。

1. 各卷次内容解读

第一卷《廪歌》，是亡人谢世之际，流落亲临丧家布置灵堂时的唱词。唱词中含有几个部分，如第一部分是点明灵堂应该如何布置，通过剪纸、青竹、柳条来做灵堂以及灵堂应做成什么样。第二部分是说明如何对待亡者的旧物，其他部分分别讲当年的吉辰、奉承丧家以后吉利、如何选墓地等等。第一卷廪歌又称第一巡，是第一个仪式中的唱词。

第二卷《喏歌》，喏歌是与整个仪式的第二步联系在一起，这一环节叫“跳排”。全廪歌中最不易解读的就是喏歌与擂歌。从字句中断续窥测，喏歌当是对七姓人的长者相继谢世的追悼。在一首歌里同时追悼七姓长者，那七姓人必定要长期共居，有共同的相依相存的盟约，这正是前文中提到的“七姓证盟”。但需指出，这里的“七姓证盟”并没有传说中的护送天王灵柩等内容，而是对七姓长者平生的简要概括和对岁月流逝的无可奈何以及自我安慰。

第三卷《擂歌》，同样是跳排中的唱词。唱词内容更不可解，只能从其中数句推测，这里说的可能与他们早期的迁徙过程相关，如其中提到“要尾长江抱抱是/擂擂板/一双瘟毛托瓦庭”。又如“擂擂板/同船商计过深潭”不知这里的长江是否指今天的长江？如果是，那他们是自长江出发，溯沅江而上得以到了今天的湘西凤凰的。

第四卷《吹号歌》，自该卷开始，进入打廪阶段。该卷的内容已与传说很接近了。

内中提到金龙在齐梁战何差的往事。如“喏喏/杀了敖公军马到/阵当刁杀又刁杀/喏喏/杀了何差重重赏/杀了何差也无名”。

第五卷《十二花歌》，这一卷内容最复杂，也最具民间文学特色，都是唱的与生活有关的内容，如生活环境、打猎、田间劳作、农闲中的娱乐等等。前边提到杨昌鑫引用的廪歌唱词正是引自这一卷，只是他稍作剪辑，才成三句式一段歌词，实际上应是四句式一段，如“手担一把黄厚弩，担去深山射野羊；扯弩丁已梅当到，抬眼望梅肉过溪”。

第六卷《唱鸡歌》，这一卷跟上一卷一样，也主要叙述日常生活，包括男女青年婚嫁爱情的，也有一些社会生活如商业活动的等等。如“齐吹齐唱上坎望，望见湖南客卖糖，有女皆嫁湖南卒，夜间纺棉到天明”。也有一些类似于盘歌性质的内容，如“齐吹齐唱鸟嘴坦，螃蟹角上张两刀，穿山（甲）背上步鳞草，野鸡尾巴似南革”。

第七卷送歌出门，这是打廪结束，接近拂晓，到了该出殡的时候，流落将唱了一夜（或几天）的廪歌随同灵柩送出门藏起来，以免这些廪歌在孝家闹麻烦。将廪歌送到桃源洞内藏起来，就烧纸放炮。整个停丧仪式就结束了。

2. 对各卷按语言分析进行时期定位

从用词、句式结构等特征来看，七卷廪歌可分成五个类型。卷一与卷七属同一类（称第一类），卷二与卷三属同一类（称第二类），卷四为一类（称第三类），卷五为一类（称第四类），卷六为一类（称第五类），它们具有各自的特点。

第一类，语言上使用的是接近汉语的廪卡语，即绝大部分语言为汉语，但有少部分为廪卡语，因此，这类唱词大体上能看懂，少数地方读不懂。句式上使用的是七字一句（个别句除外）、四句一段式，其中二、三两句在语意上经常重复使用。例如卷一中的“手担歌轴轻又轻，心行抄手听夭分；心行抄手听夭白，听夭分白更分明”。卷七中的“雾露盘山鸡又上，报爷起来叩梳头；叫爷起来紧紧梳头紧挽髻，把爷送出墓坟堂”。从创作格式上，一般每段第一句为比兴，第三句为转韵脚起过渡作用，第二句第四句才是要表达的主要意思。这种句式与至今在廪卡中流传的民歌山歌具有一致性。这是廪卡人完全接受汉语后自然形成的比较成型的民间文学形式。从语言特征上看，这一类应是比较晚才创作的廪歌唱词。从其完整的剪纸艺术及对孝堂的布置要求等看，它还吸收了汉族的孝堂文化。参照湘西凤凰吉首一带的地方史来推断，这部分唱词可能是在五寨长官司与竿子坪长官司建立后不久出现的，也就是说，最迟在明中期已经出现。

第二类，从语言上来讲，使用的是古汉语与古廪卡语；古汉语部分，我们能猜测它的意思，古廪卡语部分则连意义都无法猜测，需要深入研究才有可能解读。有如《诗经》里的叙事风格。从句式上来讲，这里多用三字句、五字句、七字句循环使用，中间辅以叠声语助词。从句式上来看，这类唱词与汉乐府民歌相近，但汉乐府民歌有使用白话的倾向，而《喏歌》与《擂歌》中却有古汉语的倾向。试将二者对比如下：

喏 歌

喏喏/柳星抱是的木票家要/喏喏/转转收心老了杨/岁岁/要梅卡/夭办卡/作个山外打茶里路时麻/在心中朝岁/岁了中要回/睡去高坡黄土堆/……作己中托己/板竹言/蛇腊口/抱西敖/要梅卡……

汉乐府民歌·上邪

上邪/我欲与君相知/长命无绝衰/山无陵/江水为竭/冬雷震震/夏雨雪/天地合/乃敢与君绝/

汉乐府民歌·东门行

出东门/不顾归/来入门/怅欲悲/盎中无斗米储/还视架上无悬衣/拔剑东门去/舍中儿母牵衣啼……

两者具有相同的句式特征，当是同一个语言时期的产品，只是从《啱歌》的古汉语倾向来看，时间比汉乐府还要早，应属战国末期至西汉初时的作品。

第三类，语言上是文白兼用，没有文言的艰深，但比白话要规范，杂以少量廪卡语。句式为七字句（少部分是五字句），两句为一节，每节之间辅以叠音的语助词“啱啱”。这类与其他各类皆不同，吹号歌整首歌都是在叙述一个故事。从叙事手段来说，比民歌要高，已非一般的民间创作。吹号歌当经过文人加工。试看其中一段：“十重蜡盖九重壕，千军来打盖路敖。啱啱，十重罗兽九重离，千军来打盖满齐。啱啱，天阴落雨用春雷，上江难盖随成堆。啱啱，金龙军马杨杀杨，杀到黄昏该散场。”从语句式上判断，这里正是盛行于唐以前的两句式竹枝词。不过用竹枝词来叙述一个完整的故事，在文学史中并不多见，它可能是土家族的竹枝词受到唐文人《竹枝词》影响之后的产物。可能是唐宋之间的作品。

第四类，花歌的语言比较杂，前半部分已经是纯白话，后半部分则有部分古汉语及廪卡语。前半部分是较成熟的民间四句式竹枝词，如“盘粑漭水路滕滕，金竹马边当路生。石板架桥岩砌路，架桥砌路等夭行”。后半部分则介于古歌与山歌之间。如我们前边引用的“手担一把黄厚弩，担去深山射野羊；扯弩丁已梅当到，抬眼望梅肉过溪”。因此，花歌是在古歌的基础上增加若干部分而成。成熟的四字句民间竹枝词盛行于元明之间。十二花歌可能定型于元明之间。

第五类，语言上是白话，夹有少量廪卡语，一般为七字句，间有十一字句的，四句一段，有状物，有叙事，还有一些是盘歌。这是很典型的民歌与山歌体。它的创作时期应与第一类相同。

我们将现存廪歌按创作年代重新排序：

第一时期秦朝前后时期：《啱歌》、《擂歌》。

第二时期唐宋之间：《吹号歌》。

第三时期元明之间：《十二花歌》。

第四时期明中期：《廪歌》、《鸡歌》、《送歌出门》。

3. 各卷性质定位

之所以要对各卷进行性质定位，是因为杨昌鑫先生曾判定廪歌是一部军葬战歌。而从上面的分析中，情况未必符合。《啱歌》说的是七姓证盟，《擂歌》说的是从水道上行的民族迁徙，《吹号歌》可以看成是一首军葬战歌，关于廪歌的民间传说正是《吹号歌》中所叙述的故事。而这个故事是否就发生在南宋末呢？暂时难以确认。《十二花歌》与《唱鸡歌》是一部生活风俗歌，《廪歌》、《送歌出门》则是指导仪式操作的歌。七部歌中

《喏歌》、《擂歌》是古歌名古歌内容，其余几部歌名是古歌名，但内容已作了调整。《廪歌》与《送歌出门》是最后定型的仪式歌。从歌名判定，早期的廪歌应是一部军葬战歌，但后来廪歌的内容与歌名有很大差距，我们就不能再把这部歌看成是军葬战歌了。

四、各卷的时代背景及其截取的历史侧面

梳理了廪歌的内容和创作时期，为我们寻找廪歌各卷的时代背景提供了可能。

1.《喏歌》与《擂歌》的时代背景

廪卡人在战国时代系巴人，战国末期，巴人的一支迁徙到五溪流域，初属楚黔中地。但《喏歌》与《擂歌》中所提到的七姓人迁徙与“巴五子入五溪，各为一溪之长”的迁徙无关。巴五子入五溪是一次巨大的民族迁徙活动，决非小小七姓人的迁徙。廪卡田姓人记忆中有过一次大的迁徙：秦兵来了，田家九兄弟在沅陵西分牛角，各持一节牛角后（便于日后相认）西迁。看来，《擂歌》中的西迁记叙与廪卡田姓人沅陵分牛角应该是一致的。这段记忆应该早于“七姓证盟”。七姓证盟之后，廪卡七姓未再分开，不可能有单独记忆。这个记忆在时序上刚好与《擂歌》一致——即秦朝前后时代。查秦朝在五溪流域的活动，较大的有秦昭王二十六年，秦派大将白起伐楚。白起取道武陵，入五溪征服了当地蛮人，并置黔中郡。看来，廪卡人当时不愿俯首称臣，才有了七姓人证盟西迁的历史。这节历史在《擂歌》中有记载，如“擂擂板，同船商计过深潭”等。这节历史在跳排仪式上有更准确的表达：两人（或四人）手拿竹篙，乘木排向上游艰难划去，时或过潭时或过滩……

而《喏歌》则是追悼七姓长者的。将七姓长者放在同一首唱词中加以追悼，需要一些条件，七姓人必须亲如兄弟，无分贵贱；必须在同一居住地，有密切交往，而且为后人所接受；七姓人处于几乎相同的年龄段，才有可能相继谢世；七姓人内部往来密切，对外交往很少，不会因外来力量扰乱内部的亲密关系。事实上，具备这些条件也就等于共同的隐居了。从这节的分析来看，前面提到的七姓人护送天王灵柩的传说，可能是后人杜撰。当是七姓人在共同的隐居中形成了生死与共的社会关系与心理感情，这样，当七姓长者在相继谢世后，才有了两部他们自己独创的悼歌。为给这两部歌配上相应的仪式，他们还在巴人传统的跳丧仪式——打廪前面加上一节跳排仪式。既然是追悼隐居，其歌中截取的历史侧面，也就不外乎是对一些人生活的概括，如《喏歌》讲苏罗两人就分别是“少时担水来洗菜”、“做个铜盆做水当门拖”，这也就是传说中服侍天王的苏罗两厨子的创作根据。

2.《吹号歌》的时代背景及历史侧面

据廪卡田杨两姓的族谱记载，《吹号歌》所记的金龙战何差的历史，发生在南宋末年。他们的族谱始修于明英宗成化年间，清道光年间重修，首修时相距南宋才 200 多年，但首修时族谱中是否有这些记载，现已不得而知，就算首修时有记载，其历史也难确定，因为对于一个缺乏广泛交往的少数民族要准确记住 200 多年前的历史还是较困难的。从前面的分析我们知道，《吹号歌》本身创作于唐宋之间，而要说其描述的内容却

发生在南宋末，于情理恐不合。但无论怎么说，《吹号歌》所叙述的故事发生在武陵山区有较大发展而中央王朝比较软弱无力时期，中央王朝对边远少数民族还不能实施较有力的控制，因此才发生了少数民族地区的民族混战和中央王朝对少数民族英雄的不信任（鸩死之）。在这类歌里主要截取了战争的场面，及对战争的评价："杀了何差重重赏，杀了何差也无名"，同时还说到了土地买卖情况，"奇梁田地爷买多，一千田地八百禾"。从这卷歌所截取的历史侧面看，廪卡七姓人的隐居生活已不存在，充斥于生活中的是民族战争、与他族的往来、与中央王朝的不平等关系等等。

3. 《十二花歌》的时代背景

元明之际，中央王朝在武陵地区广泛地建立土司统治。中央王朝借助土司强化了文化输入，使武陵山区各少数民族进入一个迅速汉化时期。《十二花歌》在古歌的基础上用《竹枝词》的体裁，对社会生活各方面都作了描绘。因此它们的内容最多最复杂，可说是全方位的社会生活风俗图。此时的武陵山人口稠密，社会交往丰富，是一个大发展时期，廪卡人自身的族别意识正受到某种冲击。

4. 《廪歌》、《唱鸡歌》、《送歌出门》的时代背景

《廪歌》、《唱鸡歌》、《送歌出门》同《吹号歌》一样，本是古歌名。但因汉族丧葬仪式的传入，加之廪卡人本身在语言上有汉化倾向，因此，对这几部关系到整个仪式的操作方式的古歌实行改造势所必然。因此，这几部古歌既讲到了仪式的操作方法，也对一些传统仪式按传说的内容作了解释，如"把歌送在桃源洞内存"；并大量地引进了汉人的一些风水观念，如"专吾埋眼共龙边，义孙代代专发钱"等等。

5. 结论

现存廪歌是一部史诗，记叙的是在漫长的两千年历史中，一支弱小的廪卡人如何证盟西迁与隐居，然后在历史变迁中又如何由民族混战走向与其他民族融合的历史过程。这部史诗也从一个侧面道出了自先秦至明清两千年历史中，武陵山区少数民族比较普遍的历史命运，这种历史命运分三阶段：秦汉至南北朝时代的被迫隐居的生存状态，隋唐至宋羁縻州松散统治时代的武陵开发与民族混战之苦，明代土司统治时代的民族融合，可以将这种历史命运简单地概括成隐居——战乱——融合的特征。这是武陵山区绝大多数少数民族历史命运的一般特征。

五、两千年传唱不绝的秘密

一部古歌两千年传唱不绝，在经历了漫长的历史变迁之后的今天，它依然保存两千多年以前的原创内容与形式，这确是文化史上的奇事。廪卡人的民族史诗演唱两千年而不衰的秘密在哪里呢？

秘密在廪卡人自身的历史命运中，七姓证盟西迁，来到湘西沱江中下游，首先寻到凤凰县的都吾盆地（有一山洞出入的封闭的盆地）隐居下来，后来在沱江两岸许多地方开发。无论在都吾盆地还是在沱江其他地方，这一带在漫长的时期中都在政权的视野边缘，他们一直处于隐居半隐居的生存状态，自身特有的文化保存得较好。为了适应生

存，他们也必定在新的封闭生活中创造自己新的文化。现存《啃歌》、《擂歌》都是这时创作并在漫长的封闭环境中被完好地保存下来的。隋唐之后，沱江一带来了许多新的民族，因缺乏统一政权，民族混战势不可免，民族生存的需要促使各个民族强化自己的民族性。在这种形势下，即廪卡人在新的文化冲击面前，反而将自己民族文化强化了，廪歌也因而得到更高的地位。

秘密还在于廪卡人有完整而发达的宗教，廪歌是代表他们精神特质的宗教教歌。敬奉白帝天王是在巴人时代就成形了的。但在先秦时代，敬奉白帝天王与军队中使用的军葬战歌——廪歌并没有统一在一起。早期的廪歌诚如杨昌鑫先生所言，应该是军葬战歌。但自从廪卡人七姓证盟西迁与隐居以来，廪歌就开始发生变化。首先，他们认为，七姓西迁并不单纯是七姓人，他们所敬奉的白帝天王也与他们一同西迁了。应该说，在西迁路上，天王三神像是他们要保护的最神圣的圣物。他们此去，并不单纯是自己的意志，而且还有白帝天王的意志。白帝天王才是他们西迁与隐居的精神支柱。这些信息在他们的天王传说中保存了某些痕迹。其次，由于隐居地找不到巫师为死去的人举行葬仪，形势迫使他们创造新的丧葬仪式（这种历史背景也为传说保存下来了）。在这种背景下，古老的军葬仪式与战歌开始了世俗化，成为世俗的丧葬仪式。廪歌随之也发生变化，由战争叙述而转为亡者的生平叙述。这才有了现存《啃歌》与《擂歌》的内容。天王信仰与新的廪歌成为一个新的统一。偶像、基本观念、操作仪式、经书（廪歌）等具备之后。白帝天王由早期的民间祭祀成为一种完整而发达的宗教。廪歌因成为宗教的基本经书而防止了民间艺人的随意加工与篡改，得以在漫长的传唱过程中保持自己的原貌。

正是廪卡人特有的历史命运与发达的宗教，使得廪歌能两千年传唱不绝。

武陵山区少数民族的历史是一部很神秘的历史。要想揭开其神秘面纱，仅靠现有的材料还不够，需要发掘更多的历史材料。本文介绍廪歌正有这样的用意。但廪歌研究还刚开始，它的历史意义还有待深入探讨，本文的许多观点也未必正确，希望有更多的大手笔来共同深入探究。

［原载《中央民族大学学报》（人文版）2001 年第 1 期］

满族萨满英雄史诗《乌布西奔妈妈》初探

郭淑云

（吉林省民族研究所）

在满族民间口碑文学宝库中，萨满英雄史诗《乌布西奔妈妈》（以下简称《乌布西奔》）以其丰富的内涵、雄浑的气势、感人的情节、传奇的色彩和优美的语言，散发着璀璨的光芒。史诗不仅曾经影响着其流传地区满族及其先民的精神世界，而且至今仍具有永恒的艺术魅力。自20世纪90年代初部分史诗公诸于世以来[①]，引起了国内外学术界的广泛关注。近年甚至出现了中外学者联合踏察锡霍特山乌布西奔镌刻墓地，造访远古东海文化遗存的壮举。《乌布西奔》是由满族萨满学家富育光先生于20世纪70年代初在黑龙江省东宁地区采录的。近年来，笔者有幸参与了史诗的整理和补充调查工作。本文试在此基础上，对史诗的传承、主要内容及其学术价值作一初步的探讨。

一

《乌布西奔》是一部由东海女真人创作并传承下来的萨满英雄史诗。其诞生地和最初的传播区，在今俄罗斯境内远东沿海边疆区乌苏里江中上游、锡霍特山南段中麓原女真人世居的深山莽林地带。史诗为叙事体说唱形式。从"乌布逊"部落名称来看，早在金元时期史诗已经产生[②]。从内容看，其产生时代当为母系氏族社会向父系氏族社会过渡时期。

《乌布西奔》最初的表现形式和传承方式均不同于其他史诗。它开篇即深情地记述了史诗产生与流传的特殊轨迹。史诗主人公乌布西奔是东海女真部族乌布逊部落一位声名赫赫的女萨满，后统一东海女真诸部，成为东海七百噶珊（部落）的女罕。乌布西奔逝世后，其部落的萨满和首领遵其遗嘱，为其举行了隆重的海葬，并将其业绩镌刻在东海锡霍特山脉临近海滨的德烟山古洞中。由洞顶凿刻，螺旋式地由上而下环刻在岩壁上。所刻均为圆形符号和表意图形，如虫蠕鸟啄，大小不等，刻痕深浅不一，显然是出自众人之手。其中有些符号重重叠叠，可能为后世萨满谒洞后补刻。只有乌布西奔生前所在部落的萨满能够识读并解释。这些符号文字便成为萨满传讲史诗的主要依据和提纲。每逢举行乌布西奔祭典，众萨满便据此用满语唱述，族众焚香静听。在萨满长期的口承流传中，史诗不断得到丰富和提高。

1860年，沙俄强迫清政府签订不平等的《北京条约》，将乌苏里江以东40多万平方公里的中国领土强行划入俄国版图。原居住该地的中国各族被赶到乌苏里江、瑚图里河、绥芬河以西并深入珲春河、布尔哈通、穆棱河、嘎牙河等内河流域。史诗的流传也随之远离了原始洞穴的岩画母体，以口承形式在流散的原东海部族后裔中承继着、传讲着。史诗的传承也发生了相应的变化，即由原来的部族内向传承，渐为外向性传承；由原来的萨满传承为主，逐渐形成萨满传承与民间传承并行的局面。其中满汉一些官宦人家、名门望族和文化人对史诗的传播、升华和提高作出了重要的贡献。据《乌布西奔》的主要传承人贺连坤老人介绍，《乌布西奔》得以流传至今，得力于清末在三姓（今依兰县）副都统衙门供职的依兰三老（即刘锡禓、关正海、勒穆赫氏）及其后代。《北京条约》签订后，乌苏里江以东的锡霍特山一带虽被强行划归俄国，但边境居民仍往来不断。当时清政府置三姓副都统、珲春副都统衙门经略东疆。一些满汉兼通的满汉官员得以有机会接触到史诗，对《乌布西奔》的收集、整理、提高与传承起了重要的作用。依兰三老均满汉兼通，具有较高的文化水平，他们对史诗的整理，奠定了《乌布西奔》的基础。但每位讲唱者讲唱的内容侧重点有所不同，长短也不尽一致。

刘锡禓，字真文，汉族，江西人，三姓副都统衙门二等笔贴式，管粮师爷。因罪被贬至三姓。精通俄文，故多次代表清廷与俄国人打交道。在与俄争议珲春时，刘大人力争，但力陈不允，悬梁自尽，爱国之情令人肃然起敬。其妻携婆母、女儿以抗旨罪被流放。刘锡禓长于古体诗，尤以咏珲春为主。刘秉文，为刘锡禓之孙，伪满时东宁村小学教员。刘家三代传讲《乌布西奔》。因其家几代居于苏昌沟东，靠东海，故讲述乌布西奔跨海东征故事和神话多些。

关正海，长白纳殷瓜尔佳氏，为东宁老户，会满文、俄语。清光绪年间三姓副都统衙门中的重要幕僚，也曾传讲过《乌布西奔》。关氏后人后从东宁迁走，情况不详。

勒穆赫氏，名不详，满洲镶黄旗，祖居兴凯湖南支窝稽岭，其祖先是“东片荒子”（指乌苏里江以东一带）土著女真人后裔。本人曾在同治朝三姓副都统衙门内任管贡差，后任门军武卫，巡察界碑时遇害。其子性情耿直，满汉兼通。光绪朝时分掌开垦田庄要务。民国间为重要的地方乡董。解放后被划为官商地主，受到清产，1950年因精神郁闷病逝。

贺连坤，字雨亭，生于光绪三十二年（1906），勒穆赫氏之孙。民国末年他在穆棱县中学读书，伪满时牡丹江师道卒业。受家庭熏染粗晓满文，以教书为业。因其家族祖居东海地区，有着强烈的爱国爱乡激情。他长期生活的东宁一带，具有浓厚的民俗文化氛围。东宁旧名三岔口，为交通要冲。昔年不仅商旅繁荣，客店鳞次栉比，而且茶楼书社亦甚火爆，“唱讲民剧、野戏、古歌者更热烈，也更招徕游人”。听众中杂有满人、蒙古人、高丽人、赫哲人，操各自语言。贺老深受这种文化氛围的熏陶，他本人又聪慧伶俐，有文化，通晓民族语言，擅长歌舞。此外，他又性癖追根求源，故在大半生中掌握了绥芬、东宁、珲春一带大量满俗史话、掌故、满族古歌古曲，成为一方民事通，在民间甚有声誉和人缘，人称“连坤先生”、“坤爷”。闲暇时，他曾秉笔撰写过《东海传》、《东疆民谭录》、《东海古诗钞》、《我所知道的“跑东海”、“跑南海”》、《奕山罪责录》、《秋亭先生莅宁草记》、《东海长歌杂汇》等。

据贺连坤介绍，勒穆赫家族传讲《乌布西奔》已有四代传人。最早由勒穆赫氏的母亲（即贺连坤太奶奶）传讲。勒穆赫氏及其子皆受其熏陶和影响而擅讲唱《乌布西奔》。贺连坤说：“我太奶奶姓孔，是东海库雅喇氏。祖上于清初降努尔哈赤，曾任盛京副都统，参加过平定三藩之乱和大小金川之战。后有一支系奉调回宁古塔，在副都统衙门当差，有一人曾任外交代办和驻海参崴俄罗斯国通事。据说，《乌布西奔》最初是由他从当地土著祭祀部族中采集后带过来的。”至于贺连坤本人，则是跟他父亲学会讲唱《乌布西奔》的。他父亲特别好讲好唱，他听着有趣有意思，久之也就受其熏陶学会了。应该说，在依兰老三及其后人中，勒穆赫家族对史诗的传承贡献更大些。现采录的《乌布西奔》文本即是由贺连坤老人传承下来的贺氏家传本。贺老还以其渊博的知识和满汉文化素养，对《乌布西奔》的定名和真实性的考证作出了不容忽视的贡献。他说：《白姑娘》是后来进“东片荒子”刨参、打貂的关里汉人听过这一长歌后起的名字，咱们是旗人，得按老样用满语原词定名。遂定名为《乌布西奔妈妈》。“乌布西奔”是最聪明、最有本领的人。

二

《乌布西奔》以波澜壮阔的气势记述了满族先世东海女真乌布逊部落的一位女萨满——乌布西奔富有传奇色彩的一生，热情讴歌了她一生为氏族部落呕心沥血，最后统一东海诸部，开拓东海海域的丰功伟绩。从《乌布西奔》雄浑的内容、漫长的历史跨度、磅礴的诗韵和丰富的原始文化内涵看，她无疑是一部英雄时代的杰出作品，是一部北方罕见的民族史诗。史诗的主人公乌布西奔妈妈具有部落大萨满和罕王的双重身份，其一生的活动以萨满的神事活动为主线。萨满教的思想观念及萨满文化的诸多方面渗透于史诗全篇，并成为其精髓。《乌布西奔》是一部典型的萨满英雄史诗。史诗蕴含着丰富的神话母题，营造着一个神奇的神话世界，展现了先民的思维特征。因此，《乌布西奔》又带有浓厚的创世史诗的意韵。史诗大体分为以下几部分：

1.《头歌》是满族女真古歌特有的结构形式。“头歌”，满语为“乌朱乌春”，是叙事体长歌开篇前常见的引子，多以长调、长滑腔、高亢的音律开头，令听者精神为之振奋，有如万马突来，平步惊雷之感，于不知不觉中将自己的思绪融入了长诗感人的情节之中。史诗《乌布西奔》的“头歌”很有代表性，开头用满语长滑腔唱吟，紧接着抒发了史诗讲唱者的情怀和对乌布西奔的赞颂。

2.《创世歌》主要讲述了天母阿布卡赫赫派神鹰、神燕创世造海的神话，并以神话的形式对东海诸部连年争战不休的起因予以解释。

3.《哑女歌》主要叙述了乌布西奔奇特的降生经历和苦难的童年：在位于乌布逊毕拉（河）之源的乌布孙部落，一只豹眼金雕叼来一个皮蛋，人们难测其吉凶祸福，部落首领古德罕王命人用抛河、群狗争食、火烧、土埋等方法，欲将其除之。突然，土山在一声巨响后，一群绒绒的雏貉出现在土中，其中有一个女婴被百貉长绒拥裹，熟睡在貉窝中。古德罕王将其抱回哺育。但因女婴是一位哑女，如山雀一样只能发音而不会说话，如海狸鼠一样呆傻。又被古德罕王弃之于皮帐中。但她不仅能自食自饮，而且天资聪慧过人，具有预知自然灾异的能力。她的奇态睿智为黄獐子部所赏识，并偷偷将其收留，奉为阿济格女萨满，从此黄獐部迅速强盛起来。

4.《古德玛发的歌》叙述了部落战争时代，乌布逊由强变弱，古德被迫跑到海岛中逃难，其母含辛茹苦率领一群女子重振部族，最后把罕王的大权传给古德的坎坷历程。再现了部落时代的战争风云。

5.《乌布逊毕拉的歌》讲述乌布西奔出世多年后，乌布逊地区争杀迭起，瘟疫漫延，古德老罕王束手无策，这时哑女乘神鼓重返乌布逊，被推为乌布西奔大萨满。

6.《女海魔们战舞歌》记述了乌布西奔率乌布逊部众渡海远征女窟三岛的历程。这是一个具有奇特风俗的女儿国，族人均由罕王浴湖而生，生女为仆，降男弃野。女儿国常秘袭乌布逊部落，古德罕王时因无力远讨，只好年年进贡。乌布西奔执掌部落大权后，执意率师远征，并迅速攻占连花三岛。但女窟罕王身边有三个能歌善舞的侍女，有以九舞迷敌之功。乌布西奔以仁爱之心，不取武力征伐之策，而是以情惠魔，以舞治舞，并最终以无以伦比的舞姿、舞技降服了魔岛女王和族众。附近一些无名的岛屿也在乌布西奔的盛名和恩威并施的感召下纷纷归顺，使乌布逊的海疆进一步向内海拓展。

7.《找呵，找太阳神的歌——浪窝迷濛的东海》记述了乌布西奔先后多次派族众探海的壮举及其艰难的历程。探海的一个重要动因是为了寻找太阳升起的地方，反映了东海先民虔诚的太阳崇拜观念。正是基于这种观念和心理，乌布西奔派部族五次渡海远征，开拓了漂流日本海的便捷之路，甚至远至堪察加、阿留申诸岛，沿途收复了诸多岛国。

8.《海祭葬歌——德里给奥木女神迎回乌布西奔》讲述了乌布西奔在探海东征途中逝世，族人用流筏将其尸体运回，并为其举行了隆重的海葬，再现了东海女真人神圣的海祭和海葬典礼。

9.《德烟阿林③不息的鲸鼓声》描写后世族人对乌布西奔的虔诚祭拜。描写了德烟阿林的鲸鼓声和乌布西奔的洞壁雕像为当地和进山的山民带来种种吉顺和福音。

10.《尾歌》即短暂的颂歌，与头歌相呼应。

三

《乌布西奔》以集部落罕王、大萨满、军事首领为一身的乌布西奔一生的经历为主线，展现了东海女真人的宗教信仰、风土人情、历史文化等面貌，具有多学科的研究价值。

1.《乌布西奔》如同一部历史长卷向人们展示着东海女真乌布逊部落兴衰的历史和社会生活的画面。“每一部英雄史诗几乎都是一个民族形象化的历史。”④世界上许多民族都曾经历了政权与神权合一的历史阶段，部落酋长、国王本身即是巫师或具有巫师的本领。如传说中的黄帝即“生而能言，役使百灵”⑤。夏禹也具有巫的本事。《国语·鲁语下》载：“昔禹致群神于会稽之山。”这种集政权与神权于一身的现象，早为一些专家所认识。陈梦家指出：“由巫而史，而为王者的行政官吏；王者自己虽为政治领袖，同时仍为群巫之长。”⑥李安宅也曾精辟地指出：原始社会的宗教职业者，凭着自己的机巧，“由着私巫变成公巫。及为公巫，便是俨然成了当地领袖。领袖的权力越大，于是变成酋长，变为帝王——酋长帝王之起源在此”⑦。民族学资料也提供了这方面的例证。如云南西盟佤族的巫师“窝郎”即是由氏族长兼任的⑧。史诗《乌布西奔》为人们提供了氏族首领与萨满教巫师合二而一的典型范例。史诗的主人公乌布西奔以其特异的诞生、苦难而神奇的童年等非凡的经历为黄獐子部落所赏识，并奉之为阿济格萨满。在其成年后，乌布西奔又重返乌布逊部落，自称为东海女神之女，身领东海七百噶珊萨满神位，并以超凡的神技赢得了乌布逊族众的信服和钦佩，被奉为乌布西奔萨满。乌布西奔在部落中享有崇高的威望，因而当老罕王古德逝世后，她便自然地接替了罕王的位置，并执掌乌布逊部落政教大权达三十年之久，最后统一东海七百噶珊，成为一位神威赫赫的部落联盟酋长。乌布西奔以神授萨满的身份、威望而荣登罕王之位，这一特征为我们了解人类社会早期原始宗教巫师的特殊地位与作用，提供了珍贵的资料。史诗所表现的乌布逊部落是东海女真人的一个部族。金元时期东海女真仍处各部分立状态，纷争不断，战事迭起。事实上，这种状况在女真人的历史上始终不断。史诗所展现的东海窝集正处于这样一个部族分立、群雄逐鹿的时代。这无疑是对东海女真人部落时代生活的折射和反映，体现出史诗所特有的历史性。

2.《乌布西奔》蕴含着丰富的萨满文化成分。这一点也是阿尔泰语系诸民族英雄史诗的共性特征。与其他民族的英雄史诗相比，《乌布西奔》保留的萨满文化更具原生形态之特征。它产生于萨满盛教的繁盛时期，必然带有浓厚的萨满文化因子。史诗的主人公本身即是神授萨满，兼具萨满与部落酋长的双重身份。因而，乌布西奔一生的主要活动无不与萨满教密切相关，其中相当一部分即属于萨满的神事活动。此外，《乌布西奔》在传承的过程中，基本未受外来文化的影响，在相当程度上保持了历史原貌。“史诗所表现的神秘文化，取决于决定它体裁形态和主题模式的宗教文化基础，史诗展示了不同宗教文化的独特风格。”⑨《乌布西奔》亦然，它反映了东海女真人独特的萨满文化和祭祀、占卜、治病、萨满领神、萨满舞蹈、萨满服饰佩饰等丰富的萨满文化内涵，体现出原始萨满教的功能与特征。如史诗展现了东海女真人古老的自然崇拜观念。神祇的集体性和人格化的倾向在史诗中也有体现。史诗所表现的神祇的统属关系也别具特色。

在萨满教世界中，萨满被确信具有通灵的能力和技巧，他们凭借昏迷术与超自然世界沟通，从而实现祈愿目的。所谓昏迷术，是指萨满在仪式过程中，通过特定的程式进入的一种特殊的精神状态或表现的一种特殊的行为方式。萨满赖以进入这种状态的手段有多种，其中服用致幻药物以致昏迷的事例，在国外萨满教调查资料中多有披露。《乌布西奔》描述了东海地域独特的致幻动植物和萨满使用的方法。这些致幻药物的药用部分包括桂罂草的白汁、海冬花蕊的白粉、雌雄火缤鱼追逐相喷的甘汁、望海梅喷放的迷雾、香麝、草鸟花等。萨满通过服用这些药物，使其精神亢奋，达到昏迷状态，进入神驰暇想的境地，并表现出超人的技能。萨满对致幻药的使用具有极强的秘传性，近世随着萨满教的渐趋衰弱，这方面的资料更难以获得，因而，《乌布西奔》关于萨满致幻药物的使用及其通灵术方面的资料，对于研究萨满特殊的精神心理及其成因，具有重要价值。

3.《乌布西奔》传承着古老的创世神话，诸如开天造地、东海的形成以及东海地域诸生物生成、诸部争雄局面的形成等神话母题，在史诗中都有形象且符合逻辑的解说。史诗是特定民族在特定历史时期的知识总汇，集民间文学诸种形式之大成。史诗形成之初，必然从民族民间文学中汲取营养，也因此而保留下来许多神话母题和历史传说。其中相当一部分神话已在历史的烟波中遗失，正是从这个意义上说，史诗无疑成为神话传承的独特载体。

4.《乌布西奔》保留下来几十种独具特色的古代舞蹈。舞蹈作为一种特殊的身体语言，是人们表达情感，宣泄情绪的重要手段。舞蹈在萨满教仪式中所具有的沟通人神、表现神意的功能，已为国内外学者所认识："没有萨满乐、舞、歌的活动行为，就等于不存在萨满跳神。"⑩在原始部族时代，舞蹈更占有十分重要的地位。摩尔根曾说过："舞蹈在美洲土著中间是一种崇拜形式，并且成为一切宗教祭日所举行的仪式的一部分。在全世界任何地方的开化部落间，舞蹈再没有像美洲土著中经过这样更有意识的发展。每一部落有十种至三十种的舞蹈，每一种都有它固有的名称、乐歌、乐器、步伐、舞者的姿势和服装。"⑪这种结论同样适合《乌布西奔》中所涉及的东海女真人诸部。舞蹈对于他们来说，既是祭神娱神的方式，又是克敌致胜的武器，成为他们生活中的有机组成部分。在《乌布西奔》中保留下来的几十种原始舞蹈，包括身舞、头舞、肩舞、足舞、乳舞、连击舞、老人舞、纹身舞、鱼舞、鸟舞、百兽舞等多种舞蹈。在不同的祭礼和不同的场合，表演不同的舞蹈。其声其形远非近世萨满教舞蹈所能比拟。

5.《乌布西奔》具有重要的符号学价值。符合有广义、狭义之分。狭义的符号，当属于原始记事、表意法之类，具有文字雏形的性质。《乌布西奔》最初的传承形式是符号传承。乌布西奔萨满死后，为了表彰乌布西奔的丰功伟绩，其弟子们在锡霍特山中麓一山洞岩壁上镌刻各种符号和图形。所刻符号"长长圆圆，方方正正，似字非字，似物非物"，既有单一的符号，也有图画文字。这些符号既是女罕乌布西奔功勋的记录，也是《乌布西奔》讲唱者最初依据的文本。这种形式和符号本身为研究原始记事法、文字的起源、岩画的产生及原始思维提供了极其难得的资料。

6.《乌布西奔》犹如一幅风俗画卷，再现了东海女真人的风土人情和生活习俗，表现出鲜明的地域特征。

总之，《乌布西奔妈妈》如同一部百科全书，涉及的内容也是多方面的，具有多学科价值，堪称满族民族文化的瑰宝。

---

① 富育光．萨满教与神话．沈阳：辽宁人民出版社，1990．279～288．

② 据《黑龙江乡土录》记载，金代白号姓中，有"温都逊"之姓氏，与"乌布逊"音相近，当为音译之不同。

③ 阿林，满语，意为山。

④ 潜明兹．中国少数民族英雄史诗．天津：天津教育出版社，1991．118．

⑤ 抱扑子．

⑥ 陈梦家．商代的神话与巫术．535．

⑦ 白恩正．中国古代的巫术．中国社会科学，1995，(5)．

⑧ 宋兆麟．巫与巫术．成都：四川民族出版社，1989．12．

⑨ 孟慧英．萨满英雄之歌——伊玛堪研究．北京：社会科学文献出版社，1998．253．

⑩ 石光伟，刘厚生．满族萨满跳神研究．长春：吉林文史出版社，1992．24．

⑪ 摩尔根．古代社会．上海：三联书店，1957．126．

[原载《黑龙江民族丛刊》2001年第1期]

三、史诗研究论文摘要

我国早期《格萨尔》史诗学的理论建设

李连荣

《民族文学研究》 2001 年第 4 期

该文回顾了兴起于 20 世纪三四十年代的《格萨尔》史诗研究的起步阶段。作者首先指出三四十年代的藏学研究都或多或少地接触到了史诗《格萨尔》，如“格萨尔的宗教化身”、“格萨尔的遗迹和传说”、“格萨尔及岭地的历史”和“《格萨尔》史诗的其他流传形式”等问题，其中提到了柯象峰等人的研究成果。随后，作者重点论述了韩儒林、任乃强两位先生的研究成果。前者于 1941 年发表了《关羽在西藏》一文，“总结了国内外对史诗《格萨尔》的研究，纠正了一些错误的提法”，为我国史诗《格萨尔》后来的研究奠定了积极坚实的基石。而后者 20 世纪 30 年代的《西康图经》中有“一节就是对《格萨尔》史诗的译介。这是我国从现代科学的意义上开始搜集史诗《格萨尔》的最早篇章”。40 年代任乃强又发表了“三篇专门讨论史诗《格萨尔》的文章：《〈蛮三国〉的初步介绍》（1944）、《关于〈蛮三国〉》（1945）和《关于格萨尔到中国的事》（1947）”。三四十年代《格萨尔》史诗学的理论建设“是我国《格萨尔》史诗学建设中的起步阶段”。具有开拓性：首先，“将史诗《格萨尔》从藏学领域中突出出来”，其次，“使《格萨尔》史诗的研究一开始就具有国际性的眼光”，第三，“解决了一些当时在史诗研究中的关键性的问题”。第四，“为后来的史诗研究开辟了新的范围或提出了需要解决的问题”。总起来看，三四十年代的《格萨尔》研究“为史诗学的建设奠定了基础”：一是“从资料学的建设看，得知史诗的基本结构”，二是“初步展开了有关史诗的根源探讨，开启了史诗历史根源研究和传承研究的先河”，三是“从艺术审美角度奠定了文学研究的基石”。

（张静　摘）

对岭国及格萨尔史诗的重新认识（上、下）

马成富

《西藏艺术研究》2001年第2、3期

该文主要讨论有关岭国的地点、“格萨尔其人及史诗产生年代方面”的问题。对这个问题过去研究者的意见很不统一，作者联系历史、地理材料，提出“阿坝州若尔盖的嫩洼乡”，“这黄河九曲第一湾才是真正的岭国所在地”。首先作者分析了“岭国的人种及地理位置”和“气候特点和草原状况”，并绘制了地图。其次，关于“岭国的国家性质”，作者认为格萨尔不是王，而“仅仅是个部落酋长”；岭国实际上是部落而不是国家；他们所进行的战争是部落间的纷争，除了反抗外来侵略外，大部分是为了抢掠生产资料和生活用品，这一习俗，“民改前在安多草原上屡见不鲜”。随后作者提出“对岭国进行的几场战争的看法”。作者分析了《松岭之战》、《姜岭之战》、《门岭大战》和《雪山水晶国》，运用历史、地理材料加以论证，认为这几场战争“都是在黄河湾一带上下十多万平方公里的草原上进行的”。对于“格萨尔其人”这个问题，作者认为“格萨尔并不具体指哪个人，不管什么朝代，什么地方出现的少壮英雄，都叫格萨尔”。关于“史诗形成时间”，作者认为“《格萨尔史诗》形成于公元前某个世纪”，因为“唐宋元以后实行土司制，黄河湾一带早有统治部落的阶级了，不可能存在原始部落社会也就更不可能产生史诗了”。此外作者又谈了几点他的新看法。一是具备“三水环绕”条件的“只有黄河九曲第一湾”。二是史诗中出现的霍尔三帐王，不是依据帐篷的质地区分的，“依然是根据三条水系来划分的”。三是《格萨尔》史诗中描写的第一次部落纠纷，是一次抢婚事件，“是部落之间的事，而非国与国之间的事”。“另外文中的湖泊地名都与黄河湾有关。”四、“格萨尔史诗中出现的诸多城池、城堡，都集中在第一湾，这与史诗在流传过程中不断吸纳新的东西来充实它的内容有关。”五、作者认为“通过对史诗中有关地理环境方面的研究，一定要先从本土、黄河源、黄河湾大草原方面入手，避免一出现陌生名称就想到外国，一出现湖泊就想到扎陵湖、鄂陵湖”。

（张静　摘）

诗化的叙述

——《江格尔艺术论》之五“叙事论”

张　越

《新疆师范大学学报》(哲学社会科学版)　2001年第3期

《江格尔》是一部“活形态的英雄史诗”,“在多数情况下,都是诗、乐、舞三者统一于‘江格尔奇’的演唱艺术之中的”。史诗本身具有巨大的艺术魅力。“本文从叙事的角度进行探讨”,一是“诗的叙述　叙述的诗”,《江格尔》“是以叙事为主、叙事与抒情相结合的英雄史诗”。二是“清晰易记的叙述模式”,“《江格尔》的叙述方式是传统惯用的‘客观形态叙述方式’”。首先在“叙述时态”上,“基本上是一种历时性的叙述”,有时“则采取叙述完一件事再叙述第二件事的方式处理”。另外,史诗中还采用闪回和闪前的叙述时态。其次是“叙述视角”,江格尔“采用的是客观叙述法”,但也不乏“第一人称的叙述”。最后是“叙述节奏”,在江格尔中,主要采用的是等述方式,还有概述、扩述、静述等。“这多种方式总是自觉不自觉地交错使用,这就产生了不同的叙述节奏,带给人不同的艺术感受。”三是“抒情诗化的叙述格式”。“江格尔是诗,通篇都是韵文体,有严格的格律规范”,“音韵和谐”,诗中还有大量“排比对称”和“重迭复沓”。

(张静　摘)

拉祜族神话史诗《牡帕密帕》的文化特点

张晓松　李　根

《云南民族学院学报》　2001年第5期

《牡帕密帕》是拉祜民族文化“百科全书”,作者归纳其主要的文化特点。首先“《牡帕密帕》从始至终充满了神无所不在,神无所不能的浓厚的原始宗教气息”。其次史诗“萌发出原始、直观、朴素的唯物论和辩证法思想”。“一方面,人们将一切物体和现象的产生与存在，归结于神的作用；另一方面，人们又把神的一切作用，建立在具体物质形态的基础上”，同时“史诗蕴藏着轻天命、重人事，劳动创造一切的思想”，另外万物皆动、万事皆变和有关对立统一的哲学思想也表现得比较突出。再次，展现了“家庭婚姻和传统伦理道德的演变过程”，史诗中记载了扎迪、娜迪的兄妹婚配和葫芦造人的神话；在伦理道德方面，“史诗充分表达了拉祜人勇敢无畏、不屈不挠、无私高尚的民族精神和热爱祖国、维护民族团结的传统美德，这是拉祜族民族传统文化的基本内核和优秀结晶”。最后，史诗还记载了“社会生产力由低向高不断发展变化的历史进程”，而且每一时代都为其增添了新的内容。

（张静　摘）

萨满教与蒙古英雄史诗

仁钦道尔吉

《民族文学研究》 2001 年第 3 期

一般认为，“蒙古英雄史诗的起源是由多种复杂的因素所组成的”，作者在文中只论述了萨满教与英雄史诗的关系。作者研究了以前学者记录的资料并指出“古代蒙古人认为，萨满教的神是英雄史诗的创作者和传授者，史诗英雄是神的化身或者本身就是神，史诗演唱给人们带来幸福”。这种“英雄史诗的‘天神起源说’是以萨满教观念创作的”的看法非常普遍。古人“把史诗演唱的功能与萨满祭祀一样看待”，他们相信“英雄史诗的演唱也能够保祐和满足他们的一切要求”。之所以“把英雄史诗的英雄看作神，又说是神创作英雄史诗”，作者认为“是由英雄史诗的起源和内容所决定的”，即“蒙古英雄史诗是在萨满教世界观指导下形成和发展起来的，而且在某种程度上借用了萨满祭祀诗歌的内容和形式”。作者通过分析史诗与萨满教三界宇宙结构相符的时空观，半人半神的英雄形象等方面来论证这一观点。此外作者还指出“有的学者从音乐角度对史诗演唱与萨满诗歌朗诵进行了比较”，虽然使用的乐器不同，但两者在“演唱曲调和器乐声”上非常接近。

（张静　摘）

试论《格萨尔》史诗的六大特征

曼秀·仁青道吉

《西北民族学院学报》(哲学社会科学版·汉文) 2001年第4期

《格萨尔》史诗中有一些反反复复的内容，“架构成了《格萨尔》史诗的一个总的模式”，作者称其为《格萨尔》史诗的“传承结构”。作者从“内容与形式结构”和“语言结构”两个方面论述，这两方面各包括三大特征，构成了《格萨尔》史诗的六大特征。一是“歌诗结构”，《格萨尔》具有“程式化的表达方式，即歌诗的结构，由开首、结尾和中间叙事三个部分组成”，而且这三部分的内容是相对固定的。二是“情节结构”，分为“战争内容”和“‘宗’的形式”两方面。前者一般分为宣战、交战、胜利三个步骤；“宗”是“某某之多”的意思，“是《格萨尔》史诗总体上构建的一种模式”。三是“氏族部落结构”，作者分别论述了“敦（冬）氏族及其岭六部”、“敦（冬）氏族部落联盟及其成员达戎、丹玛部落”和“岭五国军事联盟及其作用”。四是“曲调”，《格萨尔》的曲调“具有自我‘点明’的作用”和反复的特点。在运用上，“每个人物都有一个属于自己而与众不同的曲调”，而且“不同场面，各人也有不同的曲调”。五是古谚语，可分为三字类、四字类至九字类，还有字数不等的。这些谚语的前后都有提示，可直观地辨认。六是措辞，“《格萨尔》史诗的措辞，是以牧区方言为基本语法规范，注重节奏”，这“可从韵文、散文、语助词、古字词等四个方面来叙述”。

（张静　摘）

第四编

民间传说研究

一、传说研究概述

2001年民间传说研究概述

张 捷

（华中师范大学文学院）

2001年度见诸各公开发行刊物的关于传说研究的文章共有60余篇。从研究对象上分，包括人物传说、地域传说以及风物习俗传说等。

人物传说研究如顾希佳的《虞舜传说与吴越文化》，“依靠文化人类学、民族学、民俗学的大量材料”①，阐释了虞舜传说的史料价值；并借助柳田国男的传说圈理论分析造成虞舜传说在浙江绵延不绝的重要原因是“这些地方至今依旧存在着与舜相关的‘纪念物’或遗迹”②；更以大量新采录的文本为基础，将浙江境内的虞舜传说分为讲述舜生前事迹和舜王庙由来以及舜被神化以后的圣迹故事两大类；文章最后落脚在虞舜传说与吴越文化的关系，即“虞舜传说是吴越文化的重要组成部分”③，浙江虞舜传说和国内其他地方的虞舜传说一起共同体现了一种对始祖的文化认同。胡安莲的《牛郎织女神话传说的流变及其文化意义》简述了牛郎织女故事从神话到传说的发展脉络，认为它“反映了中国封建时代传统的男耕女织的家庭模式，说明了家长制在婚姻中的作用，反映了古代人民对善恶美丑的认识以及对做人的要求”④。李军的《李贺传说故事研究》从野史札记和诗话著作中选取了关于诗人个人生活和创作方面的传说故事，并在此基础上总结出李贺传说故事丰富性、多样性及理想性等特点，分析了传说中诗人的形象以及性格特点，探讨了李贺传说所表现和反映的士人文化心态。林振礼的《朱熹与狐仙怪异传说探索》将朱熹与丽娘的传说划分为产生、流变和融合三个时期：武夷山时期是“平民感情藉千古狐魂的理想幻化，也是怨女旷夫消解性寂寞的精神药剂”⑤，铅山、白鹿书院时期是“失意士人对科举制的情绪反弹，纵逸之辈放浪形骸的辩护谈资”⑥，清末融合时期是“聊斋先生笔下鬼狐的转换移植，反叛传统审美取向的合璧之作”⑦。朱熹与丽娘的传说反映出朱熹在民间的“情感与理性相矛盾”⑧的第三重形象，这一形象“本质是人们深层婚姻文化心理及伦理价值选择的折射反映”⑨。那木吉拉的《成吉思汗“纪念陵”传说考证》针对成吉思汗“纪念陵”记载是史实的反映还是虚构的传说的争议，以蒙古史籍和蒙藏民间文学资料为据，以母题比较为手段进行考证，得出了史书关于成吉思汗“纪念陵”的记载并非真有其事，而是虚构的民间传说的结论。郑本法的《伏羲的传说与原始婚姻制的变革》从社会学的角度探索了伏羲传说与原始婚姻制变革的关系，透过诸如兄妹婚等荒诞不经的故事表现了原始社会人类婚姻制度变革的史实，总述了伏羲在这一过程中的历史功绩。

地域传说研究中，过伟的《澎湖传说故事的文化人类学探索》，以台湾金荣华教授与其弟子姜佩君新赠的《澎湖县民间故事》和《澎湖民间传说》为材料，取用文化人类学的研究视角，分析出神祇、蔡进士—张百万、郑成功—妈祖三类传说的文化背景与文化价值，并将澎湖地方传说与国内其他地方传说的异同之处作了比较。马培汶的《重庆传说时代文学初探》引述了大禹娶妻重庆涂山、神女定居三峡巫山、灵山十巫升降巫溪等上古时代的神话传说，并以此作为重庆古老丰厚的历史文化遗存的重要依据。

在风物习俗传说方面，陈金文的《试析一组与妇女纹面风俗有关的黎族传说》，以四个传说文本为切入点，在文本分析的基础上，提出了习俗起源的“四类说”，即易容说、扮凶相说、遭毁容说、自毁容说，另外还指出四个传说依次体现了人类社会不同发展阶段的社会历史背景。满都呼的《论蒙古与通古斯熊传说的有关习俗内涵》，对满—通古斯语族、蒙古语族六个民族的熊传说和与之有关的风俗习惯做了比较分析，顺势归结到共同的熊崇拜问题，探究了造成这种一致性的原因。汪立珍的《论我国通古斯民族神话传说中的动物崇拜》，也以熊传说为例，论述了通古斯诸民族传说中表现出的人与动物关系的认知态度，分析了人与动物姻缘神话传说中的类型，阐述了人对动物的祭祀仪礼等问题。石硕的《论藏族关于自身族源的三个传说及其价值》开篇提出：“在以往有关藏族起源问题的研究中，有一种重要的文本史料却长期遭到了忽视，这就是藏族关于自身起源的传说。”[10]文章列举了三类传说：印度徙人说、卵生说、猕猴与罗刹女结合说，分析了每一类传说产生的背景以及它们在民众中间的真实地位，最后得出结论“在藏族自身起源的三种传说中，猕猴与罗刹女结合衍生藏人无疑是最具广泛性、民间性和土著性的一个传说”[11]。此外还有黎道纲的《兰那古籍中洱海传说的族源探讨》，满都夫的《蒙古—通古斯人关于熊的传说》，梅联华的《从龙虎山民间传说看端午习俗》，汪立珍的《论鄂温克族萨满神话与传说》等，都以其将地方风物或习俗与传说文本联系起来切入论题而引人关注。

就研究方法而言，仍以通行的母题、类型、比较、钩沉为主。运用母题视角的如万建中的《地陷型传说中禁忌母题的历史流程及其道德话语》，文章对地陷型传说中“勿顾”式禁忌母题做了历史梳理：传说大致经历了5次变异，与此相对应的，母题也经过了6个阶段。但无论故事怎样变化，其中蕴涵的深刻的现世道德话语的警示逐渐加深加强。属于此类的还有万建中的另一篇文章《西南民族地区赶山鞭型传说中禁忌母题的文化诠释》。使用类型分析法的如陈岗龙的《蒙古族识宝传说研究》，将蒙古族的识宝传说分为“金马驹型”、“风水型”、“开山寻宝型”三个类型，就每一个类型勾勒出它的流传区域与社会背景，并举出典型作品给以说明，挖掘了其中隐含的文化意义。使用比较研究方法的如吴桂华的《满—通古斯语族民间文学的奇花异葩——赫哲族的伊玛堪与鄂温克族民间传说的比较》，从两种不同民间文艺形式中发现相似性，这种相似性表现在它们与萨满文化的紧密联系，对英雄莫日根的共同崇拜和歌颂，以及对本民族独特民风民俗的表现。

就作品而言，2001年也有一大批传说材料发表。如陈宝君的《牛腿琴的传说》，冯建龙的《仓颉与仓颉陵庙的传说》，古月的《“画卦台”的传说》，关增岭的《滨州的民间传说与歌谣》，林今团的《建阳茶业传说之一——闽王与和尚》，明月华的《远古传说与湖南地名》，宁生银的《凤凰台传说》，曲延纯等的《古代神话中有关“蛇”的传说》，榕嘉的《我国古代的蚕人与蚕丝起源的传说》，石大召等的《化坪河古松及其传说》，孙开泰等的《易牙本传与其传说》，唐向荣的《沙湖的传说》，巫白慧的《岳阳君山摩崖石刻的传说》，吴尚平的《青海湖的传说》，杨龙奇等的《关于火源的神话传说》，俞允尧的《元宵灯节的传说》，张吉荣的《甘州土塔的传说》，张军的《国语中的神话传说》，章小琴的《旅游景点中的爱情传说》，赵丽萍等的《凉州传说》，郑山宝的《清凉石的优美传说》，以及民族乐器的传说等等。

在这一年中，参与传说研究的人有老一辈的学者，也有年轻的学人，有本专业的，也有跨专业的，有汉族的，也有少数民族的。研究的成果体现了对过去已有研究的继承与发展。譬如陈岗龙的《蒙古族识宝传说研究》根据蒙古族民间文学和田野调查的资料对蒙古族识宝传说作了初步的探究，丰富和补充了此前仅仅局限于汉语的传承研究。另外还有研究成果的交替互补。如满都夫的《蒙古—通古斯人关于熊的传说》、《论蒙古与通古斯熊传说的有关习俗内涵》和汪立珍的《论鄂温克族萨满神话与传说》、《论我国通古斯民族神话传说中的动物崇拜》，以及王满特嘎的《蒙古族与鄂温克族民间传说故事中坐骑形象的比较》和吴桂华的《满—通古斯语族民间文学的奇花异葩——赫哲族的伊玛堪与鄂温克族民间传说的比较》，这6篇文章之间有相同或相似的部分，但又各有侧重，彼此之间可以相互沟通印证。

关于传说研究还有一个特点，除民间文学研究之外，还有来自其他学科的介入。如魏海泉等的《从神话传说与文字记录中探索中国活火山喷发的信息》，文章从地质学角度出发，把传说当作中国古代火山喷发的一种记录，希图从中找到火山学所需要的证据和资料。李慧的《论艾特玛托夫小说中神话传说的运用》中说到“神话传说的运用对艾特玛托夫具有极为重要的意义，为他的小说增色不少，这些神话传说蕴涵着丰厚的使命，既具有原型意义，又有结构意义，同时还有文化意义，三种意义巧妙地联系在一起”⑫。陈虎等的《远古传说与先秦诸子对社会发展动因的认识》和路平等的《古史传说与墨子的政治观研究》则是从政治学角度截取有关信息。

今年的传说研究可以说比以往更多地关注现实的操作意义。这与当前的民俗文化热是密切相关的。马培汶的《重庆传说时代文学初探》引述众多传说篇什的目的更多的还是在于以此作为当代文艺创作的源泉。林振礼的《朱熹与狐仙怪异传说探索》在文末亦提到，“朱子故事传说为异地游客提供了生动传神的话语空间，成为山水景物的文化解读工具”⑬。还有前面介绍过的一系列传说材料，均贯串着开发地方民间文化的鲜明目的。

---

①②③ 顾希佳．虞舜传说与吴越文化．杭州师范学院学报，2001，(3)．

④ 胡安莲．牛郎织女神话传说的演变及其文化意义．许昌师专学报，2001，(1)：74．

⑤⑥⑦⑧⑨⑬ 林振礼．朱熹与狐仙怪异传说探索．泉州师范学院学报，2001，(3)：62～68．

⑩⑪ 石硕．论藏族关于自身族源的三个传说及其价值．西藏研究，2001，(3)：96～103．

⑫ 李慧．论艾特玛托夫小说中神话传说的运用．韶关学院学报，2001，(5)：15．

二、民间传说研究论文选载

地陷型传说中禁忌母题的历史流程及其道德话语

万建中

（北京师范大学中文系）

一

中国一直是诗的国度，我国古代，小说不能登大雅之堂。原因是小说多志怪，缺乏很强的尊实重信的意识，为重人世、好实在的士大夫们所不齿。小说的这一内容上的特点又是来自于民间下层文化。闻一多先生说得好：“故事是民间的产物，不用讳言，它的本质是低级的（便在小说戏剧里，过多的故事成分不也当悬为戒条吗?）。正如从故事发展出来的小说戏剧，其本质是平民的，诗的本质是贵族。”①作为民俗集体艺术智慧结晶的口头叙事文学，尽管没有像作家文学那样刻意追求个性，但由于没有经史文学那种强大而又顽强的传统力量（诸如文以载道等）的压力，反而能够轻松地舒展开虚构的翅膀。

口头叙事文学的篇幅有限，无法展开气氛的烘托和冗长的心理刻画。为迎合民众的口耳相传的传播与接受习惯，细节的描写则注重“精”与“奇”，“不精”“不奇”的一般过程性叙述则被舍弃。这一方面能使人更强烈地感受到那些最典型、最鲜明、最动人的形象，达到以一当十的效果；另一方面，却又拉大了与普通人日常生活的距离。作为向文化不高的人灌输的文化信息，就要遴选那些震撼强烈的内容，把故事讲得活灵活现。譬如大自然的巨变就成了神话、传说表现的重要题材。地震发生，“烨烨震电，不宁不令。百川沸腾，山冢崒崩。高岸为谷，深谷为陵”的情景，惊心动魄，给人带来无限的恐惧。预知这类灾害发生是人们的愿望。地陷型传说正是在这样的背景下自行源源不断地延续着演进的轨迹。

地陷型传说属中国洪水神话的一个亚型，丁乃通归之为825A“怀疑的人促使预言中的洪水到来”，还列出了此型故事的50余篇异文②。最早而比较完整的形态，当推《吕氏春秋·孝行览·本味》记载的一则传说：

有侁氏好采桑，得婴儿于空桑之中，献之其君。其君令，烰人养之，察其所以然。曰：“其母居伊水之上，孕，梦有神告之曰，‘臼出水而东走，毋顾!’明日，视臼出水，告其邻。东走十里，而顾其邑尽为水。身因化为空桑，故命之曰伊尹。

此伊尹生空桑之故也。”

这个传说又见于《论衡·吉验篇》：

伊尹且生之时，其母梦人谓己曰：“臼出水，疾东走，毋顾！”明旦，视臼出水，即东走十里，顾其乡，皆为水矣。

《伊子·天瑞》“伊尹生乎空桑”句，张湛注引传记曰：

伊尹母居水之上，既孕，梦有神告之曰：“臼水出而东走，无顾！”明日，视臼出水。告其邻，东走十里，而顾其邑尽为水。身因化为空桑。

《水经注·伊水》：

昔有莘氏女采桑于伊川，得婴儿于空桑中。言其母孕于伊水之滨，梦神告之曰：“臼水出而东走！”母明视而见臼水出焉。告其邻居而走，顾望其邑，咸为水矣！其母化为空桑，子在其中矣。

《楚辞·天问》“水滨之木”一句，王逸注：

伊尹母妊身，梦神女告之曰：“臼灶生蛙，亟去，无顾！”居无几何，臼灶中生蛙，母去，东走，顾视其邑尽为大水。母因溺死，化为空桑之木。水干之后，有小儿啼水涯。人取养之。既长大，有殊才。有莘恶伊尹从木中出，因以送女也。

以上所载的此型传说皆包含一个禁忌母题，即“臼出水”或“臼水出”而东走，毋顾。这一禁忌是通过神谕的形式发出的。伊尹母因违背了禁忌，“顾望其邑”，而遭到惩罚，化为空桑。惟《论衡》所载传说中，未言及伊尹母违禁后的厄运，大概是在流传中字句脱落的缘故。

龚维英先生曾提出，“桑树既然是伊母所化，桑树的空洞即等同于女性生殖器③”。原始思维里“类似联想”或“互渗”作用往往将植物、动物及其形态与人的生殖器官作“只取一点，不计其余”的“随机对位”，葫芦（瓜）与子宫、与女阴（或男阴），树洞与母腹、与女阴，树干与男阴，鸟（卵）与女阴（或男阴）等等，都可以因其形态或某一功能的相似而发生比附。正是这生殖崇拜的渊源关系，伊尹出自空桑，乃是十分自然的事情。然而故事却十分巧妙地嵌入一个禁忌母题，将伊尹出生的情绪归因于其母的违禁行为，其生之空桑似乎是超自然力惩罚所致。而有莘恶伊尹从木中出，也可能是伊尹母子触发了洪水之故。禁忌母题自然而然地引导出空桑这一生殖象征意象，并将伊尹的诞生注入了天谴劫难的意味，更加突现了伊尹身世之不同凡响。

遇灭顶之灾而不可“回顾”的禁忌母题，也出现于朝鲜半岛上。崔仁鹤先生收集到这样一则故事：神变成和尚来化缘。某家丈夫把牛粪放在棒尖上递给他。妻子急忙布施他米饭，并向和尚致歉。和尚告诫她说：“明天早晨，海啸要袭击村子，你赶紧跑开，途中绝对不能回头看……”第二天，果然起了海啸。妻子边跑边回头看，因此变成了石头④。在西方并非同型的故事之中，钟敬文先生翻检到希伯来与《旧约·创世纪》有异的一种灾难故事。其中与伊尹传说关系最大的一节是：亚伯拉罕祈求发怒降灾的耶和华饶恕所多玛城的十个善人。天命叮咛十人中的罗得说：“逃命吧！不可回头看，也不可在平原站住，要往山上跑，免得被剿灭!”他们便向近处小城奔逃。他们刚离开了那里，硫磺与火，便从山上降下，把所多玛及蛾摩拉二城和全平原及其间所有的一切物类，都毁灭了。罗得和家人逃跑时，妻子落在后边，因回头一看，便变成了一根盐柱(母题 C961. 1)⑤。

除了水火表面的不相容之外，禁忌母题的结构及内涵完全一致：设禁者皆是神灵，违禁者都为人之母，受惩的方式亦是违禁者变化为物，只是一为空桑，一为盐柱而已。正像钟先生所说：“这和伊母的不守神谕，回头一顾，变成空桑，是何等令人惊异的吻合呵!”⑥

至于“臼出水”和“臼灶中生蛙”何以可朕兆水灾，钟敬文先生早在30年代初就有过相当精彩的考辨和论证：“第一、第二两项（即‘臼生水’和‘臼灶中生蛙’），恐怕不能只以‘无稽’或‘前论理主义’抹煞它吧。第一条的臼出水，当即‘础润而雨’之意。《地境》（原书已佚，此见《开元占经》所引）亦云：‘水忽出臼中，臣为咎，且将大水。’有些季候，天将下雨，往往天气必潮湿，房屋中的墙壁、阶础、器物，常因之多含水分，这是我们平日经验中的事实。第二条的臼灶中生蛙，想也是先民生活中经验的表现……《说苑·权谋篇》有这样一段记载：‘智伯从韩魏之兵以攻赵，围晋阳之城而溉之，城不没者三板，臼灶生蛙。’（《国语》亦记此故事，据云：‘晋阳之围，赵襄子以尹铎宽民必和，乃走晋阳。晋师围而溉之，沉灶产蛙，民无叛意。’）这不但给我们说明了蛙和水的关系，并且也把它（蛙）和臼灶的关联透露了一点出来。‘臼灶生蛙’，这大约是一句古代的惯言吧。”⑦

二

地陷型传说的禁忌母题在汉代渐变，成为825A“怀疑的人促使预言中的洪水到来型”故事⑧。《淮南子·真训》“夫历阳之都一夕反而为湖”句，高诱注云：

> 昔有老妪，常行仁义。有二诸生过之，谓曰：“此国当没为湖。”谓妪：“视东城门阃有血，便走上北山，勿顾也!”自此，妪便往视门阃。阍者问之，妪对曰如是。其暮，门吏故杀鸡，备涂门阃。明旦，老妪早往视门，见血，便上经山，国没为湖。与门吏言其事，适一宿耳。

历阳是秦置县名，地在今安徽省和县。和县以前是和州，汉初属淮南国，是淮南王刘安所辖之地，刘文典《淮南鸿烈集解》注曰：“有注云：汉明帝时，历阳沦为湖。”⑨现在的历湖可能就是当年历阳所在。

故事原有的“勿顾也”这一禁忌母题在这里只是一个象征性摆设，因为后文根本没有让老妪违禁的意图和情境。此故事容纳两个禁忌母题，显然带有过渡的性质。在此前此类禁忌母题中，神谕只告知守禁的途径，却没有晓示原由。故而老妪不可能意识到违禁的严重性，违禁在所难免。而此故事中，明确道出了“此国当没为湖”，老妪当然要恪守禁忌以避免葬身鱼腹的厄运。既然违禁的可能性被排除，设禁便成多余。因此，“勿顾也”这一禁忌母题是建立在“国当没为湖”灾难基础上的。也就是说洪水肯定会到来，“臼出水”或“臼水出”即是预兆信号。而“备涂门阃”禁忌母题则不同，它将洪灾发生诱因的重负从神灵交付给了凡人，若没有“门吏故杀鸡，备涂门阃”的有意行为，城是否会陷没为湖还是个未知数。纯粹是记录自然灾害现象的民间传说，由于掺入了这一新的禁忌母题，不仅事态的发展更为跌荡曲折，更富文学味道，而且将传说的寓意从图腾崇拜和始祖信仰（伊尹自空桑生出，暗示他个人或其小氏族以桑为图腾），转回对民间现实社会的关注。传告禁忌信息的再不是另一世界的神灵，而由凡俗之人所取替。传告的方式由虚幻的梦境进入了现世的话语。决定人物命运的洵非自然灾害破坏的程度，而是人物的道德水准和伦理状况。老妪因“常行仁义”，方成为惟一幸免于难的人。

魏时的记载，这个传说又转移地点，变成由拳县事。地在今浙江省嘉兴县南。《水经注·沔水》“谷水出吴小湖，迳由拳县故城下”引《神异传》曰：

由拳县，秦时长水县也。始是时，童谣曰：“城门当有血，城陷没为湖。”有老妪闻之，忧惧。旦往窥城门。门将（侍）欲缚之。妪言其故。妪走后，门将（侍）杀犬，以血涂门。妪又往，见血，走去，不敢顾。忽有大水长欲没县。主簿令幹入白令。令见幹，曰：“何忽作鱼？”又曰：“明府亦作鱼！”遂乃沦陷为谷矣。

这里的“不敢顾”处于极不显眼的位置，且已基本上消淡了禁忌的色彩，让人觉得似乎是由于害怕所致，与禁忌没有牵连。而“门将（侍）杀犬，以血涂门”的禁忌母题则被挪至前面，显得十分突出，成为整个故事情节的中心环节。在它强有力的排挤之下，旧有的禁忌母题已基本失去了生存的空间，残喘于禁忌的边缘，沦落为一个可有可无的附带行为。“由拳县”地陷的传说在晋·干宝《搜神记》中亦有详录：

由拳县，秦时长水县也。始是时，童谣曰：“城门有血，城当陷没为湖。”有妪闻之，朝朝往窥。门将欲缚之。妪言其故。后门将以犬血涂门，妪见血，便走去。忽有大水欲没县。主簿令幹入白令。令曰：“何忽作鱼？”幹曰：“明府亦作鱼。”遂沦为湖。

此与《水经注》所载内容几乎完全一致，只是将“勿顾”的禁忌母题脱落殆尽。从此以后，地陷传说中再也寻觅不到其踪影。

梁刘之遴《刘之遴神录》亦辑存此传说，文字稍有增益，更为丰润，并新添了“老母牵狗北走六十里，移至伊莱山得免”的细节。老妪与狗相依为命，亲密无间，说明她获救亦在于善行。从内容看，两则传说可能形成于秦王朝或以后不久的时代，因为禁令的发出是秦代一首童谣。违禁的方式也大致相类，皆为以犬血涂城门。《搜神记》卷二十还有另一则地陷型传说：

古巢，一日江水暴涨，寻复故道。港有巨鱼，重万斤，三日乃死。合郡皆食之。一老姥独不食。忽有老叟曰：“此吾子也，不幸罹此祸。汝独不食，吾厚报汝。若东门石龟赤，城当陷。”姥日往视。有稚子讶之，姥以实告。稚子欺之，以朱傅龟目，姥见，急出城。有青衣童子曰：“吾龙之子。”乃引姥登山，而城陷为湖。

从禁忌母题的角度而言，这又是一个具有转折意义的文本。“以犬血涂门”的禁忌母题蜕变为“以朱傅龟目”。据有的学者考证，“龟”的出现，是由于其与“臼”、与

“阃”有同音关系。“臼”两汉音在幽部，在幽真音变的情况下，它可能以这种同音词关系被误听为“阃”，误记为“阃”。“阃”从困得声是真部字。“臼”和“阃”都是舌根音，得以音变同音。汉魏六朝“臼”与“龟”同音，都是舌根音幽部字。“臼水出”的“臼”以同音词的关系被误听为“龟”。在流传中，与“东城门阃有血”等说法相杂糅，又演变出“朱傅龟目”[10]。龟目代替城门（阃）标志着禁忌对象的改换。由血而为朱乃皆为红色之故，意义未变。另外，此传说还首次提供了对地陷为湖起因的诠释：合郡食龙之子的肉，遭龙王的报复，城陷为湖。明确指出了设置禁忌的动机。设禁不再是空穴来风，也不是肇端于不可避免的自然灾害，设禁与违禁一样，都是人为的，是人的恶行所致，而出场的先知者似乎只充当了一个传报洪水信息的角色。古巢老姥仅因不食巨鱼之肉，便得到厚报，这就更包含着“不因善小而不为”的思想。禁忌母题所张扬的伦理观念，较之以前更为具体了。

到梁，任昉《述异记》卷上也记载了这个传说：

和州历阳沦为湖。昔有书生遇一老姥，姥待之厚。生谓姥曰：“此县门石龟眼血出，此地当陷为湖。”姥后数往视之。门吏问姥。姥具答之。吏以朱点龟眼。姥见，遂走上北山。顾城遂陷焉。今湖中有明府鱼、奴鱼、婢鱼。

与《搜神记》所载相较，在地名上稍稍移动一下，又回归到“和州历阳”。内容上显然遗弃了合郡食龙肉，龙惩罚郡人的情节，而以姥待书生之厚取代。但“以朱点龟眼”这一破坏禁忌的行为则完全一致，即两故事的禁忌母题是同一的。至此，禁忌母题最需要阐释的意象当为“龟”了。“龟”大摇大摆地闯入地陷型传说，成为禁忌的对象并与洪水结下了不解之缘。显然这绝不仅仅是发音上的原因，还有着更为深层的俗信动机。

中华民族从原始龟图腾崇拜开始，形成一个牢固的信念：龟是解危避难、消灾降福的吉祥神灵之一。它曾因助禹治水而闻名。《洛阳记》载：“禹时有神龟于洛水，负文列于背以授禹，文即治水文也。”[11]《拾遗记》载：“禹尽力导川夷岳，元龟负青泥于后，元龟河精之使者也，龟颌下有印文，皆古篆字，作九州山川之字。禹所凿之处，皆以青泥封记其所，使元龟印其上。今人聚土界，此之遗象也。”[12]传说禹疏九河中，惟淮河屡治不效，常常泛滥成灾，百姓叫苦不迭，禹亦一筹莫展。原来是水神在作梗，是龟化作大山镇住了水神，才使淮河驯服入海。《南村辍耕录》载：“水神在临淮县龟山之下，形若猕猴，缩鼻高额，青躯白首，金目雪齿，颈伸百尺，力逾九象。禹获之，锁其颈于龟山之足，淮水乃安流注海。”又：“禹治水三至桐柏，获淮涡水神曰无支祁，乃命使庚制之，锁于龟山之足，淮水乃安然永泰。”[13]由此可知，禹在治水过程中，每遇艰难险阻，均由龟为其排忧解难。在汪洋大海里，龟还专门在狂风恶浪的险要地方为人解危。《孙公谈图》载：“高丽东海洋，龙宫之宝藏所也，虽无风亦有浪，使人过此，舟前大龟如室，两目如巨烛，光耀沙上，舟人以此卜之，见则无虞也。”[14]古籍多有关于神龟救人于水难的记载。《幽明录》中“毛宝”条云：“晋咸康中，豫州刺史毛宝戍邾城，有一军人，于武昌市买得一白龟，长四五寸，置瓮中养之，渐大，放江中。后城遭石氏败，赴江者莫不沉溺，所养人被甲入水中，觉如堕一石上，须臾视之，乃是先放白龟，既得至岸，回顾而去。”⑮在现代汉族口承文本中，也有不少是说乌龟帮助人的⑯。既然有了这么坚厚的历史积淀，龟被奉为保护神，在地陷型传说中以洪水预言家的身份出现，就是不难理解的了。

三

然而，自元代以降，龟的声誉一落千丈，成为污秽邪淫的代名词；它因之也渐渐失去了在此型传说中的神圣位置，远离了禁忌母题。取而代之的是越来越走红的石狮。

在明代公案类小说《龙图公案》（或称《包公案》、《包公奇案》）里有一篇《石狮子》⑰，故事的前半部分如下：

据说，从前登州市头镇，有位崔长者，为人乐善好施。生了一个儿子，很聪明勤学。一天家里来了一位老僧，对他说：“此地有洪水之灾，员外可预备船筏，伺候走路！”崔长者问何时可见，老僧答他：“见东街宝积坊下，那石狮子眼中流血，便要收拾上路。”并诏赐他下面四句诗：

天行洪水浪滔滔，
遇物相投报亦饶；
只有人来休顾问，
恩成冤债苦监牢！

老僧去后，崔家一方预备船只，一面常令老妪前往东街探视石狮子眼中有无血出。事为坊下的屠夫所听悉，因戏以血（大约是猪血吧?）涂在石狮上。老妪看见了，即回去报告主人。于是，崔长老一家，便搬进预备好的船上去了。

此故事首次出现了石狮子眼中流血预兆水灾的情节，并有洪水泛滥、广大生灵受害，以及善良人因善行得到救助的情节⑱。钟敬文先生指出：“我以为现在汉族流行的这种类型的神话，部分记录中石狮子及其预告灾难等情节，是从较早时代地陷传说中的石龟角色及其作用所蜕变而成的。而明代小说中的石狮子及其预兆作用的叙述，正是现在这种故事有关情节的较早形态。在现代同类型神话的另外记录里，那角色仍是乌龟，这是原始说法的遗留。”⑲这一论断是与地陷型传说发展的轨迹相符的。

自石狮加盟此型传说的禁忌母题之后，传说骤然变得活跃起来，异文猛增。陈建宪收集到此型传说的39篇异文，洪水前兆以石狮子眼中出血（发红）最多，共29例，其次为石龟（乌龟、金龟）5例⑳。石狮子占据了石龟在禁忌母题中的位置，成为禁忌的对象，禁忌母题的基本内容并没有明显的改变。40年代，民族学家陈志良先生在上海收集到几个地陷的传说，其中一则比较典型：

从前东京城里有个孝子，有一位老母在堂，他非常孝顺她。有一晚，他梦见一个仙人对他说：“这个城快要沉没了！你如果见到城隍庙前石狮子的眼睛出了血，此城马上沉没，赶快驮了你的母亲逃走！”那孝子信以为真，每日在天未亮之前先到城隍庙前看石狮子眼睛有没有出血。一连好几天，天天碰到杀猪的。杀猪的奇怪他的行为，盘问明白那孝子的原委。于是在第二天大清早，杀猪的把手上的鲜血预先涂摸了狮子的眼睛。等到孝子一到，看见石狮子的眼睛果真出了血，马上回家驮了老母就逃。他的前足跨出，后脚已沦为湖了。于是那东京城就沉没而为湖，崇明岛却渐渐地汆了起来。[21]

陈志良先生还曾将此传说型式作了概括，情节梗概如下：

(1) 有一个人（老妪、孝子或其他，而以老妪之说为多）；
(2) 得到了神的启示，明白该地或该城之将沉没；
(3) 某种物件上（城门、石狮、石龟等）出血为陷城的记号；
(4) 为别人（门吏、屠夫）所知，故意涂了血；
(5) 此人走而陷城；
(6) 末尾，或者加上了本地风光。[22]

其中（3）是传说的核心情节，也是构成禁忌母题的关键环节。别的情节往往在流传中因某种因素而有所增减，惟独故意在石狮眼睛或其他物体上抹上鲜血（或朱红）预告地陷而为湖的这个情节是不大容易变化的，换言之，是比较稳定的。有的地方传说，如浙江长兴流传的关于瓷洲地陷为太湖的传说中[23]，只提到石狮子眼睛红了，而没有明确道出违禁者及违禁的行为，这大概是因为在传播过程中丢失了的缘故。

地陷型传说对于地震频繁的日本，不难引起人们的“选择性共鸣”。这个传说在《今昔物语论集》卷十第三十六篇的《妪每日见卒堵婆付血（按：即出血）语》中变了模样，预示灾害的不再是城门或城门边的石龟的双眼，而是卒堵婆（塔）。传说写老妪登山拜塔“降雨无阻，刮风不休，雷电不恐”，在酷热之时，登高逾险，拄杖挥汗，前去观塔，正与塔下乘凉的众少男相遇，受到他们的嘲笑。此众少男问妪曰：“妪有何心，我等年少，纳凉而来，犹感苦辛；虽为纳凉，尤不得凉，亦无事可为。汝已年高，每日上下，乃极怪之事。为何缘故？请汝告知。”妪曰：“宜乎年少者怪之。如此观卒堵婆，非近来之事，自我初知事，此已七十余年，每日上山观之也。”众少男曰：“诚然，且请告知其知也。”妪曰：“我父百二十而死，祖父百三十而死，亦其父、祖父二百余而死，皆留下话来，此卒堵婆出血之时节，此山崩为深海。传至我父，住于山麓，山崩则丧生，若见出血，则宜逃去，故每日观卒堵婆也。”

这位善良的老人见到少男们恶作剧涂上的血以后，便到处奔走，告诉人们离开居住的地方，速往他处逃生。中国的传说中兆示洪水的门（阃）或石龟或石狮，在这里置换为卒堵婆（塔）。而在朝鲜半岛的此类传说中，兆示物又成为一般的石像：

有个道士来到老婆婆的酒店，并受到热情款待。道士告诉她，“如果山顶上的石像眼里流血，你就带上粮食，马上跑开”。从此，老婆婆每天到山上去看石像的眼睛。村里的年轻人知道其中原委后，调皮地把石像眼睛涂红了。老婆婆见此情景，以为石像眼中出了血，急忙带着随身用品跑到了山顶。后来村子遭海啸袭击，淹没在一片汪洋大海之中，人们都被淹死了。[24]

不论哪种类型的兆示物，它们有一共同的特性，即都是当地久存的人文景观（旧时的门阃亦坚厚耐用）。它们默默地矗立在那里，耐心等待着迟早会来的违禁者，履行自己兆示的职责。

从所发现的此型传说的文本上，违禁者大多是杀猪的屠夫。他们实际为故事的反角(villain)。因以杀牲为业而容易被视为心狠手辣、不仁不慈之徒。他们手上常沾满鲜血，并随手擦抹，在不知晓或根本不领会禁忌的严重性的情况下，给附近的石狮眼睛抹上一点，是很自然的事。让他们充当冒犯禁忌之人，既符合现实生活的逻辑及佛家好生恶杀的信条，也使故事情节的进展合情合理。倘若不是以鲜血来作为违禁的媒介，那违禁者绝不是屠夫。有老师偷偷用红铅笔涂红了石狮的眼睛[25]；有小学生用红颜色涂石狮子的眼睛[26]。这是由于老师和学生经常使用红笔的缘故，并无其他的隐喻。

以血作为违禁的媒介物，有着远古信仰的依据。《中国原始社会史话》引述我国考古学成果写道："考古发现表明，山顶洞人在人死后，要把死尸埋进本氏族的公共墓地（山顶洞的下室），并举行一定的仪式，他们的尸骨上撒赤铁矿粉末。这种习俗在世界上许多古老民族很流行，他们也许用赤铁矿代表红色的血液，作为生命的象征。动物和人一旦失去鲜血，生命即告完结，这是原始人经常看到的现象。在死者身上撒红，似乎是希望死者能够继续保持生命力。"[27]云南沧源佤族地区发现的庞大崖画群，均属红色崖画。崇尚红色，是采用红色颜料的直接原因。在原始人类看来，用红色颜料绘制的人及动物，能"注人"活力，使复制在崖壁上的动物及人类获得灵性，从而令祈望的感应效果产生。同理，给石狮眼睛涂上红色，其灵气便被重新激活，恢复了预报人间灾祸的能力。

然而，在所有的此型禁忌母题中，涂红色的人即违禁者无一例外葬身湖底，并没有因给石狮注入了生命的"血液"而幸免于难。何故？血为崇拜的对象，按禁忌的原理，也就成为禁忌的对象。尤其是猪血，显然带有不洁的性质，它"既具有禳灾的功能（如用来作奠基之用），也作为禁忌用于模拟巫术，致害于他人，带来灾难。"[28]把它涂在神圣石狮的关键部位，本身就是一种恶劣的亵渎神灵的巫术行为，理应受到惩罚。

地陷型传说以对始祖的刻意神话为起始，转而致力于宣扬知恩图报及好心必有好报的劝善思想。洪水灾难中死里逃生的多是老妪，她们既是传说中的主角，又实际上是中转禁忌消息的信使及孤独的禁忌捍卫者（似乎没有其他人相信这一禁忌）。就男女老少而言，老妪以其特有的善良与慈爱最有资格也最合适在传说中充任主角（hero）。由于有了她们的出场，故事便可毫不犹豫、直截了当地切入禁忌母题，不必为寻求因果关系而挤出篇幅来叙说她们的种种积善积德之举。另外，不以老翁而以老妪作为幸免于难者，亦是生活常规使然。故事发生于城镇的生活区内或近郊，这是有闲的老妪走街串巷打发时间的特定空间。耐人寻味的是，老妪对洪水兆示及禁忌的坚信，显然有着深远的生活阅历及生存智慧的背景。"老妪"本身就昭示了她历经的沧桑和包含丰富的生活知识。事件的结局不仅张扬了《孝经》第一章所谓的"夫孝，德之本也"的儒家思想，而且以生与死的"事实"，肯定了老妪生活知识及阅历的价值。"孝"不单是伦理道德的问题，更是合理生活范式的要求。

此型传说的禁忌母题演进至近代，伦理教化的作用继续得到大大强化。传说在形态上一个明显的变化是老妪让位给了后生，自己则退隐到幕后，享受着后生的侍奉。传说往往用对比的手法，突出了后生敬老养老的优良品德及那众多虐待老人、摧残老人的忤逆之辈的恶劣品性，并以此作为天助后生劫处逢生和天谴忤逆之辈的理由。《洪泽湖的传说》这样讲述：天上观音变成一个老太卖馒头，发现人们都是买馒头给伢子吃，却没有买给老人吃的，她想："怪不得此地人要遭难，没有一个孝敬老人的。"到了年底，她把店门一关，门外来了个伢子，要买馒头给奶奶吃。她开了门，卖给他馒头，并告诉他洪水来临的信息及逃命的方法[29]。《狮子眼红陷濠陵》的前半部分所述内容与此相似：传说很早以前，梁山以西十里有个城池叫濠陵，城市雄伟繁荣，人缘却不仁不义，上欺老下欺小，尔虞我诈，作恶多端。泰山老母化作一要饭的贫婆来到濠陵察看。一个小学生可怜她，把她领到家里，给以饱暖。泰山老母得遇此等仁义慈善之人，便告诉他将要发生的事情[30]。上面这一大段交代，就故事情节本身而言，实际是为禁忌母题的正式出台作了必要的铺垫；从教化的目的来说，又在传说原本就有的佛教因果报应思想的基础上，羼进了更为具体更为现实的儒家孝道的内容。

设禁的角色也发生了转换：古代异文中传报洪水信息及设禁者是巨鱼精或书生，晚近异文中则转换成为惩罚作恶者和不孝者的神仙（玉皇大帝、观音菩萨）。违禁者只能是一个，然而受惩罚的却是全城人。他是全城人的代表，其违禁行为是全城恶风陋习使然。惟有神仙才有这样敏锐的判断力，惟有神仙才有这样无比巨大的威力。这是传说的创造者和传播者们在对现实作了反复的省思之后所作出的无奈的结论。把抑恶扬善、匡风正俗的希望寄托于超自然力，这毕竟给人虚幻之感。

然而，此型传说又可归为地方传说（Place Legend）类，禁忌母题附丽于具体、直观的地方景点（诸如崇明岛、太湖、淀山湖、历湖、洪泽湖等等），则平添了几分真实和可信。尤其是将毁灭性的自然灾害与人的善恶行为联接为直接的因果关系，令禁忌母题更具有振聋发聩的威慑效果。使人与动物相区别的不是死的意识，而是对死的逃避。按布朗的说法，死是生固有的一个组成部分[31]，但人们却可以努力地延长两者之间的距离。此型禁忌母题告诫我们，"延长"的惟一有效的方法是精神修炼，而非身体的营养（杀猪的自然可食足够的肉），道德说教一旦融入生与死可供选择的对照之中，即会激起乐生惧死的中国民众强烈的共鸣和颤栗。

四

对这一禁忌母题的论述到这里该打住了，可此型传说却在流传中节外生枝，与女娲补天、造人和兄妹结婚的情节连缀为一体，变成一个典型的洪水遗民神话。刘锡诚先生翻检到五则这种混合型的地陷神话[32]，它们是《石狮嘴里有血》、《拐磨山》[33]、《盘古兄妹》[34]、《人的来历》[35]、《高公高婆》[36]。另外，张楚北编《中原神话》一书中，亦有一则此类传说[37]。这 6 则传说的故事梗概如下：

(1) 石狮子（或石龟）告诉兄妹或姊弟洪水来临的信息及避难方法；

(2) 他们躲入石狮子（石龟）的肚子里；

(3) 洪水退后，世上已没有人烟，哥哥或弟弟提出结婚的建议；

(4) 通过占卜，"天意"让他们结为夫妻（人类得以繁衍）。

有意思的是，这些地陷型传说勾搭上兄妹婚神话之后，却将原有的禁忌母题遗弃得干干净净：设禁的神仙、违禁的屠夫及传递禁忌信息的人等都不见了踪影。禁忌母题所着力宣扬的伦理教化思想，由于在故事中找不到生存的依托，也荡然无存了。洪水灾祸的降临，似乎纯属自然现象，与人情世态已没有了丝毫瓜葛。“融合”之后惟一幸存下来的石狮子（或乌龟），尽管仍充当了预兆洪水来临的保护神的角色，但再也不是禁忌的承受者，而是供男女始祖躲避洪水的“诺亚方舟”。传说的内涵显示出回归到“伊尹”那里去的趋向。

然而，就在我为地陷型禁忌母题的失落而“失落”的时候，钟敬文先生《中国水灾传说》中收录的一个民间口承文本给了我莫大的惊喜。浙江富阳民间流传一则名为《石狮嘴里有血》的现代神话：

从前，有姊弟二人。离他们家不远，有石狮。弟每日必“镬焦团”一个投石狮口中。习以为常。如是者，经三年。

一日，石狮谓弟曰：“我口旁有血时，世间必遭大难。届时，你可入我腹中避之！”

越数日，弟果见石狮口旁有血。原来是某屠夫无意中所涂上之猪血。他即奔告其姊，相率入石狮腹中避之。狮腹甚大，且通大海。

当姊弟俩出来时，世间已无人类踪迹。弟因向其姊提议，二人结为夫妇，以免人类消灭。姊说：“我们俩可以磨一具，搬至山上。再各人取一扇，向山下滚去。如能相合，则我们俩结为夫妇。”

弟赞成，就照话做去。两扇磨滚下山，果相合，故姊弟俩就结婚了。㊳

地陷传说和兄妹婚神话在这一文本中粘合得天衣无缝，前者的结尾成为后者的起始。达到这种自然过渡的先决条件只需把传说中的人物锁定为姊弟或兄妹。当然，洪水过后，姊弟或兄妹应为仅有的幸存者。合一之后，原先的前者的禁忌母题（只是所禁忌的不是血涂石狮眼，而是石狮的口旁）及后者的主干情节都得以完整的保留，这可算是民间口头文学流变的一个经典性的范例。说明民间文学秉赋着与生俱来的存活力量及其内部互动的自我调节功能。不仅如此，地陷型传说还与“云中落绣鞋形”(AT301)㊴故事有过成功的联姻。已故的许钰老师曾在河北武清县收集到一则名为《秫秸船》的故事㊵。故事的前半部分为地陷型。

菩萨变个穷老婆子，下来访事。为什么呢？传说这个村里没好人，要发大水洗这个村子。菩萨就来访了。菩萨要饭，到谁家谁家不给，都说：“没有！赶门儿去吧！”㊶菩萨心里叨咕：“这个村真没有好心眼儿的？”又向前看。要到这么一家，这家的老太太坐在家里纺线，把菩萨叫到屋里，给她盛一碗粥，又给块饽饽，她一边吃，老太太一边和她说话。菩萨见这个老太太心挺好，就问：“你家几口人？”“还有个儿子，打柴去了。”吃完了，菩萨让这个老太太去撅两根秫秸“咯嗒儿”㊷。“咯嗒儿”撅来了，菩萨用“咯嗒儿”插了个小船交给老太太，说：“要发大水了，你们看只要庙门口石头狮子眼睛一红，大水就来了。到时候，把家里的东西都装在船上，你还甭看这船小，你老装它老盛的了。还有，大水来了，什么都可以救，就是不能救人。”说完，菩萨就走了。

这家老太太的儿子打柴回来——名字忘了，就叫他张三吧[43]。他娘让他去看石头狮子眼睛红了没有。有人见他天天来看石头狮子，问他干什么，他说：“看石头狮子眼睛红了没有，石头狮子一红眼，就要发大水。”有的人说，这小子大概是气迷心[44]了！就弄了一包朱砂，揉在石头狮子眼里。第二天，张三又来了，一看，石头狮子的眼睛红了。回头就往家跑，告诉他妈妈，石头狮子红眼了！他妈妈忙把“咯嗒儿”插的小船搁在当院，就往船上搬东西，老往上搬，老搁得下，搬完东西，娘俩就上船，这工夫大水就来了，小船漂起来就走了。走着，走着，看见一团蚂蚁，老太太把蚂蚁捧上船。走着，走着，又看见一团马蜂，又把马蜂捧上船。又走，碰见一只小猫在水上扑腾，老太太把小猫救上来。再走，看见一个人在树杈上喊救命，娘说甭救了，要饭的老婆婆有交待，不让救人，张三说，大活人怎能不救呢？把这个人救上船。这个人上船，认老太太做干娘，成了张三的干兄弟。

故事到这里接上了云中落绣鞋型的情节。那个被救的干兄弟变为危害张三的人；而那些动物（蚂蚁、小猫等）把张三从困境中解脱出来。最后张三与皇姑成了亲。

为了能与云中落绣鞋型故事顺利衔接，地陷型禁忌母题自我作了重大的调整：菩萨同时发出了两条禁令，一是地陷型传说原有的，一是新添的，即“大水来了，什么都可以救，就是不能救人。”前面禁令被破坏后，发了洪水；后面的禁令因受恩者的善心而被冒渎，也必将有恶果回应，这为云中落绣型故事续接提供了契机。包含两个完整的禁忌母题，故事的容量必须被扩张，这样显然不利于记忆和口耳相传。因此，勾搭上云中落绣鞋型故事之后，和“历阳沉而为湖”的情形一样，地陷型传说也进入了承前启后的阶段，在以后的演变中，向着后一禁忌母题偏移。江苏省铜山县流传着有人在危难中救助了神，后来神让他在洪水中生存下来的故事：

有个在山上砍柴的年轻人，救了一个坠落到河谷里的老人，并把他送到家里。老人对年轻人说：“六月份要暴发大洪水，会淹没整个村寨，你很善良，所以给你这只纸船。洪水暴发时，你念咒文，纸船就会变大，你就乘船逃生吧。但绝不能让其他人搭乘。”结果，真如老人所说，发生了大洪水，只有那个年轻人乘船活了下来。[45]

在这里，地陷型传说原有的禁忌母题消失得一干二净，而保留了新添的“不能救人”的禁忌母题。只是由于年轻人恪守了禁忌的缘故，故事才没有向云中落绣鞋型方向延伸。至此，禁忌母题较之以前，已变得面目全非了。但不管怎样演绎和更新，禁忌母题固有的扬善惩恶的道德话语则被沿袭了下来，甚至还达到了“意义强化”（significance enhancing）的效果。或许可以说，这一道德话语的表述要求是此传说得以不断向前推进的内在动力。

至此，我们可以将我国的此型传说及其禁忌母题的演讲脉络一并描摹出来。传说大致经历了5次变异：

伊尹生空桑——→历阳或由拳县沉而为湖——→古巢沉而为湖——→东京城沉而为湖

——→{与兄妹婚神话融合
与云中落绣鞋型故事的融合——无发生地的地陷

与此相对应为：

“勿顾”式禁忌母题（“伊尹”阶段）——→“勿顾”加“以血涂门（阃）”式禁忌母题（“历阳”及“由拳县”阶段）——→“以朱点龟眼”式禁忌母题（“古巢”阶段）——→“以血（朱红）抹狮眼”式禁忌母题（“东京城”阶段）——→“石狮口旁有血”式禁忌母题或禁忌母题脱落（复归神话阶段）“石头狮子红眼”加“救人”式禁忌母题（故事化阶段）——→“绝不能让其他人搭乘”式禁忌母题（完全故事化阶段）

可以看出，禁忌母题左右着整个地陷传说的发展方向，对传说的命运起着举足轻重的主宰作用。就传说的结构而言，它无疑是核心功能；就内容而言，它最能显现传说的文化底蕴。倘若我们不从禁忌母题的视角去审视这一洋溢着旺盛生命活力的传说类型，就很可能得出“《伊尹生空桑》和《历阳沉而为湖》原来是两个各不相干的传说”的判断㊻，或认定后者才是此型传说最早而比较完整的形态㊼。

陈寅恪先生曾谈到：“夫说经多引故事，而故事一经演讲，不得不随其说者本身之程度及环境，而生变易，故有原为一故事，而歧为二者，亦有原为二故事，而混为一者。又在同一事之中，亦可以甲人代乙人，或在同一人之身，亦可易丙事为丁事。”㊽这段话将民间口头叙事文学流布过程中表层形态变异的状况表述得通俗而又准确。地陷型传说角色的反复替换、违禁方式的多次改变、禁忌母题的丢失以及向兄妹婚神话和云中落绣鞋型故事的靠拢等等，说明陈氏的说法带有普遍意义。这恰是民间口头叙事文学一再为学者们惊喜的永恒魅力之所在。

---

① 闻一多．文学的历史动向．闻一多选集（第一卷）．成都：四川文艺出版社，1987．365～367．

②⑧㊴［美］丁乃通著．中国民间故事类型索引．北京：中国民间文艺出版社，1986．213～246，234～244，58．

③ 龚维英．原始人“植物生人”观念初探．民间文学论坛，1985．(1)：84．

④［日］伊藤清司著，张正军译．日本民间故事的谱系．见：中国古代文化与日本．昆明：云南大学出版社，1997．234．

⑤⑥⑦ 钟敬文．中国的水灾传说．钟敬文民间文学论集（下册）．上海：上海文艺出版社，1985．187，188，181．

⑨ 刘文典．淮南鸿烈集解（新编诸文集成第一集）．北京：中华书局，1989．26．

⑩ 孙常叙．伊尹生空桑和历阳沉而为湖．社会科学战线，1982，(4)：268～269．

⑪ 太平御览（卷九百三十一），4140．

⑫ 古今图书集成（卷一百五十二），1455．

⑬ 南村辍耕录（卷二十九）．

⑭ 渊鉴类函（卷四百四十）．

⑮ 毛宝．太平广记．北京：中华书局，卷一一八，823～824.

⑯ 梁山县三套集成办公室．龟山的传说．见：梁山民间故事卷（第一卷）．1988.

韶关民间文学集成编委会．石龟．见：韶关民间故事集成（卷上）．1988.

⑰ 无名氏．龙图公案（卷二）．清嘉庆年间翻刻明代经元堂刊本．

⑱ 钟敬文．从石龟到石狮子．民间文学论坛，1991，(2)：6.

⑲ 钟敬文．洪水后兄妹再殖人类神话．中国与日本文化研究（第一集）．北京：中国大百科全书出版社，1991．163.

⑳ 陈建宪．中国洪水神话的类型与分布——对 433 篇异文的初步宏观分析．民间文学论坛．1996，(3)：5.

㉑㉒ 陈志良．沉城的故事．风土什志，1940，(3).

㉓ 田家村．中国民间文学集成（长兴故事卷）．浙江省长兴县民间文学集成编纂委员会．中国民间故事集成．1990.172～173.

㉔ 朝鲜高丽朝历史典籍．三国遗史．三国史论．

㉕㉚ 山东省梁山县三套集成办公室．狮子眼红陷濠陵．见：梁山县民间故事集成（第 4 卷）．1991．6～17.

㉖㉜ 刘锡诚．石与石神．北京：学苑出版社，1994．106～107，123.

㉗ 黄淑婷．中国原始社会史话．北京：北京出版社，1982．56.

㉘ 刘锡诚．陆沉传说再探．民间文学论坛，1997，(1)：56.

㉙ 江苏省民间文学工作者协会．江苏民间文学，1981，(2)：68～70.

㉛ ［美］诺尔曼·布朗，冯川译．生与死的对抗．贵阳：贵州人民出版社，1994．109.

㉝ 藤州市民间文学集成办公室．藤州民间故事（上册）．1988.

㉞ 马卉欣搜集整理．盘古开天．民间文学，1986．(1).

㉟ 满族三老人故事集．沈阳：春风文艺出版社，1984.3～6.

㊱ 中国民间故事集成（吉林卷）．北京：中国社会科学出版社，1992.

㊲ 张楚北．中原神话．北京：海燕出版社，1988．15～18.

㊳ 叶镜铭．石狮嘴里有血．中山大学语言历史研究所民俗学会民俗周刊，1930，(107).

㊵ 许钰．作为民俗学对象的民间故事．见：钟敬文．民间文化讲演集．南宁：广西民族出版社，1998．203～205.

［美］丁乃通，陈建宪等译．云中落绣鞋——中国及其邻国的 AT301 型故事群在世界传统中的意义．见：中国叙事文学比较研究，武汉：华中师范大学出版社，1994.167～168.

㊶ 赶门儿去吧：当地打发乞丐的口头语，意思是：到下一家去要吧．

㊷ “咯嗒儿”，方言词记音，读作 gē dār，指秫秸瓤．

㊸ 这句是讲述者插入的话．

㊹ 气迷心：神经病．

㊺ ［日］伊藤清司著，张正军译．中国古代文化与日本—伊藤清司学术论文自选集．昆明：云南大学出版社，1997．240.

㊻ 孙常叙．伊尹生空桑和历阳沉而为湖．社会科学战线，1982，(4)：264.

㊼ 陈建宪．中国洪水神话的类型与分布．民间文学论坛，1996，(3)：4～5.

㊽ 陈寅恪．金明馆丛稿二编．(西游记) 弟子故事之演变．见：陈寅恪文集（三），上海：上海古籍出版社，1981.192～193.

［原载《广西民族学院学报》（哲社版）2001 年第 2 期］

虞舜传说与吴越文化

顾希佳

（杭州师范学院历史文化研究所）

在浙江境内，以上虞、余姚为中心，北至绍兴、嵊州、萧山，西涉永康一带，历来有不少以舜命名或是与舜的事迹相关的地名和文化纪念物；在这些文化纪念物的周围地区，还世代用口耳相传的方式流播着一系列有关舜的传说故事，形成了一个虞舜传说圈。这是浙江传统文化中值得重视并深入研究的一个部分。本文拟讨论：应该怎样认识和评价虞舜传说？浙江境内至今仍然活跃在民间的虞舜传说有些什么特点？它与吴越文化之间存在着一种怎样的关系？

一

虞舜传说，特别是典籍文本中的虞舜传说材料，在很长一段时间里曾经为史学界所关注。顾颉刚认为，舜的故事“是战国时的最大的故事”，“许多古史上的故事都以它为中心而联结起来了”①；他在考证了大量典籍资料之后指出：尧舜禅让的传说，是战国时期墨子为了顺应当时的时势和提倡尚贤主义而创造出来的；这才使得传说变成了“历史”②。以顾颉刚为代表的“古史辨”学派在史学史上作出了重要贡献，但就一些具体的研究领域而言，情况则要复杂得多。比如说，有关舜的传说究竟是古代人们的口耳相传呢，还是一些知识分子凭空编造出来的？历来就有着许多不同的看法。

典籍中有关虞舜的文字记载很多，最有代表性的是《尚书·尧典》中的一段：

> 帝曰：“咨！四岳。朕在位七十载，汝能庸命巽朕位？”岳曰：“否德忝帝位。”曰：“明明扬侧陋。”师锡帝曰：“有鳏在下，曰虞舜。”帝曰：“俞！予闻，如何？”岳曰：“瞽子，父顽，母嚚，象傲，克谐，以孝烝烝，乂不格奸。”帝曰：“我其试哉！”女于时，观厥刑于二女。厘降二女于妫汭，嫔于虞。帝曰：“钦哉！”慎徽五典，五典克从。纳于百揆，百揆时叙。宾于四门，四门穆穆。纳于大麓，烈风雷雨弗迷。帝曰：“格！汝舜。询事考言，乃言底可绩，三载。汝陟帝位。”舜让于德，弗嗣。正月上日，受终于文祖。

这段文字对于研究虞舜传说则是至关重要的。一则因为《尚书》是我国传世古文献中最早的一种，二则《史记》又大量录用了《尧典》的文字，可见以治史谨严著称的司马迁十分看重这个材料。这段文字的关键在“尧舜禅让”。对此，顾颉刚是持怀疑态度的。他认为，这是战国时代的墨子及其门徒们为了推翻财产私有制的存在，提倡尚贤说，而依照自己的理想造作出来的；儒家的荀子也根本不承认曾有过禅让的事；曾受过墨家薰陶又标榜自己是孔子继承人的孟子，则来了个调和折衷，接受了“禅让”的说法。对于这些材料，顾颉刚主张“只能看作这一时期的思想史料，决不能错误地看作古代的社会史料”③。

那么，历史上到底有没有“禅让”之事呢？我们可以依靠文化人类学、民族学、民俗学的大量材料来作出肯定的回答。

《三国志·乌丸传》载，在乌桓族的氏族社会末期，“常推募勇健能理决斗讼相侵犯者为大人，邑落各有小帅，不世继也”。《新五代史》附录一《契丹传》在记载契丹族的情况时说：“其部族之大者曰大贺氏，后分为八部……部之长号大人，而常推一大人建旗鼓以统八部。至其岁久，或其国有灾疾而畜牧衰，则八部聚议，以旗鼓立坛而代之。被代者以为约本如此，不敢争。”这两段古代少数民族的史料说明他们实行过推选首领的做法，而并不实行世袭制④。

解放前，我国云南地区的一些少数民族就实行着这种部落酋长制。西盟佤族的每个部落都有大头人，称为“窝朗木伊吉”（祭大鬼的头人），反映出他们的部落首领与宗教祭司是合一的。大头人由部落成员推选和罢免。当选的条件是：有群众威信，有办事才能，主持公道。而各村寨的头人又组成头人会，遇到有拉木鼓、砍人头祭谷一类大事，就要由头人会来商讨决定。在景颇族和凉山彝族中，也有类似的情形⑤。

这就是说，在原始社会晚期，随着社会生产力的进一步提高和私有制的不断发展，各部落联合成部落联盟，并推选出军事首长，负责统率军事和担任主祭，这就是军事民主主义时期。在这个时期里，首领由选举产生而并非世袭。这一论断由于得到了文化人类学、民族学、民俗学的支撑而终于被许多史学家所认可。于是，人们据此重新认识《尚书·尧典》所载“尧舜禅让”，认为它其实并非无稽之谈。

范文澜认为：“《尧典》等篇，大概是周朝史官掇拾传闻，组成有系统的记录，其中‘禅让’帝位的故事，在传子制度实行已久的周朝，不容有人无端发此奇想，其为远古遗留下来的史实，大致可信。”⑥翦伯赞也认为，《尧典》等史料所说的“禅让”是得到四岳十二牧同意的，军事首长一切事情都得听命于部落酋长会议，这正是军事民主主义的特点⑦。虽然从《尚书·尧典》的文字语气中，我们可以发现后世文人美化、藻饰的因素，但是这样一个传说仍然可以理解为是人们对历史的一种追忆，有可信的成分在内。

对此，郑振铎有一段很精彩的辨析：“我以为古书固不可尽信为真实，但也不可单凭直觉的理智，去抹杀古代的事实。古人或不至像我们所相信的那么样的惯于作伪，惯于凭空捏造多多少少的故事出来；他们假使有什么附会，也必定有一个可以使他生出这种附会来的根据的。愈是今人以为大不近人情，大不合理，却愈有其至深且厚，至真且确的根据在着。自从人类学、人种志和民俗学的研究开始以来，我们对于古代的神话和传说，已不仅视之为原始人里的‘假语村言’了；自从萧莱曼在特洛伊城废址进行发掘以来，我们对于古代的神话和传说，也已不复仅仅把他们当作是诗人们的想像的创作了。我们为什么还要常把许多古史上的重要的事实，当作后人的附会和假造呢？”⑧

郭沫若也说过类似的话：“在对待古代传说上，有两种倾向：一种是把传说当作真人真事，进行烦琐考证，结果是治丝益棼；另一种是对传说材料持全盘否定的态度，他们不懂得氏族制是原始社会发展过程中所共有的制度，因而也不可能正确对待古代的传说……透过这样的神话，或者把这样的神话仅仅作为氏族和部落的代号，仍然可以从传说材料中理出当时历史的一些头绪来。”⑨这番话说得还是比较中肯的。联系到“尧舜禅让”之传说，我们现在固然没有足够的证据认定它是历史上的真人真事，但也无法将其全盘否定。如前所述，在帝王世袭制出现之前，部落联盟的首领确实是由民主推选产生的。既然如此，“尧舜禅让”一类的事情也就完全可能发生过。

以《尚书·尧典》为代表的一大批典籍记载的虞舜传说，很早就在民间口耳相传着，它和中国古代的许多神话传说一样，具有一定的史料价值。当然，历代文人在写定这些传说的时候，会由于一些主观的原因而有所改动，致使文献记载“失真”，这种情形确实也不同程度地存在着。比如《尚书·尧典》中所说的“禅让”就流露出作者对礼仪道德的宣扬，和原始社会里的道德观念不尽吻合，但大致上还是符合军事民主主义时期的基本状况的。如果因为它有某种程度的“失真”而判断它是文人的编造，并进一步否定它的史料价值，同样失之武断。对待《尚书·尧典》是如此，对待许多散见于其他典籍的虞舜传说材料，大致上也应该这样去认识和估价。

二

在浙江的一些地方，至今仍流传着虞舜传说，这是一种和文本传统同时存在的口头传统，造成这种口头传统绵延不绝的一个重要原因，首先是这些地方至今依旧存在着与舜相关的“纪念物”或遗迹。柳田国男认为：“传说的核心，必有纪念物。无论是楼台庙宇，寺社庵观，也无论是陵丘墓冢，宅门户院，总有个灵光的圣址、信仰的靶的，也可谓之传说的花坛发源的故地，成为一个中心，奇岩、古木、清泉、小桥、飞瀑、长坂，原来皆是像一个织品的整体一样，现在却分别而各自独立存在，成了传说的纪念物。尽管已经很少有人因为有这些遗迹，就把传说当真，但毕竟眼前的实物唤起了人们的记忆，而记忆又联系着古代信仰。这比起那放在任何地方似乎都能通用的故事（昔话）来，不能不说是传说的又一个显著不同之处。”⑩虞舜传说自然也不例外。

说到浙江境内有关虞舜的遗迹，最引人注目的自然是东南沿海两个古老的县名——上虞、余姚。

上虞与舜的关系十分密切。《水经注》卷四十引《晋太康三年地记》云：“舜避丹朱于此，故以名县。百官从之，故县北有百官桥。”这是说舜曾经到过上虞这一带，因此留下上虞、百官这两个地名。《会稽旧记》云：“舜，上虞人，去虞三十里，有姚丘，即舜所生也。”则说舜出生在这一带。《路史》称：“舜之支庶或食上虞。”《越中杂识》又说：“虞舜支庶封于余姚，又封于上虞，以虞称国，故曰上虞……而其地有历山、舜井、象田、陶灶，皆其子孙象舜所居而名之者。旧以为舜生长于是，则附会矣。”这两个文献又以为是舜的后人居住在这一带，是他们为了纪念祖先才弄出这些地名来的。以上三种说法并不相同，却都将上虞和舜联系到了一起⑪。

关于余姚，张守节《史记正义》引《括地志》云：“越州余姚县有历山、舜井。”

《元和郡县志》卷二十八又云："舜支庶所封之地，舜姚姓，故曰余姚。"这种说法也认为是舜的后代生活在余姚一带。

我们知道，典籍记载虞舜传说时所提到的地名，并不仅限于浙江的上虞、余姚一带。据学者研究，在山东、山西、河南、浙江、江苏、安徽、湖南等地也都有所指，今天实在已经很难确认了。不过，对浙江的上虞、余姚这两个地名，却应给予足够的重视。顾颉刚就说过："余姚、上虞二县名及百官地名，在西汉时已成立，它们何以名姚？又何以名虞？这里面当然有许多的原因。"究竟有哪些原因？他没有细说。不过值得注意的是，顾颉刚提到，郦道元在《水经注》中批驳了周处《风土记》里的说法，但他同时仍认为周说"不可轻视"。关于为什么会在许多地方出现舜的传说，孔君诒曾经提出过一种观点：尧舜禹故事的原始地应该在江浙皖一带。因为舜是殷族，他的传说随着殷族的向北迁徙，所以才到了山东、山西一带[12]。这个观点值得重视，不过也还有待进一步考据。从传说学的角度去研究，并非一定要去考证纪念物（遗迹）的真实性。许多历史人物的传说确实与史实有着某种联系，然而对于那些虚有人物（如观音）和传说化了的人物（如鲁班），考证其纪念物（遗迹）的史实则没有什么意义；因为这些纪念物大多是后人为了附会传说才"制造"出来的。

尽管如此，纪念物在传说流布过程中的作用仍然是十分重要的。正如柳田国男所说，是因为"眼前的实物唤起了人们的记忆，而记忆又联系着古代信仰"，才造成了传说的广为流播。离开了纪念物，传说失去了依托，就会被人们淡忘。同样，离纪念物越近的人们对与此相关的传说就越感兴趣，离纪念物越远的人们则越不感兴趣。这样一种以特定的纪念物为中心而流播并在一定范围里向周边地区辐射的现象，在民间文学界被称之为"传说圈"[13]。我们考察浙江境内的虞舜传说圈，它们也正是以若干纪念物为中心而形成的。

在上虞、余姚一带，除了县名之外，与虞舜相关的地名还有很多。正如宋代王十朋《会稽风俗赋》所云："水有渔浦、三抚，地有姚邱、百官，里焉有粟，陶焉有灶，汲焉有井，祀焉有庙，皆其遗迹也。"据方志记载和民间传闻：握登山，是舜母的生地；虹漾村、谷林，是舜的出生地；历山，是舜耕种之地；渔浦湖（今白马湖），是舜捕鱼处；陶灶，是舜制陶处；粟里，是舜储粮处；舜井，是舜避父母迫害处；百官桥（又名舜桥）、百官里、百官镇，是舜率百官避丹朱处；指石山，是舜登山处；姚邱，是舜葬处；象田山、象田岭，是舜死后象为之耕田处；虞舜巡狩台，是舜巡狩处；舜王庙，是祭祀舜的地方；还有舜王山、舜江，也都是用来纪念虞舜的。

特别要提到的是舜王庙，比起其他纪念物来，它对传说的影响就更要大得多。据乾隆《浙江通志》，虞舜庙在绍兴府境内有四座，一在余姚历山，一在上虞百官，一在上虞梁湖北，此三座如今都已不复存在。另有一处，在会稽东南百里，即今绍兴县王坛镇，则可以说是浙江境内硕果仅存、保存完好的一座。历史上，以这座舜王庙为中心，每年农历九月二十七日"舜王诞辰"前后的几天里，绍兴南部山区和与其毗邻的上虞、嵊州、诸暨等地民众十多万人，常在此举行盛大的庙会活动。改革开放以来，当地的舜王庙会又开始恢复。庙会风俗连同人们对于舜的信仰，必然会积淀在人们的心灵深处，为虞舜传说的流播创造深厚的文化氛围。

除此之外，在嵊州市北部，距县城 13 千米处有舜皇山村，旧时有舜皇庙、舜井。后因建造龙皇水库，庙、井均已为水淹没。但是村名却至今不改，当地出产的名茶，也仍以“舜皇云尖”命名，表示出当地人们对舜的怀念。在萧山的南部桃源乡（距县城约 25 千米处），有舜湖，所在地的村落称为“舜湖村”。在永康县南部，有一处釜历山，山巅有舜田、舜井、舜潭。当地人也认为这是舜的遗迹。

正是以上这样一大批与舜相关的纪念物（遗迹）的长期存在，为浙江境内虞舜传说圈的形成及其绵延不绝奠定了基础。

三

关于浙江境内至今仍在民间口耳相传的虞舜传说，其记录文本主要来自 1984 年—1996 年间在浙江全省大规模开展的民间文学三套集成工作。2000 年冬，笔者赴绍兴王坛调查舜王庙会民俗，有幸在那里又听到了一批传说故事，正可以作为一种补充。浙江境内的虞舜传说，大致可以归纳成两大类，一是舜生前的事迹；二是讲述舜王庙的由来以及舜成为神以后的圣迹故事。

1. 有关舜生前事迹的传说

前面提到，上虞、余姚一带有着许多地名，都与舜的行踪有关。可惜的是所说的事往往都过于简单，只是些“传说的残片”，因而逐渐失去了传说的魅力[14]。比如说，舜是在这里出生的；舜在那里耕过地；舜在这里制过陶器；舜在那里打过鱼……诸如此类的几句话，如果生发不出什么情节来，说的人和听的人都是提不起什么兴致的。最多，人们会记住有这么个掌故，成为一种“知识”，如此而已。

再说，古代典籍上所记录下来的那些传说也不可能原封不动地流传到今天。有时候，生活在底层的知识分子偶而从书上读到这些史料，会饶有兴趣地再去讲给周围的人听，使得快要死去的材料又重新复活过来。如果那些古老的传说和民众的思想感情能够心心相印，传说所描述的生活场景就在人们身边，可以产生联想，那么人们就会对这种传说产生浓厚的兴趣，用口耳相传的方式世世代代地把传说传下去，而且还会在传播的过程中不断地去充实传说的情节，用他们对历史的理解和评判、用他们的审美情趣、叙事方式和语言风格去讲述那些古老的传说。这样做的结果当然又会使传说发生许多变异。这也正是口头文学传统和文本传统的不同之处。

在萧山桃源乡舜湖一带流传的一个传说，就属于这种情形。这个传说的大意是说：舜是出生在舜湖的。小时候，后娘虐待舜，舜却对后娘很孝。后娘每次打舜，舜都不喊痛，不哭。有一次，舜却哭了。后娘问他为啥哭？舜说：“娘经常打我，一打就痛，今朝娘打我，一点都勿痛。我哭娘年纪大了，手乏力了，都是儿子不孝之故。”这样一来，舜的名气越传越远，尧特地来寻他。这天，舜在耕田，尧在田埂上大声问他：“耕田是雄牛快还是雌牛快?”舜特地放下犁，趟到田埂边，洗干净脚，穿好草鞋，行过礼，才对尧说：“耕田是雄牛快。”尧很高兴，又问他为什么不在田里直接回答？舜说，一则是回答长者不可无礼，二则，我那头牛是雌的，我当着它的面讲雄牛耕田快，它会生气的。尧一听，觉得舜果然不错，就把王位传给他了[15]。这个传说的叙述充满了生活气息，一些生活细节栩栩如生，我们在典籍文本中显然是读不到的。

在武义后树乡黄泥坑村，人们传说后娘逼着才七八岁的小虞舜到山上去开山种地。于是，老虎、野猪来帮他开垦，老鼠和麻雀又到天上去帮他偷来了稻谷种子。从此以后，天下便有了水稻[16]。这里的人们把一则物种起源神话嫁接到了舜的身上，而起因居然也是后娘的迫害。

早在20世纪20年代，顾颉刚就指出过："瞽瞍信谗言这件故事，在口说中一定描摹得很好，但书本上记得并不多。《尧典》云：'父顽、母嚚、象傲。'《史记·五帝本纪》云：'舜母死，瞽瞍更聚妻而生象。象傲。瞽瞍爱后妻子，常欲杀舜，舜逃避；及有小过，则受罪。顺事父及后母与弟，日以笃谨，匪有解（懈）。"[17]古籍中关于瞽瞍听信后妻谗言而迫害舜的故事记载确实不多。相比之下，倒是汉代刘向《列女传》里的记载比较生动些，那里说舜的父母让舜去修仓库，挖水井，想乘机害死他，由于二妃相助，都被舜逃脱了。又说他们让舜喝酒，企图灌醉后害死他。二妃给舜一种解酒药，舜终日饮酒不醉，又逃过了[18]。这里提到的"挖井"，对后世影响很大。各地都有"舜井"，大概就是这么生发出来的。顾颉刚当年预感到：舜的父母虐待舜的传说，民间的口头传说一定要比典籍记载丰满得多。当代的采风成果证实了顾颉刚的话，除了上二例外，笔者还从绍兴王坛镇舜王庙附近亲耳听到了不少生动的讲述。

那里有个故事说，舜的后娘让他们兄弟俩去割柴禾，将一把钩刀（镰刀）给她的亲生儿子象，却把剃刀给了舜。舜很聪明，用剃刀割茅草，很快割了一大片。象要学样，拿钩刀去割茅草，却割不断，只好空手回来。第二天，后娘把剃刀给象，把钩刀给舜。舜拿钩刀去割树桠杈，又割了一大片。象也用剃刀去割树桠杈，自然又是割不动[19]。这个故事颇有些哲理的味道，同时又深深地扎根在底层民众的劳动实践之中，不亲自劳动的人是编不出这种情节来的。据说，这个故事还有图，当年就画在王坛舜王庙的墙上，所以当地许多人都会讲。可惜这些壁画后来却被毁坏了。从这件事我们也可以进一步体会到，传说与纪念物之间的关系是多么密切。附近的民众经常会到舜王庙去，去了就会浏览庙里的壁画，一次次地加深印象，传说也就这样在一定的范围内世世代代传承下来了。

还有个故事说，后娘让兄弟俩去种芝麻，给舜的芝麻是炒熟了的，偏偏升箩边沿上粘着一粒没炒过的芝麻。舜认认真真地培育，结果地里只长出一棵芝麻，却大得像棵树，收了七升箩八白篮。所以当地有谣谚："一株芝麻八桠杈，石二油麻不用话。"[20]

由此，我们发现了一个有趣的现象：虞舜传说在民间世代相传的结果，离典籍文本记载的说法越来越远，但是离底层民众的生活却越来越近了。如果说《尚书》、《史记》、《列女传》等典籍文本中的虞舜传说是原生态传说，那么今天我们在浙江境内听到的这些虞舜传说就可以说是次生态传说了。这里加进去了许多后世的思想观念，体现出一定的时代特征，但仍然是虞舜传说这棵大树上萌生出来的新芽。

这些次生态传说反复讲述后娘虐待前妻所生孩子这一母题，在典籍文本中早有记载，只是过于简单，不够生动而已。但是这个母题很重要，正是它拨动了人们的心弦，激发起世代讲述者的创作冲动，于是围绕着这个母题展开了一次次的集体创作。

值得注意的是，舜也是一个受后娘虐待的苦命孩子。正是在这一点上，把这位崇高伟大的始祖和普通老百姓之间的距离一下子拉近了。人们在讲述舜的传说时，既有崇敬的心情，也有着许多同情和感慨，正是出于这样一种复杂的心态，他们才会一遍遍地讲述这些传说，而且还不断地从别的“后娘”型民间故事中借用一些情节过来，想方设法使之更加动听。久而久之，虞舜传说也就发展得越来越丰富多彩，不但数量大大增加，质量也大大提高，有的还成了谣谚，有的则被画到了舜王庙的墙上。这些巧妙的情节、曲折的经历，既奇特而又可信，和底层民众的日常生活是那么贴近，几乎不存在什么隔膜，因而也就具有了强大的生命力，能够受到广大民众的普遍欢迎。

2. 舜王庙的由来和舜成为神以后的圣迹故事

有关绍兴王坛舜王庙的由来，当地有两种说法。其中一个传说认为，如今舜王庙这个位置，原是于坎一个大家族祖先的坟地，舜王庙则造在对面山上。这个祖先当年和一个风水先生交上了朋友，坟地是风水先生选的。后来这人家的后代怠慢了风水先生的徒弟。这个徒弟为了泄愤，就设计将舜王神像搬到这边来。人们信以为真，才在这里造起了舜王庙。因为这儿风水好，所以庙里香火很盛。这显然是后人附会出来的，目的在于宣扬舜王庙的灵异，当然不能用它来考证建庙的历史。还有一个传说则是从王坛舜王庙前殿两根蟠龙石柱附会出来的。据说这两条龙原是舜心爱的坐骑。一天，它们溜出去玩，在诸暨一带糟蹋庄稼，诸暨人叫苦连天。舜发现了，把两条龙抓回来，罚它们化成石柱，永远留在庙里[21]。人们说，舜王大公无私，把自己心爱的坐骑都绳之以法了，所以凡事都会去庙里求告。尽管语涉荒诞，却也是于荒诞处见真情的。

四

最后，我们还要说说虞舜传说与吴越文化之间的关系。首先，浙江境内至今还存在着的一大批与舜有关的地名和文化纪念物，以及至今仍活在民众口耳之间的如此丰富多彩的虞舜传说群，都无可辩驳地说明了虞舜传说是吴越文化的重要组成部分。狭义的吴越文化仅指春秋战国时期吴国和越国的文化，但广义的吴越文化则可向上追溯和向下绵延。虞舜传说的时代源头显然要早于春秋战国，而虞舜传说的流播却又一直绵延到了今天。这些事都发生在这块古老的土地上，因此它也就成为吴越文化的一个重要组成部分。

其次，我们似乎也无法回避以下问题：历史上到底有没有舜这个人？如果有的话，舜是否就生活在浙江这块土地上呢？这是许多人都十分关心的。

早在几十年前，王国维就说过：“上古之事，传说与史实混而不分：史实之中固不免有所缘饰，与传说无异；而传说之中亦往往有史实为之素地，二者不易区别。此世界各国之所同也……吾辈生于今日，幸于纸上之材料外更得地下之新材料。由此种材料，我辈固得据以补正纸上之材料，亦得证明古书之某部分全为实录，即百家不雅驯之言亦不无表示一面之事实。此二重证据法惟在今日始得为之。”[22]关于虞舜的史实，我们就碰到了这么一个难题。前面我们已经提到，典籍文本中的传说材料固然有一定的史料价值，并且又为文化人类学的成果所佐证，但目前毕竟还拿不出过硬的考古学成果，可以用来证实历史上确有虞舜其人的，所以过早地下结论也不够谨慎。有的学者指出，远古时期人们对于氏族、部落和个人尚不能严格地分别开来。拉法格在《宗教和资本》中谈到亚当和夏娃的神话时说过，野蛮的民族常常使用单数的名字来表示许多人的整个总体，不要把亚当的名字看成是一个人的专有名字，而应当看作是一个甚至几个野蛮的闪族部落的名字。这是古代神话传说常见的一种不自觉的艺术方法。以此类推，我国古代的炎帝和黄帝，就很可能也不是具体人的名字，而是部落集团的称号，或者是部落集团首领的称号㉓。如果这个观点成立，那么尧、舜、禹的问题或许也可以这样去解释。

再一个问题，就是如何解释典籍文本记载许多地方都是虞舜生活地的问题？前人对此有过一些论断，比如有的说是因为民族的迁徙，才把传说带到了各地。这固然是原因之一。我们可以对此作合理的推测，比如说虞舜部落联盟的后代，由于战争、通婚、结盟、通商等一系列原因，有可能陆续来到我国的四面八方，与此同时也就把他们对始祖的祭祀仪式以及始祖的神话传说，也都带了过去，在新的地方生根开花。

也有学者指出，其更重要的原因还在于文化上的认同和融合。中国的民族和文化，从史前时代起就形成了一种多元一体的结构，各个民族和文化在历史上不断融合和相互认同，最终才形成了中华文明的超稳定结构㉔。典籍文本中的尧、舜材料为什么迟迟才出现，直到战国时期才普遍盛行起来呢？这似乎也可以用文化上的认同和融合这个说法来作出解释。较多的典籍文本称虞舜是东夷人。那么，虞舜传说起初自然只是在东夷的氏族部落中流传，华夏族的人不知道虞舜传说，所以不在他们的典籍文本中加以记载。夏、商、周三代，华夏族与周边的异族（也就是通常所说的夷、蛮、戎、狄）不断融合，既有四夷人的华夏化，又有华夏人的四夷化。这种民族的融合促成了文化的认同，融合之后的人们认祖追宗的意识也进一步加强，逐渐便较为一致地追认尧、舜、禹为他们的祖先，并且为他们排定了谱系。这中间就存在着一种文化上的认同。认同了，他们才会承认同一个祖先。大概正是出于这样一些原因，当时不同的典籍文本在追记他们的祖先史迹时，才会出现不同的地理位置以及其他方面的一些歧异。在某种意义上说，这正是民族融合和文化认同所留下的痕迹，因此也就不必太奇怪了。对于浙江境内许多地方虞舜传说的流传现象，也可以理解为是一种文化认同。这里的民众世世代代都把虞舜当成他们的始祖，对虞舜有着无比崇高的敬仰。而这种文化认同在历史上所形成的民族凝聚力，确是我们所应该十分珍惜的。这正是我们今天深入研究虞舜传说的一个重要原因。

---

① 顾颉刚．古史辨（第一册自序）．顾颉刚古史论文集（第一册）．北京：中华书局，1988．

② 顾颉刚．禅让传说起于墨家考．顾颉刚古史论文集（第一册）．北京：中华书局，1988．

③⑰ 顾颉刚．虞初小说回目考释．顾颉刚古史论文集（第二册）．北京：中华书局，1988．

④ 李民．尚书与古史研究．郑州：中州书画社，1981．41．

⑤ 宋兆麟等．中国原始社会史．北京：文物出版社，1983．325～341．

⑥ 范文澜．中国通史（第一册）．北京：人民出版社，1978．20．

⑦ 翦伯赞．中国史纲要（第一册）．北京：人民出版社，1979．10．

⑧ 郑振铎．汤祷篇．郑振铎古典文学论文集（上）．上海：上海古籍出版社，1984．

⑨ 郭沫若．中国史稿（第一册）．北京：人民出版社，1976．108．

⑩ 柳田国男．传说论．北京：中国民间文艺出版社，1987.26～27.

⑪ 钱钟岳．舜与上虞考．上虞市政协文史资料委员会．虞舜文化（内部资料）．1997.

⑫ 孔君诒．虞舜耕地葬地的探讨．吴越文化论丛．江苏：江苏研究社，1937.

⑬ 乌丙安．论中国风物传说圈．民间文学论坛，1985，(2).

⑭ 柳田国男．传说论，北京：中国民间文艺出版社，1987.139.

⑮ 王焕根讲述，吴桑梓记录．中国民间故事集成浙江卷．北京：中国 ISBN 中心，1997. 77.

⑯ 张舍囡讲述，吴钟文记录．浙江省民间文学集成金华市故事卷，北京：中国民间文艺出版社，1989. 31～32.

⑱⑲⑳ 袁珂．古神话选释．北京：人民文学出版社，1982. 240～259.

㉑ 孙美兴讲述，孙玲娣采录．浙江省民间文学集成．绍兴市故事卷．北京：中国民间文艺出版社，1989. 48～50.

㉒ 王国维．古史新证（第十二章）．王国维．古史辨（第一册）．上海：上海古籍出版社，1982. 264～265.

㉓ 许钰．黄帝传说的两种形态及其功能．北京师范大学学报，1993.（4）. 7～11.

㉔ 严文明．炎黄传说与炎黄文化．炎黄文化与民族精神．北京：中国人民大学出版社，1993.

[原载《杭州师范学院学报》（人文版）2001 年第 3 期]

蒙古族识宝传说研究

陈岗龙

（北京大学外国语学院东语系）

中国民间识宝传说历史悠久，流传广远。近来由于程蔷先生系统深入的开拓性研究，中国识宝传说已经引起国内外民俗学界的普遍关注①。不过，中国识宝传说的研究至今还局限在汉语传承的研究，尚没有充分利用各少数民族民间流传的识宝传说材料。而各民族民间文学集成资料表明，识宝传说还广泛流传在少数民族民间，与汉族的识宝传说共同构成了绚丽多彩的中国识宝传说。

笔者在查阅蒙古族民间文学资料和做民俗学田野调查当中搜集到了 40 多篇流传于蒙古族民间的识宝传说。现在根据这批传说材料对蒙古族识宝传说进行初步的探究，意在促进中国识宝传说研究的扩展和深入。

一、蒙古族识宝传说的类型

我所搜集到的蒙古族识宝传说可以分作“金马驹型”、“风水型”、“开山寻宝型”三个类型。

1. 金马驹型

金马驹型识宝传说主要流传在内蒙古的锡林郭勒、鄂尔多斯等西部牧区。宝物主要是金马驹、宝牛等蒙古人的五种牲畜，取宝的“钥匙”则是银马嚼子等游牧生产工具。人物形象是盗宝的南蛮子、洋鬼子和当地的蒙古族牧民。其中，流传于内蒙古锡林郭勒盟太仆寺旗的《金马驹》为最典型：

> 安国里淖的金马驹能给好心人吐金子，并且能够帮助他们。有一个从南边来的黄头发绿眼睛的洋鬼子想捉走金马驹，请求湖边打鱼的老头协助他。洋鬼子虽然下到湖里捉住了金马驹，但是等在岸边的老头为了不让洋鬼子捉走金马驹，拒绝递给马嚼子，因此洋鬼子就被金马驹咬死了。②

这是一篇非常典型的洋人盗宝传说③。近代内蒙古西部地区曾经有过外国传教士的活动，因此传说产生的社会背景是不容质疑的。传说中洋鬼子取宝的钥匙是金马嚼子。金马驹能为好心人吐金子，具备了作为“宝物”的特征，但是它不是个人所有，而是当地蒙古族群众的共同财富，这是蒙古族金马驹型识宝传说的共同特征。不过，这个共同财富的宝物有时有一个指定的主人，盗宝者必须通过他才能取到宝物。内蒙古锡林郭勒盟乌珠穆沁一带流传的“母亲湖的传说”中讲：

> 有一个风水先生发现了母亲湖里有一头长珊瑚角的宝牛，它是母亲湖的保护神。风水先生知道宝牛的主人是一个七岁的小男孩，于是想方设法收养了这个孩子。三年以后，风水先生叫孩子下到母亲湖去捉宝牛，吩咐他千万不能睁开眼睛。小男孩下到湖里顺手抓到一个东西就拖着往回走。快到岸边的时候，孩子经不住好奇心睁开眼睛一看，原来自己拖着走的是一头长着珊瑚角的宝牛。宝牛一见孩子睁开眼睛了，就吼叫一声逃回湖里去了。④

盗宝的风水先生的失败是因为孩子触犯禁忌，睁开眼睛。传说中盗宝者与护宝者的关系是当地民众与外来人之间的关系，传说反映了人民群众维护共同财富的主题。而下面的传说中流露了另一种阻止财富外流的思想。在乌珠穆沁流传的一篇金马驹传说中讲道：

> 从前有一个富户人家雇佣了一个从南边来的流浪汉放羊。流浪汉放了三年的羊，临走时主人好心对他说：“你为我家放了三年的羊，你喜欢要什么就要吧。”流浪汉回答说：“牲畜我也无法带回去，我只要你的银马嚼子就够了。”主人觉得一副银马嚼子能值多少钱呢，就给他了。后来，主人发觉，流浪汉行径可疑，暗中跟踪发现原来流浪汉是用银马嚼子去捉山上的金马驹。最后由于主人的阻止，流浪汉捉金马驹失败，主人把银马嚼子收回来供养起来。⑤

这里，盗宝者是通过被雇佣放牧的经济关系来获得取宝的“钥匙”——银马嚼子的。银马嚼子已经成为盗宝者三年的劳动报酬。银马嚼子实际上象征着财富的拥有。把银马嚼子交给他人，实际上就是交给了财富的源泉。因此，这篇传说流露了一种忌讳和阻止财富外流的思想。从清朝末年开始，随着蒙地开垦，大批汉族农民移民蒙古地区，蒙古地区开始出现蒙古族牧主雇佣汉族农民放牧，使得来自异文化的“外来人”——汉族农民介入蒙古族经济生活，介入财富的分配。另外，更重要的一点是，蒙古地区从很早就开始出现了用中原的丝绸、茶叶和农副产品交换蒙古地区畜牧产品的旅蒙商这个经济角色。和汉族农民一样对商人的行为抱有批评态度的蒙古族民众一方面在伦理道德上谴责商人用从他们手中换来的畜产品创造出极大财富的做法，一方面看到了自己财富的外流。正如传说中所说的，蒙古族民众认为，由于“外来人”——被雇佣者和商人的介入，失去了财富的源泉。而金马驹是蒙古人财富的象征，银马嚼子则是获取这个财富的“钥匙”，也即银马嚼子隐喻了蒙古经济命脉和财富源泉。“外来人”一旦拥有了银马嚼子，就等于控制了蒙古人的经济生活。因此，这一类传说反映了蒙古民众保护民族经济生活和反对财富外流的特定时期文化心态。可以说，更多的金马驹型识宝传说表达了蒙古民众的财富观念。

2. 风水型

风水型识宝传说集中在内蒙古东部地区。传说中明确指出宝物是某某地方的“风水”，结局一般是由于宝物被识宝者所取走或盗走，破坏了风水，给该地区带来了种种不幸。风水除了金马驹外还有石头。如内蒙古巴林一带流传的风水型传说中南蛮子挖走了山上的两颗石头，从而破坏了当地的风水。[6]内蒙古扎鲁特旗流传的传说中南蛮子用南瓜藤做的马笼头捉走了金马驹，从此该地区流行瘟疫，变穷了[7]。而且，有的传说中盗宝者还使用野蛮的手段公开抢劫，并和统治阶级、佛教上层相勾结，从而达到破坏当地风水并获取宝物的罪恶目的。科尔沁左翼后旗的双和尔山传说中，南蛮子与王爷勾结，骗取统治阶级的帮助，在双和尔山上建十三层金塔镇住当地风水，当金马驹逃走他乡时在金马驹逃走的路径上设陷阱捉住了金马驹[8]。在风水型识宝传说中，金马驹等宝物不仅是财富的象征，更重要的是代表着风水，蕴涵了更深层的宗教信仰涵义，即风水型识宝传说反映了蒙古族传统文化象征崩溃的惨烈现实。

3. 开山寻宝型

开山寻宝型识宝传说主要流传在内蒙古东部半牧半农地区和吉林、辽宁的蒙古族聚居区。这一类型与金马驹型相比，有很大的差异。首先，取宝的“钥匙”已经出现金豆[9]、黄瓜[10]、葫芦[11]等农作物来代替金马驹型传说的马嚼子等畜牧业工具。农作物只有在蒙古族民众开始经营农业并且意识到农作物也有和畜产品有同样价值的时候才有可能被看作是宝物。农作物成为宝物，只有在蒙古族民众从事农业生产，将农业生产当作最主要的经济和财富来源的时候才得以实现。开山寻宝型识宝传说主要流传在比较早从事农业生产，比较早接受农业经济生活方式的卓斯图、土默特、喀喇沁以及今天已经半牧半农业化的科尔沁等地区。

其次，开山寻宝型识宝传说中除了南蛮子和风水先生外，当地蒙古族民众也加入了开山寻宝者的行列。内蒙古库伦旗一带流传的嘎扎日·宝日山的传说中讲道：

> 嘎扎日·宝日山曾经是一座金山，山神是金马驹。在这座山东南山麓向阳的坡上长了一颗葫芦。据说这颗葫芦就是打开山里宝藏的钥匙。有一个放羊的老头摘下葫芦带回家，后来来了一个南蛮子找葫芦没有找到，就把葫芦的秘密告诉了老头。等南蛮子走了之后，老头按照南蛮子的话用葫芦打开了山门，见到了满山的金银财宝，但是由于老头触犯了禁忌，把葫芦忘在山里，于是山门关闭，老头丧命，从此这座山也变成了土山。[12]

随着农耕文化在蒙古地区的进一步渗透和蒙古族民众经济生活方式的变迁，蒙古族民众的财富处置观念也发生了变化。由于定居生活，蒙古族民众已经渐渐认同了汉族农民的将宝物深埋地下的财富处置方式，并且越来越看中作为宝藏的源泉和象征的山及其标志金马驹、金猪、金鸭等的经济价值，从而一部分当地群众也参与开山者的行列。在开山型识宝传说中当地人或者协助南蛮子共同寻宝，或者当地人欺骗南蛮子，打发走南蛮子之后自己去取宝，但是一般都取宝失败。这一类形象被传说的讲述者和传播者说成是光棍或者贪财者，在其生活的社区是受人谴责的角色。而识宝者最后失败的结局也说明了广大蒙古族民众的伦理价值取向，即告诫人们要靠勤劳致富，而对妄想发横财的欲望和做法则持有批判的态度。

二、蒙古族识宝传说与中国识宝传说研究问题

蒙古族识宝传说的发掘拓宽了中国识宝传说研究的问题意识。下面就简单论述相关

的基本问题。

1. 蒙古族识宝传说的形成与中国识宝传说的多民族化

从上面三个类型的蒙古族识宝传说看，它们的产生时间基本上都是清代末期以后。而且从传说形态看，蒙古族识宝传说基本属于中国识宝传说中的南蛮子盗宝传说和洋鬼子盗宝传说。识宝传说不是蒙古族固有的本土文化产物，而是从汉族农耕文化传播过来的舶来品。我们认为，中国识宝传说是在近代南蛮子盗宝传说和洋人盗宝传说的阶段传入蒙古地区的。中国识宝传说的发展演变还经过了一个向少数民族地区传播的过程，而这个阶段在蒙古族中的具体背景则是清末以来蒙地开垦以后的大量汉族农民移民蒙古地区，带去农耕文化的同时带去了识宝传说。可以说，蒙古族识宝传说是中国识宝传说经过“平民化”或“农民化”[13]之后的多民族化的一个成果。不过，蒙古族识宝传说中没有买卖宝物的情节。

2. 蒙古族识宝传说与文化冲突

如果说中国识宝传说从唐代胡人识宝传说开始，就在农耕文化与商业文化冲突的背景中成长，其内核始终是以农耕文化的传统观念去对抗工业文明和商业文化[14]，那么，蒙古族识宝传说则是在游牧文化与农耕文化和商业文化冲突的背景中成长发展的。

由于经济生活的不同，蒙古族中没有形成胡人识宝传说。不过，游牧生活特殊文化心理产生了蒙古人独有的识马传说。可以说是蒙古族的识宝传说。

> 成吉思汗征服了一个没有头领的部落，把该部落善于相马的阿日格岱台吉的儿子交给十万匹马的主人阿拉格岱巴颜做奴仆。阿拉格岱巴颜听说这个孩子会相马，就把他叫来，问自己十万匹马中有没有良马。小男孩围着马群转了三圈，回来说：“您的十万匹马群里没有良马，只有良马的马粪蛋。”阿拉格岱巴颜听了自己马群里没有良马后恼羞成怒，叫手下人拷打小男孩。正巧这时巴颜的蒙古包后面传来一声马叫，小男孩一听，便对阿拉格岱巴颜说：“真正的宝马在叫呢!”就跑出去捉住了那匹马。原来这是一匹阿拉格岱巴颜用来运水的小花马，它长满了鞍疮，翘起一撮细而秃的尾巴，长着一对老鼠耳朵。阿拉格岱巴颜取笑小男孩说：“你说我的十万匹马中没有良马，却把这匹可能被一棵草就绊倒的劣马说成是宝马，那就把这匹‘宝马’送给你吧!”小男孩回答巴颜说：“三年以后我会让您看到一匹宝马。”
>
> 三年以后，小男孩捉来已经变成良马的小花马，备鞍骑上，对阿拉格岱巴颜喊道：“小马驹已经变成千里马，小男孩已经长成男子汉，我要走了。”就逃走了。阿拉格岱巴颜的十万匹马中没有一匹追上小男孩的花马，于是阿拉格岱巴颜悔恨万分跑到成吉思汗面前说：“我失去了一个奴仆，那不是奴仆，而是宝啊！我失去了一匹马，那不是一匹普通的马，而是宝马啊!”[15]

对蒙古人来说，马就是宝物。自古以来作为马背民族的蒙古族对马怀有特殊感情，一方面马是蒙古人的亲密伙伴，另一方面马是财富的象征。在迁徙不定的游牧社会，处置财富的方式不是把金银财宝埋入地下储藏起来，而是把财富佩带在身上以示社会地位高低和财富多寡。比如蒙古族女子昂贵的头饰和男子鼻烟壶、贵重的马鞍以及良马等都是随着游牧生活随身流动的财产。蒙古族识马传说中没有识宝者以重金购得宝物的情节，因此识马传说不是商业文化背景下的产物。一般，马是由持宝者作为劳动的报酬送给识宝者的。识马传说表达了识宝者所代表的广大下层民众用劳动报酬——看起来全身长满鞍疮的劣马——经过自己的勤劳和智慧来经营再生产，创造出财富来，从而改变自己的经济处境和社会地位的美好理想。蒙古族识马传说表达了民众关于财富的辩证思想，即民众通过自己长期生产劳动中积累的相马经验发现财富的根源并把自己获得的经济根源——全身长满鞍疮的劣马——变成宝马——极大的财富。

但是，蒙古族识马传说与我们讨论的识宝传说之间并没有必然的联系。由此我们可以看出，蒙古族识宝传说是外来的。不过，蒙古族民众是把识宝传说当作一种表达特定时代文化心态的符号资源来享用的，正如中国农民把识宝传说当作用农耕文化传统观念去对抗商业文明的符号资源那样。在金马驹型识宝传说中实际上强化了一种本土的财富（确切地讲应该是经济的和文化的资源）观念。如上面举过的传说中，持宝者事先并不知道银马嚼子是取宝之宝。等盗宝者取宝失败以后持宝者才认识到银马嚼子的宝物价值，将其供奉在招财箱里用于召唤财富的仪式中，但是主人并没有用这个银马嚼子去捉金马驹。这里，金马驹在盗宝者看来是直接产生经济价值的宝物，但是对当地民众来说它是一种高于经济价值本身的资源象征，是一种不属于个人所有的抽象的符号存在。

而在风水型识宝传说中表达的是一种游牧生活赖以存在的文化环境惨遭破坏的时代信息。内蒙古扎鲁特旗流传的传说中南蛮子用南瓜藤做的马笼头捉走了金马驹，从此该地区流行瘟疫，无法再游牧，当地民众只能迁移到他乡。这里风水主要指的是游牧环境的风水，因此当地群众与南蛮子之间的矛盾实际上体现了保持和破坏游牧生活环境的矛盾。清朝末年开始的蒙地开垦，严重冲击了蒙古族的传统游牧经济，而且逐渐侵蚀了蒙古族牧民的牧场，使得一部分失去牧场的牧民转牧为农。风水型识宝传说转达的正是这种游牧生活文化环境遭破坏的信息，而作为当地风水的金马驹被南蛮子捉走或因为无法在当地生存而逃逸他乡表达了游牧文化象征的崩溃。从环境角度看，风水型识宝传说表达的是游牧文化与农耕文化最根本的矛盾与冲突。

如果说，金马驹型和风水型识宝传说中强调的是游牧文化与农耕文化的冲突，那么在蒙古族民众已经转牧为农或半牧半农的东部蒙古地区流传的开山型识宝传说中则体现了两种文化交融的特点，那就是开始从事农业生产的蒙古族群众认同农耕文化的传统观念，和汉族农民一样用农业文化的意识去抵抗商业文明。开山型识宝传说更多地体现了民众坚持靠勤劳致富而批评妄想发横财的欲望和做法的伦理价值取向。

总而言之，蒙古族识宝传说反映了近代蒙古族民众面对游牧文化与农业文化的冲突所产生的特定时期的文化心理。识宝传说的核心是本土的传统文化对外来文化的抵抗。这一点上，蒙古族识宝传说也是中国识宝传说抵御外来文明的文化心态的延伸。

---

① 程蔷．中国识宝传说研究．上海：上海文艺出版社，1986．

程蔷．识宝传说与文化冲突——识宝传说文化涵义的再探讨．民间文学论坛，1993，(2)：2～7．

② 内蒙古自治区社会科学院文学研究所编．蒙古族民间故事选．上海：上海文艺出版社，1984．224～227．

中华民族故事大系（第一卷）．上海：上海文艺出版社，1995，676～679．

③ 程蔷．中国识宝传说研究．上海：上海文艺出版社，1986．175～217．

④⑤ 乌珠穆沁传说（一）．东乌珠穆沁旗民间文史协会，1989．203～204，221～222．

⑥ 转引自宝音德力格尔．金马驹传说及其母题的演变．昭乌达蒙古族师范专科学校学报，1990，(1)．

⑦⑧ 哲里木地名传说（蒙古文）．呼和浩特：内蒙古文化出版社，1993．391～393，96～113．

⑨ 库伦旗一带流传的《嘎扎日·宝日山的传说》中南蛮子用三颗绿色宝豆引诱金马驹，陈岗龙 1997 年 8 月搜集记录．

⑩ 库伦旗一带流传的《阿其玛格山的传说》中南蛮子开山的钥匙是吐口水的黄瓜，陈岗龙 1997 年 8 月搜集记录．开山的钥匙是两尺八寸长的黄瓜。哲里木地名传说（蒙古文）．呼和浩特：内蒙古文化出版社，1993．19～20．

⑪ 库伦旗一带流传的《嘎海山的传说》中南蛮子开山的钥匙是交给当地人种植的一颗葫芦。哲里木地名传说（蒙古文），呼和浩特：内蒙古文化出版社，1993，228～231．辽宁省喀喇沁左翼蒙古族自治县流传的开山型识宝传说中开山的钥匙是土日播种，水日灌溉，金日锄草，火日剪藤，木日摘收的四十九颗葫芦。敖木伦河珍珠（蒙古文）．辽宁民族出版社，1985．123～132．

⑫ 陈岗龙 1997 年 8 月搜集记录．

⑬⑭ 程蔷．识宝传说与文化冲突——识宝传说文化涵义的再探讨．民间文学论坛，1993，(2)：2．

⑮ ［蒙古］策·达木丁苏荣编．蒙古古代文学一百篇．呼和浩特：内蒙古人民出版社．

试析一组与妇女纹面风俗有关的黎族传说

陈金文

（北京师范大学中文系博士生）

关于黎族妇女纹面风俗，我国文献中早有记载。《山海经》云："儋耳即离耳也。皆镂其颊皮，上连耳斥，状似鸡肠下垂。"①又有汉议郎杨孚著《异物志》曰："儋耳，南方夷，生则镂颊皮。"②《水经注·温水》注引《文广春秋》曰："朱崖、儋耳二郡，人民可十万余家，皆孰种异类，披发雕身。"明戴熹修的《琼州府志》亦记述了汉明帝时，刺史僮尹到珠崖"劝谕其民毋镂面颊"③之事。民国《中华全国风俗志》亦载："黎人居黎母山，有生熟两种。当额作髻，纵簪者，生黎也；横簪者熟黎也。妇女率著黎桶，其裙百折，椎髻大钗，面涅花纹，号绣面女。"④

关于黎族妇女纹面风俗的文献记载，两千多年来史不绝书，可见黎族妇女纹面风俗产生历史之久远，且其间从未间断。行之于黎族妇女中的纹面风俗，乃是妇女在十二岁至十六岁之间，选择良辰吉日，杀鸡摆酒祭祖先，经过一定的仪式后，刺纹于面部。各支系图案有异。面部的刺纹一般是从口唇上方至两边眼角，对称地刺两条平行斜线，再从口唇上方至两边耳根，刺两条平行横线，在下颌刺以半圆形或圆形图案。这些图案有不同的名称和象征意义。如划于面部两颊的双线总纹、几何线纹等称为"福魂"图；划于上唇的刺纹表示吉利；划于下唇的绣纹表示多福等等。这些图案都是代代相传，不能错乱的。刺纹系由野藤的刺针扎出，再涂上染料。受纹者往往痛苦百端，有痛不欲生之感。有时因受纹者无以忍受，纹面要分两三次才能完成。该俗直到 1958 年才被逐渐禁绝。

由于该俗产生时代的久远，黎族人民逐渐忘却了该风俗产生的缘起，但他们出于对本民族重要文化事象的关怀，一直没有停止对纹面风俗作溯源性的探求。在笔者接触到的黎族民间传说中，涉及黎族妇女纹面风俗的就有四篇之多，每篇对妇女纹面风俗缘起的诠释都有不同。

《三月三的传说》讲：远古时期，洪水泛滥，吞没了大地，灭绝了人烟。天下只剩下兄妹两人——天妃和观音。他们抱住葫芦瓢，漂流到昌化江畔的燕窝岭。然后，他们分头去寻找人类，约定每年三月三回到燕窝岭相会。可是，眼见兄妹快要衰老，人类就要灭种，哥哥仍然找不到妻子，妹妹仍然找不到丈夫。为了繁衍人类，妹妹拿定主意，在自己脸上刺上了花纹，这一来，哥哥就认不出妹妹了。在这年的三月三，兄妹俩就在燕窝岭下结成了夫妻，生男育女。天妃和观音就是黎族人的祖先，黎家子孙为了纪念祖先，就像天妃一样纹面，并行之成俗。

《丹雅公主》篇讲：大禹坐天下的时候，南海有一个俚国，俚国有个公主叫丹雅公主。因她一连嫁的三个丈夫都接连死去，所以被人们视为不祥之人。人们说她是扫帚星，在家家必败，在国国必亡，纷纷请求将她处死。迫于压力，国王将已身怀六甲的丹雅公主放到海边的一只小船上，任其顺水漂流。丹雅公主就这样来到了海南岛。她生了一个儿子，她为他起名叫伯打。伯打长大后娶五指山山鬼神王的女儿山花为妻。山鬼神王后不允，闯到丹雅公主家里，将山花打得皮开肉绽。在屋后开荒种山兰的丹雅公主回到家中，将山鬼神王后赶走。然后丹雅公主按山花受伤的样子在自己脸上画上线条，扮成一副凶相，先后吓退了奉命来犯的水鬼神和沙鬼神，及山鬼神王与他所带领的风、石、草、树四个恶鬼神。此后人们以为纹面可以“吓鬼神辟邪恶”，纹面也就在黎族妇女中相传成俗。

《青青和红红》的传说讲：很久以前有一个皇帝，他有一个女儿叫青青。青青美丽又聪明，但她爱上了打扫皇宫的红红。皇帝非常恼怒就把公主刺成花脸和红红一起赶走。两人乘一只小木船漂到海南岛，他们就是黎族的祖先。因为青青公主被皇帝刺成花脸，所以黎家妇女都喜欢刺花脸。

《绣脸的传说》讲：很久以前，一户贫苦人家有一个漂亮的女儿叫乌娜。乌娜和邻居家的小伙劳可相爱。可是，皇帝选美女把乌娜选中了。皇帝来抢亲，劳可和乌娜逃到海边，双双跳入大海，抱住一根木头，漂浮到海南岛，可是，一年后皇帝又追到海南岛。乌娜用荆棘往自己脸上猛刺，刺得斑斑点点，血迹满面。这样才让皇帝死了心。为了不再遭皇帝的迫害，乌娜要女儿也在脸上刺上一道道疤痕。这样妇女纹面的风俗，就一代代传了下来⑤。

叶春生先生说：“关于绣面与纹身风俗的起源，黎族民间有许多传说，归纳起来，大致有两类：第一类传说认为，这是原始血缘婚姻制度的产物。那时兄妹要婚配，绣面纹身能使兄妹不相认，以繁衍后代。另一类传说认为，绣面纹身是为了抗拒峒主、霸头、汉人的占有……”⑥从以上四则传说来看，叶春生先生所言有不完全之处。黎族传说对纹面风俗的缘起所作的解答，归纳起来至少有四种说法。一、易容说。妹妹为了繁衍人类，自己毁面易容，让哥哥认不出自己，与自己成婚。以后便相沿成婚。二、扮凶相说。丹雅公主为了吓退凶神恶煞，按儿媳受伤的样子打扮自己。后代们便按丹雅公主的样子纹面，以为有驱妖避邪之功能。三、遭毁容说。皇帝因青青公主与红红相爱而将其毁容。所以“后来黎家妇女都喜欢刺花脸”。四、自毁容说。乌娜为了反抗皇帝抢亲，自毁其容。后世为了不再遭皇帝的害，也在女子的脸上刺上一道道疤痕。

如上所述，四则传说对有关妇女纹面风俗的解释是一俗多说。为什么在一民族中对同一民俗事象的缘起会有多种不同的说法呢？笔者以为，这里之所以出现一俗多说的现象，缘于黎族有多个支系，每个支系对本民族祖先的认定不同，对本民族历史的理解不同，各支系的生存状况和生活习惯不同，自然对纹面风俗产生原因的解释也就不同。

就内容方面来看，这几则传说除了诠释妇女纹面风俗的缘起外，还涉及其他方面的一些内容。

几则传说都追溯了黎族的族源。传说中说，古时候海南岛是没有人烟的，他们的祖先都是因种种原因，从不同的地方来到这里，在海南披荆斩棘、筚路蓝缕、开拓洪荒，在与大自然艰苦卓绝的斗争中，刀耕火种，繁衍后代。传说中所说海南岛先民来自于不同地区移民的说法是值得注意的。

这几则黎族民间传说还诠释了黎族其他一些民俗事象的缘起。如黎族青年男女过三月三的风俗；黎族妇女戴项圈、链条、耳环、脚环以及穿筒裙的风俗；黎家烧竹筒饭的风俗等等。我们将传说中所反映的这些黎族风俗与我国其他地区的古今风俗作比较，就不难看出黎族与我国其他各民族之间的历史文化渊源。如传说中所反映的美孚黎的三月三节俗，就与我国古代“三月上巳节”会合男女，互赠花卉，奔者不禁的风俗颇为相类；又与广西壮族三月三群集野外，倚歌择配的传统风俗相近。其间颇有值得深思之处。

总之，有关黎族妇女纹面风俗的传说，对我们考察黎族各支系的族源及历史文化渊源有着相当重要的价值。

从历史的角度看，四则传说反映的内容属于人类社会发展的不同阶段。如果按一定的顺序排列起来，恰恰反映了人类社会发展演化的过程。《三月三的传说》反映的是人类社会的血缘婚时期，此时大自然威胁着人类生存，人类在大自然面前表现得非常脆弱，洪水给人类造成了灭顶之灾。《丹雅公主》传说所反映的历史内容晚于前者，人类已具有了一定的同大自然作斗争的能力，但尚未出现阶级分化，传说中“皇帝”连公主都不能保全，可见不过是原始社会的部落酋长而已。笔者认为，这篇传说的山鬼神王、山鬼神后、水鬼神、沙鬼神，及风、石、树、草四个恶鬼神，皆是自然力的化身。丹雅公主与山鬼神王及其他恶鬼神们的斗争，正是对人类与大自然作斗争的曲折反映。《青青和红红》的传说中，皇帝不让女儿嫁给打扫皇宫的红红，已表现出明显的等级观念，说明已出现阶级分化。《绣脸的传说》则反映了残酷的阶级压迫。皇帝在民间选民女抢亲正是阶级压迫达到极致的表现。一般认为，黎族社会发展异常缓慢，由于生产力方面的原因，黎族社会一直未产生明确的阶级分化，基本上未经历奴隶社会、封建社会。但是，就这四则传说所反映的内容来看，却并非如此。黎族其他民间故事中也常常提及飞扬跋扈的黎头、气势凌人的峒主和欺压良善的奥豪门（财主），这些都与人们对黎族社会的一般认识是不同的，其间定有一些有待考察的原因。我们以为确定一个民族存在不存在阶级分化，有必要参考一下该民族人民群众自己的看法和感受。

四则传说还有着极为重要的民俗学价值。其一，四组传说都把纹面风俗追溯到黎族社会的初期，把该风俗的缘起归之于本民族的始祖。就这一点来看，黎族群众对纹面风俗起源时间的把握是接近于科学的。如上所述，黎族妇女的纹面风俗早在《山海经》中就有记载，可见该俗产生之久远，足证传说所言不谬。其二，四组传说皆云纹面由始祖开始，子孙后代模仿祖先而成为俗。就此而言，黎族群众对民俗传承规律的把握是科学的或接近科学的。其三，四则传说对纹面风俗的评价具一致性。《三月三的传说》以为，祖先的纹面是缘于繁殖人类的需要，显然是出于无奈；《丹雅公主》的传说讲，纹面是为了扮凶相吓鬼神，自然也不是什么为了美的需要，而是一种生存需要，也是出于无可奈何；《青青和红红》的传说讲，祖先纹面是被迫的，是皇帝对反抗父命的女儿的摧残；《绣脸的传说》则把纹面风俗的起因归之于皇帝的压迫。总之，黎族群众在传说中并未以纹面为美。格罗塞说，“……画身，主要目的为了美观，它是一种装饰”⑦，“诱使人们将自己装饰起来的最大的，最有力的动机，无疑是为了想得到别人的喜悦。”⑧格罗塞所论，在这里显然是不适宜的。

笔者以为有关妇女纹面风俗的黎族传说，对民俗学者有着重要启示。

一是，该组传说使我们意识到，风俗传说虽是一种艺术地把握世界的方式，其间不乏浪漫和想像的成分，但因其是千百年来群体智慧的结晶，积淀着千百万人千百年来对具体的民俗事象或一般民俗规律的认识和理解，包含着一代代人民群众对民俗起源、民俗本质、民俗现象的不懈探求，因而其中不乏科学的或接近于科学的成分，这是值得民俗学者学习和借鉴的。如上所例举的有关黎族女纹面的风俗传说，对妇女纹面风俗形成时间的估测，对该民俗事象的评价，对民俗本质、民俗规律的认识和把握，就有一些值得民俗学者学习和借鉴的方面。

再如，就《丹雅公主》篇来看，黎族群众把纹面风俗的起因归之于“吓鬼神避邪恶”的主观需要，也很有道理。我国民俗学家认为，我国各民族的传统服饰（包括纹面绣身）往往承载体现着镇邪驱祟的求吉心理。黎族所在的海南岛，在古代“雾露气温，多毒草虫蛇水土之害”⑨，且“琼之俗无医，民疾病，但求巫祝”⑩，气候环境恶劣，百姓患病求助于巫觋。由此推断，《丹雅公主》所云，从主、客观方面来看都不无道理。

二是，通过对上述传说的分析，我们意识到民俗传承的强大惯性，认识到移风易俗，除旧布新是一项极为艰巨的工作，需要长期不懈努力。上述四则传说都对纹面风俗的合理性表现出怀疑，指出纹面是先祖出于无奈而为之。这说明黎族群众早已意识到纹面风俗在现实生活中已失去了实际功能；同时，我国汉代就有某些官吏“劝谕其民毋镂面颊”，但此俗却直到1958年才在政府的干预下，被逐渐废止。其间沧海桑田、物换星移，历经两千多年。现在纹面的风俗已不存在，但在美孚黎中，还保留着这样的习惯：妇女死后，家人要用颜料在她脸上画些图案，然后才能入殓，这与过去的绣面风俗是有关的。她们仍然认定，不绣面到阴间祖宗不认。一种风俗一旦形成，往往会成为民族认同的重要标志，成为人们与祖先之间感情联系的重要纽带，成为一种难以割舍的情结。黎族纹面风俗在被革除的过程中，所表现出的根深蒂固，正缘于此。

---

① 转引于胡朴安著. 中华全国风俗志上编. 石家庄：河北人民出版社，1980. 280.

②③⑥ 转引于叶春生著. 岭南风俗录. 广州：广东人民出版社，1988. 159.

④⑨⑩ 见胡朴安著. 中华全国风俗志下编. 石家庄：河北人民出版社，1980. 533；胡朴安著. 中华全国风俗志上编. 石家庄：河北人民出版社，1980. 281，280.

⑤ 本文所涉及到的四则传说，皆出自广东民族学院中文系编. 黎族民间故事选. 上海：上海文艺出版社，1982；以及海南黎族自治州文化局、群众艺术馆编，符震、苏海鸥主编. 黎族民间故事集. 广州：花城出版社，1982.

⑦⑧ 格罗塞. 艺术的起源. 北京：人民出版社，1980. 64，110.

［原载《民族文学研究》2001年第2期］

三、民间传说研究论文摘要

伏羲的传说与原始婚姻制的变革

郑本法

《甘肃社会科学》 2001 年第 6 期

本文从社会学的角度探讨了伏羲传说与原始婚姻制变革的关系。作者对古籍记载的华胥神母履雷泽巨人之迹生伏羲的说法作了细致的考察，肯定了“华胥是伏羲之母当无问题”，反映的正是实行群婚制的“民知有母而不知有父”的母系氏族社会。在继续对相关文献进行考证之后，作者又提出“伏羲是由蛇系氏族的男子与华胥氏族的女子野合而生的，属于以一夫一妻制为特征的父系氏族社会的人”。在看似矛盾的分析中得出结论：“伏羲出生的时代判定为从母系氏族社会向父系氏族社会的过渡时期，这个过渡时期也是原始婚姻制从群婚制向一夫一妻制转变的社会大变革时期。”本文的第二个方面论证了伏羲作为传说中的人文始祖的贡献。其中，开始以“始制嫁娶，以俪皮为礼”为标志的婚姻制是伏羲的一大划时代的历史功绩。“首先，伏羲女娲兄妹成婚，说明当时人类已经开始按辈通婚的血族群婚。”其次，兄妹的耻于成婚正是批判血族婚姻的有力武器，“不仅为原始人两性之间的杂交群婚向只限于兄弟姊妹之间血族群婚的变革，也为血族群婚向只限于和血族之外异性通婚的族外婚制的变革建立了丰功伟绩”。再次，“杂交群婚和血族群婚的被排除，使某一氏族的青年男女不得不到其他氏族去寻找配偶的机会”。河南淮阳男女择偶聚会的二月会习俗即源于此，“既因伏羲对原始婚姻制的变革所致，又对伏羲变革原始婚制的功绩具有纪念意义”。

（聂达　摘）

论藏族关于自身族源的三个传说及其价值

石　硕

《西藏研究》 2001 年第 3 期

针对以往藏族起源问题的研究，本文作者先提到传说作为一种重要的文本史料长期不被重视，认为“同一般史料记载相比，它是一种更为古老真实和更具民间性的史实材料……一个民族关于自身起源的传说，作为该民族的一种共同的集体祖源记忆，它在排斥他族、凝聚本民族以及融铸本民族共同心理素质方面往往发挥着极其重要的作用”。接着介绍藏文史籍中关于藏族自身起源的三种传说：1. 印度徙入说；2. 卵生说；3. 猕猴与罗刹女结合衍生藏人说。通过对一系列的史籍考据和论证，作者得出以下结论：“从这些事实来看，猕猴与罗刹女结合衍生藏人的传说不仅见诸史载，而且具有广泛的民间性，成为藏族民众中尽人皆知的一个传说。”但为何最具古老土著背景的猕猴与罗刹女结合衍生藏人说不见载于现今最古老的藏文文献呢？作者分析了原因：第一，“吐蕃时代是一个赞普王权统治时代，由于王权的至高无上，维护赞普权威和王权的神圣性即成为其根本”。第二，“就现存吐蕃时代的藏文史料而言，其在反映吐蕃社会生活尤其是下层民众的文化习俗及传说故事方面显然存在较大局限”。最后作者以为：“猕猴与罗刹女结合衍生藏人的传说在 11～12 世纪以佛教为内容的藏文文献中始见于记载，很可能正是吐蕃王朝灭亡到 10 世纪后期这一时期佛教向民间转移及民间化过程的一个结果……尽管这一传说在后世的藏文佛教史籍中被附会了种种佛教成分，但正如有学者指出的那样：‘它的基本情节应是更古老时代传说的一个内容。’”所以，猕猴与罗刹女结合衍生藏人说是藏族关于自身来源的最古老、最具价值的传说。

（聂达　摘）

成吉思汗“纪念陵”传说考证

那木吉拉

《内蒙古社会科学》 2001 年第 5 期

据17世纪的《黄金史纲》等几部蒙文史书记载，在鄂尔多斯高原上曾有一座下葬成吉思汗衣物等遗物的“纪念陵”。此记载是史实的反映还是虚构的民间传说，不仅史籍记载不一，有关专家学者的意见也不尽一致。作者认为，“《黄金史纲》等史书关于成吉思汗‘纪念陵’的记载是根据成吉思汗征伐西夏时路过鄂尔多斯之地以及成吉思汗的灵车又经过这里等历史事实以及在蒙、藏文化交流背景基础上产生的一则民间传说故事，并不是史实的反映”。为此，作者做了具体阐释，“首先，成吉思汗去世不久成书的如拉施特《史集》、志费尼《世界征服者史》和《元史》等13、14世纪成书的史籍以及元明之际的《南村辍耕录》等所谓‘野史’，都未载成吉思汗这座‘纪念陵’的信息”；“其次，《黄金史纲》等17世纪成书的几部蒙古文史籍都记载鄂尔多斯地区曾经有过一座成吉思汗陵，但是同时代成书的萨囊彻辰著《蒙古源流》中却未见这个信息……他没有采取那些史书的说法，自然有他的见解”。在这里，作者提出了“车陷泥沙，遂建成陵”的母题，用于解释类似的几个母题的传说。“其三，某高贵人士的灵车在半途中陷入泥沙或沼泽地里移动不得，因此，就地埋葬并立庙祭祀的情节母题又见于蒙古族民间其他传说中”；“其四，在蒙古民间传说中常见佛像在迎请途中忽而沉重，移动不得，就地建庙供养的情节或母题”。通过大量的举证分析，作者得出这样的结论：“成吉思汗‘纪念陵’传说的‘车陷泥沙，遂建成陵’母题和盛京摩诃葛剌神庙选址传说等蒙古民间传说故事的‘驼卧不起，遂建此楼’母题及其扩展母题‘佛像亲自选择庙址’之间都有相互影响的一面，或者这些母题起源于同一个母题。”最终肯定了成吉思汗“纪念陵”只是一种传说。

（聂达　摘）

澎湖传说故事的文化人类学探索

过　伟

《广西民族研究》 2001年第3期

在本文中，作者结合澎湖群岛的地理位置、自然环境和历史情况，针对姜佩君的《澎湖民间传说》和金荣华的《澎湖县民间故事》两书对澎湖传说故事进行了五个方面的文化人类学探索。一、庙宇神明传说与民间信仰。"民间信仰是从远古人类原始思维的原始信仰中传承变异而来的民间思维观念的习俗惯例。"作者引证了四则叙述神明具有神力、治病、抗海盗、台风中救渔民的民间传说，说明民间信仰"源于人们祛灾祈福之愿望与需要"。继后作者又引据了民间信仰和人为宗教的十大区别，肯定了"澎湖民间传说故事所反映的澎湖人的民间信仰，是符合上述中国民间信仰的特征和人为宗教的差异的"。二、小岛平民心态与蔡进士、张百万传说。"像蔡进士这样的人物奋斗史、张百万那样举富之人的发迹史，成为澎湖人艳羡的对象"，澎湖人对传说人物的评价，"反映了小岛平民求荣、想富、慕荣、羡富的心态"。三、郑成功传说与澎湖人的爱国主义情结。本节中作者叙述了《四眼井的传说》、《郑成功的故事》和妈祖显灵的故事，认为："澎湖人代代传承的郑成功传说，表达了澎湖人战胜外国侵略者的爱国主义情结，表达了人民的历史观……妈祖显灵传说，与郑成功传说有异曲同工之妙，反映了中国人维护祖国统一的心声。"四、全国性题材与澎湖流传本之地方特色。"澎湖人、台湾人和大陆闽南人属同一族群、同一民系、同一汉语方言（闽南语）。民间故事在汉语闽南方言范围内流传，是常见的现象。"为此，作者引证了在桂林地区流传同时亦是全国性民间故事题材的《蛇郎君》和流传于福建泉州地区洛阳桥由来的故事，与前者相佐证与后者相区别，由此得出，"普遍流传的故事，总是有地方流传本的地方特色，这是各地民间故事讲述家的创造性，也是文化人类学家、民间文艺学家研究人群行为的相同处与相异处"。五、作者高度评价了金荣华教授、姜佩君博士田野调查的科学方法和严谨态度，详举《能久亲王之死》的例子表明采集活动中附记的学术价值、历史价值，认为"采编这些珍贵资料，是金荣华教授和他所培养的博士们为学科建设作出的可喜贡献"。

（聂达　摘）

满—通古斯语族民间文学的奇花异葩

——赫哲族的伊玛堪与鄂温克族民间传说的比较

吴桂华

《民族文学研究》 2001 年第 2 期

赫哲族的伊玛堪与鄂温克族民间传说同属于满—通古斯语族民间文学，二者存在着诸多的相似之处。作者从三个方面进行论述：一、萨满文化的艺术之花。“萨满文化，是历史悠久的中华民族光辉灿烂文化的重要组成部分。它以原始的萨满教为母体，与满—通古斯语族古代的神话、传说有着血肉联系”。“说唱文学伊玛堪源于萨满的跳神活动，最初是萨满运用说唱的形式来表现萨满神异事迹的一种准宗教的艺术形式。鄂温克民间传说特别是萨满神话传说，就是在萨满教万物有灵和灵魂不灭的基础上，凭借着丰富的想像，通过原始思维和不自觉的艺术加工创造出来的”。二、英雄莫日根的热情颂歌。“莫日根是赫哲族、鄂温克族共同崇拜和歌颂的英雄”，“赫哲族的伊玛堪之所以流传千古而不衰，就是因为它塑造了英雄莫日根这个生动的艺术形象……在鄂温克民间传说中，英雄莫日根传说占有重要位置，并具有本民族鲜明的特征”。三、民族风情的绚丽画卷。“在伊玛堪中，赫哲族传统的渔猎生产、生活、征战、婚俗、祭祀、跳神、祷告、礼俗等，展现得淋漓尽致、栩栩如生，可称之为一幅生动的古代渔猎民族的风俗画卷……鄂温克民间传说有历史性和地方性，带有浓郁的民族特色。它反映了鄂温克先人与自然、与社会的相互关系，犹如一幅幅展现鄂温克族的自然山水、衣食住行、风土人情、充满诗情画意的民族风俗画卷”。作者在文末表示，挖掘、采录、整理、研究满—通古斯语族的民间文学，仍是一项艰巨而复杂的任务。

（聂达　摘）

第五编

民间故事研究

一、民间故事研究概述

2001年民间故事研究概述

刘守华

（华中师范大学文学院）

在本年研究民间文学的800多篇文章中，论述民间故事的文章近100篇，在数量和质量上仅次于神话，其成就颇为引人注目。

一

关于故事类型的研究一直为学人所看重，本年所取得的成果也较为明显。由刘守华主持的教育部人文社科“九五”规划重点项目“中国民间故事类型与传承研究”，经过两三年的经营，第一批成果陆续问世，课题组的刘守华、林继富、江帆、顾希佳以及几位青年学者，在10多个学术刊物上发表了近20篇论文，如刘守华对“仙女救夫”、“感恩的动物忘恩的人”、“梦先生”等类型的解析，林继富对“青蛙丈夫”、“黑马传三哥”、“头上长角”等类型的解析，顾希佳对“鬼母育儿”、“斗阎王”、“石门开”等类型的解析，江帆对“断手姑娘”、“路遥知马力”等类型的解析，孙正国对“人虎情缘”类型的解析，等等。所选取的大都是各族口头流传的常见故事类型。文章依据母题及其结构类同的数十篇乃至上百篇异文，归纳出该类型的基本形态，然后就其文化内涵与价值、审美情趣与民族地域特色进行论析，有些还追溯了该类型的源流，进行了跨国跨民族的比较，并介绍了海内外关于该类型的研究成果。各篇文章按课题的统一构想分别写成，同时也具有各自不同的风格，如顾希佳的文章就以拥有丰富的古典文献资料和文笔流畅吸引读者，江帆的文章则以大量采用出自辽宁的鲜活故事资料引人入胜。这组文章的方法特点是，集合众多异文解析其母题与类型，重视历史地理因素的考察与故事生活史的追寻，从这里可以明显看出课题组在吸取芬兰历史地理学派方法上所作的努力。但文章兼顾民间故事思想生活内容的评述和结构形式的解析，力求把许多优美的故事类型作为有血有肉的完整艺术品推荐给大众，又是对中国现代民间文艺学传统的延续。作为一个系列，各篇文章的水平参差不齐，对母题、类型的划分有时失之粗略，有待成书时作进一步提炼加工。

二

刘魁立于本年发表了《民间叙事的生命树——浙江当代“狗耕田”故事情节类型的

形态结构分析》[1]，中日两国的学者还围绕这篇文章举行了一次学术研讨会，这是 2001 年又一令人关注的学术成果。作者将出自浙江的“狗耕田”故事的 28 个文本的变异情况加以综合，发现其结构形态呈树形，便借用“生命树”予以概括。接着作者对构成上述树形结构图的奥秘进行思考，就它们的“情节基干”、“积极母题链”、“消极母题链”以及“二元对立”的内核作了简要而见地新颖的论析。本文的意图在于避开关于故事文化内涵的探讨，着力探求故事内部结构的深层奥秘，可以看出它是结构主义方法的尝试运用。作者对故事结构形态的精细解剖和对其艺术生命力的认真探索，都给人以新的启示。尽管这种撇开故事文化内涵的结构分析，引起了一些争议，文章对推进故事学的积极意义还是受到了学界的肯定。

三

关于口头文学的“表演”（Performance）理论在本年受到中国学人的更大关注并开始试用于故事研究，也是值得特别提起的一件事。这方面的成果有周福岩的《表演理论与民间故事研究》[2]，孔建平的《时间与故事话语活动》[3]，江帆的《口承故事的“表演”空间分析——以辽宁讲述家为对象》[4]，钟年的《民间故事：谁在讲谁在听——以廪君、盐神故事为例》[5]等。周文在引述美国学者理查德·褒曼（Richard Bauman）在《故事、表演和事件》中的有关论述之后认为：“褒曼的理论强调‘表演’在口头文艺中的支配地位暗含着两种对话关系：一是讲述者与听众在观念认同层面上的对话，一是讲述者与听众在表演形式认同层面上的对话，前者能够被压缩进文本，后者却不能。因此在文本之内展开对话关系，并不能真正把握民间口头文艺的全部风貌，还必须考虑文本以外亦即表演世界中展开对话关系。”对表演理论的介绍近年已有多篇文章发表，人们更希望看到用这一理论方法研究中国民间故事的实际成果。本年在这方面有了可喜收获。钟年撰有《民间故事：谁在讲谁在听——以廪君、盐神故事为例》，他通过对现今湖北长阳地区关于廪君、盐神故事的流传情况的考察，指出现在民间故事讲述活动和过去相比已发生了巨大变化，讲述者更多的是干部、教师、文化人、导游等，听众主要是社区以外的人员，包括研究者，讲述故事的功能主要是一种文化展示，而非像过去那样，是当地民众的自娱自乐。这样，就不能再用传统的民间口头文学理论来审视。本文正是从故事“表演”而不是从故事文本提出了一个新的研究课题。

江帆的《口承故事的“表演”空间分析——以辽宁讲述家为对象》，是将“表演”理论引入中国民间故事研究的重要成果。该文依据作者本人对故事调查的田野现场体验，以辽宁讲述者为对象，对口承故事表演空间里讲述者、听众、研究者之间的互动以及这种互动对故事讲述的制约和影响作用进行了认真的探讨和分析。作者认为在故事表演空间中，听众与讲述者之间的互动主要表现在：（一）刺激讲述者的表演欲望；（二）决定讲述者的表演内容；（三）带给讲述者精神上的满足。研究者不同于普通的听众，他们在田野中出现，也将对故事表演带来影响，诸如导致讲述者重新设计表演策略，使讲述者对故事的认识得以升华等。作者最后指出：“将故事的文本研究与文本的田野诠释结合起来，建立起二者间相互补充，也是我们理解故事真正含义的一种有效途径。”

四

在故事传承人的发现与评论方面，本年也有一些新成果，湖北民间文学领域有“三家三村”之说，“三村”即丹江口市伍家沟民间故事村，武当山吕家河民歌村和宜都市青林寺谜语村，“三家”即刘德培、刘德方和土家族孙家香三位故事讲述家。黄永林、程秀莉撰写的《从“日白佬”到“民间故事家”——三峡农民故事家刘德方》[6]，刘守华撰写的《清江流域的女故事家》[7]，对近年脱颖而出的后两位故事讲述家的坎坷人生经历及其出色讲述才能作了引人入胜的评述。对民间文学、民间艺术各个门类传承人及其艺术造诣的关注，将成为中国民间文学研究的长期课题。

五

本年中，还有李道和的《女鸟故事的民俗文化渊源》[8]和薛克翘的《中印鹦鹉故事因缘》[9]，由于对古典文献材料的旁征博引，深入探求这两个故事类型的渊源，也受到学界的重视。女鸟通称天鹅处女型故事，已有多位中外学者作过研究，李文着力从中国古代诗文典籍中探求它的民俗文化渊源，系统梳理了它在高禖祠祀、水次袚除、求雨雩祭及招魂、巫蛊等一系列礼俗文化背景中，经过长期综合与积淀，由隐而现的构成过程。文章认为女鸟形象是从女巫经过简翟（以及姜嫄）演化而来，她美丽而恐怖，多情而散漫，既是一种信仰对象，也是一个奇丽的文学形象。文章从“鸟与女、衣与妻的对等关系”、“衣与魂的粘附关系”、“女巫与女鸟的传承关系”三个侧面进行具体论证，将传统的文献考据和现代民俗学、人类学方法相结合，使人有耳目一新之感。但女鸟是一个世界故事类型，仅借助中国古典文献材料是否能完全揭穿它构成的奥秘，还有待进一步验证。

另一篇《中印鹦鹉故事因缘》，也以资料丰富见长。它对唐前、唐代及唐以后的中印鹦鹉故事的众多书面记载（包括佛经、民间叙事和作家文学）进行系统梳理的基础上，得出了中国此类故事深受印度佛经故事影响的结论。其方法属于跨国比较的影响研究，这一方法并不新颖，由于作者旁征博引富于实证性而具有较强说服力。

这几篇文章启示我们：在中国浩繁的古代典籍（含宗教典籍）中，拥有丰富的民间文化信息，它们和近现代的民间口头传承文化往往有着千丝万缕的关联，现代民间文艺学研究固然必须十分重视田野调查，然而善于运用古代文献资料，对中国的民俗学家和民间文艺学家也是一项必备的素养。

六

万建中就禁忌民俗与中国神话、传说、故事之间的关系所作的研究，本年有几篇论文陆续发表，十分引人注目。如《时间差：神圣与世俗世界的构建及洞穿——禁室型故事中禁忌母题的文化阐释》[10]，作者以蛇郎、盘瓠及关羽三类传说故事为例，认为“禁室”具有构建神圣世界的意义，一旦违禁，揭破禁室神秘，就会洞穿神圣与世俗的边界，使两者的时间差（“山中方七日，世上已千年”）立刻消失而使情节逆转产生悲剧性的后果。文章不是简单地指认故事中的禁忌民俗，而是追寻融入故事情节的禁忌母题的文化内涵及其艺术象征意义，这种跨学科的比较研究，对促进故事学研究的深入无疑是有积极作用的。

七

值得我们特别注意的是，海峡对岸台湾省的学者本年在故事研究方面也有可喜收获。由花莲师范学院于 2001 年主办了“海峡两岸民间文学研讨会”，其相关论文已于当年结集出版[11]，其中以故事研究论文居多，如钟宗宪关于赴云南泸沽湖采录民间故事的报告，谢明勋等关于《包公案》、《济公传》、《混元盒》等通俗小说同民间传统故事关系的探寻，还有关于台湾地区流行的一个机智型人物李文古故事的考察，等等。这些论文大都拥有丰富翔实的资料和独特的视角。中华文化多元一体的格局及其深远影响，在这些研究成果中得到了有力的展现。台湾学者的故事研究论文，也常见于祖国大陆学刊，如金荣华的《情节单元释义——兼论俄国李福清教授之“母题”说》[12]。英文或法文中的 motif 被译为汉语中的“母题”，始于五四时期胡适先生笔下，沿用至今。它看似有音义兼顾之妙，实则常使人望文生义，与“主题”一词相混淆，（有的学者将“性欲主题”误作“性欲母题”就是一例），因此本文作者于 1984 年编撰《六朝志怪小说情节单元索引》一书时，便提出将“母题”改译为“情节单元”。这一改译已在海峡两岸的诸多学人中被采用。本文在同俄国李福清教授的论辩中，就“情节单元”的含义和改译缘由作了进一步阐释。由于“母题”一词在民间文学和作家文学评论研究中的广泛运用，此文对读者的重要意义是不言而喻的。

八

本年有两部重要的故事学专著出版，即祁连休的《智谋与妙趣——中国机智人物故事研究》（河北教育出版社 2001 年 1 月），和谭达先的《中国二千年民间故事史》（甘肃人民出版社 2001 年 3 月）。前一种以 63 万字的巨大篇幅，就中国各族机智人物故事，从历史渊源、思想意义、艺术特色到结构形态、人物形象、情节类型等，作了综合而细致的研究论评。它所涉及的中国各族机智人物约 900 个，构成的故事类型达到 328 个。因而本书是一部资料丰富、视野开阔，富有开拓性的学术专著，是作者耗费多年心血经营而成的可贵成果。

另一部《中国二千年民间故事史》则是关于汉族古代民间生活故事的专史，以 40 万字的篇幅，评述了从各类古代文献中搜寻而来的生活故事 400 多个类型。国内外现代故事学均偏重幻想故事的研究，作者从先秦至明清两千多年的历史长河中选录生活故事，逐一详加评论，并就这一叙事体裁的特征及其演进脉络进行宏观论析，显示出深厚功力与开拓精神。它和 1999 年问世的刘守华所著《中国民间故事史》各具特色，可作为姐妹篇看待。谭达先博士旅居海外，数十年致力于中国民间文学研究，本书是他的第22种学术论著。他矢志不移，献身于中国民间文艺学建设的精神，不能不令读者肃然起敬。从故事学领域学术专著的陆续推出，显示出这一学术领域的有力进展与潜在活力。

总起来看，中国民间文艺学中的故事学研究，在21世纪的头年中，取得了相当可观的成果。既有方方面面的微观研究成果纷纷涌现，也有大部头的宏观论著不断问世。由于《中国民间故事集成》的陆续出版提供了丰富的素材，因此众多学人纷纷以新方法的尝试来扩展研究的广度与深度，从类型研究、结构形式研究到表演空间研究，均有引人注目之作出现。有关学人在实际运用这些西方现代民俗学、民间文艺学方法过程中，都力求与中国民间文化传统包括学术传统相融合，而非生搬硬套。可以说，正是由于融合程度的高下不一，决定着相关研究成果的学术质量。在坚持辩证唯物论历史唯物论的基本理论和方法的同时，紧密联系中国学术文化传统，合理借鉴吸收西方现代学术方法，无疑将成为今后中国故事学和民间文艺学发展的方向。此外，正式出版的中国民间故事集成及各个地方的资料本，固然给中国研究者提供了极大便利，但我们不能以此为满足，不论是学者直接进行田野作业采录第一手资料，还是从各民族古典文献中发掘新资料，都大有文章可作。

---

① 刘魁立．民间叙事的生命树——浙江当代“狗耕田”故事情节类型的形态结构分析．民族艺术．2001，(1)：63～77.

② 周福岩．表演理论与民间故事研究．鞍山师范学院学报．2001，(1)．

③ 孔建平．时间与故事话语活动．东南大学学报，2001，(1)．

④ 江帆．口承故事的表演空间分析——以辽宁讲述家为对象．民俗研究．2001，(2)：60～71.

⑤ 钟年．民间故事：谁在讲谁在听——以廪君、盐神故事为例．民间文化．2001，(1)．

⑥ 黄永林，程秀莉．从“日白佬”到“民间故事家”——三峡农民故事家刘德方．民俗研究，2001，(4)．

⑦ 刘守华．清江流域的女故事家．清江文化与现代文明．武汉：武汉出版社，2001.

⑧ 李道和．女鸟故事的民俗文化渊源．文学遗产，2001，(4)：4～18.

⑨ 薛克翘．中印鹦鹉故事因缘．南亚研究，2001，(2)：67～74.

⑩ 万建中．时间差：神圣与世俗世界的构建及洞穿——禁室型故事中禁忌母题的文化阐释．广西民族学院学报．2001，(6)．

⑪ 2001海峡两岸民间文学学术研讨会论文集．花莲师范学院民间文学研究所2001年6月编印．

⑫ 金荣华．情节单元释义——兼论俄国李福清教授之“母题”说．湖北民族学院学报，2001，(3)：1～4.

二、民间故事研究论文选载

“情节单元”释义

——兼论俄国李福清教授之“母题”说

金荣华

（中国文化大学中文系，台北）

近百年来，民间文学成为一门学科以后，在民间故事的研究方面，针对其人、时、地都可变异的特性，发展出了以结构为主的类型（Type）分类；又在内容分析界定了以事件为主的“情节单元”。

故事的类型分类有很多种，目前以阿尔奈（A. Aarne）和汤普逊（S. Thompson）所编制的AT系统比较完整，材料比较丰富，因此有较多的各国民间文学研究者采用，成为国际所通用的一套系统①。

“情节单元”也有一套归类检索的系统，见之于汤普逊的《民间文学情节单元索引》②。由于这是迄今惟一的一套情节单元归类检索系统，而其所收的内容既相当程度地包括了亚洲、欧洲、美洲、非洲、大洋洲等各地各国的资料，所用编号又采用小数点进位的方式，为使用者保留了极大的增补空间，因此也自然地被各国民间文学研究者所采用，成为国际所通用的一套系统。

“情节单元”是英文或法文中“motif”③一字在民间文学里的对应词，指的是故事中一个小到不能再分而又叙事完整的一个单元④。这里所谓的“情节”，是指在生活中罕见的人、物或事。所谓“单元”，就是扼要而完整地叙述了这不常见的人、物或事。例如，“有一只生了角的兔子”是一个情节单元，这是静态的；“那个大力士单手拖动了一架飞机”也是一个情节单元，这是动态的。又如：物主防偷，睡时把玉含在口中；小偷引他打喷嚏，翠玉吐出，乃窃取而去。这不仅是一个情节单元，并且已经构成了一则故事。但是，如“他去倒了一杯茶”、“他把门关上”等，则不是情节单元，只是一个动作的叙述。在民间文学里，每一则可以称作故事的叙事，至少有一个情节单元，也可以有一个以上的情节单元。

民间文学在五四时期开始受到中国学术界的重视，“motif”一字也常为学者所言及。当年胡适先生把它音译为“母题”，似乎有音义兼顾之妙⑤。从此“母题”一词，渐渐有人使用。其实，以“母题”译“motif”，只能说是译了音，并不能说也译了意。从上述“情节单元”或“motif”的定义看，把“motif”译作“母题”应该是一个很糟的翻译。因为，中国文字是表意的，用中文翻译外来名词，除了人名、地名等专有名词外，音译是应该尽量避免的。万不得已而为之，选字要十分小心，以免有所误导。至于“音义兼顾”，则大概是一项不可能的任务吧。笔者粗涉英、法文字，管窥所及，勉强能与中文音义相通者，只有法文之“tres”字，此字读音似中文之“太”，作为副词，与中文之“太”也同义。将“motif”译作“母题”，中文读者有着文字本质上“望文生义”的习惯，一般人联想到的就是“主题”，甚至还不知道它是一个从外文翻译过来的名词。例如以研究克罗齐（B. Croce，1866—1952）美学著称的朱光潜先生，在1936年写了一篇《性欲“母题”在原始诗歌中的位置》，发表于《歌谣周刊》⑥，就是把“母题”视同“主题”使用的。此外，在近年的一篇名为《中美工约风潮对晚清小说之激荡》的论文中，第五节的标题是“抵制美货的母题”⑦，也是把“母题”视同“主题”使用的。就中文而言，把“母题”当作“主题”的同义词使用并无不妥，但它就不宜作为“motif”一字的同义词了。

从前汉译佛经，把梵文“Ullambana”音译作“盂兰”或“盂兰盆”，意思是“倒悬”。民间旧俗于农历七月十五日中元节延请僧尼诵经施食，以解饿鬼倒悬之苦，即所谓结“盂兰盆”会。然而民间年画画此“盂兰盆”会，望文生义，有的就画一盆兰花以应其名⑧。也有人以为“盂兰”是译音，“盆”字则是汉字本义，“盂兰盆”是一种盆子的名称。因为《盂兰盆经》上说：

> 为七世父母及现在父母（于）厄难中者，具饭、百味、五果、汲灌盆器、香油、锭属、床敷卧具，尽世甘美，以著盆中，供养十方大德众僧。⑨

能放下这么多东西的盆子，当然是一种不同寻常的特别容器了。不过，这样的解释在唐朝就被僧人玄应否定。他说：“旧云盂兰盆是贮食器者，此言误也。”⑩

又，回教《可兰经》的“可兰”两字，是阿拉伯语、“Koran”的音译，在闽南地区有人因方言音近，写作《苦难经》⑪，读者见了，想必是另作一种认知。音译用字，岂可不慎。

几年前，有一位留学外国专攻民间文学的朋友对笔者说：现在用“母题”这个词也许会有人误会是“主题”，但渐渐地约定俗成后便不会有问题了。笔者当时的解释是：现在大家使用的语文就是经由约定俗成而来的。在这已有的约定俗成基础上，如果字义有所引申，则有其一定的规律。尤其是中文，不仅是字音，还是字形，都和字义有关，这就是所谓的训诂之学。“母题”一词的文字组合已具其原有之约定俗成的表意功能，勉强要作别解，未免是一种扭曲。

语言中有所谓的多义词，例如“诗史”一词，可以说是“诗的历史”，也可以说是“诗之敷陈时事如史者”⑫；“没事多喝水”和“多喝水没事”两名中的“没事”也不妨各有所指。在两个对话中如果有这样的多义词，而双方又各以自己的认识去认定对方的词义，那么必然造成误会，民间的一些笑话也常以此为笑料⑬。讨论问题也如此，如果涉及一些特别的词而不先确定其涵义，则虽同词而异义，便难免南辕北辙而愈说愈乱了。俄国的俄罗斯科学院通讯院士李福清（B. Riftin）教授，在他的《三国演义与民间文学》一书中，有一段关于“母题”和“情节单元”的话如下：

> 在中国，据我所知还很少运用母题这一概念。台湾只有1984年出版了中国文化大学金荣华教授的《六朝志怪小情节单元索引》和1989年出版的《台东卑南族民间文学选》所附卑南族故事情节单元索引中使用了母题的概念。金教授将“母

题”释为“情节单元”，这是较早期的说法。据民间文学研究专家普罗普（V. prop）教授的《民间故事型态学》所论，民间故事的情节单元不是母题，而是人物的功能（一定的动作）。目前汉文还没有找到一个合适的词，我只是暂时仍然借用，特别是我所研究的是史诗的母题，而不是民间故事的情节单元。⑭

这段话究竟说了些什么呢？为讨论方便，且将它依次划分如下：

1. 将“母题”称为“情节单元”是较早期的说法。
2. 普罗普教授认为民间故事的情节单元不是母题，而是人物的功能（一定的动作）。
3. 目前汉文还没有合适的词，因此只是仍然使用（母题这词）。
4. 史诗的母题不是民间故事的情节单元。

关于第一点，认为将“母题”称为“情节单元”是较早期的说法，不知有何依据。因为“motif”一词由胡适引进并译作“母题”是在1924年的3月，那篇文章名为《歌谣的比较研究法的一个例》，登载在北京大学歌谣研究会主办的《歌谣周刊》第46期上⑮。文中对“motif”这个文学术语是有所说明的，只是它容易被误解，不是一个好翻译。至于“情节单元”一词，是笔者在1984年于拙著《六朝志怪小情节单元索引》的序言中提出，并说明其为“motif”的对应词。在此之前，相关的民间文学论文中尚未见使用。事实上，李福清教授也是在1990年左右第一次来台湾取得拙著后才开始使用这词的，那么怎么会是“将母题称为情节单元是较早期的说法”呢？（普罗普教授的《民间故事型态学》初版于1928年，再版于1959年）⑯。如果“将母题称为情节单元是较早期的说法”，则是现在已另有说法了，那么现在的说法是什么呢？

关于第二点，李福清教授说，普罗普教授认为民间故事的情节单元不是母题，而是人物的功能（一定的动作）。这句话可呈列如下：

情节单元≠母题（motif）
=人物的功能
=人物一定的动作

对照笔者所说的情节单元：

情节单元＝motif
=母题（不妥的译名）
=故事中最小的叙事单元
=完整叙述之罕见的人、物或事

两相对照，可见李福清教授所谓普罗普的“情节单元”与笔者所称之“情节单元”，同名而异实，两者的指称并不相同。这当然也牵涉到了李福清教授以笔者所订之“情节单元”去翻译普罗普教授的俄文名词时，是否完全了解了此一名称的内涵，因为李福清教授在另一本书里所说之普罗普的“母题”，与这里所说的稍有不同的。所说如下：

（普罗普教授的民间故事型态学）证明母题并不是情节最小的情节单元，母题可以分解为许多人物（的）行为对情节的发展，具有决定性的行为，他题为“功能”（function）。⑰

对于这段叙述，要先辨正的是："母题"是什么或不是什么，都只是一个"说明"，不是"证明"，即使它在民间故事的领域里成了约定俗成的多义词，也是不能以其中之一义"证明"他义之为非的。至于这里所说之普罗普对母题一词的界定，可列表如下：

母题≠情节单元

=许多人物（的）行为，亦即对情节发展有决定性的行为或功能

今以此表对照前表所列普罗普之所说（情节单元≠母题=人物的功能，也即人物一定的动作），两表中"情节单元"和"母题"互易其位，意义便互相矛盾了，或是反而显示了"母题"就等于"情节单元"。

关于第三点，所谓"目前汉文还没有合适的词，因此只能仍然使用（母题这词）"，表示李福清教授要表达的概念和观念，既非他所认知的"情节单元"，也非他所认知的"母题"（依据他老师普罗普教授之说），那么他为什么不清楚地说出他的概念或观念，然后给他一个表意的名称呢？勉强仍然使用母题，又没有具体的解释，读者仍是不了解他要说的究竟是什么。

关于第四点，史诗的母题不是民间故事的情节单元。若依李福清教授所译普罗普的说法，情节单元即不是母题，那么不管是史诗的还是民间故事的，当然是不相同的。若依笔者的用词，则所谓史诗，所谓民间故事，本质上都称之为叙事文学；它们的差异只是形式，一个是韵文叙事，一个是散文叙事。使用情节单元分析故事时，不会因其形式不同而有所不同。

笔者所称的"情节单元"既不同于李福清教授所说普罗普的情节单元，而李福清教授对"情节单元"一词的认知，则可以从他在《从神话到鬼话》中对一则台湾布依族（狗与女人结婚）故事的分析一窥大略。他说：

这个故事主要的母题是少女与狗结婚（S. Thompson 母题 B. 601. 2 "人与狗结婚"及 B. 641. 1 "与一个具有狗样子的人结婚"）……如果将我们所采录到的布依族故事的内容加以分析，可以获得若干主要的情节单元：(1) 皇帝（头目）有漂亮的女儿。(2) 女儿生病（皮肤病）谁都无法医治。(3) 父亲通告谁能治好女儿，就把女儿许配给他。(4) 狗撕掉公告，用舌头舔公主长疮的皮肤，公主便痊愈了。(5) 头目说，如果狗在三十天内能变成人，便把女儿许配给他。(6) 狗跑到森林之洞变形。(7) 头目派兵偷偷监视他。(8) 期约未满，兵丁监视他，但他还没有完全变成人形。(9) 狗要延期一天。(10) 头目召集会议。(11) 会议散了，只剩一个人不回去。(12) 他窜进了公主的房间。(13) 头目让他们结婚，但是命令他们马上离开此地。(14) 头目派兵杀狗与女儿。(15) 狗与公主坐小船逃命。(16) 漂流到台湾，生下了孩子，就成为布依族的祖先。[18]

从上引文字看，很显然，李福清教授是把故事大要的分段叙述称之为情节单元的分析，这或许合乎他老师普罗普的定义和方法，但绝非笔者所谓与"motif"对应的情节单元[19]。如果就笔者的"情节单元"看，这样一则故事的情节单元只有四个：一是"人与狗结婚"(B. 601. 2)，二是"与一个具有狗样子的人结婚"(B641. 1)，三是"疮经狗舔而痊愈"，四是"人与狗结婚而生子"。其中"疮经狗舔而痊愈"在汤普逊的《民间文

学情节单元索引》中没有被著录。因此也没有编号,这是因为汤普逊据以编书的材料中没有这样的情节,并不是它不成为单元,所以笔者在分析一则与之相似的卑南族故事时,为它在"神奇疗法"(D216.4)之"舔疗"(D216.4.17)项上增加"D2167.4.17.1"新号⑳。"人与狗结婚而生子"在汤普逊的书中也未见著录,然而在"人与动物结婚而生子"(B631)的项下有人与某些动物结婚生子的著录和编号,因之可以为它增添一个"B631.12"的新码。

李福清教授在通俗小说《三国演义》上用力很深,有很好的研究效果;在民间故事方面也搜集了不少材料,但在讨论相关问题时若能先厘清一些名词,则一定会更有助于同好之间的切磋吧。

---

① Stith Thompson. The Types of The Folktale . Helsinki, Academia Scientiarum Fennica, 1973.

② Stith Thopson. Motifndex of Folk-Literature. Bloomington, Indiana University Press, 1975, 6 volumes.

③ 在英、法文中,"motif"一词用之于音乐或绘画,但所指各不相同.

④ Stith Thompson. The Folktale. New York, Holt, Rinehart and Winston, 1946. 415～439.

⑤ 胡适.歌谣的比较的研究法的一个例.歌谣周刊,1924,(46).

⑥ 朱光潜.性欲"母题"在原始诗歌中的位置.歌谣周刊,1936,(6).

⑦ 朱国能在1996年台湾大学中国文学系主办"语文、情性、义理——中国文学的多层面探讨国际学术会议"上的一篇论文.

⑧ 张春峰主编.河北武强年画.石家庄:1996.25,46.

⑨ (晋)竺法获译.盂兰盆经.

⑩ (唐)玄应.盂兰盆.一切经音义.54.

⑪ 林瑶棋.念祖和念苦难经.联合报,1997.7.27.

⑫ (唐)孟启.《本事诗》:"杜(甫)逢(安)禄山之难,流离陇蜀,毕陈于诗,推见至隐,殆无遗事,故当时号为诗史."

⑬ 如(明,或作宋)无名氏《笑海丛珠》中之〈漫弄两家〉:昔有人家,一男子腰驼,又一家女子唇缺。一日,媒人谓男家曰:女子甚好,只是有些口破。其人曰:口破不过好胡言乱语,我家无丑恶事,尽教口破。又谓女家曰:男子甚好,为人只是有些不值。女家曰:既是至亲,不成地来谩弄我!遂议亲。过定成亲后,二家皆生语言骂媒人。媒人曰:干我甚事,我当初分别说道:男家不值,女家口破。(卷二,艺术门).

⑭ [俄]李福清.三国演义与民间文学传统.上海:上海古籍出版社,1997.67.

⑮ 该文写成时间在民国十一年(1922)十二月,见文末作者自记.

⑯⑰⑱ [俄]李福清.从神话到鬼话.台中:晨星出版社,1998.23,62,325.

⑲ 普罗普所谓"人物一定的动作"或"对情节发展具有决定性的行为"是一个很笼统的说法,也是说不说都无所谓的当然之理.因为故事中角色的行为或动作对情节发展都是有所作用的,否则便是赘词.

⑳ 金荣华.台东卑南族口传文学选.台北:中国文化大学中文研究所,2000.113.

[原载《湖北民族学院学报》(哲社版)2001年第3期]

民间叙事的生命树

——浙江当代“狗耕田”故事情节类型的形态结构分析

刘魁立

[中国社会科学院少数民族文学研究所]

“狗耕田”故事是中国汉族、乃至各少数民族地区最广泛流传的故事情节类型之一。我国学者钟敬文教授、刘守华教授等就这一故事类型进行过专题研究。韩国的崔仁鹤教授和崔来沃教授，日本的关敬吾教授、稻田浩二教授和伊藤清司教授等，都发表过颇有学术价值的论文。中日韩三国学者针对这一故事类型的许多问题都有不少发现。

20世纪80年代后半期至90年代初，在中国大陆进行过一次规模空前的民间文学搜集记录活动。工作地域之广、动员人力之众、记录忠实程度之高，以及所获成果之多，均为前所未有。其中狗耕田故事类型的记录也极为丰富，例如四川省所出版的各县卷本就收录有79篇之多。

本文拟就浙江省在这次民间文学普遍调查搜集中新记录的狗耕田故事文本，从形态结构的角度进行若干分析。我把这里的研究仅仅限制在共时的范围内，并不期望得出关于这一类型作品历史发展过程方面的结论。我们在浙江省约100个地县行政单位所出版的99卷民间文学卷本中，寻捡到28篇。这28个文本隶属于24个县区。我将这28个文本罗列在本文末尾，并将5个属于同一类型的20世纪20年代记录的文本一并列出，统一编号①。

中国汉民族及其他少数民族狗耕田故事的情节基干是极为简单的：兄弟分家，弱者得狗；狗耕田；弱者由此得到好结果；强者仿效，得恶果。在这一情节基干基础上，这一故事类型变化多样、仪态万千，而在每一次具体演述中又呈现出丰富多彩、特色各异的形态。

同时应当指出，每一个文本都有它自己独特的文化内涵，都有它充分的存在依据，都有它实实在在的内在逻辑。

一

浙江省这一故事类型的所有文本，都是以兄弟分家作为开头的。伊藤清司教授曾经就这一母题的社会历史根源发表过很有见地的学术观点（他认为，这一故事在中日韩三国流传的不同情况，与三个国家在一定历史时期所推行的不同的遗产分割制度有关。日本是长子继承制；韩国为长子先分得五分之一遗产后，所有继承人再平均分配；中国则是平均分配)②。另外，正义要伸张，弱者应该得到同情，不公应该得到纠正。这一类的文化历史内涵的研究，当然也是十分重要的，但这不是本文所要关注的问题。

从形态的角度看，弱者没有分到应得的财产，没有分到农民赖以为生的牛，而只得到了无足轻重的狗，由此而引出了整个民间叙事作品的话题。牛相对于狗来说，是重要的，但也并非永远如此。例如在牛郎织女故事类型中，兄弟分家，弱者仅分到1头牛。而在20世纪20年代末、30年代初所搜集的民间故事文本（文本23）中则为三兄弟分家。“大哥分的骡子马，二哥分的驴和牛，小三分的猫和狗。”在这一文本的情节发展中，大哥几乎没有任何作用，全是二哥和小三推进故事情节的发展。从这个意义上说，在所有文本中，在分家这一母题里，分牛的情节并非是主要的，而得狗才是主要的。因为情节发展的后续阶段是狗耕田。

我很赞同崔仁鹤教授在《故事与民俗——狗耕田故事的民俗学考查》一文中所阐述的观点：狗是否确实耕过田，作这种考察并非是讨论的要旨③。在本文进行的研究中，这种考察或许是完全不必要的。在某种意义上说，狗可以耕田，树上可以掉元宝，吃豆可以放香屁治病等几个命题都具有相近的性质和相近的功能。如果狗耕田是一种现实，而不是一种不寻常的奇异现象的话，那么狗主人同其他人打赌赢得重要资财的情节，就不合故事的逻辑了。

狗耕田故事类型的所有文本情节繁简不一，但是无论它怎样发展都脱离不开兄弟分家、狗耕田（或从事其他劳动：车水、碓米、捕猎等）、弱者得好结果、强横者得恶果这一情节基干，也脱离不开狗耕田这一中心母题。所有文本都是围绕情节基干和中心母题来展开情节的。如果脱离这一情节基干和中心母题，那么这个文本就应该是划在其他类型下的作品了。

二

在分析浙江省28个文本的过程中，我发现，这几个或那几个文本有更多的相似之处，于是我在这一类型中便划分出几个分支，并把这些分支定名为类型变体。属于同一变体的各个文本相互之间在母题以及母题排列顺序方面，都有极多的相同处，同时又和其他文本有所区别。

经过详细的抽绎、梳理、归纳和分析，我把浙江省流传的狗耕田故事类型的28个当代文本（同时又吸收了20世纪20年代所记录的5个文本，一共33个文本），按母题，绘制了一幅详尽的比较表，由于篇幅过长，不便印制。在对所有上述文本进行类型学比较研究的过程中，我发现，可以划分出九个类型变体（如果考察其他地区的其他文本，或许还能划分出更多的类型变体，也未可知），下面则分别缕叙之。

狗耕田故事类型变体之一

①兄弟分家，弟得狗；

②狗耕田获得好收成；

③哥哥借狗，狗不耕田，被打死；

④狗坟上长出（或种上）植物；弟弟摇之得财富；

⑤哥哥仿效，得恶果。

20世纪20年代末发表的一个文本（文本33：《狗尾草》）说，哥哥打死狗，埋于地下，谎称狗钻进地里，留在地上的狗尾巴变成了狗尾草。这一文本虽然有一个像是物类起源传说的结尾，但那只是附会的一句话，与故事情节的总体内容并无实质性关联。这一文本中，弟弟以狗耕田获得丰收，哥哥则毫无所获，落得一场空，从本质意义上讲，与其他文本里的哥哥被严惩，或哥哥受到惩罚而致死，几乎是等价的。坟上长出狗尾草，与此类型故事的绝大多数文本中狗坟上长出（或种上）竹或树等植物的情节遥相呼应，似有异曲同工之妙，尽管从植物上落金银以及落狗粪、毒蛇的母题，在这一文本中并未得到展现。

我所分析的33个文本，有一个文本说狗葬于树下（文本30：《两兄弟》（一）），这实际上应该被看作是狗坟上长出植物的一种变异。其余的都是在狗坟上长出（或种上）植物④。这样看来，狗坟上长树的母题对于狗耕田类型来说，是仅次于狗耕田这一中心母题的第二个重要母题。它衔接着后续的弟弟得到好结果、哥哥受惩罚的情节发展。这类文本最常见的情节是弟弟摇树（或竹）落金银、落元宝、落铜钱，在33个文本之中属于此类情节的就有27个之多，其中在当代的28个文本中，它们竟占了25个。其余的3个当代文本中，有一个文本（文本9：《耕田犬》）没有狗被打死、狗坟上长植物的情节，而是狗在弟弟处屙金子，在哥哥处则屙毒蛇，咬死哥哥。其余的两个文本，一个是弟弟在树下乘凉，可以长力气（文本7：《一只牛虱》），另一个是弟弟砍了坟上的竹，用来编鸟笼，鸟笼中得了很多鸟蛋（文本8：《两兄弟》）。

哥哥之被惩罚通常是植物上落下狗粪，也有的落毒蛇、毒蜂、毛虫（如文本3：《兄弟分家》，文本6：《兄弟分家》，文本30：《两兄弟》（一）），哥哥（或连同嫂子）非死即伤。

狗耕田故事类型变体之二

①兄弟分家（分牛），弟得牛虱；

②牛虱被鸡吃，弟弟得鸡；

③鸡被狗吃，弟弟得狗；

④狗耕田……（下略）

在浙江省的当代28个文本中有10个文本（占总数的35.7%）是弟弟直接分到狗（个别文本是弟弟养狗），其余的18个当代文本（占总数的64%）是弟弟在分牛的过程中得到最微不足道的，甚至是算不上物产的牛虱（或牛蚤、牛草蜱、蟋蟀等）。

我把分到牛虱、进行交换（换鸡、换狗）这一个“情节段”称作是“母题链”，从形态学的角度看，是兄弟分家弟弟得狗这个母题的扩展。这一母题链（或称“情节段”），在某些故事类型索引专著中，被看得过分重要，甚至有意将狗耕田故事类型划归到“有利的交换”这一类型中（AT1655）。我以为这样的划定值得商榷，理由有三：第一，这一情节段并非属于狗耕田类型的情节基干；第二，分得牛虱以及进行交换的母题，并非属于这一类型的中心母题；第三，在下文论述中我们还会接触到若干个性质与此相近的母题链，如果上述划类可作通例的话，那么狗耕田类型的许多文本同样也就可能划归到“偷听话”、“猴洞得宝”、“卖香屁”、“山魈帽”等故事类型当中去了。

牛虱换鸡、鸡换狗，实际上是交换母题的两次重复，而获得的对象（牛虱→鸡→狗）则是三项的，这是否也可以被看作是民间故事中的三次重复手法的一种表现呢？交换母题具有极活跃的变异性，赔鸡、赔狗的物主，在不同的文本中各有不同，或为娘舅和姑母，或为左邻右舍，或为弟弟两次打工的东家，甚至可能是面目模糊的鸡的主人和狗的主人。根据无数类似实例的分析，我以为可以概括地说，民间故事作品的变异性在很大程度上是体现在母题的活跃性和变异性上的。

狗耕田故事类型变体之三

①兄弟分家，弟弟得狗；
②狗耕田；
③弟弟打赌获利；
④哥哥仿效失败；
⑤哥哥将狗打死……（下略）

路人不信狗可以耕田，于是以自己的财产设赌。打赌的母题有时只出现一次（文本4：《神狗树》，文本8：《两兄弟》，文本9：《耕田犬》，文本17：《兄弟分牛》，文本24：《狗耕田的故事》，文本26：《哥弟分家》，文本27：《黄狗耕田》，文本32：《三兄弟分家》），赢得的物品也多有变异：米，棉，马，盐，木材，银两等等。另外的文本中，打赌的情节则重复两次（文本7：《一只牛虱》，文本15：《黄狗耕地》，文本30：《两兄弟》（一）等），赢得的物品分别为：米和棉，田亩和盖房的材料等。从文化内涵的角度说，这些物品都是封建社会农民生活中最不可缺少的衣、食、住等方面的物资以及赖以为生的土地。

狗耕田故事类型变体之四

①兄弟分家，弟弟得狗；
②狗耕田，弟弟获利；
③哥哥仿效失败，打死狗；
④狗坟上长出植物，弟弟因之获利；
⑤哥哥仿效失败，砍伐植物；
⑥植物制成的器物具有神异的能力，弟弟致富；
⑦哥哥仿效，失败而终。

如上所述（见类型变体之一），一些文本的情节是狗坟上的植物惩罚了哥哥，情节发展至此戛然而止。而有的文本（文本7：《一只牛虱》，文本23：《两兄弟》），弟弟得好结果、哥哥仿效受惩的母题得到扩展，仿佛是深化了的重现：弟弟用被砍的树做成船，船可以自动飘泊，并能发出音乐，使鱼自动跃进船仓；兄驾船，船翻，被淹死（文本7）。或者弟弟用被砍的树做成臼蓄水，流出来金银；哥哥仿效，流出毒蛇，咬死兄嫂。

坟上长出具有神异性能的植物这一母题，在这一类型中具有极强的链接能力，它像生物体上的肌腱一样，链接肢体的其他部分，如果把有关的文本放在一起看，这个肌腱式的母题又是多歧性的，它可以循着许许多多不同的道路向前推进情节。被哥哥伐掉的植物，可以用来编成淘米的箩，淘米多得米，淘钱多得钱；可以编成鱼篓，捕很多的鱼；可以编成锅中的蒸架，生出米饭鱼肉；可以编成鸡笼、鸟笼，得鸡蛋、鸟蛋。由此可见，母题具有极为活跃的变异性，同时具有极强的粘着性，极强的链接能力，具有组织和推进情节的机制。在链接时，母题又是多歧的、多向的，它可以做出多种选择。母题的这些性能，在我们举出的这一细节里表现得十分鲜明。

狗耕田故事类型变体之五

①兄弟分家；

②狗耕田，弟弟获利；

③哥哥仿效失败，得恶果；

④狗被打死，狗坟上长出植物，弟弟因而得福；

⑤哥哥仿效失败，砍伐植物；

⑥用被砍的树做成器具为弟弟带来福利；

⑦哥哥仿效失败，并毁之；

⑧弟弟得豆（或种韭菜），吃了放香屁，卖香屁得利；

⑨哥哥仿效失败而受惩。

放香屁、臭屁的情节段（或称母题链）在狗耕田类型的故事文本中多有所见。在当代浙江省流传的28个文本中有6个（文本8：《两兄弟》，文本27：《黄狗耕田》，文本12：《狗耕田》，文本20：《分牛》，文本17：《兄弟分牛》，文本28：《两兄弟》）。在本篇论文所引述的20世纪20年代末发表的5个文本中竟占了3个（文本29：《兄和弟》，文本31：《两兄弟》（二），文本32：《三兄弟分家》）。这一母题链在不同时代文本中所占比例多寡是不同的，当代文本的记录晚于20年代的记录近半个多世纪，我不敢判定，时间的推演是否产生了某种影响。这一母题链（或称情节段）在各个文本中与情节基干的链接也是多种多样，或近或远。有的文本是树木被砍，烧成灰烬，种出豆子，吃豆放香屁（文本27）；有的文本在这中间还插叙了一个或数个情节段，此种情形在这里就不加详述了。

狗耕田故事类型变体之六

①兄弟分家；

②狗耕田……（下略）

③狗坟上的植物被伐……（下略）

④焚烧被哥哥毁掉的器具，弟弟得利；

⑤哥哥仿效失败，失火烧掉房屋（或烧死自己）。

焚烧植物的细节，在类型变体之五当中，已经出现过。弟弟用哥哥砍伐的植物生火，烧出一粒豆子，吃豆卖香屁得福。

类型变体之六中，焚烧器具已经“生发”成为充分展开的母题。弟弟捡回被哥哥毁掉的具有神异能力的器具，用来生火，得到好处，哥哥仿效，烧了房屋、烧死自己（文本 10：《两兄弟和狗的故事》，文本 13：《两兄弟》（人烧伤）；文本 16：《两兄弟分家》；文本 21：《二兄弟》）。此外，失火母题链在下面将谈的三个变体中也都存在，而且这种情况似乎是必然的和必不可少的。这样看来，这个母题链的附着性和牵动情节发展的链接能力是相当强的。

狗耕田故事类型变体之七

①兄弟分家；

②狗耕田……（下略）

③狗坟上长植物……（下略）

④弟弟因焚烧被毁的器具而得利；

⑤哥哥仿效失败，失火烧屋；

⑥弟弟救火后遇猴获宝；

⑦哥哥仿效失败被惩。

文本 11：《兄弟分牛》说，弟弟救火脸被熏黑，在休息时被群猴看见，当成菩萨，送来金银财宝。文本 18：《两兄弟》说，弟弟救火后在树上休息，树下来了一群猴、熊等动物，饮酒戏耍，弟弟在树上撒尿，猴、熊等说天漏了，四散逃走，弟弟得了它们留下的饮酒的金壶、金杯。

狗耕田故事类型变体之八

①兄弟分家；

②狗耕田……（下略）

③狗坟上长植物……（下略）

④弟弟焚烧被毁的器具，因而得利；

⑤哥哥仿效失败，失火烧屋；

⑥弟弟救火，休息时因偷听话而获宝；

⑦哥哥仿效失败受惩。

文本 19：《两兄弟分家》说，弟弟救火后在崖壁上歇息时，无意间听到两个老人（土地公、土地婆）说出藏金库和藏钥匙的地方，弟弟获得财宝，而哥哥仿效被惩。20 世纪 20 年代流传在浙江省奉化的一个文本（文本 29：《兄和弟》）说，哥哥意欲加害弟弟，骗他到山中，弟弟听到虎、熊、狼、猴说出哪里是风水宝地，弟弟因此而得利，哥哥仿效，被群兽吃掉。

狗耕田故事类型变体之九

①兄弟分家；

②狗耕田……（下略）

③狗坟上长植物……（下略）

④弟弟焚烧被毁的器具而得利；

⑤哥哥仿效失败，失火烧屋；

⑥弟弟救火后休息，吓走山魈，得山魈帽，由此致富；

⑦哥哥仿效，被山魈吃掉。

文本 22：《两哥弟分家》。山魈是民间传说中的山中灵怪独脚动物。山魈所戴的帽子——山魈帽，是神奇的隐身帽。关于山魈和山魈帽在民间有很多传说和故事流传。

有人把类似的包容了其他情节段的故事文本称为复合故事，这种复合关系当然不是不同类型故事的拼合。这种称谓法似乎是便当的，过去采用过，今后仍然会不断地这样采用。但像狗耕田故事中的“山魈帽”、“遇猴获宝”、“偷听话”等情节，都已失去了独立的意义和形态，如果用加减法来演绎和理解这样的文本，不作深入分析，就不免有些机械了。对于这一或那一情节被组配到为数众多的故事文本中去的具体情况，应该得到深入的和系统的研究。

以上 9 种类型变体是从现已出版的当代流传的全部 28 个浙江省狗耕田故事类型文本中归纳概括出来的。如果从全国的范围来看，从汉族以外的各兄弟民族当中所流传的文本来看，或许还会增加若干变体。当然这些话已经是超出本文研究的范围了。

三

在我们分析的所有文本中，无论是简单的，还是较为复杂的文本，其情节发展的脉络都可被视为是线性的，而且是单线性的，即由一个端点沿着直线向另一个端点发展，一个母题接续另外一个母题。事件是单一的，事件的发展也都在一个时间轴线上演进。

例如，文本 11《兄弟分牛》：兄弟分家，弟弟得牛虱→牛虱被鸡吃，店主赔鸡→鸡被狗吃，狗主人赔狗→狗耕田，成效比牛好→哥哥借狗，狗不犁田被打死→狗坟上长竹，弟弟摇竹落下金银，哥哥摇竹落粪便→哥哥砍竹，弟弟编成鸡窝，获得鸡蛋，哥哥借鸡窝得鸡屎→哥哥砍烂鸡窝，弟弟每次以一根竹片烧好饭，哥哥仿效，烧掉房子→弟弟救火熏黑脸，猴子当他是菩萨送给金银，哥哥仿效，受到猴子惩罚。

若用线条来绘出故事进程，那么它将会是一条笔直的单线条的直线。或者有些像一根笔直的竹竿。而如果照这样来分析，其他所有文本也无一例外地将呈现出这种情景。

但是，我在分析的过程中，将这 28 条横绘的直线纵向地竖立起来，让它们呈现出一种向上方生长的趋势，并用共时比较的方法，将之重叠起来，于是，一幅奇异而有趣的图画就展现在眼前！原来一条条像竹竿或电线杆似的线条，如今则变成生长着许多枝桠的丰茂的树。

下面就把用共时方法绘成的这一故事类型所有文本的形态结构示意图附列于下，供各位批评：

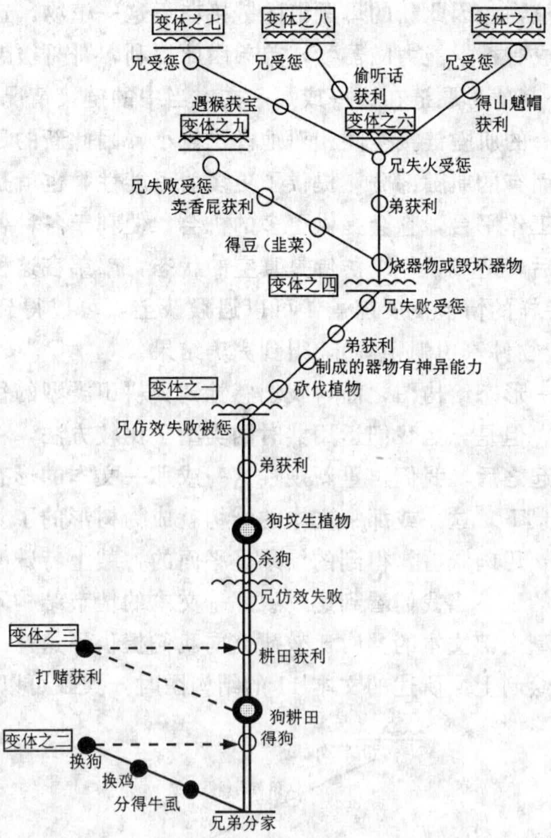

这个示意图能向我们提供哪些理论性的思考和启示呢？

首先，最能引起我们注意的是构成本类型主体的情节基干。这一基干包含着两个母题链（情节段）。这两个母题链分别以“狗耕田”、“狗坟上长出有神异能力的植物”作为内核，它们同时也构成这个故事类型的两个中心母题。这个情节基干是本类型的所有故事文本都具有的。

其次，我们看到，在这个基干上，还可能“生长出”其他一些母题链。这些母题链的含义同基干中的某一个阶段处在同一个高度上，从一定的意义上说，它们是替代情节基干的这一或那一情节步骤的。由于这一类的母题链（情节段）是和情节基干中的某一个步骤等价的，所以它没有结束或发展情节的功能，我称这一类性质的母题链为消极母题链。在文本的叙述中这些母题链必然地还要返回到情节基干上来。在图表中这一层意思，我是用带箭头的虚线来表现的。

第三，我把一些可以推进故事情节的母题链定名为积极母题链，它们是在用来作为比较的那些文本的情节关键处（或可能成为结尾的地方）“生长”（“链接”）出来的，以构成新的文本。这些积极的母题链可以作为该文本的情节结尾，也可以再链接其他母题链，再构成新的文本，获得新的发展或新的结尾。

第四，新母题链的链接和新母题链的性质和内容，都是和前一母题的最终状态发生关联的，甚至可以说是由这一状态决定的。狗坟上长出植物，弟弟获利而哥哥被惩，这里的重心在于坟上的植物，因此新的母题链的链接在于这一植物，这是两个母题相衔接的肌腱。被伐植物制成有神异能力的器物，弟弟因此得利，哥哥被惩，新的母题链将在这一器物处“生发”。其他母题链在这一或那一文本当中的链接情况也大致如此。此外，还有一点值得注意，有的肌腱链接空间相对地说比较小，因此新的母题链的性质和内容就受到一定的局限。而有的肌腱部分，提供了更多的可能性，也就是说，前一母题的结尾处有一个比较大的工作平台，它会提供更多的机会，便利于各种各样的演练操作。哥哥受惩，房子失火之后，造成了一个仿佛是真空的状态，弟弟在这种状态下（救火熏黑了脸），可以有各种各样的情节发展前景：可以遇猴获宝，可以得到秘密信息致富（偷听话），可以获得神奇物件（山魈帽等），得到完美结果。

第五，在绘制这一形态给构图之前，我们感觉到狗耕田类型的每一个文本，都仿佛是单线性的情节结构，但是，当我们运用共时的类型学比较方法，将所有文本的仿佛是线性的结构叠印在一起之后，我们再重新观察这一或那一文本的形态结构，在包括本类型其他文本的总体背景下，这一或那一文本的结构就成为树形的了。这也许有些像我们进立体电影院看电影：用肉眼看，得到的结果是平面的，戴上特殊配制的眼镜再看，一幅幅画面就变成立体的了。当我们看到这一或那一文本的情节结构不是线形结构而是树形结构时，正是本类型全部文本的共时比较研究向我们提供了这样一副眼镜。

现在我们再重新绘制上文所述的文本 11 的结构图时，大致可以是这样的一种模样：

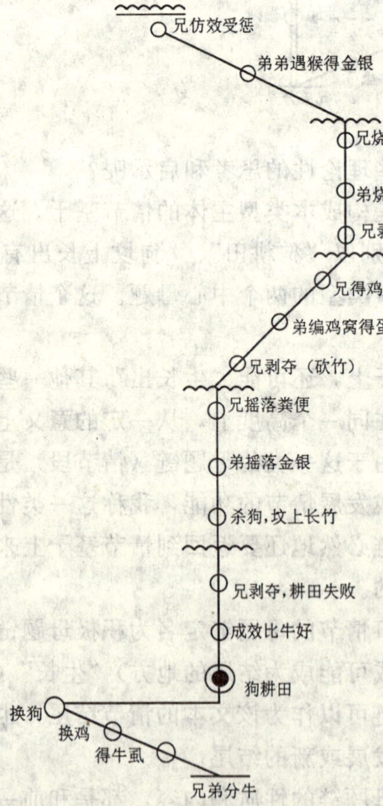

在这里我不能不作些说明：我们前面所画的本类型的树形结构图，只是一种虚拟，故事类型在现实中并非是具体存在的，它是在科学研究过程中对诸多现实文本进行概括和归纳的结果，它的现实性体现在一个个具体文本中。我们是依据这一虚拟的总汇狗耕田类型所有文本的形态结构图，才描绘出文本 11 的树形结构图来的。勿庸讳言，这一结构图对于理解文本 11 的结构不一定会起到什么举足轻重的作用。然而，我以为，这种故事类型的比较研究，对于理解故事形态的组织结构，对于理解故事情节的内部机制和演进过程，或者更扩大地说，对于理解民间故事变异性的特点和机制，会提供有益的视角和思路。

树干上有树芽，树芽长成枝，枝上再生枝，于是我们就有了一棵鲜活茂盛的树。探寻民间叙事的生命树的奥秘虽然艰难，却是十分有益趣的事！它对于我们理解世世代代的劳苦大众的心灵，该会提供多少帮助啊！

最后，第六，我们从这幅图上还可以看到，本类型的全部文本无一例外地都以哥哥的被惩告终，只有文本 33 略有异样，不过哥哥借狗耕田的失败，也可以看成是哥哥被惩的变异。所有文本都是以两兄弟的矛盾纠葛及其不断反复作为情节发展的线索轴心，偶尔出现的其他角色，都是陪衬的。

如果从深层结构的角度看，情节的核心在于二元对立。哥哥要压制弟弟，剥夺弟弟，不分给他财产，使他穷困，但弟弟终于由此而获利，处于更有利的地位，而哥哥反遭失败，这样就完成了第一次循环。哥哥再次破坏这种局面，使弟弟丧失这种有利地位，使弟弟仍旧处于不利状态，弟弟在这种现状中再次得利，哥哥再遭失败，于是又完成了第二次循环。

这里要说明的是，哥哥的失败，并非是指剥夺财产、剥夺狗、剥夺宝物的失败，而是完成这种剥夺后反倒使弟弟处于有利地位，恰与哥哥的愿望相反。哥哥想再次剥夺，让自己处于弟弟的这种有利的地位，但其结局却是失败的。而弟弟仍然是因祸得福，证明哥哥的伤害无效。

从哥哥的角度看，是剥夺、失败、再剥夺、再失败……在我们所见的文本中除文本 33 是一次循环即告收尾之外，其他所有文本都是经两次或两次以上循环后才结尾的，最多的竟可达到五次循环。

如果要以图表的方式来绘制这种二元对立，即弟弟不断被剥夺、不断胜利、哥哥不断剥夺、不断失败的深层结构的图像，应该是什么样子呢？它可能是不断上升的折线，也或许是不断上升的螺旋线，还或许是一个圆圈之上再画一个圆圈？我真的不知道，怎样才能把这种二元对立结构的深层涵义更准确地表达出来。但是这种分析已经不属于本文所选定的故事情节类型形态结构的研究范围了。

末尾我想说，我确实是深深地为民间叙事的万古长青的生命之树所感动、所折服。

附　录

兹将《中国民间文学集成》浙江省各县卷本收录出版的当代狗耕田故事类型文本 28 篇，以及 20 世纪 20 年代末收录出版的 5 篇，一并统一编码列录于下：

文本1：萧山市民间文学集成办公室编：《兄弟分家》，《萧山市故事歌谣谚语卷》，第260～261页，杭州市，1989年6月。

文本2：浙江省富阳县民间文学集成办公室编：《两兄弟分家》，《富阳县故事歌谣谚语卷》，第425～426页，杭州市，1988年10月。

文本3：《弟兄分家》，见：《嘉兴市故事卷》，第582～583页，杭州：浙江文艺出版社，1991年。

文本4：嘉善县文化局文联文化馆编：《神狗树》，《嘉善县故事歌谣谚语卷》，第295～299页，嘉兴市，1989年3月。

文本5：嘉善县文化局文联文化馆编：《水牛与牛虱》，《嘉善县故事歌谣谚语卷》，第300～302页，嘉兴市，1989年3月。

文本6：桐乡县民间文学集成办公室：《兄弟分家》，《桐乡县故事歌谣谚语卷》，第306～307页，嘉兴市，1989年2月。

文本7：海盐县民间文学集成办公室编：《一只牛虱》，《海盐县故事歌谣谚语卷》，第462～465页，嘉兴市，1989年10月。

文本8：海盐县民间文学集成办公室编：《两兄弟》，《海盐县故事歌谣谚语卷》，第466～468页，嘉兴市，1989年10月。

文本9：海盐县民间文学集成办公室编：《耕田犬》，《海盐县故事歌谣谚语卷》，第469～471页，嘉兴市，1989年10月。

文本10：德清县民间文学集成办公室编：《两兄弟和狗的故事》，《德清县故事歌谣谚语卷》，第334～335页，湖州市，1990年1月。

文本11：长兴民间文学集成编纂委员会：《兄弟分牛》，《长兴县故事卷》，第404～405页，湖州市，1990年7月。

文本12：宁海县民间文学集成办公室编：《狗耕田》，《宁海县故事歌谣谚语卷》，第252～253页，宁波市，1988年9月。

文本13：象山县民间文学集成办公室编：《两兄弟》，《象山县故事歌谣谚语卷》，第263～264页，宁波市，1989年10月。

文本14：象山县民间文学集成办公室编：《附记》，《象山县故事歌谣谚语卷》，第265页，宁波市，1989年10月。

文本15：嵊泗县民间文学集成办公室编：《黄狗耕地》，《嵊泗县故事歌谣谚语卷》，第198～199页，舟山市，1989年2月。

文本16：瓯海县民间文学集成办公室编：《两兄弟分家》，《瓯海县故事歌谣谚语卷》，第271～272页，温州市，1989年12月。

文本17：永嘉县民间文学集成办公室编：《兄弟分牛》，《永嘉县故事卷》，第508～510页，温州市，1989年9月。

文本18：洞头县民间文学集成办公室编：《两兄弟》，《洞头县故事歌谣谚语卷》，第236～239页，温州市，1988年4月。

文本19：平阳县民间文学集成办公室、县文联编：《两兄弟分家》，《平阳县故事歌谣谚语卷》，第277～279页，温州市，1989年6月。

文本 20：泰顺县民间文学集成办公室编：《分牛》，《泰顺县故事歌谣谚语卷》，第325～326 页，温州市，1989 年 6 月。

文本 21：缙云县民间文学集成办公室编：《二兄弟》，《缙云县故事歌谣谚语卷》，第 293～294 页，丽水地区，1988 年 11 月。

文本 22：云和县民间文学集成办公室编：《两哥弟分家》，《云和县故事歌谣谚语卷》，第 334～336 页，云和县，1989 年 3 月。

文本 23：婺城区民间文学集成办公室编：《两兄弟》，《婺城区故事歌谣谚语卷》，第 275～276 页，金华市，1990 年 12 月。

文本 24：永康县民间文学集成办公室编：《狗耕地的故事》，《永康县故事歌谣谚语卷》，第 244～246 页，金华市，1992 年 5 月。

文本 25：东阳县民间文学集成办公室编：《两兄弟》，《东阳县故事卷》，第 370～373 页，金华市，1987 年 4 月。

文本 26：磐安县民间文学集成办公室编：《割地分家》，《磐安县故事歌谣谚语卷》，第 306～307 页，1991 年 1 月。

文本 27：义乌市民间文学集成办公室编：《黄狗耕田》，《义乌市故事卷》，第 366～368 页，金华市，1991 年 10 月。

文本 28：开化县民间文学集成办公室编：《兄弟俩》，《开化县故事歌谣谚语卷》，第 162～164 页，衢州市，1988 年 12 月。

文本 29：林兰编：《兄和弟》，见《菜花郎》，上海北新书局印行，1930 年，第 82～109 页。

文本 30：林兰编：《两兄弟》（一），见《渔夫的情人》，上海北新书局印行，1930 年，第 83～99 页。

文本 31：林兰编：《两兄弟》（二），见《渔夫的情人》，上海北新书局印行，1930 年，第 93～99 页。

文本 32：林兰编：《三兄弟分家》，见《金田鸡》，上海北新书局印行，1930 年，第 75～81 页。

文本 33：林兰编：《狗尾草》，见《相思树》，上海北新书局印行，1930 年，第 9～11 页。

---

① 在本文的叙述中，凡是论及具体文本的，均指出其文本编号，不再重复注明其出处．

② 伊藤清司．中国日本民间文学比较研究．沈阳：辽宁大学科研处编印．1983 年．

③ 崔仁鹤．故事与民俗——狗耕田故事的民俗学考察．民间故事研究．新文社，1994，76.

④ 只有一个文本是狗坟上没有长植物。弟弟上坟祭奠，碗中的三荤五素变成五金三银。见文本 5：《水牛与牛虱》．

［原载《民族艺术》2001 年第 1 期］

“离经叛道”的奇女子

——“仙女救夫”型故事的内涵及其渊源

刘守华

（华中师范大学文学院）

在民间口头流传的神奇婚姻故事中，“仙女救夫”是故事情节最为奇幻曲折的一个。丁乃通编撰《中国民间故事类型索引》时，将它列为313A型“仙女救夫”，收录古今故事异文40余例①。它的基本情节由以下3个情节单元复合串接而成：

1. 男主人公同法师之女相爱，遭到法师的阻挠；

2. 法师出了一系列难题来考验小伙子，如让他去砍楠竹，那棵楠竹实际上是一条吃人的毒蟒；要他去打井水浇花，井口四周的石龙会活动起来把他吃掉，等等。由于女主人公暗中帮小伙子出主意，这些难题均被一一化解。

3. 女主人公最后同小伙子一道逃离魔窟。她变形躲在雨伞里离开，并用法术在归途中破解了追杀他俩的飞刀或设置的其他障碍，最后回到小伙子家乡，建立起一个美满的家庭。

一

从《类型索引》收录材料来看，本故事的流传地域包括了从南到北、从西到东的大部分省区。口头采录文本的代表性篇目，有山东的《春旺和九仙姑》和《奇怪林》②，河北的《变戏法的人》和《茅山学艺》③，江苏的《蒋瓦片》④，湖北的《蛇女》⑤，湘西苗族的《张朱二郎和花梨小姐》⑥，四川苗族的《陶老幺和端公女》⑦，贵州水族的《韦光和石仙》⑧，广西毛难族的《老法师的女儿》⑨等。在20世纪80年代以来开展的民间文学普查中，又采录到大量异文。它们的主干情节相同，枝节上又有许多差异，特别是故事开头，有的小伙子出门是为了“学法”，因而投身到李老君、张真人、茅山道人门下，由此引出同这些法师女儿的爱情纠葛，这就染上了较为明显的宗教色彩。另一类故事中的小伙子出门就是为了“求妻”，世俗生活情趣更为浓重。

“学法”型故事，可以举出流传于湘西凤凰县的《张朱二郎和花梨小姐》。

贵州道真县流行的傩戏剧目中，有一出《赵侯和吴凤》⑩，所演的也是这个故事。

除《赵侯和吴凤》、《张朱二郎和花梨小姐》之外，还有《茅山学艺》以茅山老道之女茅金凤，《蛇女》以龙虎山张真人之女兰香（她曾化身为蛇）为女主人公，均属同一类型。它们将道教人物引入故事，有的还改编成傩戏，结合民间宗教活动来演出，具有明显的宗教色彩。但说它们是由“宗教传说演化而来的故事”并不确切。它们具有“仙女救夫”故事的完整结构和反对封建家长制统治，大胆争取爱情婚姻自由的鲜明主题。将其中的老法师说成是李老君、张真人、茅山道士，不过是随意附会的结果。故事中的“斗法”本是一种大胆虚构，由于同民间的一些巫术活动相结合，叙说起来便活灵活现。可是讲述者对李老君、张真人等宗教偶像所采取的都是揶揄嘲弄的态度，热烈赞扬女主人公的反叛行为，整个故事仍然被世俗精神所渗透，并非真正的宗教传说。被渲染上一层宗教色彩，以大法师之女为主角，对其反叛精神与超人能耐的表现反而显得更加突出有力，透出一种更吸引人的独特意趣。

二

其他几篇异文，从一开始就着重叙说男主人公“求妻”的主线，故事中的世俗生活情趣也就相应地显得更加浓重了。这里以董均伦、江源从山东沂蒙山区采录得来的《奇怪林》为例，它由一个会要把戏的人来到山村，给几个伙子讲故事来开头：“奇怪林里，住着这么一家人，我会的这点玩艺，比比人家还不沾边啦。他家有一个闺女，本事高，长得俊，到如今还没有婆家，可是就没有那么一个有勇气的小伙子配得上她。”这几个小伙子听了一齐出发，都想要那闺女做媳妇。走了三年，只有虎子一人勇往直前地来到奇怪林，找到那户人家。可是老头却不愿将女儿嫁给一个穷汉，出难题想把虎子害死。给他一把长剑去砍倒门前的大槐树，长剑是一条大蛇；槐树是凶恶的把门将军。闺女指点他过了这一关。接着老头要他到舅舅家去走一趟，闺女又教给他解脱危难的法子。这段叙说十分精彩，现照录如下：

虎子想起闺女的话，扭转身往外就跑。跑出门外，老汉（舅舅）变成了扁担那么长的一条大蝎子，朝上弯弯着肚子赶了出来。虎子跑着，一步踩碎一个鸡蛋，一步踩碎一个鸡蛋。鸡蛋一破，就跑出一只大火红公鸡来，向蝎子冲去。虎子心想，这次可好，鸡是能吃蝎子的。一百步跑完了，一百个鸡蛋也踩碎了，虎子又回头看，那蝎子可凶哩，大公鸡斗它不过，又赶了上来啦。眼看就要赶上哩，虎子忙把那包粉向他撒去。粉一下子变成了一座高高的雪岭，挡住了蝎子的路。虎子心想，这次蝎子可追不来啦，蝎子是怕冷的，到冬天是下蛰（冬眠）的。可是一看，那蝎子却从雪里爬啊爬啊地钻出来了，又赶了上来。虎子又把那包胭脂向蝎子抛去。忽啦一下子，漫地里烧起了通红的大火，蝎子还是一个劲地在东爬西撞，翻腾了老一会，终于烧死了。

虎子跑了回来，见着闺女又一五一十地说了。

闺女说道：“这次惹下祸了，俺爹连我也不会饶了的。幸亏嫂子帮我把伞偷了来，不然的话，咱俩就没命了。”说着，抓起虎子的手，拉着他往外就跑。

虎子心里发愁，怎么过得河去呢？出门不远，闺女把伞撑了起来，说道：“你赶快扯着我的衣裳角吧！”话刚说完，已经起到半空里了。虎子觉得好像腾云驾雾一样，也不知飞了有多少时候，才落在庄子旁边。

故事中的难题考验、设障逃亡等，情节单元同样具有惊险奇幻的特点，但它是以要把戏（魔术）的那户人家作为原型来驰骋幻想，以小伙子寻求那位“长得俊，本事高”的闺女作媳妇为主线展开叙说。热心的嫂子和狠心的舅舅都介入了这门亲事。踩碎鸡蛋可以变成大公鸡，抛出胭脂包就能燃起大火，一把小剪刀、几张纸剪出的大肥猪可以卖钱，等等。在扣人心弦的惊险奇幻情节中洋溢着日常生活情趣，叙说更生动活泼，和前面的故事相比，别有一番意味。《春旺和九仙姑》、《变戏法的人》、《蒋瓦片》，叙事形态与之相近。

从“仙女救夫”型的这些近现代口头文本可以看出，它是一个着重表现女性以勇敢叛逆精神追求爱情幸福的故事。中国的长期封建社会中，青年男女的爱情婚姻不能自主，取决于“父母之命，媒妁之言”，这已成为根深蒂固的传统。“仙女救夫”型故事的冲突纠葛，主要在父女之间展开，并以女儿的意志战胜父亲，乃至毅然叛离父亲和家庭而远走高飞作结。叙说中回荡着女子对封建礼教强有力的叛逆之音。再加上故事讲述人对其法力与神通的渲染，她们作为理想中女强人的形象便显得十分突出鲜明了。

三

令人感兴趣的是，“仙女救夫”型故事在中国可以说是源远流长，除众多异文尚在各族民众口头流传之外，早在清乾隆时期，就有一位穷困潦倒的文人沈起凤（1741—?）在笔记小说《谐铎》的《奇婚》篇中，对这一故事作过完整的论述。梗概如下：

> 浙江武康一书生文登，浪迹出游。观春台演剧，钟情一女子，被女家接纳为婿。当夜与女交拜入洞房，女子登床即失踪，生惊骇莫解其故。后其妹颖姑吐露秘密，原来这家主人“专以左道劫人财物，将欲举事，必先杀一人，祀神开路”，所谓招婿，不过是以女为诱饵，已有多人被害。颖姑又告以脱身之计。待其姊再次上床时，因作法隐身的“六甲符”被文登取走，二人终成夫妇。随后此女即全力相助丈夫逃离。生肩负一杖，上悬雄鸡，朝北急行。女父欲以飞剑加害，电光一闪，杖头雄鸡被斩，文登幸免于难。随后女子乘一纸鹤从天而降，二人偕归乡里。不久颖姑因不堪忍受父母左道行为，也寻文登来依。女父学仙不成，流为左道，终遭官军搜捕伏法。⑪

本篇含有“仙女救夫”型故事的完整结构，但又发生了新奇有趣的变异。一是仙女形象一分为二，变成了姐妹俩，由妹妹揭破姐姐按父亲策划设置的难题，促成两人婚事，导致后来姐妹共夫；二是赋予老法师形象以全新特征。其他故事中的老法师，考验或加害小伙子，其动机不过是不愿意将女儿嫁给“凡人”、“穷汉”，曲折地反映出旧时婚姻讲求“门当户对”的传统观念。这里法师却是一个以妖术杀人祀神，劫人财物的旁门左道。就故事本身而论，法师之女叛离家庭不仅是为了婚姻自主，也是出于对其父残暴行径的愤恨不满，这自然更增强了女主人公思想性格的光彩。然而从明清时期封建统治者残酷镇压“白莲教”等农民起义的历史背景来看，本篇故事中与官军对抗的老法师的形象被着意丑化，似乎同当时维护封建统治秩序的正统观念渗入故事有关。文学史家通常把《谐铎》作为可与《聊斋志异》相媲美的文言短篇小说集来看待，《奇婚》并非口述故事的忠实记录，我们只能把它作为“仙女救夫”故事的一种改编文本来看待，失去某些民间意趣是不足为怪的事。

可是经作家写定的《奇婚》，通过书面文本传播却产生了广泛影响，它曾作为京剧《得意缘》的本事，又被民国时期流行的一部通俗小说《江湖奇侠传》第49至第51回所取材，敷衍得更加曲折生动。一位研究《谐铎》的台湾青年学者就此讲得好：《奇婚》原本是一则流传于民间的口头故事，因为故事本身饶富趣味，所以为沈起凤所取，写入《谐铎》书中，成为这一型故事在中国最完整的记录，时间约在18世纪末。而这个故事也因为经由沈起凤的记录，成为流行于知识分子间的文人文学；继而又成为通俗文艺作家取材的对象。这样看来，原是采自民间的一块素材，经由文人加工、润饰，再以另一种面貌呈现回到社会大众的情形，可说是一种保存与延续民间文学的方法⑫。

耐人寻味的是，“仙女救夫”故事在中国还有更古老的渊源，那就是汉代著名学者刘向（约公元前77年—公元前6年）编撰《古列女传》《有虞二妃》一篇中所述帝尧的两个女儿助舜脱险的故事。舜因至孝被帝尧赏识，将两个女儿娥皇、女英嫁给他做妻子。舜的父亲瞽叟和弟弟象却接连不断地给他出难题，想把他害死。每次都是这两姐妹给他出主意化险为夷。第一次派舜去修补高高的粮仓，他们偷偷拿掉梯子，放火焚仓；舜穿上妻子给他预备的鸟衣，变成鸟儿飞下。接着又派舜去淘井，等他下井之后用泥土填塞；舜又穿上妻子给他预备的龙衣，变成龙从一旁穿井而出。最后又让他去喝酒，想把他醉死；舜由于按妻子吩咐事先用掺上狗尿的水洗过身子，终日饮酒不醉。顺利通过这些考验之后，舜便接受帝尧的禅让做了天子。《古列女传》的记述，又见于《楚辞》、《孟子》、《史记》等古代文献之中。可见它早在公元前就流行于世了⑬。

对上述文献人们通常都把它作为真实历史看待，其实它是一个以难题考验成婚为核心母题的虚构性故事。三个难题接连展开，每次都是由女主人公事先予以指点，帮助丈夫顺利化解；难题由一些日常生活事件构成，却又掺合法术幻想，使女主人公成为神奇不凡的人物。可见它具有此型故事的完整形态。其特殊之处是矛盾纠葛不在翁婿间而是在父子间展开，并同古代王位继承的历史传说相融合。

见于《古列女传》的舜的故事，到唐代变文中，演化成为《舜子变》。故事中的冲突纠葛在舜和恶毒继母之间展开，不是由姐妹俩而是由天帝相助他来解脱危难，其主题已超出“仙女救夫”型，另有所托了。

四

综上所述，中国“仙女救夫”型故事的原初形态，早在汉代的《有虞二妃》中，就有了书面记述文本，故事被附会到著名的古代帝王舜及其贤明妻子身上，从而得到广泛传播。清代写定的《奇婚》将女主人公争取爱情婚姻自由和反对左道妖术融为一体，显出奇趣；又经通俗小说和戏曲的再创造而深入民间。众多的现代口头异文，可大致分为两个亚型，以《张朱二郎和花梨小姐》为代表的“学法”型，主要流行于南方，神奇幻想情节被渲染上巫术色彩，由法师师徒父女之间的纠葛来构成曲折故事，有的甚至演化成为神秘的宗教传说。还有以《奇怪林》为代表的“求妻”型，主要流行于北方，人物和情节依托“变戏法”者的生活情景而发生变异，现实生活情趣增强而宗教神秘色彩则渐趋淡薄。最值得人们注意的是故事中女主人公的形象，她因在一个超脱世俗的家庭环境中长大而野性十足，既精通法术武功，无所不能；又敢于对抗父权，“离经叛道”。在口头文学家热情称颂的这个奇女子身上，闪现出浪漫主义的奇光异彩。而且故事情节巧妙融合多重神秘文化因子，不断增强它惊险奇幻意趣与乡土特色。这样，它就成为一个流传广远、脍炙人口的民间故事佳作了。

“仙女救夫”是一个世界性的故事，按 AT 分类法被列为 313A 型。已知异文多达 800 余篇，主要流行于欧洲大陆。“这个故事的一切文本都有英雄落入吃人妖魔的淫威之下的情节”，“她的父亲变成一个残酷的食人妖怪，英雄受到严峻的考验”，“不管什么活计都由妖怪之女代英雄完成，她还计划和英雄一起逃走”，“超凡的妻子＋女婿的任务＋魔力助逃这样一种综合，能在世界各地广泛地找到，似乎与那个欧洲故事没有任何有机的联系”⑭。目前尚未发现中国故事和欧洲同类型故事之间存在实际联系的线索。然而在世界范围内，本类型故事为何情节结构如此相似，以及它为何能受到不同历史文化背景下广大民众的喜受而传诵不衰，都是极有趣的比较故事学研究课题。

---

① 丁乃通．中国民间故事类型索引（中文版）．北京：中国民间文艺出版社，1986.74．文中收录篇目有些并非完整的 313A 型，只有其中一部分情节．

②《春旺和九仙姑》载贾芝、孙剑冰．中国民间故事选．北京：作家出版社，1958.129～137；《奇怪林》载董均伦、江源．《聊斋汉子》．北京：中国民间文艺出版社，1982.136～143.

③ 载中华民族故事大系编委会．变戏法的人．中华民族故事大系：第 1 卷．上海：上海文艺出版社，1995.311～320；茅山学生．耿村民间故事集（内部资料）．1988.363～369.

④ 中国民间故事集成江苏卷编委会．中国民间故事集成．江苏卷．北京：中国 ISBN 中心，1998.601～602.

⑤ 刘守华．绿袍小将．武汉：长江文艺出版社，1985.62～65.

⑥ 中国民间故事集成湖南卷编委会．中国民间故事集成．湖南卷湘西土家族苗族自治州分卷：下册（内部资料）．1989.141～150.

⑦ 中国民间故事集成四川卷编委会．中国民间故事集成．四川宜宾地区卷：之二（内部资料）．1989.322～327.

⑧ 水族民间故事．贵阳：贵州人民出版社，1984.215～221.

⑨ 袁凤辰编．毛难族民间故事集．北京：中国民间文艺出版社，1984.139～141.

⑩ 刘守华．道教与中国民间文学．台北：台北文津出版社，1984.240.

⑪（清）沈起凤．谐铎．人民文学出版社，1999.65～68.

⑫ 蔡春雅．谐铎〈奇婚〉．篇与 313 型故事试探．海峡两岸民间文学学术研讨会交流论文．

⑬刘守华．中国民间故事史．武汉：湖北教育出版社，1999.61.

⑭［美］斯蒂．汤普森．世界民间故事分类学．上海：上海文艺出版社，1991.109，111.

［原载《思想战线》2001 年第 1 期］

“黑马张三哥”论析

林继富

（华中师范大学文学院）

以朋友、兄妹的矛盾纠葛构建故事，是中国民间故事的常见题材，诸如两姊妹型的“蛇郎”、两兄弟型的“狗耕田”以及“两老友”，均是这种故事类型的名篇。本文所叙述的“黑马张三哥”型故事，则是讲述具有非凡能力的伙伴远征、除魔的故事。

一

流传于我国青海土族的黑马张三哥故事讲述的是，出生怪异的张三哥结识了具有非凡能力的石头大哥、木头二哥。三兄弟与三只鸽子变成的姑娘结为夫妻。九头吸血妖魔吃了家里的肉。大哥、二哥无法捉住妖魔，张三哥以自己的机智和力量将九头妖魔杀死，为兄妹报了仇，自此夫妻幸福平安地生活着①。具有这种情节的故事，在中国流传十分广泛，它构成了一个受中国人民喜爱的民间故事类型。笔者在翻阅有关民间故事类型书籍时，还没有发现与黑马张三哥故事完全对应的类型，而与该故事相似的一些类型早就引起了学者的注意，如，斯蒂·汤普森列述的650A1“强力约翰”②、301“被偷走的三位公主”③，丁乃通先生概括的301B“大汉、伙伴和寻找失踪的公主”④、605A1“神力勇士”⑤等或多或少含有“黑马张三哥”故事的情节。

黑马张三哥型故事集中分布在我国北方和西部一些狩猎和游牧民族中，从笔者已搜罗的一百多篇该类型故事的同型异文分析，可将其分为伙伴型和综合型。伙伴型讲述的是主人公在除魔途中结识了一些或好或坏的伙伴，从而构成伙伴相助与伙伴背叛两个亚型。

伙伴相助型以土族《黑马张三哥》、普米族《罗多斯白》⑥、哈萨克族《坎吉卡拉》⑦、藏族《多吉占堆和朵桑曲珍》⑧等为代表。

伙伴背叛型是伙伴在女色面前经不住考验而背叛主人公，代表性作品有新疆吾尔维族的《英雄艾里·库尔班》⑨、新疆回族的《马大哥和他的兄弟》⑩、宁夏回族的《黑马张三哥》⑪、新疆哈萨克族的《馕勇士》⑫、西藏藏族的《玛桑亚如卡查》⑬、门巴族的《刀加普巴》⑭、《米多仁钦智胜女鬼》⑮、青海裕固族的《树大石二马三哥》⑯、撒拉族的《阿腾其根·麻斯睦》⑰等。

综合型，包括除伙伴（兄弟）以外的其他角色类型，诸如兄妹、父子、夫妻等，较典型的篇目有裕固族的《贵伊斯貂尔》⑱、撒拉族的《麦哲地的故事》⑲。维吾尔族的《轻·吐米日英雄》⑳等。

二

“黑马张三哥”型故事以曲折多变的情节再现了非凡伙伴的“张三哥”斩妖除魔的英雄事迹，其故事由多个母题按不同的顺序组合而成。这些意义深刻的母题组合在一起，集中展现了故事主人公浪漫的英雄形象。下面笔者以图表的形式将不同民族的“黑马张三哥”型故事的主要母题列述如下：

故　事	民族	诞生	伙伴	妖怪	背叛	火种
黑马张三哥	土	马	三	九头	无	有
树大石二马三哥	裕固族	马	三	三头	无	有
阿腾其根·麻斯睦	撒拉族	马	三	九头	有	有
马大哥和他的兄弟	回（新疆）	马	三	九头	有	有
叶尔吐斯克勇士	哈萨克	马	三	妖婆	有	无
桑斯尔大战蟒古斯	蒙古	无	三	十五头	有	有
艾里·库尔班	维吾尔	熊	六	多头	有	无
玛桑亚如卡查	藏	牛	三	妖婆	有	无
米多仁钦智胜女鬼	门巴	无	四	鬼婆	有	无
罗多斯白	普米	猪	三	魔鬼	无	无

图表中10个民族的“黑马张三哥”故事有8个“张三哥”的诞生是奇异的，且绝大多部分与“马”结下了不解之缘：土族的张三哥由马所生；裕固族的马三哥由马生下肉球而来；撒拉族的阿腾其根·麻斯睦由马误吞红布而出；回族的马大哥由马从外地带来，这些在今天看来荒诞离奇的英雄身世，在古人那里却是合情合理的。对于那些生活在北方的游牧民族，他们的生存、繁衍、生产和兴旺须臾离不开马，他们视马为亲密的生活伴侣，视马为民间文化中最富有象征意义、最有价值的生命亮点。因而设想人由马所生，暗示着他们不寻常的出生和不平凡的业绩，这是英雄的预兆。如果说故事主人公奇异的诞生着意渲染英雄神性的话，那么主人公成人以后的行为则是去力图保护人民、保护国家、保护自己。故事着力塑造了他作为人间英雄的特点。

该类型故事主人公有非同寻常的出生经历，在成人以后的远征途中，结交了一些具有非凡能力的伙伴，锡伯族英雄为寻找自己的意中人，途中与神奇的“飞毛腿”、“搬山”、“顺风耳、“吞湖”、“神箭手”、“快斧手”相遇交友，他们帮助英雄完成了婚姻考验。哈萨克族的坎克卡拉结交“善攀缘”、“顺风耳”、“大嘴”、“大力士”为兄弟。维吾尔族的艾里·库尔班在征魔路上结识了陆地巴图尔、戈壁巴图尔、凉面巴图尔、冰上巴图尔。藏族多吉占堆在路上结交“磨盘腿”、“搬山大力士”、“大肚子咽水”和“地听大耳朵”等朋友，战胜了妖婆，救出心爱的妻子。从表中显示，“张三哥”远征途中结交的非凡伙伴绝大部分是三个，讲述者有意安排的另外两个兄弟，既符合中国家庭的伦理精神，又以两位兄弟来反衬张三哥的形象，更加突出了主人公沉稳、勇敢、智慧的性格。当然一些故事也描写了主人公结交的伙伴经不住财色的考验，伺机陷害主人公。面对欲置自己于死地的伙伴，主人公以超人的勇气和力量战胜了他们，后来还以宽容博大的胸襟原谅了他们。故事主人公结交亦好亦坏的非凡伙伴，以及极富人性的特点，说明他们不同于张扬个人行为史诗时代的英雄。故事将他们描述为具有普通人的感情和性格特征，并在依赖于集体力量的基础上突出个人的非凡能力。上表中显示“黑马张三哥”型故事的妖怪有土族、撒拉族、回族的 9 头吸血妖怪；裕固族的 3 头吸血妖怪；蒙古族的 15 头吸血妖怪和蟒古思；哈萨克族的 7 头吸血妖怪、巨怪；藏族的老妖婆；门巴族的罗刹鬼等。尽管这些妖怪形貌巨大凶恶、狰狞恐怖，但是它们在与主人公的斗争中却是那么的鲁莽、愚笨和弱小。门巴族的“张三哥”米多仁钦将水桶底下钻了许多小眼，让女鬼去背水，女鬼浑然不知；裕固族的马三哥和他的伙伴密切配合消灭了三头蟒古思。“黑马张三哥”型故事中的“张三哥”和他的伙伴在与妖怪的斗争中，常常以相助和背叛两种形式出现，如果是伙伴相助，故事在强调集体分工合作基础上，凸现了主人公超人的智慧和力量；如果伙伴在财富和女色面前背叛自己，主人公往往在展示个人非凡力量的同时还得到了神奇动物的帮助。

在阿尔泰语系诸民族盛传的“黑马张三哥”型故事中，还有两个母题十分显眼，即火种和再生。裕固族流传的“黑马张三哥”故事异文《贵伊斯貂尔》、《除妖的年轻人》中的夫妻十分珍视火种，他们为了保护火种，延续火种而不惜牺牲自己。该故事类型中的火种，常常是被故事主人公的妻子或妹妹不小心弄熄，然后因借火种，保护火种，使故事一波三折。土、裕固、撒拉、回、维吾尔、蒙古、哈萨克、乌孜别克等民族的同型故事，大量出现“火种”母题。这些曾经经历过“逐水草而居”的游牧民族，其生存地域干燥寒冷，昼夜温差悬殊，因而火种在其生活中显得特别重要，他们对火种的保护表现出特别的精心，有时甚至不惜牺牲生命。在宗教信仰中，他们将火神列为众多神灵中的首位大神。这种崇尚火神，敬仰火神的精神民俗，直接催化了“黑马张三哥”型故事“火种”母题的发生。

主人公被结拜的兄弟陷害，即使尸体破碎，仍能复活，这类“复活”母题在“黑马张三哥”型故事中体现得鲜明突出。如哈萨克族的《馕勇士》讲到：馕勇士从地面摔进山洞，当即昏死过去，不知多少天，他慢慢醒来，一看自己的身子已经摔成无数碎块。他想站，没有腿；想爬，又没有手。他简直没有一点行动的可能了。这时，他忽然看见一只断了腰和腿的蚂蚁，在他面前的土堆里一滚，立即恢复了原来的样子。馕勇士心想：看来这些土能治好伤！他鼓足全身力量拖着还没有完全摔掉的半截胳膊滚到土堆里，先接好了半截胳膊，随即把摔在一边的手、脚、肚子拉过来，在土堆里滚来滚去地接好了自己的肢体。恢复了健全的肢体以后，馕勇士又用力在洞壁上挖起台阶来。维吾尔族的《英雄艾里·库尔班》中有个魔王长着许多脑袋，每个脑袋又有灵魂。库尔班用宝剑砍魔王的脑袋，可是砍一个又长一个，魔王始终没有死。这种灵魂游移、不灭、再生的情节，不仅在“黑马张三哥”型故事中出现，而且流传于阿尔泰语系诸民族的“蛙婿”型故事中。如蒙古族的《青蛙王子》；赫哲族的《蛤蟆儿》等。

至此，我们已经认识到，“黑马张三哥”型故事的繁多异文，是由上述五个母题不同的组合方式造成的。这五个母题既具有人类文化的趋同性，又渗透了这些民族早期文化之间的相互影响。

三

中国的“黑马张三哥”型故事的源与流一直是人们感兴趣的问题。从掌握的资料来看，“黑马张三哥”主要流传在我国的西部、北部的曾以游牧经济为主的民族之中。在这些民族中传承该类型故事历史最久、异文最多要算藏族。我国该故事最早的书面记录也发生在藏族。该族流传的书面故事集《尸语故事》中的“诺桑雅儒格布”（有的版本称此故事为“马桑亚儒卡查”），就是一篇典型的“黑马张三哥”文本。据藏族古代曲籍《柱下遗教》、《西藏王统记》、《贤者喜宴》、《青史》等记载，在公元2世纪前后的西藏山南雅隆部落的第八代赞普布代贡杰时期，藏族社会就有《尸语故事》流传[21]，后来《尸语故事》在藏族民间不断丰富发展，各地民众根据自己喜好添加和扩充一些故事，尤其是藏族的佛教徒常常利用和改造该故事集中的故事为宣扬佛教精神、传播佛教教义服务，因此“它是藏传佛教的伴生物，由佛教徒改编一部印度故事集而成型，然后在长期的口头与书面传承中形成有规模的”[22]。据不完全统计，以藏文抄写的有14个版本，这14个版本中都保留了一个共同的故事——牛首人身的英雄结识非凡伙伴远征除魔的“马桑兄弟”（“黑马张三哥”型故事异文之一），也就是说在西藏“马桑兄弟”故事曾以手抄、木刻的书面和口头讲述两种形式在民间传承。那么是手抄本《尸语故事》中的“马桑故事”被民众接受以后才传承开来，还是《尸语故事》中的“马桑兄弟”来自民间呢？笔者以为这两方面影响都存在。首先我们必须看到最早的藏族《尸语故事》源自印度的《僵死鬼故事二十五则》，而《僵死鬼故事二十五则》却没有“马桑兄弟”故事（陈岗龙博士已将该印度故事集译为中文），由此可见藏族《尸语故事》中的“马桑兄弟”是直接吸取了当时藏族民间颇为流行的“黑马张三哥”型故事。随着《尸语故事》手抄本的增加，它反过来又加速和强化了该类型故事在西藏的传播，这一点从西藏《尸语故事》手抄本最多的地区，也是民间流传“黑马张三哥”型故事最盛的地区的事实就足以证明，如四川德格、木里一带流传的《金葫芦》，《马当古》，藏北、安多一带流传的《马桑亚如卡查》、《多吉占堆和朵桑曲珍》等。至此我们是否可以肯定该类型故事的最早源头就在藏族呢？笔者认为“黑马张三哥”故事尽管在印度《僵死鬼故事二十五则》找不到，但是除了这条渠道以外，藏印文化的交流是多方面和多渠道的，诚如刘守华教授所言，《尸语故事》“再创作的故事来源较为复杂，有些故事是土生土长的藏族故事，有些为汉族故事的移植，还有从其他渠道流入藏地的印度故事”。也就是说，该类型故事极有可能通过其他途径从印度转入藏区，然后被雪域民众接受，等印度“尸语故事”传到西藏，藏族民众又将他们民族化了的印度故事吸纳进藏族化的印度《僵死鬼故事二十五则》“连环串插式”结构之内，这种源于历史和现实上的推论是站得住脚的。至于我国北方一些民族的“黑马张三哥”故事则明显受到藏族同型故事的影响，尤其是蒙古族的同型故事首先也是由本民族《尸语故事》手抄本影响到民间的。译自于藏族《尸语故事》的蒙古《尸语故事》完整地保留了“牛仔马桑故事”（解放前北京蒙文书社13章本将《尸语故事》译为《喜地呼尔》，该故事集的第三个故事名为“牛仔马桑”），同时该故事的基本情节在蒙古族史诗《格斯尔》、《江格尔》中常在显要的位置出现，并且在其民间叙事中，形成了蒙古族英雄故事的一个著名类型。随着《尸语故事》在不同民族多个版本的扩散，以及藏族和蒙古族文化在我国西部和北部文化中影响的加强，该类型故事很快传遍这些地区，至此笔者认为我国“黑马张三哥”型故事的传承源脉为：印度——西藏（民间——《尸语故事》——民间）——蒙古（蒙古族《尸语故事》——民间）——北方阿尔泰语系诸民族生活的大片地区。

---

① 贾芝，孙剑冰．中国民间故事：第二集．北京：人民文学出版社，1980.415～420.

② Stith Tompson. The type of folktale. Indiana University，1973.225.

③ 丁乃通著，郑建成等译．中国民间故事类型索引．中国民间文艺出版社，1986.90.

④ 中华民族故事大系编委会·中华民族故事大系：第14卷．上海：上海文艺出版社，1995.65.

⑤ 银帆．哈萨克族民间故事选．上海：上海文艺出版社，1986.221.

⑥ 次仁玉珍．藏北民间故事选．拉萨：西藏人民出版社，1993.90～97.

⑦ 姚宝宣．新疆民族神话故事选．乌鲁木齐：新疆人民出版社，1989.54～71，159～163.

⑧ 李树江，王正伟．回族民间故事选．上海：上海文艺出版社，1986.155～162.

⑨ 中国民间故事集成宁夏编辑委员会．中国民间故事集成．宁夏卷．北京：中国ISBN中心，1999.41～65.

⑩ 中国民间文艺家协会．馕勇士．民间文学，1985.127～135.

⑪ 次仁玉珍．藏北民间故事选．拉萨：西藏人民出版社，1993.90～97.

⑫ 冀文正．西藏民间故事：第六集．拉萨：西藏人民出版社，1993.

⑬ 中华民族故事大系编委会．中华民族故事大系：第16卷．上海：上海文艺出版社，1995.231～234.

⑭ 陈子艾．中国神怪故事．北京：中国广播电视出版社，1996.105～107.

⑮⑰ 中华民族故事大系编委会．中华民族故事大系：第12卷．上海：上海文艺出版社，1995.304～307，321～341.

⑯ 中华民族故事大系编委会．中华民族故事大系：第15卷．上海：上海文艺出版社，1995.

⑱ 姚宝宣．新疆民族神话故事选．乌鲁木齐：新疆人民出版社，1989.54～71，159～163.

⑲ 中央民族学院《藏族文学史》编写组．藏族文学史．成都：四川民族出版社，1985.358～364.

⑳ 刘守华．中国民间故事史．武汉：湖北教育出版社，1999.35～40.

㉑ 中国民间故事集成四川卷编辑委员会．中国民间故事集成．四川卷．北京：中国ISBN中心，1998.76.

㉒ 四川平武县民间文学三套集成编委会．平武民间故事集．（内部资料）1986.618.

[原载《华中师范大学学报》（社科版）2001年第3期]

口承故事的“表演”空间分析

——以辽宁讲述者为对象

江　帆

（辽宁大学中文系）

口承故事是人民大众以口头形式创作并承传的各类散文叙事性文学作品的统称，具体包括神话、传说、民间故事。如果翻阅我国口承故事的研究历史，不难发现，当属民俗学始终持有这一学科传统和学术优势。尤其是20世纪80年代的全国民间文学普查，出版了大批故事文本，更激发了学者们的研究兴趣与热情，使我国口承故事的研究有了较大的发展，呈现出活跃的态势。

对我国近20年的故事研究进行反思，我们看到，此间虽然取得了许多成果，但若将其置于国际学术环境的大背景之下，与故事理论发展的“现在时”比照，客观地说，我们在研究观念与方法上还有相对滞后的一面。例如，我国近年来的故事研究基本是沿着两条线平行进行的，一是对故事文本进行案头的归纳、分析与探讨；一是走向田野，对故事传承活动进行调查与研究，即对讲述者的故事类型、传承线路、讲述风格及至个人生活史等进行探索和阐释。而国际上的同类研究早已将这两条线交叉、结合，对故事从整体上展开了动态的研究。再如，我们的研究视野也存在盲点，主要体现在对故事赖以存活的“讲述情境”——即人类学表演（performance）理论指谓的故事“表演空间”缺少关注；对故事文本的田野诠释更是鲜有触及。事实上，故事在讲述中传达的并非只是文本的内容与意义，讲述过程还附加着许多与文本相关的特殊意义，对故事的分析只有将文本还原田野，扼住文本由来的那个特定“讲述情境”，将其与存在的“上下文”结合考察，研究才有效。这些问题已经构成我国故事研究的“瓶颈”，阻碍了对故事原学的考求和深层的探寻，以致在多数研究的终端，对这一动态文化的本原风貌实际上并未作出整体把握和深度阐释。那么，在口承故事的表演空间中，讲述者、听众、研究者这些要素之间是如何互动的？这种互动对故事讲述具有何种制约和影响？如果将故事的文本与其田野形态进行比较，故事的“本文”（context——存在氛围）与故事的文本（text——文字符号）之间究竟有着怎样的联系与区别？本文将以辽宁的讲述者为对象，依据本人对故事调查的田野现场体验，着力对这些问题进行分析和探讨。

一、故事表演空间的讲述者

表演理论是20世纪70年代由美国人类学者提出并构建的。这一理论将口承故事定位为一种在特定情境中具有互动性的语言艺术活动，强调对其表演过程的研究具有至关重要的意义。将故事的“讲述”称之为“表演”，是对传统的故事研究方法反思的结果。以往，故事研究者对讲述者的关注，主要因于他们在故事传播中的作用，偏重对讲述者的传播功能、特点的研究。这样一来，很容易给人们造成这样的误解：似乎讲述者都是具有明确的文化传播意识，自觉地以故事传承为己任去讲故事的。然而，事实恰恰相反，故事调查的田野经验表明，没有哪个讲述者讲故事是出于上述考虑的。他们之所以讲故事，往往出于另外一些各种各样的原因，这些原因必定和他们自身的某种需求相关。因此，讲故事也是他们自身的文化属性与文化个性的一种表演。讲述者的这一特点，正是故事永远处于变化之中、难以形成固定文本的潜在动因。表演理论的代表性学者鲍曼（Richard Bauman）指出，“表演是一个有机性的概念，它把艺术活动、表现形式和审美反响全包括在一个概念框架里，并且，这样的表演总是发生在特定地区的文化观念和情景中的”①。表演理论的要点是强调对“讲述情境”的全面把握，可以说，表演理论的视野是围绕着“讲述”编织起来的，那么，讲述者自然是这一视野空间中最重要的因素。

在故事表演中，讲述者不是孤立存在的，他（她）始终与同处一个时空的其他因素互动着。在这一互动过程中，讲述者本身也呈现出一定的特点。以辽宁的田野经验来看，主要表现为以下方面：

1. 关于“讲述者”的识别

首先，不是每个有讲述行为的个体都可以称之为“讲述者”。或者说，不是所有人的“讲述”都能称得上“表演”。

“一开始，接触的采风对象多不理想，有的能讲二三个故事，有的只能讲三言两语，还有的人讲的故事有头无尾……”②

“尽管采录到一些故事，但由于全是转述人所讲，故事不是情节支离破碎，就是人物形象不完整，而且鱼龙混杂，不乏赝品。”③

当然，仅凭调查者的判断是不可靠的，当地民众是否认同才是最重要的依据。哪些人会讲故事，哪些人讲得好，当地人心里最有数：

“当我们深入到本区城郊乡时，文化站长毫无难色地说：‘要求别的不敢说有，要听故事有的是，你们跟我到金宝台村去找李占春就行了，他一口气能给你们讲三天三夜。’”④

类似例子，不胜枚举。确切地说，在故事调查的田野作业中，研究者对每一位讲述者的发现，几乎都离不开当地人的指点。对这些善讲故事的人，研究者称他们为“故事家”，当地人则叫他们“故事篓子”、“瞎话匠”、“讲古儿王”；或冠以“大白话”（发huo音）、“大咧咧”、“大能讲”等噱称。

尽管民间有讲故事的习俗传统，有广泛的故事听众，但并不是所有的听众都是潜在的讲述者。事实上，听众中的绝大多数人并没有成为讲述人。瑞典学者卡尔·威廉·冯·赛多（Carl Wilhelm Von Sydow）认为，口承故事“在很大的程度上是以一种散漫的状态流传的，只有极少的有好记忆、生动的想像力和叙述能力的积极的传统携带者们才传播故事，仅仅是他们才向别人讲述故事。在他们的听众里，也只有极少的一部分人能够收集故事以便讲述它。而实际上这样去做的人就更少了，那些听过故事并能记住它的大部分人保持着传统的消极携带者状态，他们对一个故事的连续生命力的重视程度主要取决于他们听一个故事然后再讲述它的兴趣”⑤。深入辽宁的故事讲述历史之中，不难发现，活跃者主要是赛多所说的那些“积极的传统携带者”。这些人一般都具备以下一些特点：

（1）从童年起就喜欢听故事。

（2）有过耳不忘的惊人记忆力。

（3）有较强的语言表达能力。“地方性话语”（local discourse）即“有一张巧嘴”。

（4）有家族内或熟人群体内的故事传承人。

（5）有对故事进行再创作的能力。

（6）掌握的故事数量多，讲述活动在当地有较大影响。

2. 关于讲述者的知识构架

如果说文化“是一些由人自己编织的意义之网”的话⑥，那么，每一位讲述者所编织的“故事之网”都是独特的，其独特性表现在：面对承传久远、渠道不一的故事文本，每一位讲述者都不是“有文必录”地照本宣科。在接收故事时，他们表现出不同的文化选择，在表述故事时，也体现出不同的文化处理。也就是说，每一位讲述者的表演都是有特定的文化构架作内在支持的。同一个故事，往往由于讲述者不同而发生这样那样的变化，形成多种异文。以《丑媳妇》（AT841A）为例，这是一则讲述休妻休掉了福气的故事⑦，在辽宁境内共采录到 13 篇异文。当地的讲述者称这些故事为——《丑媳妇》、《信马由缰》、《休丁香》、《灶王爷的来历》等等。我们在对多位讲述者的调查中发现，且不说他们从各自的文化观念出发，对故事的主题、情节乃至细节进行了或大或小的调整，单就故事的命名，看似随意，其实已于不经意间透露出他们本人对故事题旨某一方面的偏爱与强调。例如，以《丑媳妇》命名者，强调的是“丑妻近地家中宝”的古训；以《信马由缰》命名者，强调的是“命由天定”；以《休丁香》命名者，故事明显带有根据民间小戏改编的喜剧色彩；以《灶王爷的来历》命名者，强调的是对灶神信仰起源的一种民间说法。从田野作业的现场来看，调查者遭遇的从来不可能是冠以“普通价值”的故事，只能是体现讲述者知识的个性化和地方化的叙事体。讲述者由于彼此生存环境、经历、信仰、价值取向不同，性别、年龄、职业、文化、个人资质相异，在讲述故事时，必然体现出不同的风格与特点。可以说，讲述者的知识构架都是通过故事表演展开和伸张的，每一个讲述者提供的都是一个“地方性知识”的范本。

3. 讲述者对故事程式的把握与活用

文学作家是自觉地驾御着才能去表现世界的，而故事家们则是受才能的驾御，不自觉地去表现世界。日本学者野村纯一将故事讲述者划分为两种类型——纯传承型与创造型（1988 年日本国学院大学教授野村纯一曾对辽宁故事家谭振山进行专访时，曾谈到这一观点）。以故事表演来看，辽宁的一些较有名气的讲述者很少属于那种墨守固有讲法、带有极大转述性质的“纯传承型”，他们多是那种“创造型”的故事家。有人将辽宁与国内其他地区流传的故事进行过比较，发现辽宁的故事不但篇幅长，而且两个或几个故事复合的情况也比较多。如《老虎妈子》、《蛇郎》、《炸海干》、《小镗锣》、《巧媳妇》、《谎张三》等类型的故事，在辽宁多是以复合的形态流传的。以《要钱鬼》为例[8]，《中国故事集成·辽宁卷》收录的这一故事篇幅接近万字，曾有学者对如此长的故事在民间是否能流传提出质疑，疑是文人加工之作。笔者为此就这一故事在辽宁境内的流传进行了专项调查，共采录到五篇异文，篇幅都较长，最长的是本溪赵家村杨淑琴老大娘讲述的。她在故事正文前加了一段很长的"入话"，以生动的语言、活泼的细节一一列数了吃、喝、嫖的种种危害，最后才落到"赌"，引出要钱鬼的故事。调查证实，这一故事确实有人为抻长的倾向，但这是讲述者的加工，并且加工后的这一形态在当地已经流传开来。我们发现，民间确有一些高明的讲述者，尤其那些可讲述几百则故事的"大家"，他们储存故事，并不依赖对故事情节的机械背诵，而是凭靠掌握故事的结构章法，谙熟故事的程式与套路——如故事程式化的主题、情节结构、表述方式，以及对多年积累的大量"故事素"的灵活调用。讲述时，他们随时利用已经内化的知识，根据不同的情境，听众的不同反应，对故事情节进行取舍、组合、优化和加工。"口头程式理论"的代表性学者洛德（Albert Lord）认为，程式的丰富积累会导致更高水平的创造和再创造的变异；主题和故事的积累会导致限度之内产生大量同类变体[9]。一些讲述者对故事程式的掌握与运用证实了这一点。由于他们谙熟此道已达到自如的程度，以致在很多情况下，即使对故事动了手脚，听众与研究者也很难察觉。

4. 讲述者在故事表演中的自由与局限

一般说来，每个故事在较固定的"程式"之外都有一定的空间可提供讲述者在不同的情境之下进行发挥，讲述者可以因时、因地、因人，对故事进行语词、内容、乃至主题方面的改动，不必承担任何责任。赛多认为，每一位讲述者的讲述，都可能使故事原有的母题发生一些变化，其中部分是因为记忆的原因，部分则是为了使故事更符合讲述者自己的观点和口味。而"更加彻底的变异均是有意识改编的结果"[10]。讲述者对故事拥有的这一权力，不但导致了大量的故事异文的产生，同时也引发出许多文本上难以见到、惟有在讲述现场的互动情境中才能体会出的故事的附加意义。一些高明的讲述者，往往就是在故事表演所允许的自由度内，畅快地宣泄个人情感，传达其价值观念与人生体验，展示其文化个性，树立个人的威望。

"薛天智说，我讲故事，从来就不喜欢原样照搬，总想把不完整的故事讲得完整，把不该讲的东西删去。我要按照自己的意愿，把我所恨的恨透，把我所爱的爱透。"[11]

"谭振山十一岁时全家搬到达子坟，和'瞎话匠'沈斗山同居一院，从他那里听来了 91 则故事。沈斗山讲故事是他向乡下人炫耀身份、显示学问的重要方式。村里人称他'瞎话匠'，他却从来不讲那些炕头地脑的传统故事，他本人信狐仙，也很少讲鬼狐精怪故事。他讲的大部分是表现帝王将相、才子佳人的，或者是文人吟诗作联的故事。作为当时乡间少有的识文断字的读书人，沈斗山一方面自恃清高，在村邻及听故事的人面前端足'饱学之士'的架势，另一方面又向他们讲述了许多讥贬知识无用、讽刺读书人无能，在生活中尽充丑角，被人戏弄的笑话故事。这种自轻自贱的反常行为，和沈斗山自身经历有很大关系，使我们得以窥见一个旧时的乡间知识分子，由于功不成名不就，深感怀才不遇，进而产生的知识无用的变态心理。”[12]

当然，讲述者在故事表演中的自由并不是没有限度的。首先，所有的讲述活动，都离不开一个相对固定的、成型的文本，在很多场合，故事的基本内容并不是可以随便变动的。其次，在特定的讲述情境中，讲述者若想对故事的某些方面进行调整，或者引入其他附加意义，必须要找到与故事原有的意义与内容的契合点，同时还要适合讲述情境中各种因素之间的互动，正如同普洛普（Propp）所强调的：故事内容是可置换的，但置换须服从规则[13]。也就是说，特定的知识能否进入既定的规则体制，要视其是否具有相应的品质。可见，故事表演空间既赋予了讲述者某种自由，同时也存在着对其一定的限制。

二、故事表演空间的听众

帕里（Milman Parry）和洛德（Albert Lord）认为，口传的艺术（verbal art）与其说是记忆的复现，不如说是艺人在同参与的听众一起进行表演的一个过程[14]。在故事表演空间中，与讲述者相对的另一重要的构成因素就是听众。听众是故事赖以存在的基础，听众使故事的功能成为可能。

在故事表演空间中，听众与讲述者之间的互动主要表现为以下方面：

1. 刺激讲述者的表演欲望

讲述的热情是听众刺激起来的，听众的反应往往直接左右着讲述者的情绪。

“诺木珲村是汉、满、锡伯等民族杂居的地方，村里流传着许多不同民族、不同习俗的故事，并且有很多人能讲。通过调查了解到，诺木珲村曾出现过人送绰号‘铁嘴钢牙’、‘胡老太太’、‘李瞎打’等为首的讲故事能手。特别是早先年那位叫‘铁嘴钢牙’的人，他从年轻那时起，每逢夏天农闲季节，总是蹲在村中庙台上为大伙儿‘讲古儿’，他讲古成癖，村里人听古成瘾，有时，宁可凑钱买烟供他。他几乎是天天讲地讲了一辈子，留下了无数个优美动人的故事，也培养了许多故事传人。”[15]

“在讲述过程中，很见故事家的个性。比如，他兄长哪个故事内容发淡，哪个故事没讲好，他就一针见血地指出来，轮到他讲，有时也没讲好，他会主动声明：‘这个故事没讲好，我重讲!’重讲过程，要加进不少花点子，也就是重新创作。”[16]

后面的个案中，讲述者认为自己没讲好，正是从现场听众的情绪反馈中得知的，提出重讲则表明讲述者非常看重讲述效果。

2. 决定讲述者的表演内容

每一个出色的讲述者都是先从做一个勤奋用心的听众开始的，正因为如此，他们最了解听众的心态，理解不同听众对故事的不同需求。

“武德胜讲故事能根据不同层次、不同年龄、不同性别、不同职业的听众在故事种类上进行有选择的讲述。比如对干部讲秉公守法、为民作主的清官故事；对老年人讲晚年得好的故事；对青年男女讲幸福甜蜜的爱情故事；对中年妇女讲孝敬公婆得好报应，坏继母受惩罚的故事；对孩子则讲有趣的童话、神话，逗得孩子哏哏直乐。”⑰

再如，在对讲述者谭振山多年的跟踪调查中，通过走访他的一些故事听众，我们发现，这些人并不了解谭振山能讲800多个故事。许多故事他们闻所未闻，还有一些只有少数人听过。据谭振山介绍，他讲故事有“三不讲”：女人在场不讲“荤故事”，若故事中有“荤”，点到为止；小孩在场不讲鬼故事，若情节中有鬼出现时，便故意丢点拉点，或者在后面缝合几句，说这鬼是人装的，惟恐吓坏孩子；人多的场合不讲迷信故事，担心给自己惹来麻烦。这时候，他往往亮出“看家段儿”，讲那些道德训诫故事。他说，教人学好的故事，给啥人讲都行。可见，讲述者表演的内容是与听众的互动密切相关的。

3. 带给讲述者精神上的满足

许多讲述者都有数十年讲故事的历史。这并非仅仅出于他们本人对故事的喜爱，其中听众的反馈和支持是重要的行为动力。对于一些讲述者来说，讲故事不仅娱己娱人，同时还在某种程度上令他们摆脱人生的平庸，获得某种殊荣。许多讲述者都将听众的认同与好评视为最高奖赏和人生价值的实现。正是在故事表演中，他们获得了极大的精神满足。

“农闲或是劳动间歇，茶余饭后或是开会休息，他从不拒绝别人的请求，往往笑而应之，亮开故事宝库。用他的话说，我是土地庙横批——有求必应。他深感作为讲述人受人敬重：地没铲到头，有人接垄；坐火车没座，有人心甘情愿让出座位；住店呢，讲故事的才能一露，冬睡炕头，夏住炕梢，打水取饭全有人主动照顾。于无影无形中，享受到民间艺术家的优惠待遇，他为此深感自豪。”⑱

在对讲述者与听众的田野调查中，我们常常思索一个问题：口承故事作为一种文学样式，究竟有着何种魅力，牵动着一代代讲述者主动去传承，乐此不疲，调动着一代代听众欣然参与，甚至对情节已耳熟能详，仍百听不厌。其实，只要走进故事的表演空间，不难发现，故事的真正魅力并不只限于文本，还在于其讲述的过程。对于讲述者和听众来说，有时讲述过程的意义甚至胜于文本的意义。在以故事为纽带形成的讲述者与听众、讲述者与社会的多向互动中，传者与受者各自的收获都超越了文本，得到了大于文本的种种满足。因此，从某种角度上看，讲故事也可视为小集团社会的一种互动的显现。

三、故事表演空间的研究者

故事文本并不是讲述者主动地、原汁原味地提供给读者的，而是调查者经过田野采录、再将其转换成文学的结果。在讲述者的眼中，研究者不同于普通的听众，他们在田野中出现，对故事表演的介入，不但使这一空间的听众成分发生变化，同时，也对讲述者构成新的互动，其结果直接作用着文本的形成。可以说，几乎所有的脱离了田野形态转换成文字的故事文本，都带有程度不同的研究者介入因素。对这一特殊的互动作用，故事的研究者必须予以关注。研究者的介入，对故事的表演带来哪些影响呢？概括起来，主要表现为以下两个方面：

1. 导致讲述者重新设计表演策略

讲述者在和研究者乍一接触时，一般都心存疑虑，不但讲故事放不开，回答问题也躲躲闪闪。尤其涉及民间信仰这类敏感话题，多数讲述者是打埋伏的。这时候采录的故事，讲述者都是经过挑选或作了调整的，准确地说，是专门讲给研究者听的，尽管在场可能还有其他听众。在民族志田野作业中，这一阶段是调查者与调查对象互相观察、了解的阶段。如果将这一阶段采录的故事与双方相熟后讲述者处于放松状态讲述的故事进行比较，就会发现，同一个讲述者，在涉及对故事的看法方面，前后竟有很大不同。以讲述者谭振山为例，他的家乡一带有信仰狐仙的习俗传统，开始调查之初，当问及他是否会讲狐故事时，他不但矢口否认，还说从来不信那些封建迷信的玩艺儿。其实，谭振山的故事的几位重要传承人——他的祖母、继祖父、伯父都信狐仙，他不但从小就听了许多这类故事，长大以后，还经常为村邻书绘狐仙牌位。终于，在进行了连续五年的跟踪调查、彼此熟稔后的一个契机，当研究者再次问及此事时，他不但坦然承认了，而且滔滔不绝地讲起当地流传的各种狐故事。

讲述者针对研究者而调整讲述策略可能还出于另外的原因。例如，通常情况下，男性讲述者不会对女性调查者讲“荤”故事，尤其双方属于长辈和晚辈的关系时更为避讳，若故事中有“荤”的情节，往往在调查者未察觉中就做了改动。有时候，即使是同性之间，讲述者也避免讲这类故事，如同有的讲述者所说：“小时候看人点戏，点戏人一张嘴，你就知道对方是什么人品，他得意什么，必是那路人。”[19]讲述者担心讲述这类故事后，研究者会误解自己的人品。

我们看到，正是由于研究者的介入，改变了讲述者的常态性表演。若根据这种情境下记录的文本进行故事研究，得出的结论很可能偏颇或有失客观。对这种倾向，有学者指出：“重要的事并不是要迫使报道人（对某种解释）提供肯定或否定答案。‘是’的回答也许仅仅是一种义务性的附和，‘不’的回答也许只意味着他羞于承认。重要的事应该是考虑此报道人是否继之更为公开地表达他的观点，更精致地论说它，或者增添上别的思想和记忆以修饰他的观点，使之更易理解，与他的生活的关系更明朗化。”[20]这种提示是非常中肯而必要的。

2. 使讲述者对故事的认识得到升华

在许多讲述者的眼中，研究者都是一些有身份的人。这些有身份的人对故事表现出的浓厚兴趣，对讲述者给予的极大尊重，都令讲述者感到自豪并受到鼓舞。在彼此的互动合作中，双方不断增进了解，讲述者对原以为无足轻重的“瞎话”也开始刮目相看，对故事价值的认识不断升华。进入这一境界的讲述者，已由对研究者的被动适应变为积极主动地配合，在讲述故事时，出现了积极的互动效应。具体表现为：

（1）有研究者在场，讲述者往往呈现出最佳的讲述状态。例如，国外以及台湾的学者曾多次对讲述者谭振山进行过专访，每当此时，谭振山不但未见紧张，反而比平时更加兴奋，讲起故事来很难收住。

(2) 表演过程中，讲述者对研究者的情绪调动。“按照乡下人的习惯，我专门选在夜里请她讲故事。她的故事储量那么大，是完全出乎我的意料的。她越讲越多，越讲越好……常常使我陶醉，以至忘记了时间的流逝，一听就是大半夜，甚至通宵达旦。每当我稍有睡意时，她就给我讲上一则幽默动人的笑话，使我捧腹大笑，甚至笑出眼泪来，于是睡神便被赶得无影无踪了。”[21]

(3) 讲述者主动向研究者讲一些平时不肯讲或很少讲的故事。例如，与研究者相处时间长了，讲述者了解了研究者的工作性质，自然将其与一般听众区别开来。有时候，会主动提出给研究者讲一些他平时认为“讲出来不好”或“不好讲”的故事。

以上不难看出，此时此刻的研究者已超越同一时空的其他听众，对讲述活动产生更积极的互动作用。原因是讲述者已将研究者视为其故事的真正欣赏者，是其故事传承生涯中难得的知音。可见，研究者对故事讲述空间的介入，产生的不完全是负面效应。

口承故事表演空间的构成是复杂的，讲述者、听众、研究者只是其中的主要因素。作用于这一空间的还有时代、社会、文化等诸多背景因素，限于篇幅，本文不再论述。总之，故事在讲述过程中，对其起制约和影响的因素很多，记录下来的文本无法带出它所存活的那个特定情境的全部信息。仅以文本为依托探究故事的意义，难免不掺杂学者个人的一厢情愿，出现文本的误读。对故事表演空间各种因素互动关系的研究，有助于我们摆脱传统的发于文本、行于文本、止于文本的研究方法造成的理论视野局限，了解故事文本在特定情境的社会关系丛及其过程中的位置与价值，厘清故事的“文本”与“本文”之间的联系与区别，更好地把握口承故事的动态特征。同时，将故事的文本研究与文本的田野诠释结合起来，建立起二者间的相互补充、相互为用关系，也是我们理解故事真正含义的一种有效途径。我们看到，故事研究是蕴藏着多种潜能的，我们的探索完全可以不断地向更为开阔的领域敞开和延伸。

---

① 高丙中．民俗文化与民俗生活．北京：中国社会科学出版社，1994.112.

② 姜淑珍故事选．沈阳：中国民间文学集成辽宁沈阳市卷编委会，1987.1.

③ 准喀喇沁资料本．辽宁喀左：中国民间文学集成辽宁卷喀左县编委会，1987.1.

④ 李占春故事选．沈阳：中国民间文学集成辽宁沈阳市卷编委会，1988.2.

⑤ [美] 阿兰·邓迪斯著．陈建宪，彭海斌译．世界民俗学．上海：上海文艺出版社，1990.232.

⑥ [美] 克利福德·吉尔兹著．王海龙，张家渲译．地方性知识．北京：中央编译出版社，2000.15.

⑦ 中国民间故事集成辽宁卷编委会．中国民间故事集成．辽宁卷．北京：中国 ISBN 中心，1994.999.

⑧ 中国民间故事集成辽宁卷编委会．中国民间故事集成．辽宁卷．北京：中国 ISBN 中心，1994.660.

⑨ 钟敬文．中国民俗学年刊．上海：上海文艺出版社，1999．185.

⑩［美］阿兰·邓迪斯著 陈建宪，彭海斌译．世界民俗学．上海：上海文艺出版社，1990.331.

⑪ 薛天智故事选．沈阳：中国民间文学集成辽宁沈阳市卷编委会，1988.6.

⑫ 谭振山故事选．沈阳：中国民间文学集成辽宁沈阳市卷编委会，1988.11.

⑬［法］克劳德·列维—斯特劳斯著．陆晓光，黄锡光等译．结构人类学．北京：文化艺术出版社，1989.134.

⑭ 叶舒宪．文化与文本．北京：中央编译出版社，1998.153.

⑮ 薛天智故事选．沈阳：中国民间文学集成辽宁沈阳市卷编委会，1988.5.

⑯ 李占春故事选．沈阳：中国民间文学集成辽宁沈阳市卷编委会，1988.7.

⑰ 准喀喇沁资料本．辽宁喀左：中国民间文学集成辽宁卷喀左县编委会，1987. 5.

⑱ 李占春故事选．沈阳：中国民间文学集成辽宁沈阳市卷编委会，1988.5.

⑲ 谭振山故事选．沈阳：中国民间文学集成辽宁沈阳市卷编委会，1988.21.

⑳［美］乔治·E·马尔库斯，米开尔．M.J. 费彻尔著．王铭珞，蓝达居译．作为文化批评的人类学．北京：生活．读书．新知三联书店，1998.81.

㉑ 裴永镇．朝鲜族民间故事讲述家金德顺故事集．上海：上海文艺出版社，1983.2.

［原载《民俗研究》2001 年第 2 期］

女鸟故事的民俗文化渊源

李道和

（南开大学中文系博士生）

在中国古代志怪小说和民间传说中，有一种亦人亦鸟的神怪形象，其异名甚多，但只有“女鸟”一说最为简明。民间文学研究者一般将女鸟故事列入“天鹅处女”型(Swan Maiden Type)①，以揭示人鸟恋爱母题在时空上的传承轨迹及其社会民俗内涵，并把它作为该型在世界上最早的故事②。其实，女鸟故事既有人鸟结合的内容，也有为害于人的巫蛊成分；既有奇谲诱人的美丽，也有骇人听闻的怪异。在内涵和情调上，它与一般的天鹅处女（毛衣女或羽衣女）故事都只有部分的重合。这是我们在归类时需要注意的。更为重要的是，作为同类故事“最早的”型式，在被记录的晋代以前，女鸟故事还有其更为悠久的母题原型和民俗文化渊源。本文试图通过考查其中蕴涵的有关鸟、衣、巫等民俗文化，来解释女鸟故事，并对相关的古小说、民间传说题材进行连类而及的分析。

一、鸟与女、衣与妻的对等关系

女鸟与男子遇合的故事，首次见载于晋郭璞的《玄中记》③：

> 昔豫章男子，见田中有六七女人，不知是鸟，匍匐往，先得其毛衣，取藏之，即往就诸鸟。诸鸟各去就毛衣，衣之飞去。一鸟独不得去，男子取以为妇，生三女。其母后使女问父，知衣在积稻下，得之，衣而飞去。后以衣迎三女，三女儿得衣亦飞去。

与郭璞基本同时而稍晚的干宝的《搜神记》卷一四中所记与郭记大同。《水经注》卷三五《江水》说：“地（豫章阳新县）多女鸟。《玄中记》曰：阳新男子于水次得之，遂与共居，生二女，悉衣羽而去。”其文甚略，但“女鸟”之称较为确切。

与一般情形的“天鹅处女”故事比较，可知这类故事中男子所遇女子，应是在田（河、湖、池等）中洗浴的鸟形神（仙、怪）女，男子藏匿其中一个女子的羽（毛）衣而与之结合（婚配、生子）。辨明这些要素，自然可以把本故事列入该母题类别。女鸟“衣毛为飞鸟，脱毛为女人”（《玄中记》），能在人鸟之间变形转化。这种观念在思维上是自然而合理的。《诗经》中《邶风》之《燕燕》、《雄雉》，《曹风》之《蜉蝣》即有以羽喻衣的比兴。《后汉书·舆服志下》说：“上古穴居而野处，衣毛而冒皮。”看来毛衣女故事也包含着久远的民族集体记忆。除去这种联想和记忆外，女鸟故事还蕴藏着丰富的民俗文化内涵。这里，我们先来讨论鸟与女、衣与妻的对等关系。

有很多学者都已指出，中国古代民俗中的鸟是男性（甚至男性性器）的象征④。这可能只是一般情形。女鸟衣毛为飞鸟，脱毛为女人，不能不说也是鸟、女对等关系的最明显表达。古代也有女子化为冤禽、伤魂鸟的传说。其实，鸟与女性（甚至妻子）的置换联系，至迟在春秋战国时代的婚俗中即有表现。据《仪礼·士昏礼》，男子娶亲有用雁的礼俗。男家在纳采、问名、纳吉、请期及正式亲迎的几个阶段，都要向女方“奠雁”。贾公彦疏：“雁木落南翔，冰泮北徂，夫为阳，妇为阴，今用雁者亦取妇人从夫之义。”虽然雁也作为其他场合的“贽见礼”，但既然雁在婚礼中作为“随阳之鸟”，表达“妻从夫之义”（《白虎通义·嫁娶》），那么其间或许就包含着雁与妻的置换关系：女家以女换雁，男子以雁得妻。《诗·邶风·匏有苦叶》：“雝雝鸣雁，旭日始旦。士如归妻，迨冰未泮。”说明男子也是在冰雪未散、雁未北徂之时，请期于女（据郑玄笺），使其归己的。那么，雁确实可能就是妻的象征。

鸟女之间的对应关系，还在有关的文字、神话中留有痕迹。《说文》十二上乙部释乳云：“人及鸟生子曰乳，兽曰产。从孚、乙。乙者，乙鸟。《明堂·月令》：乙鸟至之日，祠于高禖，以请子。”这个解释包含着卵生观念、玄鸟神话和高禖祠俗。既然人鸟生子的乳字从孚，而“卵即孚也”（《说文》三下爪部释孚），那么人也可能是“卵生”的，这和有关卵（羽）民、伯益、徐偃王、东明等的卵生神话正相吻合。

乳字从乙，乙即鳦，亦即玄鸟，所以，卵生观念又和玄鸟神话有关。《诗·商颂·玄鸟》“天命玄鸟，降而生商”的著名神话即是一则卵生神话。毛亨传曰：“玄鸟，鳦也。春分，玄鸟降。汤之先祖有娀氏女简狄，配高辛氏帝。帝率与之祈于郊禖而生契。”这则神话在《史记·殷本纪》中有更生动的记叙：

> 殷契，母曰简狄，有娀氏之女，为帝喾次妃。三人行浴，见玄鸟堕其卵，简狄取吞之，因孕生契。

其中帝喾即高辛氏。司马贞索隐引谯周云：“其（契）母娀氏女，与宗妇三人浴于川，玄鸟遗卵，简狄吞之。”又《三代世表》引《诗纬》（据索隐说）：“汤之先为契，无父而生。契母与姐妹浴于玄丘水，有燕衔卵堕之，契母得，故含之，误吞之，即生契。”其实，燕也就是玄鸟（《说文》十一下燕部释燕、十二上乙部释乙）。

简狄吞卵生契的神话，表面看来与普通感生神话相同：天神变形为某物或显现某奇迹，使贞洁处女怀孕并诞生神性英雄或始祖，其中天神充当父亲的角色。但玄鸟神话似乎不是这类感生神话，因为玄鸟并非象征父亲⑤，而是“贞洁”神母自己的变形化身⑥。玄鸟遗卵是鸟生子，简狄生契是人生子，二者都可称乳，那么玄鸟遗卵与简狄生契是一对等的关系：玄鸟等于简狄，卵等于契，鸟遗卵等于母生子。这些对等关系（尤其是契与卵的关系）都必须借助于简狄吞卵而后孕子这样的情节构拟来加以粘合，这种神性叙事就使卵生神话易形为感生神话了。简狄神话也不单纯是“吞卵生子”的表层故事，其深层意义还在于“生子为卵”。《淮南子·修务训》说“契生于卵”，高诱注称“偪背而出”；《论衡·奇怪篇》也说契“闿母背而出”。从外形上看，人之胎胞“包裹儿身”，正“若鸟卵之有壳”（《论衡·四讳篇》）。可知契从母亲腹背的剖判中出生，也就是从胎胞亦即蛋卵的破裂中诞生。那么，母腹亦即鸟卵，母生子亦即“玄鸟生子”（《殷本纪》集解引《礼纬》）。

其实，简狄作为鸟的化身和象征，在其异名“简翟”中就直观地显露出来。《淮南子·地形训》说：“有娀在不周之北，长女简翟，少女建疵。”简翟当然就是简狄。段玉裁说：“翟，羽，经传多假狄为之；狄，人字，传多假翟为之。”（《说文》四上羽部翟字注）翟鸟即山雉，与玄鸟似非一鸟。然而玄鸟是什么鸟，实在是传闻异辞，亦无定说，或燕，或凤凰（《楚辞·离骚》并《天问》），或怪鸟（《山海经·海内经》）。不过，据《吕氏春秋·古乐篇》，有倕作乐器，帝喾“令凤鸟天翟舞之”，可知凤凰亦名天翟。由帝喾与简翟、凤凰与玄鸟的关系，也可得到简翟即玄鸟的结论。即使简翟不是“鸟”，她也该是以翟羽饰衣的。《诗·鄘风·君子偕老》：“玼兮玼兮，其之翟也。”毛传：“褕翟，阙翟，羽饰衣也。”郑玄笺：“侯伯夫人之服，自褕翟而下如王后焉。”除了宫廷妇女外，祭祀中的女巫也用翟（凤）羽作为舞蹈饰物（详后）。这类习俗的根源很可能即在于，简翟是鸟形或以羽饰衣的神母，亦即遗卵的玄鸟。

这样的分析把我们引向了女鸟故事的原型，也就是说简翟是中国古代民间传说中最早的一位女鸟或羽衣女⑦。与同类故事比较，相同或相近的母题有：主人公为众姐妹之一，神女的鸟人双重身份，神女浴水，婚合或生育。同样地，简翟故事中的仪式性场景，与后代的董仲寻母、田昆仑得妻故事中的类似情景⑧，也是基本吻合的。只是其中的男子角色稍嫌暗淡。在《三代世表》中，契是“无父而生”。在《殷本纪》中帝喾似未与简狄同行，他甚至还不是她的丈夫，也不是契的父亲（索隐引谯周说）。但若把其中吞卵生契之说，与毛亨所谓“帝率与之祈于郊禖而生契”两相比较，则帝喾或“契父”是在郊禖现场的。契之“无父而生”，正说明了他孕育于父母在郊禖中的野合，故而“不知其父”。进一步说，简翟与帝喾之间若即若离的关系，与女鸟“衣羽飞去”造成的“夫妻”离异正可相当，都是母系社会特征的痕迹（参后）⑨。仅就这几点已可看出，简翟神话确实含有女鸟故事的基本母题，它应是此后包括女鸟在内的同类羽衣女母题的原型。

不仅鸟与女性、妻子可以对等，衣衫与妻子也有对等关系（仅就其象征意义而言）。豫章男子藏匿女鸟的毛衣而得妻，又因失去毛衣而失妻，其中的衣妻象征关系是可以梳理出来的。衣等于妻的价值观，在《三国演义》第十五回刘备的话里表现得最为直接：“兄弟如手足，妻子如衣服；衣服破，尚可缝，手足断，安可续？”《玉茗堂批评新著续西厢升仙记》（明黄粹吾撰、汤显祖评）卷上第四出法聪说：“衣服可（与人）共，妻子亦可共。岂不闻‘夫妻如衣服’?”清长白浩歌子《萤窗异草》初编卷二冯壎说：“兄弟，手足也；妻子，衣服也。宁为手足去衣服?”这些言语虽是就兄弟、夫妻的亲疏、轻重立论⑩，本无什么深意，但也可能约定俗成，一语道破民俗中久已存在的衣妻对等观念。

其实，这种衣妻观念确实可能有很早的渊源。据《礼记·月令》，在古代野合求子的高禖仪式中，有所谓“后妃帅九嫔御，乃礼天子所御”的仪式。郑玄注以为“御”是“从往侍祠”，但其情形并不明确。《文选》卷六左思《魏都赋》：“习步顿以升降，御春服而逍遥。”卷一一何晏《景福殿赋》：“玄辂既驾，轻裘斯御。”卷一三潘岳《秋兴赋》：

“藉莞蒻，御袷衣。”谢惠连《雪赋》：“酌湘吴之醇酎，御狐狢之兼衣。”李善注何晏赋引蔡邕《月令章句》说：“凡衣服加于身曰御。”看来，高禖中的“御”是穿衣礼，先天子，后后妃。周族始祖后稷就是在这样的仪式中孕育的，因为据《论衡·吉验篇》，其母姜嫄那时正是“衣帝喾之服，坐息帝喾之处”的。从女鸟毛衣被藏而为人妻以及高禖野合求子的情形看，高禖仪式可能也隐含着衣妻象征的观念：天子御衣是得女为妻，后妃御衣是认己作妻（姜嫄“履大人迹”又包含了鞋妻对等关系，此不赘）⑪。结合简翟浴水、姜嫄御衣以及简翟和姜嫄均是帝喾之妃几点来看，可以推知：姜嫄也有类似的浴水仪式，简翟也有类似的“御衣”仪式，简翟浴水应发生在除已衣（羽衣）之后、“御”男衣之前。

女子适男而穿男衣之礼，又在帝喾（高辛氏）自己的女儿那里实行着：“女解去衣裳，为仆竖（鉴）之结，著独力之衣，随盘瓠升山入谷，止于石室之中。”（《搜神记》卷一四）“独力之衣”，其义历来难详，现在看来至少应是盘瓠之衣。其俗与帝喾的高禖仪式当是一脉相承的关系。后世有求子习俗说，“妇人妊娠未满三月，著婿衣冠”，平旦绕井，“必生男”（《博物志》卷二）。到了现在，民间都还有类似的习俗，其观念当来源于高禖仪式中衣服与婚育的关联。在干宝《搜神记》中，田昆仑窃得天女的天衣，拟脱衫与女，女求还天衣而不得，无奈地说：“亦听君脱衫，将来盖我著出池，共君为夫妻。”所以，男子藏匿女衣应有通过“换衣”从而改变其身份之意（“取以为妇”）；女鸟在羽衣被藏而为男子所取后，也当有“御”男衣之礼，否则她要么无衣可穿，要么就像后来的别离那样“衣羽而去”了。表面看是一场恶作剧，其实反映了古时的御衣礼。反过来说，若简翟确曾“御”帝喾衣，其仪式也就相当于男子藏匿女鸟羽衣的情节；若姜嫄确曾浴水，其仪式与简翟、女鸟亦同。那么，女鸟母题又从简翟故事生发为姜嫄故事了，她们都是早期的“女鸟”⑫。

如果从衣妻对等的视角对其他古代传说和小说的相关母题进行分析，那么，我们可能获得新的理解。

在《楚辞·天问》宋洪兴祖补注引《列女传》中，有舜二妃帮助他躲避父弟迫害的传说。瞽叟与象试图谋杀舜，二妃教舜避难之法：涂廪时，“鹊如汝裳，衣鸟工往”；浚井时，“汝去裳，衣龙工往”。结果，舜顺利地“往飞”、“潜出”了。其中，鸟工、龙工均为衣服，衣上绘有鸟、龙图案。一方面它们因相似关系而具有巫术魔力，能遇焚如鸟飞，遇埋如龙潜；另一方面，它们作为二妃提供的法宝，代表着二妃本人帮助舜逃脱劫难，从而作为舜妻的象征跟随在他的身边。这样的理解可以说明，为什么二妃对劫难中的舜的佐助都以衣服为媒介。另可注意的是，尧非常赏识舜的才德，对舜有两次赏赐：“以二女妻舜”，“赐舜絺衣与琴”。后来，象以为舜已死，竟然奢望“舜妻尧二女与琴，象取之”（《史记·五帝本纪》）。尽管班固以为君主赐衣服给臣属，是为了表彰其“能使人富足衣食，仓廪实”（《白虎通·考黜》），但从有关舜的史实中看不出百姓的富足（重点在舜的才德）。我们以为不仅衣服相当于二妃，就是琴也象征着妻子及其对舜的佐助。《诗·同南·关雎》：“窈窕淑女，琴瑟友之。”郑笺：“同志为友，言贤女之助后妃共荇菜，其情意乃与琴瑟之志同。”其实，琴瑟比喻的是男女（夫妻）之间的情意。这又可以说明为什么象夺妻之外还要取“琴”。

有趣的是，对舜加以赏赐的尧帝竟成了后世小说中类似岳父（母）的模范，他们也像尧一样对女婿妻之以女，并特别赐予衣物。在《列异传》的谈生故事中，谈生以火照女魂致使姻缘中断，女“以一珠袍与之”。在这里，自赠珠袍暗示着自许和依恋（《说文》八上衣部：“衣，依也”）。后来又因珠袍得见女父睢阳王氏，得知原委后，王氏“即召谈生，复赐遗衣，以为主婿”（《太平广记》卷三一六引）。这珠袍和遗衣似乎不单纯是一种财物，而是女子亡魂的代表，是谈生之妻的对等物。在《搜神记》卷一六卢充幽婚故事中，卢充偶遇崔少府墓，因自惭“衣恶”，“即有一人提一幞新衣，曰：‘府君以此遗郎’”。在与崔氏亡女婚后离别之际，又“复致衣一袭”。在这里，衣服几乎成了故事关目，其衣妻象征意味比谈生故事更为明晰。王氏、崔氏以衣赐婿体现了人世（亦与鬼域相连）婚俗，同样，神灵招婿赐衣也不能不说根源于现实礼仪。在《幽明录》的河伯招婿故事中，河伯也把衣物慷慨地赠予来自人间的女婿，计有丝布单衣纱及袷、绢裙、纱衫裈和履屐（《太平广记》卷二九五引：鞋者谐也，也指代妻子）。在《曹著传》中⑬，庐山神夫人招建康小吏曹著为婿，“并赠织成裩裈衫”。只是这里的赐妻赠衣者由岳父变成了岳母。

如果说赐衣等于妻之以女，自赠衣同于以身相许，那么毁衣则表示姻缘不再。《搜神记》卷一一韩凭夫妇的故事悲壮而惨烈。宋康王因舍人韩凭妻何氏美，意欲夺之。何氏在“王利其生、妾利其死”的情形下，致书韩凭以明死志。“乃阴腐其衣，王与之登台，妻遂自投台下，左右揽之，衣不中手而死。”乍看之下，何氏腐衣的策略稍嫌离奇荒唐。但这情节是自有深意的：“衣不中手”亦即妻不可夺，衣腐亦即自绝，在不畏权贵的智勇中，也表现了何氏对韩凭“依依不舍”的永诀。

二、衣与魂的粘附关系

女鸟故事的另一半是害人小儿，也就是说，她一半是“女鸟”，一半是“鬼鸟”，这是与其他“天鹅处女”故事所不同的。《玄中记》说：

> 姑获鸟夜飞昼藏，盖鬼神类。衣毛为飞鸟，脱毛为女人。一名天帝少女，一名夜行游女，一名钩星，一名隐飞。鸟无子，喜取人子养之以为子。今时小儿之衣不欲夜露者，为此物爱以血点其衣为志，即取小儿也。故世人名为鬼鸟。荆州为多。

鬼鸟取养小儿的法术是以血点衣，但在《水经注》卷三五所引的文本中，点血变为落尘，取养变为致病。无论如何，点血或落尘都必须通过衣物这个中介，才能使小儿生病或为鬼鸟所养。同样地，女鸟自己也因羽衣的丢失、复得而有身份和行为的改变。那么，衣服与人之间究竟有怎样的关联呢？

有学者从祖灵随子孙所晒衣物而下降的假定出发，推论祖灵变作鬼鸟依附到儿衣上，而孩子又是祖灵的替代物⑭。但是，照此推理将得出一个含混扞格的结论：祖灵、鬼鸟、孩子是一而三、三而一的关系，那么鬼鸟要害谁呢？更何况我们没有证据证明鬼鸟即为祖灵所变，也没有祖灵伤害子孙的情理。虽然作者引据的七月七日晒衣习俗与祖灵下降之相关性，也缺乏足够的证据，但中国古代礼俗的确显示了一个重要观念，即衣与魂具有粘附关系。这一点是分析鬼鸟故事和相关古小说及其民俗信仰的关键，有必要稍作讨论。

王充在《论衡·论死篇》中力驳见鬼之虚妄："如审鬼者死人之精神，则人见之宜徒见裸袒之形，无为见衣带被服也。"在他看来，人的形体有"精神"，可为鬼；但"衣服无精神"，它既"自无血气"，又没有人"生时血气"的附着，所以只能"败朽遂已"，"安能自若为衣服之形"？在《世说新语·方正篇》中，著名的无鬼论者阮（桓）修也反问道："若人死有鬼，衣服复有鬼邪？"有鬼论者面对类似的质疑往往理屈词穷，只好摆出自己即鬼的"人证"来。然而，且不说裸鬼之不雅和模糊难辨，既然承认精神可以为"鬼"，那么王充等人对衣有鬼（魂）的反驳就是不彻底的。

与此相反，在有鬼论者的信仰世界里，衣服由于长期的穿着，正有可能粘附了人的"血气"，即使它自身没有"精神"或灵魂，衣服也该是人之灵魂或自我"存在"的载体。《史记·刺客列传》所载豫让剑击赵襄子衣以报仇之事，即表明了衣与人的对应关系，而索隐引《战国策》（今本无）异文更显示了衣与生命（存在）的联系："衣尽出血，襄子回车，车轮未周而亡！"命亡正缘于魂灭，魂灭缘于"衣尽"。衣服又可以揭示亡魂的所在。《水经注》卷四〇《渐江水》说，曹娥因父亲溺死而求尸不得，"乃号踊江介，因解衣投水，祝曰：'若值父尸，衣当沉；若不值，衣当浮。'裁落便沉"。曹娥投衣觅父尸，实际是借衣而找到了父魂，否则其祝辞就无灵验可言[15]。与此类似，另外两则发生于东吴的故事表明了借衣而识别亡魂身份的观念。《搜神记》卷二说，孙皓想改葬鲁育公主，而冢墓模糊，难以识别。好在"宫人颇识主亡时所著衣服"，遂使两巫作法，"伺其灵"。后来二巫都说见一女人"上著青锦束头，紫白袷裳"。"于是开冢，衣服如之。"《幽明录》说，有巫向病中的孙权报告，"有鬼著绢巾，似是故将相"。当晚孙权果然梦见过世的鲁肃来人，"衣巾悉如其言"（《太平广记》卷三一七引）。这种迷信观念正与王充的逻辑相反，鬼魂非但没有裸袒而现，反倒因为"衣巾如之"方才得到确认。如果鬼魂真的裸袒现形，那也别有缘故。《拾遗记》卷八说，糜竺屋侧有古冢，夜见一妇"袒背而来"。原来，其衣为盗墓者所剥。竺乃"以青布为衣衫置于冢中"，并为祭奠。后于途中"忽见前妇人，所著衣皆是青布"，乃是亡魂为报答其"棺椁衣服之惠"而来。其中亡魂所穿青布衣，亦如糜竺所置，显示了衣魂相依相连的关系。

衣与魂的粘附关系，在古代招魂礼俗中表现得最为直接。在周代，人死时要以衣招魂（复），这种"复衣服"还由司服专管。《仪礼·士丧礼》说招魂时，"北面招以衣"，然后"降衣于前"，"以衣尸"。郑注："衣尸者，覆之若得魂反之。"这种以衣复魂并以招魂衣覆盖身体的古俗，竟然在厦门地区长久地实行着，尽管是用于为病中的孩子招生魂[16]。无论《楚辞·招魂》所招是生魂还是死魂，其方法也是以衣招之。所谓"秦篝齐缕，郑绵络些"，就是用绵络之衣覆盖篝笼以招魂之意[17]。同这种用衣服招人魂的礼俗一样，古代也有以衣迎神的习俗。《荆楚岁时记》（宝颜堂祕笈本）说，正月十五日，其夕"迎紫姑"。据杜公瞻注，紫姑叫人其夕"以衣见迎"，所以，"自尔厕中著败衣"以迎之（可注意紫姑也是帝喾之女）。又据明陈耀文《天中记》卷四引《岁时记》，穷鬼"好衣弊食糜"，故此"世作糜，弃破衣"，称"送穷鬼"。则破衣也可能用作穷鬼神魂的代表，从而受到祭祀和迎送（"送"亦或有赠送义）。

同神魂之衣受到祟祀一样，人死后留下的遗衣，因附着了亡魂也要受到祭奠。《周礼·春官·司服》称司服所掌衣中有“奠衣服”，郑注：“今坐上魂衣也。”贾疏：“至祭祀之时则出而陈于坐上。”这种魂衣在西汉宫廷祭祀中扮演了重要角色。《汉书·叔孙通传》载：“高帝寝衣冠，月出游高庙。”看来要祭奠高祖魂衣，必须先出之于寝，游之于庙。其隆重的场面竟有“车骑之众、风雨之气”（《韦贤传》附《韦玄成传》）。从此，西汉一代帝陵都设置“衣冠道”，衣冠出游也成为定制⑱。不过，在平帝元始元年二月发生了一次意外：哀帝陵寝的神衣原在柙中，不料次日“衣在外床上”，以致于“寝令以急变闻，用太牢祠”（《平帝纪》）。这次神衣“自出”事件，引起了不小的恐慌，因为魂衣自出不是更加证明了灵魂不死么？迷信者就在这种逻辑支配下庸人自扰，在荒唐中瞎闹。

通过衣魂粘附关系的分析，我们可以回头来看鬼鸟以血尘点染童衣的信仰。其实，我们不必忙于考虑鸟是什么变来的，也不必在此把祖灵与孩子相联系，首先应关注：鬼鸟为什么能通过衣物这个中介来危害小儿？现在看来，其逻辑十分清晰，就是说鬼鸟用血或尘土污染了小儿的衣物，而衣物正连带着小儿的身体与灵魂，这样小儿自然因不洁而病，失魂而亡⑲。康陈藏器《本草拾遗》说：“姑获，能收人魂魄。”（宋唐慎微《证类本草》卷一九引）其实，鬼鸟就是钩魂鸟。日本丹波康赖氏《医心方》引《玄中记》异文云：“天下有女鸟，一名姑获，又名钩皇鬼也。”⑳这与诸书所谓“钓星”、“钩星”之名不同，且多一“鬼”字，更接近鬼鸟特征：“钩皇”，“钩魂”也。“钩魂”、“钩皇”、“姑获”三者之间都存在双声关系，因此，“钩皇”、“姑获”都是“钩魂”的音变，“钓星”、“钩星”则是“钩皇”的形变。总之，鬼鸟就是钩魂鸟。不但鬼鸟能染衣钩魂，而且女鸟自己的羽衣上也粘附着她自己的灵魂。她失去羽衣，虽不无欢爱，但总是似乎有些“魂不守舍”（在田昆仑故事中，“天女忆念天衣，肝肠寸断”，“日无欢喜”）；而得衣飞去，终于“乐得归真”，复其本原，从一个为人所制的“妻子”变为一个自由的性朋友。羽衣几乎是她的自我和灵魂，对其羽衣的掌握，也就是对其身份和行动的控制。总之，己衣和人衣，在可以附魂这点上确实是相通的。从巫术角度看，污染衣物借用了接触关系，由衣得魂则并用了接触和相似关系。鬼鸟就这样施行着巫蛊，同样，以衣祭魂的人也在使用巫术。虽然前者是致祸者、消极的，是黑巫术（Black Magic），后者是祈福的、积极的，是白巫术（White Magic），但二者在机制上都利用了衣魂之间相互依存的粘附关系。

三、女巫与女鸟的传承关系

女鸟形象体现了两个极端的矛盾。她既能幻化为女，让人成就天赐良缘，却又危害婴孩，成为“鸟祟”（唐段成式《酉阳杂俎》卷一六）。也就是说，她从“女鸟”变成了“鬼鸟”。这个两极矛盾又不像是本属两个故事的产物。《搜神记》似乎只记了人鸟结合的部分，但其中女“皆衣毛衣”与《玄中记》“衣毛为飞鸟，脱毛为女人”两说实际相同，而后者则出现于“鸟祟”部分，可能《搜神记》只是选择了女鸟故事的一半，其后，《水经注》、唐段公路《北户录》、《太平御览》等都保留了故事的两个方面（《水经注》还把两半故事均属之于豫章地区）。据上文，衣魂相连的观念也表现于故事的两大部分中。看来，这个矛盾是存在的，不容回避的。那么，这奇丽而恐怖的形象，这清新而阴森的格调，是如何成为统一体而相反相成的呢？大致说，这和志怪、神魔小说中的精怪一样，往往具有两面性，一般是各种宗教信仰的产物。

具体到女鸟，这样的解释还不够。《本草拾遗》说时人称其为乳母鸟，“言产死变化作之”，“胸前有两乳”。《酉阳杂俎》也说她“无子，喜取人子，胸前有乳”，“或言产死者所化”。产死说似乎能说明女鸟形象的矛盾：能与人婚育，产死而泄恨。但此说自身也有矛盾，因为产死并不一定导致无子，胸乳也非产妇才有的特征。产死说当是产生于唐代的异闻。我们认为，能对女鸟故事的全貌作通体阐释的一种有效途径，可能要在古代巫文化中去寻找，这是由前述魂衣祭奠和染衣巫蛊（二者皆为巫事）得来的启示。概括地说，女鸟来源于女巫；巫的性别、装束、法术和祭祀是生成女鸟故事的民俗文化本源。

首先，女巫和女鸟皆为女性，都体现了母系传承的特点。

古代巫，“在男曰觋，在女曰巫”（《国语·楚语下》），但毕竟以女巫为主。在焚（暴）巫求雨的卜辞中，巫名往往有女子偏旁[21]，说明“身祷”如汤的是女巫。《史记·滑稽列传》说：“其巫老女子也，已年七十，从弟子女十人所。”据研究，很多民族都以女巫居多，即使是男觋，也往往男扮女装，男作女态，男言女声，这说明女巫多于也早于男觋的情形，以及巫的产生与母系氏族社会的联系[22]。因此，巫职也多由女性传习。《汉书·地理志下》载：“始（齐）桓公兄襄公淫乱，姑姊妹不嫁[23]。于是“令国中民家长女不得嫁，名曰巫儿，为家主祠。嫁者不利其家，民至今以为俗。”齐地这种长女不嫁之俗，到了清代，“青州犹有此风”（徐珂《清稗类钞·婚姻类》“青州长女不嫁”条）。甚至在现代，那些无子需要女婿入赘的家庭不也还是这样不嫁长女（她被选中的机会最多）的么？当然性质和情形有所不同。这种不嫁长女、以女为子（儿）的家庭继承规则，是母系氏族社会特征的遗留（在父系时代的继承制中则由长子继承）；该女之称“巫儿”，则说明了巫家或巫觋群体中的女性构成或母系特征，亦即巫师职事多由女性传习。

同男性不多的巫觋群体类似，鬼鸟也“无子”，或“专雌无雄”（《医心方》引《玄中记》异文）。鬼鸟“取人子养之以为子”，文献多不指明所取“子”的性别，但《荆楚岁时记》杜注引《玄中记》曰：“好取人女子养之。”一般说，“古人谓其女亦曰子”，而“言女子者，别于男子也”（顾炎武《日知录》卷六“女子子”条）。这表明鬼鸟所取“子”大体是女婴。更能显示这点的是，不仅浴于田中的均是六七女人（鸟），鬼鸟又名天帝少女、夜行游女，而且女鸟与人所生者皆女婴，后又专程迎女飞去，这一切跟巫的性别和传习特征都是一致的。其中“迎女飞去”的“离异”，尤其明显地是母系世系的标志。在后代变文故事中，尽管天女与人间男子所生的董仲或田章并非女子，但董仲也由其母（织女）迎回天庭即外公家收养，田章也在天上接受了四五天（人间十五年）“方术伎艺能”的教养。更重要的是，他们有着孤苦寻母的强烈冲动和曲折经历，其母（如田章母）也不免有寻子的烦恼（与女鸟迎女类似）。这种母子间的聚散离合，正表现了根据于原初母系时代的母子情怀。

其次，女巫和鬼鸟都有夺取民间子女的恶习。

鬼鸟取民子的情形已如上述，若把这点跟巫的类似作为比较，则可发现其目的或在于娱（祭）神。《滑稽列传》说，“巫行视人家女好者，云是当为河伯妇，即娉取洗沐之”；“其人家有好女者，恐大巫祝为河伯取之，以故多持女远逃亡，以故城中益空无人”。又《六国年表》载，秦灵公八年，“初以君主妻河”。索隐说“取他女为君主”。看来，秦地祭祀中的河伯之妻是取自民间的女子。《水经注》卷三三《江水》引《风俗通》说，“江神岁取童女二人为妇”，李冰“以其女与神为婚”。与西门豹、李冰禁巫斗神的情形类似，汉光武帝中元年间，九江太守宗均禁巫也因巫取民子。《后汉书》本传说，“浚遒县有唐后（居）二山，民共祠之，众巫遂取百姓男女，以为公妪”；均乃下书曰，“自今以后为山娶者，皆娶巫家，勿扰良民”。李贤注：“以男为山公，以女为山妪，犹祭之有尸主也。”在一般情况下，尸祭俗神的多是女子，称“尸女”（如《公羊传·庄公二十三年》齐社中尸女），这和鬼鸟多取女子也相吻合。同样地，迫于“河娶”或“山娶”的民众，其恐惧心理与生怕鬼鸟摄子的父母心情也是一样的㉔。

第三，同女鸟“衣毛为飞鸟”近似，巫也往往用鸟通灵或巫本身即作羽饰鸟形。

在考古发掘的殷商玉器中，有很多鸟的形象，如燕、雁、雉、鸡、凤等十余种，可见鸟在殷商文化中的地位㉕。有人认为，这些鸟的形象有很多在商人通神仪式中充当巫的助手㉖。的确，正如“巫”字所显示的，巫要在天人之间“上达民情，下宣神旨”㉗，使用飞鸟或身作鸟形，以巫术来提高效率，这是自然合理的。《山海经》海外四方神中有两个作鸟身状，即句芒和禺彊。其中，“鸟身素面”的句芒曾下降郑（秦）穆（缪）公，赐以福寿（《墨子·明鬼下》）。传说“人面鸟身”的大神也曾下降于禹，给予福祉（《墨子间诂》附辑《随巢子》佚文）。可见往来于神人之间的使者神身作鸟形，亦其谊也。

与使者神类似，古代巫在降神时常常饰作鸟形而舞，其舞即为羽舞。《周礼·地官·舞师》：“舞师，掌教兵舞，帅而舞山川之祭祀；教帗舞，帅而舞社稷之祭祀；教羽舞，帅而舞四方之祭祀；教皇舞，帅而舞旱暵之事。”贾疏：“钟氏染鸟羽（引按参《冬官·钟氏》），像翟鸟、凤皇之羽，皆五采。此舞者所执，亦以威仪为饰……帗舞、羽舞、皇舞，形制皆同也。”《春官·乐师》郑众注：“帗舞者全羽，羽舞者析羽，皇舞者以羽冒覆头上，衣饰翡翠之羽。”按《说文》四上羽部收有帗、皇二字的异体字，均从羽。看来，这些祭祀活动中的巫舞大多是羽舞（文舞）。其舞名（凤）皇，其羽像翟若凤，不能不让人联想到帝喾“令凤鸟天翟舞之”的神话，以及宫廷妇女以翟羽饰衣的习俗。《春官·籥帅》：“祭祀，则鼓羽籥之舞。”《诗·邶风·简兮》：“简兮简兮，方将万舞……左手执籥，右手秉翟。”《楚辞·东君》写“灵保”（巫）：“翾飞兮翠曾，展诗兮会舞。”王注：“言巫舞工巧，身体翾然若飞，似翠鸟之举也。”只说舞状像鸟，尚未中的。现代学者根据考古发现的铜鼓羽冠舞图，指出这里的巫舞就是鸟舞：“舞者戴鸟冠而舞，走步时，冠上之鸟轻扬小飞；跳跃时则翠鸟上举。”㉘当然，巫头上之鸟可能是鸟羽饰物，不一定就是真鸟。

不但巫可借鸟通神，可模拟鸟状而舞，而且鸟也可能就是巫，巫也可能就是鸟。《搜神记》卷一二说，越地深山中有冶（治）鸟，“此鸟白日见其形，是鸟也；夜听其鸣，亦鸟也；时有观乐者，便作人形”。“越人谓此鸟是越祝之祖也”。作为“越祝之祖”，冶鸟当是越地鸟形巫祝形象的幻化，正可名之为“巫”（祝）鸟”。值得注意的是冶鸟时而为鸟时而为人，与女鸟的易形变化亦相吻合。与这种巫鸟传说相映成趣（实际应是同一地区的俗信），现在在古越地的良渚文化遗址中，发掘出一种我们可称之为“鸟巫”的玉琮纹饰。发掘者称为“神人，说其高大的头冠上刻有“放射状羽毛”，“可称为羽冠”；身作耸肩、平臂、弯肘、叉腰、蹲踞状，“脚为三爪的鸟足”。又说其腰腹部有兽面纹，“重圈为眼”㉙，有人说这是古代巫蹻关联的一例，人是巫师，兽是蹻㉚。说神人是巫，甚当；而我们更愿意通过羽冠、鸟足及身体所显示的一种舞姿，来判断其为巫舞纹饰。但是其中并无兽蹻，这是源于发掘简报的误释。其实，羽冠、鸟足就是一个“鸟巫”形象的整体，兽面纹并不存在，所谓兽眼（重圈）应是对女巫双乳的夸张或装饰（详下)。

第四，女巫和女鸟都有浴水的行事。

《周礼·春官·女巫》：“女巫，掌岁时祓除衅浴。”郑注：“岁时祓除，如今三月上巳如水上之类。”说明集体祓除礼是在水边由女巫主持的。看来和女鸟一样，女巫也有浴水的行事。《华阳国志》卷十上《先贤士女总赞》说，汉武帝和张宽郊祀甘泉，“见一女子裸浴川中，乳长七尺”，张宽解释说：“天有星，主祠祀，不斋洁则作妇令见。”主祠祀的天星，当是女巫的象征；不斋洁而浴于水，也与女巫祓除不洁相同。这个故事正透露了古代女巫浴水祓除的情形。同时，天星“乳长七尺”的形象，使我们联想到上述玉琮鸟巫纹饰对双乳的夸张，以及唐代产死说对女鸟“胸前有（两）乳”的特别提示。原来，对双乳的强调是因为可借丰乳显示生殖能力，而这种能力又是女巫在祓除和求雨之类的丰产仪式中不可或缺的；相应地，女巫浴水的情形也可在这些仪式中见出，此点将在下文述及。

最后，我们还可从古代男女偶处、奔者不禁的“开禁”习俗，来梳理女巫与女鸟的传承关系。女鸟为人所取，但后又弃“夫”、携女离去，这表明她与男子多情而散漫的结合是偶合。豫章男子“取以为妇”，“取”，虽与“娶”字可通，但也可能有持取、夺取之意（抢婚?)。即使是“娶”，也当是一种非正式的“嫁娶”关系。他们之间只存在一种短暂的、形式上的“夫妻”关系，恰如过去纳西族中的“阿注”（性朋友）关系。女鸟无子，因偶合而有子，这实际是暗示了两性偶合的古俗。此俗主要体现在高禖祠祀、岁时祓除和求雨雩舞中。

古代高禖祠祀因族而异，夏人祀涂山氏，殷人祀简翟，周人祀姜嫄㉛。《礼记·月令》说，仲春之月，“玄鸟至，至之日，以太牢祠于高禖，天子亲往，后妃帅九嫔御，乃礼天子所御”。郑注：“玄鸟……嫁娶之象也，媒氏之官以为候。高辛氏之出，玄鸟遗卵，娀简吞之而生契，后王以为媒官嘉祥，而立其祠焉。”郑玄以简翟神话解释高禖祠俗，既缘于其时玄鸟至，也因为简翟吞其卵而生契。简翟也因具有神奇的生殖力而成为事关嫁娶求子的高禖神。普通民众自然不能像传说那样模仿她“吞卵生子”，要求子还得跟随她在郊禖中偶合。《周礼·地官·媒氏》：“中春之月，令会男女。于是时也，奔者不禁。若无故而不用令者，罚之。司男女之无夫家者而会之。”看来，虽然平时要坚守男女大防，但在开禁之时不“会”男女反而要受到惩罚。正如作为“嫁娶之象”的玄鸟随春而来所显示的，“是时谓是仲春时，此月既是娶女之月，若有父母不娶不嫁之者，自相奔就亦不禁之”（贾疏）。依前文，在“民知其母，不知其父”（《庄子·盗跖》）的时代，契就孕育于父母在这种郊禖中的野合。所以，嫁娶之月令会男女的习俗，往前说是母系时代群婚制的遗留，往后说是闹房风俗的根源。《汉书·地理志下》说燕地风俗：“嫁取之夕，男女无别，反以为荣。”仲长统《昌言》下：“今嫁娶之会……宣淫佚于广众之中，显阴私于族亲之间。汙风诡俗，生淫长奸，莫此之甚。”到现在都还有洞房嬉闹的惯习。这源远流长的礼俗暗示我们：既然媒氏要特别视察那些无夫家者（即不嫁不娶或鳏寡者），令其会之，那么，女鸟偶合男子而生子，其子女都不是嫁娶所生，而是在郊禖中交合而孕。这种“无父而生”也与鬼鸟“不产”（《医心方》引）的特性一致。不产而有子，正显示了其特有的生殖能力。因此，女鸟与高禖神简翟也该是一脉相承的。

从上引《媒氏》看不出“中春之会”与沐浴的联系，但其佚文似有此意。《风俗通义》云：“《周礼·媒氏》：因三十之男，二十之女，冰泮鸣雁，于是乎合。”（宋吴淑《事类赋》卷八引）据此处“冰泮鸣雁”之说，可知中春之会确有可能发生于水际，其时春暖冰融，尚未北飞的鸿雁在水边翱翔。这“春雁鸣水”的自然景象，与“玄鸟翔水”（《三代世表》索隐转述《殷本纪》语）的仪式场景差可叠映（“雁”或是玄鸟之“燕”的异文，因二者都是“嫁娶之象”；《月令》说仲秋“鸿雁来，玄鸟归”，所以它们或因交替往来而混淆）；这水次春鸟与浴水的女巫、女鸟正可连类。另外，虽然上引《月令》也不表明高禖祠祀在水际举行，但周人高禖神姜嫄孕育后稷时，却结合了高禖和女巫所掌的祓除礼仪。《诗·大雅·生民》：“厥初生民，时维姜嫄，生民如何？克禋克祀，以弗吾子。”毛传：“无子求有子，古者必立郊禖焉。”郑笺：“弗之，言祓也。姜嫄之生后稷如何乎？乃禋祀上帝于郊禖，以祓除其无子之疾，而得其福也。”看来，这样的郊禖祠礼与女巫水边祓除是同时举行的：涤除无子之疾后，男女偶合而生子。事实上，姜嫄和简翟一样都是在郊禖中孕子，后稷和契都是“无父而生”的（尽管有其父均为帝喾的说法）。所以，郊禖沐浴的目的在于求子。不育女子未生子，鬼鸟亦“无子”，为了求子，她们就必须在郊禖中沐浴和偶合，这样，既可因沐浴涤除了“无子之疾”，也因偶合而为事实上的“有子”提供了可能。这就是后代女鸟故事中沐浴、偶合、生子情节的民俗渊源。

早在殷商时代，求雨仪式就已使用乐舞[32]，此即“雩舞”。据《春官·女巫》，除了祓除衅浴外，女巫还须“旱暵则舞雩”。依前文，干旱求雨时用皇舞，即模拟凤凰之舞。相应地，“雩或从羽，雩，舞羽也”（《说文》十一下雨部释雩）。可见女巫在雩舞中也是作鸟羽装饰的[33]。《春秋繁露·求雨篇》不说女巫的羽舞，只说到舞者是小童、壮者、老者、鳏者等。但女巫的主持者角色仍未改变，因为要“择巫之洁清辩利者以为祝”。

巫之“洁清”须以洗浴为条件，所以，求雨前应当有水边洗浴的仪式。在殷虚卜辞中，求雨舞蹈是在田中举行的，其地为“噩”、“盂”二田，学者以为由此可见舞与农事的关系[34]。我们认为，求雨舞当然与农事有关；至于在何处跳舞，那要看旱时哪里有水，田之外，尚有河：“勿舞河，亡从（纵）雨？”（《乙》6857）不过，田中作舞的女巫，却能让人联想到女鸟故事中“田中有六七女人”、“衣在积稻下”的情节，以及田昆仑于“禾熟”之时“向田行”，在“地内”水池中发现浴女等情节的呼应。女巫可能是想通过撒水来模拟纷飞飘洒的雨滴；或者通过涤净“无子之疾”增强生育力，并以此“感染”农田的丰产能力。值得注意的是，这样的祓浴和雩舞并非只是初民的愚妄之举，它还是孔子“与点”中的儒家理想的象征内涵。

《论语·先进》云：

> 子路、曾皙、冉有、公西华侍坐……（子曰）“如或知尔，则何以哉?”……（曾皙曰）“异乎三子者之撰。”子曰：“何伤乎！亦各言其志也。”曰：“莫春者，春服既成，冠者五六人，童子六七人，浴乎沂，风乎舞雩，咏而归。”夫子喟然叹曰：“吾与点也。”

何晏集解引包咸曰：“浴乎沂水之上，风凉于舞雩之下，歌咏先王之道，而归夫子之门。”《论衡·明雩篇》说，“鲁设雩祭于沂水之上”，“冠者、童子，雩祭乐人也”。可见曾点（皙）的乐园理想，来自于鲁地沂水岸边实际举行过的祓浴和雩舞仪式。这样的场合像高禖祠祀一样也有异性的交流。《春秋繁露·求雨篇》说：“四时皆以庚子之日，令吏民夫妇皆偶处。”《老子》第三二章说：“天地相合，以降甘露。”可见偶合的男女是在模拟着交合生雨的天公和地母，而这种模拟巫术的原理乃在于：“雨，犹人之有精液也。”（《论衡·祀义篇》）通过偶合来求雨、求子，则其事与农耕、生育或食、色都有关联。这些水边自由而开放的异性交流，亦如桑间濮上之恋情。可是，儒家文化在鄙薄桑间濮上、郑卫之音（《礼记·乐记》等）的同时，竟对可能发生同样情事的沂浴和舞雩表示赞赏，其原因当在于后者是约束后的开禁[35]，更重要的是祓除和求雨都联系着农耕和生育，都包含着极重要的厚生、恤民思想，亦即曾点所咏的先王之道。

身作羽饰的女巫，就在这样的场合下，或“以身作则”，或为人所恋，发生了偶合。正是在这一系列的礼俗文化背景中，经过久远的综合与积淀，作为世界上最早的“天鹅处女”型故事，中国古代的女鸟故事终于在晋代由隐而显，由散而合，从民众的口耳中“转载”于历史文献，并成为后世域内或周边民族同类故事的基本型式。总之，中国古代俗信中的女鸟形象，是从女巫（经由简翟和姜嫄）逐渐演变而来的，她们都可以或鸟或人，都有浴水偶合的情事，都有母系传承的特征，最后，她们都摄取民子，或使用法术使人致病，收人魂魄，对女巫来说这更非难事。她们就是这样，美丽得让男人好奇迷恋，恐怖得让妇孺避之犹恐不及。

---

① 严格地说，“天鹅处女”故事一般只是“寻找超自然的妻子”（400 型）等类型中的一个母题，参［美］斯蒂·汤普森著，郑海等译．世界民间故事分类学．上海：上海文艺出版社，1991.108～115，560，581；［美］丁乃通著，孟慧英等译．沈阳：春风文艺出版社，1983.（前言）16，（正文）40～42.

② 钟敬文．中国的天鹅处女型故事（1933 年）．见：钟敬文民间文学论集 1933. 下册．上海：上海文艺出版社，1985.36～73.［日］君岛久子．羽衣故事的背景．民间文艺集刊第 8 集．上海：上海文艺出版社，1986.285～299；汪玢玲．天鹅处女故事研究概观．民间文学论坛，1983，（1）：40～51. 另，赵景深不仅较早地译介该型故事（《童话学 ABC》第 8 章，世界书局 1929 年版），而且还用

它来解说《清平山堂话本·董永遇仙传》(《董永故事的演变》，1947年)，见周绍良、白化文编．敦煌变文论文录．下册．上海：上海古籍出版社，1982.708.

③ 该书又名《郭氏玄中记》，学者一般认为是郭璞所作，参鲁迅．中国小说史略．上海：东方出版社 1996.24. 李剑国师．唐前志怪小说史．天津：南开大学出版社 1984.270～272.《玄中记》有辑本数种，除注明外，本文均引据：鲁迅．古小说钩沉．济南：齐鲁书社．1997.238～239.

④ 如邢公畹．语言论集．北京：商务印书馆，1983.318～322. 赵国华．生殖崇拜文化论．北京：中国社会科学出版社，1990.255～282.

⑤ 郭沫若在《青铜时代》中从鸟为男性隐语的角度出发，认为玄鸟是“生殖器的象征”，“卵是睾丸的别名”(见郭沫若．郭沫若全集·历史编．第1卷．北京：人民出版社，1982.328～329.)，这就误把玄鸟等同于父亲角色了．

⑥ 龚维英在《从殷商玄鸟图腾的衍变论图腾崇拜和生殖器崇拜的兴替》中，已指出玄鸟与简狄的一体化关系，但又把帝喾等同于鸟、女阴（载贵州文史丛刊．1986年，(2)：108～109.)，这就使玄鸟、简狄、帝喾三者均混而莫辨了．

⑦ 汪玢玲在《天鹅处女故事研究概观》文（前引刊，第42页）中，已谈到玄鸟神话对天鹅处女故事的影响，但仅从鸟、沐浴、图腾的角度作了简说。另，刘丹在《天鹅处女型故事渊源考略》中，断定该型故事的原型产生于中亚塞人部落（载民间文学论坛，1991，(6)：89～92、37.)，其论证前提或许把“硕鸟解羽”(按见《穆天子传》卷三）误解为天鹅处女之解衣了．

⑧ 分见王重民等编．敦煌变文集卷一．董永变文，卷八句道兴搜神记．北京：人民文学出版社，1957.(上集)：109～113，(下集)：882～885. 后引不具注．

⑨ 关于玄鸟象征和帝喾角色的两歧混乱，都应当来源于从父系或母系角度对母系时代民俗事象的不同理解．

⑩ 参钱钟书：管锥编第1册．北京：中华书局，1979.84；管锥编增订．中华书局，1982.10. 其中，第84页引敦煌变文《孔子项托相问书》“人之有妇，如车有轮”后，说“车轮之喻”与衣服“同科”。按解放前民间所传同类故事《新编小儿难孔子》即有衣服之喻，与《三国演义》大同（王重民校录《孔子项托相问书》附录二，见《敦煌变文集》卷三，上集第242页)．

⑪ 闻一多在《姜嫄履大人迹考》中，推测姜嫄穿帝喾衣，即是在灵星祠祀中穿公尸之衣，盖即“行夫妇事之象征”(闻一多．闻一多全集第1册．北京：三联书店，1982.76.)，说亦可参．

⑫ 姜嫄的鸟形特征不如简翟明显，但在有关后稷的弃子神话中，“鸟覆翼之，鸟乃去矣，生稷呱矣”(《诗·大雅·生民》)的情节，实际暗含了后稷由“鸟”卵生的观念．

⑬ 此传约出于东晋中，已佚，诸书所引多零碎，本文引据李剑国师《〈神女传〉、〈杜兰香传〉、〈曹著传〉考论》辑校文（载明清小说研究．1998，(4)：163.)．

⑭ [日] 小南一郎．孙昌武译．中国的神话传说与古小说．北京：中华书局，1993.243～245.

⑮ “投衣”之说亦见《后汉书·曹娥传》李贤注，而《世说新语·捷悟篇》刘孝标注引《会稽典录》说曹娥投“瓜”，字不作“衣”。据本节衣魂关系的讨论，可知瓜应是衣字的形讹．

⑯ [英]．弗雷泽．徐育新等译．金枝．北京：中国民间文艺出版社，1987.280.

⑰ 游国恩．楚辞论文集，古典文学出版社，1957.249～251.

⑱ 杨宽．中国古代陵寝制度史研究，上海：上海古籍出版社，1985.20～21，178～179.

⑲ 与此程度相反但观念一致的是，民间有用衣服为失魂夜惊的孩子“喊惊”招魂的习俗．参黎春荣．东莞风俗谈．民俗，1928，(4)：25～26；徐思道．东莞的风俗——喊惊．民俗．1929，(52)：23～24.

⑳ (清）叶德辉《观古堂所著书》第二集辑《郭氏玄中记》，光绪三十三年（1907）叶氏刻本（一函十四册），第九册第九叶。按《医心方》成书时间相当于宋太宗雍熙元年，检其原书卷二五（人

民卫生出版社1955年版），知所引《玄中记》乃据《小品方》转引。而《小品方》始录于《隋书·经籍志》，或属唐前医书。陈振孙《直斋书录解题》卷一三《外台秘要方》条称，《小品方》在宋代已无传者。考虑到唐孙思邈《千金要方》卷五上引《玄中记》文已作"钓星鬼"，让人疑心保存"钩皇鬼"原文的《小品方》早已流传海外．

㉑ 陈梦家．商代的神话与巫术．燕京学报．1936.（20）：565.

㉒ 秋浦主编．萨满教研究．上海：上海人民出版社，1985.57，141.

㉓ 引按，桓公的淫乱更是常被人提及，亦"姑姊妹不嫁"，其事见于《管子．小匡》等多种文献．

㉔《太平广记》卷二九八《赵州参军妻》、卷三〇〇《河东县尉妻》、卷三〇三《韩光祚》中的泰岳、华岳山神（或其子）摄取人妻生魂事，应当来源于宗均所禁山娶一类的信仰（早载于《风俗通义》卷九）。另，摄取人妻生魂的法术又将女巫钩魂、取子（女）恶习合而为一；生魂后由巫师一类人物招回，又从反面说明山神摄魂亦可有巫作为中介．

㉕ 尤仁德．商代玉鸟与商代社会．考古与文物，1986，（2）：51～60.

㉖ 张光直．中国青铜时代．北京：三联书店，1999.269～270.

㉗ 李道和．释"巫"．民间文学论坛．1997，（3）．9～17.

㉘ 凌纯声．铜鼓图文与楚辞九歌．见古添洪、陈慧桦编：从比较神话到文学．台北：台北东大图书公司，1983.65.

㉙ 浙江省文物考古研究所反山考古队．浙江余杭反山良渚墓地发掘简报．文物．1988，（1）：10～14，图二〇.

㉚ 张光直．中国青铜时代．北京：三联书店，1999. 323.

㉛ 高唐神女传说之分析．闻一多．闻一多全集：第1册．北京：三联书店，1982.98.

㉜ 陈梦家．殷虚卜辞综述．北京：科学出版社，1956.599～601.

㉝ 求雨用羽舞，跟"天将大雨，商羊（鸟）起舞"（《说苑·辨物》，以及雨神名蓱翳（翳字从羽）（《楚辞·天问》王逸注）的俗信亦相吻合．

㉞ 陈梦家．殷虚卜辞综述．北京：科学出版社，1956.601.

㉟《礼记·杂记下》载孔子评举国"若狂"的腊祭曰："一张一弛，文武之道也。"可移以评判雩祭的狂欢性质．

［原载《文学遗产》2001年第4期］

贝叶经与傣族《召树屯》故事不同版本之关系

郑筱筠

（云南大学中文系）

云南傣族《召树屯》故事在傣族居住的广大地区妇孺皆知，深受傣族人民的喜爱。它既有以贝叶经为传播载体，又有口传故事和赞哈们演唱的手抄本形式。就目前搜集整理和发现的资料而言，《召树屯》类型故事在民间就有9种版本流传。过去学术界多关注于《召树屯》故事的源头问题研究，疏于对《召树屯》故事这9种版本的研究，并认为《召树屯》类型故事基本上都是以成书于公元16、17世纪的泰国佛本生故事集《班雅萨阁陀迦》中的第二篇《树吞本生经》故事为原型敷演而成。之所以会形成不同的版本异文主要是由于民间口传文学的变异性特征造成的。经过分析、研究，笔者以为《召树屯》类型故事的不同异文形式并不完全是由泰国《班雅萨阁陀迦》中的《树吞本生经》为原型敷演出来的。民间口传文学的变异性特征确实会形成出现异文的可能，但这却不是主要原因。其最主要的原因在于贝叶经这一《召树屯》类型故事得以在傣族地区传播的原初载体本身就在佛教传入的历史过程中形成了不同版本的异文。

一

综观目前搜集和发现的在傣族民间流传的《召树屯》类型故事的9种版本，它们有的是民间叙事诗（赞哈们在各种场合演唱的手抄本），有的是民间散文体的传说故事。这些在广大傣族地区民间流传的不同版本主要是《召树屯》、《猎人与孔雀》（即《召树屯与南木洛鸾》）、《召树屯和兰吾罗娜》、《朗罗恩》、《南退汉》、《婻傥罕》等等。它们基本上都是围绕着人间王子召树屯（或苏旺纳）与神界公主兰吾罗娜（或婻傥罕）之间悲欢离合的爱情遭遇为主线敷演展开的，只是在具体细节和故事情节的设置上表现出差异。但正是这些细微的差异性却流露出源于贝叶经不同版本形式的表征。当然其中也包含有民间口传文学的变异性特征，但不同版本形式的贝叶经中记载的《树吞本生经》作为民间流传的《召树屯》类型故事的原初载体在传播渠道的第一个环节就造成了民间有不同版本。下面试以这些版本中较具代表性和典型性特征的《召树屯》①（韵文体）、《召树屯和兰吾罗娜》②（散文体）、《婻傥罕》③（韵文体）为例作具体分析④：

《召》、《召和兰吾罗娜》、《婻傥罕》主要情节比较表

比较项目	《召树屯》	《召和兰吾罗娜》	《婻傥罕》
1. 主人公国家	召树屯：勐板加 喃诺娜：勐董板	召树屯：版纳勐海 兰吾罗娜：勐庄哈	苏旺纳：不详、天底下最富庶的国家 婻傥罕：勐雷恩

续表

<table>
<tr><th colspan="5">《召》、《召和兰吾罗娜》、《婻觉罕》主要情节比较表</th></tr>
<tr><th colspan="2">比较项目</th><th>《召树屯》</th><th>《召和兰吾罗娜》</th><th>《婻觉罕》</th></tr>
<tr><td colspan="2">2. 王子得到公主的原因</td><td>召树屯与神龙因缘。神龙告之公主秘密及方法</td><td>召树屯与猎人因缘，猎人告之公主秘密</td><td>猎人与金角龙因缘。龙告诉猎人公主的秘密并赠之魔项圈</td></tr>
<tr><td colspan="2">3. 王子得到公主的过程</td><td>召树屯盗衣</td><td>召树屯盗衣</td><td>猎人用项圈捉住公主，并将之献给王子</td></tr>
<tr><td colspan="2">4. 王子离开之原因</td><td>战争（叭团为救女而发动）</td><td>战争（邻国）</td><td>战争（邻国）</td></tr>
<tr><td colspan="2">5. 公主离开原因</td><td>国王做梦，梦见自己的肠子从肚子里飞出，绕着城池转了三转……摩古拉占梦，要以公主血祭神</td><td>国王忧战况，星象家阿章龙占卦，要以公主血祭神</td><td>国王做梦，梦见儿子的肚子被强盗的长矛戳通，肠子拖在地上……摩勐占梦，要以公主血祭神</td></tr>
<tr><td colspan="2">6. 公主离开方式</td><td>穿孔雀衣，跳舞</td><td>穿孔雀衣，跳舞</td><td>穿天女衫</td></tr>
<tr><td colspan="2">7. 公主所留信物</td><td>金手镯</td><td>金手镯</td><td>金戒指、披巾</td></tr>
<tr><td colspan="2">8. 公主留信物地点</td><td>湖畔佛寺的佛爷叭拉纳西处</td><td>湖畔仙人帕腊西处</td><td>湖畔奘房的雅细处⑤</td></tr>
<tr><td rowspan="3">9. 王子寻妻经过</td><td>取信物</td><td>到佛寺取手镯</td><td>到仙人处取手镯</td><td>到奘房取戒指、披巾</td></tr>
<tr><td>获赠宝</td><td>神龙赠宝</td><td>帕腊西赠宝</td><td>父亲赠宝、雅细赠宝</td></tr>
<tr><td>难题考验</td><td>河、蟒、山、怪鸟</td><td>江、蟒、山峡、怪鸟</td><td>江、巨龙、魔鬼、神鸟</td></tr>
<tr><td rowspan="3">10. 王子与公主团圆</td><td>相见</td><td>召树屯将手镯放进使女打水的金锅里，公主沐浴时得之</td><td>将手镯放进使女打水的水桶里，公主沐浴时得之</td><td>将戒指放进天女打水的银钵里，公主沐浴时得之</td></tr>
<tr><td>难题考验</td><td>石墙、辨手指</td><td>凿石、识饭盒、辨手指</td><td>山、岩石墙、辨手指</td></tr>
<tr><td>团圆</td><td>叭团及百姓接纳之</td><td>杀死魔王</td><td>雷恩及百姓接纳之</td></tr>
</table>

表中《召树屯》和《召树屯和兰吾罗娜》是流传于西双版纳地区的叙事诗和民间传说故事，《婻觉罕》是流行于德宏地区的叙事诗。虽然它们在不同地区流传，但通过比

较表中所列各主要情节，可以看出它们流传的空间不同，却在主要情节的设置上表现出相似之处，尤其是《召树屯》和《婻悦罕》似乎跨越了空间距离，而表现出更多的相似之处。同样流传于西双版纳地区的《召树屯》和《召树屯和兰吾罗娜》在具体细节上也有差异：首先，《召树屯》故事表现出浓厚的佛教色彩，“他（指召树屯）也按照风俗，领着百姓赕佛，祈求灭巴拉，给勐板加带来风调雨顺”。在喃诺娜被迫离开勐板加之前，在痛苦和失望中飞到佛寺，把金手镯交给叭格纳西，请他转交给召树屯。在这儿，佛寺是喃诺娜惟一可以停留之处，大佛爷叭格纳西成了喃诺娜惟一可以信赖之人。这并不是人间的亲情所致，而是因为佛教慈悲和关爱众生的宗教力量。相比之下，《召树屯和兰吾罗娜》全文并未显露出信仰佛教的信息。兰吾罗娜临走前是将金手镯留于仙人帕腊西处。佛教人物并未出现。其次，《召树屯》中召树屯得以盗衣成功之原因在于他与神龙之因缘，而在《召树屯和兰吾罗娜》中则是因为召树屯和猎人因缘，再次，《召树屯》中喃诺娜的父亲叭团虽出难题考验召树屯，但他却最终接纳了他，而在《召树屯和兰吾罗娜》中兰吾罗娜的父亲却是个食人成性的魔王匹丫，最后召树屯出于无奈，才在兰吾罗娜的帮助下，杀死魔王，最终才得以与兰吾罗娜团圆。这一点也是《召树屯和兰吾罗娜》与其他版本最大的不同。

通过分析，可以看出《召树屯》类型故事是广泛流传于傣族居住的广大地区的⑥。在这一广大区域内，它既能跨越空间距离使不同地域有相似的故事，同时在同一地域内也流传具体细节有差异的故事。这种同中有异、异中有同的文学现象恐非民间口传文学的变异性特征一词可以简单解释得清的。究其原因，当为佛教不断地反复传入傣族地区，从而造成贝叶经这一记载和宣扬《召树屯》类型故事的原生态载体在佛教领域内就有不同版本，并最终形成民间版本的不同。

二

盖南传上座部佛教在云南傣族居住的广大地区的弘扬是一长期而艰巨的反复持续的过程。迄今为止，学术界对小乘佛教传入我国傣族地区的时间及路线尚无定论。笔者以为，小乘佛教传入我国傣族地区并不是一次性就完成的。在历史时段上，小乘佛教曾多次反复输入傣族地区，经过与寨神勐神等傣族原始宗教的无数次较量后，才艰难地逐渐取得优势，但它也未能彻底战胜傣族地区的原始宗教，而是渐与傣族原始宗教相融，在和平状态中友好相处，以至于形成许多傣族地区在信奉佛教的同时，也进行寨神勐神崇拜这一特殊的宗教现象。

据傣文史料记载，早在公元前，小乘佛教就开始传入我国西双版纳地区。据傣文史籍《帕萨坦》记载：“相传远在释迦牟尼成佛前，佛主的师兄阿祖打腊西就带着旁杰特温、多曼那旁（懂天文）等三个弟子，从印度的吉都打纳腊广出发，经海路到兰戛（斯里兰卡），通过火傣（泰国）、景线、兰掌，到缅甸勐阮（景栋）、勐抗传教时，与管辖那里的魔王阿腊哇经过长期辩论获胜后，才由西双版纳的大勐龙地区进入阿腊维（景洪），当地世俗众生喃叭黑带头用甘蔗、芭蕉、椰子赕佛。但当时只用沙造塔，还没有经书、和尚和佛寺，每月于初八、十五、二十三和三十（或二十九）四天‘念经’。后经过一年传教，率其弟子沿澜沧江北上，经过勐仑、么黑、勐准、火勾、列戈火比（据说现德宏境），然后从勐町（畹町）出境。”⑦据印度佛教传播历史来看，释迦牟尼创建原始佛教后，曾大量派遣弟子到各地说法，阿祖打腊西率弟子进入到西双版纳和德宏境内弘法是有可能的。但由于佛教在当时尚未建立牢固的僧迦传承制度，佛教的义理观念及佛教文学的传播尚处于口耳相授阶段，故而一旦阿祖打腊西及其弟子作为佛经义理的主要传播者离开传播地后，当地固有的原始宗教势力完全可能卷土重来，致使阿祖打腊西及其弟子的弘法努力前功尽弃。尽管如此，他们的弘法活动仍然为后来佛教的再次传人提供了一定的群众基础。

另外，我国汉文史书《史记·西南夷列传》提到的“滇越国”或“乘象国”（其辖地亦包容西双版纳在内）在历史上也有佛教传入的记录。勐卯傣文史书《嘿勐沽勐——勐卯古代诸王史》记载的“达光王国”，据杨永先先生考证，即是“滇越国”或“乘象国”。在《嘿勐沽勐——勐卯古代诸王史》这一傣文史籍中，清晰地记录了达光王朝时期佛教输入乃至成为国教的历史过程。“佛历120年（公元前424年），傣族地区王国时代开始，各地出现了一些王国。傣族辛巳年（公元前364年），伟大的莽吉拉札国王在达光建王城。他的辖地广阔平坦，一直延伸到大海洋。63年后，又在附近渡口旁建达碧城。所有勐亨、勐乃、勐色等地的傣家王子，都依靠达光威名，并听命于它。佛历400年（公元前144年），第9世国王坦玛利无嗣，将僧人收为养子并且立之为太子。僧人家族传袭14世，到佛历777年（公元233年），达光王朝结束。国都南迁蒲甘。这个王朝统治的时代，佛光普照，人民安居乐业，在傣史上是一盏明亮的佛光。”⑧据考证，达光城建于南鸠江，即伊洛瓦底江畔。关于达光王国的建立，夏光南《中印缅道交通史》、英国人哈威《缅甸史》中都清楚地记录在案，与傣籍记录相吻合，而且据杨永生先生考证，这达光王国正是傣人建立的。达光王朝既为傣人建立，而佛历400年（公元前144年），僧人被立为太子并开始掌管朝政，这意味着达光王国臣民（即傣人）已接受了佛教，并以之为国教。西双版纳属达光王朝辖区，则此时的西双版纳一带亦有可能流传佛教。勐卯傣文史书《嘿勐沽勐——勐卯古代诸王史》中记载的西双版纳盛行佛教的情况也可以在傣文史书《帕萨坦》中得到佐证：佛历319年（公元前225年），泰国祐巴亚阿那罕皮朗板雅到印度，经过勐兰戛（斯里兰卡），接回三船经书（用巴利文记录的贝叶经），拿到泰国的巩听保存，后又分传到缅甸。佛历419年（公元前115年），西双版纳首次派代表前往缅甸景腔和愿贡两地迎接佛像和佛经。佛历630年（公元76年），西双版纳首领叭格那派12个僧侣路经缅甸、泰国，前往哈利捧牢亚那广观摩取经，后到兰戛（斯里兰卡）布塔火鲊听寺学习。佛历636年（公元82年）期满升为佛爷后，带着《维乃》、《书典达》、《阿皮堂玛》、《诺贺波坦》（《本生经》）等佛经，由斯里兰卡取道泰国、缅甸勐阮（景栋），经过西双版纳大勐龙，最后回到阿腊维（景洪），把上述书藏于弯童庄董（后宣慰街大佛寺）⑨。按印度佛教发展到孔雀王朝阿育王执政期间（公元前272年—公元前232年），由于阿育王大力弘扬佛法，佛教成为国教。相传阿育王曾组织了印度佛教史上的第三次结集，并把结集结果按9条路线由僧侣们去弘扬。印度高僧摩哂陀王子正是这时到斯里兰卡弘扬佛法，倡导上座部分别学部。当时斯里兰卡国王帝沙大力支持，为摩哂陀建立眉迦精舍，让他弘扬佛法，四处招收教徒。

此后，斯里兰卡成了东南亚各国传播小乘佛教的中心地，但值得注意的是，公元前3世纪摩哂陀王子在斯里兰卡弘扬佛教的方式尚处于口耳相授阶段。而且在印度“佛典传写发达之历史”上，“印度境外之写本，先于境”⑩。斯里兰卡自成为南传佛教的弘扬中心后，自能体会到口耳相授的局限。据“僧伽罗文史传（《大史》，第23章，第100～104节）记载：在此以前，有智慧的僧人们以口语传授三藏经典和论著的文本。但是见到在人间逐渐失传，他们就集会一处，将典籍写成文字，以求佛法久住于世”⑪。据有关资料表明，在公元前20年，锡兰国王伐多伽摩尼王在位时，三藏经典第一次写成文字⑫。从时间上来推算，佛典在公元前20年便在斯里兰卡大量以文字形式被记载下来，那么傣文史籍《帕萨坦》记录的佛历636年（公元82年），西双版纳首领叭格那派出的12名僧侣在斯里兰卡升为佛爷后，带着文字记载下来的佛经回到景洪一事完全有可能。而且这批佛经应该是西双版纳地区以文字为传播载体的第一批佛经。在此以前，传到西双版纳和德宏等广大傣族地区的佛典是以口耳相授的方式进行传播的。

此后，佛教徒常进入广大傣族地区弘法。另外，政治、外交等因素也是佛教进入傣族地区的途径。例如，出现于公元10世纪前后的庸那迦国是以部落联盟组成的部落集团，其成员包括西双版纳勐泐国、泰国北部的孟枋、兰那、老挝的孟骚（今琅勃拉帮）、缅甸的崆岢国（后来的孟艮，今景栋）、越南北部的孟交等，它们地域邻连，语言相通，文化交往密切。“现今这一带的人仍称西双版纳傣文为经书文字，并仍有人使用这种文字。”⑬上述例子只属于佛教传入西双版纳和德宏等广大傣族地区之历史中的一些片断，但它足以提醒我们：佛教的弘扬并不是一蹴而就的，它是一个持续的过程。同时，伴随着佛教每一次的输入到傣族地区，存活于佛本生经中的《树吞本生经》便有可能传入，并且增加一种新的版本。这便意味着：在成书于公元16、17世纪的泰国佛本生经集《班雅萨阁陀迦》第二篇《树吞本生经》传入到傣族地区并对民间流传的《召树屯》故事起关键性的影响之前，傣族地区贝叶经书中完全有可能已流传有不同版本的《召树屯》故事。

三

此外，在汉译佛典中查寻到的两则佛经故事亦可作为一佐证。其中一则为三国时康僧会所译《六度集经》卷八《明度无极章第六》⑭皇孙与天乐女故事，另一则是唐义净译《根本说一切有部毗奈耶药事》卷13、14善财与悦意故事⑮，这两则故事内容与傣族地区流传的《召树屯》类型故事在某种程度上有相近之处。关于汉译佛典《六度集经》中皇孙与天乐女故事同傣族地区《召树屯》故事的相似之处，蒋述卓先生在《〈召树屯〉与〈诺桑王子〉同源新证》⑯一文中已有论及。另外，东方既晓先生在《〈召树屯〉〈郎退罕〉渊源新证》⑰一文中对《召树屯》《朗退罕》故事与《六度集经》所录故事及《根本说一切有部毗奈耶药事》善财与悦意故事之间的相似之处进行了详细比较，兹不赘述。但遗憾的是，他们均未能深入研究，蒋述卓先生仅指出“《召树屯》的故事直接来源于佛本生故事。它与康僧会所译的《六度集经》虽然没有谁影响谁的关系，但都属于一种佛本生故事”⑱。东方既晓先生则“得出结论是：善财与雀女的故事从印度随南传佛教进入中南半鸟，泰国的清迈僧人把它写进了经书《班雅萨阁陀迦》，作为第二篇《素呑本生》。这本《素呑本生》从泰国、缅甸、老挝传进了云南边疆傣族地区（傣族叫它《召树屯》）。傣族诗人和歌手从这本经书（贝叶经）取材，创作了叙事诗《召树屯》和《朗退罕》”[19]。笔者以为还应将这一研究方向深入下去，可以凭借对汉译佛典《六度集经》和《根本说一切有部毗奈耶药事》所记故事的进一步分析来探讨傣族地区《召树屯》和《朗退罕》等各不同版本之间的关系。

首先，要明确的是汉译佛典《六度集经》与《根本说一切有部毗奈耶药事》所记录的相关故事因流传于汉地而与傣族地区的《召树屯》故事之间没有相互影响关系。

其次，《六度集经》、《根本说一切有部毗奈耶药事》与傣族地区的《召树屯》类型故事的共同源头均在印度。

《六度集经》是三国时康僧会所出。康僧会，“其先康居人，世居天竺。其父因商贾，移于交阯。会年十余岁，二亲并亡，以至性闻。既而出家，砺行甚峻，辩於枢机，频属文翰”[20]。康僧会祖居印度，后其父由于经商的关系，移居交阯。此时交阯（即今越南）据季羡林先生考证，已有佛法流布[21]。康僧会生活于佛法流布的越南，当亦受佛法的耳濡目染。另外，据汤用彤先生考证，“《六度集经》，文辞典雅，颇援引中国理论。而其诸波罗蜜前均有短引。审其内容，决为会所自制，非译自胡本”[22]。《六度集经》既然是康僧会于赤乌十年（公元247年）来吴国后所自制，则其必只能取材于康僧会自幼生长的越南，而且只可能取材于广泛流布于越南的佛本生故事。那么，记录于《六度集经》中的皇孙与天乐女故事的来源只能是流布于越南一带的佛本生故事。这则故事也正是公元3世纪左右，东南亚一带流布《召树屯》类型故事的一个强有力的证据。

《根本说一切有部毗奈耶药事》的梵文原本是唐义净取道南海至印度所得，乃公元7世纪时盛行于印度一些地区的佛典。其中善财与悦意故事亦为当时印度佛典中流播的形态。

相比之下，《六度集经》里的皇孙和天乐女的故事，其基本与《药事》里的相同，但情节和细节明显不及《药事》丰富。这一现象说明了三个问题：其一，该故事题材直接源于印度；其二，这两部经译出时间相差400余年（《六度集经》在汉地出现于公元3世纪，义净译出《药事》在公元7世纪），这400余年的时间差足以使《六度集经》中的皇孙与天乐女故事发展为《药事》中善财与悦意故事。其三，在印度，该故事类型一经产生便立即为广大民众深深喜爱。无论是在为佛教徒加以利用作为辅教工具，还是在民间口传文学中，它一直在发展、变异，并在整个历史过程中形成了不同版本。同时，在各个历史时段中随佛教的向外传播而输出。经过历史的积淀，输入到同一地区的同一故事类型也就具有了反映不同历史时段特征的版本。这一特点在云南傣族地区流传的关于《召树屯》故事的不同版本中得到了鲜明体现。

再次，通过对《六度集经》和《约事》中具体情节的分析，我们可以对傣族地区流传的几个版本产生时间的先后顺序稍有了解。

如前所述，傣族地区流传的《召树屯》故事在同一地区有不同异文，如西双版纳地区有《召树屯》和《召树屯和兰吾罗娜》；在不同地区有较相近的故事版本，如西双版纳地区的《召树屯》与德宏地区的《婻侻罕》。相比较而言，西双版纳地区的《召树屯》

故事与德宏地区的《婻倪罕》较接近，很可能是受同一历史时段的贝叶经佛本生故事影响，而且它们与《根本说一切有部毗奈耶药事》中善财与悦意故事应有共同时段的印度源头；而西双版纳地区的《召树屯》与《召树屯和兰吾罗娜》之间的差异较大，这一差异决不会是因为民间口传文学的变异性特征造成的，而应是处于不同历史时段中的贝叶经佛本生故事造成的。而且就《召树屯和兰吾罗娜》这一故事所反映的内容而言，它固然反映傣族人民民族文化对贝叶经佛本生故事进行融摄、改造的过程，但《召树屯和兰吾罗娜》却绝不是产生于傣族本土的，它的贝叶经原初载体产生的历史时段应较《召树屯》和《婻倪罕》时期早，应介于《六度集经》皇孙与天乐女故事产生时段与《药事》善财与悦意故事产生时段之间。

综上所述，云南傣族居住的广大地区流传的《召树屯》类型故事存在不同版本的原因，除民间口传文学的变异性特征造成之外，其最主要的原因在于贝叶经这一原初载体具有产生于不同历史时段的不同异文，从而直接使《召树屯》类型故事在不同历史时段中有不同版本。这些不同的版本正是我们在民间搜集和整理到的版本。

---

① 中国民间长诗选第一集．上海：上海文艺出版社，1980.

② 傣族民间故事集成．昆明：云南人民出版社，1993.

③ 金湖之神．北京：中国民间文艺出版社，1981.

④ 因复述的需要，除引用原文外，其作地方一律以散文体形式叙述．

⑤ 雅细，傣语为修行和僧人．

⑥《召树屯》故事不仅在我国傣族居住的广大地区传播，且在东南亚一带也广泛传播。对此，谢远章、刘守华、王松、傅光宇等先生均有论述。限于主题，本文讨论范围仅限于我国境内．

⑦⑨ 王懿之．西双版纳小乘佛教历史考察．贝叶文化论．昆明：云南人民出版社，1990. 408，409.

⑧ 杨永生．“乘象国”“滇越国”考．思想战线，1995，(1)．

⑩ 梁启超．中国佛教研究史．上海：三联书店，1988.

⑪⑫ 英国查尔斯·埃利奥特．印度教与佛教史纲．北京：商务印书馆，1982. 397，387.

⑬ 刀世勋．巴利语对傣语的影响．贝叶文化论．昆明：云南人民出版社，1990.

⑭《大正大藏经》卷 3.

⑮《大正大藏经》卷 24.

⑯⑱ 蒋述卓．《召树屯》《诺桑王子》同源新证．佛经传译与中古文学思潮．南昌：江西人民出版社，1993.

⑰⑲ 东方既晓．《召树屯》《朗退罕》渊源新证．云南社会科学，1989，(1)．

⑳（梁）僧佑．出三藏记集卷 13. 北京：中华书局，1995.

㉑ 季羡林．中印文化交流史．北京：新华出版社，1991. 33.

㉒ 汤用彤．汉魏两晋南北朝佛教史．上海：上海书店，1991. 138. 又：僧佑《出三藏记集》及历代佛典目录均录《六度集经》为康僧会译。今从汤用彤先生考证说．

［原载《民族文学研究》2001 年第 3 期］

我们在世界屋脊上开采金子

——《西藏民间故事》的编纂及其他

廖东凡

（《中国西藏》编辑部）

一

从读大学的时代起，我就与西藏民间故事结下了不解之缘。那时候我读了肖崇素、佟锦华、王尧先生等记译的故事，还有李刚夫、王沂暖先生记译的西藏民歌，从而对那片陌生的遥远的几乎伸展到了天上云间的雪山圣境产生了一种难以言表的向往和迷恋。

大学毕业后我被分配到西藏工作，头八年在一个藏族文艺团体里创编节目，文革期间又下放到堆隆德庆县农村。当时我不可能专门从事民间文学的收集和研究，但是我学会了藏话，过惯了藏族人的生活，熟悉了这里的历史、宗教、文化、民间习俗和各种民间艺术，还结识了许许多多藏族朋友，为日后的民间文学调查采录打下了比较坚实的基础。

真正集中时间和精力进行西藏民间文学采录还是从1979年那个令人难忘的年代开始的。那时候祸国殃民的“四人帮”已经垮台，中央十一届三中全会已经召开，改革开放之风吹过雪山草原，正在溶化着西藏高原上的坚冰积雪，党的各项政策正在全面落实，民族文化重新开始弘扬，知识分子又有了用武之地，西藏的作家、艺术家和民间文艺工作者纷纷深入农村牧区、雪山边寨抢救传统文化遗产，我和西藏话剧团的老演员大次仁多吉，还有刚从上海复旦大学毕业归来的次仁卓嘎组成一个小组，开始了在拉萨和西藏各地进行采风的旅程。

我们头一个采录对象是拉萨著名故事讲述家益西丹增，他戏称自己是为采风“开光”的人。益西丹增原是拉萨功德林寺的喇嘛，中年以后离开寺庙在社会上给人驱邪送祟，念经祈福。他天性聪颖，阅历丰富。到处听人讲故事，又到处给人讲故事。他说他原先会讲一千个故事，文革期间打石头伤了一只眼睛，装在脑子里的故事漏掉了一大半。他讲的大都是历史故事、人物故事、动物故事，也会讲神奇虚幻的尸语故事。他讲《黑面王子》的故事，整整用了一个星期。他当过多年喇嘛，有较深的藏族文学修养，故事里的情节、人物、景物描写，还有人物的语言，他都作过相当的加工润色，带着浓郁的诗情画意，我们三人都听得入了迷，时间一眨眼就过去了。他住在布达拉宫山腰的一处护法神庙，我们每天早出晚归进行采录，上坡下坡经常都是小跑，生怕浪费一点时间，邻居看了很是惊讶，打趣地说："益西丹增家里有金子捡吗？"

后来我们又到了江孜、拉孜、日喀则、贡噶等县、市，找到了十几位讲故事的能手，他们之中有农民，有牧人，有僧侣，有手工业工匠，有上层人士，有基层知识分子。日喀则四居委会有一个捻羊毛线的老阿妈，名叫尼玛彭多，她是一个驼背老太婆，但是讲出来的故事，如同雪山幽谷间汩汩流出的清凉雪水，让我们感到无比的新鲜、美妙、甘甜。尼玛彭多知道的故事多，也很有讲故事的技巧，不但我们三人如闻佛语般地听得聚精会神，整个工场几十号人也被她生动精彩的讲述所吸引、所打动，讲到紧张处，全场鸦雀无声；讲到悲惨处，所有的人都泪光莹莹；讲到快意时，大家不约而同地发生出会心的微笑。她的故事不但是讲的，还是唱的，叙述是讲，对白是唱，调子特别优美，音色如同少女一般的柔润，听起来真是一种享受。她所讲的故事，都是几十年或者几百年以前发生过的事情，经过各地群众口耳相传，历代故事家加工润色，变成了整个西藏民族的艺术精品。我们将这些故事集结成书，由西藏人民出版社用藏、汉两种文字出版，在1983年的全国民间文学首次评奖中获得一等奖。

1982年夏天，我和同事次旦多吉结伴，翻越冰封雪盖、险象丛生的喜马拉雅山多雄拉雪山口，深入被称为"人间绝域"的墨脱地区，收集门巴族和珞巴族的民间故事、传说和神话，在茫茫林海和雪山深峪里找到了多位珞巴族猎人和门巴族红教巫师，在这片几乎与世隔绝的天地里他们是最有学问的人物。卡布村的著名猎手恩布老人，他是珞巴部落故事的传承人，在好些个星月交辉的夜晚，老人端坐在芭蕉树下娓娓动听地讲述着一个又一个故事，雅鲁藏布江那边的朗迦巴瓦雪峰，微微朝我们倾斜着，仿佛也在侧耳谛听。他给我们讲世界形成，讲人类出现，讲墨脱珞巴人的祖先，讲猎人，讲猎狗，讲猎神，讲猎物，讲它们之间的恩恩怨怨，以及发生在村落、密林、幽谷、雪山还有蓝湖深处的种种神神秘秘的事物，总之，这些故事把我们引向悠远、引向迷茫、引向魔幻，引向我们过去见所未见、闻所未闻的奇妙世界，这也是恩布老人意念中的生存环境。我们的墨脱之行，虽然经历了很多凶险，不但常常要忍受蚂蝗、毒蚊以及称为"蒙古兵"的野蜂的攻击，而且因为塌方和雪崩，好几次差一点丢了性命，但是比较起我们调查采录的成果来，这些痛苦经历只能算小事一桩罢了。现在回想起来，还有一些自豪呢！

一次次采风活动，一次次民俗调查，使我一步步走近了这个民族，走近了这个民族的文化，走近了这个民族老百姓的生活空间和心灵世界。

二

其实，在西藏民间故事收集者的群体中，我不过是其中最普通的一员罢了。放在我面前的数以千计的藏族、门巴族、珞巴族神话、故事和传说作品，是许许多多的收集者、讲述者、翻译者心血和劳动的结晶。

虽说将民间故事和歌谣写进文学、历史以及其他著作的传统，在西藏古已有之。但是，系统地、科学地采录它们并译成汉文刊载和出版，应该说还是20世纪中期以后的事。1951年西藏和平解放，相当一批文艺工作者跟随着人民解放军进藏，他们在学习藏语藏文的同时，便试着把他们的藏族教师和同事讲的故事记下来，这些故事有的成了他们的创作素材，有的整理出来拿到北京和拉萨的报刊杂志发表，还有的编进了铅印本的《西藏民间故事集》。现在我们还可以从当时的出版物里读到单超、吴光旭、陈拓、尼玛维色、何良俊、徐官珠等以及其他一些老西藏收集的作品。在当时的故事讲述者中，除了前面说的益西丹增以外，还有一个人应该说一说，他就是林周县撒当村的洛桑次仁。洛桑次仁是一位天才的故事家，著名的藏戏演员，他幽默风趣，出口成章，被人称为“活着的阿古顿巴”，以至20世纪30年代的摄政王热振活佛让他跟随左右，专门为其讲故事、说笑话、演藏戏。热振活佛去世后他成了藏戏团体再三争请的热门人物。

1959年，西藏实行民主改革，建立了各级人民政权，给民间文学的采录创造了很好的环境。1960年，中央民院和北京一批民间文艺工作者联手进藏采风，这是民间文学史上一件盛事。这次采录的故事尤其丰富，部分作品载入上海出版的《藏族民间故事选》中。据我所知当时采风者中有佟锦华、耿予方、王尧、丹增晋美、陈践践、付同和、王文成、王世镇等中央民院师生；还有社科院文学所的祁连休、卓如；中国民研会的孙剑冰、安民；北京大学的段宝林等。段先生是我的民间文学老师，从西藏采风回来之后情绪异常兴奋，他的热情也感染了我和同学们，甚至成了我日后报名进藏的一个因素。佟锦华、耿予方教授我结识较晚，但是从感情上讲是很亲近的，曾经有好几个夜晚，我在佟锦华老师的小屋里大谈特谈西藏民间文学，有时直至深夜一两点钟，他始终带着谦和的微笑毫无倦意地听着，不时提出一两个问题和我探讨，后来听说佟老师心脏不好，不能过分熬夜，为此我感到深深的自责。

但是民间文学的好日子并不长，很快思想文化领域受到极左思潮的钳制，想搜集和发表原汁原味的东西已经不大可能了。紧接着开始“文化大革命”，地处世界屋脊的西藏高原也未能幸免，西藏日报有位记者发表过一篇《西藏的青蛙为什么不叫?》的寓言故事，被上纲上线点名批判，于是民间文学这片沃土无人再敢涉足，变得“白茫茫一片真干净”了。

历史有时跟讲故事一样，总是有悲有喜，有起有落。20世纪70年代后期又开始了中国人民的美好时代，也是民间文学的黄金时期。当时拉萨市群众艺术馆有两个藏族年轻人，一个叫达瓦扎西，一个叫贵桑坚赞。达瓦扎西出生于林芝地区一个山民家庭，他对家乡的民间文学有一种与生俱来的热爱；贵桑坚赞是拉萨西南尼木县的一个农民，具有相当的藏文修养，他对老百姓口头文学之熟悉和悟性达到了让人惊讶的程度。他们两人搭档采风，如同鱼儿潜游大海一样得心应手，他们用藏文搜集了许多好故事。

当我们在雅鲁藏布江两岸进行民间文学调查的时候，有一位充满传奇色彩的妇女已经在辽阔苍茫的藏北羌塘大草原奔忙了好多年了。她叫次仁玉珍，老家在昌都八宿县，她带着康巴人那份潇洒、那份执着，来到藏北安多牧区，从民主改革访贫问苦开始，就着手搜集藏北故事和传说。三十年间她由一般干部而区长而县委书记而地委宣传部长而地区专员，搜集民间故事的工作也是三十年如一日从不懈怠，越搜越多，越搜越得心应手。人们称她为故事县委书记、故事专员，凡是读过她的《藏北民间故事》，《我和羌塘草原》的人，无不惊讶于这位几乎没有经过民间文学专业训练的藏族领导干部，居然有如此过人的文学写作才能，藏北故事被她写神了，藏北故事里的人物神灵、动物被她写神了，藏北的高山大河、蓝湖碧野被她写神了。解释只有一条，数十年的苦乐与共，她和藏北的老百姓心灵悉悉相通，她与藏北的山川风物有了一种特殊的感情，她对故事里讲过的一切，已经具有了灵性和悟性，因此只有她才能捧出高原牧人心灵里的珍品和真品。1993 年次仁玉珍调到西藏文联，主持西藏民间文学工作和《西藏民俗》杂志，正当她一步步实现着自己的理想和抱负的时候，病魔却过早地夺去了这位坚强女性的生命。

说到西藏的采风，还有一个引人注目的现象，无论区内还是区外的民族学家、人类文化学家、民间文学家，都把视线投向聚居在喜马拉雅山东段、雅鲁藏布江南侧原始森林中的门巴族、珞巴族、僜人以及藏族山民聚居地区，认为那里是一个保存完好的原始文化富矿区。

中国社科院民族研究所的李坚尚研究员，从 1976 年开始 7 次进入这个地区实地考察，有一次竟在里面呆了一年零七个月。他的脚迹遍及墨脱、米林、隆子、错那四县的大部分人迹罕至的山区，同行的还有姚兆麟、张江华、刘芳贤等几位学者。他们如同西伯利亚矿工般不屈不挠地开掘着民族学、人类学的稀有矿藏，并适时刊布，在学术界引起一阵阵惊喜和轰动。

无独有偶，在同一领域进行拼搏的还有西藏民族学院的于乃昌教授及其助手陈立明、张力风诸先生，于曾 6 次历尽艰难险阻、长途跋涉深入上述地区。他采录的材料更多地用于神话学、文化学的研究。1979 年夏天他在米林县穷林乡记录多篇珞巴创世神话、生殖神话、图腾神话，陆续在报刊上登载，同样在学术界引起热烈反响，专家们认为这些具有世界意义的发现是“原始神话的活化石”。

在这些地区进行调查考察，采录者大都存在着一个语言问题，即使有的人会讲藏语，遇到门语、珞语、僜语也无能为力，必须依靠当地人士。我自己就有这方面的亲身体验。1982 年我和次旦多吉进入墨脱地区采风，幸亏有当地门巴族上层人士益西平措担任翻译，才使我们能尽情痛饮墨脱民间文学的美酒佳酿，益西平措不但精通墨脱地区各民族的语言，对当地历史、宗教、民俗也最为熟悉，在将门语、珞语口译成藏语方面，简直是一个天才，对恩布老人等讲的故事，他能绘声绘色一字不漏地复述过来，在场的人无不啧啧称赞。不但对我们，对其他进入墨脱调查考察者，也同样提供过无私的甚至更多的帮助。

在将墨脱门巴、珞巴文化介绍到外部世界这一很有意义的工作中，我们不能不念记十八军老战士李朝群、冀文正等人所作出的努力。早在 20 世纪 50 年代初西藏和平解放之后，他们作为洛渝工作队的成员被派往墨脱地区，从事民族调查和上层统战工作，据说在仁青崩（当时墨脱宗政府所在地）以北上千平方千米的茫茫森林峡谷中，工作队员仅有三五个人，冀文正就是其中的一员。他们在学习珞巴话、门巴话时一个字一个字记下他们的歌谣和故事，并且几经辗转周折送到拉萨和北京的报刊发表，人们才知道喜马拉雅山的原始森林中还有这么一些民族，还有这么朴素清新、别具一格的民族艺术。

改革开放以后，李朝群专门从事英雄史诗《格萨尔王传》的抢救工作，而冀文正则一直对墨脱地区的民间文学情有独钟，虽然年逾花甲还两次翻越喜马拉雅山进入墨脱，重访当年他那些老房东、老朋友们，这些人当然非常乐意把肚子里的东西通通掏给几十年的知交“米米老冀”（米米，老爷爷的意思）。

三

西藏到底有多少民间故事？至今没有一个明确的数字，似乎也无法统计出一个数字，西藏地域太广了，会讲故事的人又那么多，口承文学是动态的，有些老故事消隐，又有新故事产生，如果让我冒昧地揣测，西藏故事应该数以万计吧！至于说已经出版的故事，又要分藏文和汉译两类。耿予方教授1979年5月在《西藏民间故事选》（上海文艺出版社）前言中估计，“有关文化部门和有关学校印出的藏族故事资料，估计至少有一千篇，由出版社集印成册和公开发表在刊物报纸者也有几百篇之多”。台湾政治大学民族学系黄季平女士集录了1995年以前25种出版物，共有藏族民间故事1020个，除去内容相同部分，还有776个故事。这些全部是译成汉文的故事，不过没有把西藏和其他藏区分开。从20世纪80年代中期开始，西藏着手编纂包括西藏民间故事在内的三套集成，普查工作从乡镇做起，历时十年多，据初步统计，共采录故事讲述者235人，集结成资料本54个，全部文字这达1100万之多，大概有故事六七千个吧！这些全部是西藏区内收集的，但是不能排除内容的重复。

如何把几百个故事分别纳入不同的栏目，我费了很多周折，最终采用有的按地域、有的按内容划分为十块，希望它既不悖于民间故事的分类学，又为读者提供阅读的方便。按内容的六块是：神话和历史人物传说：《尸语故事》和其他魔幻故事；古老岁月的格言训诫故事；白面具、蓝面具藏戏故事；机智人物故事；雪山和森林里的动物故事。

西藏神话比较少，至少从搜集上来的作品看是这样。据说古远年代雪域藏土神话特别丰富，后来随着佛教传入西藏并成为占主流地位的宗教，佛教诸神替代了西藏本土诸神，致使许多原始神话、创世神话、图腾神话为佛教神话所代替、所湮没。而西藏的历史人物传说，大都带有浓郁的神话色彩，像吐蕃王朝悉勃野家族的祖先，萨迦王朝昆氏家族的祖先，帕竹王朝朗氏家族的祖先，传说最早都是天神家族的成员；而历史上许多著名人物，往往既是神又是人，半人半神。有时候使人弄不清楚它们是人物传说，还是神话。

“尸语故事”又称“黄金尸体讲述的故事”，藏话叫“若仲”。故事开头讲一个小伙子偷学了魔法，被七个魔法师发现并且对他进行追杀，斗法中他夺去了七个魔法师的性命，从而犯下了杀生的罪孽。龙树大师让他到尸林背来一具神奇尸体赎罪，谆谆叮嘱他切切不可跟尸体搭腔。但是这具神奇的尸体每次背负在他的肩头时就一个接着一个讲述精彩的故事，小伙子不由自主地发出惊叹或赞美之声，尸体随即溜回了尸林。这样反复背、反复讲，形成一长串如同《天方夜谭》般的故事群。这些大都是神灵鬼怪的故事，与此相类似的故事在西藏各地都有，这与西藏人长期信仰宗教、崇尚万物有灵有着密切的关系，因此我把尸语故事和其他魔幻故事归入一类。

西藏是个格言丰富的民族，“学者掌握着知识的宝库，他们把珍贵的格言汇聚；大海是江河的宝库，所以江河都向大海流去。”这是著名的萨迦格言中开宗明义的第一首。从13世纪开始，相继有《萨迦格言》、《甘丹格言》、《水树格言》、《益世格言》等问世；与此同时，注释上述格言的故事应运而生，这些格言故事有的如古老的英雄史诗，有的则是饱含人生哲理和道理训诫的寓言小品，这是西藏故事中一个独特的品种。

阿古顿巴的故事，是西藏人家喻户晓的故事；阿古顿巴其人，也是西藏人最喜爱最亲近的机智人物。凡有藏人的地方，只要提起阿古顿巴，人人脸上就会漾起轻松愉快的笑容。《阿古顿巴》跟新疆的阿凡提、内蒙的巴拉根仓一样，是以阿古顿巴为主角的一连串故事组成的，不但能给人们带来欢笑，还有启迪智慧、教人聪明的意思。在日喀则，有江拉（智者）和结拉（笨蛋）的故事；在山南，有尼曲桑布和乃东王的故事，都属于同一类型。

在西藏民间故事群体中，动物故事是最为生动、最有情趣、最富哲理的一类，这与雪域藏土自古就是野生动物的乐园，藏族人天生爱护动物，亲近动物，与动物和谐相处是分不开的，同时也表现了藏人观念中，动物与人一样是有感情，有性格，有言语，有苦乐的生灵。动物故事具有一种特别的魅力。

在这本民间故事集里，我们还选了几篇藏戏故事。藏戏，是西藏民族的戏剧艺术，是当今世界少数几个仍然戴着面具表演的戏剧之一。藏戏情节很优美，藏戏语言也很有特色，但是由于传统藏戏是通过说唱、表演和歌舞综合表现出来的，一些关键性情节，不是用形体表演而是用快板形式急速地一语带过。不但不谙藏语的人如坠五里云中，许多藏族年轻人也看得不甚明白，而王尧先生在他记译的藏戏故事中，这些问题得到了圆满解决，他凭着深厚的藏语文修养和汉语文功力，使藏戏的情节、语言、风格都跃然于纸上，原汁原味地奉献于读者。

从地域上讲，我们把故事、传说分成雅鲁藏布江两岸、藏北羌塘大草原、藏东三江峡谷和喜马拉雅山区四大块。雅鲁藏布江两岸包括拉萨河、年楚河流域，这里是西藏的腹心地区，传统上称为“卫藏”。西藏政治、宗教、经济、文化中心拉萨，萨迦王朝时期的首府萨迦，帕竹王朝时期的首府乃东，藏巴第悉时期的首府日喀则，都在这一地区，历史上许多著名人物，都在这一地区活动，无数让人荡气回肠的故事，都在这个舞台扮演，因此历史人物传说和表现庄园制度下人们生活和命运的故事，在这一地区最为丰富。

西藏北部为藏北羌塘大草原。羌塘，即北方旷原之意，这里是由无数的雪山银峰，碧波荡漾的海子以及连绵不断的牧场所组成，居民绝大多数都是牧民，他们靠放牧为生，视牛羊如命，过去他们一直过着牧游生活，逐水草而居。唱歌、跳舞、讲故事，是他们打发寒冷寂寞的漫长岁月的最好伴侣。无论是牧人生活还是牧业丰歉，都与高耸云天的雪山有关，一场雪灾可以给草原带来浩劫。因此他们对雪山神充满着崇信和恐惧，关于雪山神灵，关于猕猴和放牧，关于草原英雄，是藏北民间故事的重要主题。

昌都地区位于西藏东部，历史上称之为“康”，意思有外围、边远之意。这里的地理环境非常特殊，喜马拉雅山滚滚群峰从西向东奔涌而来，受到南北走向的横断山脉的顽强阻击，形成地球上罕见的大地旋流。许多条江河在旋流中奔腾呼啸，左奔右突，把这片高地切割成无数块小区域、小环境。江河中最有名的是金沙江、怒江、澜沧江，因此又称为三江流域或三江峡谷。居住在这里的康巴人，身躯高大，体格健壮，性情刚烈，具有一种不知疲倦的奋斗精神。因此这一地区的故事传说，总是充盈着悲歌慷慨的气势，听后使人久久不能平静。

西藏的南缘是喜马拉雅山区，由于受惠于印度洋温暖季风的温润，使这一地区的生态环境特别多姿多彩，神奇美丽，在白雪覆盖的山峰下面，绿色植物高大茂盛，各种鲜花竞相开放，急流瀑布翻飞闪射，各种珍禽异兽在这里栖息繁衍。世世代代聚居在这里的门巴族、珞巴族、僜人、夏尔巴人以及藏族山民，正如前面所说，他们曾经过着刀耕火种、渔猎采集、结绳记事的生活，他们如同保护自己民族历史一样珍藏着完整的原始神话以及关于祖先，关于森林的故事传说。

而在西藏的西部是阿里高原，历史上称为“阿里三围”。这里是象雄文化和本教文化的发祥地，神山冈底斯和圣湖玛旁雍措周围，给人以一种天堂仙境的感觉，而古格王朝遗址，总是以祖先的姿态坐在茫茫土林之间，那里的民间文学总是那么古老、独特、神奇。

［原载《中国西藏》2001 年第 5 期］

三、民间故事研究论文摘要

布依族神话史诗《安王和祖王》与舜、象故事

谷　因

《贵州民族学院学报（哲学社会科学版）》 2001 年第 2 期　第 19～22 页

作者比较了布依族神话史诗《安王和祖王》故事与《孟子》、《史记》等古籍所载舜、象兄弟故事，概括出这两个故事的 6 个相同或相似点：故事人物组合相同；故事的主干情节相同；故事结局相似；故事角色性格相似；主题思想一致；社会时代背景相同。因为布依族的历史文化来源与古代东夷越族有关，所以作者认为造成这种相似性的原因是这两个故事本为一同源故事。作者通过对布依族与古代东夷越族的渊源关系的考证来说明这一观点。通过引证孟子与司马迁的话说明："舜禅位于禹"，并证明了"原始的东夷与东南越和夏族同为一族系"。"舜禅位于禹，这意味着舜部落融入了禹部落……禹裔在东南建立的于越国的中心地带即宁绍平原地区，就有许多关于舜的传说和遗迹……东南地区有大量的舜禹传说和遗迹，这说明东南越中除禹裔外也有大量的舜裔，他们必然融入于越国的共同体。""今壮侗语族的先民越人（中古时期又称理、僚），即所谓'西越'或'西瓯骆'，则是由东南越，即所谓东越或东瓯骆迁来的。"其迁移路线是"溯珠江西上流传到东南西南"。"后来的东南越人可能不断沿此途径进入华南和西南，特别是公元前 333 年，发生了越族历史上的重大转折：楚灭于越，造成东部越人向西部空前的大迁徙。"由此可见，"西部越人与东夷越人有着深远的历史文化渊源"。"今布依族先民必然有来自东夷越族的成分"，因为布依族的"祭祖经辞《王魂》就有先祖在东方，有祖先在这里之说。布依族中有关于'海、湖'的词汇"。在讲述盘果王的来历时说"溯江而来的盘果被称为'王'，表明他原为'王室'成员"。过去"布依族被称为'夷家'，这'夷'指东夷的'夷'"。因此，"布依族的历史文化来源与古代的东夷族有关应是可以肯定的"。"舜是东夷人，舜、象兄弟故事自然是东夷族的故事……舜、象故事必然随着舜禹族裔向东南地带流布而在东南越民族中流传……而布依族先民从东南地区带到贵州高原的舜、象故事，则因依附于巫师和宗教仪式而得以保存。"综上所述，作者认为《安王和祖王》这部神话史诗的主干内容来源古老，其原型可能是与东夷越族流传的舜、象故事。它是由布依族先民越人从东夷越族带到贵州高原来，作为一种原始文化保存在巫师手中和原始宗教仪式里，并得到不断改造和丰富，成为一部神话史诗流传下来。

（王青　摘）

无法超越的悲剧：《师道宣》的叙事解读

——中国虎故事类型研究系列之三

孙正国

《湖北民族学院学报》 2001年第1期第32～36页

我们以收录于《齐谐录》中的汉族虎故事《师道宣》为例，来具体研究化身型虎故事的叙事结构。

一、叙述者：一面是使臣，一面是说书人

《师道宣》中的“叙述者在实现他的交流功能的同时，显示了自己说书人的形象与叙述地位，是说书人的代言者”。“总体而论，《师道宣》本文的叙述者是以等知叙述的方式与叙述接收者——读者达成了一种故事活动的‘对话情境’，同时又言辞庄重，似乎谨严纪实，展示出叙述者兼具史臣与说书人的双重个性。”

二、角色模式：多元一体的矛盾格局

《师道宣》的角色对应如下：

主角$_{(1)}$＝师道宣	对象$_{(1)}$＝老虎
主角$_{(2)}$＝老虎	对象$_{(2)}$＝女人
主使者$_{(1)}$＝神秘因素	对象$_{(3)}$＝师道宣
主使者$_{(2)}$＝师道宣的官职	对象$_{(4)}$＝殿中令史
助手＝神秘因素	承受者＝师道宣
对头$_{(1)}$＝被食者的亲友	对头$_{(2)}$＝官府

文本的第一层次的主角师道宣在神秘因素（支使者）的作用下发狂为虎（对象），而虎则进入第二个层次成为主角，它依循动物的本性而寻求生人为食，以解饥渴，从而那个女子成为主角觅食的对象。之后，又由于支使者的参与使老虎还身为师道宣，此处的师道宣则成了老虎变化后的对象。师道宣经两度变化而为本身，在神秘因素（助手）的胁迫下做了殿中令史。同时，他的官位支使他与同僚夜里闲聊成为可能，而天地变怪之事作为话题之一也就具备了合理性，当师道宣谈及自己曾有的“变怪之事”时，在坐的有被他变虎后所食的亲友，这部分人立即转化为他的第一个对头，接下来，“报送赴官”，引出第二个对头——官府，正是这两个对头的积极进攻与精诚合作，才使得师道

宣这个主角最终饿死于建康狱中。

文章中，“一个角色同时由几个人物承担，一个人物也同时充任多个角色。‘支使者’这一角色由神秘的因素和师道宣的官职共同承担，对头这一角色包含了被食者亲友和官府这两个人物；而神秘的因素这一人物既是支使者，又是助手；师道宣既是主角，又是对象，还是承受者。可见，《师道宣》的角色模式是一个多元一体的矛盾格局，支使者（神秘的因素）导致主角的对象化（变为老虎），同时又作为助手帮助主角摆脱对象化的困境（复原为人），师道宣在交替充当主角、对象和承受者之时，展示了自己身不由己、左右受敌的矛盾与悲剧”。

三、叙事程序：蕴涵双重悖论的情节模式

“故事《师道宣》以主角师道宣的变虎经历为线索，叙事过程由两大叙述系列共五个叙述程序组成。”“叙事程序之一：从‘晋太元年’至‘后忽发狂，变为虎’；叙事程度之二：从‘人不可纪’至‘乃藏其钗钏与山石间’；叙事程序之三：从‘后复人形’到‘复形为人’；叙事程序之四：‘遂出仕，官为殿中令史’；叙事程序之五：从‘夜共语’至‘遂饿死建康狱中’。”“总之，《师道宣》的叙事程序展示了一个相当复杂的情节模式，它蕴涵着深刻的双重悖论，即‘奖赏与惩罚，敌对与勾结’相并置的悖论。”

四、深层结构：人类无法超越自身的悲剧

通过运用格雷马斯的符号同位理论和结构分析方法来考察故事《师道宣》的深层结构，发现：“个体行为在现实层面上的两难选择：自身行为的局限性带给自己无法摆脱的即不得不依从现实秩序又最终遭到否定的结局。”

“《师道宣》在其深层结构的表象上显现为无法把握命运的宿命论，但其本质意义是人类无法超越自身局限性的悲剧。”

（霍晶晶　摘）

民间故事：谁在讲？谁在听？

——以廪君、盐神故事为例

钟　年

《民间文化》 2001年第1期第90～93页

这是一篇关于湖北省长阳土家族廪君、盐神故事的田野调查报告。作者开篇便交代廪君、盐神故事之所以激起其研究兴趣是因为《后汉书·南蛮西南夷列传》中记载的廪君、盐神故事与长阳土家族自治县搜集的民间故事中的廪君、盐神传说在内容上“几乎完全相同”，因此作者认为自己的调查目的在于解开三个谜团：“一则民间故事如何穿越千百年而能大致完整地流传到今天？当今民间故事讲述的情景是怎样的？从中可以看到民间故事传递乃至文化传递的什么规律？”

在盐池村和武落钟离山展开调查后，作者发现：“调查的结果与我们的预想有很大的距离”，因为他们起初认为在故事的中心地带“应该能听到较多的原生态的关于盐神和廪君的民间故事”，但实际上，“当地并没有多少人会讲廪君和盐神的传说故事”。这种意外局面的出现迫使作者开始将目光投射到廪君和盐神的传播渠道上去。

在比较了古代传统的故事讲述活动和长阳廪君、盐神故事讲述活动之后，作者发现，“民间故事讲述活动的时机与场合是极大地萎缩了”；“民间故事讲述活动的背景和功能也与以往不同”；“民间故事讲述活动中的听众和讲述者变了，讲述者不一定是社区中的老者了，更多的是干部、教师、本地文化人、旅游部门的管理者、导游等，听故事的人也更多地变成了像我们这样的社区以外的人员”。为了弄清楚这种变化是如何发生的，作者又将研究的重点放在民间故事讲述活动中的讲述者和听众身上，因为“没有了人，就不会有民间故事的讲述活动”。经过研究，作者发现现代故事讲述的听众（有别于传统听众）“在廪君、盐神故事的个案中，主要是社区外的人员”，于是作者指出，引起故事讲述活动变异的直接原因在于“听众的变化，决定了故事讲述的时机和场合，也反映了故事讲述的背景和功能的变化”。

听众群的变化，带来了一些新的需求。“由于社会文化变迁中民族认同、文化挖掘、旅游开发等的需求，影响到了民间故事还讲不讲、由谁讲、怎样讲等等方面”，因此作者指出，故事讲述也随之“有了新的功能，那就是文化展示”，故事讲述“起着向外展示地方或族群文化的作用”，而“民间故事是在环境中存在的，因此，研究民间故事似乎不能放弃对社会生活、文化生态的研究”。

（纪军　摘）

从董永故事看民间叙事的“复合”性

程　蔷

《民间文化》 2001年第1期第96～97页

文章开宗明义提出：“一个问题长期以来困扰着民间文学研究者，那就是如何把神话、传说、故事这三种不同体裁分开。”作者认为：“可以转换一个视角，以叙事性为线索，对民间文学作整合性的研究。民间叙事可分为两大类：民间口头（语言）叙事，民间行为叙事。”神话则是民间叙事作品。分析神话、传说、故事的内容，“它们都有一些固定的特殊意象和情节模式。这是民间叙事的一大特征。民间叙事在它的生命流程中被传承和传播，具体说来，就是这些意象和模式被传承着、传播着。而神话、传说、故事三者之所以颇难区分，也与此有关”。

以董永传说为例。此传说早在东汉已形成。如刘向的《孝子传（图）》、曹植的《灵芝篇》和干宝的《搜神记》。这时“故事的情节模式还是比较单纯的‘孝子遇仙’型。但在流传过程中，却渐渐变得复杂起来，特别是在进入民间艺人的创作视野后，又以更丰富系统的说唱形式，流传到各地，包括边远地区。敦煌遗书中的《董永变文》就是唐人在民间叙事的基础上，记录并再创作的文本之一”。“在流传过程中，其他几种类型的民间叙事情节模式已加入到这个故事中。一是‘寻父（母）’型，二是‘天鹅处女’型，三是‘方士道术沟通天人’型。”“此后。董永传说仍在流传和再创作中不断变化，出现了《小董永卖身宝卷》、《董永卖身天仙配》、《董永行孝张七姐下凡槐荫记》。”所以说，“情节模式的不断叠加，是民间叙事复合性在生命流程中的一种表现”。另一种情况是“董永的传说进入史志并被神化，据明清两代的地方志，单湖北孝感地方就出现了不少纪念董永的祠堂和坟墓。不仅如此，董永传说还远远地扩布到了少数民族聚居的地区”。“这是‘复合’性的又一表现，即故事情节与当地的风物景观、风俗习惯、本土传说相融合。融合进去的既有一些神话的内容，又有一些当地的民俗事象，甚至渗入了各地民众的理想愿望，从而使民间叙事不断壮大又不断分化，成为形貌各异的同类作品。”

在世界性的民间叙事情节模式中，有一类流传极广的“寻宝”型，在我国这类故事中，却包含有浓重的“识宝”因素在内，因此可称为“寻宝拾宝”模式。“它们也经历了‘复合’的过程”，如20世纪30年代林兰收集的民间故事《金牛》就是“寻宝拾宝”型与“巧媳妇”型的叠加。“而‘寻宝拾宝’型与地方风物的复合，例子更是多得不胜枚举，以至于各地有不少地名是因这一情节模式而来。如浙江镇海的‘招宝山’、辽宁岫岩‘桂花岭’、山东阳信的‘瓜王庄’等等。”

“我国著名的四大传说‘牛郎织女’、‘孟姜女’、‘梁山伯祝英台’、‘白蛇传’，在传承和传播的过程中，每一个都有这种‘复合’的情况。”“‘牛郎织女’故事已与‘两兄弟分家’型、‘难女婿’型的情节模式组合在一起。‘孟姜女’的传说在某些地方则与‘望夫石’型、‘滴血认骨’型、‘仙女救助’型相叠和。‘梁祝’和‘白蛇传’也有这种因情节模式叠加而使故事越来越复杂的情况。”

（霍晶晶　摘）

中印鹦鹉故事因缘

薛克翘

《南亚研究》 2001年第2期第67～74页

作者在探讨中国古代鹦鹉故事与印度的关系时，将中国古代鹦鹉故事以唐代为界分为三个时期加以考察：

一、唐代以前的鹦鹉故事。作者首先引述了《礼记·曲记》和《艺文类聚》卷九一引《淮南子》中关于鹦鹉的几段文字，借以说明先秦和汉人在鹦鹉观念上的一致性，即“鹦鹉和人的界限”是“截然分明、不容混淆”的。接着作者提到：“汉代以来，由于中国与西域的交往日益增多”，西域（含印度）的鹦鹉常被作为贡物输入中国。与此同时，“随着佛经的翻译和传入，佛经中的鹦鹉故事也传到了中国”，于是“既有从印度传来的实物，又有从印度传来的故事，中国的鹦鹉故事便有了与印度故事发生关系的坚实基础”，只是当时的鹦鹉故事如《宣验记》中的《鹦鹉救火》是对印度《旧杂譬喻经》的抄袭。不过作者在比较了《艺文类聚》中的《张华白鹦鹉》与印度《杂宝藏经》中的“鹦鹉谏王”故事、《佛本经故事选》中的《罗达本生》后指出：《张华白鹦鹉》在印度佛经故事的基础上“有所发明创造”。

二、唐代的鹦鹉故事。作者列举了《太平广记》中的《雪衣女》、《开元天宝遗事》中的《鹦鹉告事》、《太平广记》卷二七七《天后》、《玄怪录》中的《柳归舜传》各鹦鹉故事，并分别分析了其中的情节、观念与印度佛经故事的联系。作者认为：“唐代的鹦鹉故事比南北朝时期有所进步，如果说南北朝时期的鹦鹉故事还有明显的模仿痕迹，甚至公然抄袭的话，那么，唐代的这类故事则以《柳归舜传》为高峰、为代表，表现出很高的艺术性，并已完全中国化了。”

三、唐代以后的鹦鹉故事。作者认为《夷坚志》中的《天柱稚儿行》故事是佛经“鹦鹉灭火”的另一个版本；而明代《戒庵老人漫笔》中的《鹦鹉事相同》“在情感的渲染上已较唐代故事有所进步，但仍然脱离不开唐人的影响”。唐代以后鹦鹉故事中的化身情节、智者形象以及劝孝、劝善目的与传入西藏的佛教、梵语名著《迦丹波利》、《仙赐传》等中的鹦鹉故事有着观念上的一致性。作者还提到：“鹦鹉故事在明清时代的文言小说或笔记中还有一些，有时也在白话小说中出现。”比如《聊斋志异》中的《阿宝》。至此，作者完成了对于中国古代鹦鹉故事沿革的勾勒以及对于中印鹦鹉故事因缘的揭示。

（纪军　摘）

世代寻宝梦

——“石门开”型故事解析

顾希佳

《中南民族学院学报》 2001 年第 3 期

文章以收集到的我国 160 多个“石门开”型故事为例，对我国的“石门开”型故事进行解析，按各种故事异文情节的部分差异分为“口诀型”、“宝钥匙型”、“复合型”、“识宝型”等四个亚型。随后追溯了“石门开”型故事在历史上的缘起及演变轨迹：六朝时期有“金牛”传说在民间流播，作者认为“‘金牛’型传说是后世‘石门开’型故事的雏形”。同时期的“金鸡石”传说也是“石门开”型故事的基础。作者由唐代的“破山剑”故事推测，当时山洞获宝故事已有流传。宋元时期，典籍记载了诸多“石门开”型故事。作者对历史流传的“石门开”型故事的追踪进行分析发现，惟“口诀型”尚未发现文本记载，其余三个亚型均有记载，且这三个亚型都与识宝传说相关。作者认为：“往往是故事一开始就讲述‘识宝’情节单元，然后再进入‘打开石门取宝’的有关情节单元。人们对识宝、寻宝、取宝、盗宝一类情节有着很深刻的印象，于是也就忽略了‘开洞口诀’这一母题。”“‘石门开—口诀’型大概是受到阿拉伯故事的影响，才逐步在我国民间流传开来。”最后，作者点评了世界民间文学界“石门开”型故事研究的成果，分析“石门开”型故事的传播情况，认为中国“石门开—口诀”型的流播“主要是受了阿拉伯故事的影响才在世界各地口耳相传”。至于“石门开—宝钥匙”型，则“和阿拉伯故事的关系就不那么密切，它完全可以是在中国本土上受到中国传统文化的滋润而独立地发展起来”。

（李丽丹　摘）

从“日白佬”到“民间故事家”

——访农民故事家刘德方

黄永林　程秀莉

《民俗研究》 2001年第4期第139～142页

刘德方是湖北省宜昌县栗子坪乡农民，汉族，生于1938年农历8月15日，祖籍江西，只读过两年半小学。刘德方人生坎坷，阅历丰富。11岁父亲病故，由于家庭出身为地主，在以阶级斗争为纲的年代，他受尽歧视，个人婚姻也因此屡遭挫折。他从事的劳作除种田和背脚（山区人工背运货物）外，还参加了炼钢铁、兴铁路、修公路、筑江堤、建水库等劳务。他喜爱“粉白”、“日白”（讲故事、说笑话的俗称）、唱民歌、打丧鼓，还是远近闻名的唱皮影戏艺人。他能讲述480多个民间故事，能唱大量民歌，会表演花鼓戏和皮影戏，还会打丧鼓、跳丧舞。刘德方对民间文艺的记忆和讲唱能力强，思维敏捷，口才好，是当地乡民公认的“粉白的”、“日白佬”（会讲故事、说笑话的人）。1993年他讲故事的才能被发现以来，宜昌县有关部门将其列入深入挖掘的民间文学瑰宝给予重视，派专人搜集整理他讲述的故事。1998年7月，《人民日报·海外版》刊载了彭明吉先生撰写的长篇报道《农民故事家刘德方》，在海内外引起了较大反响。1999年10月北京大众文艺出版社出版了他讲述的故事专集《野山笑林》，更使其影响遍及全国。

刘德方生长在长江三峡这块民间文化的沃土上，蕴藏丰富的民间文化资源滋养和孕育了他，使他从一个普通的“日白佬”成长为一个知名的“农民故事家”。刘德方的故事大多数来源于长江三峡人民千百年以来的口头创作，他的故事所表现的自然环境、生活习俗、风土人情和语言形态，都是三峡地区民众所特有的。故事中所包含的民众精神、愿望和情感，以及审美情趣和艺术智慧，也是三峡地区人民生活和艺术的真实反映，具有浓郁的三峡地方区域文化特色。刘德方的故事大多取材于传统的故事，但又并不拘泥于传统，而是将浓郁的地方色彩、浓厚的传统文化底蕴与丰富多彩的当代生活有机地结合起来，达到水乳交融的境界。由于他是皮影戏艺人出身，皮影戏艺人大多能说会唱，能雅能俗，语言驾驭能力强，这一特殊经历使得刘德方讲说故事的才能得到了锻炼和提高。有这种说唱艺术作为依托，融合了说唱艺术的特点，他的故事常常脱口而出，而又有引人入胜的艺术魅力。中国故事家学会副主席、湖北省民间文艺家协会主席、著名的民间文艺学家刘守华教授在《野山笑林·序》中这样写道：“刘德方在传讲这些故事时，融合着自己的人生体验，发挥出自己的口头语言艺术特长，赋予它们以新的艺术生命和审美情趣，不仅为民众所喜爱，对于丰富中国民间文学艺术宝库也作出了自己的贡献。因此，我在考察后认定：刘德方是三峡地区目前最具活力的民间故事家。”

过去的刘德方只是宜昌县内有名的“日白佬”和皮影戏师傅，现在宜昌县政府和文化部门已将这位山村农民调入县文化部门专门从事民间故事的讲述活动，并每年拨专款一万元用于有关方面的开支。昔日的“日白佬”今天已成为全国知名的“民间故事讲述家”。

（纪军　摘）

第六编

民间歌谣及叙事长诗研究

一、民间歌谣及叙事长诗研究概述

2001年民间歌谣及叙事长诗研究概述

徐金龙

（华中师范大学文学院）

民间歌谣和叙事长诗的研究长期以来一直处于边缘地带，几乎成了被遗忘的角落，但2001年度在中国期刊网上却可见六七十篇研究论文，数量可观，品质出众，给民间文艺学的研究注入了鲜活的生机。总体来看，研究者们从各个不同侧面、不同角度出发，运用各种研究方法，既继承前人又有新的突破，使得本年度的民间歌谣、叙事长诗的研究呈现综合复杂、多元开放的研究格局。

就研究方法而言，本年度尤以比较研究和史料钩沉的方法所获成就较为显著。比较研究如赵塔里木《在中亚东干人和中国西北回民中流传的民歌——〈高大人领兵〉的异文比较》，通过对《高大人领兵》各种异文中主要构成要素的比较和分析，对之进行了年代识别，重在考察东干异文同中国西北异文的关系，探析它们在不同社会历史背景中保存和变化的原因。史料钩沉研究重在考据探源，如胡纯琦《论国风非原汁原味的民间歌谣》，对《国风》为原汁原味的民间歌谣的传统论断提出质疑，结合当时历史背景、社会结构及政治文化因素，考证《国风》"大部分是经过官方润色后的民间歌谣，小部分是贵族和官吏所作，小部分可能是诸侯国民间文人所作"①。袁征在《梅山民歌考源——梅山民歌系列研究之一》中，对"梅山"和"梅山民歌"追本溯源，得出梅山民歌与巫文化的渊源关系及其巫文化特征。其他还有侧重于考据的，如查中林《周作人〈童谣研究〉（稿本）断句和文字抄校的失误》，施爱东《私情歌谣与〈吴歌乙集〉风波》；侧重于探源的，有黄懿陆《东汉〈白狼歌〉是越人歌谣》，林杰《〈子夜歌〉的作者到底是谁?》，罗马《一首广为流传的贵州民歌的诞生》。

本年度的民间歌谣和叙事长诗的研究，大体有三大主要观照角度。

一、民俗学的研究角度

从民俗学的角度来解读，赋予了该研究厚重的民俗色彩。如夏敏《喜马拉雅山地歌谣的民俗学解读》一文，认为歌谣都有礼俗化的倾向，而且歌谣唱诵本身就是重要的礼俗成分，并对喜马拉雅山地歌谣中反映的民俗事象和文化内涵进行了深入浅出的剖析。在另一篇《西藏歌谣中的巫术心态》中，夏敏着眼于西藏歌谣与早期巫术的渊源关系，揭示西藏歌谣巫术心态的两大表现，即“语言艺术力的信奉与歌谣的超现实陈述”和“比兴是交感巫术（含模仿巫术和接触巫术）在歌谣技巧中的重要表现”②，李晓丽《藏族韵文体民间文学中的民俗因素》一文，以源远流长的藏族民间文学中的韵文部分为例，阐述了蕴涵其中的诸多民俗因素，以期对藏学其他领域研究起到补充与实证作用。还有陈开勇《南朝民族〈四月歌〉所反映的民俗佛教内容研究》，作者认为南朝民歌《四月歌》表面写的是青年男女恋爱，但是其中隐藏着极为丰富的民间佛教内容。

二、音乐艺术研究角度

把音乐艺术与民间文学结合起来进行研究，这使得歌谣研究更具开放综合的特性，也提供了一种行之有效的研究思路和切入视角。郭杰《从“兮”字用法看〈楚辞〉的音乐特性》，结合先秦诗歌的大量材料，从《九歌》中挖掘出充足的内证，揭示了“诗、乐、舞三位一体的《九歌》中‘兮’字的音乐特性”，指明它是“民间祭神乐歌”，“具有迂徐舒缓、浩荡宛长的效果”③。王文韬《河湟“少年”音乐探析——兼及“少年”“花儿”的名与实》通过比较分析河湟“少年”和洮岷“花儿”，从文学、音乐两个角度出发，对河湟“少年”的本体艺术特征进行了较为全面的探析，同时对河湟“少年”的渊源也作了探讨。徐元勇《论民歌与明清俗曲之异同》和李昕《青海“花儿”与小调的比较研究》，同样运用了比较分析研究方法，都有借鉴意义。此类研究成果还有葛春先、钞艺娟《南阳民歌的种类与音乐特点》，许国红《凤阳歌的传播与分布》，彭兆荣《族性中的音乐叙事——以瑶族“叙事歌”为例》等等。

三、民间文艺学研究角度

在人物研究方面，关于刘半农的研究就有两篇大块文章：刘锡诚《刘半农：歌谣运动的首倡者》和陈泳超《刘半农对民歌俗曲的借鉴与研究》。前者用细腻深情的笔触，从“歌谣运动的开台锣鼓”、“比较研究的提出”、“中国民歌史上第一次科学采集”、“在法国的歌谣情结”、“创立中研院民间文艺组”、“最后的遗产：绥远采风”六个方面，详尽展现了中国现代歌谣运动的首倡者、开拓者、研究者刘半农的学术业绩④。后者旁征博引，条分缕析，材料丰富详实，论证严密充分，侧重于刘半农借鉴民歌创造新诗和对民歌俗曲的借鉴与研究方面。还有古笛《“新”“老”刘三姐之争，歌仙哪能不歌唱》，张石山《花儿王韩占祥》等，对民间艺人作了生动而有深度的报道。

从民间口头文学与作家、作家文学的关系着眼，主要有朱炯远《杜甫对谣谚的学习》，指出杜甫十分注重向谣谚学习，其诗歌创作“或以谣谚起兴，或以谣谚为首句，或诗句出自谣谚，或用谣谚之意，或反谣谚，或不用谣谚胜似谣谚”，从这六个方面可见杜甫深受民间谣谚的影响⑤。还有冯进《“清水芙蓉”的民间情歌——兼论文人情歌》一文，考察文人情歌与民间情歌二者的关系，探讨出了古代民间情歌的艺术特质是“清水芙蓉”的自然本色之美。

较为宏观的研究篇目不少。戴剑平、王焰安、张昀《（1989—1999）十年民间情歌研究述评》，对民间情歌当代研究史第二个十年中的研究状况作了勾勒和评述，史论结合，具有较高理论价值。贺学君在《千古歌吟的中华民间叙事诗》中，对民间叙事诗下了通俗定义：“产生并流传于民间的一种‘故事歌’或‘故事诗’，诗体、情节、人物是其三大要素”，并对我国各个民族的叙事诗产生、兴起、发展、繁荣各个时期的概貌进行勾勒描画，阐释了这些民间叙事诗所反映的内容、题材、主题⑥。吕霞《我国西部少数民族民歌的审美意蕴》，认为我国西部少数民族的劳动歌、礼俗歌、生活歌、时政歌等集中反映了西部各族人民的生产活动、风俗信仰，体现了其特殊的审美心理，具有独特的审美品格。徐新建《“侗歌研究”五十年》上、下两篇文章，从文学、音乐、民俗等层面，在主要以中国大陆相关文献成果为对象的基础上，对 20 世纪后五十年的“侗歌研究”进行梳理评述。其他值得注意的成果，还有杨方刚《文化基因和社会条件——侗族大歌多声成因一说》，李志杰《萨满神教与满族民歌》，周铠模《巫歌乐舞与原始信仰》，周红波《鄂南地区民歌初探》，关增岭《滨州的民间传说与歌谣》，黄洁《土家族民歌的审美特征初探》，刘长瑜《海南黎族民歌的发展及其多样性》，徐祖祥《云南瑶族歌谣的分类及其社会文化功能》，王永涛、赵珍《流传于新疆的汉族民间歌谣》，李晓丽《原始崇拜及环境保护在藏族民歌中的体现》，周丽玲《论魏晋时北朝民歌的英雄崇拜》等。

在民间歌谣和叙事长诗这两种体裁中，民间叙事长诗的研究相对不多，但分量不轻，宏观观照之中又有微观深入。除上面提到过的贺学君《千古歌吟的中华民间叙事诗》外，罗汉田的《侗族长诗〈白玉霜〉与英雄传奇小说〈粉妆楼〉》，对比分析广泛流传于侗族民间的叙事琵琶歌《白玉霜》与清代英雄传奇小说《粉妆楼》，揭示了二者之间的血肉联系，同时展示出南方少数民族口头文学与汉族作家书面文学的关系。普丽华的《早期中国现代长篇叙事诗的民间情结》从叙事长诗与作家文学的角度出发，认为早期现代长篇叙事诗与传统叙事诗同源的民间情结，展示民间的滋养所给予叙事诗的色彩、芳香和情味。俸俊馨《试谈傣族爱情叙事长诗〈召树屯〉的艺术表现手法》一文认为，傣族爱情叙事长诗《召树屯》是“傣族民间文学中的瑰宝”，并着重探究了其艺术表现手法是“用神话手法刻画英雄”、“用爱情为主线反映社会生活”、“在正义和邪恶的对比中塑造人物”⑦。此外，还有王明斌《黎族民间叙事诗试论》，江胜清《论 40 年代解放区民间叙事体长诗》，李列《追慕本色，赋尽沧桑——读涅努巴西叙事长诗》等等，也以各自特色受人关注。

民间歌谣的研究则占绝大多数。从民间歌谣类别来看，主要集中在情歌、时政歌、仪式歌、劳动歌上，“花儿”依然炙手可热，一路看好。如柯杨在《听众的参与和民间歌手的才能——兼论洮岷花儿对唱中的环境因素》一文中，把山歌洮岷花儿演唱环境的诸多因素纳入观察和研究视野，如“长期以来形成的传统演唱程式（包括禁忌）的制约”，“对演者相互问答的激发作用”，“现场听众的反应和参与程度”，“赞助者对歌手的奖励和权威者的态度”等等因素，以期“真正认识花儿会上民歌对唱的价值所在和文化意义”⑧。吴土良《花儿的语言魅力》从语言的角度，分析研究“花儿”独特的语言魅力，展现出了“花儿”鲜明的民族格调和地方色彩。还有李昕《青海“花儿”与小调的比较研究》，王文韬《河湟“少年”音乐探析——兼及“少年”“花儿”的名与实》等等。

情歌素为学人所关注，在2001年度再次激发了众多研究者们的兴趣，成为歌谣研究中的一大特色和亮点。冯进在《“清水芙蓉”的民间情歌——兼论文人情歌》中，找出民间情歌与文人情歌的关系，提出“文人在取法民歌的同时，民歌也须取法文人诗歌”，探讨出了古代民间情歌的艺术特质即“清水芙蓉”的自然本色之美⑨。在《布依族情歌语言的审美特征与布依族人的审美意识》中，贺又宁“从意境、情趣、谐趣三个美的层面”，揭示布依族情歌语言的“素朴俗白、清浅自然”的特点，进而揭示布依族人的审美意识和价值观念即“崇尚朴质真纯、自然高妙”⑩。陈才训《〈诗经〉情歌与水崇拜》发现《诗经》中有相当多情歌吟咏于水滨河畔或与雨水密切相关，认为这一深层原因是“与古人对水的崇拜分不开”，较有新意⑪。

关于时政歌谣的研究亦不在少数，都是充满浓郁生活气息，紧紧贴近时代脉搏，值得细细品鉴玩味的。祁连休《当代民谣散论》对大跃进、文革、改革开放三大时期的民谣进行细致又系统的爬梳，精辟独到的分析论述，以期通过民谣了解当今人民群众的生活状况和思想愿望，希望对“兴利除弊，振奋精神，促进改革开放事业的发展”大有裨益⑫。在《论新民谣的主旨》中，王泽强单从改革开放以来的民谣入手，丰富充实了祁文，同样具有借鉴启发意义。马新在《时政谣谚与两汉民众参与意识》中认为两汉时的时政歌谣涉及国政大事、官员治吏、官场风气等方面，体现了民众对于时政的强烈的参与意识，“对汉代的政治与吏治起到了一定的衡量与监督作用”，借古鉴今，与上述两文心有灵犀⑬。

仪式歌研究当中最突出的要数冯瑞、艾买提《哈萨克族婚嫁仪式歌及其形成原因初探》，文章提出婚嫁仪式歌是哈萨克族婚礼仪式的重要组成部分，内容丰富，保存完整，认为其形成原因“具有丰富的社会文化内涵及深刻的历史地域特点”，试图通过对哈萨克民歌中婚礼仪式歌的描述与考察，“展示具有草原特色的哈萨克风俗、文化及其形成的历史、社会原因”⑭。

此外，还有陈水根对棹歌的研究《论棹歌的形成和发展及其特点》，雷阵鸣、蓝细宽对畲歌的研究《描绘理想社会的畲歌——〈封金山〉》，李萍对桂西山歌的研究《浅论新时期桂西山歌的特点》。对侗歌的研究有徐新建的两篇文章《“侗歌研究”五十年》（上、下）。

书评主要有黄毅《了解毛南文化的理想窗口——评〈毛南族民歌〉》，巫小黎《李金发和他的〈岭东恋歌〉》，许来渠《谚海扬帆，廿载归航——读武占坤先生〈中华谣谚研究〉》，李列《追慕本色，赋尽沧桑——读涅努巴西叙事长诗》。这里特别要提到朱爱东《双重视角下的歌谣学研究——北大〈歌谣周刊〉对中国歌谣学研究的贡献》，他认为《歌谣周刊》“不仅是中国第一个民间文学刊物和民俗学刊物，还是中国最早的和惟一的专门的歌谣研究刊物，它从民俗学和文学的双重视角研究歌谣，具有很深的启发和指导意义”⑮。

综而观之，本年度民间歌谣、叙事长诗的研究更多聚焦在少数民族身上，以西南、西北地区为胜，出自藏族、侗族、黎族、布依族、满族、傣族、瑶族、土家族、回族、畲族、毛南族等民族的作品备受关注，而汉族民间诗歌则少有涉猎。对民间歌谣或叙事长诗的具体文本进行深入细致的解读，悟出新意，似已成为一种研究风尚。此外，成系列研究也是一个喜人现象，如夏敏、李晓丽、徐新建等人对自己研究对象的多重观照，发表了多篇论文；还有“梅山民歌研究系列”、“巴渠民间文学、民俗研究系列”等大型系列研究课题。研究角度不一，方法各异，老将新人一起出马，坚持和拓展了这一原本清冷的研究局面，使其呈现一片蒸蒸日上之势。

---

① 胡纯琦．论国风非原汁原味的民间歌谣．怀化师专学报，2001，(1)：53，55.

② 夏敏．西藏歌谣中的巫术心态．民族文学研究，2001，(4)：29.

③ 郭杰．从“兮”字用法看《楚辞》的音乐特性．社会科学辑刊，2001，(2)：146，149.

④ 刘锡诚．刘半农：歌谣运动的首倡者．民间文化，2001，(1)：18～23.

⑤ 朱炯远．杜甫对谣谚的学习．辽宁大学学报（哲社科版），2001，(5)：60～62.

⑥ 贺学君．千古歌吟的中华民间叙事诗．中国民族，2001，(3)：7.

⑦ 俸俊馨．试谈傣族爱情叙事长诗《召树屯》的艺术表现手法．玉溪师范学院学报，2001，(1)：94～96.

⑧ 柯杨．听众的参与和民间歌手的才能——兼论洮岷花儿对唱中的环境因素、民俗研究，2001，(2)：45～46.

⑨ 冯进．“清水芙蓉”的民间情歌——兼论文人情歌．陕西广播电视大学学报，2001，(4)：35.

⑩ 贺又宁．布依族情歌语言的审美特征与布依族人的审美意识．贵州民族研究，2001，(1)：112～116.

⑪ 陈才训．《诗经》情歌与水崇拜．天中学刊，2001，(1)：77.

⑫ 祁连休．当代民谣散论．2001 海峡两岸民间文学研讨会论文集，2001，296.

⑬ 马新．时政谣谚与两汉民众参与意识．齐鲁学刊，2001，(6)：82.

⑭ 冯瑞，艾买提．哈萨克族婚嫁仪式歌及其形成原因初探．西北民族学院学报（哲社科版，汉文），2001，(4)：80.

⑮ 朱爱东．双重视角下的歌谣学研究——北大《歌谣周刊》对中国歌谣学研究的贡献．民俗学刊第一辑，2001，(11)：15.

二、民间歌谣与叙事长诗研究论文选载

(1989—1999) 十年民间情歌研究述评

戴剑平　王焰安　张　昀

(安徽阜阳师范学院)

当新世纪的钟声敲响时，民间情歌当代研究史亦迎来了发展期的第二个十年，经过十年的发展，民间情歌研究在前十年的基础上又有了新的拓展。为总结经验，审视得失，本文拟从以下几个方面进行述评。

一、总结了前十年民间情歌研究情况

检索民间情歌研究史，我们可以发现 20 世纪中期由于众所周知的原因民间情歌的研究几乎是空白。自 1979 年始，才有人开始涉足，并很快呈现蓬勃发展的趋势。为总结经验教训，利于研究，有人从六个方面对（1979—1989）十年间民间情歌的研究情况进行了概括评述，认为十年间民间情歌研究的成绩具体表现在：1. 突破了“左”的框框，确定了民间情歌的研究地位；2. 评介、研究了多民族的民间情歌；3. 对区域性的民间情歌进行了评介；4. 对民族民间情歌进行了比较研究；5. 探讨了民间情歌的一些基本理论；6. 对古代民间情歌进行了爬梳研究①。虽然作者囿于材料，有某些疏漏，但对十年间民间情歌研究情况的总结基本上是准确的。

二、评介、研究了民族、区域间的民间情歌

中国是个多民族的国家，有五十多个民族和睦相处，不仅不同民族有不同的文化特点，就是同一民族的不同地域也因地理环境、历史沿革不同，而具有不同的文化特点，这种不同民族不同地域的文化特点，赋予了民间情歌不同的文化色彩。1979 年至 1989 年有些研究者虽然评介、研究了一些民族、地域的民间情歌，但是有些民族、地域的民间情歌却没有涉及。因此，这十年中依然有人承袭前十年的做法，继续评介、研究民族、地域民间情歌。

1. 以民族为题而评介民族民间情歌。一个民族标识着一种文化，因之，不同的民族具有不同的文化标识，而产生、流传于各民族的民间情歌理所当然地载负着各种文化

标识的因子。为了正确地认识这些文化标识的因子，了解民族心理，有人以民族为依据，对民族民间情歌进行了评介。这种评介多是鸟瞰式的，研究不够深入、透彻，行文方式大同小异，虽也有从内容或艺术特色着手为文的，但从内容和艺术特点两方面进行概述则是其行文的重点和行文的主要方式，下面依《我国少数民族简表》的排列法，对十年中这类有关文章逐一进行概述。如有人认为满族民间情歌不仅渊源古老，而且随着满人的征战，流传亦甚广。其内容上反映了满族青年男女“从相识到求爱，从相恋到相思以及对封建婚姻的反抗”等方方面面的爱情生活。其艺术特点一是以物传情、内在含蓄；一是“满汉语连用”、形象生动②。有人认为哈萨克族民间情歌从内容上看既“歌颂了生活的真善美，抒发了人们对美好爱情的向往”，也“抨击、控诉了封建宗法制度”，并反映了因逐水草而以游牧为主调的悲欢离情。从艺术上看，它既有“丰富多彩的对唱形式”，也有规律性极强的明快节奏③，更多以“白天鹅”和“月亮”为描绘意象（以“白天鹅”比喻姑娘主要源于哈萨克人以“白天鹅”为氏族母亲信仰，以“月亮”比喻姑娘源于远古时期的月亮崇拜)④。有人认为鄂伦春族是一个在20世纪50年代初尚处于原始社会晚期，以地缘组成的游牧公社为基本的社会组织，私有观念淡薄的狩猎民族，因之，鄂伦春族民间情歌“体现了这个勤劳的民族在漫长的氏族社会里所具有的道德与伦理观念”，反映了“质朴、健康、真挚的情感”。在内容上既反映了对幸福生活的向往和美满婚姻的热望，亦反映了对相爱人的思念、对旧势力的愤懑及反抗。在艺术上具有“朴野之美”，多以花草、树木、鹿马、牛羊、喜鹊、乌鸦、天鹅为喻⑤。有人认为京族民间情歌从内容上说反映了纯朴、健康的爱情观和审美观、离别相思之情及真诚严肃、坚贞不渝的爱情态度，在艺术上其广泛借用白话口语，运用谐音双关和借物传情，或一语多意、话中有话，或明张暗李、虚实相映、比兴的表现手法，其“比”是通过利用根本上不同的此物和彼物在某一点上的相似来进行比喻或比拟，使抽象的思想感情具体化，曲折地补充他们就是直说出来也不足以表达的感情，其“兴”多从“实体”着眼，将其与“所咏之词”融通在一起，强调“兴”所寄托的思想感情。“兴”有一句的，也有两句或三句的，大量运用通感，其通感常与比兴、夸张等表现手法联系在一起等⑥。有人认为鄂西土家族情歌从内容上看它表现了青年对爱情生活的热烈追求，纯洁健康的恋爱观点和质朴的审美情操，对爱情的贤贞不渝以及同封建统治者封建礼教进行斗争的精神。从艺术特点上看它具有容量大、表现力强（因“有了第五句，不仅使整首情歌容量增大，而且往往又是全诗的‘诗眼’，或翻出新意，或深化主题”）及艺术构思的巧妙（(1) 借用自己所熟悉而又极寻常的事物来进行联想构思，并把客观事物的个别特征和主观思想联系起来，或阐发一个深刻的道理，或构成完善的能传达出作者各种复杂感情的艺术形象，或创造优美的意境。(2) 巧妙地运用移情于景、情景交融等手段进行构思，使情感表达得具体、通俗、形象。(3) 咏唱同一事理，表达同一感情，往往能从不同角度和侧面表现出来。运用多种比喻——铺排博喻来突出描绘事物的各个方面。或集中描绘一个方面的特征）和“博采口语”入歌，普遍采用重复，语言活泼优美的优势⑦。

2. 以地域为题评介、研究了区域性的民间情歌。由于地理生态环境的特点，决定了同一民族的不同地域，具有不同的文化特点，若以民族为题评介，恐有以偏概全之嫌，而同一地域的不同民族有时也有相同的文化基因，若以民族为题评介，又有人为割裂之弊，因之，以区域为题进行评介，既可揭示地域文化的特殊性，又可揭示区域文化的整体性和民族文化的交融性。这种研究往往也多从内容与艺术特色两方面着手，它既有侧重分析思想内容为文的，也有侧重分析艺术特点为文的，还有两者兼而论之的。就地域划分而言，既有狭义的地域，如喀什噶尔、陕北、巴渝等。喀什噶尔虽属于维吾尔民族区域，有着共同的人种特点、宗教信仰、饮食习惯，但地理环境的差异又决定了它具有某些独特的文化特点，如从内容上看，喀什噶尔情歌充满了对恋爱自由、婚姻自主的热烈向往与追求，表现了男女青年对爱情的坚定不移以及对反动势力压制、破坏自由爱情的坚决斗争，表达了维吾尔族人民纯朴、健康的道德观和爱情观。从艺术手法上看，喀什噶尔情歌娴熟地运用了比兴、夸张、反复，其比兴同该地区的山川地貌、风土物产及南疆维吾尔族的衣着、饮食、生产、婚姻、礼仪等紧密地联系在一起，具有鲜明的地方特色和浓郁的民族韵味（诸如茫茫的戈壁、滔滔的冰河、富庶的绿洲、辽阔的草原、皑皑的雪峰大坂、矫健的雄鹰、善驰的骏马、歌喉婉转的夜莺、高雅洁净的白天鹅、雍容的牡丹、娇妍的玫瑰、凌寒的雪莲、香甜的葡萄瓜果和骆驼刺、芨芨草、白杨树等）。广泛地运用重叠手法，其重复既有词和句的重复，也有段落的重复。句的重复形式多样，既有第一句重复，也有前三句重复，还有一、三、四、六句重复，二、三句重复，最后一句重复等⑧。陕北民间情歌既有对封建礼教的控诉和对爱情生活的追求，又有以“革命为重”的对革命的理解与支持，具有率真、明快、真挚、浓烈、蕴含丰富的抒情特点，情歌形象鲜明、具体⑨。巴渝情歌即指流传于巴山渝水间的情歌。它不仅表现了以往时代底层民众（特别是农民）对自由恋爱的强烈追求，对纯朴真挚爱情生活的向往，而且还声泪俱下地对束缚、扭曲正当爱情的封建道德伦理发出控诉，甚至勇敢地进行反抗。其艺术特色主要体现在歌词特色和旋律方面。唱词形式继承了“竹枝词”的写作传统，以七字四句居多，一、二、四押韵，也有五字四句、七字五句和七字六句的。唱词修辞手段丰富，善于运用各种带感情色彩和形象鲜明的词汇，表述不同环境下男女间相爱的复杂感情。调式以五声徵调式和羽调式为主，其次是宫调式、角调式和商调式。少数有六声或七声调式。调性既有同宫系统内调式的转换（即调式交替），也有不同宫系统的近关系转调。旋律结构以汉民族三音组为基础，旋律以波浪式进行与跳进⑩。广义的地域，一般涵盖数省区域，如西南、川陕、北方等。西南的概念与今天的所指不同，它特指湘、滇、黔三省，因其依据的是刘兆吉先生在20世纪30年代搜集整理的情歌，认为这些情歌具有唤醒民族精神的作用，表现了强烈的生命意识、自强意识、人生意识和对封建包办婚姻宗法制度的否定，对封建礼教、富贵贫贱等级制度的蔑视，对封建礼教男尊女卑的背叛（其一表现在女性的爱情往往比男子痴情、热烈，其二表现在女子表现出了一种生于追求，死于理想的勇敢、泼辣的牺牲精神，其三表现在妇女成为人们衷心赞美的对象）⑪。川陕革命根据地的民间情歌从内容方面而言，具有开朗、乐观、坚强不屈的精神，这类情歌因是特定时间、特定地域里产生的，其内容与一般意义的情歌有别（它将爱情与革命结合在一起，鼓励参加红军、个人利益服从革命利益；歌颂不屈不挠的斗争意志和勇于牺牲的大无畏精神；激励亲人坚定信念），因革命战争年代的特殊性，故其类型多为“劝”、“送”、“别”。就艺术特点而言，它具有浓郁的川北方言韵味，浪漫色彩和幽默感较强⑫。更有人从淮河以北广大区域着眼，探讨北方汉族民间情歌所具的地域特点。认为由于“特定的地域环境对人们生理感官的长期作用”，形成了人们的某些审美特征，从而赋予了北方民间情歌具有以宏大景物，顽强、坚硬、茂盛的植物作比兴，直抒胸臆、抒情强烈、酣畅淋漓，喜用叠字、双声词、叠韵词，重叙事等艺术特征⑬。还有以语言为标志，散居于南方的客家，因其聚居于闽粤赣三角地带，故将其划入广义区域论列。有人认为客家情歌的艺术魅力表现在：(1) 鲜明浓郁的地方色彩——地理环境、气候状况、经济资源和文化背景；(2) 多变的艺术表现手法——赋、比、兴、比拟、双关、夸张、引用、蝉联、反复；(3) 语言风趣而含蓄⑭。

三、探讨了民间情歌的文化功能

民间情歌具有多种文化功能，基于此，有人从社会学的角度进行了探讨，认为土家族情歌具有顽强的生命力，在于其具有教育人、激励人和推动历史发展的社会功能，具体表现在：批判揭露功能（这种功能主要发生在封建统治加强的改土归流之后）、歌颂赞美功能（即内在美的择偶观、善良能干的择偶标准、感情真挚的婚姻道德）、教育激励功能（树立忠贞专一的爱情观、正确处理爱情与事业的关系）⑮。有人从伦理学的角度进行研究，认为客家传统情歌具有与封建传统相对立的婚姻伦理观，即 1. 自由恋爱，婚姻自主；2. 缔结“有情有义”的婚姻；3. 建立忠贞专一的夫妻生活；4. 实现男女平等、夫妻商量、勤俭持家的婚姻理想⑯。有人从历史学的角度进行分析，认为摩梭情歌反映了摩梭人曾经历过四种婚姻形态，即血缘婚形态、两合外婚制形态、阿注婚形态、安达制形态，提供了婚姻史的认识功能⑰。鄂伦春族情歌“对于认识鄂伦春族的生活、生产和历史变迁有其重要价值”⑱。其实，这些功能只是民间情歌的客观功能，民间情歌还有其主观功能，如交际功能、宣泄功能、慰藉功能、娱乐功能，这也是值得探究的。

四、探讨了民间情歌的起源、兴衰及分类等问题

民间情歌本体论中有许多问题值得探讨，有些概念至今仍模棱两可，有些理论还未从科学上进行理性把握，因此影响了民间情歌研究的科学性，为此有些学者对某些问题进行了探讨。

1. 探讨了民间情歌起源的问题

民间情歌是如何起源的？这是研究民间情歌首先必须研究的问题，为求得合理的阐释，有人通过对历史典籍与少数民族民间风俗的考察，认为民间情歌起源于性择意向⑲。有人通过对土家族情歌中“以动物求偶、植物花果作比兴”的分析，认为“情歌是随着人由动物向人进化的过程，从动物的求偶音响而进化，而发展来的”，“情歌起源

于人类的性本能”[20]。有人通过对情歌的表述，也表现了这一认识，即“情歌是性意识的一种外化形式，是人的性压抑、性欲求的某种自然发泄”[21]。

2. 探讨了民间情歌生成的原因

民间情歌的生成既有普遍的人性心理的反映，也有某些特殊的地理、宗教、习俗因素。如有人认为土家族改土归流前，因生活于崇山峻岭之中，与汉民族文化处于隔绝状态，故封闭的社会生活环境和善歌的民族特点及“以歌为媒”的风习生成了原始、自由的民间情歌。而改土归流后，汉文化的大量渗入，生成了社会、家庭因素多于人性因素的民间情歌[22]。有人对荔波坤地布依族情歌的生态情况进行了分析，认为其生成既有偏僻而优美的自然环境因素，更有“闹门墙”的习俗活动的催发[23]。

3. 分析了民间情歌发展史

民间情歌无论是词或是曲，都有一个发展、演变的过程，对其发展过程进行探讨，有利于人们认识民间情歌的发展规律。有人根据土家族情歌中的女性心态，以改土归流这一历史事件为分水岭，将土家族情歌分为前、后两期。前期情歌充分反映了人性、人情；后期情歌则多忧虑矛盾之情而少自主无忌之意，多伤痛凄惨之感而少愉悦轻松之状，多悲壮决绝反抗之声而少张扬舒展之调[24]。

4. 探讨了民间情歌的分类问题

分类是许多学科都要涉及的问题，而且也是比较棘手的问题，研究民间情歌同样也要涉及这一问题，故有以“感情”的发展为线索进行分类的，如有人将陕北的民间情歌分为“情缘”、“情爱”、“情思”、“情别”、“情怨”、“情伤”六部分[25]。有人将巴渝情歌分为初交歌、赞美歌、相思歌、送别歌、起誓歌[26]。有人将喀什噶尔的民间情歌分为“初识歌”、“试探歌”、“赞萌歌”、“相思歌”、“起誓歌”、“反抗歌”、“逃婚歌”[27]。有人将满族情歌分为“求爱歌”、“相恋歌”、“相思歌”、“反抗歌”[28]。有人将壮族“歌圩”中的情歌分为相见歌，壮语称“欢会面”。它具有预示全曲内容、定下全曲旋律、基调的作用（相见歌又分为欢歌，壮语称“欢昂”、初会歌、初连歌）；催请歌，壮语称“欢请”（催请歌又分为催请歌、谦让歌，壮语称“欢辞”；挑逗歌，壮语称“欢逗”），赞美歌，壮语称“欢台”；盘歌，壮语称“欢功夫”或“欢团”；结交歌，壮语称“欢交”（结交歌又可分为探情歌、逗情歌、求情歌、不嫌歌、定情歌），分别歌，壮语称“欢离”（分别歌又可分为忠贞歌、劝诫歌、分手歌），重会歌，壮语称“欢逢”（重会歌又可分为思念歌、失意歌、反抗歌）[29]。有人将土家族情歌分为“相识歌”、“初恋歌”、“热恋歌”、“盟誓歌”、“相思歌”、“诉苦歌”、“反抗歌”、“逃婚歌”[30]。有人将鄂伦春族情歌分为“赞美歌”、“约会歌”、“求婚歌”、“出嫁歌”、“贺喜歌”、“相思歌”、“愁情歌”、“逃婚歌”[31]。有以体裁分类的，如有人将鄂西土家族民间情歌分为山歌、采茶歌、扬歌、对声子、龙摆尾、穿号子、五句子等[32]。有以演唱方式分类的，如有人将巴渝情歌分为独唱、对唱（包括部分盘歌形式）与领合相间等[33]。

5. 探讨了民间情歌的唱腔

民间情歌因民族、地域的差异，形成了各具特色的唱腔。如土家族民间情歌的唱腔有柔腔、高腔、拖腔、滚腔、花腔[34]。

6. 探讨了民间情歌兴衰的原因

民间情歌的兴衰有其多方面的原因。如有人认为土家族情歌兴盛的原因在于巫祀的刺激，衰竭的原因在于以往作为情歌基础的神秘的性爱和淫祀在人民生活中的地位正在改变[35]。也有人认为鄂西土家族情歌发达繁荣的先决条件是古代社会婚姻制度的相对自由[36]。哈萨克情歌兴盛的原因在于：丰富多彩的对唱形式——传统对唱、阿肯对唱及节奏明快、规律性强，便于诵唱和即兴发挥[37]。

7. 探讨了民间情歌精美的奥秘

情歌为什么是最精美的口头语言艺术作品，这也是研究民间情歌必须要回答的问题。有人认为在情歌的创作与流传的过程中可求得合理的解释。因为爱情本是人类最美好而又生生不息的一种感情，情歌直接联系着人们的爱情生活，是一种特殊形式的爱情语言。为了最有力地打动情人的心坎，在角逐中赛过对手，人们总是竞奇争巧、花样翻新，呕心沥血地去追求最新最美的艺术境界。而传统情歌又是众口传诵，世代传承之作，人们用集体艺术智慧不断地对其进行锤炼加工，于是日臻完善，脍炙人口[38]。也有对具体歌式的总结，如有人认为传统情歌“五句子歌之奇，还奇在曲调可以欢快轻灵风趣，亦可奔越豪放粗犷，既可抒含蓄婉转之情，又可发怨恨激昂之愤”[39]。

五、探讨了民间情歌的创作规律

民间情歌虽然是人民大众的即兴创作，但也有一定的创作规律。通过研究有人认为民间情歌创作中存在着对套语进行新的组合的现象，这种套语模式：一是意念套词，如维吾尔族情歌中的“黑眉毛”即此。一是套语式结构，它是指一个诗行由两个部分组成，其中一部分是不变的词组，构成诗行的既定框架；另一部分则是可变的套语或套语式短语。民间情歌创作中还有元意象的运用现象，一为运用元意象直接表现，即将某一事物直接与所咏对象联系起来。如新疆各民族情歌中，可以运用的元意象中，动物有花鹿，象征吉祥、聪明；白天鹅，象征自由、高贵、纯洁；羊羔，象征温顺、善良、柔情；大雁，象征忠贞专一；雏鹰，象征勇敢、矫健、机敏；夜莺、百灵鸟，象征伶俐、美妙；马，象征忠诚、坚韧。花朵：玫瑰，象征热烈、娇艳；牡丹，象征高雅、宝贵；石榴花，象征热情、奔放；雪莲花，象征坚强、高洁。树木：白杨，象征品格高尚；沙枣，象征生命力坚韧，芳香；松树，象征青春、永恒；桑树，象征美满、幸福。一为运用元意象进行间接表现。即与所咏物表面关联不甚密切的意向，如新疆情歌中，苹果、鱼、马、月亮表面上与爱情主题不甚密切，但却常常被运用为元意象[40]。而客家情歌中也常用茶为元意象[41]。有人通过研究，认为民间情歌亦有自己的意境，如苗族民间情歌的意境具体表现在画面的流动性、形象的主观性、诗意的深刻性方面，画面的流动性即展现动态画面以及歌者的感情流，使听众在思想中浮现出带有歌者感情色彩的画面。形象的主观性即是说无论是即兴创作的情歌还是流传中加工的情歌都抒发自己或注入了人们的主观感受。诗意的深刻性即是说民间情歌寓含着丰富的社会内容[42]。有人认为民间情歌创作有自己的独特抒情方式，如土家族民间情歌的抒情方式主要有两种，一种是以态表情，这种态一是自然生理情态，主要指脸部情态、眼神情态，一是动作情态。一种是移情表情，这种表情有两种情况，一是选取实在客体移情，一是创制想像客体移情[43]。也有人根据流传于湘西、桂北、黔东、鄂西南、川东诸地的苗族情歌，对苗族情歌的比兴手法进行了总结，认为苗族人民的生活环境及自然条件——东部方言的苗族大多在大山区中从事经济、文化活动，为苗族人民表现事物的多样性和广泛性提供了条件，故在情歌创作中往往比兴合用，同时出现；明喻、暗喻、借喻、博喻灵活运用[44]。还有人对民间情歌的韵律和句式进行了总结，如土家族情歌有押尾韵、头韵、腰韵、插花韵之分[45]。五句子歌则是一、二、四、五押韵，中间一句不押韵，亦有对称和谐的美感[46]。侗族情歌四句一首的隔行押韵，四句以上一首的押韵自由，只求上口、可歌[47]。客家情歌有一蝉联句式，即前句末句与后句首句完全相同[48]。土家族民间情歌有四句头、五句头、三句半[49]。哈萨克情歌以十一个音节为一个诗行，以二或四行为一个诗段，每首歌多以二、三、四个诗段组成，常重复每个诗段的最后一行以加强表现力。其节拍有“四四三拍”、“三四四拍”、“四三四拍”三种[50]。

六、对民族间的民间情歌进行了比较研究

为了探讨民族民间情歌的共同规律及相异现象形成的原因，人们对不同民族间的民间情歌进行了比较研究，或探讨其相同的根源，或分析其相异的原因，或追寻其影响、传承的线索，它既有单独为文全力探索的，也有在文中顺便点拨的。如有人通过对《诗经·国风》中的民间情歌与当代贵州苗族民间情歌的比较分析，认为它们俱以宗教、祭祀、歌舞、狂欢、野合、恋爱自由、奔者不禁为表现内容，体现了较强的女性意识。这些质的相同来源于两方面的原因：一是苗族人民是从中原迁徙到荆楚，再迁徙到贵州山区的，他们带走了封建礼教还不及控制的奔放的中原情爱文化；一是苗族作为迁徙之民族，在文化心理上有较强的排他性、保守性和稳定性[51]。有人认为布依族民间情歌与汉族《诗经》中的恋歌存在着许多相似之处，其相似之处具体表现在：结构相似（《诗经》恋歌大部分是每首两章或三章，每章四句，并且多是重章叠句。布依族情歌亦多数是每首两章，每章四句，重章叠句）、表现手法基本一致（《诗经》的写作手法是赋、比、兴，尤其是比、兴用得较多。布依族情歌也惯用这三种表现手法，同样是比、兴用得多）、内容相近及演唱方式相同（布依族情歌既可对唱又可独唱，《诗经》恋歌也是既可对唱又可独唱）四个方面，布依族情歌虽然与《诗经》恋歌有着如此的相似，但是布依族情歌不可能是《诗经》的翻版或是在其影响下产生的，其相似的原因在于：都是共同的农耕文化，共同的山水背景下的对歌场所，共同的歌主言辅的爱情表示方法及共同的以节日为依托的对歌活动。至于两者之间的差别，主要表现在字数和韵律上。如《诗经》多四言，布依族情歌多七言，《诗经》有句尾韵、句中韵、句句韵、换韵等，布依族情歌虽然也这样用韵，但主要是句尾韵，这是民歌韵律发展变化的结果[52]。也有人根据土家族苗族情歌中“女思男”现象较汉族多的现象进行分析，认为造成这种现象的原因是：1. 人类学原因。土家族、苗族文化中没有汉族文化中那种“抟土造人”之说，更没有西方的“原罪”思想，他们是“傩公傩母”的子孙。2. 社会学原因。偏僻的地理环境，

生成了一种文化自然村，加之人们没有适应选择新文化的可能，因之较少受到封建礼教的影响，因而他们把男女相爱看成天经地义[53]。也有人认为苗族情歌中的一些相应比兴技法，源于近代汉族文化的影响和渗透[54]。从形式上看，现今流传下来的鄂西情歌主要形式“五句子歌”最早就出现在明代，称为“桐城时兴歌”，“可能由吴越之地流传而来”。从内容上看，两者表现的内容基本相同[55]。京族爱情歌谣保留有比较多的古汉语词汇和语法结构，这是京族文化深受汉族文化影响的结果，是京族人民为丰富、发展民族文化而对汉民族文化的吸收和消化[56]。

七、以内容归类进行专题研究

誓歌类情歌是各民族民间情歌中都广泛存在的一类情歌，有很多值得探究之处，从内容上看，它表现了男女双方誓死结合和不可能离异的决心，通过“赌咒发誓巫术民俗”，“表达恋人的生死不渝的意愿”。从艺术效果而言，它“一是语言率真”，“二是连用假设句作反衬”，“三是气势磅礴”[57]。

综上所述，十年来民间情歌的研究虽未间断，但评介得不够全面（多集中在土家族、苗族等几个民族，有些民族的情歌至今没有专文评介）、研究得不够深入（多停留在评介的层次上），惟愿在新千年的第一个十年有所进展、开拓。

---

① 王焰安、张昀．(1979—1989) 十年民间情歌研究述评．阜阳师范学院学报，1996，(3).

②㉘ 赵志忠．满族情歌论．民族文学研究，1992，(3).

③㊲㊿ 马幸荣．哈萨克情歌初探．新疆大学学报，1994，(2)：15～18.

④ 张昀．试析散发着浓郁民俗气息的哈萨克情歌．新疆职工大学学报，1999，(3).

⑤⑱㉛ 孙桂森．鄂伦春族的情歌．内蒙古社会科学，1989，(2).

⑥56 陈略．京族爱情歌谣表情达意方式略论．民族艺术，1991，(3).

⑦㉜㊱㊴㊻55 田发刚．鄂西土家族五句子传情歌初探．鄂西大学学报，1989，(1).

⑧㉗ 边声．花研果甜　香遍绿洲——谈喀什噶尔情歌．喀什师范学院学报，1991，(1).

⑨ 李德忠．陕北民谣、情歌浅谈．延安文学，1995，(1).

⑩㉖㉝ 陈善蓉，杨先国．巴渝情歌初探．民族艺术，1994，(3)：152～160.

⑪㉑ 张景华．论《西南采风录》的情歌文化．云南师范大学学报，1992，(4).

⑫ 万林．川陕革命根据地情歌浅析．川陕苏区历史研究，1990，(1).

⑬ 马华祥．汉族北方民间情歌的地域特点．河南师范大学学报，1994，(5)：75～78.

⑭㊶㊽ 王东甫．色彩斑斓的客家情歌．广东民族学院学报，1994，(2)：33～40.

⑮ 向泽银．试论土家族情歌的社会功能．中南民族学院学报，1991，(2).

⑯ 魏启青．论客家传统情歌的婚姻伦理观．岭南文史，1992，(2).

⑰ 桑德诺瓦．“女儿国”的婚姻形态及情歌．音乐探索，1989，(4).

⑲ 王焰安．民间情歌起源初探．阜阳师范学院学报，1999，(2).

⑳㉟ 彭荣德．土家族情歌盛衰论．民间文学论坛，1990，(4).

㉒㉔ 曹毅．土家族情歌的两个阶段及女性心态．民族论坛，1994，(3).

㉓ 欧国情．荔波坤地布依族情歌生态浅析．南风，1992，(2).

㉕ 吕政轩．陕北民歌中的情歌分类．榆林高等专科学校学报，1999，(1).

㉙ 覃录辉．广西壮族“歌圩”情歌的分类．中央民族学院学报，1990，(3).

㉚㉞㊸㊺㊾ 杨昌鑫．浅析土家族情歌抒情的艺术性．中南民族学院学报，1990，(5).

㊳ 刘守华．《土家族传统情歌研究》读后．中南民族学院学报，1995，(3)：89～90.

㊵ 蔡宇如．情歌·套语·元意象．西域研究，1993，(1).

㊷ 李文明．苗族情歌意境初探．贵州民族研究，1992，(2).

㊹㊿ 龙生庭．论苗族情歌的比兴技法．吉首大学学报，1991，(4).

㊼ 沈嘉泽．侗族青年爱情生活的心声—略论《侗族情歌》．南风，1990，(1).

51 沈有珠．从民俗文化的传承看《诗经》情歌与当代苗岭情歌．贵州师范大学学报，1996，(2):16～18.

52 王德龙．《诗经》恋歌与布依族情歌比较．贵州文史丛刊，1994，(4).

53 蔡元亨．论土家族苗族情歌中的“撒野现象”．中南民族学院学报，1992，(5).

57 何红一．誓歌与咒术．中南民族学院学报，1991，(6).

[原载《民族文学研究》2001年第1期]

听众的参与和民间歌手的才能

——兼论洮岷花儿对唱中的环境因素*

柯　杨

（兰州大学中文系）

在中国甘肃省东南部洮河流域的临潭、卓尼、岷县、康乐、临洮等县的汉、藏、回三个民族中，长期流传着一种被称为“洮岷花儿”的山歌。这种山歌，大约萌生于明代初期（公元1370年前后），至今已有630年的历史①。当地众多的农民，除了平常田间劳作、山坡放牧时偶尔即兴歌唱外，还在传统的一年一度的“花儿会”上，自发地举行大规模的山歌竞唱活动。花儿会的会场，绝大多数都在上述各县风景秀丽的山林、寺庙附近。据统计，这个地区大大小小的花儿会有100多个。其中，岷县二郎山花儿会（农历5月16日～18日）、临潭县新城乡城隍庙花儿会（农历5月4日～6日，端午节）和康乐县莲花山花儿会（农历6月1日～6日）的规模最大，每年的参加者都在万人以上，最盛时可达五六万人之众。

在最初，唱花儿是农业祭祀仪式的一部分，是人与神交往的一种重要方式。这从我们搜集到的“神花儿”（即专门唱给神的花儿）中就可以看出端倪。其内容，或祈求风调雨顺，五谷丰登；或祈求生儿育女，繁衍子孙；或表达愿望，求神佑助；或因愿望得到实现而用歌唱酬谢神灵②。这类作品证明，人类文化、艺术活动的产生，最初都与原始信仰和祭祀有着密切的关系。古代的祭坛就是文坛，凡音乐、诗歌、舞蹈等，最初都是为了求神或酬神。后来，随着社会的进步，艺术便从祭祀活动中分化出来，向娱乐转化，即从祀神向娱人转化。从洮岷花儿中情歌、生活歌的逐步增多和祀神花儿的逐步减少，就可以看出它目前仍处于转化的过程之中，尚未完全实现彻底的转化。其转化缓慢的原因有三：一是交通闭塞，受外界影响较少；二是现代传媒工具（电视机、收音机等）在当地普及率相对较低，对传统乡土文化还没有形成强大的冲击力；三是当地民众对自己乡土文化的热爱和感情深处对现代商业文化的拒斥。从这一角度来看，洮河流域目前仍是一片传统乡土文化的净土，依然保留着许多原初性文化的特征，给我们提供了一个广袤的田野作业空间，许多民间文化（包括民间歌谣）的产生、发展、传承和变异中的问题，或许都能够在这片土地上找到活态的线索和答案。这种“香格里拉”(Shangrila)式的地方，对于当今急剧变化的世界来说，似乎是“另一个世界”(the other world)。这样的地方，在今天的地球上的确已所剩无几了，值得全球学者们特别关注并加大研究力度。

在洮岷一带的花儿会上，民间诗人、歌手们的即兴创作和演唱，总要受到多种因素

---

* 原文附有采风照片9幅，选入本集时删去。——编者注。

的影响。这些因素包括：长期以来形成的传统演唱程式（包括禁忌）的制约；对唱者相互问答的激发作用；现场听众的反应和参与程度；赞助者对歌手的奖励和权威者的态度等等。这诸多因素的综合，往往支配着歌手们的情绪，也对演唱的质量和效果有着不同程度的影响。任何一位研究者要想真正认识花儿会上民歌对唱的价值所在和文化意义，就必须把演唱环境的诸多因素一律纳人自己的观察和研究视野。本文正是围绕上述这些环境因素，谈谈我个人的一些看法。

一、花儿会上传统的演唱程式与禁忌

花儿会，可说是洮河流域民间诗与歌的盛大节日。农民们的演唱活动，数百年来，形成了一定的程式，当地人叫做“规程”。比如莲花山花儿会，每年总是按下列顺序移动进行：农历六月初一、初二两天，以朝山进香、祀神酬神和唱“神花儿”为主③。初三、初四的白天和晚上，歌手们聚集在莲花山下的足古川里，大唱生活歌和情歌。初五移到景古乡的王家沟门彻夜对唱。初六，一部分移到临洮县潘家集的紫松山，另一部分移到临潭县治力关乡的关街，除继续唱情歌、生活歌外，还必定要唱告别歌，表示一年一度的莲花山花儿会即将结束，相约明年再来聚会。至于莲花山附近各村庄青少年们在花儿会期间用马莲绳拦路听歌的风俗，也是最有地方特色的“规程”之一。再如临潭县新城乡端午节的花儿会，是从明、清以来的迎神赛会演变来的，共举行三天。第一天叫“跑佛爷”，各乡村的青壮年天一亮就用轿子抬着他们的地方保护神——龙神（共有十八位）来到新城外，先举行“献羊”仪式，下午集中到东门内，经地方官员和商会会长等主持“降香”仪式后，人们便抬着自己的“龙神”飞跑，以最先到达城隍庙大殿落座为胜。第二天叫“踩街”，各路赛神队伍抬神轿、举銮驾、列仪仗、奏鼓乐，按座次先后出城隍庙缓缓游街，两侧住户、商店皆燃炮、焚香、迎神、谢神，然后返回城隍庙重新入座。第三天叫“上山”，拂晓时，各路队伍抬“龙神”到城西北面的朵山（又叫“大石山”）攘雹除灾，祈求丰收。中午陆续下山，在西门外岔路口“扭佛爷”。下午返回城隍庙，黄昏时出庙，各路队伍抬“龙神”回到各自本庙。在这三天当中，各地民间歌手也都跟随赛神活动移动竞唱，晚上更加热闹，城隍庙内外整夜歌声不断。岷县的花儿会大致与临潭新城花儿会类似，只是赛神、唱歌的地点在城附近的二郎山及山下的街道上而已。至于其他规模较小的花儿会，虽然没有赛神活动，但在附近庙宇进香祀神和对唱花儿，则是共同性的。从上述情形可以看出，洮河流域花儿会的演唱程式，总是与当地的农业祭祀活动紧紧相连，人们演唱花儿，与他们所处的恶劣自然环境、朴素的原始信仰和强烈的生存意识有关。歌唱时的独特声调、韵律和节奏，与日常生活中的口语大不相同，能制造出一种异乎寻常的神秘气氛，以利于人和神的沟通与交流。对于当地众多农民来说，花儿是他们心灵的歌唱，是他们生活中不可缺少的组成部分，就像吃饭不能缺少盐一样。“饭养身，歌养心”的俗语，“白纸要铰鞋样呢，花儿在人心上呢，唱是辈辈发旺呢，不唱是穷根扎上呢”一类的歌词，都形象地说明了这个道理。

每当两组歌手正式对唱时，也有一些约定俗成的规矩必须遵守。首先，不能在家中或村子里唱情歌，只能唱“神花儿”、“本子花儿”④或“贺喜花儿”⑤。其次，即使在花儿会上，也有“避班辈”（当地俗称“避躲”）的风俗，就是同一血缘家族中不同辈份的男女之间，不但不能对唱情歌，也不允许在圈内听歌，以免乱伦之嫌。有的歌手一开唱，先唱“有避躲的往后站，没避躲的往里钻”，正是这一风俗的反映。第三，在花儿会上若与不相识的歌手对歌，一般都要先唱见面歌以示礼貌。见面歌主要包括三方面的内容。一是问候。比如甲组问：“红心柳，一张杈，各位朋友来了吗？先问你们一句话，走乏了吗没走乏？”乙组答：“一年一回莲花儿，娃娃不引门不关，痛痛快快唱几天，把兀（那）乏的再没管。”二是询问对方姓名和家住何处。比如甲组问：“清水倒者缸里呢，你是城里的嘛乡里的？你是阿个庄里的？”或问：“红心柳，四张杈，你的名字叫啥姓叫啥？名字不说了姓说下。”乙组答：“针插子上一根针，我是太平寨的杨家人，白松门扇双大门。”三是问对方想唱什么内容的歌。比如甲组问：“杆一根，两根杆，唱个啥是你喜欢？爱石榴吗爱牡丹？”乙组答：“园里要种白菜哩，各位把式都在哩，要唱个你疼我爱哩。”（即希望对唱情歌）或者这样回答：“镰刀要割黄刺呢，散花儿有啥名气呢，要唱三国演义呢。”几段见面歌唱毕，就转入正规的对唱。一般说来，一场正规的对唱，大约需要三四个小时，唱到饿了、累了，便互唱几首告别歌，表示这场对歌即将结束。比如，“木板要做案板哩，各奔各的店站哩，肠子要连面灌哩，是牛马者安圈哩”，“手拿镰刀割柳哩，尕怜儿起身就走哩，心疼者阿们（怎么）丢手哩”，“海纳捂了红指甲，你去时把你的魂丢（留）下，我把魂压者席底下，晚夕连你的魂说话”等等，都是生动有趣的告别歌的实例。

上面介绍的洮岷一带花儿会的演唱程式，大约三百年前就已初步形成，至今仍无明显改变，充分表现出乡土文化形式上的稳定性和传承性。

二、对唱者相互之间的问答和激发作用

洮河流域花儿会上的对唱，不是个人对个人，而是集体对集体。因此，双方都把对方视为最重要的听众。一个演唱小组，必然是在一位“花儿把式”（又叫“串把式”或“花儿行家”）的率领下，由五六人组成。“花儿把式”这个重要角色，总是由那些具有丰富创作和对唱经验的歌手担任，他的主要任务，是应付对方的挑战，在极短的时间内编好歌词，并把这首歌词及时口述给自己小组内的各位歌手，由大家一人一句地轮流去唱。我曾在花儿会上见过许多老年的“花儿把式”，他们虽然由于嗓音不如青年人而不再参与演唱，但在思路的敏捷和即兴创作的才能方面却是令人惊叹的。“花儿把式”是一个演唱小组的灵魂和主心骨，这个小组赛歌的成败，主要取决于他这个核心人物的应变能力和创作质量。有一次，我在莲花山花儿会上听到两组歌手相互赞扬对方的水平高，唱得好，他们的唱词是：

甲组：镰刀割了胡麻了，
　　寻着花儿的娘家了，
　　把花儿有处搁架了，（搁架：放置）
　　不由人者服下了。（服下了：佩服得很）
乙组：镰刀割了碎花了，
　　寻着花儿的外家了，（外家：外婆家）

唱花儿有人对答了，
有你就有配搭了。

甲组：竹子叶叶儿倒挂了，
遇上花儿的好家了，
把我听者笑下了，
心里一呱记下了。（一呱：全部）

乙组：镰刀割了胡麻了，
碰上花儿的行家了，
把唱不好的不怕了，
越唱精神越大了。

现场听众对这一段精彩的对唱，无不报以热烈的掌声。“花儿把式”们创作一首花儿，绝对不会超过一分钟，他在听到对方合唱“花儿哟，两叶儿呀”这个尾句的时候，就要给本组的“头腔歌手”（即唱第一句的歌手）口授自己心中已经编好的首句歌词，对方声落，我方声起，中间不得有丝毫停歇或冷场出现。就这样，一连几个小时，双方对唱不停，那些最普通的田夫农妇们在紧张而有序的对唱中，把自己的创作才华展现得淋漓尽致，使许多观光客们叹为观止。

最值得注意的是对唱过程中双方“花儿把式”之间的相互激发作用。有一次，我在花儿会上采风时，为了记录得快一些，便约请了几位“花儿把式”在休息的间歇中把他们心中所编的歌词说出来，而不是唱出来。他们说了十几首之后，就再也说不出来了。我问他们：“为什么在对唱中你们的歌词编得那么多、那么好，而离开对唱却没有词儿了呢？”他们说：“要针对对方的问答才有话说，没有对手，就不知该唱什么了。”由此可见，对手的提问和回答，是“花儿把式”们产生创作欲望的“酵母”，是激发他们灵感与智慧的关键。没有对歌的热烈氛围和竞技环境，失去了挑战者“火力”的逼迫，他们即兴创作的才能就难以充分发挥出来。在“花儿把式”和歌手心目中，从来不把在僻静处讲述花儿唱词看作是真本领，而只把花儿会上激烈交锋中的获胜看成是高水平的惟一标准。所以说，研究花儿文化，尤其是研究“花儿把式”们的创作过程，离不开对花儿会这个特定环境的全面观察和体验，离不开对相互激发因素重要性的深层理解。否则，就可能只是一种平面的、凝固的、表层的研究，而不是立体的、动态的、深层的研究。

双方“花儿把式”的相互激发因素是多方面的。除了有问必答，不能答非所问之外，还包括对对方声音太小或突然停顿的诘难和嘲笑。比如，当乙组距离远或歌唱的声音小，甲组听不真切时，甲组就会这样唱：

青铜打下一面锣，
你唱的啥是听不着，
你往我的跟前挪。

而乙组却回答得更妙：

青铜打下锣者呢，

我往你跟前挪者呢，
你装下听不着者呢。（装下：假装）

如果乙方所答非所问，那么甲方就会这样讽刺：

我唱东来你唱西，
对不上了你耍去，
拿几个散花儿耍把戏，
把我当聋子嘛当傻子？

如果乙方在对唱中一时编不出词，出现了停顿，甲方就会挖苦地唱道：

你唱了一声不唱了，
就合嘴里噙上面酱了，（合：像）
显出花儿的孽障了。（孽障：可怜）

或者唱：你唱了一声停下了，
就合洋蜡沁下了，（沁：凝固）
你大概编不上花儿的病发了。

在这种局面下，乙方“花儿把式”所受压力之大，是可想见的。他们有的觉得自己的确难以赛过对手，甘愿认输地唱道：

剪子要铰绿布呢，
你有唱花儿的师傅呢，
谁能把你吃住呢！（吃住：比过、超过）

而甲方则会自信地回答：

原打原的原来了⑥，
剪子要铰绿布呢，
唱花儿要啥师傅呢，
全凭个家思谋呢！（个家：自己）

当地所流传的“花儿好唱，把式难当”这句俗语，强调指出了“花儿把式”在对唱过程中的特殊地位和作用。那些优秀的“花儿把式”面对激烈的竞技场面，沉着冷静，从容不迫，他们一边喝着浓茶、摇着扇子，一边编着唱词，指挥着本小组的歌唱，一派大将风度，不能不使人们佩服得五体投地。

三、听众与歌唱者之间的感情交流

不参与歌唱的听众，有的是专程前来为本村歌手助威的歌迷，有的是朝山进香的善男信女，有的是远道而来的观光游客，有的是从事民间文化研究的专家、学者。这些听众与歌唱者之间，也有着明显的感情交流，对歌唱的内容与气氛的热烈程度，有着不同程度的影响。本村的邻居熟人中，以替补歌手、歌迷或“花儿把式”的崇拜者居多数。

他们虽未直接参加演唱，只是坐在内圈听歌，但却是本乡本村歌唱小组的坚定支持者。他们不时为己方精彩的演唱大笑、叫好，甚至提出建议，起一种智囊团的作用。比如，1988年我在莲花山花儿会上采风，一个小组唱道：“莲花越开越艳哩，包产到户实现哩，农民生活改善哩，顿顿要吃白面哩。”本来，唱完这四句，就该唱“花儿哟，两叶儿呀”这个尾句了，但内圈的一位歌迷觉得这几句把生活的改善表达得很不充分，居然灵机一动，越俎代庖，补作了三句，让歌手们接着唱：“长饭还连油拌哩，里头和点新蒜哩，香者只把嘴伴哩。”而另一位歌手对此仍不太满意，紧接着又补了三句：“白面把人吃厌哩，想吃一顿杂面哩，把兀（那）阿达（什么地方）寻见哩!”结果，这首花儿被延长成了极为少见的十句，唱完之后，不但赢得了听众空前的喝彩声，就连对手也不得不表示十分赞赏。这个生动的例子说明，由于歌唱的内容触动了现场听众的内心世界，他们按捺不住激动的心情，直接参与了创作，大大丰富了唱词的内容，深化了主题。这种情况虽然并不经常出现，但足以证实听众的参与会产生多么美妙的效果!

朝山进香的善男信女，多数也是花儿的爱好者，甚至就是著名的歌手。他（她）们在殿里敬过神佛、唱过“神花儿”之后，也往往组成一个个小组，参加到对唱的人海中去，或者，挤到对唱的人群里，兴致勃勃地听歌。其中的老年人，对于唱情歌已不再感兴趣，但对本子花儿或表现农家日常生活的花儿却兴趣甚浓。在1985年的花儿会上，有一位叫吴阿婆的老妇，当年已67岁，由于听到青年人们唱情歌，触发了她的思绪，于是便独自一人坐在远离歌唱圈的地方，小声地唱道：“石磨平了重錾哩，骒马老了倒换哩，钢刀老了重磨哩，人老了者咋活哩!”这既是对她自己青春已逝、晚景凄凉的慨叹，也是不甘心自己的艺术生命被人们忽视和忘却的一种挣扎。她远离人群的歌唱，可说是一种特殊形式的参与，除了抒发自己孤寂的情怀，也有希望得到同情与理解的因素。

远道而来的观光客人，大都以好奇的心态听歌，他们或因听不懂用方言演唱的歌词而着急，或因偶尔听懂了几句而喜悦。这些客人的音容笑貌，一举一动，甚至穿着打扮，也往往成为“花儿把式”们即兴创作的素材而被顺手拈来，随时编织到唱词中，使双方都大为高兴。比如，1991年，我邀请了一位北京的女记者和两位台湾民间文化专家赴莲花山花儿会采风，四位男歌手就冲着正在拍照的女记者唱道：“斧头要剁白杨呢，北京的尕妹照相呢，今晚给你唱亮呢，明天把你跟上呢，跟上才有希望呢。”这唱词，不仅是触景生情的插曲，也是颇为幽默的玩笑，使在场的听众无不开怀大笑。歌手们要求这位女记者也唱一首花儿，她不会，只好唱了一首流行的通俗歌曲——《黄土高坡》，而歌手们却仍然不饶地唱道：“柴一页，四页柴，北京尕妹好人才，黄土高坡不算数，你把我唱下的花儿补者来!”这位女记者哪能补得上，只好笑着认输。类似这种歌手与听众之间有趣的感情交流，客观上达到了共同娱乐的目的，这在各地花儿会上是屡见不鲜的。1985年7月，第三届花儿学术讨论会的参加者们在莲花山花儿会上进行现场考察，当歌手们认识了以甘肃省音乐家协会副主席庄壮先生为首的一批音乐家时，便对他们唱道：“各位行家音乐家，你们把莲花山花儿拉一把（即扶植一下），莲花山花儿音麻达（有问题）。”“镰刀要割柴草哩，莲花山阿们（怎么）唱好哩，全凭专家指导哩!”这说明，民间歌手受到现代音乐的影响后，已经感觉到他们自己所唱的曲调如何改造、提高是一个问题，于是便请求音乐家们帮助他们了。虽然，如实记录并进行研究是一回事，帮助民间歌手改进唱法以提高其表现水平则是另一回事，两者不应混淆。但民间歌手向音乐家们所提出的这个两难的问题，可说是一种更高层次上的交流，的确值得专业音乐家们的重视和思考。

四、赞助者对民间歌手的奖励和权威者对花儿会演唱活动的影响

在以往传统的农业社会里，洮河流域交通不畅，信息闭塞。农民们按节气耕作，靠老天吃饭，文化生活相当贫乏。一年一度的花儿会，就成了他们朝山敬神之后的余兴，是他们惟一的自我娱乐，是对单调农耕生活的重要调剂手段，从来没有靠唱花儿赚钱的念头，也没有丝毫商业演出的意识。正如他们在花儿中所唱的："杆两根，一根杆，唱个花儿心上宽，不是为的吃和穿。""你一声来我一声，唱个花儿长精神。"这就是说，农民们在花儿会上所追求的，是满足精神方面的需求，而不是物质利益。在从前，一些较富裕的地方绅士或商人，出于对花儿的爱好，往往在花儿会上设摊子、管吃喝，用烟、酒、糖、茶、大饼、熟肉来款待歌手们。有的自己掏钱购买许多红绸、红布或红色缎被面，为优秀歌手"挂毛红"表示奖励（最杰出的歌手，一次花儿会可获得十几条"毛红"）。这可说是洮岷一带对花儿歌手们最古老、最传统的赞助和表彰方式。新中国成立以后，为了繁荣民间文化活动，省、地（州）、县三级政府和文化部门，有时也筹措一些资金，在花儿会期间，举办"花儿歌手大奖赛"。参赛的优秀歌手，除了获得奖品（大都是家庭日用品，如毛毯、暖水瓶、被面等）和奖状之外，偶尔也发给他们为数不多的现金补贴。这种赞助方式是一种政府行为，到目前为止，并没有经常化、普遍化、制度化。各个花儿会会场附近的农舍和临时搭建的简易帐篷，是四路八乡歌手们最主要的歇脚处，对亲戚朋友一律免费食宿，对不相识的人也只收取少量费用。当地歌手在对唱中有时会这样唱："鸡毛要扎掸子呢，把你请到我家缓（休息）去呢，要铺个栽绒毯子呢，还要下个细茶碗子呢，给你端个清油卷子呢，还要端成软的呢。"有的则唱道："手拿镰刀割柳哩，我麦子青稞都有哩，我连旧青稞者煮酒哩，把你能喝几口哩！""镰刀要割柴草呢，请你吃饱吃好呢，我把肥肉疙瘩高舀呢，把你能吃多少呢！"在食宿方面热情款待远方的亲戚和歌友，是当地农村流传已久的、建立在浓郁乡情和共同爱好基础之上的淳朴风俗，也可以说是一种传统的、群众性的赞助方式吧！总之，在洮岷花儿流传地区，以赢利为目的的商业性花儿演出形式目前尚未出现。就这一点来说，在当前市场经济大潮汹涌的形势下，它所坚持保存着的古老传统，是很值得重视和研究的。

权威者（这里主要指地方官员）的支持或反对，对于个别人在山林、田野里的歌唱，几乎没有什么影响力。换句话说，不论官员们支持与否，农民们仍然能够我行我素，在劳动或行路时自由歌唱，谁也管不住。正如"文革"时期一首花中所唱的"东山不准西山唱，白天不准黑了唱，会上不准山里唱，人多不准两口儿唱"。但对参加人数

很多，有固定地点的花儿会，影响力却很大。在中国史无前例的“文化大革命”中，由于江青说过“最不喜爱民歌了”、“恨死民歌了”、“花儿太软了”之类的话，便被当作“圣旨”层层传达。结果，花儿会被禁达十年之久，的确是“山封了，会占了，歌手撵者不见了，花儿遭了大难了”。在“四人帮”被打倒之后的1978年，康乐县的个别官员因受极“左”思潮影响太深，仍然发布禁令，不许人们上山唱花儿，对民间歌手和国家公务员用“扣工分”或“给处分”来威胁，甚至派民兵在各路口把守，驱赶想上山唱歌的人，一时弄得群情哗然，纷纷抗议。这件事被媒体曝光后，当地官员迫于社会舆论的强大压力，只得撤消禁令，让人们朝山对歌。于是，这一年到莲花山的人数超过了六万人，真可谓盛况空前，热闹异常。在会场上，有的歌手用歌声诉说了自己在“文革”中遭受迫害的情况：“斧头剁了灯杆了，‘四人帮’把人害惨了，猪没了，羊赶了，自留地没有一点了，吃饭没有锅碗了，苦头吃成二遍了，活人的精神都短了！”“手拿镰刀割榆蓼，我受的瞎气都知道：头上戴的尖尖帽，黑板就在脖子上套，丈二麻绳绑完了，打的打来捞（拉）的捞，大会小会都上到，围上我者喊口号。给我勒令又警告：‘再唱就砸狗朵脑！’”有的歌手则用歌声表达了重开唱山的欢乐心情：“前几年有花儿不准唱，再好的花儿心中藏，十月春雷一声响，花儿才得见阳光。”“今年把花儿唱美了，唱者昏迷不醒了，我把锅巴当成油饼了，凉水泉上盘（猛吃）美了！”1980年4月20日，身为作家、诗人的甘肃省委书记杨植霖，亲自写信给康乐县文化馆，并创作了几段花儿唱词，表示对花儿会的大力支持，在当地引起了巨大的反响，对后来花儿会的兴旺，产生了积极的推进作用。从以上事例可以看出，权威者因个人好恶或某种政治因素而对传统的民间文艺活动表示支持或反对，在中国特定的社会历史条件下，曾产生过相当大的影响力。值得庆幸的是，随着改革开放和民主、法制建设的逐步完善，权威个人对民间文艺活动的干涉作用必将被削弱，被限制，直至被彻底否定。而他们对民间文艺活动的支持和热情参与，将会受到广大民众的普遍欢迎。因为，在中国古代史上，上自皇帝，下至县令，在传统的民间节日里与民同乐，被认为是太平盛世的象征，总是受到赞誉，有的还被载入史册，传为佳话。他们数量有限的象征性的资金赞助，远远比不上他们亲自参与在精神上给予老百姓的支持和鼓励。

总之，洮河流域花儿会上的民歌对唱，是中国传统的农业社会的产物，是农耕文化的一种地域性表现。花儿会是千千万万普通农民展现自己内心世界的绝妙窗口，宣泄自己感情的最佳方式，显露自己才华的重要场所。唱花儿，不但融入了当地农民的日常生活，也融入了他们的生命。人活着，就要唱，“除非把这气咽了，除非把这命断了！”不少老年歌手临终前，不要僧、道、喇嘛念经，不许儿女哭哭啼啼，只愿意在阵阵花儿声中含笑归去，这才是研究花儿文化重大意义的切入点！

当前的中国，正经受着社会、经济变革的剧烈阵痛，传统的农业文明，也正经受着现代工业文明和商业文明的巨大冲击。包括花儿会在内的许多传统民间文艺，都面临被包装，被改造，被异化，甚至被淘汰，被消灭的命运，这是不以人们的主观意志为转移的社会发展规律。我们一方面要促进中国人价值观念的进步，并过上现代化的富裕生活；另一方面又想让他们的传统文化毫不走样地得到延续，这确实是太难太难了。面对这种两难境遇，我们所能做的，只能是乘花儿会还不至于明显变质的未来数年，抓紧时机，尽快运用科学手段，将它记录、保存下来，并动员和组织各种力量，使这种民间文化能够后继有人。但从长远来看，这种一厢情愿的善意，恐怕不容乐观，只会使人们黯然神伤，因为世界各地民间传统文化的消失和有关史料都证实了这个推断。

---

① 参见柯杨．花儿溯源．兰州大学学报（社会科学版）．1981，(2)．

② 参见柯杨．洮岷花儿中的祭祀性歌谣．亚细亚民俗研究第二集．北京：民族出版社，1999．

③ 这种风俗与当地“驱旱魃”的古俗有关。莲花山一带就曾有过光身女人披头散发，面涂黑灰，手持棍棒，抬着草扎成的“旱魃”爬上山顶，在祭山神的石堆前左转三圈，右转三圈，然后将“旱魃”烧掉，装入布袋，投入洮河，传说这样做了之后老天就会下雨。这种行为，来源于中国古代的哲学思想，即所谓“闭阳纵阴，禁火开水”。董仲舒《春秋繁露》中说，古时祈雨，“四时皆以庚子之日，命吏民夫妇皆偶处。凡求雨之大体，丈夫欲藏匿，女子欲和而乐”。因为太阳属阳，雨水属阴；男人属阳，女人属阴。当地过去“驱旱魃”时，曾唱过“红心柳，两张杈，旱魔怕的娘们家，裤子脱下鞋脱下，不顾羞丑追一呱”的花儿，也有“旱魔不怕秃和尚，就怕精身臭婆娘”的俗语流传。（参见云臣．莲花山风情．莲花山．1983，(3)：53．）

④“本子花儿”是一种以演唱历史故事或道德教化为主要内容的长篇花儿，如《三国演义》、《杨家将》、《二十四孝》、《八洞神仙》、《十二月牡丹》等。

⑤“贺喜花儿”，又叫“搭喜花儿”，主要流传在康乐、临潭一带，是在修庙上梁或在庄贾生了第一个男孩的家庭聚会上所唱的花儿。

⑥ 在花儿对唱中，如果一方要求另一方用同样的起兴句，押同样的韵，所唱内容还要紧扣所问或所答，往往在末尾加唱一句“你给我原打原的回者来”，对方就必须按要求来唱，并在最前面加一句“原打原的原来了”，以提请对方注意。如果问方不要求“原打原”，答方也可以用“原打原”的方式来唱，以显示自己的机敏和水平。因为提出“原打原”的要求，实际上是故意给对方设置障碍，增加了编词的难度。

［原载《民俗研究》2001 年第 2 期］

双重视角下的歌谣学研究

——北大《歌谣周刊》对中国歌谣学研究的贡献

朱爱东

（中山大学中文系）

无论在欧美还是在中国，民间文学和民俗学的产生最初均从歌谣的搜集与研究开始。《歌谣周刊》是中国的第一个民间文学刊物和民俗学刊物，其里程碑式的地位早已得到充分的肯定。本文主要讨论《歌谣周刊》在歌谣学研究方面的贡献，在民间文学研究（包括歌谣学）因长期偏重走文学化的道路而陷于困境的今天，《歌谣周刊》从民俗学和文学的双重视角研究歌谣更具有深刻的启发与指导意义。

一、《歌谣周刊》的三个发展阶段

《歌谣周刊》由北京大学歌谣研究会于1922年12月17日北京大学建校24周年纪念日创刊，1925年6月28日停刊，约十年后于1936年4月4日复刊，1937年6月27日又停刊，前后共存在三年零九个月，大致可分为三个发展阶段。

第一阶段：（1922年12月—1924年1月，第1～43号）

这一阶段是《歌谣周刊》的起步阶段。歌谣研究会在第40号总结创刊一年来的工作时这样评价说："本会在这一年里除去收到七千首歌谣外实在没有什么成绩可言，就是本刊也没登载什么有系统的文章，不过是些零零碎碎的意见罢了。"常惠先生在《纪念增刊》之《一年的回顾》中也说："除蒙会内外的帮助得到七千首歌谣外，旁的事业惭愧的很，不能说是研究，就是方法也不完备，材料也不充足，这全都不过是些整个的和生硬的材料罢了。"虽然缺少系统的研究文章，但歌谣研究的主要问题这时几乎都涉及了，其中以对歌谣的价值以及搜集整理歌谣的方法的讨论最有意义。此外，这一时期还有两件大事说明了《歌谣周刊》的成长。其一，改变发行方式。最初《歌谣周刊》是作为《北京大学日刊》的附张每星期一随报增送，由于难以满足社会各界歌谣爱好者的需求，自第25号始改为零售，扩大了社会影响。其二，在《歌谣周刊》创刊一周年之际出版《歌谣纪念增刊》。《增刊》共44版（平时8版），封面由鲁迅先生设计，所发表的17篇文章大多很有价值，如钱玄同、林玉堂、沈兼士等关于歌谣与方言的研究，周作人的《猥亵的歌谣》、常惠的《一年的回顾》等。

第二阶段：（1924年2月—1925年6月，第44～97号）

这是该刊物发展的重要时期。1924年1月30日歌谣研究会开会总结上一学期的工作时提出未来两大工作计划，即“与国学门方言调查会合作”和“扩大歌谣收集范围”，此后《歌谣周刊》有了如下四个大的变化。

（1）内容较以前扩大

1924年2月新学期伊始，歌谣研究会在第44号刊登启事说：“歌谣本是民俗学中之一部分……但我们现在只管歌谣，而旁的一切属于民俗学范围以内的全部抛弃了；不但可惜而且颇感困难。”之后《歌谣周刊》的内容不再仅限于歌谣，韵文方面增加了谜语、谚语、歇后语等，还有属于俗文学范围的民间小曲、小调和唱本等；散文方面包括有童话、寓言、笑话、英雄故事、地方传说等；民俗方面讨论较多的有婚姻、东岳庙神司、腊八粥等风俗。

（2）注重系统的专题研究

通过出专号和连载的方式，《歌谣周刊》改变了初期缺少系统、具体研究的不足。所发专号有，“方言标音专号”（第55号）、“婚姻专号”（第56～59号）、“看见她专号”（第62～63号）、“腊八粥专号”（第75号）、“方言研究号”（第89号）以及9个“孟姜女专号”。从第62号开始，连征稿也采用“专题”形式，到第97号共出征题11个，计有“看见她”、“孟姜女”、“医事用的歌谣”、“关于歌谣的传说”、“关于鸦片烟的民间作品”、“娶了媳妇忘了娘”、“雷峰塔与白蛇娘娘”、“腊八粥”、“蓝靛厂哭五更”、“监狱五更”和“一个小娘三寸长”等。《歌谣周刊》还以连载方式刊登了钟敬文的《歌谣杂谈》、顾颉刚的《吴歌甲集》及其两个附录（《读歌杂记》和《读歌札记》）以及台静农的《淮南民歌》（第一辑）等等。

（3）与方言研究会进行合作研究

歌谣研究会从一开始就注意到歌谣与方言的关系问题。1924年1月26日“北大方言调查会”成立，几天以后，歌谣研究会召开常会决定，今后的两大任务之一是与方言调查会（同年5月17日改为“北大方言研究会”）合作，制定一套精密实用的音标以记录各种方言的歌谣。之后《歌谣周刊》出版了“方音标音专号”和“方言研究号”以及其他有关方言的论文多篇。

（4）改变排版方式

从第49号到第97号，《歌谣周刊》由过去的直排改为横排，十余年后复刊时又改为直排。

1925年5月21日北京大学国学门①开会讨论，决定《歌谣周刊》到第96号为止，暑假期后归并《研究所国学门周刊》。但由于稿件多，遂又多出一期，第97号。

第三阶段：（1936年4月—1937年6月，第二卷1～40期，第三卷1～13期）

复刊后的《歌谣周刊》具有以下几个特点：1. 内容仍以歌谣为主兼及谚语、谜语、故事传说、俗文学作品以及方言；2. 民俗学论文减少，这里面有两个原因：首先，《歌谣周刊》此时比较注重歌谣的文学价值，对它的民俗学价值则较少强调；其次，歌谣研究会恢复后不久又发起成立了“风谣学会”，后者很快将阵地转移到其新创办的其他几个刊物上②；3. 专题研究较第二阶段逊色，只出了“婚姻歌谣”、“张打铁的歌谣”等专号。

《歌谣周刊》出至第三卷第13期恰逢暑假来临，编者在该期《启事》中明确表示，开学后继续出版第 14 期，然而，七七事变的爆发致使《歌谣周刊》猝然停办。

二、《歌谣周刊》对中国歌谣学研究的贡献

1.《歌谣周刊》“是中国歌谣征集与歌谣研究的惟一工作中心”

此语乃胡适先生在《歌谣周刊》复刊词中对该刊物的高度评价[③]。其实《歌谣周刊》并非是最早和惟一发表歌谣与歌谣研究文章的刊物。我国最早倡导歌谣研究的为周氏兄弟。1913 年 12 月，鲁迅在教育部《编纂处月刊》上发表《拟播布美术意见书》一文，提出：“当立国民文术研究会，以理各地歌谣、俚谚、传说、童话等；详其意谊，辨其特性，又发挥而光大之，并以辅翼教育。”[④]同年同月，周作人先生撰写《儿歌之研究》，后于 1914 年 1 月发表在《绍兴县教育会月刊》上。不过，他们的倡议均未产生什么影响，正如周作人先生所说，“可是没有效果，只有一个人寄过一首歌来”[⑤]。此外，还有许多刊物在《歌谣周刊》之前或与其同时刊登歌谣及有关的研究文章，如《北平晨报》、《少年》、《妇女杂志》、《努力周报》、《新生活》和《民众文艺周刊》等[⑥]。不过这些刊物或零散地或仅是以“歌谣”专栏、“民间文学”专栏的形式登载歌谣和有关文章，它们的影响力和研究成绩自然无法与《歌谣周刊》相比。

首先，从歌谣的征集和发表来看，北大自 1918 年 2 月到 1922 年 12 月五年里共征集到二十二省的歌谣两三千首[⑦]，《北京大学日刊》日刊一首，发表了其中的 148 首[⑧]。相比之下，《歌谣周刊》创刊后仅两年半便征得歌谣 13339 首，发表歌谣 2226 首。其次，从研究的角度看，《歌谣周刊》在 97 期中共发表研究、讨论、译述、杂谈等 160 多篇，内容涉及歌谣研究的各个方面。再次，从研究队伍来看，1924 年初，歌谣研究会有会员 32 人，分布在全国十几个省市。《歌谣周刊》还集中了大批著名学者参与和关注歌谣的收集与研究，如鲁迅、周作人、沈兼士、钱玄同、刘半农、台静农、顾颉刚、钟敬文、朱自清、傅振伦、容希白、容肇祖、董作宾、林玉堂、常惠等，他们当中有许多人在歌谣研究领域取得了骄人的成绩，如朱自清、顾颉刚、董作宾、钟敬文等。

《歌谣周刊》复刊后成绩虽不如以前，不过，它在 53 期里登载歌谣 800 多首，发表研究、译述、序评等 100 多篇，还出了两个歌谣专集，也是不小的成绩，而且这时它依然是全国惟一的歌谣专刊。

2.《歌谣周刊》确立了中国的歌谣学研究

如果说，北大歌谣征集活动标志着中国歌谣学研究的开始，那么，使中国歌谣学研究初具形态与规模并为以后的歌谣研究的发展奠定基础的则非《歌谣周刊》莫属。《歌谣周刊》确定了歌谣学研究的对象和目的，探讨了歌谣研究的方法，歌谣的性质、起源、分类、特征、功能和传播演变的规律，其中成绩最突出的是对歌谣研究的目的、歌谣搜集整理的方法和歌谣研究方法的探讨。

(1) 明确歌谣研究具有民俗学的和文学的双重价值

引发中国歌谣研究的北大歌谣征集活动并未从学术的角度看待歌谣。当时征集歌谣的直接目的是为了编印《中国近世歌谣汇编》和《中国近世歌谣选粹》两本书[⑨]，其动

因是“为了作新体诗，要在本国文化里找出它的传统来”[10]，也就是说，是为了从民间歌谣中汲取营养，促进新民族文学的形成，它与此前的白话文运动和新文学运动有着直接的关系。1920年12月北京大学歌谣研究会成立时，这一宗旨基本未变[11]。当然，在北京大学歌谣征集活动前后已有周作人、胡愈之[12]等人提出将歌谣研究视为民俗学的一部分，不过，及至两年后《歌谣周刊》创办，他们的观点才得到学界的认同。

《歌谣周刊》在发刊词上明确提出“本会搜集歌谣的目的共有两种，一是学术的，一是文艺的”，并且还特别指出前者是第一目的，后者是第二位的，为当时中国的歌谣学研究确定了方向。所谓“学术的”主要指的是民俗学的，他们认为民俗学研究在当时的中国是很重要的一件事业，歌谣是民俗学上一种重要资料，通过它可以“考见国民的思想、风俗与迷信等”[13]，此外，还可以为方言学搜集很多材料。所谓文艺上的目的主要有两个方面，一是“可以供诗的变迁的研究”，二是“做新诗创作的参考”[14]。这种双重的研究视角对此后歌谣的搜集整理与研究产生了非常大的影响。

不过，十几年后《歌谣周刊》复刊时在研究方向的提法上发生了些许变化。胡适在《复刊词》中说：“我以为歌谣的收集与保存，最大的目的是要替中国文学扩大范围，增添范本。我当然不看轻歌谣在民俗学和方言研究上的重要，但我总觉得这个文学的用途是最大的、最根本的。”胡适代表的当然只是部分人的意见，周作人等人后来就对歌谣的文学价值产生了怀疑[15]。这种提法固然与学者个人的学术兴趣有关，但也反映出随着民俗学的发展，歌谣研究有与民俗学研究相分离的倾向，而且这种倾向一直延续到后来。解放后，我国的歌谣学研究在相当长的时间里多只注意歌谣的文学价值而忽视了它的民俗学价值，使歌谣研究仅仅成为民间文学研究的一部分，影响了歌谣研究的全面深入。

(2) 关于搜集整理歌谣的原则和方法

1958年，全国民间文学工作者代表大会提出“全面搜集，重点整理，加强研究，大力推广”的十六字方针，但这一方针并未得到很好的贯彻。由于将歌谣等民间口头传承仅视为民间文学的部分而忽视了它们的民俗学价值，致使我们在搜集整理民间文学材料时总是将思想性、艺术性放在首位，而将众多在民俗学上很有价值的材料忽略了或当作“封建糟粕”丢弃了。北大歌谣征集活动的做法也相类似，歌谣征集处在《歌谣征集简章》中就明确表示，它所要的是那些“不涉淫亵而自然成趣者”[16]。

《歌谣周刊》以学术研究为搜集歌谣之首要目的，从一开始就主张全面、真实、科学的搜集整理原则，具体表现在：(1) 不限定歌谣的性质与内容，“即语涉迷信或猥亵者亦有研究之价值，当一并录寄，不必先由寄稿者加以斟择”[17]。周作人先生是这种“全收”原则的积极倡导者。1919年他为刘半农的《江阴船歌》作序时就说“我们所要的是‘民歌’，是民俗研究的资料，不是纯粹的抒情或教训诗，所以无论如何粗鄙，都要收集保存”[18]。后在《歌谣周刊》创刊一周年之际，他还专门写了《猥亵的歌谣》一文以示提倡[19]。对那些内容上、形式上大同小异的歌谣《歌谣周刊》更是重视，认为它们于比较研究上极有价值，正因为有如此见地，才产生了中国歌谣比较研究的经典之作《看见她》。(2) 强调保持歌谣的真实面貌。《歌谣周刊》在《简章》中规定“歌谣文俗，一仍其真，不可加以润饰，俗字俗语亦不可改为官话”。因为民歌一经文人修饰成为文艺作品，便会减少科学上的价值[20]。为何做此特别规定，钟敬文先生在《歌谣杂谈》中道出了个中原因。他指出，中国从古代保存下来的歌谣，十之八九经过了采集者的修改，“增削任情是中国人对于歌谣的传统方法”，“因为前人对于歌谣，多半是取其内涵的义理，而不注重其外表的语句——无论歌谣之附会者或鉴赏者，都是如此”[21]。（3）保留歌谣的方言特征。歌谣研究会的大部分成员早在初期就注意到歌谣的方言学价值，认为歌谣是一种方言的文学，歌谣里所用的词语常带有地域性，如果研究歌谣而忽却方言，则歌谣的意思、情趣、音调等便会受到损失，所以研究方言可以说是研究歌谣的第一步基础工夫[22]。这方面顾颉刚可谓最佳实践者，其《吴歌甲集》收歌谣100首，几乎每首都有详细的注释，包括特殊方言字的读音、方言词语的意义及地方风俗风物的解释等[23]。当时的歌谣研究者还非常重视歌谣的方音，认为歌谣不仅是方言的诗，也是方音的诗，若不用方音记录，歌谣便只能看不能读[24]。至于如何标注读音，从用同音字、近音字“依声托事”到使用汉语注音符号，再到使用国际音标，《歌谣周刊》前后发表了30多篇文章对此进行讨论。最终，歌谣研究会与方言调查会合作，根据国际音标制定了一套标注各地方言读音的音标，还给出了北京、苏州、南阳、昆明、广州等15种主要方言的标音实例[25]，其用心之笃、用力之勤，令人印象深刻。尽管用音标标记歌谣读音的做法最终并未能普遍实行，但强调歌谣与方言关系的重要并将歌谣研究与方言研究相结合无疑是这一时期歌谣搜集整理研究的主要特点之一。（4）注意搜集歌俗。由于从民俗的角度看待歌谣，自然会在关注歌谣文本的同时注意歌谣与生活的关系，如记录儿歌时也记录下儿童和母亲唱儿歌时的情景[26]，注意喜歌、夯歌、“卖解”歌和医事用歌等的仪式和场面。

（3）关于歌谣研究的方法

《歌谣周刊》时期，中国的歌谣研究方法受国外的影响不大，所使用的方法主要有文献法、考证法、文学研究法、分析研究法和比较研究法，其中最有意义的当数比较研究法。

《歌谣周刊》在创刊伊始就首先注意到对大同小异的歌谣进行比较研究。最早提出比较研究方法的则是胡适先生。1922年12月4日他在《努力》第31期发表《歌谣的比较的研究法的一个例》，文中详细阐述了“比较研究法”的实质：“研究歌谣，有一个很有趣的法子，就是‘比较的研究法’，有许多歌谣是大同小异的。大同的地方，是它们的本旨，在文学的术语上叫做‘母题（motif）’。小异的地方，是随时随地添上的枝叶细节。往往有一个‘母题’，从北方直传到南方，从江苏直传到四川，随地加上许多‘本地风光’；变到末了，几乎句句变了，字字变了，然而我们试把这些歌谣比较着看，剥去枝叶，仍旧可以看出它们原来同出于一个‘母题’。这种研究法，叫做‘比较研究法’。”[27]较早注意此研究法的还有常惠先生，他在《歌谣周刊》创刊号上举十几首大同小异的《看见她》为例，提倡进行比较研究。董作宾受他们的启发[28]，从歌谣研究会征集到的一万余首歌谣中选出45首不同的《看见她》进行详细的比较研究，发现了这首歌谣传播的路径，歌谣的中心主题，各地衣食、婚俗、方言和风格的不同。这一研究成果在《歌谣周刊》第62、63、64号发表后引起极大反响[29]，很快《看见她》又作为歌谣小丛书第一编正式出版[30]。胡适先生称赞该书整理的方法极好，还说凡能用精密方法来做学问的，不妨先大胆假设，再小心求证㉛。《看见她》成为我国歌谣比较研究的经典之作。

董作宾在此所使用的比较研究法与芬兰科隆（Krohn）父子的“史地研究法”很是接近。关于这一研究方法的重要性，朱自清先生在其《中国歌谣》一书中有这样的评价：“这是最新的，科学的，民俗学的方法。用了这个方法，民俗学才不复是‘好事者的谈助，论理家的绝路了’。”同时他还以董作宾的《看见她》和顾颉刚的《广州儿歌甲集序》为例，指出中国学者独自发现这一方法的可贵，他说“这个方法是最近才介绍给我们的，但我们十年来的研究却与此有暗合的”㉜。

《歌谣周刊》复刊前后，以钟敬文先生为代表的部分民俗学者有着重民俗学理论及将民俗学与人类学、民族学等冶于一炉之倾向㉝，但《歌谣周刊》上除个别文章提及这几门学科之间的密切关系外，这一新的研究倾向尚不明显。此外，《歌谣周刊》积极了解与介绍国外歌谣研究的状况、注意歌谣研究与俗文学研究的关系等做法亦非常值得我们学习与借鉴。

总之，《歌谣周刊》代表着中国歌谣学研究的形成期，自身难免带有一些不足，如研究上缺乏理论和方法论意识，欠缺深入的田野调查研究，对少数民族歌谣的研究不够等等，但这些都无碍于《歌谣周刊》在中国歌谣学发展史中不可替代的地位，而且我们相信，《歌谣周刊》所极力倡导和实践的多角度、多学科的研究取向与方法正是中国的歌谣学和民间文学研究摆脱目前困境的正确途径。

---

① 歌谣研究会于1920年12月19日成立，1922年北京大学研究所国学门成立后，歌谣研究会成为其中的一个部门．

② 即在南京《中央日报》副刊创办的《民风周刊》、在北京《民声报》上创办的《民俗周刊》、在北京《晨报》副刊创办的《谣俗周刊》，详见王文宝．中国民俗学发展史．沈阳：辽宁大学出版社，1987，91～98．

③ 胡适．歌谣周刊．刊词．第二卷第1期，《复刊词》．

④ 见王文宝．中国民俗学发展史．沈阳：辽宁大学出版社，1987：18．

⑤ 周作人．儿歌之研究．歌谣周刊．第33号第8版．第34号7、8版．

⑥ 同④，第24～29页．

⑦ 常惠．对投稿诸君进一解．歌谣周刊．第1号2～4版．

⑧ 顾颉刚．我和歌谣．民间文学，1962，(6)．

⑨ 北京大学征集全国近世歌谣简章．北京大学日刊，1918，(2)．引自王文宝．中国民俗学发展史．21～22．

⑩ 顾颉刚．我和歌谣．民间文学，1962，(6)．

⑪ 发起歌谣研究会征求会员启示．北京大学日刊．1920年12月15日，转见王文宝．中国民俗学发展史．29～30．

⑫ 胡愈之．论民间文学．妇女杂志，⑦(1)．转见王文宝．中国民俗学发展史．沈阳：辽宁大学出版社，1987．27～28．

⑬⑭ 周作人．自己的园地歌谣．转见歌谣周刊，第16号7～8版．

⑮ 周作人．重刊《霓裳续谱》序．看云集．上海开明书店，1932．

⑯⑰⑱⑳ 本会征集全国近世歌谣简章．歌谣周刊，第 1 号 8 版．

⑲ 周作人．猥亵的歌谣．歌谣纪念增刊，1923 年 12 月 17 日 22～24 页．

㉑ 钟敬文．读“粤东笔记”．歌谣周刊，第 67 号 7～8 版．

㉒ 沈兼士．今后研究方言之新趋势．歌谣周刊，第 36 号．

㉓ 顾颉刚．吴歌甲集．歌谣周刊，第 64～84 号．

㉔ 董作宾．歌谣与方音问题．歌谣周刊，第 32 号 1～4 版．

㉕ 方音标音专号．第 55 号，共 16 版．

㉖ 徐芳．儿歌的唱法．歌谣周刊，第 2 卷第 1 期 3～6 版．熊海平．母歌实验谈．歌谣周刊，第 3 卷第 1 期．

㉗㉘ 转见董作宾《看见她之回顾》．歌谣周刊，第 3 卷第 2 期．

㉙关于“看见她”的通讯．歌谣周刊，第 64 号 3～4 版、70 号 4 版．

㉚ 歌谣周刊．第 71 号 8 版．

㉛ 关于“看见她”的通讯．歌谣周刊，第 70 号 4 版．

㉜ 中国歌谣．见：朱自清全集．(第六卷)．江苏人民出版社，1996．

㉝ 天津《大公报》之《科学周刊》十期，1936 年 11 月 14 日．引自王文宝．中国民俗学发展史．沈阳：辽宁大学出版社．119 页．

[原载《民俗学刊》2001 年第一辑]

南朝民歌《四月歌》所反映的民俗佛教内容研究

陈开勇

（复旦大学中文系）

以往对中国民间佛教的研究，大多集中于赵宋及赵宋以后各代，而对赵宋以前、特别是魏晋南北朝时期的民间佛教形态的研究则显得极为稀少，这主要是因为这一时期的有关资料极度缺乏，一些可能有关的材料又非常琐细。这就不仅需要比较、考辨，还要对之予以充分而细致的发掘。本文通过对一首简短的南朝民歌《四月歌》的分析，力图发掘出隐藏于其中的民间佛教内容，以此抛砖引玉，就教于方家。

一

南朝民歌《西曲歌·月节折杨柳歌十三首》之四《四月歌》云：

"芙蓉始怀莲，何处觅同心？俱生世尊前！折杨柳，捻花散名香，志得长相取。"①

根据南朝民歌的修辞艺术通则，这首诗里的"芙蓉"为"夫容"之谐声，"莲"则为"怜"之谐声，因此，所谓"芙蓉始怀莲"，写的是一位女性在心中思念她的爱情对象的音容笑貌。而总体看来，这首民歌和其他南朝民歌一样，主题是男女恋情。

对于爱情的歌唱，一直是民歌最为核心的主题之一。早在《诗经》里就已经有非常明显的表现，余冠英《诗经选·前言》云：

> 在《诗经》里的民歌中反映最多的是有关恋爱和婚姻的诗。"无郎无姐不成歌"（江苏民歌），这情形古今并无二致……这些诗产生于不同的地域，时代也不完全相同，其中所反映的风俗不可能一致，不过大致可以看出《诗经》时代劳动人民男女之间的恋爱生活是比较自由的。这些诗大多数是当事者率真大胆的表白，感情大都是诚挚、热烈、素朴、健康的。虽然同属爱情的题材，内容却很少重复，凡属恋爱生活里所有的忧喜得失、离合变化都在这些诗里得到了表现。②

有"诚挚、热烈、素朴、健康"的恋爱，不仅会产生相思的痛苦，而且也必然地产生追求永恒、追求长相厮守的意念。《诗经·伯兮》云：

> 伯兮朅兮，邦之桀兮。伯也执殳，为王前驱。自伯之东，首如飞蓬。岂无膏沐？谁适为容！其雨其雨，杲杲出日。愿言思伯，甘心首疾。焉得谖草？言树之背。愿言思伯。使我心。③

而两汉民歌《上邪》亦云：

上邪！我欲与君相知，长命无绝衰。山无陵，江水为竭，冬雷震震，夏雨雪，天地合，乃敢与君绝。④

在这两首民歌中，这两位女性同我们在本文开篇所引的南朝民歌一样，表达的是她们对其意中人的忠贞不渝的爱情誓言，然而，《伯兮》是作者的自言自语，《上邪》则是女子对天发誓，可是，《四月歌》却将场面拉到了世尊——一位佛教神灵的面前。

二

根据佛教经典，我们可以确切地知道，所谓“世尊”，他是佛教的创始人。在原始佛教时期，佛陀即世尊自己以及他的亲传弟子们都把他作为一个具体的、实在的人，是一个比丘僧，《增一阿含经》卷一八云：“（波斯匿王）白世尊曰：‘云何世尊，诸佛形体皆金刚数，亦当有老病死乎？’世尊告曰：‘如是，大王！如大王语。如来亦当有此生老病死。我今亦是人数。’”⑤

但是他又不同于一般人，他是一个觉悟者，一个圣人，查尔斯·埃利奥特曾根据经典总结说：佛陀以一个印度圣人的身份开始他的生涯，被人认为脱离一切感情，只专心于寻求解脱，运离世间一切束缚。这是人们对他的期望，如果他仅仅只做到这一点，他也会获得普遍的尊敬。事实上他的作为比这大得多，他终生从事积极的布教，他为一切人提供快乐和脱离痛苦的方法，他亲自以忠告和鼓励协助一切来找他的人，这就使和他同时代的人以及后代人认为他是一个救世主⑥。

原始佛教后，佛教发展到部派佛教时期。在这个时期，原始佛陀观开始发生明显的变化。一方面，上座部及其支派说一切有部等大致承袭原始佛教的佛陀观；另一方面，大众部及其支派一说部、说出世部、鸡胤部等则开始将佛陀神化，《异部宗轮论》云：“此中大众部、一说部、说出世部、鸡胤部本宗同义者，谓四部同说诸佛世尊皆是出世。一切如来，无有漏法。诸如来语，皆转法轮。佛以一音说一切法。世尊所说，无不如意。如来色身，实无边际。如来威力，亦无边际。诸佛寿量，亦无边际。佛化有情，令生净信，无厌足心。佛无睡梦。如来答问，不待思维。佛一切时不说名等，常在定故；然诸有情，谓说名等，欢喜踊跃。一刹那心，了一切法。一刹那心，相应般若，知一切法。诸佛世尊，尽智无生智恒常随转，乃至般涅槃。”⑦大乘佛教则继承并进一步发展了大众部的观点，把佛陀塑造为一个永恒不灭的神。

然而，不管是大众部或是上座部，在最核心的宗教思想上却一致地继承了原始佛陀的思想，即舍弃世俗欲望以求趋向清净涅槃。男女恋情是属于典型的淫欲，细致地说，佛教认为，只要以自己身体的任何器官进入有情的身体、甚至无情之物的任何孔道之中，就算行淫；如果出不净、有欢乐的感受的，就犯了波罗夷。如果没有进行实际的性行为，只是心中对对方有欲心、未出不净的，就得越比尼心悔或犯了偷兰遮等罪。《摩诃僧祇律》卷二云：

……若比丘于和合僧中受具足戒，不还戒戒羸不出相行淫法，乃至共畜生，是比丘得波罗夷，不应共住……波罗夷者，谓于法智退没堕落无道果分，是名波罗夷。如是未知智等智他心智苦习尽道智尽智无生智，于彼诸智退没堕落无道果分，是名波罗夷；又复波罗夷者，于涅槃退没堕落无证果分，是名波罗夷；又复波罗夷者，于梵行退没堕落无道果分，是名波罗夷；又复波罗夷者，所可犯罪不可发露悔过，故名波罗夷。若比丘以染污心欲看女人，得越比尼心悔。若眼见若闻声，犯越比尼罪。各各裸身相触，得偷兰罪。乃至入如胡麻，波罗夷。⑧

淫欲为修道之大敌，世尊在制订戒律的时候不仅把淫欲规定为四波罗夷罪之首，而且定为所有的戒之首。由此看来，以世尊及佛教的观点，犯淫会使比丘（尼）“于涅槃退没堕落无证果分”，会堕人地狱的，因此，它理所当然是应当首先予以摒除与防止的。

可是，就在这首诗里，女民歌作者却让这样一个世尊作她与她的爱情对象结“同心”的见证人。这是为什么呢？

三

暂时撇开其他，把诗歌中的“俱生世尊前”、“捻花散名香”和题目《四月歌》联系起来看，这里所写的与四月八日的浴佛活动有明显关系。

从渊源来讲，中国汉地佛教直接来源于西域佛教。在西域，可能早就有了浴佛节，其盛况后来曾为法显所眼见：

（于阗国）其国中十四大僧伽蓝，不数小者。从四月一日，城里便扫洒道路，庄严巷陌。其城门上张大帷幕，事事严饬，王及夫人、采女皆住其中。瞿摩帝僧是大乘学，王所敬重，最先行像。离城三四里，作四轮像车，高三丈余，状如行殿，七宝庄校，悬缯幡盖。像立车中，二菩萨侍，作诸天侍从，皆金银莹，悬于虚空。像去门百步，王脱天冠，易著新衣，徒跣持华香，翼从出城迎像，头面礼足，散华烧香。像入城时，门楼上夫人、采女遥散众华，纷纷而下。如是庄严供具，车车各异。一僧伽蓝则一日行像。四月一日为始，至十四日行像乃讫。行像讫，王及夫人乃还宫耳。⑨

在后汉，伴随着佛教经典的传译和教义的介绍，浴佛的宗教崇拜活动也从西域输入汉地。《三国志》卷四九《吴书·刘繇传》云：“笮融者，丹杨人，初聚众数百，往依徐州牧陶谦。谦使督广陵、彭城运漕，遂放纵擅杀，坐断三郡委输以自入。乃大起浮图祠，以铜为人，黄金涂身，衣以锦采，垂铜槃九重，下为重楼阁道，可容三千余人，悉课读佛经，令界内及旁郡人有好佛者听受道，复其他役以招致之，由此远近前后至者五千馀人户。每浴佛，多设酒饭，布席于路，经数十里，民人来观及就食且万人，费以巨亿计。”⑩事当在汉献帝初平四年（公元 193 年）⑪。但是对于“浴佛”的具体时间没有记载。不过，根据同期的汉地著作《牟子理惑论》将佛的出生日期定在四月初八推断⑫，笮融的浴佛可能在四月八日。

浴佛节的极度发展是在西晋以后开始的。佛教自后汉传入经过初步传播，到了西晋后期，开始迅速向社会各阶层扩张，许里和在他的《佛教征服中国》里认为：“公元 300 年前后发生了三件极为重要的事情：首先，佛教逐渐渗入到很多中高层、最高层的士大夫集团中，包括在位的司马家族。这个过程可能始于公元3世纪的最后10年。其次，在向南迁移以及于建康建立东晋之时，这种混合型的上层佛教被移植到长江下游地区，并很快在南方都城士大夫的心智生活中起到了决定作用……单纯的信仰和崇拜在民众信仰方面可能扮演了很重要的角色。”⑬

伴随着佛教思想的传播，浴佛节开始在南北各地各个阶层中盛行起来。节日的日期也多明确定在每年的四月八日。

在北方，《魏书》卷一一四《释老志》记载太武帝初即位时的情况说：

世祖初即位，亦遵太祖、太宗之业，每引高德沙门与共谈论。于四月八日，舆诸佛像，行于广衢。帝亲御门楼临观散华，以致礼敬。⑭

杨衒之《洛阳伽蓝记》卷三“景明寺”条记载北魏时洛阳的浴佛盛况说：

时世好崇福，四月七日京师诸像皆来此寺（景明寺）。尚书祠曹录像凡有一千余躯。至八日，以次入宣阳门，向阊阖宫前受皇帝散花。于时金花映日，宝盖浮云，幢若林，香烟似雾，梵乐法音，聒动天地。百戏腾骧，所在骈比。名僧德众，负锡为群，信徒法侣，持花成。车骑填咽，繁衍相倾。⑮

又卷一“长秋寺”条云：

长秋寺，……中有三层浮图一所，金盘灵刹，曜诸城内。作六牙白象负释迦在虚空中。庄严佛事，悉用金玉，作工之异，难可具陈。四月四日（周祖谟校云当作八日）此像常出，辟邪师子导引其前。吞刀吐火，腾骧一面。彩幢上索，奇伎异服，冠于都市。像停之处，观者如堵。迭相践跃，常有死人。⑯

在南方，《宋书》卷四七《刘敬宣传》记云：

四月八日，敬宣见众人灌佛，乃下头上金镜以为母灌。⑰

崇懔《荆楚岁时记》云：

（四月八日）诸寺各设香汤浴佛，共作龙华会，以为弥勒之征；而长沙寺阁下有九子母神，是日，市肆之人无子者供养薄饼以乞子，往往有验。⑱

由上面所引的史料可以看出，南北朝时期南北虽然因为政治的原因而隔绝，但是，在浴佛节这一活动上却是南北均盛行的。在四月八日这一天，上自皇帝，中至士大夫，下至一般的老百姓，都不约而同地参加这一集会。其地方，不仅在佛寺，也扩展到佛寺之外。其活动，一方面，要举行正规的宗教活动，即要浴佛、行像、散花；另一方面，参加者均可为父母功德乃至其他原因而随喜布施钱财。同时，在举行上述宗教活动的时候，也要举行一系列的戏剧演出，包括幻术、马戏、杂耍、绳技等，即所谓“百戏腾骧”。这是极其热烈而庄重的。仔细地分析，在参加浴佛节的各色人中，实际上他们的目的并不完全相同。大致而言，僧侣沙门出自一种宗教规定，是一种宗教徒的虔诚的纪念活动；而汉地的俗众，不管是上层，还是普通老百姓，他们之所以参加这一活动，主要的目的在于祈祷求福，希望宗教的神灵更好地保佑自己趋吉避凶。当然，对普通民众而言，这一天也是难得的娱乐，他们可以暂时抛开沉重的、枯燥的劳作而去欣赏“百戏”。

四

现在，我们可以清楚地理解《四月歌》的极其丰富的民俗佛教内容了。

首先，这首民歌的女作者所反映的是他在四月八日所举行的浴佛节上，当她在寺庙里的佛陀神像前，一面捻花散香，一面诉说着自己心中的愿望，虔诚地叩拜以祈求佛陀保佑她和她的爱情对象忠诚不贰、结“同心”而“长相取”。

其次，自从佛教传入中国，它就开始发生变异。虽然僧侣文学仍然以印度佛教追求舍弃世俗欲望以求趋向清净涅槃为中心，但是，包括皇帝、士大夫在内的社会民众却是在追求并保有世俗欲望为目的的前提下而接受佛教的。也就是说，他们是以自己的现世的、实际的、世俗的人生要求为中心的，他们并不会将所崇奉的神的性质与自己的要求是否在义理上一致严格分开。一句话，是实用主义的。《四月歌》的作者要世尊这个本来极力摒除男女情欲的神作为她的爱情的见证就反映了这一点。

最后，从《荆楚岁时记》来看，南朝的民众崇拜很多神灵，这些神既有传统的神话神，又有前代实有但已经死去的英雄人物，以及一些动植物神，当然，还有非本土的外来神如金刚力士等，如同梁漱溟所说：“(大多数中国人）于圣贤仙佛各种偶像，不分彼此，一例崇拜。”⑲这表明，中国的民众不是某一种宗教的信徒，他们崇奉的神灵是杂多的。同时，由于受儒家理性传统的影响，中国的民众对宗教向来持着比较淡漠的情绪。但是，这并不表明中国的老百姓在崇奉神灵时会采取简便的、粗疏的态度与形式。刚刚相反，祭神如神在，只要他们要对某一神灵进行崇拜活动，他们会一丝不苟地遵照仪式程序，庄重而虔诚。在《四月歌》中，女主人公进入寺庙祈愿，“捻花”、“散香”的活动是严格地遵行着拜神的规矩的，没有任何的省略，是很明显地反映了中国百姓的“祭神如神在”的品格的。

---

①④ 逯钦立．先秦汉魏晋南北朝诗．北京：中华书局，1998．1067，160．
② 余冠英．诗经选．重庆：重庆出版社，1982．17．
③ 阮元．十三经注疏（上册）．上海：上海古籍出版社，1997．327a～b．
⑤ 苏渊雷，高振农等．佛藏要籍选刊（第四册）．上海：上海古籍出版社，1994，1003b．
⑥ 查尔斯·埃利奥特．印度教与佛教史纲（第一卷）．北京：商务印书馆，1982．277～278．
⑦ 大正新修大藏经（第四九卷）．台北：财团法人佛陀教育基金会，1990．156b～c．
⑧ 大正新修大藏经（第二二卷）．台北：财团法人佛陀教育基金会，1990．235c～237c．
⑨ 章巽．法显传校注．上海：上海古籍出版社，1985，14．
⑩ 二十五史（第二册）．上海：上海古籍出版社、上海书店，1991．143d．
⑪ 汤用彤．汉魏两晋南北朝佛教史．北京：北京大学出版社，1997．50．
⑫ 大正新修大藏经（第五二卷）．台北：财团法人佛陀教育基金会，1990．10．
⑬ 许里和．佛教征服中国．李四龙，裴勇译，南京：江苏人民出版社，1998．81～97．
⑭⑰ 二十五史（第三册）．上海：上海古籍出版社、上海书店，1991．337a，163b．
⑮⑯ 周祖谟洛阳伽蓝记校释．上海：上海书店，2000．113～114，50～53．
⑱ 王根林等．汉魏六朝笔记小说大观．上海：上海古籍出版社，1999．1061．
⑲ 梁漱溟．中国文化要义．济南：山东人民出版社，1994．69．

[原载《吉首大学学报》（社科版）2001 年第 2 期]

三、民间歌谣与叙事长诗研究论文摘要

从“兮”字用法看楚辞《九歌》的音乐特性

郭 杰

《社会科学辑刊》 2001 年第 2 期

楚辞中“兮”字的用法是很特殊的语言现象，“每两句为一联，而在上句句尾缀以‘兮’字，构成了楚辞的迥异于先秦时代一般诗歌的基本句式”。“《九歌》则将‘兮’字置于每句的句腰，这不仅有别于先秦时代的一般诗歌，在全部楚辞中也是非常独特的现象。”

考察《诗经》，其中“兮”字运用较多，且并不完全统一。较之《诗经》，楚辞“除了句式变得曼长以外，‘兮’字的用法也呈现出鲜明的规范化特征”。“此种用法，与其说是《诗经》的自然延伸，毋宁说在更大程度上承受了轻宛舒展的南方民间歌谣的影响”。在“可视为楚辞之渊源的南方民歌中，‘兮’字的这种用法已基本定型”。“屈原等人的作品，完全继承了南方民歌的句式特征，且更加普通化，规范化，达到楚辞体制的成熟形态。”

“从诗体上看，南方民歌到楚辞作品本是一脉相承的”，“但是，《九歌》却改变了这种通例，其中‘兮’字不是置于二句一联的上句之尾，而是置于各句之腰”，这种“独特用法的原因又是什么呢”？闻一多先生“一切出于屈原着意创造”的意见，“根据似乎不够充分”。“从《九歌》的语言形式上来寻索”更有说服力。“《九歌》与其他的楚辞作品所以会出现如此之区别，主要是因为它们分别来源于性质颇不相同的两种诗歌系统：《离骚》《九章》诸篇，如前所述，是来自南方民间的普通歌谣；而《九歌》则源于荆楚祭神乐歌。”王逸以来关于《九歌》的解释，认为其“乃是以荆楚民间祭神乐歌为蓝本，更定其词，玄其泰甚的改编之作”。既然如此，“它理所当然地要具备与其巫教内容相应的一般形式特征”。“其中最主要的是诗、乐、舞的三位一体”。而且“在实际的活动中其形式往往是声调缓迁，舞姿舒展的，因为只有通过迂徐，舒缓，悠长，凝重的节奏，才能更充分地创造出庄敬，肃静，雍容虔诚的气氛”，“兮”字置于句腰的独特句式，正是达到了以上用“艺术的魅力”创造“宗教的氛围”的效果，至于《九歌》句尾无“兮”字，则是文献的可省可录的习惯，但“实际歌唱中都会自然发出这一拖音，以取得舒缓悠扬的音乐效果”。

《九歌》中“兮”字的特殊用法的根本原因，正“蕴含于作品本身的祭神乐舞的性质之中”。

（贾平 摘）

杜甫对谣谚的学习

朱炯远

《辽宁大学学报》 2001 年 9 月，第 29 卷第 5 期

本文开篇对“谣”、“谚”、“歌”进行释义，引经据典，得出结论：“歌谣谚皆为韵语”，“中国向来‘歌’、‘谣’不分”。在此歌谣合一的传统观点基础上，论及对杜甫产生影响的谣谚。

杜甫在自己的诗歌创作中，“时时提到歌谣”，而且入蜀以后更是大量提及民谣，其夔州一带诗就多处提到山歌，他“又从童谣中探得民心”，可见杜甫“十分注重向谣谚学习”。杜甫是“对歌谣能促进诗歌创作的观点有着清醒的认识的人”不多中较突出的一个，他深受民间歌谣的熏陶，并很有收获。

结合杜甫的诗作，下文从六个方面论述杜甫深受谣谚的影响。他“以谣谚起兴”，如《哀王孙》《日暮》均用童谣中乌鸦起兴；“以谣谚为首句”，如其劝降诗《青丝》，句首改写使用了童谣“青丝白马寿阳来”；“词句自出谣谚”，《暮归》同汉童谣有关，还有很多“裁取歌谣词句”的诗作；“用谣谚其意”，《前出塞》其三用《陇头歌》之意，还“善于融化古歌谣，攫为自己诗意”，如《行次古城店》、《题柏学士茅屋》；“反用谣谚”，尤见新意，如《锦树行》“翻用民谣，因事因时而发”、“得民谣之真精神”；“不用谚谣似谣谚”，《送王十五判官扶持还黔中》即是一例，《绝句漫兴九首》更酷似民谣。

由此得知，杜甫深受民间歌谣的影响并对之进行借鉴、吸收和运用，使他的诗歌创作“在艺术上增加了通俗性，与民言通”，“在思想上增加了人民性，与民心通”。

（徐金龙　摘）

刘半农对民歌俗曲的借鉴与研究

陈泳超

《中国现代文学研究丛刊》 2001年第1期

刘半农是“北大征集歌谣的发起人和实际主持者”。他拟定了《北京大学征集全国近世歌谣简章》，从中可看出他对歌谣“文艺性”的更多重视。“刘半农本人在新文学史上的真正贡献，也恰恰在于诗歌方面。”他积极借鉴民歌，创造新诗。1919年刘半农在家乡江阴“采得歌谣20首，并为之作了简明精当的注释”，于1923年在《歌谣周刊》上以《江阴船歌》为题全文刊登。1920年—1921年，刘半农以江阴“四句头山歌”的体式，用江阴方言作了60多首诗，自选18首汇集出版，名《反釜集》。“刘氏对比方言诗歌观深信不疑”，他认为“方言文学非但‘可以存立’，而且‘必须提倡’”。此是他的《我之新文学改良观》的“重造新韵”的实践。关于“增多诗体”这点，与黄遵宪等人相比，“同样是模仿民歌，刘半农拟的江阴民歌，非但全用方言，而且非常注意民歌的各种体式”。“他的那些拟儿歌、拟俗曲、无韵诗、散文诗以及其他的翻新花样，无一不表明他对新诗体式的探索。”苏雪林也评价他的拟民歌“无一不生动佳妙”。“刘半农式的拟民歌代表着现代新诗的开始我想是可以成立的”，但是“再好的仿作总不及原作来得纯粹”，所以，“既要尝试去学民歌，又不可为民歌所淹没”是不容易的，从这方面看，刘半农尝试的勇气值得钦佩。

刘氏对民歌俗曲的研究上，首先是民歌。刘半农从“歌谣征集”的来稿中，亲自挑选审定了148首民歌，在《北京大学日刊》上陆续发表。他为其中一些歌谣加注，并提出“‘比较’与‘搜集’并重”的歌谣研究策略。“编选歌谣本身便带有研究的质素，此外，刘半农还有一篇不错的民歌文艺论文”，这就是“《国外民歌译》第一集的那篇序言”。他认为歌谣的好处，“在于能用最自然的言词，最自然的声调，把最自然的情感发抒出来”。他的另一篇题为《诗与小说精神上之革新》的论文，也有类似论述。“单从历史先后看，刘半农的这些关于歌谣的文艺观并没有多少独创性”，但“它是一种发现，其中包括对传统的另发现”。

其次是俗曲。1918年刘半农作过题为《中国之下等小说》的演讲，“其实就是对俗曲进行初步的研究”。“该演讲对俗曲进行了材料分类、文笔评判与思想评判，其首创性是无可置疑的”。由于“刘半农既不能为俗曲新创一种文艺标准，以通行的文艺标准来衡量俗曲又不值一提”，所以，“他对于文艺性的偏好在俗曲研究上便施展不够”，这一点，反而使他对俗曲的研究比歌谣研究的学术成就更大一些。除了他的文艺热情外，我想还有另外两方面因素：“首先，刘半农的本质身份是语言学家”；“其次，俗曲大多具有文字形态”，“为系统研究提供了比较有利的材料”。刘半农主持编撰的《宋元以来俗字谱》（1930年）和抄录整理的《敦煌掇琐》都是这方面的贡献。“而《中国俗曲总目稿》一书，更是刘半农在俗曲研究方面所作的一项最重大的贡献。”它在此书序言中颇表遗憾，三项工作没能做出：各曲的内容提要；分类比较的研究；记载乐曲的工作。就最后一点而言，实际上他“在音乐素养方面不理想”，这对他的研究工作“有很大的掣肘”。

（贾平　摘）

梅山民歌考源

——梅山民歌系列研究之一

袁　征

（黄钟《武汉音乐学院学报》）2001年第3期

首先必须界定“梅山”的地域涵义。通过对三种最有代表性的文献说法进行分析研究，“完全可以推断：梅山是指湖南省中部的一个广大地域”。梅山地区的独特地理环境和别致的风土人情可以用“古、险、闭、蛮、杂”来概括，在其孕育下，形成了梅山民歌“独特的文化体系”。梅山民歌在当地也称为“梅山歌谣”，这是“流传在梅山地区的民歌的总称”。这一民歌体系包括号子、山歌、小调、儿歌、长篇叙事歌。“梅山民歌是梅山文化乃至湖湘文化中的一枝奇葩。”

其次是探讨梅山民歌的起源问题。文献中“均无准确记载”，但关于梅山民歌的传说却有五种之多。这些传说“不论是何种，应该说都与劳动有着或多或少的联系，部分与劳动有间接联系”。关于梅山民歌的数量，“可谓叹为观止”，“粗略估计也不在一万首之下”。关于梅山民歌的流传方式，“惟一流传方式是口传”，“世世代代，千年万年，梅山民歌就是在这种口传过程中传播和发展的”。梅山民歌“在数千年的发展中不断发生着变异”，“可以概括为宏观的变异和微观的变异”，主要是宏观的或具体的“内容、形式、结构上的变化”，本文对各自变异的原因也作了深入分析探讨。

最后，探讨梅山民歌的源流的问题，重在探讨梅山民歌与巫文化的渊源关系及其巫文化特征。梅山文化是“我国南方残存的原始文化之一，是荆楚文化与湖湘文化系列中的瑰宝”，其精髓就在于“融巫文化与道教、佛教于一体”。宗教信仰几乎是古梅山人“精神生活的全部”，以梅山教的历史最为悠久流传广泛，影响最为深远，而梅山教“起源于巫教，与巫教是一脉相承的，有人甚至认为梅山教就是巫教”。“这种原始的宗教风俗及其系列活动对梅山民歌的起源和发展产生了极其重要的影响。”表现在形式上、内容上、向其他民歌类型的渗透上三个方面。由此可见梅山民歌的巫文化特征，“我们甚至可以认为梅山文化就是南楚巫文化的一个分支，梅山民歌则是其最主要的内容之一”。

（徐金龙　摘）

哈萨克族婚嫁仪式歌及其形成原因初探

冯　瑞　艾买提

《西北民族学院学报》 2001 年第 4 期

哈萨克族被誉为“马背上的民族”，是个酷爱诗歌的民族，其民歌是“哈萨克人民生活中不可缺少的伴侣”。以哈萨克民歌中的婚礼仪式歌为研究对象，本文首先对哈萨克民歌中的婚礼仪式歌进行了描述与考察，认为哈萨克“凡遇到婚丧嫁娶都要歌唱”，而且在其婚嫁仪式上，“有相应的歌唱较为完整地保存了下来”。

哈萨克婚嫁仪式歌是“伴随着婚嫁仪式程序所唱的歌”，“是韵文类的民间创作‘吉尔’的重要组成部分”，“是其婚嫁仪式的重要组成部分”，“整个婚姻仪式就是用歌唱串联起来的”。按照仪式程序和歌唱的内容，主要有“喜事序歌”、“萨仁”、“加尔加尔”、“哭嫁歌”、“远嫁歌”、“劝嫁歌”、“揭面纱歌”等，这些仪式歌展现了哈萨克族人民的生活习惯、风俗文化，其形成原因具有丰富社会文化内涵和历史地域特点。

哈萨克作为草原游牧民族，“以家族为社会中心”，其社会组织形式是“以血缘关系结成的部落组织”，最基层的是“阿吾勒”，每个家庭同“阿吾勒”“从血缘上、经济上、风俗文化上、精神生活上以及社会关系上紧紧联结在一起”，因而风俗习惯及文化的传承者“不是个人而是一个个小的集体”，变异性较少，所以婚礼仪式歌得以传承保存至今。

哈萨克族源的复杂多元性，使其文化发展相对开放；其地域的特殊性，是“东西方文化的荟萃之地”，易于接受其他民族的文化，所以哈萨克形成“独具特色的哈萨克草原游牧文化”，其礼歌“成为突厥语诸族民间韵文‘吉尔’的重要组成部分”。

历史上哈萨克“有过自然崇拜、祖先崇拜、英雄崇拜以及多神信仰”，“信奉过袄教、景教和佛教”，萨满教曾经根深蒂固，伊斯兰教后来普及各部，故而宗教文化对哈萨克文化传承深有影响，在仪式歌中体现鲜明。

（徐金龙　摘）

侗族长诗《白玉霜》与英雄传奇小说《粉妆楼》

罗汉田

《民族文学研究》2001 年第 3 期

广泛流传于侗族民间的叙事琵琶歌《白玉霜》，其内容取材于清代英雄传奇小说《粉妆楼》中与女主人公柏玉霜相关的章回。“由于琵琶歌是以歌师口头演唱、听众以耳听心记为传播、接受方式，因此，这就要求所演唱的故事情节必须曲折，方能引人入胜；故事线条必须清晰，方能容易记忆。”“一个重要的手段是尽量减少、相对集中故事中的人物。”而“改编者的这种手法，一方面是改编过程中的实际需要，一方面也是改编过程中人物设置的一种变异”。“由于人物相对集中，一些次要人物芟薙，因此，一些在小说中颇为离奇的情节，在《白玉霜》中也相应地被剪裁，因而使《白玉霜》的故事情节更加简洁，故事线条更加清晰”。“为了让听众过耳能熟，叙事琵琶歌《白玉霜》还把小说《粉妆楼》里多处的‘话分两头说’合在一处说”。改编者“把不同时间、不同地点的两件事集中在一起，经过糅合，变成一时一地的两件事”。如玉霜“天黑无店歇宿走进庵堂里”与“沈相国公子无聊坐船寻美人”两件事合为一处讲，由“次日早晨玉霜秋红听见锣鼓震天走到窗前看”巧妙串联起来。“而这种糅合，也是从小说《粉妆楼》到叙事琵琶歌《白玉霜》改编过程中情节方面所发生的变异。”

小说《粉妆楼》“以罗、沈两家矛盾斗争为主要事件，围绕主要人物、主要事件编织情节，敷衍故事”。“叙事琵琶歌《白玉霜》则以罗焜的未婚妻、白（柏）文连的独生女白（柏）玉霜为主要人物，选择与白玉霜这一人物相关的情节”而展开故事，“目的主要是表现白玉霜对爱情的坚贞不渝，歌颂白玉霜洁身守洁的高尚情操”。“这一点，也是从小说《粉妆楼》到叙事琵琶歌《白玉霜》改编过程中作品主题思想的一种变异。”

“从小说《粉妆楼》中截取部分情节移植改编而成的侗族叙事琵琶歌《白玉霜》”深受侗族人民的喜爱，“从而又促进了小说《粉妆楼》在民间的广泛流播”。一方面“显示出侗族叙事琵琶歌与汉族英雄传奇小说的关系”，同时也“显示出南方少数民族口头文学与汉族作家书面文学的关系”。

（贾平　摘）

描绘理想社会的畲歌《封金山》

雷阵鸣　蓝细宽

《中南民族学院学报》 2001 年第 1 期

《封金山》是畲族传统民歌之一，广泛流传了百余年，且很少嬗变，“这在畲族众多的民歌中是极罕见的”。不应归入传说歌或“历史歌”类项，“应属时政歌”。它的归属问题，“实际是由它的构思的独特和主题的深刻性决定的”。

一、“构思独特，胸臆直抒。”“《封金山》以清代康熙朝为背景，盼望康熙帝对汉族南方少数民族的宽容笼络政策付诸实施，使苦难深重的畲族找到一方理想的乐土”，“‘封金山’并非实指某地”，“只代表畲民对一种新的美好生活的追求，其直抒胸臆甚是明白”，且“多处提到清代康熙帝，其背景是很清楚的”。“这种构思，不同于一般的叙事歌（没有贯穿始终的人物和相关情节），也不同于历史传说歌（历史上并无畲民搬迁‘封金山’的事实)”。

二、“场面开阔，想像丰富。”畲族先民想像中的“封金山”在歌中明确点明了三点：“其一，它是没有剥削和压迫的一方净土”；“其二，它是平坦开阔的理想的开辟之地”；“其三，它有丰饶的物产，是开发经济，发展民族的好所在”。“畲族这些铺张式的描写，足见其想像力的丰富。这里既有对康熙王朝民族政策的肯定，也说明执行民族政策是少数民族复兴的关键。”

三、“追求幸福，意明旨深。”“从此歌描写‘封金山’的大量歌句中，反映了畲族人民追求幸福的迫切要求和愿望。”“这几首歌的意旨甚是明白而深刻，康熙后至咸丰共五代，畲民一再诅咒其灭亡，也足见他们已预见到封建社会的末日即将来临了。”《封金山》指出了要实现“没有剥削和压迫的理想社会”，“必须以消灭封建制度为前提，有其深刻的哲理与号召力”。

文章指出：“它是一曲具有历史意义的极富余韵的时政歌，它的意义与空想社会主义的产物有着质的区别。”

（贾平　摘）

西藏歌谣中的巫术心态

夏　敏

《民族文学研究》 2001 年第 4 期

“巫术和歌谣是一对‘孪生兄弟’，最早的歌谣就是巫术中的语言表达。”“西藏是一个歌谣文化十分发达的地区，歌谣中的巫术心态俯拾即是”，主要有两个表现：第一，歌谣对“语言巫术力的信奉”与“歌谣的超现实陈述”；第二，交感巫术心理及更多体现交感巫术心理的“比兴”手法的运用。

“在西藏歌诵寄托了许多人生理想，这与它最初是作为仪式中的通神手段有极大关系。”许多民族对语言魔力（巫术力），坚信不移，“他们相信，说出什么就必然会发生相应的事实”。这种信奉巫术的时代的“把愿望当作事实”的潜意识，“在看不出多少宗教意味的民间歌谣中仍有大量遗存，甚至在文明社会的精英层的诗歌中也屡见不鲜”。夸张和假设是歌谣中常见的技巧，也是一种非现实化的陈述方式，类似的这些技巧“使人远离现实关系”，与“巫术试图表达的心态相近”，“或者说最早的信仰之水灌溉，培植了歌谣中的超现实成分”。

“巫术是交感律的结果，即通过神秘的交感作用，可以使本来毫无关系的两种事物发生作用”，巫术分为两类。第一类模仿巫术（homeopathic magic），歌谣中“梦想着实现的愿望是在对事物的模仿当中传达的”。“这种模仿是通过比喻（‘犹如’）和拟物（‘飞回’）等手段实现的。”第二类接触巫术（contagious magic）。“这种接触某某即影响某某的感应巫术心理在珞巴族的一首对歌当中显得更为真切”，如“男：阿妹啊，莫躲藏，/‘麦冬’篓，腰间荡，\ 丢一把，阿哥尝”。其实小伙子对“麦冬”篓内的炒麦的接触，就是对阿妹的接触。

“交感巫术心理在歌谣中的‘比’和‘兴’手法上得到更多的体现”，“‘比’‘兴’手法与交感巫术中的接触、模仿的思维方式的作用，以及与仪式的培植有关”，“总之，它们在互相起兴，互相起兴缘自于互相的影响与促进的巫术心理”。

（贾平　摘）

在中亚东干人和中国西北回民中流传的民歌

——《高大人领兵》的异文比较

赵塔里木

《音乐研究》季刊　2001年3月第1期

中亚东干人是19世纪末抗清起义失败后迁入中亚地区的中国西北回民，“东干”原为中国西北地区和中亚一带操突厥语的民族对回民的称呼，东干人自称“回族”、“老回回”、“中原人”。

中亚东干人与中国方面失去联系，一百多年来，他们一直顽强地保存着从故土带来的传统文化，东干民歌便是其中重要的组成部分，“反映了清代中国西北地区民间文化的面貌”。《高大人领兵》是“在中亚东干人和中国新疆、甘肃、宁夏、青海的回民中广泛流传的一首属于小调体裁、‘出门人’题材的民歌”，在以上各地长期的口头流传中出现了大量异文。本文通过比较这些异文，“考察东干异文与中国西北异文的关系”，来“了解它们在不同社会历史背景中保存和变化的原因”。

文章对主要的28种异文的流传和分布状况作了评述，对国内关于这首民歌的时代背景的四种说法进行分析评述，认为“乾隆年间说”和“光绪年间说”有可信的历史事实为依据，批驳了“顺治年间说”和“同治年间说”，接着试图确认歌名和唱词中“高大人”的身份，以识别民歌的年代标记。结合历史事实考察，得出结论如下：“东干异文和青海异文Q1（笔者对异文的编号）在帮助确认‘高大人’为高天喜的同时，也证明了东干异文产生在乾隆年间。”

作为一首叙事民歌，《高大人领兵》“叙述内容同特定历史事件及其背景的联系最为直接”。细致比较其唱词的内容和结构的异同，文章认为《高大人领兵》“不仅包含反映某个特定历史事件的信息，而且包含了它在长期的口头流传中不断叠加的多起历史事件的信息”，“乾隆版与光绪版是有着继承关系的两种异文，后者利用前者的叙述框架并加入了新的内容”。

文章比较东干异文与中国西北异文中出现的地名，“获得了有关这首民歌传承和变异过程中的一些信息”，指出了其中的历史价值。

最后，从曲式结构、调式和音阶、曲调类型、旋律线、音域、旋律进行中的音程、节奏和节拍等方面，分析比较了各种异文的音乐形态。

（徐金龙　摘）

第七编

其他体裁研究

丽江纳西族福寿剪纸与福寿文化

何红一

（中南民族学院文学院）

云南省丽江纳西族自治县的中心集镇——丽江古城是一座景色优美、历史悠久、文化灿烂丰厚的高原山城，1997年正式被联合国教科文组织列入《世界遗产名录》。在丽江纳西族丰厚的历史文化遗产中，古朴而富有生活情趣的“福寿花”别具一格。“福寿花”即福寿剪纸，它是具有实用功能的礼花剪纸中的一类，专为老人祝寿之用，通常以福寿主题纹样构成吉祥图案。从整体上看，丽江“福寿花”属于中国吉祥文化范畴，为传统福寿主题纹样剪纸大家族中的一支。在造型上受内地传统福寿纹样的影响较深，与内地常见的福寿纹样有相似之处。然而，它又是在丽江地域文化土壤中生长、发育的民艺之花，具有独特的文化个性。

一、丽江“福寿花”的特点

1.“福寿花”的作者及技法特点

在丽江，擅长剪“福寿花”的多为老年男性，有孙子鸣、张汉龙、谢鹤云、张奎光、王有光等先生。现年90岁高龄的孙子鸣先生30来岁开始学习剪纸，靠地域文化熏陶和个人的摸索，练就剪纸工夫。笔者在1997年有幸亲眼目睹老人的剪纸表演。表演时老人先将蜡光纸折出五等份，然后手握仅有寸许大小的剪刀，信手在外圈旋出五组类似云纹或如意纹的图案，展开一看，却是五只极有装饰意味的蝙蝠。此时，老人再将纸改折四折，剪刀在内圈走迷宫，藏而不露，全凭感觉使然，左折右拐，终于剪出一个“圆寿”的纹样来。老人说，这叫“五福捧寿”。在传统吉祥文化中，蝙蝠之“蝠”，谐音“福寿”之“福”，这五只蝙蝠构成的“五蝠”谐“五福”之意，而蝙蝠的双翼转折处，又用如意云纹构成祥云，俗以见五色云为瑞兆，这里的五对蝠翼，又构成“吉祥如意”的意思。一枚即兴剪出的剪纸小品，居然负载着这么丰厚的文化！在场的张汉龙先生（79岁）也即兴剪出了一对蝴蝶，在民间吉祥纹样中，蝶纹与蝙蝠纹同形互义，都可表达“福寿”的含义。同时，“蝶”还谐“耄耋之年”的“耋”。“耄耋”分别指七十、八十岁高龄的老人，民间造型中常以一猫一蝶表示年高寿长的耄耋老者。

丽江古城大研镇现年79岁高龄的谢鹤云老人，也是远近闻名的剪“福寿花”的高手。与用寸剪剪纸的孙子鸣老人不同，谢鹤云老人剪纸时使用的是一把大剪刀，他剪制作品时折叠巧妙、刀法老练、大刀阔斧处流露出工巧细致的韵味，非常耐看。他还习惯将喜鹊登梅图案与福寿花穿插组合，画面繁复而丰富，喜气洋洋。老人尤其擅长剪制生日和寿辰的大幅福寿礼花和大型的福寿灯彩花，丽江四方街上著名的“纳西古乐厅”里悬挂的宫灯上精美的福寿灯花就是他的杰作。

丽江“福寿花”多用单色大红纸折叠剪制，工整对称处显露出浓烈的刀味纸感。严整清丽、质朴厚重、含蓄蕴藉、意趣高雅，古风古韵十足，与神秘的“纳西古乐”有异曲同工之妙。

2. 丽江“福寿花”的构成方式

丽江“福寿花”种类丰富，有五蝠（福）捧寿、四蝠（福）拜寿、六蝠（福）团寿、八蝠（福）闹寿、梅花闹寿 、梅鹊团寿、福寿双全、富贵长寿、长脚寿字、方寿字、圆寿字等。从图案的构成上看，丽江“福寿花”与内地传统的福寿图案有诸多的一致性，都是以汉文字中的“福”、“寿”字或“福”、“寿”的变体字构成主题纹样的，归纳起来有嵌字法、字符变形法、谐音表意法等构成方式。

第一，嵌字法。嵌字法好似嵌字画，是直接在图案中剪制一个大写的书法“福”字或“寿”字，四周再缀以细密的吉祥纹，这种字画结合的方式，符合中国传统艺术中“书画不分家”的原则。早在南宋时的杭州城，就有以“剪字”、“剪镞花样”为业的剪纸手艺人，剪纸中字画并用的构图方式也许是从那时传下来。这种方式综合书法艺术和剪纸艺术之长，使汉字的书法美和剪纸纹样的装饰美得到完美的结合。

第二，字符变形法。字符变形法是古人在书写艺术上的创造，以繁体“寿”字的变形最有代表性。据说古代“寿”字的异体字最多，有 300 多种写法[1]，为汉字变形之最。这种变形化了的“寿”字已不再是普通汉字，而是图案化、艺术化了的吉祥符号，它在中国老百姓中间约定俗成、人人皆知。如人们常见的符，民间叫“长寿”，它的形成就是汉字在书写过程中逐渐变形的结果。古人喜欢对笔画多的字，采用省写的办法，取其字头代替全体。“寿”字的篆体为“”将字头“”从对称和美观的角度进行加工改造，就逐渐变成了“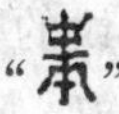”，它有一种舒展开放、沉着稳健的美；同样取字头“”，让原本伸展的四只脚卷曲盘旋，便产生了“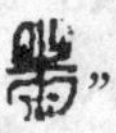”，这便是民间所谓“圆寿”符，它具有一种循环往复、圆满和谐的美。也有“长寿”符与“圆寿”符打散重构的，如“鹊梅闹寿”。位于中心的“寿”纹，就是“长寿”纹的头与“圆寿”纹的尾组合而成的，给人以新颖变化又似曾相识的审美印象。

第三，谐音法。谐音法以汉文字中独特的谐音寓意现象构成主题纹样，它普遍存在于中国传统的装饰图形中。这种方法的形成也是民间的一大创造。因为在不识字或识字不多的民众中间，人们擅长用口头语言和形象语言来表情达意，这就需要大量运用同音借代和图画的方式。如用蝙蝠（或蝴蝶）寓“福”或“富”、用寿桃或佛手寓“寿”、用卐字纹、回纹、盘长纹寓万寿无疆、福寿绵长等，均取喻体与本体间两音相同或相近的特点。同时，受求吉心理的驱使，人们又偏爱那些出口吉祥、能引起人们美好联想的“彩头话”，因此与“福”、“寿”、“喜”、“富贵”等吉祥字眼发音相近的物象，或在某种自然属性上与之相关的物象就被用来充当这些吉祥概念的形象喻体。

丽江“福寿花”通常将以上几种构成法交叉使用：如“五福捧寿”为五只蝙蝠环绕

着“圆寿”符纹，是谐音法与字符变形法的综合运用；“六蝠团寿”为六只蝙蝠环绕着一个有回纹外框装饰的大寿字，是嵌字法与谐音法的结合；“鹊梅闹寿”，集三种构成为一体，“寿”纹以长寿头、圆寿尾的组合为基础，左右再嵌以卐字纹，寓“万寿无疆”。“寿”纹外，有一圈规则的回纹环绕，寓福寿吉祥，绵延流长。再外，四对喜鹊飞临梅枝，寓“喜上眉梢”。最外层的四角又有四只蝙蝠构成的角花，寓“福从天来”，真是花中有花、花中有意、意必吉祥、层出不穷。

3. 丽江“福寿花”与内地福寿纹样之比较

丽江“福寿花”的构成模式并非丽江剪纸艺人的独创，它早就存在于中国古老的吉祥文化传统之中。人们选择这种形象丑怪、非禽非兽的动物为“福寿”的文化载体由来已久。四川成都出土的西汉蝙蝠连弧镜，就以蝙蝠纹作装饰，旁有镌刻的铭文“长相思，毋相忘，常富贵，乐未央”。显然，这里的“蝙蝠”是富贵之“富”的谐音与形象化。俗信还认为蝙蝠具有长寿的特性，这种特性被道家加以强化和渲染，逐渐赋以神秘色彩。《抱扑子》载“千岁蝙蝠，色白，集则倒悬，脑重也。此物得而阴干末服之，令人寿万岁”；又《玄中记》载“百岁伏翼（蝙蝠），色赤，止则倒悬，千岁伏翼，色白，得食之，寿万岁”。自汉以来，道家方术之风日盛，蝙蝠与长寿的关系也被不断地强化，由蝙蝠与寿字符构成的“福寿”纹样成为中国吉祥纹样中最常见，也是最讨人喜欢的吉祥纹样。这就是为什么在中国的吉祥纹样中，关于“福寿”的文图通常相伴出现，而且运用率最高的原因。人们可以从古建筑、家具什物、织物、绣品、剪纸花样上到处见到它们的身影。

丽江“福寿花”图案采用汉字吉祥纹样的构成模式，自然具有明显的汉文化倾向。但它并非汉族福寿纹样的照搬，在具体形象的处理上，丽江“福寿花”又有着较大的自由发挥，体现出浓郁的地域文化特色。如在“长寿”纹的处理上，艺人们有意拉长“长寿”纹的四脚，以夸张的手法突出“长寿”内涵。同时，将寿纹的身体部分也作了相应的多次重叠，使作品更具有重叠、复沓的装饰韵味。粗大、醒目的“福”、“寿”字，在纷繁细密的花丛、蝶群的衬托下，显得疏密有致，主题突出。丽江剪纸艺人特别善于用折叠的方法剪制“寿”字纹，有四折、六折、八折等，折叠的层次之多，是汉族所剪“寿”字中罕见的。他们还擅长将不同的折叠方法穿插运用于一幅作品中，产生重复中见跌宕的变幻效果，丰富了中国传统的福寿纹样。在纹样的主次搭配上，丽江“福寿花”也显得富有创造性。艺人们在运用内地常见的蝙蝠、云纹、回纹、如意纹与主体纹样搭配的同时，还往往作一些改造，使这些吉祥纹样更适合本民族的欣赏习惯。如“蝙蝠”纹的运用就不同于内地，它的头部采用了蝴蝶的特征，生长出卷曲的触须，而蝙蝠的翅膀，又恢复了原有的特征，呈整体垂伏状，形成似蝶似蝠的造型特征；艺人们还喜欢用繁复的花朵与茂密的枝蔓来装饰福寿纹，他们剪底的梅花，虽也有五瓣，但花瓣呈尖瓣状，更多地参考了当地常见的杜鹃花的形态，花蕊的剪法也和内地有异，显得别具一格。更多的时候，他们索性摆脱内地的程式，有蝴蝶、杜鹃花、山茶花来点缀福寿纹四周的空间，这当然是地域特有的自然风光在艺人剪底的体现。

二、丽江“福寿花”生存的文化土壤

1. 丽江“福寿花”与东巴文化

东巴文化是丽江纳西族的传统文化。“东巴”为“智者”之意，是东巴文化的传播者。东巴教源于纳西先民的远古巫教，并在各个不同的历史时期逐渐吸纳了藏族苯教、藏传佛教的一些内容，从而形成了独具特色的民族宗教形态。东巴教信奉自然神、祖先神以及各类神灵，重占卜，强调人与自然的和谐。东巴祭师在举行祭天、祭署（自然神）、祭风等仪式时都要用彩纸剪制纸扎、幡胜及祭旗上的装饰，祭祀用的木牌画也是非常形象生动的，传统宗教文化氛围孕育了丽江的民间剪纸。

纳西族对汉传佛教及道教文化也能兼容。明初至明代中叶，佛、道文化相继传入丽江。明洪武十八年（公元 1385 年）至清乾隆八年（公元 1743 年）300 多年间陆续绘制而成的丽江白沙壁画，其绘制者之一张道士的后裔就有擅长剪纸者。当地佛寺的和尚也多是剪纸好手。近代剪纸出名的有和尚湛林和张文湛等人。佛道经幡剪纸对丽江传统剪纸的发展施以较大的影响。

纳西人民有着擅长运用形象符号进行表情达意的传统。很早以前，他们就创造了一种特殊的图画文字——东巴文，这也是世界上目前惟一活着的象形文字。这种文字被当地人称为“刻在木石上的痕迹”，其形成年代久远，在丽江地区影响面很大。东巴文的书写非常具有图画性，既有一字一音的象形字，也有一部分具有连环画特点的图画文字，表现生动，可视性强，许多字符和画面都可以凭视觉意会。同时，东巴文在造字上也有谐音借代、寓意象形等特点，与汉字吉祥纹样的构成有异曲同工之妙。纳西人还拥有古老的东巴画——东巴在做宗教仪式时绘制的宗教图案。东巴画具有象形文字经典所具有的五个艺术特征，即贝叶经的形式、优美的线条、美丽的色彩、动态的表现和特征的摄取。其中长 10 余米的《神路图》是东巴绘画艺术中的珍品。大抵相同的艺术文化传统，使得纳西人民在汉族吉祥纹样中找到某种审美认同感。

2. 丽江“福寿花”与纳西族敬老习俗

纳西族是一个尊重长者的民族。在纳西族的观念中，长者阅历多、德高望重，理应受到人们的尊敬，故村里的族长多由有德行、有威望、能秉公办事的年长者担任。在社会生活与日常生活中，讲究长幼之序和敬老之道。待客吃饭坐席，长者为尊，好吃的要先敬长者；路遇老人，要主动让道或问候；宗族、家族内的纠纷，听由老人调解；与老人讲话，切忌出言不尊；凡有“不尊敬老人”者，都被视为十恶之首，要严加处罚。在纳西族的乡规民约中，“不孝父母者”、“不敬尊长者”均被列为处罚的第一、二条，违法者将受到严厉的制裁[②]。

丽江地区与内地一样，有给老人做寿的风俗。做寿时晚辈亲友除了送给老人生活必需品外，还要请人制作寿匾，悬于室内，以示吉庆。用大红纸张剪制福寿礼花装裱成寿匾，在形式上具有醒目、喜庆的装饰效果，内容又是民间约定俗成、人人皆知的吉祥纹样，最能表达晚辈的孝心。而且剪纸所需的材料简单，制作简便，很容易流传开来。“福寿花”就是在这种敬老、尊老的文化土壤中落地生根的。

3. 丽江“福寿花”与纳西文化的开放风气

丽江“福寿花”是汉文化与丽江纳西文化的融合之果。“福寿花”属于中国吉祥文化范畴，它是中国人的“福”、“寿”吉祥观在民间艺术领域里的形象体现。所谓“福”，在汉语里通常指幸福、美满、顺遂。《说文》曰：“福，备也。”备，即完备美好之意。早在春秋战国时代，人们就把“福”具体归纳为长寿、富足、健康、好的修养、善终等五种福分③，即民间常说的“百顺为福”、“富贵为福”、“平安是福”、“老来无病是福”等等。“福”统括了人们理想中诸多的美好事象，自然是人们一贯追求的对象。

“寿”本是一个平凡的汉字，但由于它的概念与人的生命、福分息息相关，故特别受到人们的重视。中国人以人为本，所抱持的是一种现世享受的生活态度。生命是万福之本，生命不存，福将焉附？中国人自古就将“寿”置于五福之首，“五福中唯寿为重”，追求身体的安康无恙、颐享天年，甚至期盼生命无限地延续。早在秦汉瓦当（中式建筑屋檐顶端的盖瓦头，俗称“猫头”）中，就大量出现诸如“延年益寿”、“延年永寿”、“延寿万年”等字样的装饰图案，其中的寿字符就已有多种写法。宋时，已出现了百寿字，清·钱曾《读书敏求记·字学百寿图》中载：“南宋绍定年间，静江令史渭于夫子岩刻百寿字。其起源当更早。”明代以来，“百寿图”已十分流行，其异体的数量仍在增加，装饰形式也仍在不断翻新。如明正德年间昆明赵璧编的《百寿字》一书又新增了24体寿字、朱国桢《涌幢小品》亦载：“御史张敩之，家藏大寿字一幅，自其始祖所遗，字高4尺有7寸，楷书黑文，其点画中，皆小寿字，白文作别体，满百无一同者”，可见当时寿字符的丰富性。

汉文化中的福寿吉祥文化也深深地影响着热爱生活，追求天、地、人和谐相处的纳西人。走进丽江古城，福寿文化的印迹随处可见。家居人家的门前照壁上常常镌刻书写硕大的“福”字、庭院的地面用鹅卵石铺成福寿图案的装饰纹、屋檐的瓦当和窗棂上也刻有福寿花纹。

纳西族是一个崇尚文化又善于广泛学习和吸纳他民族先进文化的民族，这种文化上的开放风气使得丽江大研古镇这块地处偏远、地理环境相对封闭的高原平坝成为一方多元文化交流融合的沃土。

生活在明代的丽江纳西族首领木氏土司接受汉文化最早，史称“云南诸士司，知诗书，好礼守义，以丽江木氏为首”。木氏土司家族世代汉文化修养都很高，他们“延纳儒流”，购进大量汉文典籍，建造了“万卷楼”，研习汉族诗书礼仪，“以文藻自振，声驰士林”。木氏土司家族中就出过几代作家群，后世称“木氏六公”，他们不光汉文诗作得好、汉字书法也写得十分到位，有“文墨比中州”，“共中原之旗鼓”之赞誉。在他们的提倡和带动下，丽江地区研习汉文化的社会风气颇为流行。尤其在男性社会，族中流行的规矩是，大丈夫应以求取功名、好学诗书为要，不应为家务锁事所累。所以，多数纳西男子汉文化修养很高，不仅饱学诗文，而且擅长琴棋书画。甚至一些农夫牛倌中也不乏熟读三国、水浒，家中藏书颇丰者，偶尔拿起毛笔来，也能写出一幅幅古香古色的对联挽幛，令人刮目相看。丽江“福寿花”的作者，也都是这样多才多艺的博学之士。其中孙子鸣、张汉龙先生为“纳西古乐会”成员，每天都精神矍烁地为各地来丽江旅游的观众演奏纳西古乐。张汉龙先生还擅长书法，谢鹤云先生汉文的书写和表达能力都相当高。

明以来中原统治者推行的屯兵戍边政策，“江南应天府”大批军户及家属入住云南，也带来了内地的风俗文化。这种内外文化积极的双向交流过程，必然使明清时盛行于内地朝野民间的“福寿”吉祥文化大举进入丽江地区，并很快在这片适合的土壤中生长发育，开放出绚丽的剪纸之花。

---

① 乔继堂．中国吉祥物．天津：天津人民出版社，1990．94．

② 云南省民族事务委员会．纳西族文化大观．昆明：云南民族出版社，1999．277．

③《尚书·洪范》曰“五福：一曰寿，二曰富，三曰康宁，四曰攸好德，五曰考终命”。后世“五福”又有“福、禄、寿、喜、财”这种通俗的解释。

[原载《中南民族学院学报》（人文版）2001 年第 2 期]

民间剪纸的造型及表现手法

姚静萍

民间剪纸艺术是来自民间、流行于民间的乡土艺术，其作者主要是占中国人口大多数的农民业余作者。剪纸艺术是我国民间艺术中最常见、最有民族特色的一个品种，它在纸材料上创造出一种变化均衡纯朴的审美情趣，渗透着中华民族最基本的文化特征。剪纸艺术在早期是作为装饰物出现的。早在汉代，我国妇女就使用金银箔和彩帛剪成花鸟，贴在鬓角作为装饰物的习俗。新疆吐鲁番高昌故址出土的北朝时期（公元386一公元581）的《对马》、《对猴》等五幅团花剪纸，是我国现今发现最早的剪纸实物。到了宋代，剪纸衍为礼花、窗花、灯花以及刺绣底样等多种形式，且有了职业艺人。剪纸艺术不仅历史悠久，而且我国地广人多，又是多民族国家，所以内容与各地、各民族风俗习惯相联系在一起，并不都是一个题材，并不都是单调的花样，又由于各地风土人情和物产不一，剪纸艺术的风格也因此而异，故我国民间剪纸艺术的特色素有南巧北壮之说。

剪纸艺术是我国最为普及的民间艺术之一，民间剪纸大多是劳动妇女心灵手巧才智的表现，它的用途很广，过去每逢过年、端午、中秋、冬至等节日、节令，或出嫁、生子、寿辰等佳期时，以红纸剪制出各种象征吉祥喜庆的花样，装饰在门窗室内，或放在嫁妆、彩礼、祝寿礼物上面，以增加祥瑞吉庆气氛。

民间剪纸的题材内容和造型表现，均与劳动人民的生活息息相关，反映了他们美好的愿望和理想。常常描绘自已熟悉而热爱的自然景物，鱼虫鸟兽、花草树木、亭桥风景；或用谐音、象征手法来表现。我国民间剪纸艺术中，最为常见的是窗花剪纸、灯花剪纸、喜花剪纸、人形剪纸。

一、窗花剪纸

窗花，无论题材、表现手法，剪刻技艺都是剪刻艺术中最具代表性的，近、现代窗花剪纸已渐渐形成独立的艺术门类，但由于它们最初源于民间喜庆或民俗活动中的剪贴画，且多贴于农村窗户的白纸上而被称为“窗花”。窗花对每个人来讲，是一个能引起许多流连与情感的美妙称谓。农历正月初一，俗称春节，这一天，贴窗花装饰居室环境成为我国春节喜庆活动的一个重要内容。窗花的剪刻形式一是单色剪刻，多用于大红纸剪纸，应用地区较广。二是套色剪纸，一般用于宫廷、商店铺子的大窗或厅堂和门面的窗户。三是浮雕剪纸，流行于甘肃、青海一带，它将剪刻与纸叠工艺融为一体，风格别具。窗花的造型因受到多种多样窗棂形式的制约，所以不是以固定格式流传的，常见的有方形、圆形、条形、棱形以及团花四角式、自由式等构图形式。窗花的外轮廓与窗架之间要求疏密有致、构图格局均衡，除装饰美好的因素外，还能起到防寒和透风流通的实用作用。为追求清新、亮堂、明快的室内装饰效果，窗花剪刻多用细线造型，达到镂空玲珑的视觉效果。春节贴上红色镂空窗花，使室内外增加一种喜庆的气氛。由于南北各地民居建筑不同、窗户造型各异，所以窗花的造型以适合窗格空间为标准，由单幅剪纸组成窗花的图案。

窗花多用单色彩纸剪刻，亦有以薄白纸剪刻后着色的。窗花几乎包括一切民间艺术的题材，但最多的是花卉动物，喜庆吉祥纹样，常以“吉祥喜庆”、“丰年求祥”、“五谷丰登”、“人畜兴旺”、“连年有余”、“贵花祥鸟”等为主体。也有故事、人物、戏曲、习俗等题材，多流行于黄河流域及北方农村，常见的有三国戏、水浒戏、西游戏、民间故事以及地方戏的人物造型和戏曲情节的表现。就连民间故事“老鼠娶亲”也成为窗花所表现的题材。因而窗花成为剪纸艺术中题材丰富的典型门类。就窗花剪纸工艺而言，除单色剪、刻、雕和五色染绘、挖补工艺外，还有浮雕、扎结与丝绸等利用综合材料的工艺形式。从流传在江南地区的窗花样式可以看出，窗花比其他剪纸样式更能代表剪纸的艺术语言。窗花剪纸的工艺特征已超越了民俗活动单纯的装饰功能，从而促进了剪纸单一形态的发展格局。如甘肃的浮雕窗花剪纸，运用纸扎的工艺；河北的染色窗花借鉴了民间彩绘；南通的丝织品窗花把纸与纺织品有机结合在一起。窗花剪纸作为节日的一种民俗活动的内容，不仅美化了民居环境，更重要的是成为人们审美交流的对象。

二、灯花剪纸

中国的彩灯历史悠久，品种式样繁多。近代民间流传下来的彩灯其主要工艺是运用糊纸、扎纸和剪纸，剪纸图案也就成彩灯中不可缺少的装饰物。具有现代风格的彩灯仍利用剪纸艺术的装饰手段，风格简朴而概括，体现了中国民间艺术以简代繁，以一当十的设计观念。灯彩剪纸有边饰图案，戏曲人物，吉祥文字等。刻画内容和形象大都是祈福求安，吉祥如意，富贵长寿，以及祝愿生活和谐美满的各种现实和民俗题材。农家的彩灯剪纸内容，则多是祈祝风调雨顺，五谷丰登，洋溢着同劳动人民利益相关的求拜供奉色彩。彩灯剪纸的外轮廓突出，用线较多，空白面积较大，主要考虑彩光的效果。剪纸在彩灯装饰上的运用，是中国人固有的影像造型观念的体现和强化，彩灯以它特有的光影和环境效果更突出、更鲜明、更充分地展现出剪纸的实用功能和造型特征。

三、喜花剪纸

我国自古重视人生礼仪，特别对婚俗活动更加重视。喜花剪纸是随着中国婚俗的逐步完善而出现的结婚用品，流传在全国各地，虽剪刻内容不一，但应用范围则大同小异，都是围绕着装饰结婚气氛的载体。它注重剪刻体裁的喻意性和造型的整体性。喜花剪纸的装饰要恰如其分地渲染婚礼气氛和喜日的环境，要起到点缀嫁妆、美化洞房、渲染婚礼的效果。喜花剪纸常见的有吉语文字喜花、喻意双关的喜花、戏曲故事的喜花和民俗事象为主体的喜花形式。以吉语汉字为题材的喜花剪纸在现代民间也不乏其例，如各种以“喜”、“禧”字组成的喜花，以吉祥喻意“富贵有余”、“鸳鸯戏水”、“凤穿牡丹”、“喜上眉梢”、“双喜临门”等汉字组成的喜花。喜花的形式与其他门类的剪纸相比，更注重对吉祥文字的运用和喻意爱情题材的选择。造型上求整体，有意制造形中有形的轮廓；工艺上求严谨，剪镂粗放，少用细线雕镂，表现喜花简练剪刻而突出主题的个性特征。如喜花外形剪刻出现的人角形、圆形、方形及桃形、菊花形、牡丹形、如意形等有完整独立形状的外轮廓，反映民间美术造型形态中的花套花，形套形的阴阳造型观念。

古人把正月初七定为“人日”，即人的节日，“人日”是古代迎春庆典的一个重要节日，这天，人们把纸剪的人形装饰人身，张贴于房舍祭祀天地，目的是除旧迎新。如把剪纸人形置于屋顶以祈雨，贴于床头以求子，贴于门面以避邪。现在民间故事中的剪纸人物大都由这种人日剪纸发展演变而来。人物剪纸多取材于民众喜闻乐见的戏曲人物、历史人物、民间传说以及神话故事等。如黄河流域一带农村流传的剪纸人物形象“抓髻娃娃”、“招魂娃娃”的造型十分讲究完整与完美。这类剪纸造型手法注重表现意象，抓取人物神态，反映了民众的造型意识和创新观念，人形剪纸在造型思维与造型形态上还保留着原始文化的遗迹，内容似乎还沉积古代朦胧、纯朴的文化内涵。

民间剪纸造型不仅直接表现在窗花、灯花、喜花、人物剪纸等内容上，而且在民间服饰及民居装饰上也发挥着它的作用。如服饰剪纸中的各种花样，戏曲服饰中的剪纸纹样。民间剪纸为服饰、佩饰提供了极其丰富的图样和构成模式。再如在中国传统的民居建筑装饰中，除窗花剪纸外，还有顶棚花、墙花和家具贴花，这些都寄托着民众对环境美的认识和向往，它创造了既经济节俭又朴素大方的剪纸形式的房屋装饰，尽管这些剪刻的纸制品不能同现代室内装饰材料相比，但当它处在特定的环境中与中国民宅、庭院相并存时，则显得格外谐调和贴切。因此，民间剪纸已成为极受民众喜爱的一种艺术形式。

中国民间剪纸艺术的宝贵财富就是民族文化几千年积淀的结晶，民间剪纸造型的风格始终保持着相对的传统性。学习民间剪纸艺术的造型规律及表现，我们应掌握正确的方法，要借鉴其精华，用以充实自己的艺术创造并使其展现出新的生机，作为一名艺术设计专业工作者，要认真揣摹学习民间剪纸艺术的创作规律，有效地应用到自己的创作中。

[原载《中南民族学院学报》(人文社科版) 2001 年第 2 期]

隐语：一种特别的民俗语言文化现象*

曲彦斌

（辽宁省社会科学院）

汉语里的“隐语”，是个多义性用语。在此，“隐语”是指“隐语行话”，或说是民间秘密语。那么，这种“隐语”的语言属性和社会属性是什么？这是与此相关学术领域的学者们长期关注而又众说纷纭的问题。我认为，“隐语不是语言，而是语言的社会变体”，似乎已经是学界有关“隐语”语言属性的主流性认识。就“隐语”的社会属性而言，一如“语言是一种文化现象”这个命题，业已渐成学界的共识；“隐语是一种特别的民俗语言文化现象”，也同样会成为学界的一种共识。

不久前，看到郝志伦先生从绵阳寄来的他作为“四川省教委人文、社会科学研究项目”成果的新著《汉语隐语论纲》的书稿软盘，正是一部探析“隐语”的语言属性和社会属性的专著。

全书分成导论、史论、结构论和人文论四个“板块”。在“导论”中，讨论了汉语隐语及其特质，汉语隐语的研究对象、意义及方法，汉语隐语的生成，汉语隐语与社会群体，汉语隐语与民族共同语，汉语隐语与民族文化，汉语隐语与社会犯罪等七个问题。“史论”在记述不同历史时期的隐语行话本文史料的同时，也相应地展示了各个时期的有关研究状况。如先秦至魏晋时期的隐语及其研究，唐宋元明清时期的隐语及其研究，近现代汉语隐语及其研究，以及汉语隐语的演变机制等。“结构论”主要是从语言学视点审视这种语言文化现象存在的语言形式。首先从形态分类和应用领域及发生学分类讨论汉语隐语的类型，进而探讨汉语隐语的结构特征和汉语隐语的结构材料。然后，又从语音构词、词法构词、句法构词、文字构词和修辞构词等诸方面具体展示其形式的构成。郝氏本书的第四部分是“人文论”，事实上当谓“汉语隐语文化论”。因为，其先是从命名理据、构成方式及体系关联分析了“汉语隐语的隐型文化特征”，然后又从隐语行话中所涉及的饮食文化习俗、市井文化习俗、武林规矩以及组织文化特征等信息，论述“汉语隐语的显型文化特征”。

从全书所使用的历代隐语语料和附在卷末的《主要参考文献》粗略可知，郝氏比较充分地使用了此前发现的有关语料文本和研究文献。上述论述，即建立在对这些文本和文献研究的基础之上。

几年前，我在《中国民间秘密语（隐语行话）研究概说》里分析、讨论“秘密语研究的近期特点与趋向”时谈到，多学科视点的导入和研究领域的开拓，尤其有助于中国民间秘密语研究的深化和发展。这是现阶段这一领域的一个突出特点。不过，语言学视

---

* 原文作者为郝志伦《汉语隐语论纲》所写的序言，巴蜀出版社 2001 年版。——编者注。

点的研究，始终是最基本也是最重要的研究视点。为什么？原因就在于，“民间秘密语是一种特殊的语言文化现象，这一根本属性决定了无论从语言学还是从文化学视点的研究，都是首要的、基础的本体性研究。它是语言的一种社会变体，因而语言学家首先将其纳入科学视野，是极其自然而又似乎是‘责无旁贷’的，以往几乎是语言学单一视点‘一家言’的局面，是不足为怪的。这一阶段民间秘密语的语言学研究，从过去偏重于语音学的研究，如大量的反切形态秘密语研究，已逐渐转为较全面的关注，如词型构造、语义转换、词源、辞书编纂、正字正音及社会文化背景等。尤其是根据其地域性特点运用方言学的方法所进行的调查和分析描写，使民间秘密语语料的采集整理更趋系统、准确而具有科学性”①。

虽说，郝氏的《汉语隐语论纲》是以语言学视点研究为主，但他特别注意到了隐语行话现象的语言文化属性一面。可以说，这是一部从“语言文化”这个命题着眼，探析汉语隐语的语言属性和文化属性两种属性的学术专著。从全书的理念倾向来看，郝氏此书业已超越除了单一的语言学视点，或说是关注隐语的社会文化属性的倾向更为突出一些。如其在“人文论”部分的导言中所指出的那样，主要以特殊词汇形态存在的隐语行话，它与其所属特殊社会群团的社团文化，与其所赖以生成和运用的母语文化之间，必然有着千丝万缕的联系。和民族共同语一样，隐语行话也兼有交际工具和文化载体的双重特质。作为特定的社团文化和母语文化的特殊载体，作为一种特殊的语言文化现象，汉语隐语行话所运载和涵蕴的文化内容便要复杂丰富得多。可以说，无论在其生成运用时，还是在其发展演变中，汉语隐语行话都在不断吸纳、传承着其所属群体和所属民族的诸如思维观念、价值取向、信仰习俗、生产生活方式以及心理行为模式等文化因素；无论在其表层结构，还是在其深层结构，汉语隐语行话都或多或少、或隐或显地透析着其所属的特定社团文化和母语文化特征。即或是在考察隐语的语言形式的“结构论”中，他也清醒地注意到“作为民族共同语的社会变体，作为秘密社群及诸行百业的一种特殊交际工具，从语言与文化的宏观角度鸟瞰，汉语隐语与民族共同语和民族文化有着千丝万缕的血肉联系”。

总之，粗略浏览一遍，我感到《汉语隐语论纲》架构清新有致，论述清晰有据，在近年里所见到的同类或相关著作中，这是一部严肃认真的、应予肯定的汉语隐语行话研究力作。

所谓的“濒危语言”，亦即濒临灭绝的语言，是近年来人类学家、语言学家十分关注的社会现象。据报道，全世界大约 6800 种语言中，有近一半的语言使用者人数低于 2500 人，而且其使用的人数还在不断地减少着。几乎是平均每两个星期，就要有一种语言因不再有使用那种语言的人而消亡。依此速度，到 21 世纪末，全世界就将有至少半数的语言不复存在。（详参《文汇读书周报》2001 年 8 月 11 日 4 版）姑且不论这些语言消失的种种原因与后果，但就其所载负的丰富的、独特的社会文化信息来说，转瞬间就成了难以复制的东西，就成了需要重新发掘的、令人瞩目的“历史人物”。

《汉语隐语论纲》的导论谈到：“根据现有资料记载，人类语言中的主要大语种，都明显地存在着他们自己的隐语。如果从人类社会实际的言语交际着眼，可以这样说，任何民族语言中都或多或少地存在具本民族历史文化特色的隐语，任何社会、任何时代都或多或少地存在着传承、创造、使用隐语的文化现象。”那么，随着这些“濒危语言”的消亡，依附于这些“濒危语言”的民间隐语行话等民俗语言文化信息，亦必将随其“母体”的消亡而相应地消亡。皮之不存，毛将焉附！作为关注隐语行话这种特别的语言文化现象的学者们来说，自然是格外增加了一层惋惜和事业的紧迫感。

单就“滥觞于先秦，发达于唐宋，盛兴于明清，传承流变至今”的汉语民间隐语行话而言，尽管时下仍在“生生不息”，却也时时在“消亡着”。不是么，今可见到的唐宋以来的隐语行话语料文本实在有限。如果没有《圆社锦语》、《绮谈市语》、《行院声嗽》、《金陵六院市语》、《新刻江湖切要》等文献流传下来，汉语隐语行话的历史就不能显现像现在这样的清晰轨迹。尤其是唐代隐语行话的语料，真可谓“凤毛麟角”。众多信息的迹象表明，汉语史上的隐语行话语料十分丰富，远非这一点点。那么，其他那些都哪里去了？消亡了。我通过十数年研究的见解之一是，现代汉语所存在的隐语行话，也就是现今人在一些社会群体言语交际中生存着的汉语隐语行话，绝大部分的基本语汇，仍然沿用着已经传承了上千年的语汇体系，甚至，有许多语汇无论在形式或语音方面，同数百年前并无多大实质性变化，甚至完全沿用着未改。这一点，也正从另一视点佐证着汉语史上的隐语行话曾经十分丰富。

20 世纪 80 年代以来，虽道中国大陆“在本领域学术史上空前活跃和繁荣的阶段”，“研究成果的种类、数量均远远超过了前一时期的总和，并且展示了新的研究水平”；但不容回避的一个问题是，当今学术界对隐语行话这一微观的民俗语言文化现象的关注似乎仍显不够，尤其纳入科学研究视野的力度还远远不够。这一点，1995 年，当美国语言学会保护濒危语言委员会的 Yamamoto 教授在来信中对汉语隐语行话的存灭表示关切时，尤其使我有所感触。安徽的一位于此道向有专攻和成就的学长，数次敦促我前往一道进行“田野调查”，其迫切之情溢于言表。事实上，也的确每天都有一些十分珍贵的隐语行话语料在消亡，都有一些旧语料的传人在减少。长期以来，我们既存在大量的对隐语行话的“濒危语料”文本的调查、发掘、抢救工作要做，还需进行大量深入细致的、扎扎实实的、各种视点的专题性或多元的综合性的科学研究。这些，都是非常紧迫的工作。如今，通过《汉语隐语论纲》又结识了一位学术同道，可谓幸事。

在学术研究的茂密丛林中，隐语行话研究是一个非常细微的领域，很难成为什么“显学”，却是个不应忽略的、不可弃之的领域。许嘉璐教授在分析语言与文化的关系时曾提出，语言是一种特殊的文化现象，是文化的最重要载体，对文化有着巨大的反作用力。因而，“语言理解包含着文化理解，同时语言理解需要文化理解；语言理解的层次越高，文化理解也就越高，需要的文化理解也越高”。（《语言与文化》，《中国教育报》2000 年 10 月 17 日）就此而论，隐语行话则可谓处于社会文化深层结构之中的一种更为特别的民俗语言文化现象，是考察研究中国社会文化、语言文化别具一格的独特视角。这一点，也是藉为郝志伦先生的《汉语隐语论纲》写序所想重复强调的一个观点。同时，也期望能见到再多一些相关学术著作的问世。当然，也更期望汉语隐语行话的发掘、抢救和研究工作，能出现一个前所未有的新局面。

---

①(《社会科学辑刊》1997 年第 1 期)

2001 年末伏次日记于冷趣斋

第八编

动态与信息

2001年中国民间文艺工作大事记

一　2001年3月19日至24日，中国民间文艺家协会第六次全国代表大会在京召开。大会通过刘魁立副主席代表五届理事会所作的《工作报告》，通过修改后的《中国民间文艺家协会章程》。

大会选举产生中国民间文艺家协会新一届领导班子。即，名誉主席：钟敬文、冯元蔚、贾芝；顾问：姜彬、刘魁立、卢正佳；主席：冯骥才；副主席：白庚胜（纳西族）、刘春香（女）、刘铁梁、江明惇、农冠品、杨继国（回族）、余未人、张锠、林德冠、郑一民、赵书（满族）、曹保明；秘书长：刘春香；副秘书长：向云驹（土家族）。

二　2001年间，江苏、河南、内蒙古、新疆、湖北、四川、山西等省、自治区的民间文艺家协会相继完成换届工作，各选举产生新的领导班子。

三　4月、7月，中国民间文艺家协会与联合国教科文组织共同实施的“中国少数民族民歌保护行动”的前期准备工作，在广西民协、甘肃民协和青海民协的合作下顺利进行。

四　4月至10月，“中国民间文艺山花奖·学术著作奖”完成评奖。评委会从报送的300多部著作中，评出最高荣誉奖3部，特别奖6部，一等奖16部，二等奖41部，三等奖59部。

五　5月2日至4日，中国民协、四川省民协在成都举办第二届西南地区民间工艺展。

六　5月27日至29日，中国民协与北京市大兴区人民政府联合举办“第二届中华绝技大赛”。

七　6月22日至24日，“中国民间文艺山花奖·中华鼓舞大赛”在北京举行。全国12个省的18支队伍1200名演员参加了比赛，评出“山花奖”6名。6月24日，参赛的队伍还参加了美国西部华人基金会支持北京申办奥运会举办的活动，将6000多米长的“奥运龙”展示在居庸关长城上。

八　7月21日，中国民协召开主席团会议。冯骥才主席倡议、发起，并与在京的中国民协副主席及有关人员酝酿“中国民间文化遗产抢救工程”启动、实施事宜。

九　8月7日至12日，第二届中国国际民间工艺博览会暨“中国民间文艺山花奖·民间工艺奖”评奖活动在北京举行。20个省的116名民间工艺家参展，评出“山花奖”金奖10名，银奖31名，优秀奖60名。

十　9月2日至8日，《民间文学》杂志社与山西省霍州市文联在霍州市召开笔会，并参加“霍山文化节”活动；同月，《民间文学》杂志社与北京市文联及民协，联合召开“北京市第三届新故事创作研讨会”。

十一　9月30日至10月6日，天津市文联与中国民协联合举办“首届中华民间工艺博览会”。会上评出“天津新三绝”。

十二 10月5日至8日，中国民间文艺家协会与湖北省荆门市人民政府共同举办第五届中国民间艺术节。其间，还举办“全国民间歌舞大赛”、“中国民间工艺大师精品展”和“中国民间文艺山花奖·学术著作奖”颁奖仪式。

十三 2001年，中国民间文学三套集成开始分卷出版：《中国民间故事集成》河南卷、甘肃卷、西藏卷，《中国谚语集成》西藏卷；发稿10卷：《中国民间故事集成》云南卷、河北卷、海南卷、西藏卷，《中国歌谣集成》云南卷、河南卷，《中国谚语集成》福建卷、海南卷、云南卷、西藏卷；审稿8卷：《中国民间故事集成》青海卷、海南卷，《中国歌谣集成》贵州卷、河北卷、青海卷、山东卷、吉林卷，《中国谚语集成》福建卷。

（向云驹供稿）

团结拼搏　共创民间文艺事业新辉煌

——在中国民间文艺家协会第六次全国代表大会上的工作报告

刘魁立

中国民间文艺家协会第五届副主席

各位代表：

今天，中国民间文艺家协会第六次全国代表大会隆重召开了。这次大会的召开，恰逢新世纪的第一个春天，全党全国人民认真贯彻落实江泽民同志关于“三个代表”的重要思想、党的十五大和十五届五中全会精神，满怀信心开创社会主义现代化建设新局面之时。这是一次继往开来、团结奋进的重要大会。回眸中国民协走过的历程，展望未来，我们无限感怀、无限豪情。

中国民间文艺家协会第五次全国代表大会于 1991 年 11 月召开，至今已有 9 年多了。这 9 年多间，担任过协会领导工作和为民间文艺事业发展做出过杰出贡献的马学良、杨堃、容肇祖、蓝鸿恩、张紫晨、许钰、刘德培等民间文艺家先后谢世。今天，全国民间文艺工作者的代表在这里共商民间文艺事业发展大计，让我们对他们表示崇高的敬意和深切的怀念。

过去的 9 年是不寻常的 9 年，世界政治风云变幻，全球经济激烈竞争，科学技术日新月异。中国民间文艺事业在我国突飞猛进的改革开放和社会主义现代化建设中，进入了新的发展时期。这是一个机遇和挑战并存的时代。信息化社会的到来，使口口相传的古老的民间文学面临着失传的威胁；市场经济大潮汹涌，冲击着人们的思想观念和呼唤文化体制的改革；在经济、政治、文化交流空前繁盛的当今时代，文化霸权和商业文化咄咄逼人；但民间文艺事业在“二为”方向和“双百”方针的指引下，进入 20 世纪 90 年代以后，克服困难，开拓创新，乘势而上，仍然呈现出欣欣向荣的局面：民间文学三套集成成就辉煌，民间文艺学学术繁荣，民间艺术新人佳作迭出，民间文艺国际交流更具广度和深度。9 年来，中国民协在中宣部、中国文联党组、中国民协第五届主席团和常务理事会的直接领导下，及各省、自治区、直辖市民协和全国广大民间文艺工作者的支持下，改革、调整、探索、创新，为推动我国民间文艺事业在新时代的新发展，作了有益的工作，取得了可喜的成绩，塑造了中国民协新形象。

下面，我受本届常务理事会的委托，向大会做工作报告，请诸位代表审议。

一、9 年来的工作

1. 坚持坚定正确的方向　加强理论学习

9 年来，中国民协始终把坚持正确的政治方向和文艺方向作为头等大事来抓，不间断地组织协会干部、会员和民间文艺工作者学习马列主义、毛泽东思想、邓小平理论和江总书记关于“三个代表”的重要思想；认真宣传贯彻党中央各项文艺方针和政策，并且落实到民间文艺事业的各项工作中去。

1997 年，中国民间文艺家协会常务理事会制定并通过了《中国民间文艺工作者职业道德准则》，要求每一位会员、民协系统工作人员与以江泽民同志为核心的党中央保持一致，爱岗敬业，团结协作，艰苦奋斗，坚持民间文艺工作的正确方向。1999 年、2000 年，结合“三讲”教育、“三讲教育回头看”、“警示教育”，协会机关在干部和群众中开展了深入、系统的政治理论学习，结合工作实际，统一思想，坚定信仰，认清形势和任务，提高思想政治素质，增强贯彻落实中央各项指示精神的自觉性，在工作中始终坚持为人民服务、为社会主义服务的方向，贯彻执行“百花齐放、百家争鸣”的方针。

2. 齐心协力　无私奉献　共筑“文化长城”

1984 年，中国民间文艺家协会同文化部、国家民委联合签发民字（84）第 808 号文件《关于编辑出版〈中国民间故事集成〉、〈中国歌谣集成〉、〈中国谚语集成〉的通知》。从此开始了全国性的发动普查采录工作。1986 年，三套集成被纳入《中国十大民族民间文艺集成志书》，成为国家重点科研项目。1987 年集成进入编纂工作，1990 年，三套集成陆续开始出版。

民间文学三套集成工作普查规模大，在编纂出版全国卷即省卷本的同时，各地市、县还纷纷出版地方资料本，搜集了数以十亿字计的珍贵资料，出版成果也将盛况空前。三套集成经过专家学者认真编纂，坚持和具备着科学性、全面性、代表性，是民间文学史上的伟大创举，无愧于“文化长城”的赞誉。

这 9 年来，召开审稿会 70 余次，审稿逾 1 亿字。9 年来，三套集成出版省、自治区、直辖市卷 32 部，其中故事卷 11 部、歌谣卷 9 部、谚语卷 11 部，完成初审、终审的有 34 卷。目前已全部完成三套省卷本出版的有浙江省、江苏省、宁夏回族自治区，另有已完成全部三套终审工作的 8 个省、直辖市、自治区，它们是湖南省、上海市、四川省、河北省、陕西省、青海省、云南省、广西壮族自治区。9 年中，受到文化部表彰的中国民间文学集成先进单位有 53 个（其中省、直辖市、自治区协会 18 个、编辑部 35 个）；先进个人 60 人；受到全国艺术科学规划领导小组表彰的 165 人。集成工作是中国民协的龙头工作，动员了广大民间文学专家学者和千百万基层民间文艺工作者与群众参与，带动了民间文学的搜集、出版和研究工作。通过这次大规模的全面普查，我们对民间文学的蕴藏流布情况有了较为明确的了解，同时挖掘出一大批珍贵的民间文学作品，发现了一大批优秀的民间故事家和民间歌手。深入的普查及其获得的丰富的资料，也为科学研究提供了坚实的基础。这一文化工程之浩大，成绩之辉煌可谓空前绝后，多少国外学人赞叹：如此壮举只有在新中国才能实现和完成。

3. 加强学科建设　理论学术迈向新的广度和深度

中国民间文艺学以搜集、整理、研究我国广大人民群众千万年传承下来的民间文艺为对象。中国民间文艺学的历史使命是来自民间又回到民间，站在人民的立场上，用马克思主义、辩证唯物主义和历史唯物主义阐发其科学、美学、艺术的价值，丰富和发展人民的文化生活，促进民间文艺的传承和提高。

肇始于20世纪初的中国民间文艺学，自本协会前身中国民间文艺研究会成立以来，获得了举世瞩目的发展，经历了学科史上的三个时期：第一个时期，20世纪五六十年代的遍及56个民族的大规模民间文学普查和采录，以及民间文学研究的全面开展；第二个时期，80年代摆脱文艺研究唯意识形态论的束缚，在民俗学、民族学、文化人类学、美学、文艺学等空前活跃的学术背景下，民间文艺学建立起更广泛的人文科学的学术基石，同时在民间文艺的各种形态之间，展开类比与整合；第三个时期，90年代的学术多元格局，即点面结合地搜集、普查，基础理论与应用研究并重，国际交流与比较研究更具广度与深度，方法论更趋多样而科学，学术队伍更加壮大和学术成果更其厚重。面对学术发展的大好时机，要努力促进有中国特色的民间文艺学的体系建构。为此，中国民协立足于民间文学又面向民间文艺和民间文化，广阔学术视野，适时组织了多层次多类型的学术活动和理论研讨。

(1) 1997年中国民协与湖南省民协召开中国梅山文化学术讨论会；1998年中国民协与山东省民协在泰山召开全国五岳文化系列研讨会·泰山文化研讨会；1999年中国民协与河南省民协召开全国五岳文化系列研讨会·嵩山文化研讨会；与河北省民协召开海峡两岸民间文艺研究与发展学术研讨会；与南宁市政府等联合召开1999南宁国际民族民间文化研讨会；2000年与黑龙江省文联等单位联合召开全国首届达斡尔民间文化艺术研讨会等等。这些学术活动，拓宽了学术领域，努力开发学术研究的社会功能，加强和引导了理论的实践性和应用性。中国民协编辑出版的《民间文学》、《民间文化》、《缤纷》三个刊物在9年中为学术繁荣和丰富人民群众文化生活做了大量工作，发表了大量优秀的作品和有分量的学术文章。

(2) 1994年，中国民协承担了由我国政府与联合国教科文组织联合签订的用现代化手段记录保存中国民间文学遗产的《项目实施计划协议书》，对吉林、湖北、四川、云南省数十个县、市的民间故事进行了五次考察和实地采录，采访故事家100余位；记录民间故事、民歌900余篇（首）；搜集白族大本曲20部；录音3700多小时，录制磁带1200余盘；摄制录像1000多小时，制作专题片《伍家沟故事村》一部；出版《中国民间文学遗产》、《走马镇民间故事》、《王海洪故事集》等书。1998年12月召开了项目成果汇报会。此项活动在各采录地引起强大反响，促进了农村群众对自己的文化传承和文化创造的珍视。吉林农民自豪地说："我们的'瞎话'（故事）都讲到联合国去了。"一些地方还要为民间故事家树碑立传。为保护民间文化遗产开辟了新途径，获得了新成果。

1992年至1997年，中日两国学者共同进行"环东海农耕文化民俗学研究"，在中国浙江省温州、宁波、奉化、丽水和日本的新泻县、熊本县、千叶县、冲绳县等地对节日、礼仪、婚庆、丧葬、民居、祭祀、崇拜、信仰、生产等诸多方面进行了跨年度全方位、多层面的综合考察。

1996年4月，中国民协召开了国际民间叙事文学研究会北京学术研讨会。北京学术研讨会有来自26个国家和地区的100余位代表出席会议。中国推举的40位代表，高水准地展示了我国民间文艺界的研究成果。

4. 开掘民间文艺丰富资源　弘扬优秀民间文艺

民间文艺在人民的劳动、生活、风习中流传，是人民大众精神风貌的展现。民间文艺种类繁多，形式多样，内涵丰富，是人民创造才能结出的丰硕精神果实，反映着人民的审美理想，浓缩着中华文化的民族精神。把有精湛技艺、精美形式和精深内涵的民间文艺瑰宝从自生自灭和人亡艺绝的境地中挖掘出来，弘扬开去；把人民喜闻乐见的民间文艺，在人民自己的文化生活中生动活泼地开展起来，促进农村精神文明建设；把民间文艺的传承与提高结合起来，使民间文艺的美学传统得到不间断地继承和发展，是时代赋予民间文艺工作者的重要使命。

9年来，中国民协通过举办各种全国性、国际性的民间文艺活动，努力挖掘和弘扬优秀的民间文艺，努力开拓民间文化艺术的广阔市场，为地方经济和旅游经济的发展和农村精神文明建设服务，促进各民族的文化交流和民族团结，丰富人民群众的文化生活。

（1）举办民间手工艺术展示活动

民间手工艺术来自于民俗生活，民间艺人将土木泥石化腐朽为神奇，使人惊叹："美在民间。"在现代化进程中，留住手工艺术，是留住民族文化传统的一个重要方面。

1993年7月18日至9月20日，中国民协与万博文化城在南戴河联合举办了中国民间艺术大展，全国有21个省、自治区、直辖市的23个参展团，展品丰富多彩，布满6000多平方米的9个厅室。参观人数达20万人次。李瑞环、杨尚昆、薄一波、赛福鼎等领导人和各界知名人士题词盛赞大展是"辉煌的艺术"。1998年8月，中国民协和中国文联联合主办首届国际民间工艺博览会。来自全国24个省、自治区、直辖市的200余位民间艺术家一展风采。百余种、数万件工艺精品荟萃，琳琅满目，争奇斗艳，民间艺术的展示再上新台阶，民间艺术在文化市场争得了一席之地。

1997年6月，中国文联举办，中国民协承办《首届中国十大民间艺术家精品展》。1997年11月，中国民协与北京电视台合作在中央电视塔举办国际手工艺术周，13名中国民间艺术家和大师与南非、日本、秘鲁、印度的手工艺术家同时进行现场表演和交流。民间艺术家身怀绝技，不同凡响，受到观众的热烈欢迎。展览为推名家、出精品、育市场、创效益做出了有益的探索。借助现代传媒，民间艺术展现魅力光华四射。

（2）举办中国民间艺术节

1993年10月9日至14日在北京门头沟区举办第三届中国民间艺术节，有12个民族的20多个艺术表演队参加。1999年10月，中国民协在江苏省无锡市举办第四届中国民间艺术节，艺术节有来自11个省（自治区）的23个民族的民间歌舞表演和7个省、市民间艺术大师的制作展示，四天演出21场，中外观众10万余人。中国民间艺术节成为综合展示民间艺术各个门类风采和民间文艺继承发展取得新成果的一个大舞台，在社会上各种艺术门类百花齐放的艺术节中崭露头角，独具特色。

（3）举办大型民间文艺比赛

民间表演艺术具有广泛的群众性和鲜明的民族性，弘扬好这一民间艺术形式，有利于激发和振奋民族精神。1999年12月，中国民协与中国文联在北京举行“国安杯”中华舞龙大赛。有来自全国各地、各民族的舞龙高手3000余人，龙队32支参加大赛。200余只风格各异、形制独特的龙舞，全面展现了中国龙文化的风采，许多地方为参赛将当地传统舞龙进行了抢救性挖掘、整理，少数民族地区也踊跃参赛。大赛之后，各舞龙队移师天安门广场表演，成为北京庆祝澳门回归大型文艺演出的主角。中央电视台向全世界现场直播。龙舞还在八达岭长城为“迎接新世纪庆典全球电视联播”一展“中国龙”的风采。天安门舞龙是中国舞龙史上的头一回。此次活动影响巨大，名扬世界，吸引了亿万观众，受到各界人士赞誉。中国民协因此受到北京市澳门回归庆祝活动领导小组的表彰和中国文联党组的通报表彰。

2000年，中国民协、国家旅游局、中央电视台等单位联合举办2000年神州世纪游全球华人元宵灯谜楹联竞猜活动，国内30个省、自治区、直辖市和海外华人踊跃参与，通过互联网猜谜对联。农历正月十五，在深圳举行《盛世观灯——2000元宵晚会》，中央电视台国际频道向全球播出。

2000年11月8日至10日在浙江省杭州市举办了中国民间文艺山花奖首届民间广场歌舞大赛。12个省、自治区、直辖市的18支代表队，800余人参加比赛。多姿多彩的民族民间歌舞为浙江省“西湖博览会”增添了亮丽的风景，成为博览会文艺踩街、大型闭幕式演出中的主角。

（4）举办纪念中国民协成立50周年盛大纪念活动

2000年3月29日是中国民协成立50周年的喜庆日子。半个世纪以来，中国民协在党的领导下，虽经历风风雨雨，仍然在弘扬民间文化，搜集、保护、整理、研究民间文艺特别是民间文学中取得举世瞩目的成绩。50年来的搜集普查工作，使我们获得了56个民族民间文学的浩如烟海的宝贵的精神财富，丰富了中国文化和世界文化宝库。民间文艺学以其丰硕成果和大批杰出学人在人文社会科学中崛起。民间文艺事业日益呈现欣欣向荣的景象。为继往开来，中国民协在四川省成都市举办了系列庆祝活动：召开中国民协成立50周年庆祝大会，颁发中国民间文艺山花奖成就奖、电视音像作品奖，召开五届七次常务理事扩大会，举办专场民间文艺晚会，举办全国民族民间工艺博览会等。庆祝活动隆重、热烈，在社会上产生了广泛影响，很好地总结、宣传了50年来中国民协的成就。

5. 加强队伍建设　奖掖优秀人才

9年来，中国民间文艺队伍得到壮大与发展。针对会员队伍年龄老化，结构不合理，对民间艺术人才重视不够的情况，近年来，注意从青年人才和艺术人才中发展会员。现有会员3800余人，在发展会员的同时，我们特别注重提高队伍的素质建设，以奖掖优秀人才作为加强会员队伍建设，特别是会员职业道德建设的一项重要举措。

1997年，我会与各省民协共同推举8名会员出席首次中国文联各文艺家协会中青年会员德艺双馨座谈会。他们是：龙海清、郑一民、罗义群、刘蕴杰、程建君、马青、乔永福、崔欣。1999年又推举7名会员王映雪、韦苏文、邓毅、白庚胜、吕存、姚二龙、甄亮出席中国文联“向祖国汇报——百名优秀青年文艺家创作经验交流会暨第二次德艺双馨座谈会”。2000年，刚刚出席中国文联第三次德艺双馨座谈会的是才旦多吉、王恬、龙耀宏、吕建军、何承伟、曹保明。中国民间文艺家协会也于1999年召开了中国民协中青年德艺双馨会员表彰会，表彰了全国29个省、自治区、直辖市的86位优秀会员。

1996年，中国民协与联合国教科文组织联合对我国的工艺美术家进行命名活动，命名中国民间工艺大师15名，中国一级民间美术家96名，中国民间工艺美术家541名。1998年，中国民协与联合国教科文组织又命名了一批民间文艺家。

1997年经中宣部批准立项的，由中国文联、中国民协主办的中国民间文艺山花奖是中国民间文艺最高奖。1999年，中华舞龙大赛有8支舞龙队获此殊荣，他们是湖北红金龙舞龙队、山东阎千户舞龙队、江苏栖霞舞龙队、江苏汉魂舞龙队、湖南边城巨龙队、河南项城锣龙队、辽宁金州女子舞龙队、浙江檀溪寺前村龙灯队。2000年又评出9名德高望重、从事民间文艺事业50年以上、取得过卓越成就的老前辈为终身成就奖和成就奖，他们是：终身成就奖本会名誉主席、著名学者钟敬文，成就奖本会首席顾问、著名学者贾芝，本会副主席、著名学者姜彬，著名神话学家袁珂，著名搜集家、研究家萧崇素，著名搜集家、研究家董均伦，有“当代荷马”之誉的史诗艺人居素甫·玛玛依，著名歌手康朗甩，著名故事家刘德培。《美从民间来》、《民间风》、《山神后人》等9个电视音像作品同时获奖，民间广场歌舞大赛评出《黄阁麒麟舞》、《淳安竹马》等8支代表队的作品获山花奖。山花奖成就奖获得者是我国民间文艺事业杰出成就的代表；山花奖各类作品奖获奖作品，都是民间文艺最新的精品，是文艺百花园中的奇葩。中国民协在评奖过程中，还努力探索出了评奖与比赛、评奖与大型节会活动相结合的路子，以评奖促活动，以活动带评奖，收到很好的效果。

6. 开展对台文化交流和国际文化交流　促进两岸统一与世界和平

（1）中国民协与台湾民间文学界建立交流关系，至今已有十几年的历史，学术间的交流，为我们的相互理解与沟通架起了桥梁，向往统一成为两岸学者的共同愿望和呼声。

1994年、1996年、1997年、2000年，中国民协曾四次应邀派出学者访问台湾，在台北，高雄等地参加学术研讨会，并出版了《海峡两岸民间文学学术论文集》四本。台湾学者更是频繁来大陆交流，参加各种学术活动。

1999年，中国民协与河北省民协联合召开《海峡两岸民间文艺研究与发展学术研讨会》，台湾口传文学学会金荣华等一行8人出席会议，大陆学者百余人（其中副教授以上学者78名），是海峡两岸民间文艺界规模大，层次高的学术研讨会。

（2）中国民间艺术，历史悠久，韵味独特，丰富多彩，享誉世界。9年来，中国民协派出10余个民间艺术代表团赴德国、巴基斯坦、以色列、新加坡、韩国、美国等参加展览或艺术节，受到热烈欢迎。

1994年，派出以冯元蔚为团长的40人的中国民间艺术代表团赴巴基斯坦出席首届国际伊斯兰手工艺术节。1995年开始，中国民协每年组织民间艺术代表团参加以色列耶路撒冷的国际民间手工艺术博览会，迄今已是第六次参加这一活动了。1999年以色列驻华使馆与中国民协联合主办了《中国民间艺术家眼中的以色列》展览。

2000年，本会组织的中国民间艺术代表团赴美国表演，反响强烈，场场爆满。我国驻美国大使馆还组织了专场为各国驻美使馆人员表演。

(3) 9年中，中国民协派出代表团参加国际学术会议，进行学术访问10余次，分赴芬兰、日本、俄罗斯、泰国、印度、德国、奥地利、加拿大、美国等国家。来访的外国代表团也有十余个，一百余人次。

总之，第五届全国代表大会以来的9年，是中国民协团结广大民间文艺工作者不懈努力，辛勤耕耘，硕果累累的9年。9年多来，为使我国民间文艺事业与时俱进，不断繁荣，中国民协努力探索工作新思路，既顺应时代变革，又接受时代挑战，竭力把握民间文艺事业发展机遇；努力探索将蓬勃发展的民间文学事业优势与开放的民间文艺活动相结合的工作格局；努力探索中国民协与地方民协、团体会员与个人会员形成合力，整体推进民间文艺事业发展的路子；努力探索适应社会主义市场经济形势的工作机制，力争社会效益与经济效益并举。9年多来，各地民协对中国民协的工作给予了大力的支持和配合，各地民协也为各地民间文艺事业的繁荣开展了创造性的工作，取得了巨大的成就，创造了许多好的经验，使民间文艺事业真正繁荣在基层。9年来民协工作的成绩是在党和政府的关怀与支持下取得的，是在广大文艺家参与下取得的，是在社会各界的大力支持下取得的。在这里，我代表中国民协向关心支持我们工作和各级领导和同志们、朋友们表示衷心的感谢！

同时，我们也应看到，协会工作9年来仍存在很多不足之处，比如：凝聚力有待进一步加强；会员队伍的发展壮大应与民间文艺繁荣发展的形势相适应；如何进一步适应社会主义市场经济的发展，开辟新领域，又很好地继承和发挥传统的优势，还有待进一步去探讨。总之协会工作与时代发展和人民需要尚有较大距离，我们要立足于改革，立足于发展，立足于服务，立足于让民间文艺界满意，总结经验教训，认真规划今后的工作。

二、今后工作的建议

从新世纪开始，我国将进入全面建设小康社会，加快推进社会主义现代化的新的发展阶段。今后五到十年，是我国经济和社会发展的重要时期。党中央和国务院制定了国民经济和社会发展第十个五年计划，站在跨世纪的历史新高度上，放眼世界，规划中国的发展，提出经济和社会发展目标、战略布局、重点任务，描绘了我国在新世纪第一个五年经济和社会发展的壮丽蓝图，反映了全国各族人民的心愿。这是指导我国今后五至十年经济和社会发展的纲领性文件。中国民协要以党的十五大和十五届五中全会精神为指导，规划好今后五年的工作，把有中国特色社会主义民间文艺事业推向21世纪。

繁荣民间文艺，必须认真学习马列主义、毛泽东思想和邓小平理论，认真学习和贯彻党的文艺方针政策，坚持为人民服务、为社会主义服务的方向和百花齐放、百家争鸣的方针。要认真学习和实践江泽民同志关于“三个代表”的重要思想，为建设社会主义精神文明，发展有中国特色社会主义文化做出新的贡献。中国民协50年来，在民间文学的搜集、整理、推广、研究，在民间文艺学学科建设与理论研究，在民间文艺的继承、弘扬、开发、展示等方面都做出了辉煌的业绩。今后五年里，我们要发扬光大这些光荣传统，围绕弘扬优秀的民族民间文化，围绕民间文化遗产的保护、继承和发扬，围绕繁荣民间文学、艺术、文化及其学术理论和丰富人民群众的文化生活，继往开来，再立新功。要而言之，继续采风，深入研究，拓展领域，广泛联络，壮大队伍，奖掖人才，应该成为我们今后工作的重要任务。

为此，对中国民协今后五年的工作任务和工作思路，提出如下建议：

1. 抓好重点工程　深化学术研究和学科建设

《中国民间故事集成》、《中国歌谣集成》、《中国谚语集成》是国家重点科研项目，也是中国民协的重点文化工程。三套集成自1983年启动，1991年开始出版以来，迄今已进入最后的冲刺阶段。按照国家艺术科学规划领导小组的要求，此项工作要在2004年完成全部省卷的出版任务。今后的集成工作，重点将逐渐向各卷总编辑部担负的审稿、出版工作转移。要继续加强对集成工作的领导和支持，中国民协三套集成工作办公室，要协助各卷总主编、副主编和各省集成编委会，做好编辑、审稿、改定工作，协调好有关出版工作，按期完成老一辈民间文艺工作者开创、数百万民间文艺工作者几十年为之夙兴夜寐辛勤劳动的这一浩大工程。在抓好集成工作最后的冲刺和攻关的同时，要积极谋划对集成资料本、省卷本的研究和推广开发。要特别重视对集成资料本的保存和保护，可以通过建立资料馆、博物馆进行重点管理，也要尽快将手写记录稿用电脑、光盘等进行高科技转存。千万不能让来之不易的宝贵资料再人为散失和损坏。要利用集成成果，开展若干专题学术理论的研讨。要加强民间文艺学科的基本理论建设和学科体系的建构，努力建立马克思主义的中国民间文艺学。

2. 继续深入采风　推进优秀民间文艺的继承和发展

采风是我国民间文艺史上的伟大传统，北大歌谣运动以来，《讲话》发表以后，三套集成的实施，中国文联万里采风活动的开展，使采风运动绵延不绝，与时俱进，达到了前所未有的广度和深度。中国民协要继承采风的光荣传统，有规划、有计划地继续组织好定向的、专题的、重点的、多民族的采风活动。要把采风与命名民间文化艺术之乡活动结合起来如民歌乡、故事村、楹联村等，把采风与抢救、挖掘、保护重点民间文艺事象结合起来，把采风与建立民间文艺创作基地结合起来，把采风与培训专业队伍结合起来，把采风与重点科研项目结合起来，把采风与国际民间文艺交流和比较研究结合起来。

要特别着重西部开发中的民间文艺采风和民间文艺开发的结合。要由点到面、有计划地重点加强对民间艺术的采风，注重用电视录像、图片光盘等手段记录和出版采风成果。

要发挥专家优势、专业优势，积极承担民间文化遗产保护和民间文艺著作权立法的调研工作。

3. 办好大型活动　发挥民间文艺的综合功能和效应

民间文艺具有最广泛的群众性和深刻的民族性。民间文化艺术不仅是民族文化的宝贵遗产，也是当代人民生活最生动现实的文化内容。组织好广泛多样的民间文艺活动，有益于引导人民文化生活向文明健康的方向发展。丰富多彩的中国各民族民间文艺，与各民族人民的民俗文化和民俗生活紧密相连，息息相关，是今后旅游经济的重要人文景观和开发资源，对促进经济发展具有直接的功效。中国民协要继续办好一节（中国民间艺术节）、一会（国际民间工艺博览会），继续探索和完善比赛、评奖、节庆综合互动的思路，把广场、市场、文化场统一起来，打造出民间文化活动的知名品牌。

4. 完善“山花奖”评奖　促进出人才，出作品，出成果

已经颁发过的“山花奖”成就奖、中华舞龙大赛奖、电视音像作品奖、民间广场歌舞奖，均产生了广泛的积极的影响。中国民协要继续做好山花奖成就奖评奖，并逐渐使之成为催生杰出人才特别是中青年杰出人才的权威奖项；山花奖民间表演艺术奖继续增加项目和品种，使之系列化、类型化，形成规模。陆续启动山花奖学术著作奖、民间文学作品奖、民间工艺奖等奖项，全面发挥评奖工作的导向功能、激励功能、繁荣功能。

做好中国民间文艺山花奖的评奖工作，要不断在评奖实践中，完善评奖制度，完善评奖章程和细则，坚持科学、公正、公开的原则，把“山花奖”办成真正具有权威性、专业性、导向性的大奖。要继续探索把评奖和大型民间文艺活动，和民间文艺比赛，和民间文艺节庆相结合的路子。

5. 拓宽文化交流渠道　让民间文艺大步走向世界

中国现代民间文艺运动，经过近一个世纪的努力，民间文学的搜集、出版、研究，民间文艺学科的理论建设，取得了举世瞩目的成就，在国际上产生了深远的影响。我国民族特色浓郁、文化内涵丰富的民间文艺也受到世界各国人民的广泛青睐和喜爱。中国民协要努力拓宽民间文艺的国际交流渠道，请进来，走出去，与国际民间文学、民间艺术、民间文化学术界进行广范围、深层次的学术对话；与联合国教科文组织等国际民间文化组织和机构进行合作，继续开展民间文艺家命名、民间文化遗产普查和记录等工作；与有关国家的机构或学者合作，进行双边田野作业和比较研究。开拓中国民间艺术的国际市场，努力开展民间工艺、民间文艺的出国展销、展览、展演，探索两个效益双赢的路子。

6. 加强服务意识　不断加强民间文艺队伍建设

中国民协要加强机关建设、组织建设、思想建设，加强管理，改进作风，培养一支思想过硬、作风过硬、业务过硬，懂管理、懂专业的干部队伍，更好地为民间文艺家和地方民协工作服务。发挥好协会机关的“联络、协调、服务”的功能，要站在造就大批民间文艺杰出研究人才和传承家的高度，求实务实扎实，爱岗敬业，热心服务。继续开展德艺双馨会员评比表彰工作。要重视新会员的发展工作，及时吸纳优秀的民间文艺工作者、艺术家、学者加入到协会队伍中来。要努力和尽力为优秀会员推广其学术成果和艺术成就。在理论研究方面，有计划地为学术成就突出的老专家举办个人学术成果研讨会，为重大学术新成果举办研讨会；在民间艺术方面，每年举办一次十大民间艺术家精品展，经常性地举办中小规模的民间工艺展览；在民间表演艺术方面，适时推出专场民间文艺晚会。《民间文学》、《民间文化》、《缤纷》三个刊物要坚持正确的办刊方向，积

极探索社会效益第一，社会效益和经济效益并重的发展道路。

对各省、自治区、直辖市民协在繁荣民间文艺事业方面创造出的好经验、好办法，要及时总结、介绍、推广和表彰；凡在地方举办的大型民间文艺活动，要紧密团结和依靠地方民协，帮助地方民协提高影响力和知名度。

要继续做好海峡两岸民间文艺交流和合作，推进祖国和平统一；积极开拓与港澳的民间文艺交流与合作。

同志们，未来的五年是新世纪和新千年的开端。建设社会主义精神文明，发展有中国特色社会主义文化，是社会主义现代化建设的重要内容和保证。民间文化和民间文艺是社会主义精神文明建设和有中国特色社会主义文化的重要组成部分，我们肩负着历史赋予的责任和使命，一如先哲所言："士不可以不弘毅。任重道远。"

新的世纪也是一个新的时代。在现代科技和经济全球一体化的浪潮中，世界范围的各种思想文化必将相互激荡和剧烈撞击，也必将在新的广度和深度上再一次印证"越是民族的，越是世界的"这一文化发展和交流的真理。民间文艺在人民生活中千万年来世代相传，代表了中国文艺民族性的重要特征，是人民智慧的结晶。面对民族遗产如此博大精深的文化财富和时代发展如此激动人心的机遇和挑战，中国民协将不辱使命，与各地民协一起，团结全国各民族民间文艺工作者，为繁荣民间文艺事业，怀精卫之志，奋愚公之愿，一德一心，填海移山。

（2001年3月21日宣读）

［原载《民间文化》2001年第1期］

中国民间文艺家协会章程

第一章　总　则

第一条　中国民间文艺家协会（简称中国民协）是中国共产党领导的，由全国各民族民间文艺家组成的专业性人民团体，是党和政府联系广大民间文艺家和民间文艺工作者的桥梁和纽带。其宗旨是：以马克思列宁主义、毛泽东思想和邓小平理论为指导，坚决贯彻执行中国共产党建设有中国特色社会主义的基本路线，贯彻江泽民同志“代表中国先进社会生产力的发展要求、代表中国先进文化的前进方向、代表中国最广大人民的根本利益”的重要思想，坚持文艺为人民服务、为社会主义服务的方向，贯彻百花齐放、百家争鸣的方针，广泛团结民间文艺家和民间文艺工作者，繁荣和发展我国民间文艺事业，为社会主义物质文明和精神文明建设，为社会主义现代化建设作出贡献。

第二条　中国民间文艺家协会是中国文学艺术界联合会的团体会员。

第二章　任　务

第三条　本会遵照中华人民共和国宪法、法律和政府各项法规，按自身特点开展各项会务活动。

第四条　中国民协对会员和团体会员有联络、协调、服务及业务指导的责任。

第五条　本会依据宪法、法律、法规维护民间文艺家的合法权益。

第六条　本会以最广泛的团结民间文艺家和民间文艺工作者为己任，并采取多种形式，组织和推动民间文艺家和民间文艺工作者学习马列主义、毛泽东思想和邓小平理论，学习党的方针、政策，学习业务和科学文化知识，努力提高会员队伍的思想文化素质和业务水平。规划、组织和指导民间文艺的搜集、整理、研究和传播，发展民间文艺理论，繁荣民间文艺事业。

第七条　本会积极培养民间文艺人才，重视、支持群众性民间文艺活动的开展，并以多种形式加强与群众性民间文艺活动的联系，促进民间文艺的普及与提高。

第八条　本会认真组织中国民间文艺“山花奖”和各种形式民间文艺的比赛、评奖活动，对成绩优异的民间文艺家和重要的民间文学艺术成果，民间文学、民间艺术、民间文化理论研究成果，以及在工作中有突出成绩的民间文艺工作者予以奖励和表彰。

第九条　本会积极促进并加强与港、澳、台及海外侨胞中民间文艺家、民间文艺学家及民间文艺团体的联系和往来，为弘扬中华民族的优秀文化艺术，为完成祖国统一大业贡献力量。

第十条　本会致力于促进国际民间文艺的交流，扩大友好往来，增进同国际和各国民间文艺组织、机构的联系，努力对世界文化的发展和各国民间文艺家、民间文艺学家的友谊、和平作出贡献。

第三章 会 员

第十一条 本会实行团体会员和个人会员制。各省、自治区、直辖市的民间文艺家协会，为本会团体会员。新疆生产建设兵团和全国性产业系统文联所属民间文艺家协会凡具备一定条件者，经申请并由主席团批准，可成为本会团体会员。

第十二条 凡具有中华人民共和国公民身份，在民间文学、民间艺术、民间文化领域成绩显著者，赞成本会章程，本人申请，由两名本会会员介绍和所在省、自治区、直辖市民协推荐，经本会批准，成为本会会员。

第十三条 中央直属系统的申请者和省、自治区、直辖市有因工作流动等特殊原因的申请者，经两名本会会员介绍，可直接向本会提出申请，经本会批准，成为本会会员。

第十四条 本会会员有遵守本会章程，参加本会活动，对本会工作提出批评、建议的权利；有执行本会决议、按期交纳会费的义务；有退会的自由；有选举权和被选举权。

第十五条 本会会员如因违反本会章程，有损本会声誉者，视情节轻重，经本会主席团讨论决定，可给予通报批评、暂停会籍、取消会员资格的处分。

第四章 组 织

第十六条 本会的组织原则是民主集中制。本会最高权力机构为全国代表大会，代表大会选举产生理事会，理事会选举产生主席团。全国代表大会每五年举行一次，必要时可提前或延期召开。代表大会闭会期间理事会为最高权力机构，理事会闭会期间主席团为最高权力机构。主席团会议由主席或驻会副主席召集。主席团负责每年召开全国民协工作会议。全国代表大会的职责是：确定本会工作的大政方针，审议会议工作报告；制定和修改协会章程；选举产生理事会。理事会任期五年。理事会产生办法为：由各省、自治区、直辖市等团体会员推举驻会主席、副主席或秘书长一人为理事候选人；从个人会员中选举产生一定数额的理事。理事会中团体会员理事工作变动后，由所在单位另行推举替换人选，报主席团确认。

第十七条 理事会选举主席一人、副主席若干人组成主席团。主席团聘请名誉主席和顾问若干人。名誉主席和顾问不担任本会理事。主席团任命秘书长一人，副秘书长若干人，负责处理协会日常会务工作。

第十八条 本会依照国家法规，逐渐完善协会领导成员的任职、兼职制度的科学化、民主化、法制化。对违纪违法、违反会章或不称职的领导成员，通过民主程序及时予以撤换、调整或罢免。

第十九条 本会如因故终止活动，需由主席团提出动议，经理事会讨论决定并通报全体团体会员和个人会员。

第五章 经费及其他

第二十条 本会经费来源为国家拨款、会员会费、社会赞助及其他合法收入。

第二十一条 本章程解释权属于本会主席团。

[原载《民间文化》2001年第1期]

中国民间文艺家协会
第六届领导机构成员

名誉主席： 钟敬文　冯元蔚　贾　芝

顾　　问： 姜　彬　刘魁立　卢正佳

主　　席： 冯骥才

副 主 席： （以姓氏笔画为序）

白庚胜（纳西族）　刘春香（女）　刘铁梁　江明惇

农冠品（壮族）　杨继国（回族）　佘未人（女）　张锠

林德冠　郑一民　赵　书（满族）　曹保明

秘 书 长： 刘春香

副秘书长： 向云驹

理　　事： （按姓氏笔画为序）

一、团体会员代表

才旦多吉　于志海　马雄福　王　恬　王映雪　韦兴儒　韦苏文　乌恩巴雅尔

龙海清　叶少波　孙丕任　苏鹏程　杨永圣　杨利先　李　路　吴祖德

汪秀珍　张世平　罗中福　罗学光　郑一民　赵剑文　侯　光　夏挽群

郭晋渊　黄金钰　曹保明　常嗣新　蒋义海　傅广典　温跃渊

二、个人会员代表

马自祥　马高牙　王永庆　王明达　王岭群　方鹤春　田　青　白庚胜

冯双白　冯骥才　向云驹　刘　鑫　刘秉荣　刘绍振　刘春香　刘铁梁

刘晓路　农冠品　江　帆　江明惇　杨荣国　杨继国　李传瑞　李惠芳

毕铭鑫　佘未人　汪守德　阿・沙迪克　沙马拉毅　张　晓　张　锠

张劲松　陈琪林　陈德来　陆耀如　林泽生　林德冠　周华斌　周静书

金星华　郑安新　郎　樱　赵　书　赵国柱　赵铁信　胡士英　贺　嘉

姚明理　郭永明　陶思炎　陶立璠　钱　勇　黄宣林　崔　锦　康新民

阎夫立　程　蔷　傅胜华　普布多吉　曾应枫　甄　亮　路　侃　蓝芝同

廖东凡

［原载《民间文化》2001年第1期］

把民众文化的价值发掘出来

——中国民间文艺“山花奖”首届学术著作奖获奖作品述评

毕 兹

由中国文联、中国民间文艺家协会主办的中国民间文艺“山花奖”首届学术著作奖于2001年10月揭晓。125部学术专著分获最高荣誉奖、特别奖、一二三等奖，另有优秀奖若干。本次评奖是对改革开放以来至20世纪末中国民间文艺、民间文学、民俗学、民间文化研究个人学术著作成果的评比，集中检阅了20年来中国民间文艺学、民俗学学科的研究业绩。获奖作品反映了我国民间文学、艺术、文化研究的水平和重大成果，反映了此一学科从不为人知到享誉世界的当代学术历程。

一、民间文学研究硕果累累

近20年来，民间文学研究在文艺学、美学、民俗学、文化人类学以及诸社会科学充分繁荣的时代背景下，不断更新观念和方法，迅速崛起，取得了一批令人瞩目的学术成果。在最高荣誉奖中，百岁高龄的学界泰斗钟敬文先生的著作《民间文艺学及其历史》，耄耋老人贾芝先生的《播谷集》是两部扛鼎之作。钟先生的民间文艺学研究是他全部民间文化研究（民间文化、民间文艺学、民俗学等）中的一个重要学术领域。钟先生在这个领域里耕耘了80多年，是中国民间文艺学的创始人和集大成者。他的这部著作嵬集了他一生民间文艺学研究主要的和重要的成果。如关于民间文艺学学科的创立原则、理论范畴、学科框架、研究对象与方法等，是最早的也是迄今为止对民间文艺学最完整最系统的理论观点和学科思想；关于近代民间文艺史的研究，开辟了民间文艺学的新天地；关于民族志材料在神话研究中的地位，不仅具有方法论意义，而且直接得出了一系列崭新的学术结论；此外，关于槃瓠神话、女娲神话、比较故事学、民谣机能、鲁迅民间文艺思想等的研究论文，都曾在民间文艺学界或社会人文科学界振聋发聩，开一时风气之先。钟先生在民间文艺学理论上卓有建树，为学科的健康发展做出了杰出贡献。限于每个参评者只能有一部著作获奖的规定，他在民俗学方面的学术贡献和学术著作未能参评。但钟先生的多方面成就是令人高山仰止的（如他自20世纪50年代以来迄今培养的硕士、博士及出版的学位论文著作，就有多人在本次评奖中获特别奖、一等奖等）。

贾芝先生也是半个多世纪以来勤奋著述和劳作的著名学人。他在新中国民间文艺学的发展史上有过杰出的贡献。《播谷集》是他民间文艺学的论集，留下了一只不知疲倦的布谷鸟在民间文艺田野里催春的欢鸣。书中真实地记录了我国民间文艺学沿着毛泽东《在延安文艺座谈会上的讲话》开辟的道路，半个世纪以来的学术历程。民间故事的科学价值、艺术价值和人民性，民间传说的流布变异，民间文学搜集、整理、研究的方法与原则，解放区民间文艺运动成就、人民颂歌的时代精神、马克思主义经典作家的民间文艺学思想等，均有论述，且具有鲜明的时代性。

神话学在近20年来由于国外神话学的介绍和借鉴，在我国民间文艺学研究中异军突起，格外引人瞩目。从获奖的神话学著作看，我国神话学在几个向度上有了重大突破。一是中国汉族神话如古典神话的发掘、研究；二是多民族神话的综合与比较研究；三是从中国神话的田野作业出发，得出中国神话学的新论；四是由中国神话研究直接触及中国文化的根源和本性，从而解构中国文化的深度模式。本次获奖的神话学著作《中原古典神话流变论考》（张振犁）、《中国创世神话》（陶阳、牟钟秀）、《女娲神话与信仰》（杨利慧）、《中国上古神话通论》（刘城淮）、《萨满教与神话》（富育光）、《中国神话文化》（徐华龙）、《通古斯——满语神话研究》（黄任远）、《岭南神话解读》（农学冠）、《神话解读》（陈建宪）等，不仅在获奖作品中占有很大比重，而且各有学术代表性。《中原古典神话流变论考》是作者深掘中原古典神话活形态，有扎实的田野基础，又比照典籍神话，材料新颖，立论坚实，改写了中国古典神话的旧论。过去的史家，一说中国汉族神话历史化，二说中国"无神话"，几成定论。"流变论"对中原汉族民间传承神话的发掘和研究使中国神话学获得了重大学术成果。《中国创世神话》对我国多民族的创世神话进行了综合和比较研究。著者首次为我们揭开了中国创世神话的面纱，也开启了中国神话学分类研究的新路。作者为我们揭示出，作为第一批神话产物的创世神话，在人类的想像力、文艺思维、文化原型、文学典型、神话发展史、美学理想等方面均有重大价值。《女娲神话与信仰》（杨利慧）则是神话个案研究的学术典范，也是一代青年学人中的一部代表作。在方法论上，作者充分吸收了国内外神话的理论成果，同时，又扎实地运用田野调查手段，因此，作者不仅厘清了女娲神话在古籍和口头中留传的轨迹，也全面剖析了中国女娲神话的社会背景、历史根源和民众心理。女娲神话不仅影响了一部中国文化史、文明史，它至今还在民众、民间广为存活，实在是一个文化奇观。我国神话学研究不拘泥于书斋，坚持从民众中来，到民众中去，它的成果就在世界神话学中当然地具有独特的贡献。这些学术特性在获奖的神话学著作中均有鲜明体现。

民间文学研究另一重大收获是我国"三大英雄史诗"推出了一批厚实的研究成果。三大史诗经几十年的搜集、抢救、整理，对异文、艺人、藏量、分布都获得了宝贵的材料和数据，作品的整理、出版与翻译也成绩斐然。在这个进程中，三大史诗的研究也日益为世界学界瞩目。社科院少数民族文学所三位博导推出的《玛纳斯论》（郎樱）、《江格尔论》（仁钦道尔吉）、《格萨尔论》（降边嘉措），分别代表了三大史诗研究的最新成果和最高成就。"三论"一齐跻身一等奖，分外令人欣喜。"三论"的著者都是既熟稔柯尔克孜族、蒙古族、藏族民族语言文学，又精通汉语言文字的专家，数十年来一直从事史诗的搜集、整理、翻译、研究等工作。"三论"从中国三大史诗的文化生态和文化形态出发，不仅深入其文学、美学的堂奥，而且全面揭示其中的文化奥秘、历史背景、民族精神。以大文化为视野，以系统的考察作综合研究，以文学和文艺的价值为重点，以文化功能和民族精神为核心，这是"三论"的学术特点，也是中国史诗研究的新境界。这也完全符合中国史诗活形态的特定现状，符合中国史诗乃民族文化百科全书的独特样式的实际情状。

民间文学是文学的一种独特形态，它以口头性、民众性、变异性、民俗性而与作家文学一争秋色。民间文学从来就有文学家不敢轻视的文学因素和价值，而且也是语言学、民俗学、宗教学、社会学、心理学、历史学、政治学等学科的重要研究对象。近20年来民间文学研究最重大的发展，一方面是对民间文学的文艺学价值认识取得了巨大突破，民间文学的综合功能、综合价值得到了充分开发；一方面是多学科方法综合运用而不是各自为阵、分散研究或各取所需式的研究，成果多多。民间文学的研究取得了一批令国际学界称赞的成果。如获特别奖的《笑话——人间的喜剧艺术》(段宝林)，提出了中国喜剧美学的独特形态和价值的新论；获一等奖的《比较故事学》(刘守华)，获二等奖的《西北花儿学》(郗慧民)、《祭坛古歌与中国文化》(顾希佳)、《中国四大传说》(贺学君)、《江南民间叙事诗及故事》(钱舜娟)，获三等奖的《耿村民间文学论稿》(袁学骏)等，对中国民间文学的多元形态、多元文化背景进行了深入研究，创立和形成了中国民间文学的一系列独特理论。多种中国民间文学概论性著作获奖，则展示出基础理论建设的成就。

近年来，民间文学的影响在文学界似乎日渐式微，但实际上民间文学研究的科学成果却令人不敢小觑，十分地繁荣和活跃。这一现象倒是值得深思的。

二、民间文化、民俗学研究乱花迷眼

假如说北大歌谣运动以来，现代中国民俗学运动起于民俗学，却终结于民间文学研究，那么20世纪80年代以来，由钟敬文等教授发起的当代民俗学研究则从民间文学入手，达到民俗学境界并扩大至民俗文化各个事象，使一批民间文学研究家同时成长为民俗学家，又引发了新时期的民俗学学术转位及回归。这种学术发展曲线，颇耐人寻味，也反映了中国民俗学与民间文学之间的交叉关系和发展历程。同时，这一游离又回归的历程，最后的结局却是民俗学的大繁荣。这一学术情形，也正可以解释前述民间文学在文学界式微而民间文学研究并未曾在学术界示弱的现象。这当然是民俗学学科的胜利和骄傲，也是民俗学理论与方法对民间文化、民间文艺研究本身所具有的巨大学术魅力使然。事实是，近20年来，中国民俗学研究的成果不仅在本次评奖中分量特重，而且学科的收获也的确是特别厚重，当使人对中国民俗文化及其价值刮目相看。

著名学者姜彬先生的《稻作文化与江南民俗》获最高荣誉奖。这部学术分量沉重的著作，从稻作文化入手，把江南民俗的核给剥出来了。其实也把自河姆渡文化以来7000年的中国文明的一个裂变式的基因给揭了秘。中国稻作文明曾经影响了整个世界，对它的文化研究虽然晚矣，但终于可以与之相匹而无愧于古人了。获特别奖的刘魁立的《民俗学论集》，记录了一个民俗学者勤奋开辟民俗学理论的学术历程；乌丙安的《中国民俗学》是中国民俗学理论与方法的奠基之作；宋兆麟的《中国生育信仰》则是作者半个世纪田野调查材料的新成果；熔民俗学、民族学、考古学为一炉。一等奖中的《中国灵魂信仰》把研究目光锁定在最古老的文化现象上，谈古论今，纵横捭阖，打开了一扇久闭的门窗。《中国虎文化研究》并不限于将虎视为一种图腾而论，而是全面梳理了形形色色的中国虎文化，考辨其源流与演变规律，加以典籍与田野的互证，有中国民间文化研究的突出个性。《中国神源》将中国神的起源、神话、历史、宗教、文化性质加以整合，以历史唯物主义的观点分析中国诸神的传播源流，有很强的社会功用，体现了民间文化研究的实践价值。《敦煌民俗学》勾沉敦煌学中的民俗资料，系统分类，竟成洋洋大观，为敦煌学开一新天地。《〈荆楚岁时记〉研究》侧重于历史民俗学的透视，代表了当代学人对学术传统的反思。此外，二、三等奖中的《中国城隍信仰》、《中国庙会文化》、《唐帝国的精神文明》、《东巴祭天文化》、《中国民俗学发展史》、《观音——神圣与世俗》、《中国女神》、《民俗语言学》、《回族民俗学概论》、《中国的门文化》等等，令人目不暇接。民俗学是一门范围特广、内容特丰的学科，以一人之力，绝不可能穷尽其方方面面、人才辈出、百花齐放才是民俗学科学的春天。获奖民俗学著作既有基础理论和应用研究，也有学科史和民俗史研究，还有典型民俗事象的个案和综合研究，以及方法论研究，涉猎范围之广，开创领域之多，发现珍贵民俗事象之繁，为此前历史所罕见，显示出强劲的学术发展势头。

三、民间艺术研究日渐崛起

民间艺术种类繁多，过去对此研究多分散地纳入戏剧研究、音乐研究、舞蹈研究、美术研究之中。但由于民间艺术特殊的民间文化背景，上述研究均有不足。本次评奖特设了民间艺术研究的类别，就是要鼓励和提倡将民间艺术置于民间文化的背景中加以研究，提倡用多学科的视野和方法研究民间艺术。获特别奖的《意匠文字》（吕胜中）堪称在这方面具有独创性的著作。作者首次把学术的眼光和价值判断投射到民间艺人的花鸟文字上，对这种一向流落街头、为文人雅士不屑一顾的民间美术，进行了出人意料的发掘。作者认为，这种类于文字游戏式的民间美术，是中国文字文明的重要一脉，隐含着深邃的文化价值和巨大的美学价值。作者的思想烛照，让人耳目一新；并且启迪我们对民间艺术的各形态加以特别的关注。同获特别奖的《中国原始艺术》（刘锡诚）也是有着特别的学术分量。它也是我国首部运用文艺学、考古学、民俗学、艺术史等学科手段和成果，系统全面审视中国原始艺术的著作。获一等奖的《中国民间美术造型》（左汉中）、《云南民族音乐论》（周凯模）分别是民间美术和音乐研究的重要成果。此外，《乡村戏曲表演与中国现代民众》、《中国民族服饰文化图典》、《艺术民俗学》、《傩俗史》、《江南民间社戏》、《从图腾到图案》等，不仅涉猎各种民间艺术种类，如戏曲、舞蹈、音乐、秧歌、傩戏、手工艺、美术、服饰、建筑、游艺等，也各有学术特色。

四、田野作业更具科学深度

本次评奖中颇具民俗学、民间文化研究特色的类别是田野调查的科学成果。田野调查的广度和深度，决定着民间文学、艺术、文化研究的学术基础是否扎实，而田野调查本身又是自有其特殊的规范和规律的。比如民间文学的采录、整理，中国民间文艺家协会几十年来一直在全国贯彻、执行“全面搜集、重点整理”的要求，中国民间文学三套集成的采录也始终坚持“科学性、全面性、代表性”，要求“忠实记录，慎重整理”。近些年来，民间文艺、民俗学的田野作业也出现了喜人的局面和不少突出成果。田野记录的广度覆盖全国各地各民族；专题性田野作业愈来愈具备专业性；专家与群众相结合并出现专家更直接深入、群众中则成长起一批更具专业水平的人才；一大批吃苦耐劳、不畏艰难又善于采风、专业素养扎实的田野工作人才涌现出来，一大批专家的专项田野考察也得出了很有价值的学术成果。学术眼光，沉入深处；人文关怀，蕴藉深厚；立体采掘，生动记叙；由表及里，科学判断，是这一时期田野工作的突出特色。获一等奖的《西江苗族妇女口述史研究》（张晓）、《中国巫蛊考察》（邓启耀）是这方面的代表。前者以真实的口述采录和历史文化的实地调查相结合，又对民间文化现象加以理论升华，形式独特，角度新颖，观点深刻。后者考察的是一种神秘的文化现象，作者历经艰险，深入其中，进行科学研究。二等奖《乌拉手记——东北民俗田野考察》的作者踏遍白山黑水，访遍三教九流和引车卖浆者，尝尽民间疾苦，看尽民间百态；这是一部非亲历田野、不深入民间便无以描述的东北民间文化录。《山东民俗》则是地方民俗志的代表作。此外，《红头巾下的村落之谜》、《格萨尔——考察纪实》、《都市里的杂巴地》、《寂寞的山神》、《樟树药俗》、《民间称谓》、《马帮文化》、《天葬》、《中国苗族巫术透视》、《民间食俗》等，均显示出田野作业不仅广及各地区民俗志、专题民俗、重点事象而且向着更科学、更深入、更具学术性、专业性的方向发展的趋势。

由于本次评奖对近20年来出版但现已故的学者专著、用少数民族语言著述的作品暂不纳入，加之评奖公告力度有限，故尚有遗珠之憾，有待于今后弥补。但总体上说，通过评奖看到的我国民间文学、民俗学研究的业绩是令人兴奋和自豪的。本文所述，挂一漏万，不过以管窥豹而已。本次评奖在全国各地也引起了积极反响，相信对促进民间文艺学、民俗学研究和学科发展也是会有推进作用的。我们也有理由期盼把这一评奖坚持下去，且一届比一届评得更好。

[原载《中国艺术报》2001年10月23日]

中国民间文艺“山花奖”学术著作奖获奖名单

最高荣誉奖

《民间文艺学及其历史》 钟敬文

《播谷集》 贾 芝

《稻作文化与江南民俗》 姜 彬

特别奖

《刘魁立民俗学论集》 刘魁立

《中国生育信仰》 宋兆麟

《中国民俗学》 乌丙安

《中国原始艺术》 刘锡诚

《意匠文字》 吕胜中

《笑话——人间的喜剧艺术》 段宝林

一等奖

《中原古典神话流变论考》 张振犁

《比较故事学》 刘守华

《玛纳斯论》 郎 樱

《江格尔论》 仁钦道尔吉

《格萨尔论》 降边嘉措

《中国神源》 潜明兹

《女娲的神话与信仰》 杨利慧

《中国民间美术造型》 左汉中

《云南民族音乐论》 周凯模

《中国灵魂信仰》 马昌仪

《中国虎文化研究》 汪玢玲

《〈荆楚岁时记〉研究》 萧 放

《敦煌民俗学》 高国藩

《西江苗族妇女口述史研究》 张 晓

《中国巫蛊考察》 邓启耀

《中国创世神话》 陶 阳 牟钟秀

二等奖

《荆湘民间文学与楚文化》巫瑞书

《中国上古神话通论》 刘城淮

《萨满教与神话》 富育光

《西北花儿学》 郗慧民

《神话解读》 陈建宪

《中国女神》 过 伟

《中国神话文化》 徐华龙

《祭坛古歌与中国文化》 顾希佳

《江格尔与蒙古族宗教文化》 斯钦巴图

《苗族古歌与苗族历史文化研究》 吴一文 覃东平

《江南民间叙事诗及故事》 钱舜娟

《尧舜传说研究》 陈泳超

《中国四大传说》 贺学君

《回族民间文学史纲》 李树江

《中华民族文学关系史》 刘亚虎

《中国民族服饰文化图典》 杨 源

《吉林民间美术》 王纯信 尹国有

《乡村戏曲表演与中国现代民众》 董晓萍

《中国城隍信仰》 郑土有 王贤森

《唐帝国的精神文明》 程 蔷 董乃斌

《俗海探微》 叶大兵

《东巴祭天文化》 陈 烈

《中国庙会文化》 高有鹏

《观音——神圣与世俗》 邢 莉

《民俗语言学》 曲彦斌

《中国民俗学发展史》 王文宝

《民俗学田野作业研究》 江 帆

《庇荫》 罗汉田

《回族民俗学概论》 王正伟

《岭南民间文学》 叶春生

《山东民俗》 山 曼 叶 涛 李万鹏 姜文华 王殿基

《乌拉手记——东北民俗田野考察》 曹保明

《格萨尔——考察纪实》 徐国琮

《郭氏蒙古通》 郭永明

《红高粱：辽北习俗》　韩雪峰
《寂寞的山神》　王　光
《中国南楚民俗学》　王建章
《中国民间禁忌》　任　骋
《中国传统节日文化》　杨　琳
《中国民间文学》　李惠芳
《中国传统游戏大全》　麻国钧　麻淑云

三等奖

《耿村民间文学论稿》　袁学骏
《刘三姐纵横》　覃桂清
《通古斯——满语族神话研究》　黄任远
《岭南神话解读》　农学冠
《朝鲜民俗文化研究》　许辉勋
《民间神话》　程健君
《中国少数民族民间文学概论》　赵志忠
《伍家沟村民俗与研究》　韩致中
《结构神话学》　陈连山
《中国民间故事形态研究》　李　扬
《从民间文学到比较文学》　刘介民
《甘肃民间文学概论》　武　文
《郑振铎与民间文艺》　黄永林
《民间工匠习俗》　臧继骅
《艺术民俗学》　张士闪
《民间百工》　王　静　霍清廉
《艺术的功能》　韦兴儒
《藏戏及乡人傩新识》　刘　凯
《傩俗史》　钱　茀
《民间戏曲》　韩德英
《朝阳秧歌大观》　张凤岐　车　才
《壮师剧概念》　蒙光朝
《江南民间社戏》　蔡丰明
《白族曲词格律通论》　段　伶
《摩教与摩文化》　周国茂
《中国的门文化》　吴裕成
《丧葬史》　陈华文
《红白喜事》　常人春
《广州民俗》　刘志文
《苏州民俗》蔡利民
《都市里的杂巴地》　齐守成
《文艺民俗学》　宋德胤
《樟树药俗》　丘国珍
《马帮文化》　王明达　张锡禄
《无形的链结》　索晓霞
《潮汕文化源流》　黄　挺
《舟山海洋龙文化》　金　涛
《广西傩文化探幽》　李路阳　吴　浩
《从图腾到图案》　唐楚臣
《天葬》　采藏才旦　格桑本
《丝路民族文化视野》　阿布都克里木·热合满
《中国鬼信仰》　张劲松
《中国苗族巫术透视》　罗义群
《狐狸信仰之谜》　山　民
《韩民族文化源流》　苑　利
《红头巾下的村落之谜》　夏　敏
《红山峪村民俗志》　田传江
《西府民俗》　李福蔚
《九寨民俗》　傅安辉　余达忠
《陇东风俗》　彭金山
《民间称谓》　王定翔
《民间食俗》　魏　敏
《民间礼俗》　孟宪明
《民间禁忌》　尉迟从泰
《梅山文化概论》　马铁鹰
《鄂西土家族传统文化概观》　田发刚　谭　笑
《东乡族文化形态与古籍文存》　马自祥　马兆熙
《中国民间游戏与竞技》　郭泮溪
《口承文化论》　王亚南

优秀奖

（略）

［原载《民间文化·祝贺钟敬文百岁华诞学术专刊》］

2001年中国民间文艺研究书目及论文篇目索引

（华中师范大学文学院民间文学研究室）

一、新书架

1. 郗慧民. 西北民族歌谣学. 北京：民族出版社，2001.
2. 金荣华主编. 台湾花莲阿美族民间故事. 中国文学学会，2001.
3. 谭达先. 中国二千年民间故事史. 兰州：甘肃人民出版社，2001.
4. 陈益源. 民间文化图像——台湾民间文学论集。南宁：广西民族出版社，2001.
5. 祁连休. 智谋与妙趣——中国机智人物研究. 石家庄：河北教育出版社，2001.
6. 甄言编著. 现代流行民谣. 呼和浩特：远方出版社，2001.
7. 林河. 中国巫傩史. 广州：花城出版社，2001.
8. 李子贤主编. 多元文化与民族文学——中国西南少数民族文学的比较研究. 昆明：云南教育出版社，2001.
9. 陈岗龙. 蒙古民间文学比较研究. 北京：北京大学出版社，2001.
10. 中国社科院少数民族文学研究所藏文室编. 耕耘与收获——藏文《格萨尔》精选本出版评论集. 北京：民族出版社，2001.
11. 吕微. 神话何为——神话传承的叙事与阐释. 北京：社会科学文献出版社，2001.
12. [俄] 李福清. 神话与鬼话——台湾原住民神话故事比较研究. 北京：社会科学文献出版社，2001.
13. 万建中. 解读禁忌——中国神话、传说和故事中的禁忌主题：北京：商务印书馆，2001.
14. 刘亚虎，邓敏文，罗汉田. 中国南方民族文学关系史. 北京：民族出版社，2001.
15. 高有鹏. 中国民间文学史. 郑州：河南大学出版社，2001.

二、神话研究——论文索引

1. 巴顿·万玛项钦. 略谈藏族神话的产生、发展及特点. 中国藏学（北京　藏文版），2001，(1).
2. 陈建宪. 神话的权力. 民间文化. 2001 (1).
3. 陈立浩. 人类童年时代生活的追忆——黎族远古论析. 琼州大学学报，2001，(3).
4. 陈丽平，试论《穆天子传》的神话境界. 鞍山师范学院学报，2001，(2).
5. 陈连山. 文化视野对中国现代神话学发展的影响. 湖北民族学院学报，2001，(4).
6. 陈秋红. 远古神话与民族文化精神——希腊神话、希伯莱神话与中国神话. 东方论坛，2001.
7. 陈永香. 人类学派对中国现代神话学的影响琐谈. 楚雄师专学报，2001，(1).
8. 程秀莉. 由黄帝神话的演变看神话历史化. 中南民族学院学报，2001，(3).
9. 邓楠. 论中西不同时期女神形象的文化内涵. 常德师院学报，2001，(3).
10. 邓晓芒，肖书文. 东西方四种神话的创世说比较. 湖北大学学报（哲学社会科学版），2001，(6).
11. 段友文. 黄河流域上古神话探源. 山西师范大学学报，2001，(4).
12. E·G德夫列特著，郭孟秀译. 透视风格的神人一体岩画及其神话主题. 北方文物，2001，(3).
13. 傅光宗. 方丘神话解析. 楚雄师专学报，2001，(2).
14. 高福进. 日月神话及其寓意探析——原始神话的世界性透视. 思想战线（云南），2001，(5).
15. 高　玉. 神话作为文献材料和艺术起源实证材料的质疑. 云南师范大学学报，2001，(5).
16. 关　山. 神话历史化与中国文学功利主义品格的形成. 广西梧州师范高等专科学校学报，2001，(3).
17. 郭仁昭. 试析中国神话的传播方式和演进趋向. 广播电视大学学报（哲学社会科学版），2001，(4).
18. 韩光兰. 颛顼、后稷死而复生神话解——兼论巫、鱼与生命信仰的关系. 云南大学学报，2001，(6).
19. 韩湖初. 闻一多“盘古即伏羲”说难以动摇——兼评盘古神话由印度传入“已作结论”说. 华南师范大学学报，2001，(1).
20. 何江胜. 神话与科学. 学海，2001，(5).
21. 和强. 神奇迷离的纳西族东巴神话. 民族艺林，2001，(6).
22. 衡彩霞. 希腊神话中的人的自我意识探析. 信阳师范学院学报，2001，(1).
23. 贺学君. 中日中国神话研究百年比较. 文学评论，2001，(5).
24. 洪申我. 中国古代神话的“乐感”文化心态试探，黎明职业大学学报，2001，(2).
25. 胡安莲. 河南女娲神话的演变及其意义. 殷都学刊，2001，(1).
26. 胡安莲. 黄帝神话及其在河南的流传. 信阳师范学院学报，2001，(2).
27. 胡安莲. 论神话英雄鲧. 河南社会科学，2001，(5).
28. 黄昌莉. 从创世神话中探讨傈僳族的远古生活. 中央民族大学学报，2001，(1).
29. 黄任远. 英雄神话与祖先崇拜——对赫哲族的神话的思考之四. 佳木斯大学社会科学学报，2001，(5).
30. 金荣权. 商伯盗火神话及其学术价值. 商丘师范学院学报，2001，(1).
31. 金荣权. 炎黄之争与上古神话体系的建构. 周口师范高等专科学校学报，2001，(1).
32. 金在用. 谈朝鲜民族、满族和鄂温克族的创世神话. 北方民族，2001，(2).
33. 李艳梅，白雪晖. 中国古代神话与古希腊神话比较研究. 内蒙古民族大学学报（社会科学版），2001，(4).
34. 李德清. 鲧堙洪水议——《山海经》一则神话的解释. 史林，2001，(1).

35. ［俄］李福清．从比较神话学角度看闻一多《伏羲考》．泰安教育学院学报岱宗学刊，2001，(1)．
36. 李光荣．论哈尼族神话的“期待原型”．云南师范大学学报，2001，(1)．
37. 李　克．列维·斯特劳斯神话研究刍议．深圳大学学报，2001，(4)．
38. 李　立．《周易》关于山哲学理念在传统山神话演变中的意义．北方论丛，2001，(2)．
39. 李　艺．宙斯和盘古：中西创世神话之比较．广西民族学院学报，2001，(6)．
40. 李玉莲．中希女神比较谈．外国文学研究，2001，(3)．
41. 李祥林．“双性同体”神话思维及其文化显现．新余高专学报，2001，(4)．
42. 李祥林．我看“女娲抟土造人”神话．江海学刊，2001，(1)．
43. 李湘云．《荷马史诗》——从神话走向理性．青海民族学院学报（社会科学版），2001，(1)．
44. 林玲，潘世东．论盘古神话的自然生态伦理价值．郧阳师范高等专科学校学报，2001，(5)．
45. 刘　长．从中西神话之异看文学民族特色的历史渊源．云南民族学院学报，2001，(6)．
46. 刘凤泉．论原始意识形态及神话的积极意义．内蒙古社会科学（汉文版），2001，(5)．
47. 刘　方．从创世神话看中西文化特性与审美精神．外国文学研究，2001，(3)．
48. 刘燕萍．钟馗神话的由来及其形象．宗教学研究，2001，(2)．
49. 刘子敏．从新罗建国神话传说看中国历史文化的影响．东疆学刊，2001，(1)．
50. 农冠品．壮族神话谱系及其内涵述论．广西右江民族师专学报，2001，(3)．
51. 卢德平．论神话的交流模式．中国青年政治学院学报，2001，(6)．
52. 那木吉拉．蒙古族北斗七星神话比较研究．中央民族大学学报，2001，(6)．
53. 那木吉拉．蒙古神话和英雄史诗中的印度日蚀月蚀神话的影响．民族文学研究，2001，(2)．
54. 那木吉拉．蒙古族神话中的腾格里形象初探．西北民族研究，2001，(2)．
55. 那木吉拉．蒙古神话与佛教文化关系研究综述．内蒙古民族大学学报，2001，(1)．
56. 南振兴．文化中的神话积淀．四川外国语学院学报，2001，(5)．
57. 牛苏林．马克思论神话．西藏民族学院学报，2001，(4)．
58. 潘世东．多维视野下的中国希腊神话之比较．陕西师范大学学报，2001，(2)
59. 裴立扬．萨满教是北方民族古神话的重要载体．黑龙江民族丛刊，2001，(4)．
60. 彭松乔．话语霸权下的诗性言说——中国汉族神话叙事话语解析．江汉大学学报，2001，(2)．
61. 索军·格日勒图．《蒙古秘史》所传“苍狼神话”与“阿阑豁阿神话”．蒙古学信息，2001，(3)．
62. 汪大白．夸父逐日神话的原始意蕴．南通师范学院学报，2001，(2)．
63. 汪立珍．论我国通古斯诸民族神话传说中的动物崇拜．满语研究，2001，(1)．
64. 汪立珍．论鄂温克族熊图腾神话．民族文学研究，2001，(1)．
65. 王发德．谈希腊罗马神话对英美文学的影响．辽宁师范大学学报，2001，(3)．
66. 王萌．神女原型与中国男性的依附心态．中州学刊，2001，(3)．

67. 王卫东. 夸父原型新探——远古祈雨文化研究. 惠州大学学报，2001，(3).
68. 王孝廉. 我的神话学历程. 民俗研究，2001，(2).
69. 王志强. “西王母神话”与“青海环湖”民族原始审美观. 青海民族研究，2001，(2).
70. 卫崇文.《山海经》与先秦神话研究. 陕西师范大学学报，2001，(1).
71. 魏爱棠. 妈祖神话的隐喻与历史进程. 莆田高等专科学校学报，2001，(3).
72. 吴天明. 中国远古感生神话研究. 江汉论坛，2001，(1).
73. 吴晓东. 盘古原型与苗族犀牛图腾. 中南民族学院，2001，(4).
74. 邢秀凤. 论神话研究的现代人格意义. 金华职业技术学院学报，2001，(2).
75. 熊进萍. 略论中西小说的神话意识. 陕西师范大学学报（哲学社会科学版），2001，(2).
76. 熊开法. 从创世神话看《淮南子》的天、人观. 海南师范学院学报，2001，(4).
77. 许并生. 神话历史化的原因及其对小说的影响. 明清小说研究，2001，(2).
78. 许卉，王索美. 论尼采与荣格在神话和艺术方面见解的相似性. 河北大学成人教育学院学报，2001，(4).
79. 杨　军. 也谈高句丽柳花神话. 社会科学战线（长春），2001，(1).
80. 杨利慧. 世界视野中的台湾原住民神话和故事——评李福清近著《从神话到鬼话——台湾原住民神话故事比较研究》. 民族文学研究，2001，(1).
81. 杨龙奇，李凌，李江峰. 关于火源的神话传说. 山东消防，2001，(9).
82. 杨晓林. 神话—原型批评刍议. 钦州师范高等专科学校学报，2001，(5).
83. 叶春生. 西王母神话在广东. 岭南文史，2001，(2).
84. 叶舒宪. 发现女性上帝——20世纪女性主义神话学. 民间文化，2001，(1).
85. 叶绪民. 中国上古神话中神族谱系探源. 中南民族学院学报（人文社会科学版），2001，(6).
86. 于立新. 论神话与小说的源流关系. 华夏文化，2001，(3).
87. 余太山. 两汉魏晋南北朝正史西域传所见西域诸国的宗教、神话传说和东西文化交流. 西北民族研究，2001，(3).
88. 喻权中，张碧波. 东北亚诸族创世与起源神话考源——兼与“东北亚的圣母柳花”说商榷. 社会科学战线，2001，(1).
89. 张华娟. 中国神话中的原始生命观对古代小说的影响. 山东社会科学，2001，(6).
90. 张金玲. 浅议希腊神话永久性魅力. 甘肃广播电视大学学报，2001，(1).
91. 张　军.《国语》中的神话传说. 集宁师专学报，2001，(2).
92. 张　筠. 孔子与司马迁神话观之比较. 西南民族学院学报（哲学社会科学版），2001，(8).
93. 张　筠. 从《孔子世家》对神话材料的处理看司马迁的历史观. 西南民族学院学报（哲学社会科学版），2001，(10).
94. 张　筠. 从对汉高祖神话材料的处理看司马迁的历史观. 康定民族师范高等专科学校学报，2001，(2).
95. 张开焱. 泥土的神圣与卑污——三则人类起源神话文化内涵之比较. 外国文学研究，2001，(3).

96. 张启成．对《苗族古歌日月神话浅析》的再思考．贵州民族研究，2001，(4).
97. 赵庆杰．道家思想的神话渊源．华夏文化，2001，(3).
98. 赵廷光．盘古神话真谛寻索．云南社会科学，2001，(1).
99. 赵旭东．神话的文化解释及其争论．民俗研究，2001，(1).
100. 赵炎秋．中西神话仙话比较研究．中国文学研究，2001，(3).
101. 赵　扬．熊女神话母题在韩国文学作品中的复制．解放军外国语学院学报，2001，(1).
102. 周耀明．评农学冠先生的岭南神话研究．广西民族学院学报（哲学社会科学版），2001，(2).
103. 朱迪光．中国神话的历史化及其对中国叙事文学的影响．安庆师范学院学报，2001，(4).
104. 朱　丁．殷周的宗教信仰变迁与上古神话的走向．人文杂志，2001，(5).
105. 朱　玲．图腾、神话主角与原型置换——“鹰/蛇”文化符号的人类学阐释．广西民族学院学报，2001，(3).
106. 朱元富．彝族谷种神话与母体崇拜．楚雄师专学报，2001，(2).

三、史诗研究论文索引

1. 才吾克扎克．《江格尔》所反映的古代北方民族某些历史痕迹．内蒙古社会科学（蒙文版），2001，(3).
2. 陈丌梅．论西周史诗的艺术特点及其影响．兵团教育学院学报，2001，(1).
3. 丹珍．从《格萨尔王传》看神巫文化与藏民族人格心理的关系．民族文学研究，2001，(1).
4. 谷因．布依族神话史诗《安王和祖王》与舜、象故事．贵州民族学院学报，2001，(2).
5. 郭淑云．满族萨满英雄史诗《乌布西奔妈妈》．黑龙江民族丛刊，2001，(1).
6. 过伟．中国四大英雄史诗之一——《华抱山》．江南学院学报，2001，(3).
7. ［芬兰］航柯，孟慧英译．史诗与认同表达．民族文学研究，2001，(2).
8. 黄金．论史诗《江格尔》所反映的征战因由．内蒙古社会科学（蒙文版），2001，(3).
9. 韩晓红．浅论格萨尔史诗的文化意蕴．西藏民俗，2001，(1).
10. 角巴东王．论宗教与《格萨尔》的关系．青海社会科学，2001，(2).
11. 拉西东日布．试论蒙古史诗、传说中的特殊好汉—“盗贼”．内蒙古大学学报（蒙文版），2001，(1).
12. 蓝正祥．布努瑶创世史诗《杠葩众》初探．河池师专学报，2001，(3).
13. 李连荣．我国早期《格萨尔》史诗学的理论建设．民族文学研究，2001，(4).
14. 李巍．蕴蓄与中　行诸与外—《格萨尔王传》中珠牡心理散论．西藏艺术研究．(拉萨)，2001，(1).
15. 刘守华．《黑暗传》追踪．汉学研究，2001，(1).
16. 刘守华．《黑暗传》与明代通俗小说．郧阳师专学报，2001，(4).
17. 马成富．对岭国及格萨尔史诗的重新认识（上）．西藏艺术研究，2001，(2).

18. 马成富.《对岭国及格萨尔史诗》的重新认识（下）. 西藏艺术研究，2001，(3).
19. 马成俊.《格萨尔王传》摭谈. 文艺理论与批评，2001，(1).
20. 曼拜特. 史诗《玛那斯》的阿富汗变体. 西域研究（乌鲁木齐），2001，(1).
21. 曼秀·仁青道吉. 试论《格萨尔》史诗的六大特征. 西北民族学院学报（哲学社会科学版. 汉文），2001，(4).
22. 曼秀·仁青道吉. 十一世纪的格萨尔——试论格萨尔史诗的成型. 西藏艺术研究，2001，(4).
23. 孟克. 从《江格尔》的分布情况论证其产生定型的地域与时间. 新疆师范大学学报（哲学社会科学版），2001，(3).
24. 孟克吉雅. 关于蒙古英雄史诗始创时期及相关问题. 民族文学研究，2001，(3).
25. 纳巴次仁. 略析格萨尔史诗里的灵魂概念. 西域研究（乌鲁木齐）（拉萨）（藏文版），2001，(1).
26. 那木吉拉. 蒙古神话和英雄史诗中的印度日蚀月蚀神话影响. 民族文学研究，2001，(2).
27. 仁饮道尔吉. 萨满教与蒙古英雄史诗. 民族文学研究，2001，(3).
28. 萨仁格日勒. 蒙古史诗的民族志特征与资料意义. 青海民族研究，2001，(3).
29. 索南卓玛. 格萨尔诞生地考. 青海民族研究，2001，(2).
30. 索代.《罗摩衍那》与《格萨尔王传》. 西藏艺术研究，2001，(3).
31. 谭必友. 七姓证盟西迁与隐居的史诗——武陵山腹地的廪歌研究. 中央民族大学学报，2001，(1).
32. 陶·那木吉拉旺其嘎. 蒙古族英雄史诗的战争性质. 蒙古语言文学，2001，(1).
33. 佟中明. 突厥语民族史诗《阿勒帕米斯》的产生和传播诠释. 民族文学研究，2001，(3).
34. (俄) 瓦·纳伊达柯夫，张克恒译. 布里亚特人的英雄史诗——评《格萨尔》. 蒙古学信息，2001，(2).
35. 王佑夫. 歌唱生命——《江格尔》门外谈. 新疆师范大学学报，2001，(3).
36. 吴欢章. 论太湖民间英雄史诗《华抱山》的艺术智慧. 上海大学学报（社科版），2001，(10).
37. 熊晓辉. 巴人古歌试释——土家族《廪歌》考辨. 怀化师专学报，2001，(6).
38. 闫振申. 梦、外星人与格萨尔史诗. 西藏民俗，2001，(1).
39. 闫振申. 神圣知识与神授说——关于格萨尔说唱艺人秦珠的传承人的研究. 西藏民俗，2001，(4).
40. 张延清. 试论史诗的历史真实性. 青海民族研究，2001，(4).
41. 张越. 瑕瑜互见　多版互补——《江格尔》三种汉译本的比较. 民族文学研究，2001，(1).
42. 张越. 说唱的艺术　诗化的叙述——《江格尔艺术论》之五“叙事论”. 新疆师范大学学报，2001，(3).
43. 张晓松，李根. 拉祜族神话史诗《牡帕密怕》的文化特点. 云南民族学院学报，

2001，(5).
44. 赵秉理.《格萨尔》描写主人公性格的艺术方法．青海民族学院学报（社会科学版），2001，(4).
45. 尊胜．格萨尔史诗的源头及其历史内涵．西藏研究，2001，(2).
46. 周德仓．神秘的西藏说唱艺人．新西部，2001，(11).

四、民间传说研究论文索引

1. 陈宝君．牛腿琴的传说．乐器，2001，(10).
2. 陈岗龙．蒙古族识宝传说研究．民俗研究，2001，(2).
3. 陈虎、常保芳．远古传说与先秦诸子对社会发展动因的认识．山东社会科学，2001，(4).
4. 陈金文．试析一组与妇女纹面风俗有关的黎族传说．民族文学研究，2001，(2).
5. 陈奇佳．关于民间文学研究的双重对读法——读陈泳超《尧舜传说研究》．民族艺术，2001，(4).
6. 党芳莉．吕洞宾传说的早期形态及其在宋元之际的拓展．上海财经大学学报，2001，(4).
7. 冯建龙．仓颉与仓颉陵庙的传说．档案管理，2001，(5).
8. 戈志强．中国文明起源研究的新探索——评《古帝传说与华夏文明》．江海学刊，2001，(5).
9. 顾海悦，曹燕，艾斐．《圣经》及印第安 Acoma 部落关于人类起源传说的跨文化研究．国外文学，2001，(4).
10. 顾希佳．虞舜传说与吴越文化．杭州师范学院学报，2001，(3).
11. 古月．“画卦台”的传说．中州今古，2001，(2).
12. 关增岭．滨州的民间传说与歌谣．中州今古，2001，(5).
13. 过伟．澎湖传说故事的文化人类学探索．广西民族研究，2001，(3).
14. 胡安莲．牛朗织女神话传说的流变及其文化意义．许昌师专学报，2001，(1).
15. 李采芹．二十世纪中国火文化发掘再现夺目亮点，本刊组织专家印证煌煌华夏先民史传发．现中国普罗米修斯——火神阏伯的传说与考证．上海消防，2001，(1).
16. 黎道纲．兰那古籍中洱海传说的族源探讨．东南亚，2001，(3).
17. 李慧．论艾特玛托夫小说中神话传说的运用．韶关学院学报，2001，(5).
18. 李军．李贺传说故事研究．邯郸师专学报，2001，(4).
19. 林今团．建阳茶业传说之一——闽王与和尚．福建茶叶，2001，(2).
20. 林振礼．朱熹与孤仙怪异传说探索．泉州师范学院学报，2001，(3).
21. 刘子敏．从新罗建国神话传说看中国历史与文化的影响．东疆学刊，2001，(1).
22. 路平、巴干．古史传说与墨子的政治观研究．内蒙古社会科学（汉文版），2001，(S1).
23. 马培汶．重庆传说时代文学初探．涪陵师范学院学报，2001，(4).
24. 满都夫．蒙古一通古斯人关于熊的传说．内蒙古社会科学（蒙文版），2001，(3).
25. 满都夫．论蒙古与通古斯熊传说的有关习俗内涵．满语研究，2001，(1).

26. 梅联华. 从龙虎山民间传说看端午习俗. 南方文物，2001，(3).
27. 明月华. 远古传说与湖南地名. 中国地名，2001，(5).
28. 那木吉拉. 成吉思汗“纪念陵”传说考证. 内蒙古社会科学（汉文版），2001，(5).
29. 宁生银. 凤凰台传说. 丝绸之路，2001，(10).
30. 庞进. 凤凰传说的类型分析. 西安航空技术高等专科学校学报，2001，(2).
31. 曲延纯、曲琳琳. 古代神话中有关“蛇”的传说. 贵州档案，2001，(2).
32. 榕嘉. 我国古代的蚕人与蚕丝起源的传说. 四川丝绸，2001，(4).
33. 萨仁高娃. 聪慧忒莫讷的故事与藏族传说的痕记. 蒙古语言文学（蒙文版），2001，(6).
34. 佘太山. 两汉魏晋南北朝正史西域传所见西域诸国的宗教、神话传说和东西文化交流. 西北民族研究，2001，(3).
35. 石大召、石成忠. 化坪河古松及传说. 甘肃林业，2001，(3).
36. 师华. 古希腊神话与传说的价值认知. 榆林高等专科学校学报，2001，(1).
37. 石硕. 论藏族关于自身族源的三个传说及其价值. 西藏研究，2001，(3).
38. 孙开泰、陈阵、吕华侨. 易牙本传与其传说. 管子学刊，2001，(3).
39. 唐向荣. 沙湖的传说. 草原税务，2001，(8).
40. 吐尔逊·吾守尔、穆尼热·阿布都热合曼.《突厥语大词典》中有关《乌古斯可汗传说》的论述. 新疆大学学报（维文版），2001，(1).
41. 王立. 南亚树木崇拜和佛经母题对于树神传说的触媒. 中国人民大学学报，2001，(2).
42. 汪立珍. 论鄂温克族萨满神话与传说. 黑龙江民族丛刊，2001，(1).
43. 汪立珍. 论我国通古斯民族神话传说中的动物崇拜. 满语研究，2001，(1).
44. 王满特嘎. 蒙古族与鄂温克民间传说故事中的坐骑形象的比较. 内蒙古社会科学（蒙文版），2001，(3).
45. 王庆云. 长生之梦，古人笔下与传说中的蓬莱母题. 民俗研究，2001，(4).
46. 王亚南. 黄帝神话传说：“天赋亲权”之滥觞. 民间文化，2001，(1).
47. 万建中. 地陷型传说中禁忌母题的历史流程及其道德话语. 广西民族学院学报（哲社版），2001，(2).
48. 万建中. 西南民族地区赶山鞭型传说中禁忌母题的文化诠释. 中央民族大学学报（哲社版），2001，(2).
49. 魏海泉、刘若新. 从神话传说与文字记录中探索中国活火山喷发的信息. 岩石矿物学杂志，2001，(3).
50. 巫白慧. 岳阳君山摩崖石刻的传说. 世界宗教文化，2001，(2).
51. 吴桂华. 满一通古斯语族民间文学的奇花异葩一赫哲族的伊玛堪与鄂温克族民间传说的比较. 民族文学研究，2001，(2).
52. 吴尚平. 青海湖的传说. 丝绸之路，2001，(6).
53. 萧兵. 西王母传说的人类学重构. 民族艺术，2001，(2).
54. 薛曦. 从“救兄未救父”的传说看妈祖信仰在琉球的嬗变. 福建师范大学福清分校学报，2001，(4).
55. 杨龙奇，李凌，李红锋. 关于火源的神话传说. 山东消防，2001，(9).

56. 俞允尧. 元宵灯节的传说. 文史杂志，2001，(1).
57. 张吉荣. 甘州土塔的传说. 丝绸之路，2001，(9).
58. 张军.《国语》中的神话传说. 集宁师专学报，2001，(2).
59. 张铁山，M·沃尔科娃.《尼山萨满的传说》前言. 民族文学研究，2001，(3).
60. 章小琴. 旅游景点中的爱情传说. 绿化与生活，2001，(6).
61. 赵丽萍，骆成秀. 凉州传说. 丝绸之路，2001，(7).
62. 赵林. 希腊神话传说的文化背景初探. 学习与探索，2001，(6).
63. 赵廷光. 盘古传说真谛寻索. 云南社会科学，2001，(1).
64. 赵志忠. 尼山学的出现与开展纪念尼山萨满传说发表 40 周年. 民族文学研究，2001，(3).
65. 郑本法. 伏羲的传说与原始婚姻制的变革. 甘肃社会科学，2001，(6).
66. 郑山宝. 清凉石的优美传说. 五台山研究，2001，(2).
67. * 关于民族乐器的几个传说. 乐器. 2001，(2).

五、民间故事研究论文索引

1. 刘守华. 离经叛道的奇女子——仙女救夫型故事的内涵及其渊源. 思想战线，2001，(1).
2. 刘守华. 两姐妹与蛇丈夫——蛇郎故事的中华文化特色. 湖北民族学院学报，2001，(1).
3. 刘守华. 一个多民族传承的故事类型之比较——“梦先生”解析. 中央民族大学学报，2001，(1).
4. 刘守华. 人与动物　同舟共济 ——“感恩的动物忘恩的人”解析. 西北民族研究，2001，(2).
5. 刘守华. 兄弟分家与“狗耕田”——一个流行故事类型的文化解析. 商丘师院学报，2001，(2).
6. 刘守华. 从《白水素女》到《田螺姑娘》. 古典文学知识，2001，(3).
7. 刘守华.“嘴会转”与“铁算盘”——长工和地主类型解读. 荆州师院学报，2001，(6).
8. 林继富.“一字不识”当驸马——“皮匠驸马”故事论析. 思想战线，2001，(5).
9. 林继富. 青蛙美女的婚恋——“神蛙丈夫”故事论析. 湖北民族学院学报，2001，(3).
10. 林继富. 欲盖弥彰　遭遇灭亡——“头上长角”型故事试析. 西北民族研究，2001，(2).
11. 林继富.“黑马张三哥”试析. 华中师范大学学报，2001，(3).
12. 顾希佳. 多行不义必自毙——夺妻败露型故事解析. 湖北民族学院学报，2001，(1).
13. 顾希佳. 疾风知劲草，烈火见真金——神仙考验型故事解析. 民俗研究，2001，(2).
14. 顾希佳. 鬼母育儿型故事的类型分析及其流变轨迹. 海南师范学院学报，2001，(4).
15. 顾希佳.“斗阎王型”故事的比较研究. 宁波大学学报，2001，(3).
16. 顾希佳. 世代寻宝梦——“石门开”型故事解析. 中南民族学院学报，2001，(3).
17. 江帆. 民间叙事中的交友范型——俗语故事“路遥知马力”解析. 山西师范大学学报，2001，(4).

18. 江帆．“芝麻开门”的绵绵回响——论中国的“识宝”故事．湖北民族学院学报，2001，(3)．
19. 江帆．女性命运的别一种诠释——多民族传承的故事“张郎休妻”解析．民族文学研究，2001，(3)．
20. 刘魁立．民间叙事的生命树——浙江当代“狗耕田”故事情节类型的形态结构分析．民族艺术，2001，(10)．
21. 肖远平．田螺姑娘形象的社会美——兼与龙女形象比较．西南民族学院学报，2001，(11)．
22. 禹尚烈．朝鲜族田螺娘型故事初探．东疆学刊，2001，(3)．
23. 肖远平．民族民间童话中的“善恶报应”观念简论．贵州民族研究，2001，(2)．
24. 孙正国．无法超越的悲剧——《师道宣》的叙事解读（恩施）．湖北民族学院学报，2001，(1)．
25. 龚浩群，熊和平．娶得龙女，事事如愿——龙女故事解析．湖北民族学院学报，2001，(1)．
26. 程蔷．从董永故事看民间叙事的“复合”性．民间文化，2001，(1)．
27. 陆晓芹．对智的礼赞与生的求索——从梁祝故事的“壮化”看壮族文化的审美意蕴．广西民族学院学报，2001，(4)．
28. 田富军．牛郎织女故事与仙女下嫁穷汉原型新探．濮阳教育学院学报，2001，(2)．
29. 李祥林．“弃子救母”故事及其文化母题识读．民族艺术，2001，(4)．
30. 王晶红．辽宁狐妻型故事中的人触犯禁忌母题．辽宁大学学报，2001，(2)．
31. 闫秋霞．宝物形象和拯救意识．山西教育学院学报，2001，(10)．
32. 侯冲．松明楼故事的原型、歧、意旨及演变．民族艺术研究，2001，(4)．
33. 罗宏杰．葫芦生殖象征意义的符号生成．湖北民族学院学报，2001，(2)．
34. 梁晓萍．韩凭夫妇故事流变中的文人旨趣．盐城师范学院学报，2001，(3)．
35. 郭志强，董国炎．论钟馗形象的演变．山西大学学报，2001，(6)．
36. 纪德君．“诸葛亮”式系列军师形象的文化意蕴．山西师范大学学报，2001，(1)．
37. 胡萍．一种独特的民间文学现象——呆女婿故事探趣．湖南经济管理干部学院学报，2001，(3)．
38. 民间叙事中的善恶观念释例——“断手姑娘”解析．辽宁大学学报（哲学社会科学版），2001，(1)．
39. 李道和．女鸟故事的民俗文化渊源．文学遗产，2001，(4)．
40. 郑筱筠．佛教故事与傣族《召树屯》故事渊源．云南社会科学，2001，(2)．
41. 郑筱筠．贝叶经与傣族《召树屯》故事不同版本之关系（北京）．民族文学研究，2001，(2)．
42. 江帆．口承故事的“表演”空间分析——以辽宁讲述者为对象．民俗研究，2001，(2)．
43. 万建中．民间故事对禁忌习俗的攻击及其中心话语．思想战线，2001，(4)．
44. 万建中．时间差：神圣与世俗边界的构建与洞穿——禁室型故事中禁忌母题的文化阐释．广西民族学院学报，2001，(6)．

45. 万建中. 神谕型禁忌母题与民间凶兆信息传输. 宝鸡文理学院学报（社会科学版），2001，(3).
46. 万建中. 西南民族地区赶山鞭型传说中禁忌母题的文化阐释. 中央民族大学学报，2001，(2).
47. 周福岩. 民间故事研究的方法论. 社会科学辑刊，2001，(3).
48. 周福岩. 表演理论与民间故事研究. 鞍山师范学院学报，2001，(1).
49. 周福岩. 民间故事与社会伦理——以耿村故事文本为对象. 辽宁商务职业学院学报，2001，(3).
50. 周福岩. 神鬼信仰与民众伦理意识——以耿村故事文本为对象. 沈阳教育学院学报，2001，(1).
51. 周福岩. 普罗普的故事形态学及列维·斯特劳斯的批评. 周口师范高等专科学校学报，2001，(1).
52. 周福岩. 民众社会伦理意识试析——以耿村故事文本为对象. 辽宁大学学报（哲学社会科学版），2001，(1).
53. 周福岩. “命”、“福”观念与民众伦理意识——以耿村故事文本为对象. 辽宁教育学院学报，2001，(1).
54. 钟年. 民间故事：谁在讲谁在听？—以廪君、盐神故事为例. 民间文化，2001，(1).
55. 孔建平. 时间与故事话语活动. 东南大学学报，2001，(10).
56. 过伟. 澎湖传说故事的文化人类学探索. 广西民族研究，2001，(3).
57. 贾放. 俄罗斯民间故事研究的“双重风貌”. 北京师范大学学报，2001，(6).
58. 舒伟，丁素萍. 20 世纪美国精神分析学对童话文学的新阐释. 外国文学研究，2001，(1).
59. 宋上光，[朝鲜] 穆仁译. 蒙古和朝鲜民间故事之比较研究——浅析“葫芦和富人”的传说. 蒙古学信息，2001，(4).
60. 吴海鸿. 回族文学的萌芽——唐宋回族民间文学. 西北第二民族学院学报（哲学社会科学版），2001，(1).
61. 热依拉·达吾提. 《列王记》英雄形象在维吾尔文学中的流传. 新疆大学学报，2001，(4).
62. 安蕾. 突厥语灵魂外寄母题初探. 民族文学研究，2001，(3).
63. 王素敏. 马背民族的精神观照——巴拉根仓和沙格德尔性格剖析. 阴山学刊，2001，(2).
64. 禹尚烈. 朝鲜族田螺娘型故事初探. 东疆学刊，2001，(3).
65. 林志超. 追求自由、自主的爱情婚姻——黎族爱情故事初探. 琼州大学学报，2001，(4).
66. 陈立浩. 黎族民间故事论析. 琼州大学学报，2001，(2).
67. 王鸣朋. 浅谈布依族神话和民间故事中的哲学思想. 贵州民族研究，2001，(4).
68. 日本“大冈故事”. 《审问生母与继母之事》与元曲《灰阑记》. 外国文学评论，2001，(2).

69. 南亚树林崇拜和佛经母题对于树神传说的触媒．中国人民大学学报，2001，(2).
70. 薛克翘．中印鹦鹉故事因缘．南亚研究，2001，(2).
71. 人虎缘故事的文化解读．荆州师范学院学报，2001，(6).
72. 王立．动物为主雪怨母题的文化阐释．荆州师范学院学报，2001，(3).
73. 俞士玲．佛教发展与西游故事之流衍．南京大学学报（哲学．人文科学．社会科学版），2001，(3).
74. 宁稼雨，梁晓萍．秋胡故事解析——兼论中国古代女性在婚姻中的自主地位．天津大学学报（社会科学版），2001，(2).
75. 章立明．南禅故事及其艺术精神．云南社会科学，2001，(1).
76. 李小荣．唐代释家经疏中的三国故事．福建师范大学学报（哲学社会科学版），2001，(3).
77. 金春梅．古代荐仇故事疏证．古籍整理研究学刊，2001，(6).
78. 肖远平．追寻人类文化信息　探究民间故事奥秘——刘守华先生在民间故事学上的独特贡献．贵州民族学院学报（哲学社会科学版），2001，(2).
79. 论姜彬的区域民间文化研究．广西民族学院学报（哲学社会科学版），2001，(6).
80. 刘守华．清江流域的女故事家．清江文化与现代文明．
81. 黄永林，程秀莉．从“日白佬”到“民间故事家”——访农民故事家刘德方．民俗研究，2001，(4).
82. 王昌泌．寻访民间大师之三　土家故事大王刘德培．中国民族，2001，(4).
83. 刘守华．东方口头语言艺术的奇葩——《西藏民间故事》序．中国藏学，2001，(5).
84. 廖东凡．我们在世界屋脊上开采金子——《西藏民间故事》编纂及其他，中国西藏（中文版），2001，(5).
85. 杨利慧．世界视野中的台湾原住民神话和故事——评李福清近著《从神话到鬼话——台湾原住民神话故事比较研究》．民族文学研究，2001，(1).
86. 曲杏春．论《史记》与民间文学的关系．山东电大学报，2001，(2).
87. 占骁勇．从轶事到小说——论“麻疯女”故事的起源与发展．南开学报，2001，(5).
88. 张巍．“画皮”故事的原型和流变．甘肃社会科学，2001，(3).
89. 吴光正，胡元翎．“三言”发迹变态型故事的母题分析．海南大学学报，2001，(1).
90. 张鸿勋．亦幻亦奇　扑朔迷离——唐传奇《板桥三娘子》与阿拉伯民间故事．天水行政学院学报，2001，(6).
91. 由“关云长五关斩将”说到《三国演义》的成书．殷都学刊，2001，(1).

六、民间歌谣、叙事诗研究论文索引

1. 陈正平．劳动歌谣震山河——“巴渠民间文学、民俗研究”之十．达县师专学报，2001，(1).
2. 陈水根．论棹歌的形成和发展及其特点．江西社会科学，2001，(9).
3. 陈开勇．南朝民歌《四月歌》所反映的民俗佛教内容研究．吉首大学学报，2001，(2).

4. 陈才训.《诗经》情歌与水崇拜. 天中学刊，2001，(2).
5. 陈泳超. 刘半农对民歌俗曲的借鉴与研究. 中国现代文学研究辑刊，2001，(1).
6. 戴剑平，王焰安，张昀. （1989—1999）十年民间情歌研究述评. 民族文学研究，2001，(1).
7. 樊敏. 试论布依族民歌的语言特色. 黔东南民族师专学报，2001，(5).
8. 冯进."清水芙蓉"的民间情歌——兼论文人情歌. 陕西广播电视大学学报，2001，(4).
9. 冯瑞，艾买提. 哈萨克族婚嫁仪式歌及其形成原因初探. 西北民族学院学报，2001，(4).
10. 俸俊馨. 试谈傣族爱情叙事长诗《召树屯》的艺术表现手法. 玉溪师范学院学报，2001，(1).
11. 葛春先，钞艺娟. 南阳民歌的种类及音乐特点. 郑州轻工业学院学报，2001，(3).
12. 郭杰. 从"兮"字用法看楚辞《九歌》的音乐特性. 社会科学辑刊，2001，(2).
13. 古笛."新""老"刘三姐之争，歌仙哪能不歌唱. 中国民族，2001，(4).
14. 关增岭. 滨州的民间传说与歌谣. 中州今古，2001，(5).
15. 贺又宁. 布依族情歌语言的审美特征与布依族人的审美意识. 贵州民族研究，2001，(1).
16. 贺学君. 千古歌吟的中华民间叙事诗. 中国民族，2001，(3).
17. 胡纯琦. 论国风非原汁原味的民间歌谣. 怀化师专学报，2001，(1).
18. 黄懿陆. 东汉《白狼歌》是越人歌谣. 广西民族研究，2001，(3).
19. 黄洁. 土家族民歌的审美特征初探. 民族文学研究，2001，(2).
20. 黄毅. 了解毛南文化的理想窗口——评《毛南族民歌》. 广西梧州师专学报，2001，(3).
21. 江胜清. 论40年代解放区民歌体叙事长诗. 孝感学院学报，2001，(2).
22. 柯杨. 听众的参与和民间歌手的才能——兼论洮岷花儿对唱中的环境因素. 民俗研究，2001，(2).
23. 雷阵鸣，蓝细宽. 描绘理想社会的畲歌《封金山》. 中南民族学院学报，2001，(1).
24. 李萍. 浅论新时期桂西山歌的特点. 广西右江民族师专学报，2001，(4).
25. 李晓丽. 藏族韵文体民间文学中的民俗因素. 青海民族研究，2001，(3).
26. 李晓丽. 原始崇拜及环境保护在藏族民歌中的体现. 西藏艺术研究，2001，(2).
27. 李昕. 青海"花儿"与小调的比较研究. 音乐探索，2001，(1).
28. 李志杰. 萨满神教与满族民歌. 满族研究，2001，(2).
29. 李列. 追慕本色，赋尽沧桑——读涅努巴西叙事长诗. 蒙自师专学报，2001，(5).
30. 林继富，南木珍. 浅论强盗之歌. 西藏民俗，2001，(1).
31. 林杰.《子夜歌》的作者到底是谁?. 中州学刊，2001，(3).
32. 刘锡诚. 刘半农：歌谣运动的首倡者. 民间文化，2001，(1).
33. 刘长瑜. 海南黎族民歌的发展及多样性. 海南师范学院学报（人文版），2001，(5).
34. 吕霞. 我国西部少数民族民歌的审美意蕴. 青海民族学院学报（社会科学版），2001，(4)，(2).
35. 罗马. 一首广为流传的贵州民歌的诞生. 文史天地，2001，(6).
36. 罗汉田. 侗族长诗《白玉霜》与英雄传奇小说《粉妆楼》. 民族文学研究，2001，(3).

37. 马兴. 时政谣谚与两汉民众参与意识. 齐鲁学刊，2001，(6).
38. 彭兆荣. 族性中的音乐叙事——以瑶族“叙事歌”为例. 音乐艺术，2001，(2).
39. 普丽华. 早期中国现代长篇叙事诗的民间情结. 华中师范大学学报（哲学社会科学版），2001，(2).
40. 祁连休. 当代民谣散论. 2001海峡两岸民间文学学术研讨会论文集，2001，(6).
41. 施爱东. 私情歌谣与《吴歌乙集》风波. 民俗研究，2001，(3).
42. 佟德富. 试论《福乐智慧》的价值. 中央民族大学学报（哲学社会科学版），2001，(3).
43. 王泽强. 论新民谣的主旨. 淮阴师范学院学报（哲学社会科学版），2001，(2).
44. 王永涛，赵珍. 流传于新疆的汉族民间歌谣. 艺术导刊，2001，(1).
45. 王明斌. 黎族民间叙事长诗试论. 琼州大学学报，2001，(1).
46. 巫小黎. 李金发和他的《岭东恋歌》. 新文学史料，2001，(2).
47. 吴土艮. 花儿的语言魅力. 浙江树人大学学报，2001，(5).
48. 夏敏. 喜马拉雅山地歌谣的民俗学解读. 民俗研究，2001，(3).
49. 夏敏. 西藏歌谣中的巫术心态. 民族文学研究，2001，(4).
50. 熊中华. 浅谈《孔雀东南飞》的艺术结构. 思茅师专学报，2001，(1).
51. 徐新建. “侗歌研究”五十年（上、下）. 民族艺术，2001，(9).
52. 徐元勇. 论民歌与明清俗曲之异同. 交响——西安音乐学院学报，2001，(1).
53. 徐祖祥. 云南瑶族歌谣的分类及其社会文化功能. 西南民族学院学报，2001，(10).
54. 许国红. 凤阳歌的传播与分布. 交响——西安音乐学院学报，2001，(1).
55. 许来渠. 谚海扬帆，廿载归航——读武占坤先生《中华谣谚研究》. 汉字文化，2001，(3).
56. 杨方刚. 文化基因和社会条件——侗族大歌多声成因一说. 贵州民族研究，2001，(1).
57. 袁征. 梅山民歌考源——梅山民歌系列研究之一. 黄钟（武汉音乐学院学报），2001，(3).
58. 查中林. 周作人《童谣研究》（稿本）断句和文字抄校的失误. 鲁迅研究月刊，2001，(11).
59. 赵塔里木. 在中亚东干人和中国西北回民中流传的民歌——《高大人领兵》的异文比较. 音乐研究季刊，2001，(1).
60. 赵塔里木. 中亚东干人关于民歌的概念和分类法（上、下）. 中央音乐学院学报，2001，(1).
61. 张石山. 花儿王韩占祥. 中国民族，2001，(1).
62. 郑筱筠. 贝叶经与傣族《召树屯》故事不同版本之关系. 民族研究，2001，(3).
63. 朱炯远. 杜甫对谣谚的学习. 辽宁大学学报，2001，(5).
64. 朱爱东. 双重视角下的歌谣学研究——北大《歌谣周刊》对中国歌谣学研究的贡献. 民俗学刊，2001，(1).
65. 周丽玲. 论魏晋时北朝民歌的英雄崇拜. 贵州民族学院学报（哲学社会科学版），2001，(4).
66. 周红波. 鄂南地区民歌初探. 咸宁师专学报，2001，(4).

67. 周凯模．巫歌傩舞与原始信念．民族与艺术，2001，(1)．
68. 唐芳．西北民歌之魂花儿．甘肃教育学院学报（社科版），2001，(5)．
69. 王文韬．河湟“少年”音乐探析——兼及“少年”“花儿”的名与实．星海音乐学院学报，2001，(4)．

七、其他体裁研究论文索引

1. 刘道广．论文人艺术活动和民间艺术审美倾向的差异．东南大学学报（哲学社会科学版），2001，(2)．
2. 刘志灵．民间艺术皮影简介．河南农业，2001，(8)．
3. 民间艺术档案收集之我见．档案学通讯，2001，(5)．
4. 首届中华（天津）民间艺术精品博览会邀请函．文学自由谈，2001，(4)．
5. 幼儿民间艺术教育研究．安徽农业大学学报（社会科学版），2001，(4)．
6. 民间艺术之瑰宝——安塞剪纸．沧州师范专科学校学报，2001，(2)．
7. 重塑岭南民间艺术风情　提升广州文化名城品位．探求，2001，(6)．
8. 漫谈东阳木雕与徽州木雕——徽州民间艺术比较研究之一．皖西学院学报，2001，(1)．
9. 民间工艺　中国绝活——孟皋卿谈《中国工艺精华》的创作．了望，2001，(Z1)．
10. 热爱中国民间工艺的俄罗斯女人．俄罗斯文艺，2001，(1)．
11. 潘鲁生，唐家路．民间工艺文化生态保护与调研纵横谈．山东社会科学，2001，(2)．
12. 山西民间工艺．沧桑．2001，(S2)．
13. “吹”出来的水墨山水——民间工艺美术家、土家族玻璃吹画大师田儒龙其人其画．民族论坛，2001，(6)．
14. 崔毅．三峡民间美术挑花刺绣的艺术特色．中国三峡建设，2001，(2)．
15. 李长禄．论三峡民间美术的美学特征．重庆三峡学院学报，2001，(4)．
16. 民间美术的一束奇葩．美术之友，2001，(5)．
17. 李晓鲁，顾晓梅．山东民间美术的中和之美．东方论坛，2001，(3)．
18. 《三峡民间美术》公开出版．重庆三峡学院学报，2001，(6)．
19. 民间舞蹈中的环境知识．中学地理教学参考，2001，(3)．
20. 胡继芳．中国民间舞蹈中的动物仿生学．贵州民族研究，2001，(1)．
21. 云南省民族民间舞蹈教材的继承与发展．民族艺术研究，2001，(2)．
22. 田祖国，罗婉江，白普湘，刘少英．论湘鄂渝黔边少数民族民间舞蹈与传统体育的关系．西安体育学院学报，2001，(2)．
23. 《中国民族民间舞蹈集成·西藏卷》已出版面世．西藏艺术研究，2001，(1)．
24. 徐州群众舞蹈状况分析与汉民族民间舞蹈风格认同．徐州教育学院学报，2001，(2)．
25. 具有时代特色的民间舞蹈——《灯彩与秧歌》评介．文史杂志，2001，(4)．
26. 民间舞蹈娱人与自娱的思考．解放军艺术学院学报，2001，(3)．
27. 河西民间舞蹈述论．丝绸之路，2001，(S1)．
28. 陈四海．苏轼与民间音乐．四川大学学报（哲学社会科学版），2001，(4)．

29. 中原地区民间音乐文化渊源与传承发展. 许昌师专学报，2001，(3).
30. 田联韬. 中国境内傣族民间音乐考察研究. 民族艺术研究，2001，(5).
31. 刘正维. 湖北民间音乐的交融性特征. 黄钟一武汉音乐学院学报，2001，(4).
32. 陈金文. 民间文艺审美论纲. 贵州民族学院学报（哲学社会科学版），2001，(3).
33. 刘锡诚. 关于当前民间文艺的几点思考. 东南大学学报（哲学社会科学版），2001，(4).
34. 陶冶. 中国民间文艺“山花奖”首届学术著作奖揭晓. 民俗研究，2001，(4).

编后记

为了补益处于困境中的中国民间文艺学，推进这一学科的进展。2002 年 9 月，由华中师范大学文学院民间文学研究室发起，联合中国民间文艺家协会、中国社科院文学研所民间文学研究室以及华中师范大学出版社，商定从 2001 年开始，每年编辑出版一册《中国民间文艺学年鉴》。年鉴内容着重展现中国各族民间文艺的采录与研究成果，包括重要作品选刊，论文选载与摘要，研究成果评述，新书评价，书目论文索引，学术动态，及中国民间文艺活动大事记等等。力求比较全面地反映出本年度中国民间文艺学的最新成果和发展态势。以上就是这一本《中国民间文艺学年鉴》的由来。

年鉴由华中师范大学文学院民间文学研究室承担编务和有关组织协调工作。参加 2001 卷编辑工作的主要有刘守华、陈建宪，以及黄永林、林继富、刘旭平，加上民间文学专业的博士与硕士研究生：余霞、张晓舒、贾平、纪军、霍晶晶、张捷、徐金龙、聂达、张静、王青、李丽丹、祝晓春等。我们分成几个小组，首先从图书馆、资料室，特别是期刊网上搜寻本年度的全部成果，通过集体研讨，挑选出最具代表性的成果，拟定转载和摘录的篇目。然后在此基础上分专题撰写研究成果评述。为了充实力量，做好编辑工作，我们特地请中国民间文艺家协会向云驹负责撰写本年度民间文艺工作大事记，另请中国社科院文学所的吕微撰写神话研究概述。华中师范大学出版社的刘晓嘉担任本书责任编辑，为成书付出了大量心血。编辑工作从 2002 年 10 月开始启动，本拟赶上岁末年头出书，由于主客观条件的种种限制，直到 2003 年 4 月才完成全书编审工作。

关于自然、人文学科的分科年鉴在我国已屡见不鲜，但编撰民间文艺学年鉴的尝试才从本书开始。除了无所依凭借鉴之外，加上我们自身的人力、财力及相关物质条件十分有限，编辑工作曾遭遇到一系列困难和波折。在华中师范大学文学院、出版社及中国民协、中国社科院文学所的大力支持以及本专业师生的奋力拼搏下，第一本《中国民间文艺学年鉴》终于呱呱坠地，我们不胜欣慰。但许多不能尽如人意之处，也使我们引为深深的愧疚。例如，文章的选取和摘编不尽合理，特别是民间艺术这一大片显得十分薄弱；对相关成果的评述较为粗疏；由于所选论文原文存在注释著录项不全的问题，我们限于时间与藏书条件，难以一一补齐；由于筹集经费的困难，目前还难以给选刊论文的作者支付相应的报酬等等。本书编辑工作主要是由一批硕士研究生承担的，他们具有初生牛犊不畏虎的勇气和献身于民间文艺事业的热情，对本书的问世作出了可贵的奉献。但由于学力与经验的局限，也有许多显而易见的瑕疵留存书中。以上许多方面的不足，只有请民间文艺界的同仁给予批评和谅解了。我们最大的心愿，是能够看到《中国民间文艺学年鉴》的第二本、第三本……不间断地陆续问世，中国民间文艺之花越开越旺！

2003 年 5 月 4 日于
华中师范大学桂子山校园